Nouveau
T[le]

FOCUS BAC avec SCHOOLMOUV

W0406820

SVT

Spécialité

Maxime Treiber
Professeur certifié de SVT
Académie de Créteil

Stéphane Frayon
Professeur agrégé de SVT
Académie de Nouméa

Avec la participation de

Cécile Ghienne (fiches Coaching Bac)
Docteure en sciences du langage et professeure en didactique

Marion Petipré (fiches Grand Oral)
Conceptrice et directrice du programme D.U. ParéO
(Passeport pour réussir et s'orienter) à l'Université de Paris.

Belin: ÉDUCATION
SCHOOLMOUV

170 bis, boulevard du Montparnasse, 75680 Paris Cedex 14.

ISBN 979-10-358-1969-9

Sommaire

GÉNÉTIQUE ET ÉVOLUTION

1 L'origine du génotype des individus

2 La complexification des génomes : transferts horizontaux et endosymbioses

3 L'inéluctable évolution des génomes au sein des populations

4 D'autres mécanismes contribuant à la diversité du vivant

À LA RECHERCHE DU PASSÉ GÉOLOGIQUE DE NOTRE PLANÈTE

5 Le temps et les roches

6 Les traces du passé mouvementé de la Terre

DE LA PLANTE SAUVAGE À LA PLANTE DOMESTIQUÉE

7 L'organisation fonctionnelle des plantes à fleurs

8 La plante, productrice de matière organique

9 Reproduction de la plante : entre vie fixée et mobilité

Sommaire

Tout ce que tu dois savoir sur l'épreuve de SVT au Baccalauréat

QUAND L'ÉPREUVE SE DÉROULE-T-ELLE ?

L'épreuve écrite terminale de spécialité de SVT se déroule généralement **au retour des vacances de printemps**. C'est ton lycée ou ton académie qui fixe les dates, alors n'oublie pas de te renseigner !

COMBIEN DE TEMPS DURE-T-ELLE ?

L'épreuve terminale de spécialité de SVT comporte **deux parties** : une **épreuve écrite**, qui dure **3 h 30**, et une **épreuve d'évaluation des compétences expérimentales** (ECE), qui dure **1 h**.

COMMENT LES POINTS SONT-ILS RÉPARTIS ENTRE LES DIFFÉRENTS EXERCICES ?

L'**épreuve écrite** compte pour **15 points** (sur 20) et l'**épreuve pratique** compte pour **5 points** (sur 20). La note globale de l'épreuve est donnée sur 20 points. Dans l'épreuve écrite, l'**exercice 1** est noté sur 6 ou 7 points, l'**exercice 2** est noté sur 8 ou 9 points.

QUEL EST LE POIDS DE L'ÉPREUVE DE SPÉCIALITÉ SVT ?

Dans le nouveau Baccalauréat, l'ensemble des épreuves terminales compte pour 60 % de la note finale. Le coefficient de l'épreuve de spécialité de SVT est de **16 (sur 100)**.

QUELS TYPES D'EXERCICES DOIS-JE MAÎTRISER ?

Tu dois maîtriser deux types d'exercices. L'**exercice 1** nécessite de rédiger un texte argumenté répondant à une question scientifique posée. Le questionnement peut être accompagné d'un ou plusieurs documents. L'**exercice 2** demande de développer un raisonnement scientifique pour résoudre le problème posé.

SUR QUELLE PARTIE DU PROGRAMME VAIS-JE ÊTRE ÉVALUÉ(E) ?

L'épreuve écrite porte sur l'ensemble du programme de terminale **à l'exception des sujets suivants** :

- « D'autres mécanismes contribuent à la diversité du vivant » **(ch. 4, p. 58)** ;
- « La domestication des plantes » **(ch. 10, p. 156)** ;
- « Les conséquences du réchauffement climatique et les possibilités d'actions » **(ch. 12, p. 194)** ;
- « L'organisme débordé dans ses capacités d'adaptation » **(ch. 16, p. 264)**.

QUELLES SONT LES ATTENTES DU JURY ?

L'épreuve a pour objectif de valider la maîtrise des connaissances et compétences acquises dans le cadre du programme du cycle terminal. L'**exercice 1** permet d'évaluer la capacité à mobiliser des connaissances, à les organiser et à les exposer avec la syntaxe, le vocabulaire scientifique et les modes de communication scientifique appropriés. L'**exercice 2** permet d'évaluer la capacité à pratiquer une démarche scientifique, à partir de l'exploitation d'un ensemble de documents et en mobilisant des connaissances voir Méthode BAC, p. 10-11.

Pour te préparer à l'épreuve tout au long de l'année, consulte les fiches Coaching BAC, p. 326-335.

1 Les clés pour réussir

Étape 1 Analyser et reformuler les termes du sujet

Cette étape est essentielle pour les deux types d'exercices. Elle vise à comprendre le sens du travail à faire, les exigences et les limites. Il faut en particulier analyser :

- **le verbe employé** (« expliquer », « décrire »...) ;
- **les mots clés du sujet** ;
- **les limites du sujet** ;
- **les exigences spécifiées dans le paratexte** (« texte argumenté », « preuves », utilisation des documents...).

Étape 2 Recenser et organiser les idées et arguments pour répondre au sujet

- **Analyse** les documents.
- **Mobilise tes connaissances** sur le sujet.
- **Repère les idées clés** et les détails qui y sont associés.
- **Formule ta conclusion.**
- **Organise tes idées clés** selon un ordre logique qui permet leur énonciation progressive sans aller-retour. Chacune constitue alors une « grande » partie de développement.
- **Choisis un argument** à présenter par idée clé. C'est-à-dire une preuve pour un des détails pour chacune des idées clés.
- **Choisis ce que tu présenteras sous forme de texte et sous forme de schéma** (que tu esquisseras au brouillon).

COUP DE POUCE

Une fois ta conclusion formulée, vérifie qu'il s'agit bien d'une réponse complète au problème posé. Si c'est le cas, passe à l'organisation de ton texte. Si ce n'est pas le cas, remobilise tes connaissances.

CONSEIL

Pour chacune des parties, établis l'ordre logique dans lequel tu énonceras les détails associés.

Étape 3 Rédiger le devoir

- **Rédige une introduction** qui rappelle le sujet à traiter, en le reformulant.
- **Rédige tes « grandes » parties** comme des paragraphes distincts, en respectant l'ordre et la forme que tu as choisis.
- **Rédige ta conclusion.**
- **Relis ton travail** pour corriger la syntaxe, la grammaire, le vocabulaire scientifique et les schémas.

2 Comment vérifier que tu réponds bien aux attentes du jury ?

Nous te proposons dans cet ouvrage des **sujets complets corrigés**, avec des **grilles d'autoévaluation** (voir p. 280-324).

Ces grilles évaluent les points suivants.

Exercice 1

Tes connaissances et arguments

> Exactitude et complétude des connaissances à mobiliser

> Pertinence, complétude et exactitude des arguments nécessaires pour étayer l'exposé : principes ou exemples d'expériences, observations, situations concrètes... (éventuellement issus du ou des documents proposés)

La construction scientifique de ton texte

> Logique de la construction du texte par rapport à la question posée

> Complétude : toutes les idées clés (grandes parties du sujet) sont présentes

La qualité de ton exposé

> Syntaxe, vocabulaire scientifique, clarté de tout mode de communication scientifique approprié

Exercice 2

Ta démarche de résolution

> Qualité et complétude de la démarche de résolution (adéquation de la démarche avec le problème posé)

> Qualité de la rédaction de la démarche de résolution (explicitation claire et rigoureuse du raisonnement conduit)

> Présence et justesse de la conclusion apportant une réponse correcte au problème posé

Ton analyse des documents et la mobilisation de tes connaissances

> Qualité des données prélevées dans les documents pour résoudre le problème scientifique

> Complétude et pertinence des connaissances nécessaires pour traiter le problème de manière complète, en sus des données issues des document

La mise en relation des documents et connaissances

> Mise en relation pertinente des données prélevées et des connaissances avec le problème à résoudre (confrontation pertinente des données et des connaissances et du problème posé)

THÈME 1

1 L'origine des individus

RÉVISIONS 1re

Un quiz avant de commencer

1. Réponds aux questions suivantes.

Chaque couleur est associée à une paire de chromosomes homologues à une ou deux chromatides (I ou H).

1. Quel schéma illustre les conséquences cellulaires et chromosomiques d'une mitose ?
2. Quel schéma illustre les conséquences cellulaires et chromosomiques d'une méiose ?
3. Laquelle/lesquelles des cellule(s) numérotée(s) de 1 à 4 est/sont diploïde(s) ?
4. Quelle(s) cellule(s) numérotée(s) de 1 à 4 a pour formule chromosomique n = 2 ?

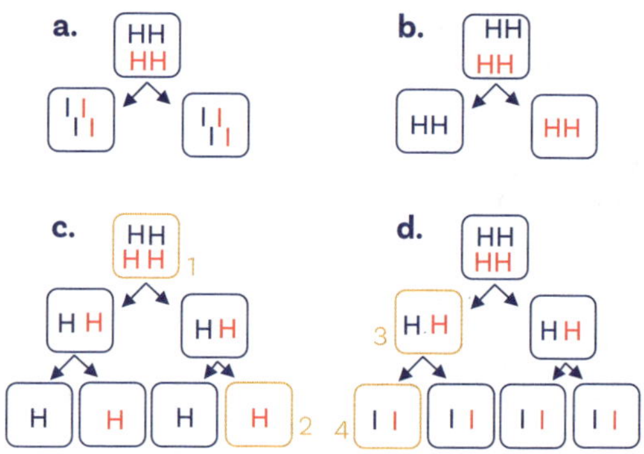

2. Vrai ou faux ?

	Vrai	Faux
1 Le génome est l'ensemble des gènes d'un individu.	☐	☒
2 Le séquençage de l'ADN donne la séquence de nucléotides d'un allèle.	☒	☐
3 Les segments d'ADN localisés au même endroit sur des chromosomes homologues ont toujours les mêmes séquences de nucléotides.	☐	☒
4 Pour une paire d'allèles identiques, le génotype est hétérozygote.	☐	☒
5 Les mutations enrichissent la diversité allélique de la population.	☒	☐
6 Un clone est un ensemble de cellules génétiquement différentes.	☐	☒
7 Une mutation dans une cellule somatique est présente dans son clone.	☒	☐
8 La fécondation produit un gamète diploïde.	☐	☒
9 Si l'allèle responsable d'une maladie monogénique appartient au chromosome Y, la transmission de celle-ci est autosomique.	☐	☒

Réponses : 1. 1. a – **2.** d – **3.** 1 – **4.** 3 et 4 • **2. 1.** Faux – **2.** Vrai – **3.** Faux – **4.** Faux – **5.** Vrai – **6.** Faux – **7.** Vrai – **8.** Faux – **9.** Faux

du génotype

L'ESSENTIEL EN 4 POINTS

Comment le génotype des individus issus de la reproduction asexuée se diversifie-t-il ?

1 — Stabilité et évolution clonale
Le **génotype** des clones **se diversifie** par accumulation des **mutations** au cours des générations, en dehors de tout échange génétique avec l'extérieur. > p. 14

Comment le génotype des individus issus de la reproduction sexuée se diversifie-t-il sans modification du génome ?

2 — Le brassage des génomes à chaque génération
Le **génotype** d'un individu provient de ses **parents** mais n'est pas identique à celui de ses frères ou sœurs. Des phénomènes aléatoires lors de la **méiose** (brassage intra- et inter- chromosomique) et de la **fécondation** sont en jeu dans la reproduction sexuée. > p. 15

Comment le génome peut-il être modifié lors de la reproduction sexuée ? Quelles en sont les conséquences génotypiques et évolutives ?

3 — Les accidents génétiques de la méiose
Des **anomalies** au cours de la **méiose** (crossing-over inégal, absence de séparation des chromatides) peuvent **modifier le génome** : chromosome(s) ou gène(s) supplémentaires, voire absents. Les **conséquences** sur le génotype et évolutives sont diverses. > p. 17

Comment les principes de base de la génétique s'appliquent-ils en analyse génétique dans l'espèce humaine ?

4 — Principes de base de la génétique
En cas d'**anomalie génétique**, l'**origine du génotype** d'un individu est parfois à rechercher parmi ses **ancêtres**. L'étude de l'**arbre généalogique** et/ou le **séquençage** de l'ADN permettent de déterminer le génotype et, parfois, l'allèle responsable. > p. 19

LE COURS en 4 fiches

1 Stabilité et évolution clonale

Idées clés

→ Un **clone** est un ensemble de cellules produit par une succession de **divisions cellulaires conformes**. Toutes les cellules sont génétiquement identiques, aux mutations près. La **reproduction asexuée** assure une stabilité clonale.

→ Chaque cellule hérite du **génome** et du **génotype** d'une seule autre cellule.

→ En l'absence d'échange génétique avec l'extérieur, l'**accumulation de mutations successives** au cours des générations crée de la **diversité génétique** au sein d'un clone. C'est un processus d'évolution clonale.

Des pistes pour argumenter

- **La stabilité clonale :** indiquez comment les événements de la mitose, après une réplication du matériel génétique très fiable, permettent la conservation d'une copie complète du génome de la cellule parentale dans chacune des deux cellules filles. > **p. 12**
- **L'évolution clonale :** présente les résultats de l'expérience de Lenski sur la diversification génétique d'un clone bactérien au cours du temps.

Coup d'œil

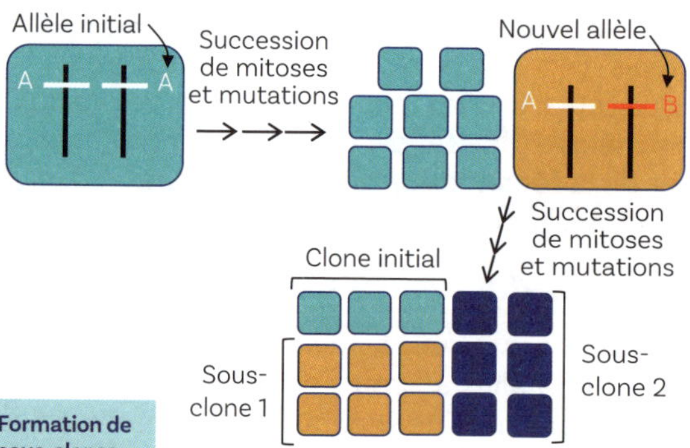

Formation de sous-clones

À la loupe

- Les **clones** peuvent être constitués de **cellules séparées** (cas des nombreuses bactéries ou de nos cellules sanguines) ou de **cellules associées de façon stable** (cas des tissus solides comme les épithéliums de l'intestinal ou de la peau).
- Un **clone** est produit par une **succession de divisions cellulaires** conformes (des **mitoses**, chez les **eucaryotes**). Il en résulte une **relative stabilité génétique** : génome et génotype sont conservés d'une génération de cellule à la suivante, aux mutations près.
- **Toute mutation** (perte de gène, apparition d'un nouvel allèle, etc.) **est héréditaire**. Elle devient **pérenne** pour toute la **lignée cellulaire** issue du mutant, qualifiée de « **sous-clone** ». En l'absence d'échange génétique avec l'extérieur, la **diversité allélique d'un clone** varie par accumulation de **mutations successives** dans les différentes cellules.

→ Voir lexique p. 342

2 Le brassage des génomes à chaque génération

Idées clés

→ **Méiose** et fécondation sont des **mécanismes compensatoires** permettant la conservation du **caryotype** à chaque génération.

→ Chaque cellule-œuf **diploïde** hérite des génomes et génotypes de deux cellules **haploïdes**.

→ Lors de la méiose, les brassages génétiques intra- et interchromosomiques génèrent une **diversité de combinaisons d'allèles** chez les gamètes, diversité d'autant plus grande que le nombre de gènes à l'état **hétérozygote** chez les parents est grand.

→ La **diversité allélique** des gamètes et le **brassage génétique** lié à l'aléa de leur rencontre lors de la fécondation favorisent une **diversification génétique** des cellules-œuf.

Des pistes pour argumenter

La diversification des combinaisons alléliques des gamètes lors de la méiose : présente un exemple pour comparer les génotypes des gamètes issus de deux méioses, avec et sans crossing-over, impliquant deux gènes liés (brassage intrachromosomique) ou avec des répartitions alternatives de chromosomes pour deux gènes non liés (brassage interchromosomique).

Coup d'œil

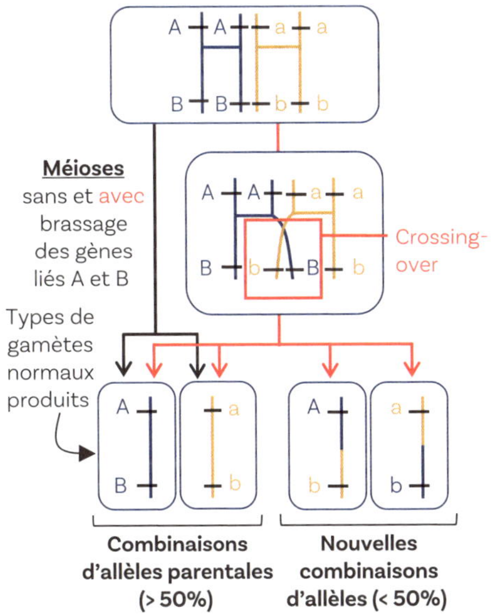

Diversité des combinaisons alléliques des gamètes avec un brassage intrachromosomique

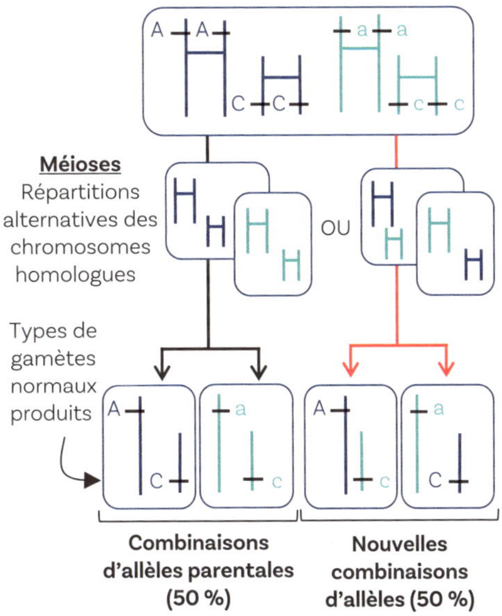

Diversité des combinaisons alléliques des gamètes avec un brassage interchromosomique

À la loupe

- Chez les eucaryotes **à reproduction sexuée**, **le caryotype est relativement stable** au cours des générations (d'une cellule-œuf à une nouvelle cellule-œuf) parce que la méiose et la fécondation sont des **mécanismes compensatoires**. La **méiose réduit la ploïdie** : les **gamètes haploïdes** sont formés à partir de **cellules diploïdes**. La fécondation permet un retour à l'état diploïde, **deux gamètes haploïdes** unissent leur génome.
- Le **génotype** d'une cellule-œuf diploïde est le **résultat de la fécondation entre deux gamètes haploïdes**, rassemblant deux génomes d'origine indépendante qui apportent **chacun un lot d'allèles**. Pour chaque paire d'allèles, les séquences de **nucléotides** sont identiques (**homozygotie**) ou différentes (**hétérozygotie**).
- **Lors de la méiose**, des **événements chromosomiques aléatoires** recombinent les allèles de différents gènes : les **crossing-over** (échange de fragments de **chromatides** entre chromosomes homologues en prophase I) et la répartition des chromosomes homologues en anaphase I et des chromatides sœurs en anaphase II. Il en résulte une **diversité des combinaisons génétiques** (génotypes) possibles dans les gamètes.
- La **diversité des gamètes** est d'autant plus élevée que le nombre de gènes à l'état hétérozygote est grand chez les parents. Pour deux paires d'allèles, **deux combinaisons** d'allèles sont possibles si le parent est **double homozygote**, **quatre combinaisons** d'allèles sont possibles s'il est **double hétérozygote**. En général, le nombre de combinaisons est égale à 2^n (avec n, le nombre de gènes à l'état hétérozygote).
- Pour **deux paires d'allèles différents**, **quatre combinaisons d'allèles** dans les gamètes sont possibles : deux combinaisons parentales d'allèles et deux combinaisons de nouvelles d'allèles. Si les **deux gènes** sont **liés** (situés sur le même chromosome), c'est au cours d'une **méiose avec crossing-over** que des gamètes présentant de **nouvelles combinaisons** peuvent se former aux côtés de gamètes avec des combinaisons parentales d'allèles. Les **méioses sans crossing-over** forment uniquement des **gamètes avec des combinaisons parentales d'allèles**. Statistiquement, les méioses avec et sans crossing-over ont autant de chance de se produire, si bien que les gamètes avec des combinaisons nouvelles d'allèles sont **minoritaires**.
- Si les **deux gènes** sont **indépendants** (situés sur des chromosomes différents), il n'y a **pas de crossing-over** possible. Les nouvelles combinaisons d'allèles ont autant de chance de se former que les combinaisons parentales par la **répartition aléatoire des chromatides** au cours des deux divisions de méioses. Les gamètes avec des combinaisons parentales et nouvelles d'allèles sont dans des **proportions équiprobables**.
- Les **rencontres aléatoires** des gamètes lors de fécondation participent au **brassage génétique** à chaque génération.

→ Voir lexique p. 342

3 Les accidents génétiques de la méiose

Idées clés

→ Les accidents génétiques de la méiose (**crossing-over** inégaux, migrations anormales de **chromatides**) sont souvent **létaux**.

→ Ils engendrent parfois une **diversification importante des** génomes et jouent un rôle essentiel dans l'**évolution biologique**. Ainsi, des **crossing-over inégaux**, dupliquant des gènes, peuvent contribuer à la formation de **familles multigéniques**.

→ Des **migrations anormales de chromatides**, modifiant la ploïdie des gamètes, peuvent contribuer à l'émergence de **nouveaux caractères** avantageux ou de barrières à la reproduction.

Des pistes pour argumenter

- **La diversification du génome suite à une anomalie de migration de chromatides lors de la méiose :** présente un exemple de méiose anormale, suivie d'une fécondation, qui permet la production d'un caryotype diploïde anormal. Tu peux appliquer ton schéma à un exemple concret (ex. : syndrome de Klinefelter). > **p. 298**
- **L'importance des familles multigéniques dans le génome :** appuie-toi sur l'exemple de la levure eucaryote *S. cerevisiae*, espèce modèle pour laquelle les chercheurs estiment que près de 40 % des gènes codants appartiennent à des familles multigéniques.

Coup d'œil

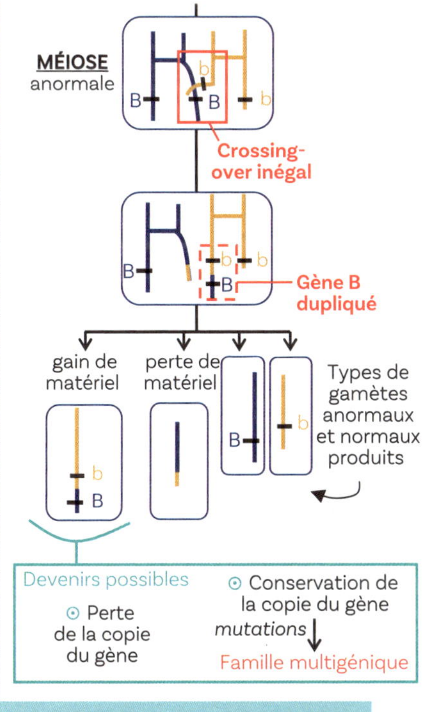

Duplication génique et famille multigénique

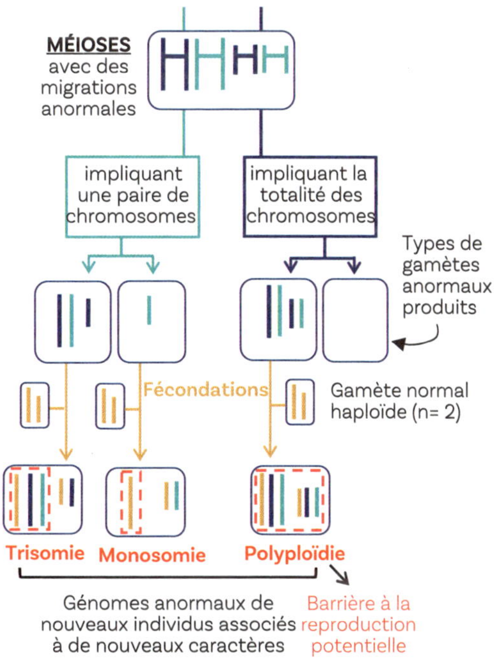

Modification de la ploïdie

À la loupe

• Un **crossing-over inégal** est l'**échange de fragments de chromatides** de tailles différentes entre chromosomes homologues, pouvant se solder par l'ajout d'une **copie de gène surnuméraire** à l'une des deux chromatides impliquées. C'est un processus de **duplication de gène**. Si le gamète porteur de l'anomalie est impliqué dans une fécondation, elle est transmise à la génération suivante.

• La copie de gène peut **disparaître** ou accumuler des mutations qui peuvent **modifier sa fonction**. Ainsi, certaines copies de gènes acquièrent de **nouvelles fonctions** susceptibles d'être à l'origine de **nouveaux caractères** individuels. L'ensemble des gènes issus d'événements successifs de duplication et de mutations à partir d'un gène ancestral constitue une **famille multigénique**.

• Les **migrations anormales de chromatides**, touchant un ou plusieurs chromosomes, forment des **gamètes anormaux**. Impliqués dans des fécondations, ils peuvent entraîner la formation de cellules-œufs avec un **caryotype anormal** (ex. : monosomie ou trisomie, polyploïdie). Ce processus de diversification est à l'origine de **nouveaux caractères**, parfois bénéfiques, mais souvent sources de **troubles pathologiques**. La **polyploïdie**, fréquente chez les végétaux, peut isoler génétiquement deux sous-populations et s'accompagner de l'**émergence d'une nouvelle espèce**.

• Les **organismes polyploïdes** possèdent plus de deux lots de chromosomes et présentent des **caractères phénotypiques différents** de leurs parents diploïdes. Alors que la situation est courante et viable chez les plantes, elle l'est moins chez les animaux et, dans l'espèce humaine, les zygotes polyploïdes ne sont **pas viables**. L'état polyploïde peut **isoler génétiquement** deux sous-populations et s'accompagner de l'émergence d'une **nouvelle espèce**. Par exemple, un **organisme végétal triploïde** (3n), stérile car ayant un nombre impair de chromosomes, peut se multiplier par **autofécondation** ou par **multiplication asexuée**. Il peut ainsi fonder une population isolée génétiquement : on parle bien d'une nouvelle espèce.

→ Voir lexique p. 342

4 Principes de base de la génétique

Idées clés

→ Les principes de base de la génétique expliquent l'hérédité génétique, c'est-à-dire la **transmission verticale** (d'une génération à l'autre) des caractères, par la **reproduction sexuée**. Ils ont été découverts grâce à des croisements impliquant des **lignées pures** différant par un à quelques caractères monogéniques.

→ Chez l'**organisme** diploïde, un caractère observable monogénique s'exprime différemment selon l'**état du génotype** associé au gène (homozygote ou hétérozygote) et la **relation entre les deux allèles** présents (**récessivité**/**dominance**).

→ L'**analyse génétique** permet d'identifier le génotype d'un individu, **indirectement** par l'**étude de la transmission héréditaire** de caractères observables au sein d'une famille ou **directement par séquençage de l'ADN**.

→ Les progrès dans le domaine du séquençage et de la bioinformatique donnent directement accès au génotype des individus et peuvent permettre d'identifier des **relations de causalité entre la présence d'allèles et les maladies**.

Des pistes pour argumenter

• **L'expression différentielle d'un caractère observable monogénique selon le génotype :** présente la relation entre génotypes et phénotypes pour un exemple de maladie monogénique de ton choix comme la mucoviscidose. > p. 28

• **L'utilisation des principes de base de la génétique pour expliquer ou déterminer un génotype :** appuie-toi sur un exemple d'arbre généalogique pour une maladie monogénique de ton choix. > p. 24

Coup d'œil

Génotypes fréquences	Gamètes ♀ (A/) 1/2	Gamètes ♀ (a/) 1/2
Gamètes ♂ (A/) 1/2	(A//A) 1/4 = 1/2 * 1/2	(A//a) 1/4
Gamètes ♂ (a/) 1/2	(a//A) 1/4	(a//a) 1/4

← zygotes →

Génotype du gamète ; Fréquence du gamète $f_{(a/)}$; Génotype du zygote ; Fréquence du zygote $f_{(a//a)}$

Échiquier de croisement

Génotype entre parenthèses ; *Phénotype entre crochets*

	Gènes liés	Gènes non liés	Phénotype
Génotype diploïde	(AB//ab) A a / B b	(A//a; B//b) A a / B b	[A ; B] caractères exprimés
Génotype haploïde	(AB/) A / B	(A/ ; B/) A / B	

Conventions d'écriture en génétique

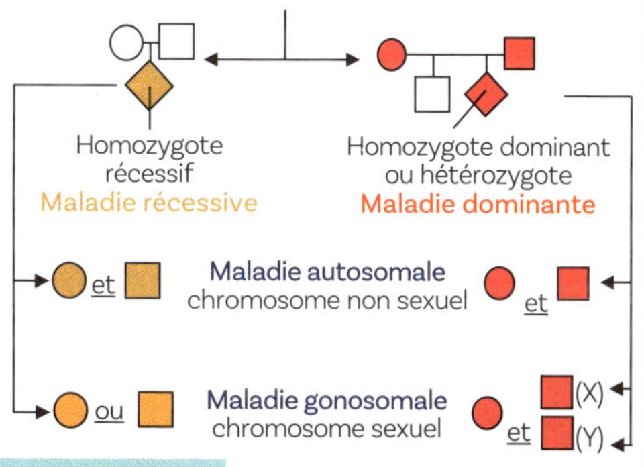

Analyse génétique

À la loupe

- **Historiquement**, l'étude de la **transmission de caractères monogéniques** à l'aide de croisements impliquant des **lignées pures** (populations d'individus **homozygotes**) ne différant que par un nombre limité de caractères a permis d'établir les principes de base de l'hérédité génétique des caractères observables. Les lois découvertes par **Mendel** et ses études sur les végétaux peuvent s'énoncer aujourd'hui ainsi : 1) En fin de méiose, chaque gamète reçoit un seul des deux allèles de chaque paire avec une **probabilité équivalente** ; 2) Chaque gamète apporte **un seul lot d'allèles** au zygote ; 3) Les allèles d'un gène se transmettent **indépendamment** des allèles d'un autre gène, si les gènes sont indépendants.
- Un **croisement de deux lignées pures** permet de déterminer la **dominance** ou la **récessivité** d'un caractère, par l'étude du phénotype des **hybrides hétérozygotes**. Les **caractères** observables chez ces hybrides sont **dominants**.
- Un **croisement-test** permet de déterminer le **génotype d'individus présentant un phénotype dominant**, en analysant les résultats d'un croisement entre ces individus et des individus de lignée pure récessive. Sachant que les **individus de lignée pure récessive** ne produisent que des **gamètes ayant le même génotype**, l'analyse des phénotypes des hybrides consiste à **déduire le génotype des autres gamètes** nécessairement impliqués pour expliquer les phénotypes en s'appuyant sur la **2e loi de Mendel**. Ces autres gamètes sont produits par les individus parents dont on cherche le génotype. La diversité des génotypes des gamètes permet de **déduire le génotype parental**. Lorsqu'un croisement-test implique un parent hétérozygote pour deux gènes, la détermination des proportions de chaque type de gamètes produits par ce parent permet de **déterminer si les gènes sont liés ou indépendants**. En effet, les proportions relatives de gamètes avec des combinaisons alléliques parentales et nouvelles sont différentes selon que les gènes sont liés ou indépendants.
- **Par convention,** le **phénotype** est écrit entre crochets [ ] et le **génotype** est écrit entre parenthèses ( ).
- **Dans le cas de l'espèce humaine**, l'identification des allèles portés par un individu s'appuie d'abord sur une étude au sein de la famille. L'**analyse d'arbres généalogiques** permet de déterminer le mode de transmission d'une maladie monogénique : **autosomique** ou **gonosomique** (si le gène est porté par un chromosome sexuel), **récessive** ou **dominante**. Le développement des techniques de **séquençage de l'ADN** et les **progrès de la bioinformatique** donnent directement accès au génotype de chaque individu, comme à ceux de ces ascendants et descendants.

→ Voir lexique p. 342

MÉMO VISUEL

- L'origine du génotype des individus -

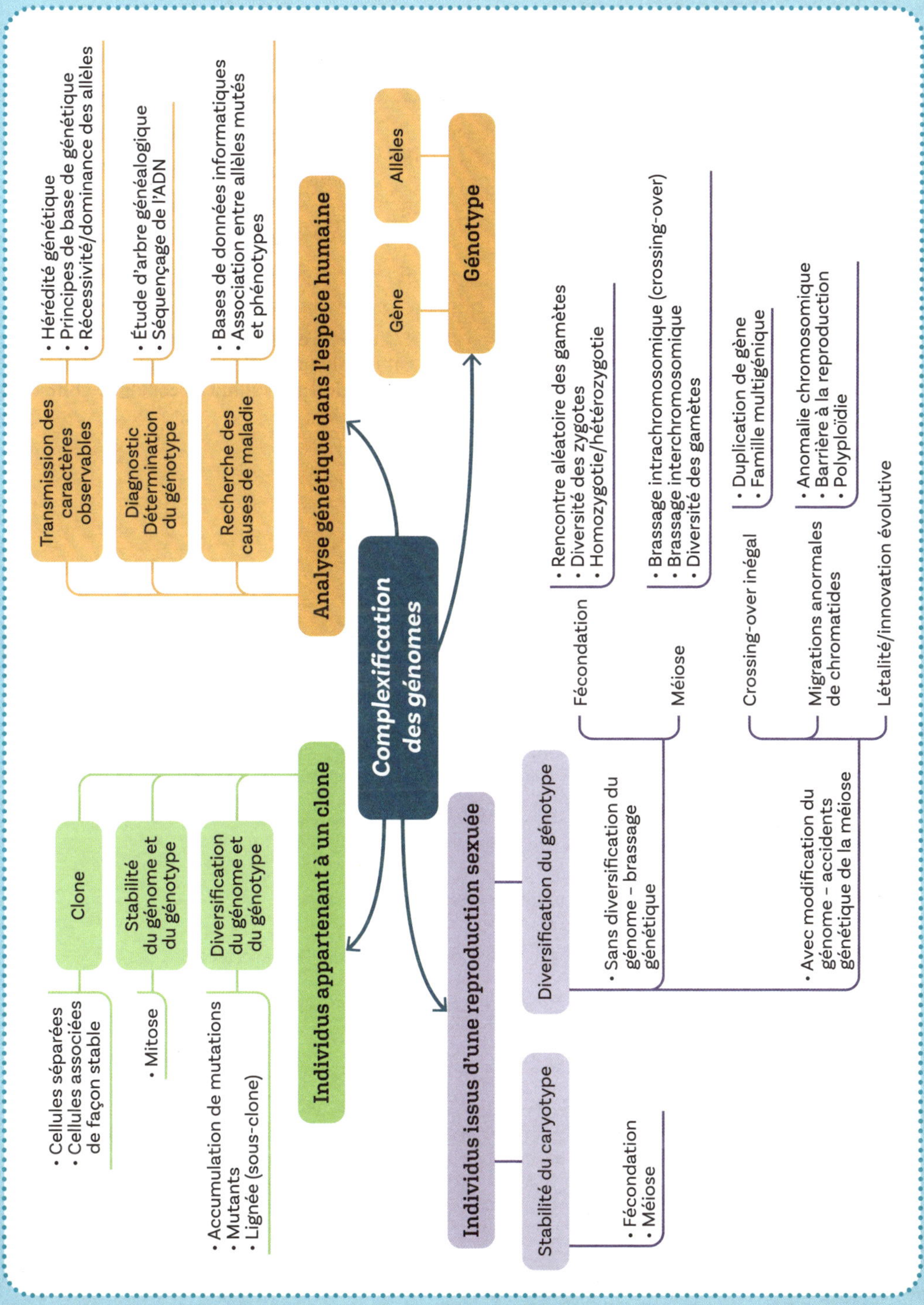

QCM

SE TESTER

1. Coche la ou les bonne(s) réponse(s).

1. Une cellule dont la formule chromosomique est 2n = 4 possède :

- **a** 4 paires de chromosomes. ☐
- **b** 2 paires de chromosomes. ☐
- **c** 4 chromosomes non homologues. ☐
- **d** 2 chromosomes à 2 chromatides. ☐

2. Le génotype d'une cellule diploïde, hétérozygote pour 2 gènes A (allèles A, a) et B (allèles B, b) situés sur 2 paires de chromosomes s'écrit :

- **a** (A,B//a,b) ☐
- **b** (A//b ; B//a) ☐
- **c** [A//a ; B//b] ☐
- **d** [A,B//a,b] ☐
- **e** (A//a ; B//b) ☐
- **f** (A/B/ ; a/b/) ☐

3. Une cellule dont la formule chromosomique est n = 4 :

- **a** est une cellule haploïde possédant 4 chromosomes. ☐
- **b** est une cellule haploïde possédant 2 paires de chromosomes. ☐
- **c** est une cellule diploïde possédant 4 chromosomes. ☐
- **d** est une cellule diploïde possédant 2 paires de chromosomes. ☐

4. Si l'allèle A est dominant sur a et que B est dominant sur b, alors le phénotype d'un individu possédant la cellule ci-contre peut s'écrire :

- **a** (A, b) ☐
- **b** [Ab//aB] ☐
- **c** [A, B] ☐
- **d** [A//b] ☐

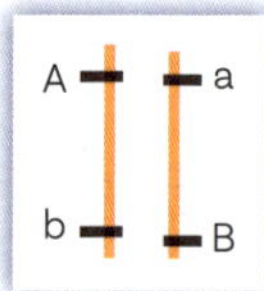

2. Vrai ou faux ?

		Vrai	Faux
1	Pour deux paires d'allèles hétérozygotes, il y a 2 combinaisons d'allèles possibles en fin de méiose.	☐	☐
2	Lorsque 2 gènes sont liés, la méiose produit 4 combinaisons d'allèles équiprobables.	☐	☐
3	Le nombre de combinaisons génétiques possibles dans les gamètes est d'autant plus élevé que le nombre de gènes à l'état hétérozygote est grand.	☐	☐
4	Le crossing-over est une anomalie de la méiose.	☐	☐
5	Lorsque deux gènes sont liés, il y a toujours un crossing-over durant la méiose.	☐	☐
6	Les gènes constituants une famille multigénique proviennent de la duplication d'un gène ancestral.	☐	☐
7	Les clones ne possèdent aucune diversité génétique, car la reproduction est conforme.	☐	☐
8	Une cellule possédant une paire d'allèle différent est qualifiée d'hétérozygote.	☐	☐
9	Une cellule-œuf hérite des allèles d'un seul des deux gamètes.	☐	☐
10	Les trisomies sont liées à un crossing-over inégal durant la méiose.	☐	☐
11	On peut calculer le risque qu'un enfant soit atteint d'une maladie génétique en étudiant l'arbre généalogique de la famille.	☐	☐

3. **Complète le schéma suivant avec les bonnes vignettes (chaque vignette n'est utilisable qu'une seule fois).**

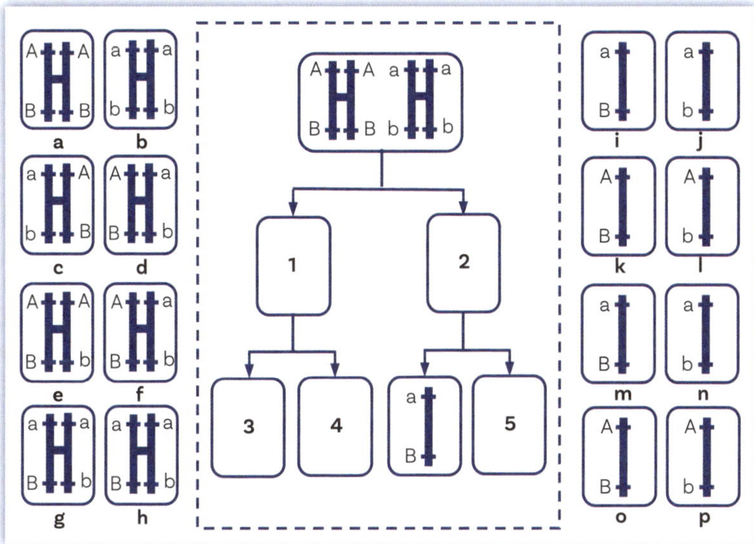

4. **Réponds aux questions posées sur ces mémo cartes.**

1. Stabilité et évolution clonale

- Quelle est l'origine du génotype d'une cellule appartenant à un clone ?
- Comment le génotype d'un clone se diversifie-t-il en dehors de tout échange génétique avec l'extérieur ?
- Quelles sont les conséquences génétiques des divisions cellulaires conformes à l'origine des clones sur leur diversité allélique ?
- Qu'est-ce qu'un sous-clone ?

2. Le brassage des génomes à chaque génération

- Quelle est l'origine du génotype d'une cellule-œuf diploïde ?
- Comment la reproduction sexuée permet-elle la diversification du génotype des individus ?
- Comment les brassages génétiques intra- et inter-chromosomiques génèrent-ils de la diversité génotypique des gamètes ?
- Comment la fréquence de l'hétérozygotie des gènes chez les parents influence-t-elle la diversité génotypique des gamètes ?

3. Les accidents génétiques de la méiose

- Comment des accidents génétiques lors de la méiose peuvent-ils engendrer une diversification importante des génomes ?
- Qu'est-ce qu'un crossing-over inégal ? Comment participe-t-il à l'émergence de familles multigéniques ?
- Quelles sont les conséquences possibles d'anomalies de répartition de chromatides au cours de la méiose ?
- Comment une anomalie de méiose peut-elle contribuer à l'émergence d'une nouvelle espèce ?

4. Principes de base de la génétique

- Quelles sont les méthodes pour déterminer le génotype d'un individu ?
- Quels sont les principes de base de transmission héréditaire des caractères monogénétiques ?
- Comment déterminer l'origine d'une maladie génétique ?

Réponses : 1. 1. b - **2.** e - **3.** a - **4.** c • **2. 1.** Vrai - **2.** Faux - **3.** Vrai - **4.** Faux - **5.** Faux - **6.** Vrai - **7.** Faux - **8.** Vrai - **9.** Faux - **10.** Faux - **11.** Vrai • **3. 1.** e - **2.** h - **3.** o - **4.** l - **5.** j.

SAVOIR-FAIRE

Méthode 1 Exploiter un arbre généalogique

SUJET La transmission d'une maladie génétique

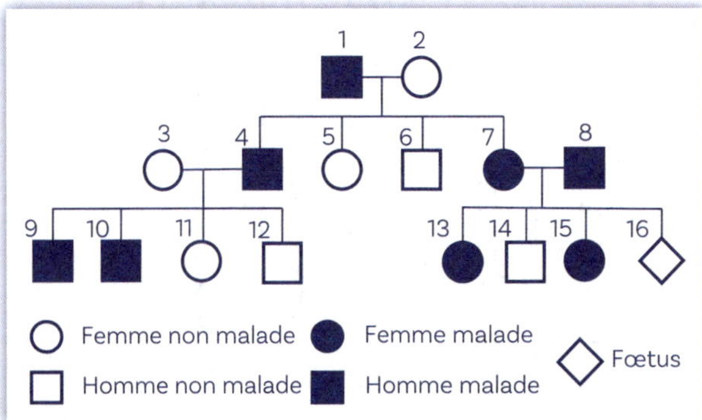

L'hypercholestérolémie familiale est une maladie héréditaire qui entraîne le déclenchement d'infarctus chez les personnes atteintes. Un couple (individus 7 et 8 de l'arbre) atteint par cette maladie attend un enfant (16). Il souhaite savoir si celui-ci court un risque d'être atteint par la maladie.

Consigne : Après avoir étudié l'arbre généalogique, détermine le mode de transmission de cette maladie et la probabilité pour l'enfant à naître d'être atteint par la maladie.

CONSEILS

- Détermine dans un premier temps si la maladie est dominante ou récessive.
- Détermine ensuite si la maladie est autosomique ou gonosomique.
- Détermine le génotype des parents.
- Réalise un échiquier de croisement.

+ d'aide ?
Voir p. 19

CORRIGÉ

On voit que les partenaires du couple 7-8 sont malades, mais pas tous ses enfants. Si l'allèle responsable de la maladie était récessif, chaque partenaire serait homozygote et l'ensemble des enfants nécessairement malade. **On peut en déduire** que cette maladie est due à un **allèle muté dominant** que l'on note « M ». L'allèle qui détermine le phénotype « normal » est noté « m ».

Prends le temps d'identifier la codification de l'arbre généalogique.

On voit que les hommes et les femmes sont touchés par la maladie : **on peut donc en déduire** qu'on est en présence d'une **maladie autosomique**.

Gamète II.8 / Gamète II.7	M — 50 %	m — 50 %
M — 50 %	M M — 25 % (M//M)	M m — 25 % (M//m)
m — 50 %	m M — 25 % (M//m)	m m — 25 % (M//m)

Un tableau de croisement permet d'expliquer de manière plus claire ton raisonnement.

Si 7 ou 8 est homozygote pour l'allèle M, alors les enfants seraient tous atteints. **On voit que** ce n'est pas le cas puisque l'individu 14 n'est pas malade. **On en déduit que** 7 et 8 sont hétérozygotes (M//m).

On peut ainsi déterminer par un échiquier de croisement la probabilité que l'enfant à naître soit touché.

Ainsi, l'enfant à naître a une probabilité de 25 % de ne pas être porteur de la maladie, 75 % de risque d'être atteint.

Il faut conclure en traduisant les risques de maladie en termes de probabilité.

Méthode 2 Réaliser un schéma structural

SUJET Diversité génétique des gamètes

La diversification génétique des êtres vivants s'explique notamment par la diversité des gamètes produits lors de la méiose.

Consigne : Représente schématiquement une cellule de formule chromosomique 2n = 4 et de génotype (A//a ; B//b), avant et après sa réplication de l'ADN précédent une méiose.

CONSEILS

- Représente schématiquement la cellule de départ.
- N'oublie pas la phase de réplication avant de débuter la méiose.
- Utilise tes connaissances pour déterminer le type de brassage à représenter.

CORRIGÉ

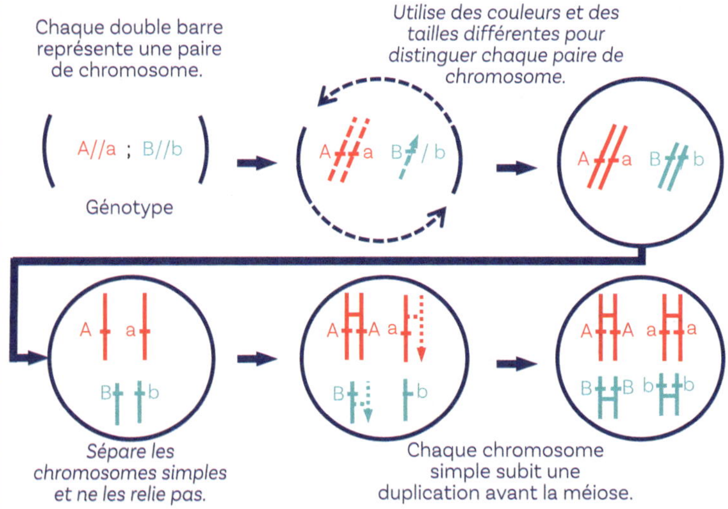

Les gènes étant indépendants (situés sur des chromosomes différents), il faut représenter un brassage inter-chromosomique (schéma p. 15).

Méthode 3 Exploiter un croisement-test

SUJET Le mystère des souris grises

Les souris sont des animaux diploïdes. On s'intéresse au caractère « couleur du poil » déterminé par un gène existant sous deux formes. L'allèle G dominant détermine le phénotype « poils gris », noté [G], et l'allèle b récessif détermine le phénotype « poil blanc », noté [b]. Les génotypes des souris grises des groupes 1 et 2 sont inconnus. On sait cependant qu'au sein d'un groupe, tous les individus ont le même génotype. Un croisement-test consiste à croiser des individus de génotype inconnu avec des individus de lignée pure récessive (génotype homozygote récessif). On réalise deux croisements-test dont les résultats sont présentés ci-dessous.

Croisement-test 1	Croisement-test 2	Règles de base de la génétique pour un caractère monogénique
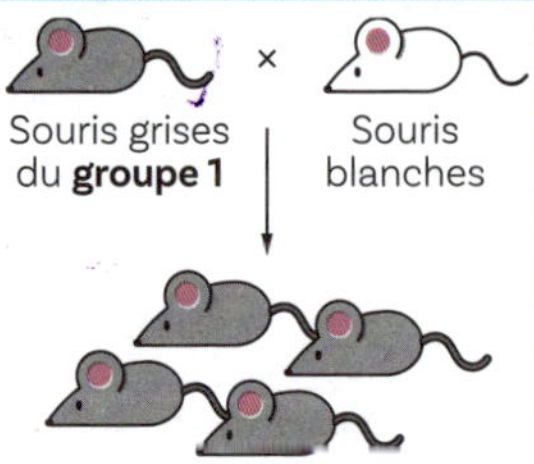 100 % de souris grises	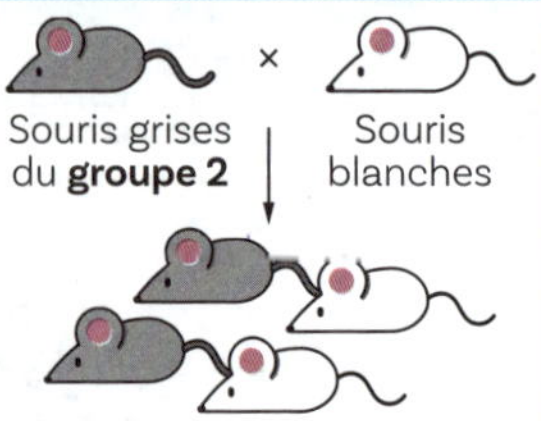 50 % de souris grises 50 % de souris blanches	**1.** Chaque gamète produit a l'un ou l'autre des allèles de chaque paire (1 chance sur 2). **2.** Chaque gamète apporte un seul lot d'allèles à la cellule-œuf. **3.** Les allèles d'un gène se transmettent indépendamment des allèles d'un autre gène si les gènes sont non liés.

Consigne : Exploite les résultats des croisements-test pour déterminer les génotypes des souris grises du groupe 1, puis du groupe 2.

CONSEILS

- Formule une hypothèse sur le(s) génotype(s) des souris issues du croisement-test.
- Identifie le génotype des souris blanches parents et le type de gamètes produits.
- Détermine le génotype des souris grises parents à partir des gamètes qu'elles produisent.

+ d'aide ?
Voir p. 15 et 19

CORRIGÉ

Pour le croisement-test 1 entre les souris grises du groupe 1 et les souris blanches, **on observe que** 100 % des hybrides sont des souris grises. **On sait que** le phénotype [G] est déterminé par l'allèle « G », qui est dominant. **On en déduit que** le génotype des souris grises produites est hétérozygote (G//b) ou homozygote (G//G).

Identifie l'allèle récessif du caractère étudié. Déduis-en le génotype des parents de lignée pure récessive et le type de gamètes produits.

On sait que les souris blanches parents sont diploïdes homozygotes récessives et que le phénotype [b] est déterminé par l'allèle « b ». **On en déduit que** leur génotype est (b//b). **On sait que** chaque gamète produit a l'un ou l'autre des allèles de chaque paire (1 chance sur 2). Les allèles étant identiques, **on en déduit que** les souris blanches produisent un type de gamète de génotype (b/).

Identifie le(s) phénotype(s) produit(s). Pour chacun, repère l'allèle associé et son statut (récessif ou dominant). Déduis-en le(s) génotype(s) potentiel(s).

On sait que chaque gamète apporte un seul lot d'allèles à la cellule-œuf. Les gamètes des souris blanches parents ont tous le génotype (b/), **on en déduit que** toutes les souris grises produites possèdent l'allèle « b » et que leur génotype est (G//b). Le génotype (G//G) est impossible. L'allèle « G » hérité provient des gamètes des souris grises du groupe 1. Étant donné que 100% des hybrides ont le même génotype, **on en déduit que** les souris grises du groupe 1 produisent un seul type de gamète de génotype (G/), ce qui s'explique simplement si leur génotype est homozygote (G//G).

Détermine le(s) génotype(s) réel(s) des souris issues du croisement. Déduis-en le(s) génotype(s) des gamètes produits par les parents dont on ignore le génotype. Puis déduis-en le génotype de ces parents.

Dans le cas du croisement-test 2, les phénotypes des hybrides sont [G] et [b]. Deux génotypes correspondent au phénotype [G] : (G//G) ou (G//b), un seul explique le phénotype [b] : (b//b). Tous les hybrides possèdent un allèle « b » hérité des souris blanches parents. Les hybrides de phénotype [G] ont le génotype (G//b). Les souris grises du groupe 2 ont transmis un allèle « b » aux hybrides de phénotype [b] et un allèle « G » à ceux de phénotype [G]. Les souris grises du groupe 2 produisent donc deux types de gamètes de génotypes : (G/) et (b/), **on en déduit que** leur génotype est (G//b).

Méthode 4 Exploiter des séquences génétiques

SUJET La mucoviscidose

La mucoviscidose est une maladie autosomique récessive. Elle est caractérisée par un mucus plus épais que la normale, une insuffisance respiratoire, des infections et des inflammations chroniques de tissus. Elle est due à une mutation du gène CFTR, entraînant une altération de la protéine canal CFTR. Il existe plusieurs allèles mutants ; le plus fréquent est l'allèle CFTR-DeltaF508. Une famille touchée par cette maladie réalise un séquençage d'ADN pour identifier les allèles présents.

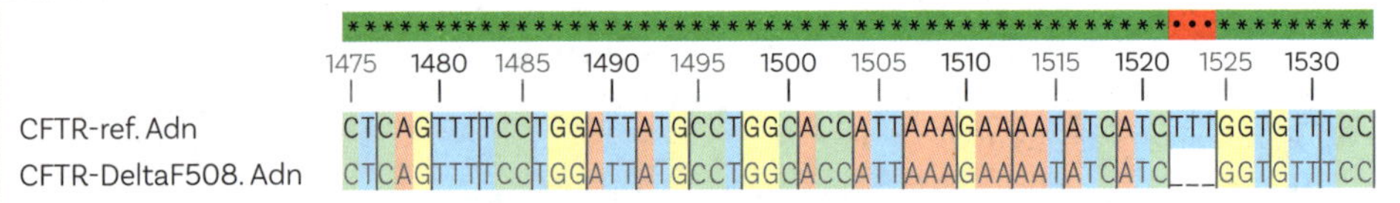

Doc 1 Alignement des séquences nucléotidiques des allèles CFTR normal et CFTR-DeltaF508

Doc 2 Matrices de similarité (en % d'identités)

Les allèles CFTR normal, mutant R553X et mutant Delta508 servent successivement de référence à la comparaison. Les deux allèles de chaque membre de la famille sont identifiés « ...-AL1 » et « ...-AL2 ».

	(1)
CFTR-ref.ADN **(1)**	100
Père-CFTR-AL1.ADN **(2)**	100
Père-CFTR-AL2.ADN **(3)**	99,98
Mère-CFTR-AL1.ADN **(4)**	100
Mère-CFTR-AL2.ADN **(5)**	99,93
Fils-III1-AL1.ADN **(6)**	99,98
Fils-III1-AL2.ADN **(7)**	99,93
Fille-III1-AL1.ADN **(8)**	100
Fille-III1-AL2.ADN **(9)**	100

	(1)
CFTR-R553X.ADN **(1)**	100
Père-CFTR-AL1.ADN **(2)**	99,98
Père-CFTR-AL2.ADN **(3)**	100
Mère-CFTR-AL1.ADN **(4)**	99,98
Mère-CFTR-AL2.ADN **(5)**	99,91
Fils-III1-AL1.ADN **(6)**	100
Fils-III1-AL2.ADN **(7)**	99,91
Fille-III1-AL1.ADN **(8)**	99,98
Fille-III1-AL2.ADN **(9)**	99,98

	(1)
CFTR-DeltaF508.ADN **(1)**	100
Père-CFTR-AL1.ADN **(2)**	99,93
Père-CFTR-AL2.ADN **(3)**	99,91
Mère-CFTR-AL1.ADN **(4)**	99,93
Mère-CFTR-AL2.ADN **(5)**	100
Fils-III1-AL1.ADN **(6)**	99,91
Fils-III1-AL2.ADN **(7)**	100
Fille-III1-AL1.ADN **(8)**	99,93
Fille-III1-AL2.ADN **(9)**	99,93

Consigne : **Exploite les comparaisons des séquences d'ADN pour identifier la nature de la mutation du gène CFTR la plus répandue, détermine les génotypes des différents membres de la famille et leur état de santé.**

CONSEILS

- Identifie les différences entre les séquences génétiques pour trouver la mutation.
- Exploite les matrices d'identité pour déterminer les allèles présents.
- Mets en relation les caractéristiques de la maladie avec les génotypes des membres de la famille.

+ d'aide ?
Voir p. 15 et 19

CORRIGÉ

On sait que l'allèle CFTR-DeltaF508 est le mutant le plus fréquent. **On observe que** les nucléotides n° 1522, n° 1523 et n° 1524 (codon n° 508 : 1524/3) sont présents dans la séquence de l'allèle de référence et absents dans celle du l'allèle muté. **On en déduit que** la mutation la plus répandue est une délétion de 3 nucléotides du codon 508.

Identifie la séquence de référence pour la comparaison. Repère la(les) différence(s). La mutation est l'événement qui permet le passage de la séquence de référence à la séquence mutée.

Génotypes des membres de la famille

Allèles	Membre de la famille			
	Père	Mère	Fils	Fille
CFTR-réf	X	X		XX
CFRT-R553X	X		X	
CFTR-DeltaF508		X	X	

La matrice d'identité est un tableau à double entrée. Le pourcentage d'identité entre deux séquences d'ADN (proportion de nucléotides communs) se lit à la croisée entre une ligne et une colonne.

Pour chaque membre de la famille, les allèles 1 et 2 correspondent aux allèles de références avec lesquels le pourcentage d'identité est égal à 100 %.

On sait que la mucoviscidose est une maladie récessive, ce qui signifie que seuls les individus porteurs de deux allèles mutés sont malades. D'après les génotypes des membres de la famille, **on observe que** seul le fils a deux allèles mutés (R553X et DeltaF508). **On en déduit qu**'il est le seul membre à être atteint de mucoviscidose.

Recense les informations dans l'énoncé concernant les caractéristiques de la maladie et les noms des allèles mutés.

Ton **KIT DE SURVIE** pour le **BAC** avec SCHOOLMOUV

Chapitre 1 L'origine du génotype des individus

Tu viens de voir les notions à connaître sur l'origine du génotype. Pour t'aider à retenir l'essentiel et t'entraîner pour le Bac, voici ton kit de révisions clé en mains conçu par SchoolMouv !

Vidéo

Pour mieux comprendre et t'en souvenir à coup sûr, regarde la vidéo. C'est parfois bien plus clair en images.

Vidéo **La conservation des génomes : stabilité génétique et évolution clonale**

https://flashbelin.fr/focusbacschoolmouv/svt/1

Contenu additionnel

Voici un bonus autour du même sujet. La curiosité n'est pas toujours un vilain défaut. Il suffit de créer ton compte pour avoir accès à plein de contenus supplémentaires.

Quiz **Le brassage des génomes à chaque génération : la reproduction sexuée des eucaryotes**

https://www.schoolmouv.fr/eleves/cours/le-brassage-des-genomes-a-chaque-generation-la-reproduction-sexuee-des-eucaryotes/qcm

Tchat avec un prof

Pour poser toutes tes questions à un prof particulier, découvre l'abonnement tchat. Tu peux le tester gratuitement pendant 7 jours : fini les questions sans réponses, tu vas devenir incollable.

https://focusbac.schoolmouv.fr/offre

Le Focus de SchoolMouv

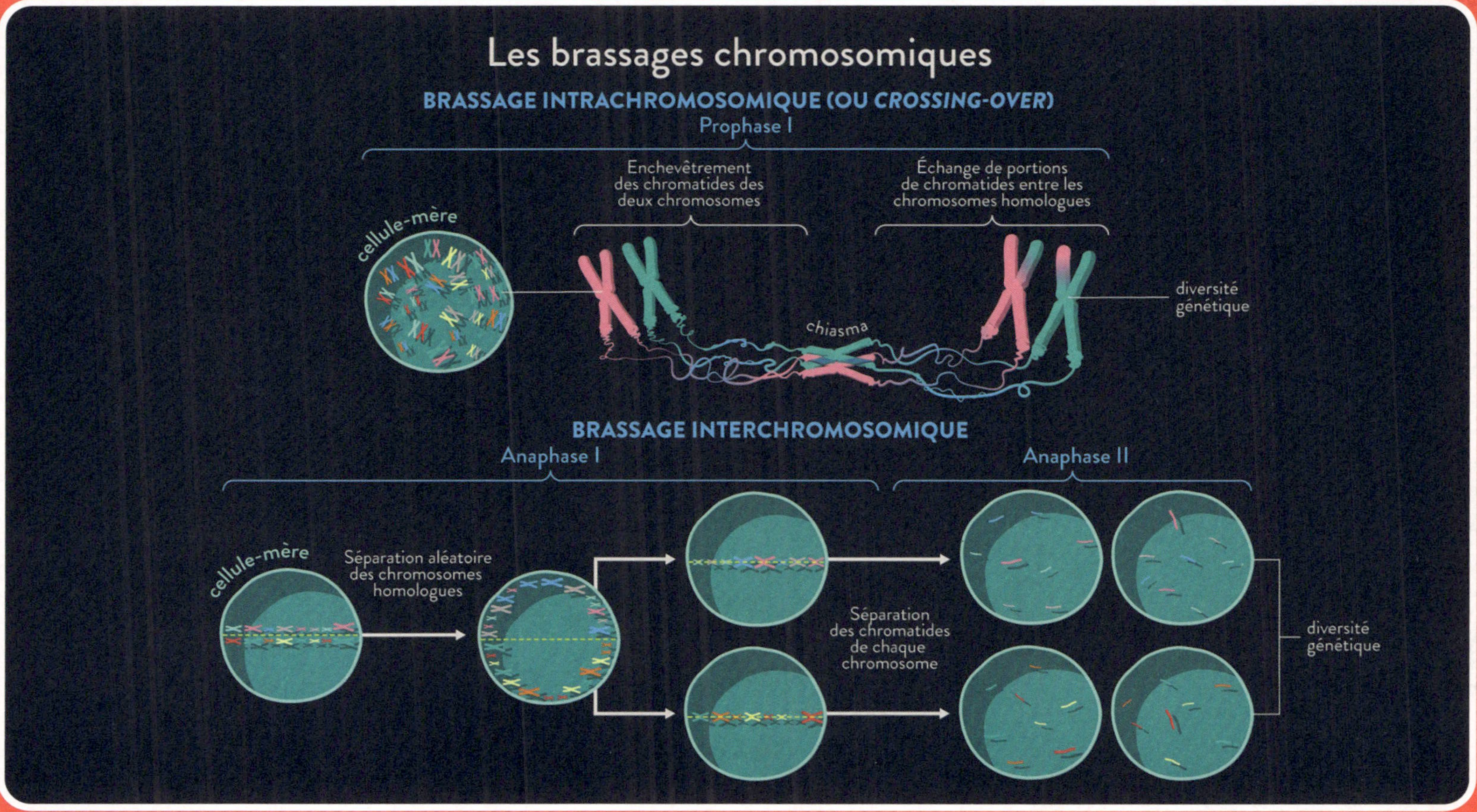

THÈME 1

2 La complexification transferts horizontaux

RÉVISIONS 1re

Un quiz avant de commencer

1. Vrai ou faux ?

	Vrai	Faux
1 Une cellule est toujours constituée d'une membrane plasmique, d'un cytoplasme et d'un noyau.	☐	☐
2 Les virus sont des organismes vivants acellulaires.	☐	☐
3 Parmi les êtres vivants, seuls les animaux et les plantes possèdent une information génétique sous forme d'ADN.	☐	☐
4 Le code génétique est commun à tous les êtres vivants.	☐	☐
5 Une symbiose est une interaction biotique durable à bénéfice réciproque.	☐	☐
6 Les organites sont des petites cellules ayant une fonction spécifique.	☐	☐

2. Coche la ou les bonne(s) réponse(s).

1. La transgénèse est :

- a un type de mutation de l'ADN. ☐
- b un mécanisme naturel par lequel des organismes vivants intègrent de l'ADN étranger. ☐
- c une méthode qui vise à introduire volontairement de l'ADN dans le génome d'une cellule. ☐
- d un organisme génétiquement modifié. ☐

2. Étudier la parenté des organismes vivants, c'est rechercher :

- a qui descend de qui. ☐
- b qui est plus proche cousin de qui. ☐
- c qui partage un ancêtre commun avec qui. ☐
- d qui est l'ancêtre commun de qui. ☐

3. La construction de l'histoire évolutive de grands groupes d'êtres vivants :

- a est argumentée par l'exploitation des caractères partagés. ☐
- b peut prendre la forme d'un arbre phylogénéalogique. ☐
- c s'appuie sur des comparaisons génétiques. ☐
- d reflète les liens de parenté entre ces grands groupes d'êtres vivants. ☐

Réponses : 1. 1. Faux - **2.** Vrai - **3.** Faux - **4.** Vrai - **5.** Vrai - **6.** Faux • **2. 1.** c - **2.** b, c - **3.** a, c, d.

des génomes :
et endosymbioses

L'ESSENTIEL EN 2 POINTS

Comment les organismes vivants non apparentés peuvent-ils échanger des gènes ?

1 **Les transferts horizontaux**
Les **échanges de matériel génétique** entre organismes vivants contemporains non apparentés permettent l'**enrichissement** de leurs **génomes** et jouent un rôle évident dans l'**évolution** du vivant.
> p. 34

Comment les interactions endosymbiotiques héritables peuvent-elles enrichir le génome de l'hôte ?

2 **Les endosymbioses**
Les **endosymbioses** héritables peuvent s'accompagner d'**échanges de gènes** entre partenaires, qui enrichissent le génome de l'hôte et favorisent l'émergence d'**innovations évolutives**.
> p. 35

LE COURS en 2 fiches

1 Les transferts horizontaux

Idées clés

→ L'**universalité** de l'ADN et l'**unicité** de sa structure dans le monde vivant autorisent des **échanges génétiques** entre organismes non nécessairement apparentés, hors de tout événement de reproduction. On parle de transferts horizontaux.

→ Les **transferts horizontaux** sont très **fréquents** et ont des effets très importants sur l'**évolution** des populations et des écosystèmes.

→ Les pratiques de **santé humaine** sont concernées, car les transferts horizontaux contribuent à une propagation des **résistances aux antibiotiques**.

Coup d'œil

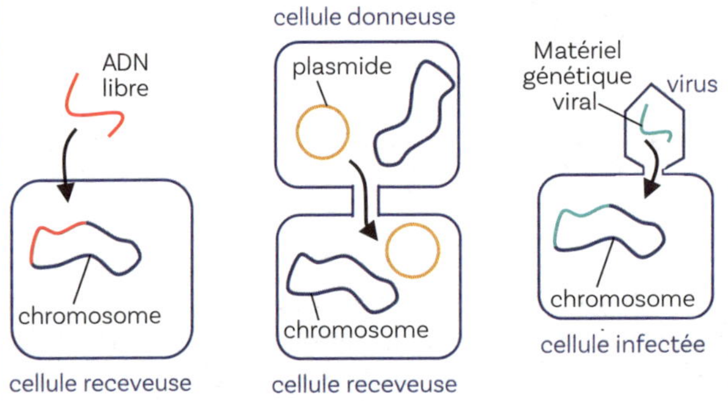

Diverses modalités de transferts horizontaux

Des pistes pour argumenter

Le transfert horizontal : recherche une séquence virale dans le génome humain (> **p. 290**) ou compare des phylogénies (> **p. 39**).

À la loupe

- Les **transferts horizontaux** (TH) sont des **échanges de matériel génétique entre taxons**, au sein et entre des domaines du vivant, qui partagent le même support d'information génétique.
- Les **transferts verticaux** associés à la **reproduction sexuée ou asexuée** assurent l'**hérédité chromosomique** si le gène transmis est intégré aux chromosomes ou l'**hérédité cytoplasmique** s'il est extrachromosomique (ex. : **plasmides**, **organites**).
- Les **modalités** des TH sont **variées** : intégration par une cellule d'ADN libre dans l'environnement (ex. : transformation bactérienne), transfert d'ADN entre deux cellules *via* un **pont cytoplasmique** ou un virus.
- Les TH **enrichissent et complexifient les génomes** de tous les êtres vivants. La **phylogénie** (histoire du vivant), reconstruite d'abord avec la seule idée des transferts verticaux, est en partie revue en intégrant les **TH entre lignées évolutives**.
- Les TH **permettent l'entrée ou la diffusion de gènes** dans les populations, susceptibles d'être associées à des **caractères adaptatifs** modifiant les interactions entre organismes et biotope, la dynamique des populations et les communautés.

→ Voir lexique p. 342

2 Les endosymbioses

Idées clés

→ Les endosymbioses **héréditaires**, fréquentes dans l'histoire des **eucaryotes**, jouent un rôle important dans leur **évolution**.

→ Une partie des gènes de la cellule intégrée est **transférée au noyau de la cellule hôte**, ce qui contribue à la **complexification du génome nucléaire** de l'hôte, qui s'enrichit de matériel d'origine étrangère.

→ Ce processus est à l'origine des **mitochondries** et des **chloroplastes**, organites contenant de l'ADN.

Coup d'œil

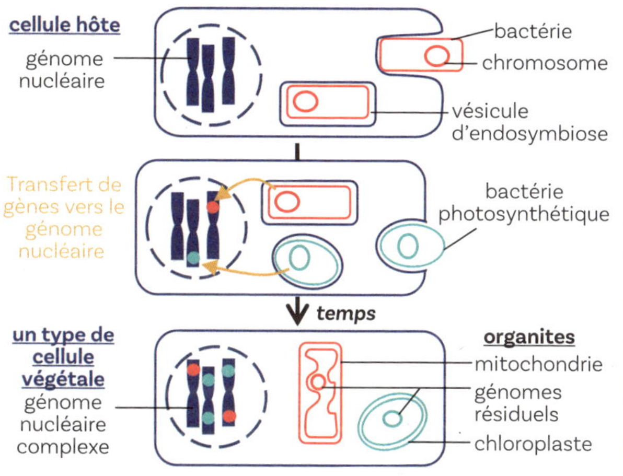

Des pistes pour argumenter

- **L'origine endosymbiotique des organites :** compare le génome des organites au génome bactérien. > p. 39 et 42
- **La complexification du génome :** le génome nucléaire d'une cellule eucaryote comporte des gènes issus des cellules à l'origine des mitochondries.

À la loupe

- L'**endosymbiose** est un type de **symbiose** où l'un des partenaires vit dans les cellules de l'autre partenaire appelé « **hôte** ».
- Pour les **endosymbioses transmises entre générations**, le génome de la cellule intégrée dans une cellule hôte régresse au cours des générations, certains de ses gènes étant transférés dans le noyau de l'hôte. L'**organisme symbiotique intracellulaire** devient un **organite** lorsqu'il **perd son autonomie** génétique.
- Le **génome d'une cellule eucaryote** est complexe : il comprend le génome **nucléaire**, le génome **mitochondrial** et éventuellement le génome **chloroplastique**. Le génome nucléaire contient des gènes spécifiques des **mitochondries** et des **chloroplastes**.
- **Mitochondrie et chloroplaste**, organites communs aux cellules eucaryotes, possèdent des **points communs** génomiques, structurels et fonctionnels avec certaines **bactéries** vivant à l'état libre (ex. : ADN sous la forme d'un chromosome unique circulaire) et avec des **cellules intégrées** (ex. : deux membranes). Ainsi, ces organites seraient **issus d'endosymbioses passées**.
- Les **endosymbioses multiples** sont à l'origine de l'apparition de **caractères adaptatifs** au sein des lignées évolutives et du **développement de la biodiversité** des eucaryotes au cours de l'évolution, notamment de la diversité de chloroplastes chez les organismes vivants.

→ Voir lexique p. 342

MÉMO VISUEL

- La complexification des génomes -

Complexification des génomes

… par transferts horizontaux*

- **Échanges génétiques entre individus non apparentés**
  - Universalité de l'ADN et unicité du code génétique
  - Modalités diverses
    - ADN libre dans l'environnement
    - ADN transmis de cellule à cellule
    - ADN transmis *via* un vecteur viral
- **Évolution des populations et des écosystèmes**
  - Très fréquents
  - Nouvelle phylogénie
  - Innovations évolutives et diversification
- **Impacts sur les pratiques de santé humaine**
  - Propagation des résistances aux antibiotiques

… par endosymbioses héritables

- **Associations à bénéfice réciproque entre cellules**
  - Cellule (bactérie ou eucaryote) intégrée dans une cellule hôte*
  - Transmis par héritabilité cytoplasmique*
- **Échanges génétiques de la cellule intégrée à la cellule hôte**
  - Régression du génome de la cellule intégrée
  - Augmentation du génome nucléaire de la cellule hôte
- **Évolution des eucaryotes**
  - Fréquentes dans l'histoire
  - Innovations évolutives et diversification
  - À l'origine des mitochondries et chloroplastes

Ne pas confondre

* Transferts génétiques verticaux/transferts génétiques horizontaux
* Transferts génétiques horizontaux/transgénèse
* Transferts génétique horizontaux/transferts génétiques des endosymbioses
* Hérédité chromosomique/hérédité cytoplasmique
* Cellule intégrée dans la cellule hôte/organite

QCM ?

SE TESTER

1. Coche la ou les bonne(s) réponse(s).

1. Un transfert horizontal d'ADN est :

- **a** un échange d'ADN entre générations d'une même espèce. ☐
- **b** un transfert d'ADN entre organismes vivants non apparentés. ☐
- **c** un mécanisme d'hérédité cytoplasmique. ☐
- **d** un mécanisme de diversification du génome. ☐

2. L'intégration par une bactérie d'ADN libre dans l'environnement, appelée « transformation bactérienne », est :

- **a** un transfert vertical de gène. ☐
- **b** un transfert horizontal de gène. ☐
- **c** un mécanisme d'hérédité chromosomique. ☐
- **d** un mécanisme qui peut conférer un nouveau caractère à la bactérie receveuse. ☐

3. L'endosymbiose :

- **a** est un type de parasitisme. ☐
- **b** est une association biotique à bénéfice réciproque, où l'un des partenaires vit dans les cellules de l'autre partenaire. ☐
- **c** a un rôle marginal dans l'évolution du vivant. ☐
- **d** est un type particulier de transfert horizontal de gène. ☐

4. Chez les endosymbioses transmises entre générations :

- **a** le génome de la cellule intégrée régresse, car certains de ses gènes sont transférés dans le noyau de l'hôte. ☐
- **b** le génome de la cellule hôte régresse, car certains de ses gènes sont transférés dans le noyau de la cellule intégrée. ☐
- **c** les génomes des cellules hôte et intégrée échangent réciproquement des gènes. ☐
- **d** les génomes des cellules hôte et intégrée régressent. ☐

2. Vrai ou faux ?

		Vrai	Faux
1	Les transferts horizontaux sont des mécanismes liés à la reproduction sexuée ou asexuée.	☐	☐
2	Les échanges génétiques entre organismes non apparentés sont permis parce que le support et le codage de l'information génétique est commun à tous les êtres vivants.	☐	☐
3	Les transferts horizontaux permettent de limiter la propagation de gènes de résistance aux antibiotiques au sein des communautés bactériennes.	☐	☐
4	Les transferts horizontaux sont assez rares dans l'histoire du vivant.	☐	☐
5	Les transferts verticaux amènent à reconsidérer la phylogénie du vivant, d'abord pensée avec la seule connaissance des transferts horizontaux.	☐	☐
6	Les transferts horizontaux et les endosymbioses héréditaires enrichissent et complexifient le génome des organismes receveurs en y intégrant du matériel génétique étranger.	☐	☐
7	Les chloroplastes et les mitochondries se transmettent par hérédité chromosomique.	☐	☐
8	Mitochondrie et chloroplaste possèdent plusieurs chromosomes.	☐	☐
9	Les endosymbioses jouent un rôle important dans l'évolution des eucaryotes.	☐	☐
10	Une cellule eucaryote d'une plante terrestre présente uniquement dans son génome nucléaire des gènes propres à sa lignée évolutive et des gènes chloroplastiques.	☐	☐

3. Complète les schémas à l'aide des termes suivants.

a. *cellule receveuse* – **b.** *ADN de la cellule receveuse* – **c.** *génome complexe* – **d.** *cellule eucaryote* – **e.** *internalisation de l'ADN libre* – **f.** *génome nucléaire* – **g.** *fragment d'ADN libre* – **h.** *cellule hôte* – **i.** *transfert de gènes entre la cellule intégrée et la cellule hôte* – **j.** *intégration de l'ADN libre au génome* – **k.** *génome de la cellule libre* – **l.** *cellule intégrée (endosymbionte)* – **m.** *génome rédisuel* – **n.** *processus d'endosymbiose* – **o.** *cellule libre* – **p.** *génome complexe*

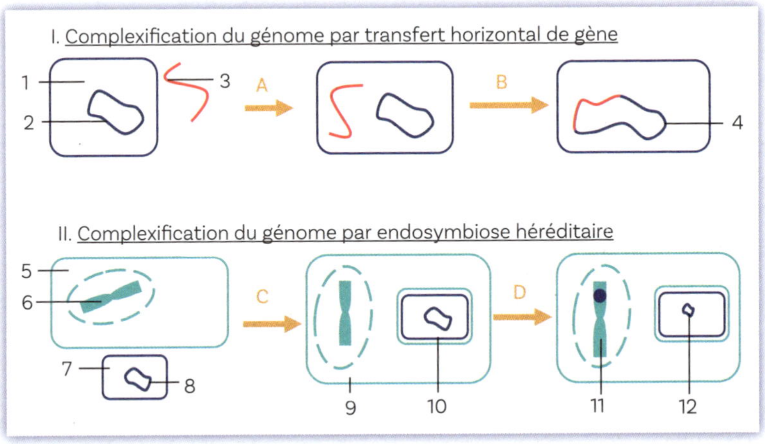

4. Réponds aux questions posées sur ces mémo cartes.

1. Les transferts horizontaux

- Qu'est-ce qu'un transfert vertical de gène ?
- Quels matériels génétiques sont concernés par les transferts verticaux ?
- Qu'est-ce qu'un transfert horizontal de gène ?
- Quelles modalités peuvent prendre les transferts horizontaux de gène ?
- Quelles sont les conséquences génomiques des transferts horizontaux ?
- Quelle condition permet aux transferts horizontaux de se dérouler ?
- Quelles sont les conséquences évolutives des transferts horizontaux ?
- Quelle conséquence l'existence des transferts horizontaux a-t-elle sur la phylogénie ?
- Quel est le lien entre transferts horizontaux et antibiorésistance ?

2. Les endosymbioses

- Qu'est-ce qu'une endosymbiose ?
- Quel processus génomique se déroule lorsque l'endosymbiose est transmise de génération en génération ?
- Comment un endosymbionte devient-il un organite ?
- Qu'est-ce qui compose le génome d'une cellule ?
- Pourquoi le génome nucléaire d'une cellule est-il complexe ?
- Quelles sont les origines des mitochondries et des chloroplastes ?
- Quelles sont les conséquences évolutives des endosymbioses ?

Réponses : 1. 1. b, d – **2.** b, d – **3.** b – **4.** a • **2. 1.** Faux – **2.** Vrai – **3.** Faux – **4.** Faux – **5.** Faux – **6.** Vrai – **7.** Faux – **8.** Faux – **9.** Vrai – **10.** Faux • **3. 1**a – **2**b – **3**g – **4**c – **A**e – **B**j – **5**d – **6**f – **7**o – **8**k – **9**h – **10**l – **11**p – **12**m – **C**n – **D**i.

SAVOIR-FAIRE

Méthode 1 Exploiter un arbre phylogénétique

SUJET Le gène de résistance au cyanure

Certaines plantes cyanogènes produisent des composés qui peuvent être convertis en cyanure lorsqu'elles sont mangées. C'est un moyen de défense, puisque le cyanure est toxique pour les animaux. Cependant, certains insectes et acariens peuvent vivre et prospérer sur ces plantes. Ils possèdent l'enzyme CAS, codée par le gène Tu-CAS, qui intervient dans le métabolisme de la cystéine, mais aussi dans la détoxification du cyanure.

Consigne : Exploite les arbres phylogénétiques pour argumenter l'origine du gène Tu-CAS chez les papillons par transfert horizontal (Doc 1 et 2) puis, accompagné de tes connaissances, l'origine endosymbiotique des mitochondries et chloroplastes (Doc 3)

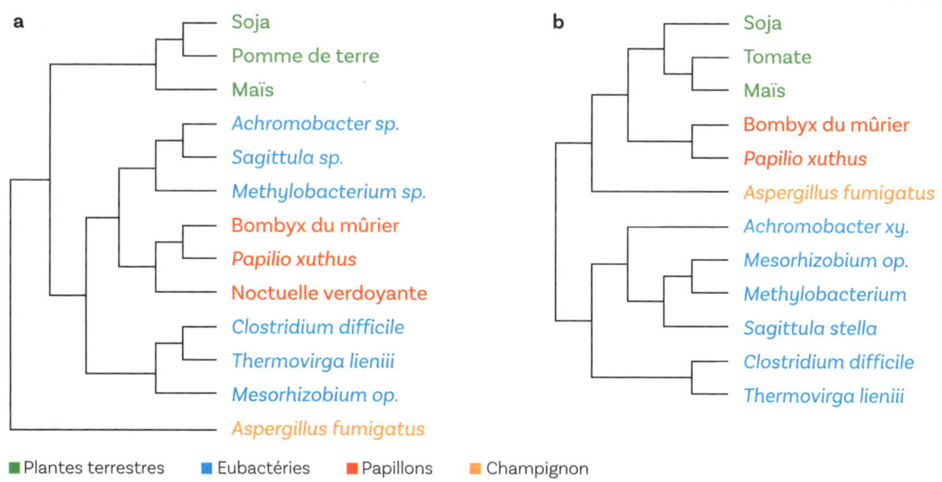

Doc 1 Arbres phylogénétiques du gène Tu-CAS (a) et du gène de référence Enolase (b)

Doc 2 Détection des transferts horizontaux de gène par conflit phylogénétique

Un conflit phylogénétique est une importante différence de relations phylogénétiques entre un arbre phylogénétique de référence (considéré comme représentant l'histoire évolutive par transfert vertical des gènes) et un arbre phylogénétique reconstruit à partir des séquences d'un gène présent chez différents organismes vivants. Il peut suggérer l'existence d'un transfert horizontal du gène étudié, qui expliquerait ainsi la ressemblance pour ce gène entre des groupes phylogénétiquement plus éloignés dans l'arbre de référence.

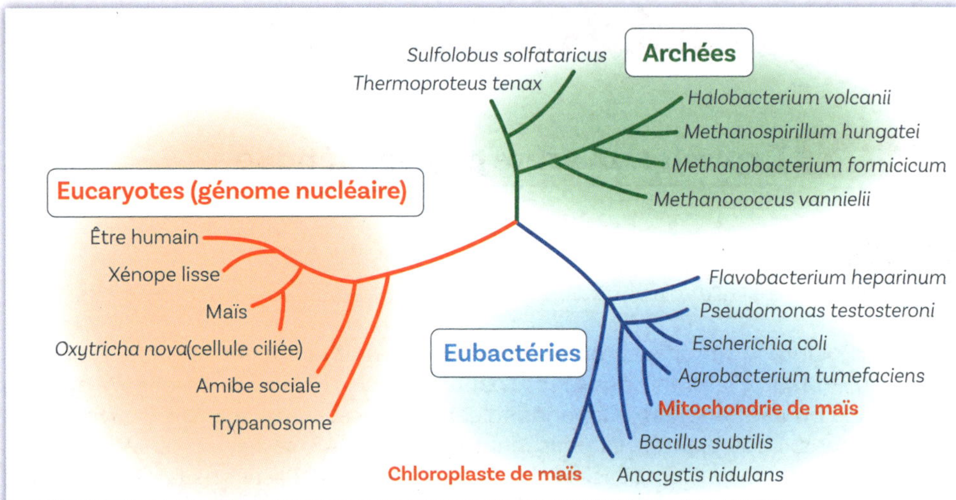

Doc 3 Génomes des mitochondries et des chloroplastes dans l'arbre phylogénétique du vivant

CONSEILS

- Identifie les ancêtres communs des papillons avec les autres groupes vivants sur les arbres phylogénétiques des gènes Tu-CAS et de référence, puis compare-les.
- Repère à quels domaines du vivant sont apparentés les génomes nucléaire, chloroplastique et mitochondrial du maïs.
- Compare et explique les résultats.

+ d'aide ?
Voir p. 34

CORRIGÉ

> Argumenter l'origine du gène Tu-CAS chez les papillons par transfert horizontal

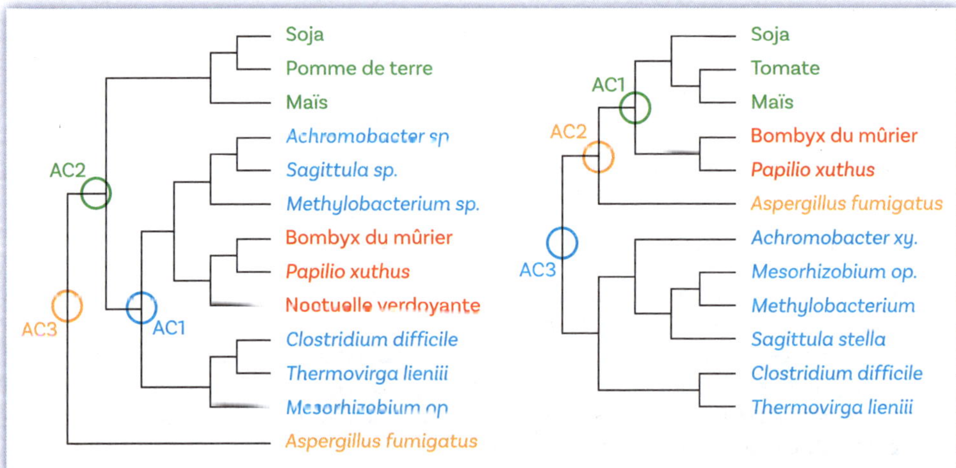

■ Plantes terrestres ■ Eubactéries ■ Papillons ■ Champignon

AC... : dernier ancêtre commun entre le groupe des papillons et d'autres groupes d'organismes, du plus récent au plus ancien.

> **On observe**, dans l'arbre phylogénétique du gène Tu-CAS du **document 1**, que le groupe des papillons présente un ancêtre commun avec les bactéries (AC1) plus récent que l'ancêtre commun avec les plantes (AC2), plus récent lui-même que leur ancêtre commun avec les mycètes (AC3). Alors que dans l'arbre phylogénétique de référence, le groupe des papillons présente un ancêtre commun avec les plantes (AC1) plus récent que l'ancêtre commun avec les mycètes (AC2), plus récent lui-même que leur ancêtre commun avec les bactéries (AC3). Les relations de parentés sont donc assez différentes. Or, d'après le **document 2**, un conflit phylogénétique est une importante différence de relations phylogénétiques entre un arbre phylogénétique de référence et un arbre phylogénétique reconstruit à partir des séquences d'un gène présent chez différents organismes vivants. **On en déduit** qu'il y a un conflit phylogénétique entre les arbres phylogénétiques du gène Tu-CAS et de référence concernant la position des papillons.

Identifie la place du premier ancêtre commun aux papillons et à un autre groupe en trouvant le premier nœud dans l'arbre où sont réunies les branches des papillons et celles d'organismes d'un autre groupe.

On apprend, grâce au **document 2**, qu'un conflit phylogénétique entre l'arbre phylogénétique d'un gène et l'arbre de référence peut s'expliquer par un transfère horizontal du gène au groupe dont la position est fortement modifiée. **On déduit** des informations précédentes que le gène Tu-CAS dans le groupe des papillons est probablement issu d'un transfert horizontal. Il est possible qu'il ait été transféré des eubactéries, groupe anormalement proche parents des papillons dans l'arbre phylogénétique du gène Tu-CAS.

> Argumenter l'origine endosymbiotique des mitochondries et chloroplastes

On sait que les mitochondries et les chloroplastes sont des organites présents dans les cellules du maïs et qu'ils ont leur propre génome. D'après le **document 3**, **on observe** que le génome nucléaire du maïs est apparenté à des espèces du domaine des eucaryotes, alors que les génomes des mitochondries et des chloroplastes de cette plante sont apparentés à des espèces du domaine des eubactéries. Les génomes du noyau et des organites sont donc phylogénétiquement éloignés. **D'après nos connaissances**, une endosymbiose est un type de symbiose où l'un des partenaires vit dans les cellules de l'autre partenaire appelé « hôte », et pour celles qui sont transmises entre générations, le génome de la cellule intégrée dans une cellule hôte régresse au cours des générations. L'organisme symbiotique intracellulaire devient un organite lorsqu'il perd son autonomie génétique. **On peut donc supposer** que la différence phylogénétique des génomes du noyau et des organites s'explique par l'endosymbiose de bactéries par des cellules eucaryotes, qui sont devenues des organites. **On en conclut** que l'étude de la phylogénique des génomes du noyau et des organites d'une cellule de maïs permet d'argumenter en faveur de l'origine endosymbiotique des mitochondries et des chloroplastes.

Méthode 2 Exploiter des électronographies et calculer une longueur avec échelle ou agrandissement

SUJET L'origine des organites énergétiques

Les mitochondries et chloroplastes sont des organites des cellules eucaryotes impliqués dans le métabolisme énergétique. Une diversité de données tend à appuyer l'idée que les organites proviennent d'organismes appartenant au domaine des eubactéries, respectivement d'α-protéobactérie et de cyanobactérie. Des bactéries auraient été internalisées dans des vésicules d'endosymbiose (compartiments intracellulaires délimités par une membrane) par des cellules eucaryotes. Au cours du temps, elles se seraient transformées en organite. Les bactéries ont une longueur dont l'ordre de grandeur avoisine le micromètre et possèdent une membrane cytoplasmique.

Consigne : Schématise les organites présentés sur ces images. Calcule l'ordre de grandeur de la longueur de chacun d'entre eux. Argumente leur origine endosymbiotique à l'aide de leurs caractéristiques structurales.

a. Mitochondrie

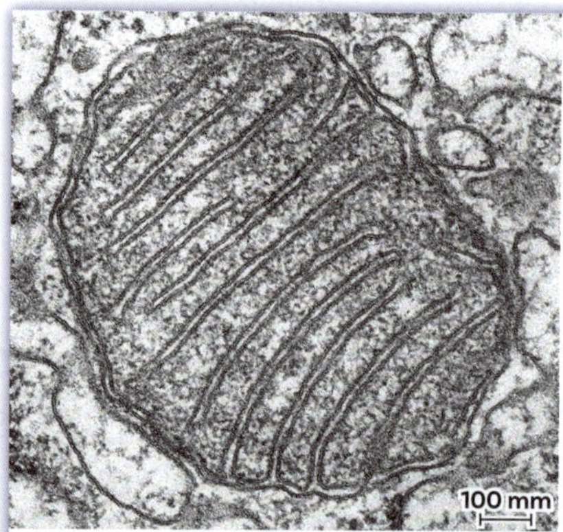

b. Chloroplaste

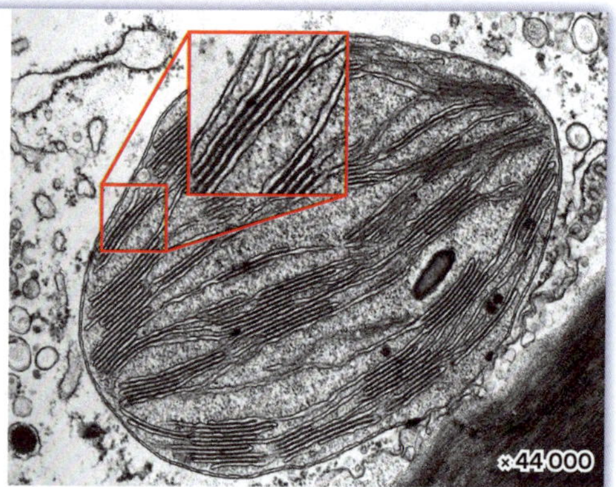

Doc Images de microscopie électronique à transmission d'une mitochondrie et d'un chloroplaste

CONSEILS

- Repère les membranes lipidiques sur les électronographies (traits noirs continus) pour interpréter la structure des organites.
- Exploite selon le cas le trait d'échelle ou l'agrandissement pour estimer la taille.
- Compare le nombre de membranes limitantes et la taille pour argumenter.

Utilise des formes simples, car c'est le repérage des différentes structures et leurs relations qui est important.

CORRIGÉ

> Schématiser une mitochondrie et un chloroplaste

Mitochondrie

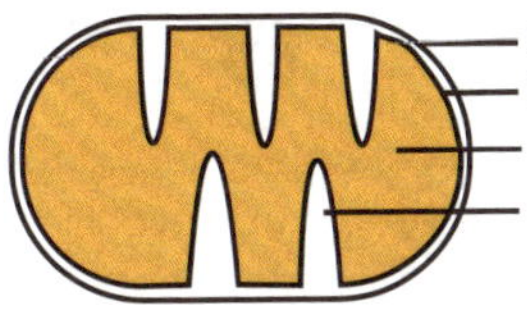

Chloroplaste

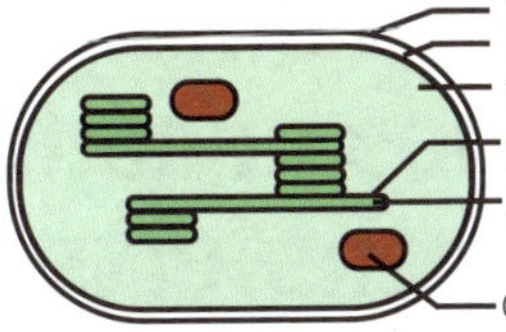

> Calculer l'ordre de grandeur de la taille de ces organites

	Mitochondrie		Chloroplaste	
	Image	Réalité	Image	Réalité
Échelle	0,5 cm	100 nm	1 cm	1/44 000 cm
Longueur	5,7 cm	1 140 nm *soit* 10^{-6} m	7,4 cm	1,7 µm *soit* 10^{-6} m

Un trait d'échelle sur l'image a une certaine longueur mesurable, qui est associée à une valeur réelle inscrite à côté.
Pour avoir la taille réelle d'un objet lorsqu'on a l'agrandissement, il faut diviser sa taille par l'agrandissement.
On peut faire ensuite un produit en croix.

> Argumenter l'origine endosymbiotique des mitochondries et chloroplastes

La mitochondrie et le chloroplaste ont une longueur de l'ordre de 10^{-6} m, c'est-à-dire du micromètre, comme les bactéries. De plus, ils ont deux membranes, externe et interne, qui pourraient respectivement correspondre à la membrane d'une vésicule d'endocytose et à celle d'une bactérie.

Chapitre 2 — La complexification des génomes : transferts horizontaux et endosymbioses

Tu viens de voir les notions à connaître sur la complexification des génomes. Pour t'aider à retenir l'essentiel et t'entraîner pour le Bac, voici ton kit de révisions clé en mains conçu par SchoolMouv !

Vidéo

Pour mieux comprendre et t'en souvenir à coup sûr, regarde la vidéo. C'est parfois bien plus clair en images.

Vidéo **Les mécanismes de diversification des êtres vivants**

https://flashbelin.fr/focusbacschoolmouv/svt/2

Contenu additionnel

Voici un bonus autour du même sujet. La curiosité n'est pas toujours un vilain défaut. Il suffit de créer ton compte pour avoir accès à plein de contenus supplémentaires.

Quiz **Les mécanismes de diversification des êtres vivants**

https://www.schoolmouv.fr/eleves/cours/les-accidents-genetiques-de-la-meiose/qcm

Tchat avec un prof

Pour poser toutes tes questions à un prof particulier, découvre l'abonnement tchat. Tu peux le tester gratuitement pendant 7 jours : fini les questions sans réponses, tu vas devenir incollable.

https://focusbac.schoolmouv.fr/offre

Théorie endosymbiotique

Mise en place des organites cellulaires au sein des cellules eucaryotes : animales et végétales

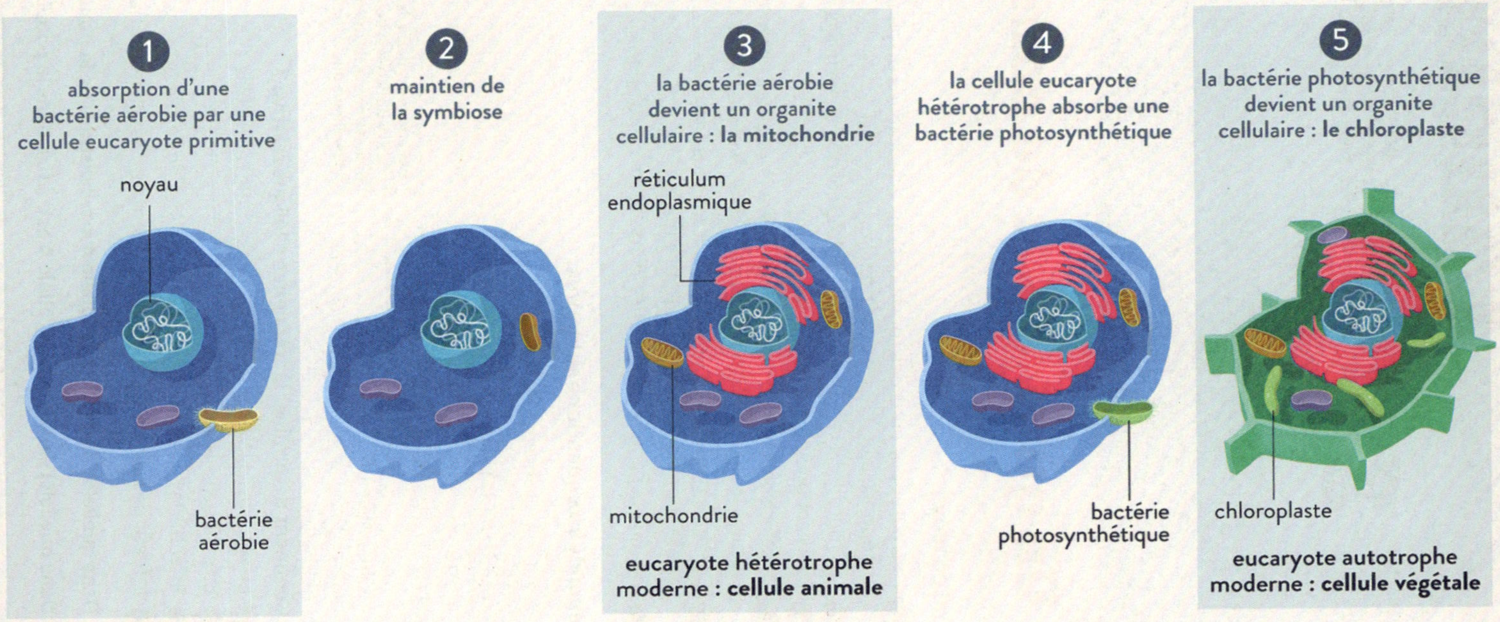

THÈME 1

3 L'inéluctable génomes au sein

RÉVISIONS 1re

Un quiz avant de commencer

1. Vrai ou faux ?

	Vrai	Faux
1 Les mutations sont des modifications adaptatives du génome en réponse à un changement environnemental.	☐	☐
2 Les mutations diminuent la diversité allélique au sein des populations.	☐	☐
3 La sélection naturelle est aléatoire.	☐	☐
4 La sélection sexuelle est le fait que l'environnement permet à certains individus d'avoir une valeur sélective supérieure à d'autres.	☐	☐
5 La dérive génétique a un effet d'autant plus marqué que les populations sont de petite taille.	☐	☐
6 Chaque espèce est constituée d'une seule population.	☐	☐

2. Réponds aux questions suivantes.

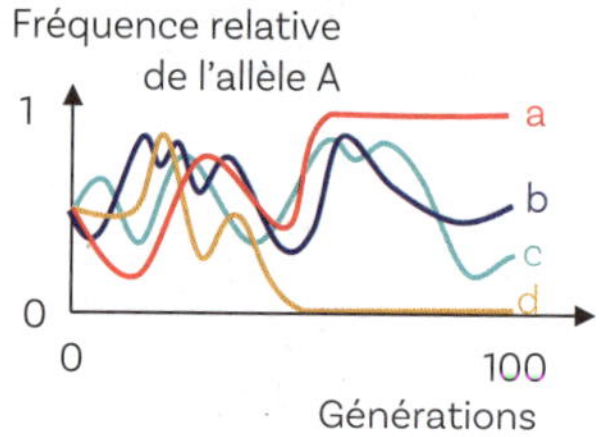

Évolutions simulées de la fréquence relative de l'allèle A dans une petite population sur 100 générations uniquement due au hasard

1. Comment déterminer la fréquence allélique relative ?

a Effectif de l'allèle A/Effectif de l'ensemble des allèles

b Effectif de l'allèle A × 100

c Effectif de l'ensemble des allèles/Effectif de l'allèle A

d Effectif de l'allèle A/(Effectif de l'ensemble des allèles – Effectif de l'allèle)

2. Dans quelle(s) simulation(s) l'allèle A a-t-il disparu de la population ?

3. Dans quelle(s) simulation(s) l'allèle A est-il fixé dans la population ?

Réponses : 1. 1. Faux – 2. Faux – 3. Faux – 4. Faux – 5. Vrai – 6. Faux • 2. 1. a – 2. d – 3. a.

évolution des des populations

L'ESSENTIEL EN 2 POINTS

Comment les forces évolutives expliquent-elles l'écart entre la structure génétique d'une population réelle et l'équilibre de Hardy-Weinberg ?

1 — Les écarts à l'équilibre de Hardy-Weinberg

Les **populations réelles** répondent rarement au **modèle d'équilibre de Hardy-Weinberg**. Cela s'explique par l'existence des **mutations**, de la **sélection naturelle**, de la **dérive génétique**, de **migrations** et de la **sélection sexuelle**. > p. 48

Comment les populations se différencient-elles ? Quelles conséquences cela peut-il avoir ?

2 — La différenciation génétique des populations

L'exposition des populations à des **conditions environnementales variables** cause obligatoirement leur **différenciation génétique**, qui peut avoir des conséquences sur le devenir d'une espèce. > p. 49

LE COURS *en 2 fiches*

1 Les écarts à l'équilibre de Hardy-Weinberg

Idées clés

→ Dans les populations **eucaryotes** à **reproduction sexuée**, le modèle théorique d'équilibre de Hardy-Weinberg prévoit, sous certaines conditions, la **stabilité des fréquences relatives des allèles** dans une population au cours des générations.

→ Dans les **populations réelles**, différents facteurs empêchent d'atteindre cet équilibre théorique : les **mutations**, la **taille limitée** d'une population (effets de la **dérive génétique**), les **migrations** et les **préférences sexuelles**.

Coup d'œil

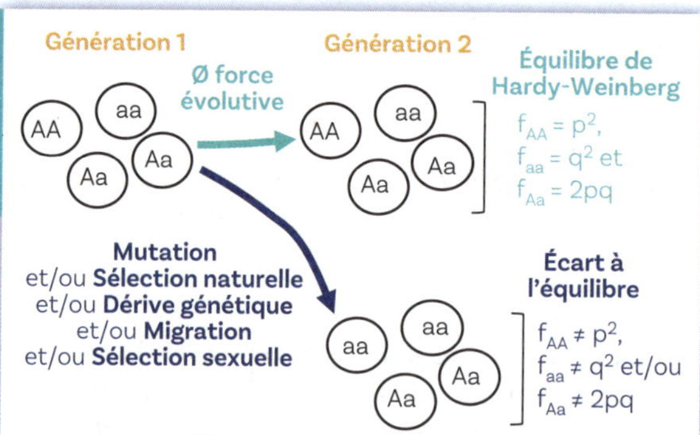

A et a : 2 allèles du gène A; $f_A = q$ et $f_a = p$ ($p+q=1$)

Des pistes pour argumenter

Le lien entre l'écart à l'équilibre de Hardy-Weinberg et une force évolutive : compare la structure génétique d'une population réelle avec la théorie pour un cas connu de sélection naturelle.
> p. 54

À la loupe

- **Hardy et Weinberg** proposent un **modèle mathématique d'équilibre**. Il prédit la **stabilité des fréquences relatives des allèles d'une génération à l'autre** dans une population théorique d'effectif infini, sous certaines conditions : **panmixie** (unions au hasard), absence de flux de gènes par migration, de mutation et de sélection. Il décrit l'évolution d'une population sous l'**effet des principes de base de génétique** découverts par **Mendel**, hors de toute force évolutive.
- **Dans les populations réelles**, l'équilibre théorique est rarement atteint. Tout écart suggère la **présence de facteurs expliquant l'évolution du génome** des populations :
  – l'existence de **mutations** (apparition ou perte d'allèles) ;
  – une sélection par l'environnement des allèles associés aux **caractères favorables** et une contre-sélection pour les **caractères défavorables** ;
  – un **effectif limité** accentuant l'effet de la **dérive génétique** (disparition aléatoire d'allèles) ;
  – des apports d'allèles par **migrations** d'individus ;
  – des **préférences sexuelles** limitant la reproduction entre individus.

→ Voir lexique p. 342

2 La différenciation génétique

Idées clés

→ Les populations sont soumises à la **sélection naturelle** et à la **dérive génétique**.

→ À cause de l'**instabilité** de l'environnement biotique et abiotique, une différenciation génétique se produit obligatoirement au cours du temps. Cette différenciation peut conduire à **limiter les échanges réguliers de gènes** entre différentes populations.

→ Toutes les espèces apparaissent donc comme des **ensembles hétérogènes** de populations, **évoluant continuellement** dans le temps.

Coup d'œil

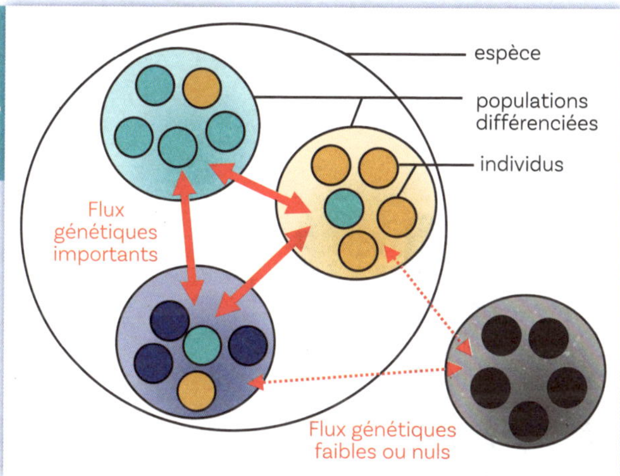

Des pistes pour argumenter

La différenciation génétique sous l'effet de la sélection naturelle : compare l'évolution d'un caractère dans deux populations soumise à des conditions environnementales différentes. > p. 53

À la loupe

- La **sélection naturelle** est l'augmentation au cours du temps de la **fréquence des allèles associés aux meilleures valeurs sélectives** (nombre de descendants viables et fertiles du porteur de l'allèle) dans un environnement.
- La **dérive génétique** est l'ensemble des événements faisant **varier aléatoirement les fréquences alléliques**. L'effet est plus marqué si l'effectif est faible, donc qu'un allèle se fixe ou disparaît plus vite.
- L'**espèce** se compose de **plusieurs populations séparées géographiquement**. Une **différenciation génétique** entre populations se produit obligatoirement par **sélection naturelle**, car chacune vit dans un environnement changeant, et **par dérive génétique** pour les petits effectifs. La **réduction des flux génétiques** est une cause et une conséquence de la différenciation génétique. Ainsi, les espèces sont des ensembles hétérogènes de populations.
- Le **séquençage de l'ADN** permet de connaître les **patrimoines génétiques** des populations et de discuter la **notion d'espèce**. L'espèce peut être considérée comme un **ensemble d'individus suffisamment isolés** génétiquement de ceux n'appartenant pas à l'espèce pour considérer que leur évolution repose principalement sur les flux génétiques entretenus entre eux.
- Si la différenciation génétique permet un **isolement reproducteur**, il y a **spéciation**.

→ Voir lexique p. 342

MÉMO VISUEL

- L'inéluctable évolution des génomes -

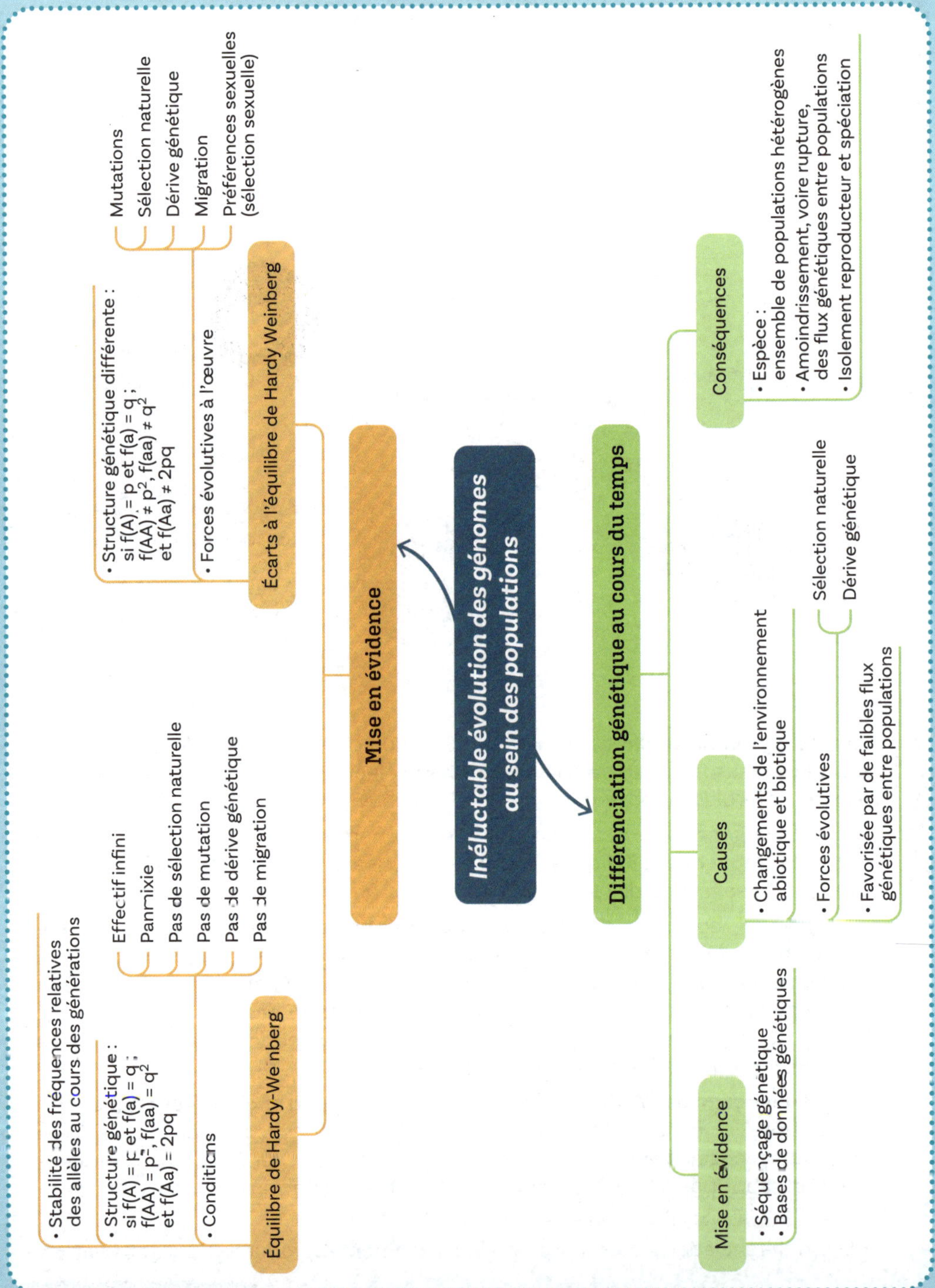

QCM

SE TESTER

1. Coche la ou les bonne(s) réponse(s).

1. Le modèle de Hardy-Weinberg prévoit, pour une population :

- **a** la stabilité des fréquences phénotypiques au cours des générations. ☐
- **b** la stabilité des fréquences alléliques au cours des générations. ☐
- **c** l'augmentation de la fréquence des allèles avantageux dans l'environnement. ☐
- **d** l'absence de mutations et de dérive génétique. ☐

2. Dans une population réelle, l'écart à l'équilibre de Hardy-Weinberg :

- **a** n'existe jamais. ☐
- **b** peut s'expliquer par la taille infinie de la population. ☐
- **c** peut s'expliquer par la sélection naturelle ou la dérive génétique. ☐
- **d** met en évidence l'existence de forces évolutives s'exerçant sur la population. ☐

3. La sélection naturelle :

- **a** s'exerce aléatoirement sur certains individus dans une population. ☐
- **b** augmente la diversité allélique lorsque la population est de petite taille. ☐
- **c** correspond au fait que l'environnement favorise davantage la reproduction de certains individus. ☐
- **d** s'explique par l'avantage sur la valeur sélective procuré à certains individus par un allèle dans un environnement. ☐

4. Dans une population bactérienne traitée avec des antibiotiques, l'apparition d'un allèle conférant une résistance à l'antibiotique est :

- **a** causée par le traitement antibiotique. ☐
- **b** le résultat de la dérive génétique. ☐
- **c** indépendante du traitement antibiotique. ☐
- **d** possiblement la conséquence d'une mutation. ☐

2. Vrai ou faux ?

		Vrai	Faux
1	Le modèle de Hardy-Weinberg s'applique dans les populations eucaryotes à reproduction asexuée.	☐	☐
2	L'équilibre de Hardy-Weinberg n'est pas atteint si les fréquences alléliques sont stables au cours du temps dans une population.	☐	☐
3	Dans les populations réelles, différentes forces évolutives empêchent d'atteindre l'équilibre de Hardy-Weinberg.	☐	☐
4	La dérive génétique cause la variation aléatoire des fréquences alléliques, avec un effet plus marqué lorsque l'effectif de la population est petit.	☐	☐
5	La sélection naturelle augmente, au cours du temps, la fréquence des allèles associés aux plus petites valeurs sélectives dans un environnement.	☐	☐
6	L'effet d'un allèle sur la valeur sélective du porteur de l'allèle peut changer si l'environnement change.	☐	☐
7	Les migrations peuvent augmenter la diversité génétique d'une population.	☐	☐
8	Dans les populations se produit parfois au cours du temps une différenciation génétique, à cause de l'instabilité de l'environnement biotique et abiotique.	☐	☐
9	Les espèces sont des ensembles homogènes d'individus évoluant continuellement dans le temps.	☐	☐
10	Certaines espèces n'évoluent plus.	☐	☐

3. Complète le schéma à l'aide des termes suivants.

a. *sélection naturelle* – **b.** *population* – **c.** *barrière au flux génétique* – **d.** *changements environnementaux au cours du temps* – **e.** *flux génétique* – **f.** *distance génétique*

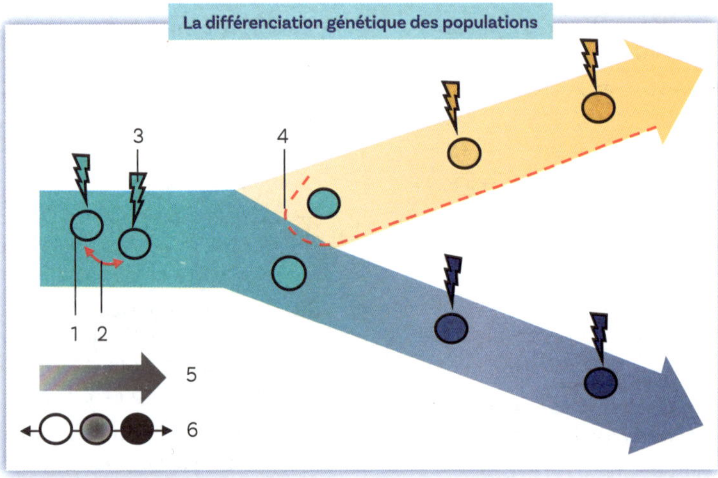

4. Réponds aux questions posées sur ces mémo cartes.

1. Les écarts à l'équilibre de Hardy-Weinberg

- Qu'est-ce que le modèle de Hardy-Weinberg ?
- Quelles sont les conditions nécessairement remplies par la population théorique considérée dans le modèle de Hardy-Weinberg ?
- Pourquoi l'équilibre de Hardy-Weinberg peut-il ne pas être atteint dans une population réelle ?
- Qu'est-ce qui peut aller à l'encontre de la panmixie dans une population ?
- Comment les migrations peuvent-elles modifier l'équilibre génétique d'une population ?
- Qu'est-ce qui peut créer de nouveaux allèles dans une population ?
- Comment des allèles peuvent-ils disparaître au sein d'une population ?

2. La différenciation génétique des populations

- Qu'est-ce que la sélection naturelle ?
- Qu'est-ce que la dérive génétique ?
- Pourquoi une population évolue-t-elle obligatoirement et continuellement ?
- Comment expliquer la différenciation génétique obligatoire entre populations d'une espèce ?
- Quelles sont les conséquences immédiate et potentielle à moyen ou à long terme de la différenciation génétique des populations au sein d'une espèce ?
- Qu'est-ce qu'une espèce ?
- Comment connaître le patrimoine génétique des populations ?

Réponses : 1. 1. b – **2.** c, d – **3.** c, d – **4.** c, d • **2. 1.** Faux – **2.** Faux – **3.** Vrai – **4.** Vrai – **5.** Faux – **6.** Vrai – **7.** Vrai – **8.** Faux – **9.** Faux – **10.** Faux • **3. 1**b – **2**e – **3**a – **4**c – **5**d – **6**f.

SAVOIR-FAIRE

Méthode 1 Formuler le principe d'une expérimentation

SUJET L'évolution d'une population de drosophiles

La biologiste Diane Dodd a réalisé une expérience en 1989 qui a permis de mettre en évidence l'effet de la sélection naturelle sur l'évolution de populations de drosophiles en laboratoire.

Consigne : À l'écrit, formule le principe de l'expérience, présente les résultats et tire une conclusion.

a. Protocole expérimental

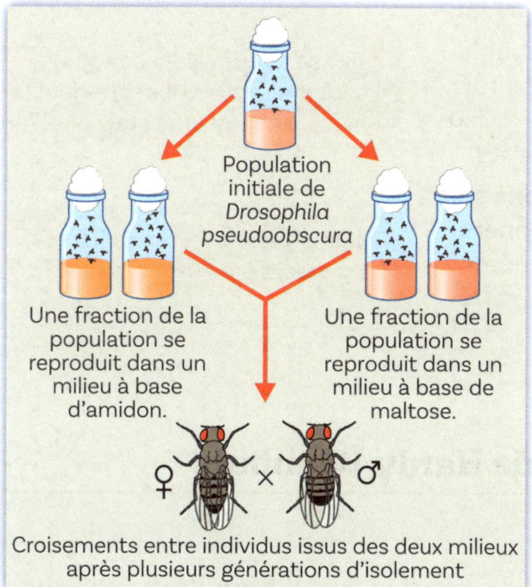

b. Résultats : fréquences d'accouplement dans le groupe expérimental

		Femelles	
		Amidon	Maltose
Mâles	Amidon	22	9
	Maltose	8	20

Protocole expérimental et résultats de l'expérience de Dodd

CONSEILS

- Détermine les variables testées et étudiées à partir du protocole et des résultats.
- Puis, explicite l'objectif de l'expérience et présente succinctement les conditions expérimentales réalisées et la mesure réalisée.
- Après avoir précisé l'état de la variable étudiée pour chacune des conditions expérimentales, compare-le et déduis-en une conclusion.

+ d'aide ? Voir p. 49

CORRIGÉ

On cherche à savoir si **l'isolement de populations de drosophiles sur des milieux différents pendant plusieurs générations** a un effet ou non sur **la fréquence d'accouplement entre individus mâles et femelles**. Pour cela, on élève des populations de drosophiles, issues d'une même population initiale, sur deux milieux différents (amidon ou maltose) pendant plusieurs générations. Puis on croise des individus de sexe opposés provenant soit du même milieu (conditions expérimentales témoins), soit de milieux différents (conditions expérimentales d'essais), pour évaluer la fréquence d'accouplement.

Pour les croisements impliquant des individus mâles et femelles provenant du même milieu, on observe qu'une fréquence d'accouplement est entre 20 (pour le maltose) et 22 (pour l'amidon). Lorsque les individus proviennent de milieux différents, la fréquence d'accouplement est entre 8 (pour le maltose) et 9 (pour l'amidon). Les accouplements sont donc plus fréquents, environ 2,5 fois, lorsque les individus proviennent du même milieu que lorsqu'ils proviennent de milieux différents.

On en déduit que **l'isolement de populations sur des milieux différents pendant plusieurs générations** a un effet sur **la fréquence d'accouplement entre individus mâles et femelles**. Il **réduit** la fréquence d'accouplement.

> Il y a quatre résultats expérimentaux, mais on peut restreindre leur description à deux catégories : les fréquences d'accouplement des drosophiles issues du même milieu ou issues de milieux différents.

> La **variable testée** est le paramètre fixé par l'expérimentateur, qui est différent entre les deux catégories de conditions expérimentales. La **variable étudiée** est la grandeur mesurée par l'expérimentateur, mais dont il ignore la valeur avant d'avoir fait la manipulation.

> Pense à rappeler la condition expérimentale correspondant à chaque résultat.

> Si un effet est mis en évidence, pense à préciser **sa nature**.

Méthode 2 Tester l'hypothèse de Hardy-Weinberg

SUJET L'équilibre de Hardy-Weinberg dans une population de moustiques

De 1968 à 2002, la population de moustiques *Culex pipiens* a été contrôlée dans le sud de la France par l'épandage d'insecticides sur les étendues d'eau dans lesquelles se développent leurs larves. On s'intéresse à la résistance développée par certains moustiques à ces insecticides dans la région de Montpellier. Les insectes présentant l'allèle R sont résistants aux insecticides lorsque ceux qui portent l'allèle S y sont sensibles. En 1980, un échantillonnage a été réalisé dans une population de moustiques située à Maurin (zone traitée) afin d'en étudier la structure génétique.

Consigne : Détermine si la structure génétique de la population est, ou n'est pas, à l'équilibre de Hardy-Weinberg. Si elle ne l'est pas, formule une hypothèse pour expliquer cette situation.

Résultats de l'étude d'une population de moustiques de Maurin

Génotypes concernant le gène de résistance à l'insecticide	R//R	R//S	S//S	Total
Résistance à l'insecticide	Oui	Oui	Non	
Nombre de moustiques	90	284	70	444
Fréquence génotypique observée	0,20	0,64	0,16	1

CONSEILS

- Détermine les fréquences des allèles R et S dans la population échantillonnée.
- Détermine les fréquences génotypiques théoriques attendues dans le modèle de Hardy-Weinberg, puis compare-les aux fréquences génotypiques observées.
- Mets en relation les informations de l'introduction et des résultats pour identifier une cause possible de l'écart à l'équilibre de Hardy-Weinberg.

+ d'aide ?

Voir p. 48

CORRIGÉ

Soient *R* et *S*, deux allèles du même gène, avec *p* la fréquence de l'allèle *R* et *q* la fréquence de l'allèle *S*. Les fréquences *p* et *q* dans la population échantillonnée sont :

> Rappele la signification des codes lettrés utilisés.

$$p = \frac{\text{effectif d'allèles } R}{\text{effectif total d'allèles}} = \frac{\text{effectif de génotype } (R//S) + \text{effectif de génotype } (R//R) \times 2}{2 \times \text{effectif total d'individus}}$$

$$= \frac{464}{888} = 0{,}52$$

> Écris les formules littérales avant l'application numérique.

$$q = \frac{\text{effectif d'allèles } S}{\text{effectif total d'allèles}} = \frac{\text{effectif de génotype } (R//S) + \text{effectif de génotype } (S//S) \times 2}{2 \times \text{effectif total d'individus}}$$

$$= \frac{424}{888} = 0{,}48$$

Selon le modèle de Hardy-Weinberg, $p + q = 1$ et les fréquences génotypiques théorique sont : p^2 = fréquence du génotype (*R//R*) ; q^2 = fréquence du génotype (*S//S*) et $2\,pq$ = fréquence du génotype (*R//S*). Les fréquences génotypiques théoriques sont :

- Fréquence du génotype (*R//R*) = $p^2 = 0{,}52 \times 0{,}52 = 0{,}27$
- Fréquence du génotype (*S//S*) = $q^2 = 0{,}48 \times 0{,}48 = 0{,}23$
- Fréquence du génotype (*R//S*) = $2\,pq^2 = 2 \times 0{,}52 \times 0{,}48 = 0{,}5$

Il y a une différence sensible entre les fréquences génotypiques observées et les fréquences génotypiques théoriques : pour *f*(*R//R*) : 0,20 contre 0,27 ; pour *f*(*S//S*) : 0,16 contre 0,23 et pour *f*(*R//S*) : 0,64 contre 0,50. On en déduit que la population n'a pas une structure génétique à l'équilibre de Hardy-Weinberg.

Il est indiqué dans l'introduction que la zone échantillonnée a été traitée aux insecticides et on constate un excès de génotypes (*R//S*) dans la population. Étant donné que l'allèle *R* procure une résistance aux insecticides, on peut supposer que la population échantillonnée est soumis à la sélection naturelle.

> Recherche des éléments qui montrent que l'une des conditions pour l'application du modèle de Hardy-Weinberg n'est pas satisfaite.

Chapitre 3 L'inéluctable évolution des génomes au sein des populations

Tu viens de voir les notions à connaître sur l'évolution des génomes. Pour t'aider à retenir l'essentiel et t'entraîner pour le Bac, voici ton kit de révisions clé en mains conçu par SchoolMouv !

Fiche de cours

Le Focus de SchoolMouv : La théorie de Hardy-Weinberg

Expérience

Prenons pour exemple **les allèles *M* et *N* d'un gène donné** où *M* et *N* sont **codominants.**

Rappel

Des allèles sont dits « codominants » si aucune relation de dominance ou de récessivité n'est établie. En ce sens, les deux allèles s'expriment et le **phénotype hétérozygote** qui en découle présente les caractéristiques de chacun des allèles.

Voici la composition de la population étudiée :

Génotype	Phénotype	Nombre d'individus
MM	*M*	24
MN	*MN*	220
NN	*N*	486
		730

On calcule alors une estimation des fréquences alléliques des allèles *M* et *N* :

$$f(M) = \frac{2 \times 24 + 220}{2 \times 730} \approx 0{,}18 \qquad f(N) = \frac{220 + 2 \times 486}{2 \times 730} \approx 0{,}82$$

Ainsi, selon le modèle de Hardy-Weinberg, on peut **prédire les fréquences génotypiques à la génération suivante** :

$f(MM) = 0{,}18^2 = 0{,}0324$

$f(MN) = 2 \times 0{,}18 \times 0{,}82 = 0{,}2952$

$f(NN) = 0{,}82^2 = 0{,}6724$

L'équilibre de Hardy-Weinberg est bien retrouvé :

$f(MM) + f(MN) + f(NN) = 0{,}0324 + 0{,}2952 + 0{,}6724 = 1$

Vidéo

Pour mieux comprendre et t'en souvenir à coup sûr, regarde la vidéo. C'est parfois bien plus clair en images.

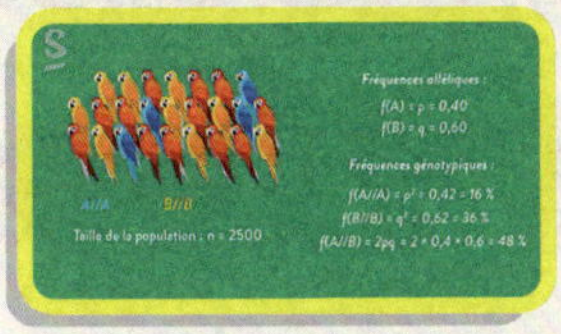

Vidéo **De la diversification des êtres vivants à l'évolution de la biodiversité**

https://flashbelin.fr/focusbacschoolmouv/svt/3

Contenu additionnel

Voici un bonus autour du même sujet. La curiosité n'est pas toujours un vilain défaut. Il suffit de créer ton compte pour avoir accès à plein de contenus supplémentaires.

Fiche **De la diversification des êtres vivants à l'évolution de la biodiversité**

https://www.schoolmouv.fr/eleves/cours/de-la-diversification-des-etres-vivants-a-l-evolution-de-la-biodiversite/fiche-de-cours

Tchat avec un prof

Pour poser toutes tes questions à un prof particulier, découvre l'abonnement tchat. Tu peux le tester gratuitement pendant 7 jours : fini les questions sans réponses, tu vas devenir incollable.

https://focusbac.schoolmouv.fr/offre

4

THÈME 1

D'autres contribuant du vivant

RÉVISIONS 1re

Un quiz avant de commencer

1. Vrai ou faux ?

	Vrai	Faux
1 Le phénotype est l'ensemble des gènes observables d'un individu.	☐	☐
2 Les caractères héréditaires sont transmis d'une génération à la suivante.	☐	☐
3 Les microorganismes vivant dans et sur l'organisme humain constituent son microbiote.	☐	☐
4 La mise en place du microbiote se fait entièrement à la naissance.	☐	☐
5 Le microbiote vit en symbiose avec son hôte sans modifier le phénotype.	☐	☐
6 L'hôte désigne un organisme vivant devenu le milieu biologique d'autres organismes symbiotiques ou parasites.	☐	☐

2. Retrouve la ou les bonne(s) réponse(s).

1. Un comportement :

- a n'est pas un caractère observable. ☐
- b peut contribuer à la sélection naturelle à travers la reproduction. ☐
- c peut exister sous différentes formes. ☐
- d n'est pas modifiable. ☐

2. Quelle(s) forme(s) du caractère le milieu B sélectionne-t-il ?

3. Quelle(s) forme(s) du caractère le milieu B contre-sélectionne-t-il ?

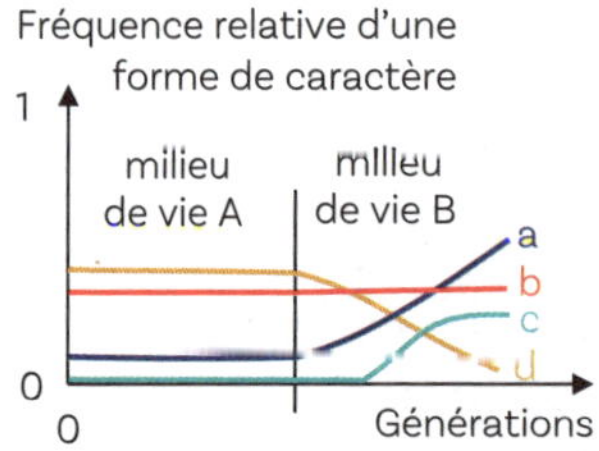

Suivi des fréquences relatives de plusieurs formes d'un caractère (a, b, c et d) coexistantes au cours du temps, avec changement de milieu de vie

Réponses : 1. 1. Faux – **2.** Vrai – **3.** Vrai – **4.** Faux – **5.** Vrai – **6.** Vrai • **2. 1.** b, c – **2.** a, b, c – **3.** d.

mécanismes à la diversité

ORAL

L'ESSENTIEL EN 2 POINTS

Comment le phénotype des êtres vivants se diversifie-t-il grâce au recrutement d'éléments de l'environnement ?

1 Le phénotype étendu

Le **recrutement** d'entités vivantes et de composants inertes du milieu contribue à **diversifier le phénotype** des êtres vivants. Le **superorganisme** formé peut présenter des caractères émergents favorables. > p. 60

Comment les processus culturels contribuent-ils à la diversification du vivant ?

2 Les processus culturels

Chez certains animaux, les **comportements acquis** peuvent être **transmis** d'une génération à l'autre et constituer une source de **diversité**. > p. 61

LE COURS en 2 fiches

1 Le phénotype étendu

Idées clés

→ La **diversification phénotypique** des êtres vivants n'est pas uniquement due à la **diversification génétique**.

→ D'autres mécanismes, comme le **recrutement de composants inertes** et les **associations non héréditaires** permettent d'enrichir le phénotype, alors dit « étendu ».

→ Les **interactions biotiques** produisent des **caractères émergents adaptatifs**.

Coup d'œil

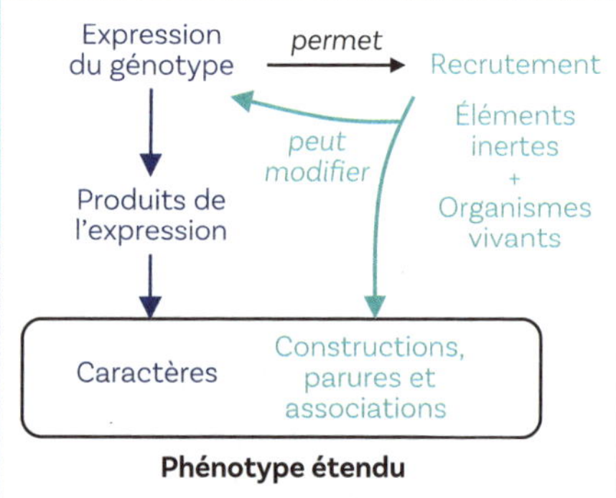

À la loupe

• La **diversité** du vivant repose aussi sur la **modification du phénotype sans modification du génome**.

• La réalisation du phénotype des individus s'étend au-delà de ce que code leur génome. Des caractères observables résultent d'**éléments abiotiques et biotiques** collectés dans l'environnement : c'est le **phénotype étendu**. Certes, la **capacité à recruter ces objets extérieurs** est génétique, mais ce qui est mobilisé a été construit autrement, indépendamment du génome de l'individu recruteur. Le phénotype étendu a diverses **fonctions** (protection, nutrition, reproduction).

• Les êtres vivants **recrutent des composants inertes** du milieu pour réaliser des constructions (nid, barrage…) ou encore des parures (ornement, vêtement…). La **diversité des matériaux** utilisés et des réalisations contribue à la **diversification phénotypique**.

• Ils **recrutent** aussi **d'autres êtres vivants** dans des **associations biotiques non héréditaires** (symbiose, parasitisme). Le phénotype de chaque partenaire résulte alors de l'**expression des génotypes associés**.

• Les associations ne correspondant pas seulement à la somme des deux phénotypes associés, il y a des **caractères émergents**. En effet, par l'action de molécules issues de l'expression de son propre génotype, chaque partenaire peut modifier la physiologie, la morphologie ou le comportement de son partenaire (ex. : nodosité, galle…). Cela permet le développement de **potentialités adaptatives** n'existant pas chez les partenaires isolés (ex. : lichen).

• Le **phénotype des macroorganismes** abritant de nombreuses **associations symbiotiques** est le produit d'interactions multiples. L'ensemble formé par l'organisme adjoint de son microbiote, et l'ensemble des interactions écologiques et fonctionnelles, est appelé **holobionte**.

→ Voir lexique p. 342

2 Les processus culturels

Idées clés

→ La **culture animale** désigne l'ensemble des **comportements** qui caractérisent une population.

→ Les comportements culturels **sont acquis** par une **hérédité non fondée sur l'ADN**.

→ Ceux-ci diffèrent entre populations et participent ainsi à la **diversité phénotypique** des êtres vivants.

→ Les comportements culturels sont des caractères qui évoluent : on parle d'**évolution culturelle**.

Coup d'œil

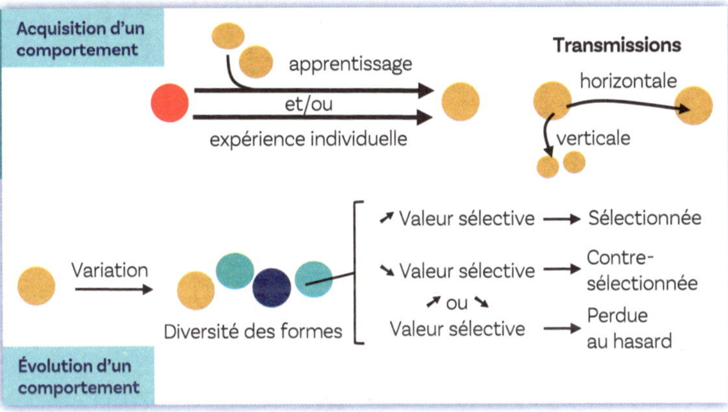

À la loupe

- Un **comportement** désigne toute **action** d'un animal qui a une **conséquence sur son environnement**, est **adaptée** et a une **fonction** (protection, nutrition, reproduction).
- Chez les animaux, certains **comportements acquis** (non présents à la naissance) peuvent être **transmis** d'une génération à l'autre et constituer une **source de diversité** : le chant des oiseaux, l'utilisation d'outils dans des populations animales, la culture dans les sociétés humaines…
- L'**hérédité culturelle** désigne la transmission des comportements culturels **entre individus contemporains** et **de génération en génération** par l'**apprentissage**. C'est un **mécanisme cognitif** qui se traduit par l'apparition ou la modification d'un comportement après que l'individu a été soumis à une **expérience** dont certaines composantes ont été mémorisées.
- Selon les **expériences** de vie, les différentes populations d'une même espèce peuvent acquérir des **comportements différents**.
- Les comportements, qui sont variables, transmissibles et susceptibles de moduler la valeur sélective, subissent une **évolution culturelle**. De nouvelles **formes** apparaissent grâce aux **expériences** individuelles et collectives. Ces formes de comportement peuvent être **sélectionnées** si elles augmentent la valeur sélective, **contre-sélectionnées** si elles la diminuent, ou **perdues** par hasard.

→ Voir lexique p. 342

MÉMO VISUEL

- D'autres mécanismes contribuant à la diversité du vivant -

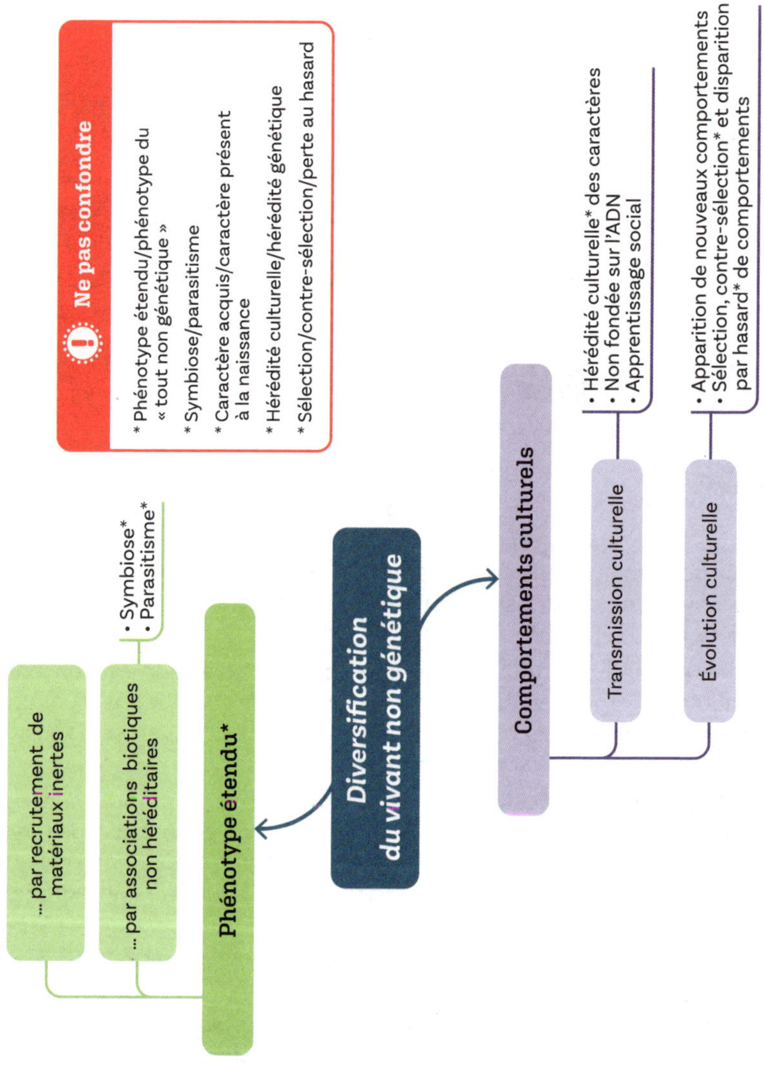

QCM

SE TESTER

1. Coche la ou les bonne(s) réponse(s).

1. Le phénotype étendu d'un individu est l'ensemble de ses caractères :

- **a** observables. ☐
- **b** issus de l'expression de son génotype en interaction avec l'environnement. ☐
- **c** résultant du recrutement d'objets vivants et non vivants dans l'environnement. ☐
- **d** visibles à l'œil nu. ☐

2. Le phénotype humain :

- **a** résulte uniquement de l'expression de ses gènes. ☐
- **b** est présent dès la naissance. ☐
- **c** est modifié par les interactions avec le microbiote. ☐
- **d** est influencé uniquement par les associations parasitaires. ☐

3. Les comportements culturels sont :

- **a** innés. ☐
- **b** transmis verticalement par les gènes. ☐
- **c** une source de diversité phénotypique. ☐
- **d** immuables. ☐

4. Une forme de comportement :

- **a** est sélectionnée si elle diminue la valeur sélective. ☐
- **b** est contre-sélectionnée si elle augmente la valeur sélective. ☐
- **c** peut disparaître au hasard. ☐
- **d** peut être modifiée au cours du temps. ☐

2. Vrai ou faux ?

		Vrai	Faux
1	La diversité phénotypique du vivant est uniquement due aux mutations et aux brassages génétiques.	☐	☐
2	Les caractères du phénotype étendu présentent une grande diversité.	☐	☐
3	Les constructions et les parures des êtres vivants appartiennent à leur phénotype étendu.	☐	☐
4	Les symbiontes et les parasites peuvent modifier le phénotype de leur hôte, mais l'inverse n'est pas possible.	☐	☐
5	Les associations biotiques non héréditaires peuvent influencer la valeur sélective de l'un, de l'autre ou des deux partenaires.	☐	☐
6	Un comportement culturel est un comportement spécifique à une population qui est transmis au cours du temps.	☐	☐
7	L'apprentissage permet la transmission de comportements uniquement des parents à leur progéniture.	☐	☐
8	Les comportements culturels sont déterminés génétiquement.	☐	☐
9	Le chant des oiseaux ou l'utilisation d'outils sont des comportements culturels.	☐	☐
10	L'évolution biologique n'est pas influencée par les processus culturels.	☐	☐

3. **Légende ces photographies d'organismes vivants, puis précise pour chacun d'eux s'il s'agit d'un symbionte ou d'un superorganisme.**

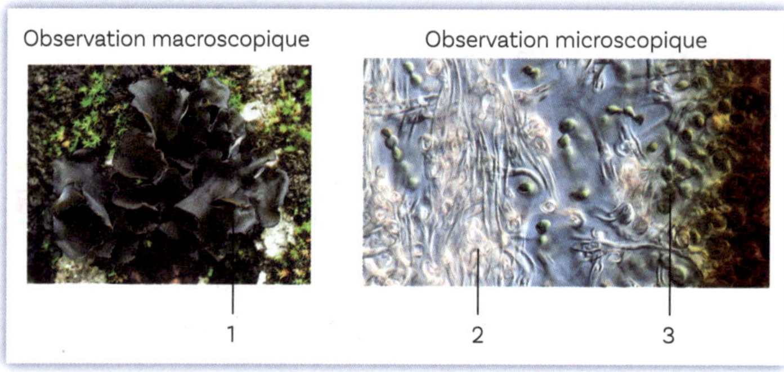

4. **Réponds aux questions posées sur ces mémo cartes.**

1. Le phénotype étendu

- Qu'est-ce que le phénotype étendu ?
- En quoi diffère-t-il de la notion classique de phénotype ?
- Comment le phénotype étendu contribue-t-il à la diversification phénotypique du vivant sans modification génétique ?
- Qu'est-ce qu'un caractère émergent ?
- Qu'appelle-t-on l'holobionte ?
- Pourquoi considérer que l'individu humain est l'holobionte plutôt que simplement l'ensemble des cellules humaines ?

2. Les processus culturels

- Qu'est-ce que la culture animale ?
- Comment la culture animale contribue-t-elle à la diversité phénotypique du vivant ?
- Qu'est-ce qu'un comportement ?
- Comment les comportements culturels sont-ils transmis au sein d'une population ?
- Qu'est-ce que l'apprentissage ?
- Qu'est-ce que l'évolution culturelle ?

Réponses : 1. 1. c - **2.** c - **3.** c - **4.** c • **2. 1.** Faux - **2.** Vrai - **3.** Vrai - **4.** Faux - **5.** Vrai - **6.** Vrai - **7.** Faux - **8.** Faux - **9.** Vrai - **10.** Faux • **3. 1.** Lichen (superorganisme) - **2.** Hyphe mycélien (symbionte) - **3.** Cyanobactérie (symbionte).

Chapitre 4

D'autres mécanismes contribuant à la diversité du vivant

Tu viens de voir les notions à connaître sur la diversité non génétique du vivant. Pour t'aider à retenir l'essentiel et t'entraîner pour le Bac, voici ton kit de révisions clé en mains conçu par SchoolMouv !

Contenus additionnels

Voici quelques bonus autour du même sujet. La curiosité n'est pas toujours un vilain défaut. Il suffit de créer ton compte pour avoir accès à plein de contenus supplémentaires.

Quiz **De la diversification des êtres vivants à l'évolution de la biodiversité**

https://www.schoolmouv.fr/eleves/cours/de-la-diversification-des-etres-vivants-a-l-evolution-de-la-biodiversite/qcm

Fiche **De la diversification des êtres vivants à l'évolution de la biodiversité**

https://www.schoolmouv.fr/eleves/cours/de-la-diversification-des-etres-vivants-a-l-evolution-de-la-biodiversite/fiche-de-cours

Tchat avec un prof

Pour poser toutes tes questions à un prof particulier, découvre l'abonnement tchat. Tu peux le tester gratuitement pendant 7 jours : fini les questions sans réponses, tu vas devenir incollable.

https://focusbac.schoolmouv.fr/offre

SE PRÉPARER POUR L'EXAMEN

Synthèse argumentée

SUJET 1 Des mécanismes à l'origine de la diversité génétique des individus

La diversité génétique des individus s'explique pour partie par la diversité des gamètes. Le brassage interchromosomique à lui seul permet à un être humain de produire 2^{23} gamètes différents. Mais en réalité, la diversité génétique des gamètes produits est encore plus élevée.

Question

Présenter les différents mécanismes qui contribuent à la diversité génétique des individus de la descendance.

Vous rédigerez un texte structuré. Votre argumentation s'appuiera sur des expériences et/ou des observations et/ou des exemples judicieusement choisis.

Document > Image de chromosomes réalisée dans des cellules de testicules du criquet migrateur lors de la prophase de première division de méiose

COUP DE POUCE

Tu peux t'appuyer sur la méthode p. 10.

Les clés pour réussir

Analyser et reformuler le sujet

- La question interroge l'origine de la « diversité génétique des individus », faisant référence à la diversité des génotypes, « de la descendance », suggérant des mécanismes de la reproduction. Puisque le chapeau du sujet évoque la diversité des gamètes et un mécanisme de la méiose (brassage intrachromosomique), on peut limiter le sujet aux mécanismes de la reproduction sexuée : la méiose et la fécondation. De plus, « à l'exclusion des anomalie » restreint la réponse aux situations sans anomalie, même si elles sont sources de diversité génétique.
- Des mécanismes à « présenter », c'est-à-dire dont il faut donner des détails, sont suggérés dans le chapeau, le brassage intra-chromosomique, et dans le **document**, une image de crossing-over évoquant le brassage intrachromosomique. En plus des brassages génétiques associés à la méiose, il y a celui associé à la fécondation.
- Termes à définir en introduction : « génotype » et « reproduction sexuée ».

Recenser et organiser les idées et arguments pour répondre au sujet

- **Idée clé 1. Le brassage interchromosomique**
  - Conséquences cellulaire et chromosomique de la méiose.
  - Conséquence de la séparation indépendante et aléatoire des chromosomes homologues d'une même paire sur la diversité des combinaisons génétiques possibles dans les gamètes et les proportions des différents gamètes.
  - Corrélation entre le nombre de combinaisons génétiques possibles dans les gamètes et le nombre de gènes à l'état hétérozygote chez les parents.

Exemple pour argumenter : illustre la diversité de gamètes issue de méioses avec du brassage interchromosomique à l'aide d'un schéma, dans le cas d'une cellule initiale diploïde ($2n = 4$), deux gènes A et B, à l'état hétérozygote (allèles A et a, et allèles B et b).

- **Idée clé 2. Le brassage intrachromosomique**
  - Recombinaison des gènes liés par crossing-over.
  - Conséquence des crossing-over sur la diversité des combinaisons génétiques possibles dans les gamètes et les proportions des différents gamètes.

Exemple pour argumenter : présente l'observation du **document** support.

- **Idée clé 3. Le brassage de la fécondation**
  - Conséquences cellulaire et chromosomique de la fécondation.
  - Conséquence de l'aléa de la rencontre des gamètes sur la diversité des génotypes des zygotes (homozygotie, hétérozygotie).

Exemple pour argumenter : illustre la diversité des génotypes de zygote possibles à l'aide d'un tableau de croisement présentant les résultats de fécondation.

SE PRÉPARER POUR L'EXAMEN

Synthèse argumentée

SUJET 2 L'inéluctable évolution des génomes au sein des populations

La biodiversité actuelle peut être considérée comme la diversité des espèces existantes aujourd'hui. Elle résulte de la transformation des populations au cours du temps.

Question

Montrer comment la dérive génétique et la sélection naturelle participent à l'évolution de la biodiversité.

Vous rédigerez un texte structuré. Votre argumentation s'appuiera sur des expériences et/ou des observations et/ou des exemples judicieusement choisis.

Document > Évolution de la fréquence de l'allèle bw75 des populations de drosophiles

Les allèle bw^{75} et bw du gène *Bw* déterminent la couleur des yeux des drosophiles. Des chercheurs ont obtenus 107 populations de 16 drosophiles hétérozygotes bw^{75}//bw, pour moitié mâles et pour moitié femelles. Ils ont suivi ces populations sur 19 générations en ne conservant à chaque génération que 8 mâles et 8 femelles choisis de manière aléatoire. À chaque génération, la fréquence de l'allèle bw^{75} dans chacune des 107 populations a été mesurée. Les mouches de chacun des trois génotypes ont le même succès reproducteur et le même taux de survie.

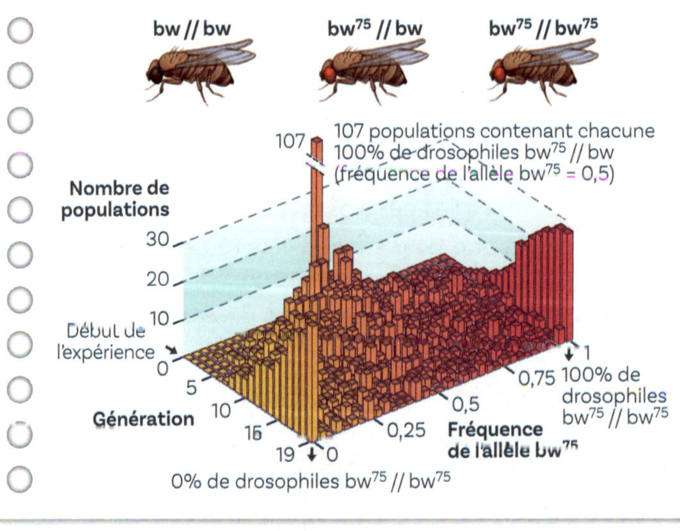

COUP DE POUCE

Tu peux t'appuyer sur la méthode p. 10.

Les clés pour réussir

Analyser et reformuler le sujet

- La question est centrée sur l'explication de la « biodiversité actuelle » que le chapeau définit comme « la diversité des espèces existantes » et « la diversité génétique des populations constituant ces espèces », c'est-à-dire le nombre d'espèces et la diversité des allèles et des génotypes à l'intérieur des espèces.
- Il s'agit de « montrer comment », c'est-à-dire d'exposer de quelle manière, les deux forces évolutives précisées (dérive génétique et sélection naturelle) font varier au cours du temps la diversité génétique des populations et des espèces.
- L'évolution de la diversité des espèces est une conséquence de l'évolution de la diversité génétique des populations.
- Termes à définir en introduction « diversité des espèces », « diversité génétique des populations », « évolution ».

Recenser et organiser les idées et arguments pour répondre au sujet

- **Idée clé 1. Le modèle de Hardy-Weinberg**
  - Équilibre de Hardy-Weinberg
  - Écarts au modèle

Exemple pour argumenter : présente un exemple de situation dans d'écart à l'équilibre de Hardy-Weinberg.

- **Idée clé 2. L'évolution des populations par sélection naturelle et dérive génétique**
  - Sélection naturelle
  - Dérive génétique

Exemple pour argumenter : illustre la différenciation génétique par sélection naturelle ou par dérive génétique à l'aide d'un exemple.

- **Idée clé 3. La spéciation**
  - Notion d'espèce
  - Séquençage génétique
  - Isolement reproducteur

Exemple pour argumenter : présente un exemple de spéciation.

SE PRÉPARER POUR L'EXAMEN

Résolution de problème scientifique

SUJET 3 Le chat calico

Certains chats possèdent un pelage composé d'une mosaïque de tâches blanches, rousses et noires. On les appelle des « calico ». Chacune de ces mosaïques forme un motif unique qui permet de reconnaître un individu calico aussi sûrement qu'avec des empreintes digitales. On a découvert par ailleurs que tous les chats calico sont des femelles.

Question

Expliquer les résultats du croisement présenté dans le document 2 et montrer comment des chattes calico possédant un même génotype peuvent avoir des pelages différents.

Vous organiserez votre réponse selon une démarche de votre choix intégrant des données des documents et les connaissances utiles.

Document 1 > Résultat d'un croisement

On croise un chat roux avec une chatte calico. Le tableau suivant présente le résultat de ce croisement.

Proportions	25 % des descendants	25 % des descendants	25 % des descendants	25 % des descendants
Phénotype	Calico	Poils roux	Poils roux	Poils noirs
Sexe	Femelles	Femelles	Mâles	Mâles

Aspects du pelage de trois des chatons femelles calico

Document 2 > Relation entre les allèles (O^+ et O^-) portés par les chromosomes sexuels et la couleur du pelage chez le chat

Chat mâle		Chat femelle	
Génotype	**Phénotype**	**Génotype**	**Phénotype**
O+ (X) ; Y	poils roux	O+ (X) ; O+ (X)	poils roux
O+ (X) ; Y	poils noirs	O– (X) ; O– (X)	poils noirs
		O+ (X) ; O– (X)	calico

Note : La paire de chromosomes sexuels subit la même méiose que les autres chromosomes.

Source : D'après A. Jaraud-Darnault, thèse, 2015.

Document 3 > La coloration d'un poil

Les mélanocytes sont des cellules qui fabriquent les pigments responsables de la coloration d'un poil. Les mélanocytes de chat produisent tous un pigment roux appelé trichochrome. Mais les mélanocytes peuvent aussi former un autre pigment, l'eumélanine, qui masque le trichochrome et rend le poil noir.

On a découvert que l'expression de l'allèle O^+ empêche la biosynthèse d'eumélanine.

Document 4 > Le corpuscule de Barr

a. L'hypothèse de Mary Lyon

En 1949, le docteur Murray Barr découvre que le noyau de certaines cellules contient un amas d'ADN, qu'il baptise « corpuscule de Barr ». Douze ans plus tard, la généticienne Mary Lyon propose que le corpuscule de Barr corresponde à un chromosome X inactivé. Les gènes de ce chromosome ne pourraient plus s'exprimer et seuls les gènes portés par l'autre chromosome X seraient utilisés par la cellule.

Selon cette hypothèse, dans une cellule embryonnaire possédant deux chromosomes X, c'est le hasard qui déterminerait lequel des deux se transforme en corpuscule de Barr. Toutes les cellules filles de la cellule embryonnaire conserveraient ensuite le même chromosome X inactivé.

b. Aspect du noyau d'un mélanocyte de chat mâle (A) et du noyau d'un mélanocyte de chatte calico (B)

Sur ce type d'image un corpuscule de Barr apparaît sous la forme d'une tâche blanche. On retrouve les mêmes résultats dans tous les mélanocytes responsables des poils roux ou noirs des femelles.

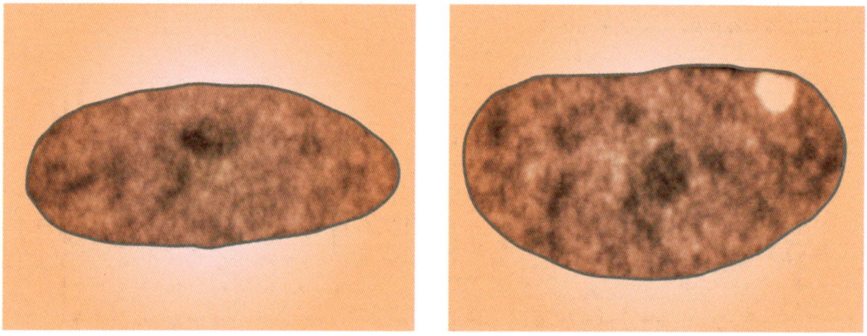

A B

Les clés pour réussir

Analyser et reformuler le sujet

COUP DE POUCE

Tu peux t'appuyer sur la méthode p. 10.

- La question comprend deux parties qui pourront être traitées indépendamment : il faut donc veiller à répondre à chacune d'entre elles.
- La première partie invite à « expliquer les résultats d'un croisement », ce qui signifie « donner la cause de ces résultats ». Elle a pour objectif de comprendre comment apparaissent les génotypes des individus au pelage calico.
- La seconde partie demande de « montrer comment », c'est-à-dire d'exposer de quelle manière un même génotype peut être responsable de la mise en place d'une diversité de phénotypes (de pelages calico).

Mobiliser ses connaissances en lien avec le sujet

- Méiose et fécondation : brassages génétiques **> p. 15**
- Homozygotie/hétérozygotie **> p. 16**
- Dominance/récessivité **> p. 19**
- Clone cellulaire **> p. 14**
- Phénotype et génotype

Recenser les idées issues des documents

→ **Doc 1** : décris les résultats du croisement et les pelages calico. Fais le lien entre la couleur du pelage calico et le sexe des chats.

→ **Doc 2** : mets en relation les génotypes et les phénotypes, pour chaque sexe de chats. Décris le comportement des chromosomes sexuels lors d'une méiose.

→ **Doc 3** : détermine l'effet de l'expression de l'allèle O+ sur la couleur du pelage.

→ **Doc 4** : décris un corpuscule de Barr et sa conséquence génétique.

Mettre en relation les informations issues des documents et/ou des connaissances

→ **Doc 1, 2** et **connaissances** : détermine les types de gamètes produits par les parents, leurs proportions et les combinaisons possibles lors de la fécondation pour expliquer les résultats de l'hybridation du **Doc 1**.

→ **Doc 1, 3, 4** et **connaissances** : mets en relation l'inactivation au hasard d'un chromosome X dans des cellules embryonnaires d'un individu femelle et son effet sur le phénotype des clones cellulaires issus de ces cellules embryonnaires pour expliquer la diversité des pelages chez des chattes calico ayant le même génotype ($O^+//O^-$).

THÈME 2

5 Le temps

RÉVISIONS 1re

Un quiz avant de commencer

1. Vrai ou faux ?

	Vrai	Faux
1 Les roches sédimentaires se forment par cristallisation d'un magma.	☐	☒
2 La nature des roches sédimentaires dépend des apports et du milieu de sédimentation.	☒	☐
3 De nombreuses espèces disparaissent lors des crises biologiques.	☒	☐
4 La demi-vie d'un noyau radioactif est la durée nécessaire pour que la moitié des noyaux se soient désintégrés.	☒	☐
5 La Terre est âgée de 4,57 millions d'années.	☐	☒

2. Coche la ou les bonne(s) réponse(s).

1. Concernant les structures A et B :

- a A est une faille normale et B une faille inverse. ☐
- b A est une faille inverse et B une faille normale. ☒
- c A et B se forment dans des contextes géologiques identiques. ☐
- d Les failles visibles en A et B se sont formées après les dépôts sédimentaires. ☒

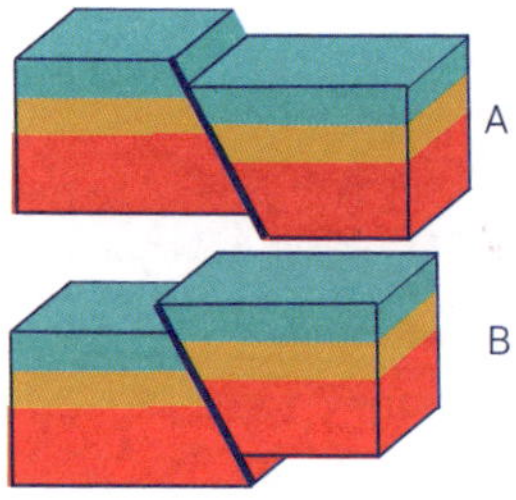

2. Dans la méthode de datation au carbone 14 :

- a la moitié du carbone 14 s'est transformé en carbone 12 au bout de 5 730 ans ☒
- b le taux de carbone 14 est stable avant la mort de l'organisme. ☒
- c le carbone 14 est issu de la désintégration du carbone 12. ☐
- d le temps de demi-vie du carbone 14 est identique à celui des autres éléments radioactifs. ☐

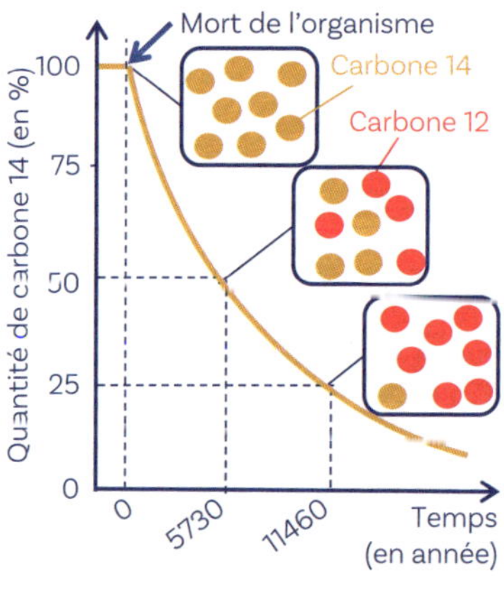

Réponses : 1. 1. Faux – 2. Vrai – 3. Vrai – 4. Vrai – 5. Faux
• 2. 1. b, d – 2. a, b.

et les roches

L'ESSENTIEL EN 3 POINTS

Comment peut-on établir la chronologie de structures ou d'événements géologiques ?

1

La chronologie relative des objets et des événements géologiques

Les **relations géométriques** (superposition, recoupement, inclusion) permettent de reconstituer la **chronologie relative** de structures ou d'événements géologiques de différentes natures et à différentes échelles d'observation.
> p. 76

Comment des associations de fossiles sont-elles utilisées pour caractériser des intervalles de temps ?

2

Les fossiles stratigraphiques

Les **fossiles stratigraphiques** sont utilisés pour caractériser des **intervalles de temps** et permettent l'établissement de **corrélations temporelles** entre formations géographiquement éloignées. Les **coupures dans les temps géologiques** sont fondées sur l'apparition ou la disparition de groupes f (en ossiles et permettent d'établir l'**échelle stratigraphique**. **> p. 77**

Comment peut-on déterminer l'âge d'une roche grâce aux éléments radioactifs qui la constituent ?

3

La datation absolue

La **désintégration radioactive** est un phénomène **continu et irréversible**, qui permet de déterminer l'**âge des minéraux** constitutifs d'une roche.
Les **datations** sont effectuées sur des **roches magmatiques ou métamorphiques**. L'âge obtenu est celui de la fermeture du système considéré (minéral ou roche). **> p. 78**

LE COURS en 3 fiches

1 La chronologie relative des objets et des événements géologiques

Idées clés

→ L'**étude des relations géométriques** entre les objets géologiques permet de reconstituer, par chronologie relative, l'**ordre des événements** les ayant affectés, ainsi que leur **âge** relatif.

→ La chronologie relative se fonde sur des **principes de superposition**, **de recoupement** et **d'inclusion**.

Des pistes pour argumenter

La chronologie relative : présente sous forme d'un schéma les différents principes de chronologie relative en te basant sur une coupe réelle ou fictive.

Coup d'œil

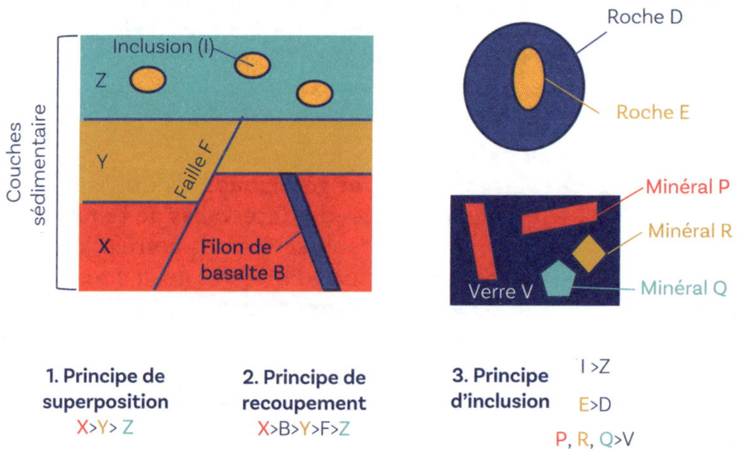

À la loupe

- La **succession d'événements géologiques** (sédimentation, convergence, magmatisme, métamorphisme) entraîne l'apparition de **structures particulières** (plis, failles, intrusion de roches) et modifient les **relations géométriques des objets géologiques** (minéraux, roches, couches sédimentaires).
- La **chronologie relative** se fonde sur des **principes** valables à **différentes échelles** (de la roche à l'affleurement) :

– le **principe de superposition** : une couche sédimentaire est plus récente que la couche quelle recouvre et plus ancienne que celle qui la recouvre ;

– le **principe de recoupement** : les couches sédimentaires sont plus anciennes que les failles ou les roches qui les recoupent ;

– le **principe d'inclusion** : les éléments inclus dans un autre élément sont plus anciens que leur contenant.

→ Voir lexique p. 344

2 Les fossiles stratigraphiques

Idées clés

→ Les associations de fossiles stratigraphiques sont utilisées pour caractériser des **intervalles de temps** et établir des **corrélations temporelles** entre formations géologiques éloignées géographiquement.

→ Les **coupures dans les temps géologiques** sont établies sur des **critères paléontologiques** : l'apparition ou la disparition de groupes fossiles.

→ La **superposition des intervalles de temps**, limités par des **coupures** d'ordres différents (**ères**, **périodes**, **étages**), aboutit à l'**échelle stratigraphique**.

Des pistes pour argumenter

- **L'échelle stratigraphique :** évoque la disparition des dinosaures (ou des globotruncanidés) il y a 65 Ma, qui caractérise le passage de l'ère secondaire à l'ère tertiaire.
- **Les fossiles stratigraphiques :** prends l'exemple des ammonites, qui présentent de grandes extensions géographiques et une morphologie souvent différente d'une espèce à l'autre.

Coup d'œil

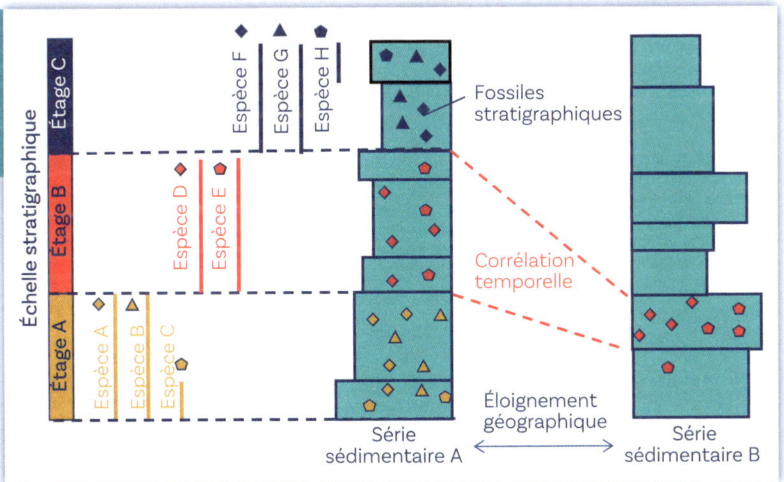

À la loupe

- Un **fossile** est qualifié de **stratigraphique** s'il a **évolué rapidement** et s'il présente une **grande extension géographique**.
- Selon le **principe d'identité paléontologique**, des **couches sédimentaires éloignées** géographiquement, mais qui possèdent la **même association** de fossiles, ont le **même âge**.
- La **disparition** d'un grand nombre d'espèces de manière simultanée au cours d'une crise biologique permet de définir des **intervalles de grande durée** : les **ères géologiques**.
- Les **ères** sont **subdivisées en périodes géologiques**, elles-mêmes constituées de **plusieurs étages**, chaque étage étant caractérisé par l'**apparition** ou la **disparition** de certains **groupes fossiles**.
- L'ensemble de ces intervalles de temps forme l'**échelle stratigraphique**.

→ Voir lexique p. 344

3 La datation absolue

Idées clés

→ La datation absolue des roches se fonde sur la **désintégration radioactive**, phénomène continu et irréversible.

→ L'**âge** obtenu est celui de la **fermeture du système** : arrêt des échanges entre la roche (ou le minéral) et l'environnement.

→ Les datations sont effectuées sur des **roches magmatiques ou métamorphiques**, et le choix du **chronomètre** dépend de l'**âge supposé** de la roche à dater.

Des pistes pour argumenter

• **La présence d'élément radioactif dans les minéraux :** évoque la présence d'une auréole de désintégration radioactive autour d'un zircon au sein d'une biotite.

• **La détermination de l'âge d'une roche :** démontre graphiquement que l'âge de la roche est dépendant du rapport entre l'élément père et l'élément fils (P/R = 1 au bout d'une période radioactive, par exemple).

Coup d'œil

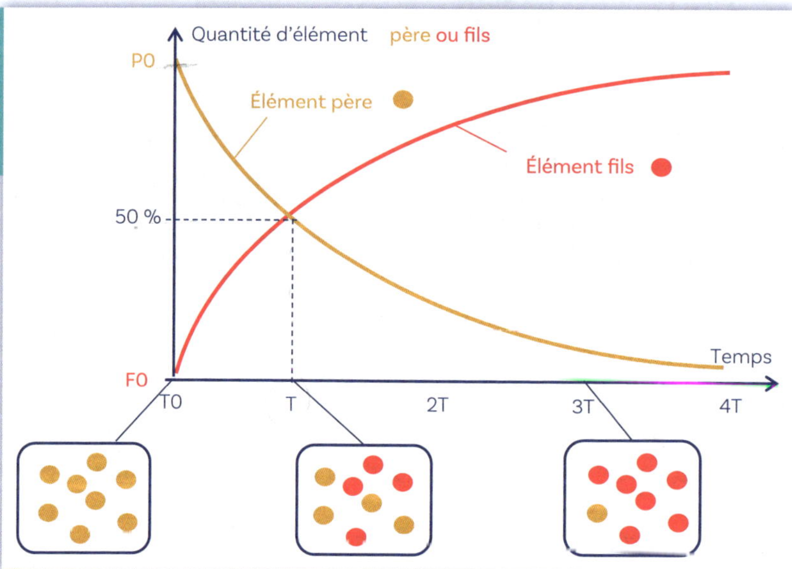

• Un **élément père radioactif** se désintègre en **élément fils radiogénique** selon une période caractéristique de cet élément : en une **période radioactive**, la moitié des éléments pères ont disparus (notion de demi-vie) ; ce couple d'éléments chimiques se comporte donc comme un **chronomètre**.

• La **datation absolue** permet de connaître l'**âge** d'une roche ou des minéraux qui la constituent en quantifiant l'**élément père radioactif** et l'**élément fils radiogénique**.

• La datation absolue nécessite qu'il n'y ait **pas d'apport d'éléments père ou de fuite d'éléments fils** : le **système** doit être **fermé**. Cette fermeture correspond par exemple à la formation d'un minéral solide à partir d'un magma liquide.

• Des **températures de fermeture différentes** pour différents minéraux expliquent que des **mesures** effectuées sur un même objet, tel qu'une roche, avec **différents chronomètres**, puissent fournir des **valeurs différentes** : c'est le cas notamment pour les roches ayant subi un épisode de métamorphisme.

• Des **âges différents** pour une même roche peuvent correspondre à des **températures de fermeture différentes** selon les minéraux.

• Il existe **différents chronomètres** classiquement utilisé en géologie : K/Ar, Rb/Sr, U/Pb. Le **choix** du chronomètre **dépend de l'âge supposé** de la roche, que l'on peut estimer par **chronologie relative**.

• La **méthode potassium/argon** (K/Ar) se fonde sur l'absence d'argon gazeux dans la roche à l'état initial. Le rapport K/Ar permet ainsi de déterminer directement l'âge de la roche.

• La **méthode rubidium/strontium** (Rb/Sr) ne permet pas de connaître la quantité initiale de Rb : il faut alors tracer une droite isochrone dont la pente est proportionnelle à l'âge de la roche.

• La **datation absolue** et la **chronologie relative** sont des **méthodes complémentaires** dans le cadre de l'étude du passé géologique de notre planète.

→ Voir lexique p. 344

MÉMO VISUEL

- Le temps et les roches -

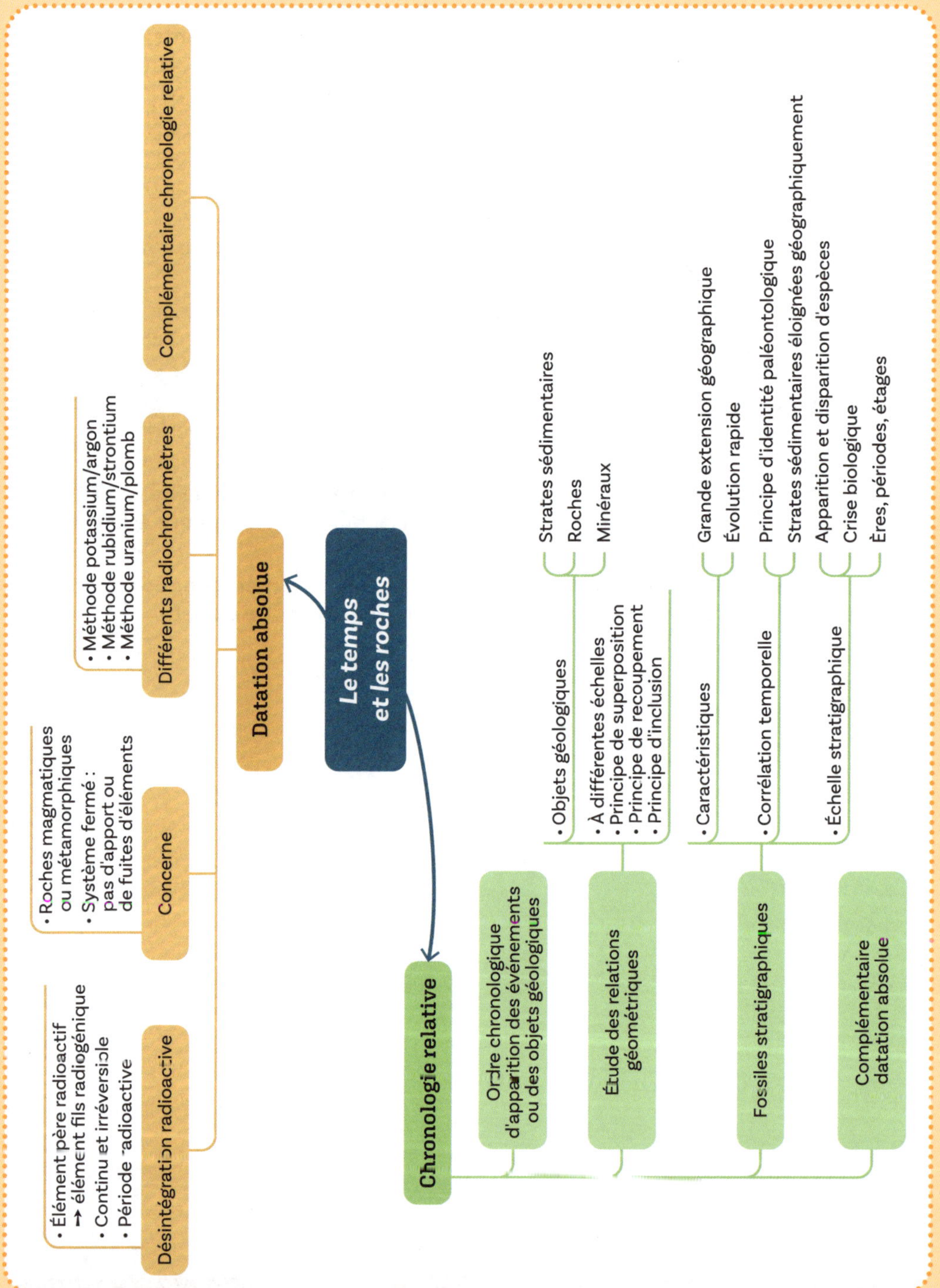

QCM

SE TESTER

1. Coche la ou les bonne(s) réponse(s).

1. Selon les principes de datation relative :

- **a** une faille est plus récente que les terrains qu'elle recoupe. ☐
- **b** une couche sédimentaire est plus ancienne que celle qu'elle recouvre. ☐
- **c** une roche intrusive est plus récente que les terrains qu'elle recoupe. ☐
- **d** des galets inclus dans une couche de sédiment sont plus récents que cette couche. ☐

2. Les fossiles stratigraphiques :

- **a** ne sont présents que dans des régions bien précises. ☐
- **b** sont présents durant de longues périodes géologiques. ☐
- **c** permettent d'attribuer le même âge à des roches sédimentaires éloignées géographiquement. ☐
- **d** sont à la base de la construction de l'échelle stratigraphique. ☐

3. En datation absolue, la fermeture du système correspond à :

- **a** l'arrêt des échanges en isotopes entre la roche et l'environnement. ☐
- **b** la cristallisation, dans le cas d'une roche magmatique. ☐
- **c** le moment où la quantité d'élément fils radiogénique est nulle, quel que soit le chronomètre utilisé. ☐
- **d** le moment où la moitié des éléments pères radioactifs se sont désintégrés. ☐

4. En datation absolue :

- **a** le potassium (K) est l'élément fils et l'argon (Ar) est l'élément père. ☐
- **b** la pente d'une droite isochrone est proportionnelle à l'âge de la roche. ☐
- **c** une roche métamorphique peut présenter des minéraux d'âges différents. ☐
- **d** la quantité d'élément père est égale à 0 au bout de deux périodes radioactives. ☐

2. Vrai ou faux ?

		Vrai	Faux
1	La chronologie relative ne s'applique que sur des couches sédimentaires.	☐	☐
2	Une faille est postérieure aux terrains qu'elles affectent.	☐	☐
3	Un objet géologique inclus dans un autre objet lui est forcément postérieur.	☐	☐
4	Un fossile stratigraphique est présent dans les strates sédimentaires pendant de longues périodes et possède une faible extension géographique.	☐	☐
5	Les coupures dans les temps géologiques sont établies sur le nombre de fossiles présents.	☐	☐
6	Des terrains sédimentaires contenant les mêmes associations de fossiles stratigraphiques ont le même âge.	☐	☐
7	La désintégration radioactive est un phénomène réversible.	☐	☐
8	On ne peut dater par datation absolue que des roches magmatiques.	☐	☐
9	La fermeture d'un système correspond à l'arrêt des échanges entre les constituants de la roche et l'environnement.	☐	☐
10	La période radioactive est la même pour tous les radiochronomètres.	☐	☐

3. a. Complète le schéma à l'aide des termes suivants.

a. *faille* – **b.** *intrusion* – **c.** *inclusion* – **d.** *strate sédimentaire*

b. Détermine ensuite l'ordre de mise en place de ces différents objets/événements géologiques.

4. Réponds aux questions posées sur ces mémo cartes.

1. La chronologie relative

- Quels sont les différents principes de la chronologie relative ?
- Quelles sont les différentes échelles d'application des principes de la chronologie relative ?
- Qu'est-ce que le principe de recoupement ?
- Qu'est-ce que le principe d'inclusion ?
- Sur quel objet géologique s'applique le principe de superposition ?

2. Les fossiles stratigraphiques

- Quelle est l'utilité des fossiles stratigraphiques ?
- Quelles sont les caractéristiques d'un fossile stratigraphique ?
- Sur quel critère sont établies les coupures dans les temps géologiques ?
- Qu'est-ce que l'échelle stratigraphique ?

3. La datation absolue

- Qu'est ce qui se forme à partir d'un élément père radioactif ?
- Quelle est la quantité d'élément père au bout d'une période radioactive ?
- À quoi correspond la fermeture du système ?
- Qu'est-ce qui différencie les différents radiochronomètres ?
- Quelle est la quantité d'élément fils radiogénique initial dans la méthode K/Ar ?
- Qu'est-ce qu'une droite isochrone ?

Réponses : 1. 1. a, c – **2.** c, d – **3.** a, b – **4.** b, c • **2. 1.** Faux – **2.** Vrai – **3.** Faux – **4.** Faux – **5.** Faux – **6.** Vrai – **7.** Faux – **8.** Faux – **9.** Vrai – **10.** Faux • **3. 1.** d – **2.** d – **3.** d – **4.** c – **5.** a – **6.** b – **ordre :** 3-2 ; 4-1-5-6.

SAVOIR-FAIRE

Méthode 1 Exploiter des données en appliquant les principes de chronologie relative

SUJET Chronologie relative dans la région de Condé-sur-Noireau

Coupe géologique de la région de Condé-sur-Noireau

Consigne : À partir de l'exploitation de la coupe géologique de la région de Condé-sur-Noireau ordonne les événements suivants, en indiquant le raisonnement : 1re phase de plissement, 2e phase de plissement 2, dépôt des couches J, dépôt des couches K, dépôt des couches B et mise en place du granite.

Note : lorsque le magma granitique se met en place, il chauffe les roches environnantes, provoquant leur transformation.

CONSEILS

- Utilise les principes de datation relative pour déterminer l'ordre logique de chaque événement.
- Note tes déductions au fur et à mesure sur une ligne chronologique.

+ d'aide ? Voir p. 76

CORRIGÉ

D'après le principe de superposition, les couches J, qui recouvrent les couches B et K, sont plus jeunes qu'elles. Les couches B, les plus en profondeur et surmontées par les couches K, sont les plus anciennes.

> Justifie chaque déduction en nommant le principe utilisé.

Les couches J ne sont pas plissées ; d'après le principe de recoupement, elles n'ont donc subi aucune phase de plissement et sont donc postérieures au plissement.

Les couches K présentent un plissement simple ; elles sont donc antérieures à l'une des phases de plissement et postérieures à l'autre.

Les couches B sont doublement plissées, et sont donc antérieures aux deux phases de plissement.

Le granite, lors de sa mise en place, a transformé les couches B, mais pas les couches K : d'après le principe de recoupement, le granite s'est donc mis en place après le dépôt des couches B, mais avant le dépôt des couches K.

On a donc dans l'ordre : dépôt des couches B, 1re phase de plissement, intrusion du granite, dépôt des couches K, 2e phase de plissement, et dépôt des couches J.

Résume pour conclure la chronologie des événements.

Méthode 2 Exploiter des données de datations relative et absolue

SUJET L'âge de Lucy

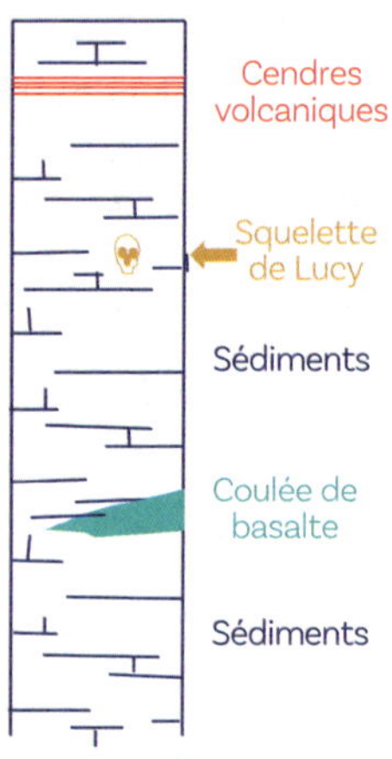

Doc 1 Extrait simplifié de la série stratigraphique de l'Hadar

Le squelette de l'australopithèque Lucy a été trouvé, en 1974, sur le site de Hadar, en Éthiopie. On peut dater ce fossile en datant la couche sédimentaire qui le contient.

Consigne : À partir de l'exploitation des documents, associe le principe de datation relative et la méthode de datation radiométrique au potassium-argon pour évaluer l'âge de cet hominidé fossile.

Doc 2

a. Mesures du rapport $^{40}Ar/^{40}K$ dans des feldspaths de deux échantillons des roches volcaniques de la série

Nature des échantillons	Rapport $^{40}Ar/^{40}K$
Cendres volcaniques	$1{,}7 \times 10^{-4}$
Coulée de basalte	$2{,}1 \times 10^{-4}$

b. Relation entre valeur du rapport $^{40}Ar/^{40}K$ et âge d'un échantillon

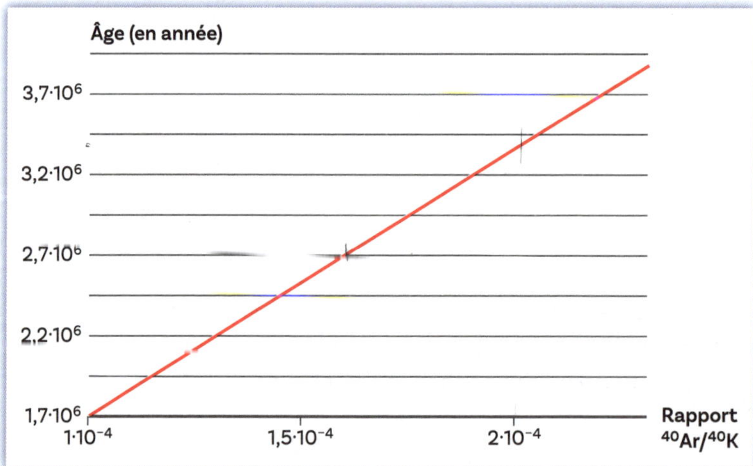

CONSEIL

Détermine quel document permet d'utiliser les principes de datation relative et quel document permet d'utiliser la méthode de datation absolue.

+ d'aide ?
Voir p. 76 et 78

CORRIGÉ

> Indique quel principe te permet d'établir la chronologie relative du squelette de Lucy par rapport aux autres structures visibles sur la coupe.

On voit que le squelette de Lucy se situe dans une couche de sédiments qui se trouve au-dessus d'une coulée de basalte et en dessous d'une couche de cendre. D'après le principe de superposition, on peut donc déduire que la couche sédimentaire contenant Lucy, et donc Lucy elle-même, sont postérieures à la coulée de basalte et antérieures aux cendres volcaniques.

> Utilise les données pour établir l'âge absolu de la couche de cendres et la coulée basaltique.

On peut établir par la méthode K/Ar l'âge absolu des cendres volcaniques et de la coulée de basalte en reportant sur la courbe de référence les rapports $^{40}Ar/^{40}K$ de ces deux roches. On obtient respectivement des âges absolus de 2,9 Ma pour les cendres volcaniques et 3,6 Ma pour la coulée de basalte.

On peut donc conclure, en associant les informations apportées par ces deux méthodes, que le squelette de Lucy s'est déposé dans des sédiments entre - 2,9 et - 3,6 Ma.

Méthode 3 Exercer son esprit critique en croisant les résultats de plusieurs méthodes d'étude

SUJET Des granites en Bretagne

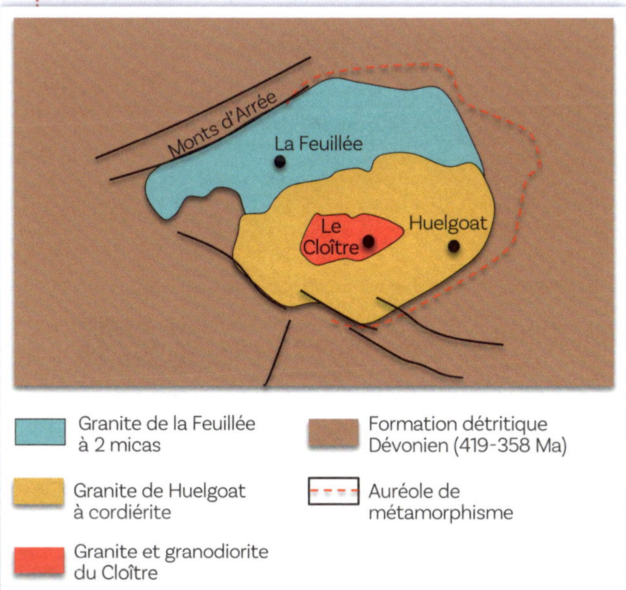

Doc 1 Localisation géographique des granites du Cloître, de la Feuillée et du Huelgoat

La Bretagne est connue pour ses nombreux granites visibles à l'affleurement. Certains d'entre eux se sont mis en place au même moment, alors que d'autres proviennent de cycles orogéniques différents.

Consigne : Détermine si les principes de datation relative et de datation absolue aboutissent aux mêmes conclusions concernant l'ordre de mise en place des granites du Cloître, de la Feuillée et de Huelgoat.

Note : ces trois granites présentent des compositions minéralogiques différentes.

Doc 2 Datations radiochronologiques des granites du Cloître, de la Feuillée et du Huelgoat

Des mesures des rapports $^{87}Sr/^{86}Sr$ et $^{87}Rb/^{86}Sr$ ont été réalisées sur plusieurs minéraux des granites étudiés. Les valeurs des couples ($^{87}Rb/^{86}Sr$; $^{87}Sr/^{86}Sr$) pour chaque roche s'alignent sur une droite. La droite obtenue d'équation $y = ax + b$ est nommée isochrone. Le temps écoulé depuis la cristallisation peut être connu grâce à l'équation :

$$t = \ln\frac{1+a}{\lambda}$$

t : temps en millions d'années
a : coefficient directeur de la droite
λ : constante de désintégration

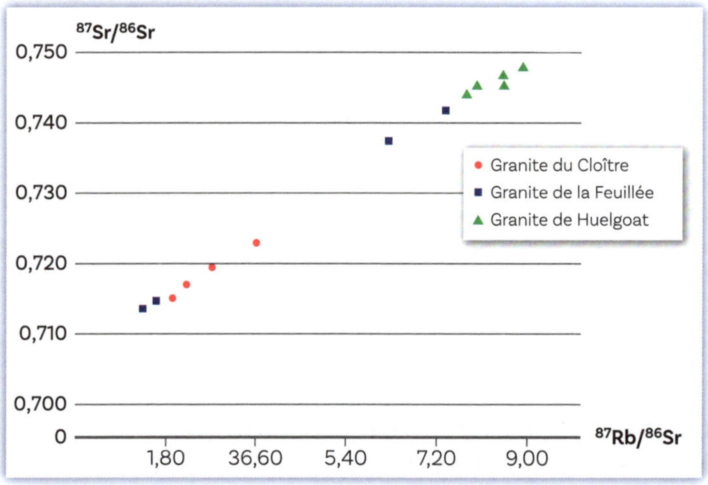

Doc 3 Correspondance entre le coefficient directeur de la droite isochrone (a) et l'âge des roches en millions d'années pour la méthode Rb/Sr

Coefficient directeur de l'isochrone noté (a)	0,0043	0,0044	0,0045	0,0046	0,0047	0,0048	0,0049	0,0050	0,0051
Âge de la roche (en millions d'années)	302	309	316	323	330	337	344	351	358

CONSEILS

- Applique les méthodes de datation relative à l'échelle de la carte dans un premier temps
- Utilise la méthode de datation au rubidium/strontium pour déterminer l'âge exact de chaque granite.
- Compare les données des deux méthodes et discute alors de leur cohérence ou de leur incohérence.

+ d'aide ?
Voir p. 76 et 78

CORRIGÉ

D'après le **document 1**, on voit que les formations détritiques du Dévonien ont subi un métamorphisme lors de la mise en place des granites (auréole de métamorphisme). On peut en déduire, **selon le principe de recoupement**, que les granites se sont mis en place après ces formations détritiques, et sont donc plus récents que 358 Ma.

> Indique le principe de datation relative utilisé ici.

Le granite du Cloître semble inclus dans le granite de Huelgoat : d'après le principe d'inclusion, il se serait donc mis en place avant celui de Huelgoat.

Le granite de Huelgoat semble recouper le granite de la Feuillée : il se serait ainsi mis en place après celui-ci.

On peut ainsi, par chronologie relative, établir l'ordre suivant : mise en place des terrains détritiques, mise en place du granite de la Feuillée, mise en place du granite du Cloître, et enfin, mise en place du granite de Huelgoat.

Le **document 2** nous fournit les données d'une datation absolue par la méthode Rb/Sr. On peut constater que toutes les données s'alignent sur une seule droite isochrone. On peut en déduire que les trois granites se sont donc formés au même moment.

En déterminant le coefficient directeur de la droite, on trouve une valeur d'environ 0,0047 pour la pente de cette droite.

> La résolution graphique nécessite de calculer le coefficient directeur de la droite.

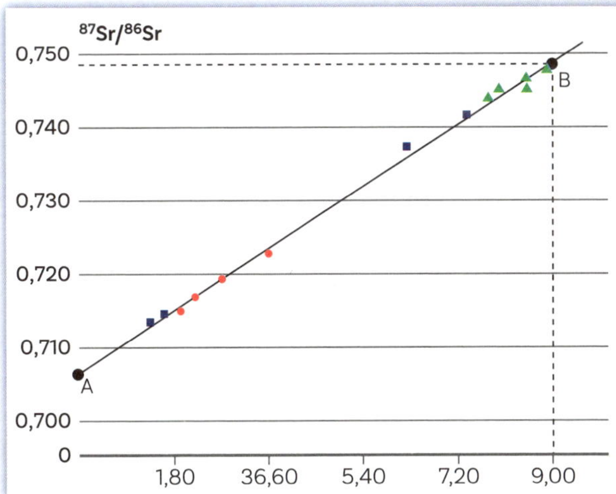

$$a = \frac{(yB - yA)}{(xB - xA)}$$

$$a = \frac{(0{,}748 - 0{,}706)}{(9 - 0)}$$

$$a = 0{,}0047$$

On peut alors déterminer l'âge des trois granites en utilisant le tableau du **document 3** : les trois granites ont environ 330 Ma.

Pour conclure, les données de chronologie relative et absolue dans cet exemple divergent : les granites sont contemporains, malgré ce que l'on pourrait penser en observant la carte géologique. Les deux méthodes sont donc utiles aux géologues.

Chapitre 5 Le temps et les roches

Tu viens de voir les notions à connaître sur le temps et les roches. Pour t'aider à retenir l'essentiel et t'entraîner pour le Bac, voici ton kit de révisions clé en mains conçu par SchoolMouv !

Vidéo

Pour mieux comprendre et t'en souvenir à coup sûr, regarde la vidéo. C'est parfois bien plus clair en images.

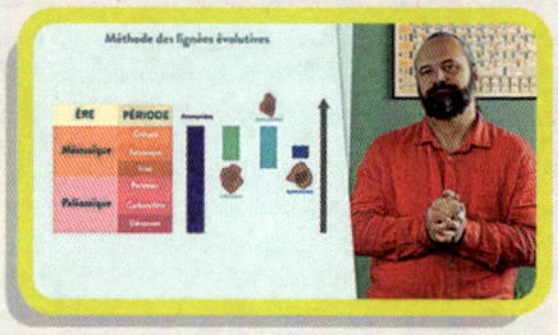

Vidéo La chronologie relative : décrypter le temps des roches par l'observation

https://flashbelin.fr/focusbacschoolmouv/svt/5

Contenu additionnel

Voici un bonus autour du même sujet. La curiosité n'est pas toujours un vilain défaut. Il suffit de créer ton compte pour avoir accès à plein de contenus supplémentaires.

Fiche La chronologie relative : décrypter le temps des roches par l'observation

https://www.schoolmouv.fr/eleves/cours/la-chronologie-relative-decrypter-le-temps-des-roches-par-l-observation/fiche-de-cours

Tchat avec un prof

Pour poser toutes tes questions à un prof particulier, découvre l'abonnement tchat. Tu peux le tester gratuitement pendant 7 jours : fini les questions sans réponses, tu vas devenir incollable.

https://focusbac.schoolmouv.fr/offre

Le Focus de SchoolMouv

Échelle des temps géologiques

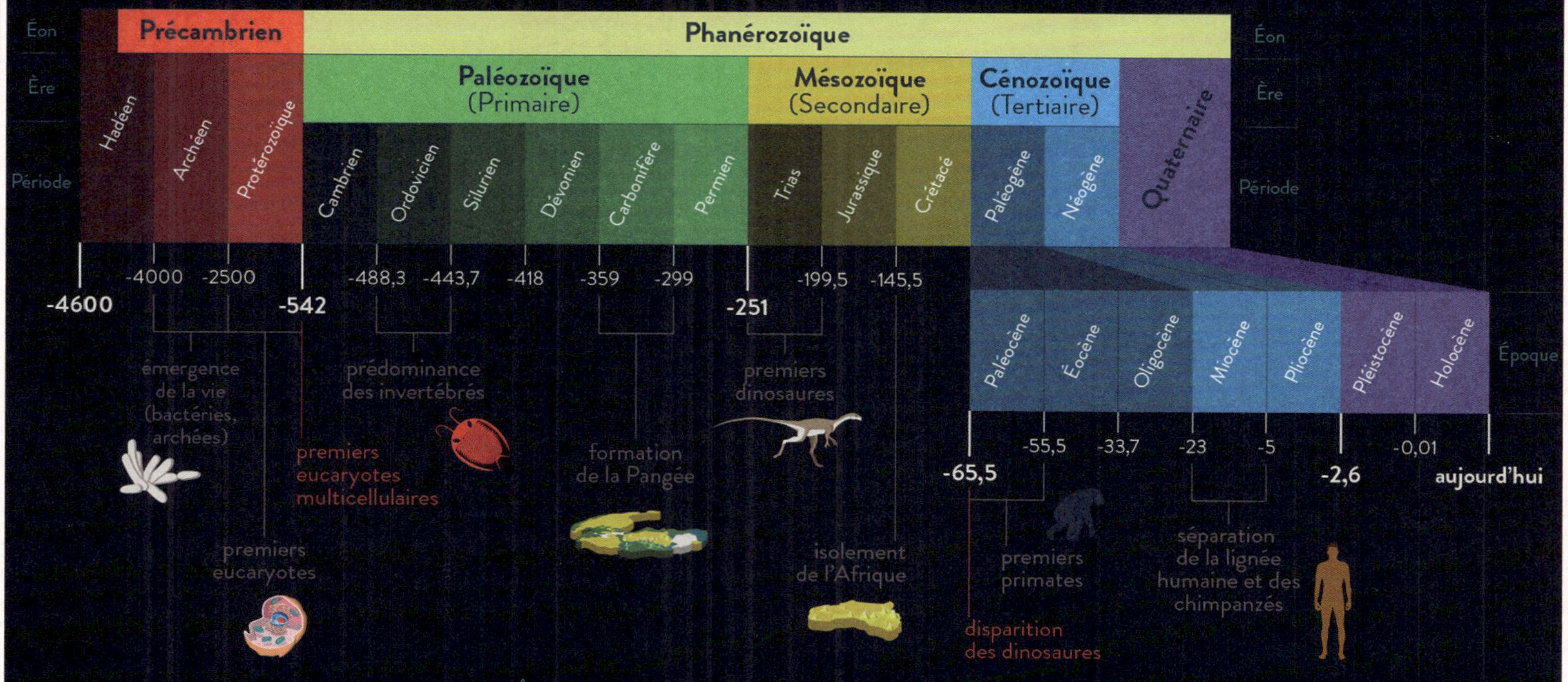

⚠ *L'âge des éléments de ce classement est donné en millions d'années.*

6

THÈME 2

Les traces mouvementé

RÉVISIONS 1re

Un quiz avant de commencer

1. Vrai ou faux ?

	Vrai	Faux
1 Les roches volcaniques ont une structure grenue.	☐	☐
2 Une roche magmatique est une roche qui se forme à partir d'un magma.	☐	☐
3 Le métamorphisme est une transformation de la composition chimique de la roche.	☐	☐
4 La subduction de la lithosphère océanique entraîne des modifications minéralogiques des roches de la croûte océanique.	☐	☐
5 La densité de la lithosphère océanique diminue en s'éloignant de la dorsale.	☐	☐

2. Complète le schéma à l'aide des termes suivants.

a. *lithosphère océanique* – **b.** *lithosphère continentale* – **c.** *croûte océanique* – **d.** *croûte continentale* – **e.** *Moho* – **f.** *manteau lithosphérique* – **g.** *manteau asthénosphérique* – **h.** *asthénosphère*

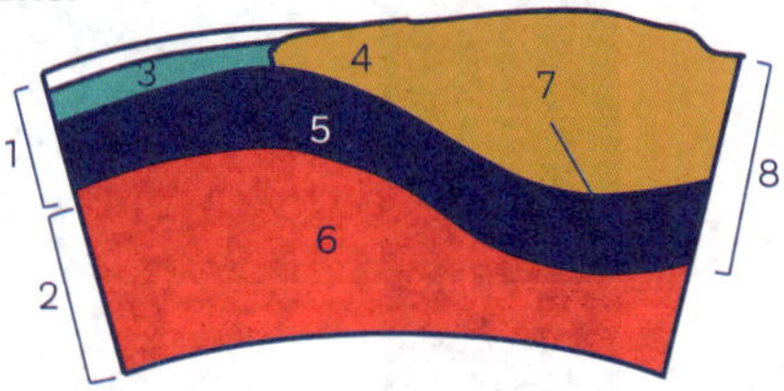

3. Coche la ou les bonne(s) réponse(s).

1. La croûte océanique :

- a est constitué de basaltes et de gabbro se formant à partir du même magma. ☐
- b a une épaisseur d'environ 30 km. ☐
- c présente des roches volcaniques en profondeur et plutoniques en surface. ☐
- d se met en place au niveau des zones de subduction. ☐

2. Au niveau des zones de subduction :

- a la lithosphère océanique plonge, car elle est plus dense que la lithosphère continentale. ☐
- b des roches plutoniques se mettent en place en profondeur. ☐
- c le magma se forme par fusion partielle d'une péridotite mantellique. ☐
- d le magma se forme par fusion des roches du panneau plongeant. ☐

Réponses : 1. 1. Faux – **2.** Vrai – **3.** Faux – **4.** Vrai – **5.** Faux • **2. 1.** a – **2.** h – **3.** c – **4.** d – **5.** f – **6.** g – **7.** e – **8.** b • **3. 1.** a – **2.** b, c

du passé de la Terre

L'ESSENTIEL EN 3 POINTS

Quelles sont les traces laissées par les collisions continentales successives ?

1

Les collisions continentales

Les continents associent des domaines d'**âges différents** et portent des marques d'**anciennes chaînes de montagnes**.
Les **ophiolites** forment des sutures au sein des chaînes de montagnes et témoignent de la **fermeture** de domaines océaniques, suivie de la **collision** de blocs continentaux. > p. 92

Qu'est ce que la fragmentation continentale ?

2

Les fragmentations continentales

Les **marges passives** bordant un océan portent des marques de distension, qui témoignent de la **fragmentation** initiale avant l'**accrétion océanique**. Les stades initiaux de la fragmentation continentale correspondent aux **rifts** continentaux. > p. 93

Comment les phases de collision et de fragmentation des continents se succèdent-elles ?

3

La dynamique de la lithosphère

La dynamique de la lithosphère détermine différentes **périodes paléogéographiques**, avec des périodes de **réunion** de blocs continentaux et des périodes de **fragmentation** de ces blocs, qui se répètent de manière **cyclique**. > p. 94

LE COURS en 3 fiches

1 Les collisions continentales

Idées clés

→ Les continents associent des **domaines d'âges différents** et portent des **traces d'anciennes chaînes de montagnes** formées au cours de **collisions orogéniques**.

→ Les **complexes ophiolitiques** (ou **ophiolites**) sont des **roches de la lithosphère** océanique formant des **sutures** au sein des chaînes de montagnes.

→ Ces ophiolites témoignent de la **fermeture de domaines océaniques**, suivie de la collision de blocs continentaux par convergence de plaques lithosphériques.

→ L'émergence d'ophiolites résulte de **phénomènes d'obduction ou de subduction**, suivis d'une **exhumation**.

Des pistes pour argumenter

- **L'origine des ophiolites :** argumente en comparant les roches de la lithosphère océanique et des ophiolites.
- **La subduction des roches :** évoque la présence de roches ayant subi un métamorphisme de subduction au sein des ophiolotes (métagabbros à glaucophane ou éclogite). > p. 98

Coup d'œil

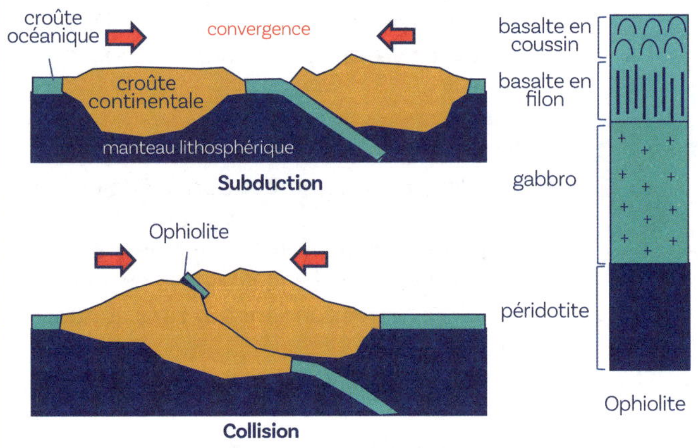

À la loupe

- Les **continents** associent des **roches de natures et d'âges différents**, qui se sont regroupés à la suite de collisions de masses continentales. Les **collisions passées** ont érigé des **chaînes de montagnes** dont on peut observer les traces (**roches magmatiques et métamorphiques** en surface) sur les cartes géologiques : les **ceintures orogéniques**. Les **ophiolites** forment des sutures au centre des chaînes de montagne et témoignent de l'**existence d'un océan disparu**. par **subduction**.
- Dans certains cas, un fragment de lithosphère océanique peut chevaucher la lithosphère continentale : c'est l'**obduction**. Dans d'autres cas, un fragment de lithosphère océanique entrée en **subduction** et présentant des transformations minéralogiques (**métamorphisme**) est **exhumé** par des phénomènes tectoniques.

→ Voir lexique p. 344

2 Les fragmentations continentales

Idées clés

→ Les **marges passives** bordant un océan portent des **marques de distension** (failles normales et blocs basculés).

→ Ces marques témoignent de la fragmentation continentale initiale, avant l'**accrétion océanique**.

→ Les **stades initiaux** de la **fragmentation continentale** correspondent aux **rifts continentaux**.

Des pistes pour argumenter

• **La structure d'une marge passive :** évoque les données sismiques (profil ECORS) qui permettent d'identifier les failles et les blocs basculés au niveau d'une marge passive. > p. 100

• **Les stades initiaux de la fragmentation :** appuie-toi sur un exemple de rift actuel, comme celui des Afars.

Coup d'œil

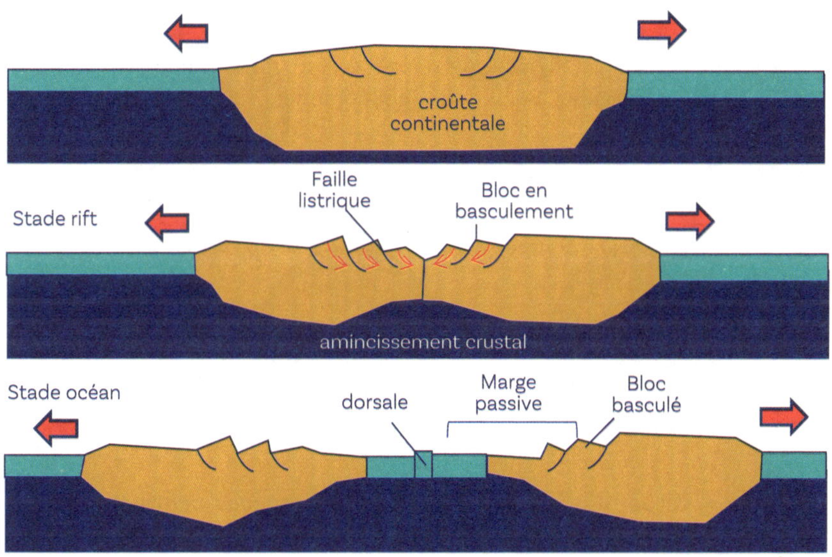

À la loupe

• Les **marges passives** désignent les **zones de transition** entre le domaine continental et le domaine océanique **sans activité sismique ou volcanique** : c'est le cas de la marge Atlantique Européenne.

• Les marges présentent d'**anciennes failles** normales, incurvées en profondeur : ce sont des **failles listriques**, qui ont permis le **glissement par rotation** de blocs de roches de grandes tailles.

• La **sédimentation** pendant le basculement du bloc (**syn-rift**) se fait « **en éventail** » : cette caractéristique permet de **dater** cette phase de l'extension.

• La **croûte continentale** est **allongée et amincie** : cela indique son **extension**, dans un contexte de **divergence** qui entraîne la **fragmentation** de la masse continentale.

• Cette **fragmentation initiale**, correspondant aux rifts actuels, précède l'**accrétion océanique** au niveau d'une dorsale.

→ Voir lexique p. 344

3 La dynamique de la lithosphère

Idées clés

→ La dynamique de la lithosphère détermine différentes **périodes paléogéographiques** :
- des périodes de **réunion** de blocs continentaux, liées à des collisions orogéniques ;
- des périodes de **fragmentation**, conduisant à la mise en place de nouvelles dorsales.

→ Ces périodes **se succèdent de manière cyclique**.

Des pistes pour argumenter

Un continent unique : argumente en évoquant la Pangée, l'exemple le mieux décrit de supercontinent.

Coup d'œil

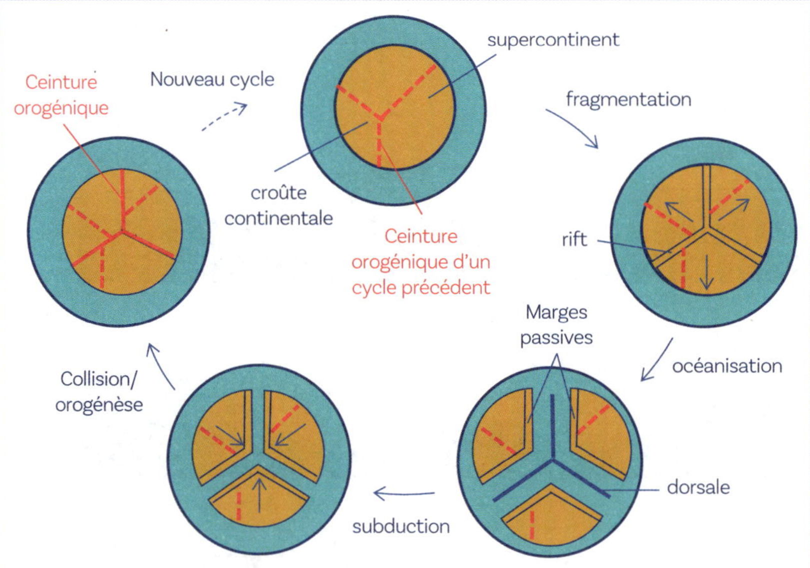

À la loupe

• On peut reconstituer la **géographie passée des masses continentales** : c'est la **paléogéographie**.

• Ces **reconstitutions** nous apprennent qu'à certaines périodes, toutes les blocs continentaux étaient réunis pour former un **continent unique** suite à des **collisions orogéniques** : c'est le cas de **la Pangée** formée au carbonifère, **il y a 300 Ma**. Le Massif armoricain et le Massif central sont des vestiges de chaînes de montagnes de cette époque.

• À l'opposé, l'**ère secondaire** (250-65 Ma) est marquée par des **phases de dislocation des masses continentales** et l'**expansion de nouveaux domaines océaniques**, comme en témoignent les nombreuses roches océaniques contemporaines.

• À d'**autres périodes**, les **continents se fragmentent**, ce qui conduit à la mise en place de **dorsales océaniques**, qui forment de nouveaux **domaines océaniques**.

• La **succession des événements** correspondant à la formation puis à la destruction d'une chaîne de montagnes est un **cycle orogénique** (ou **cycle de Wilson**, du nom du géologue ayant proposé le modèle d'évolution cyclique du visage de la Terre).

→ Voir lexique p. 344

MÉMO VISUEL

- Les traces du passé mouvementé de la Terre -

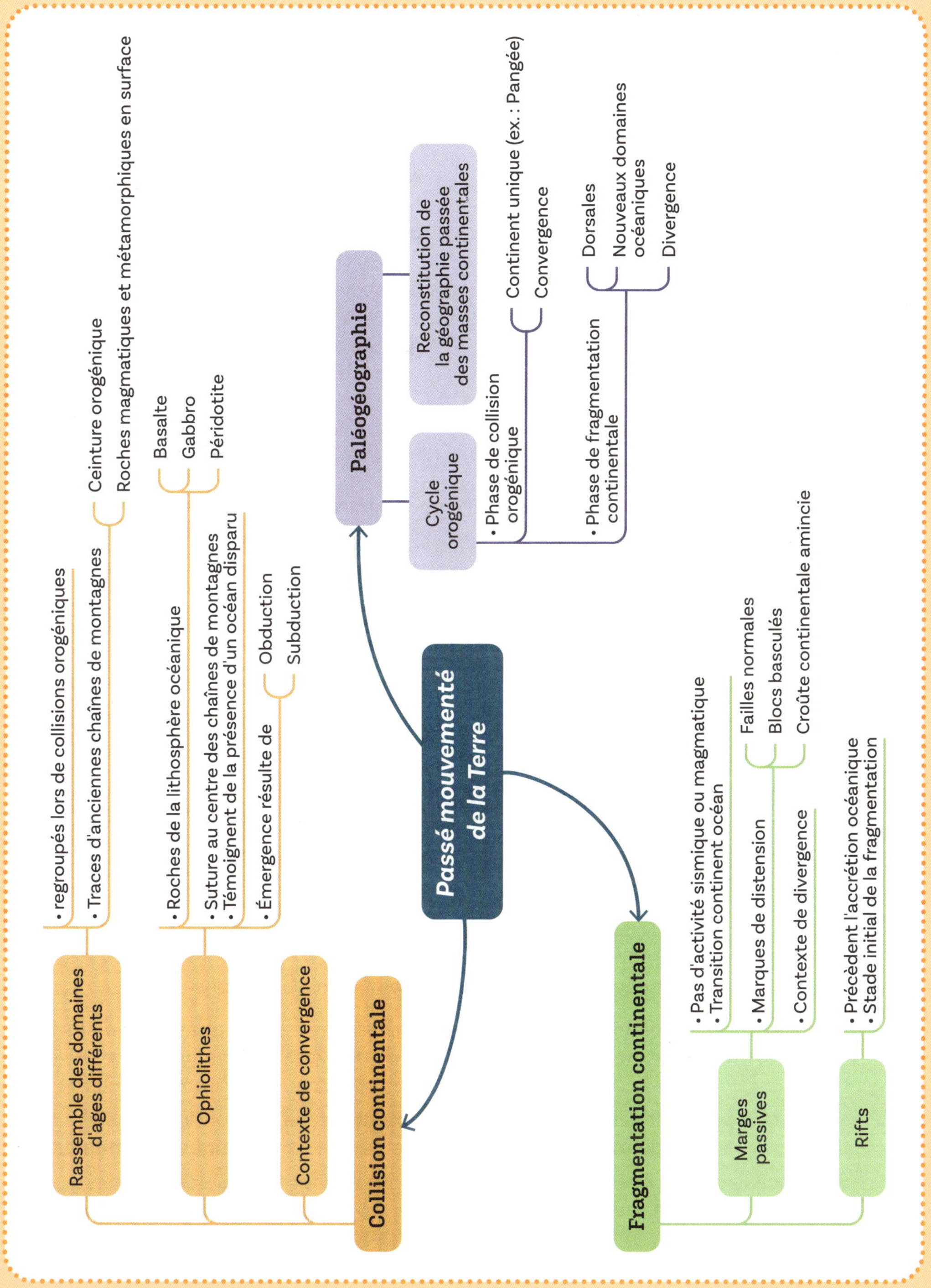

QCM

SE TESTER

1. Coche la ou les bonne(s) réponse(s).

1. Les complexes ophiolitiques :

- **a** sont constitués de roches de la lithosphère océanique. ☐
- **b** forment des sutures au sein des chaînes de montagnes. ☐
- **c** sont présents au niveau des marges passives. ☐
- **d** ne sont jamais constitués de roches métamorphiques. ☐

2. Les marges passives :

- **a** sont le siège d'une importante activité volcanique et sismique. ☐
- **b** présentent des failles inverses incurvées en profondeur. ☐
- **c** sont le lieu de production des roches de la croûte océanique. ☐
- **d** sont caractérisées par la présence de blocs basculés. ☐

3. La fragmentation continentale :

- **a** permet la formation de chaînes de montagne. ☐
- **b** permet la mise en place d'un continent unique. ☐
- **c** aboutit à la mise en place de nouvelles dorsales océaniques. ☐
- **d** débute par la formation de rifts continentaux. ☐

2. Vrai ou faux ?

		Vrai	Faux
1	Chaque continent est formé de roches d'âges identiques.	☐	☐
2	Une ophiolite est caractérisée entre autres par la présence de granite.	☐	☐
3	On trouve des ophiolites au cœur des chaînes de montagnes.	☐	☐
4	Les anciennes chaînes de montagnes érodées se caractérisent par la présence de roches magmatiques et métamorphiques en surface.	☐	☐
5	Toutes les ophiolites présentent des roches ayant subi un métamorphisme lié à la subduction.	☐	☐
6	Le basculement des blocs basculés est lié à la présence de failles incurvées en profondeur.	☐	☐
7	Une marge est une zone de transition entre une zone montagneuse et une zone de plaine.	☐	☐
8	Les marges passives présentent des signes de distension et des signes d'une divergence de plaques.	☐	☐
9	Au niveau des marges passives, la croûte continentale est épaissie.	☐	☐
10	La Pangée s'est formée par collision orogénique.	☐	☐
11	Un cycle orogénique correspond à la phase de formation d'une chaîne de montagne.	☐	☐

3. a. Complète le schéma à l'aide des termes suivants.

a. *dorsale* - **b.** *continent* - **c.** *océan* - **d.** *marge passive* - **e.** *ceinture orogénique* - **f.** *ceinture orogénique passé* - **g.** *rif.*

b. Reconstitue ce cycle orogénique en établissant l'ordre logique des étapes A à E.

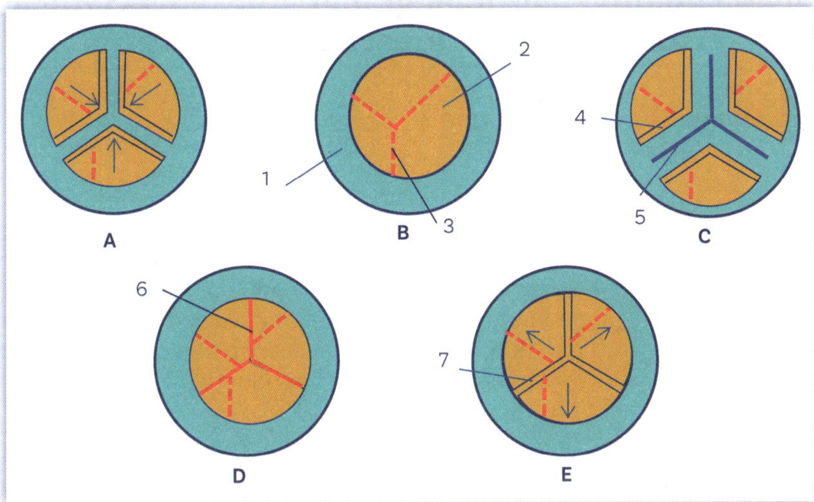

4. Réponds aux questions posées sur ces mémo cartes.

1. Les collisions continentales

- Qu'est-ce qu'une ceinture orogénique ?
- Qu'est-ce qu'une ophiolite ?
- Quelles traces visibles sur les cartes géologiques les anciennes chaînes de montagnes ont-elles laissées ?
- Quels sont les deux phénomènes géologiques qui peuvent entraîner la présence d'ophiolite au cœur des chaînes de montagne ?

2. Les fragmentations continentales

- Qu'appelle-t-on « marge passive » ?
- Quelles sont les structures géologiques typiques d'une marge passive ?
- Qu'est-ce qu'un rift ?
- Quelles sont les caractéristiques de la croûte continentale au niveau d'une marge passive ?

3. La dynamique de la lithosphère

- Qu'est-ce que la paléogéographie ?
- Qu'est ce qui caractérise la Pangée et à quelle époque s'est-elle formée ?
- Qu'est-ce qu'un cycle orogénique ou cycle de Wilson ?

Réponses : 1. 1. a, b - **2.** d - **3.** c, d • **2. 1.** Faux - **2.** Faux - **3.** Vrai - **4.** Vrai - **5.** Faux - **6.** Vrai - **7.** Faux - **8.** Vrai - **9.** Faux - **10.** Vrai - **11.** Faux • **3. 1.** c - **2.** b - **3.** f - **4.** d - **5.** a - **6.** e - **7.** g - B-E-C-A-D.

SAVOIR-FAIRE

Méthode 1 Exploiter des photographies de lames minces et un diagramme pression-température

SUJET Obduction ou subduction ?

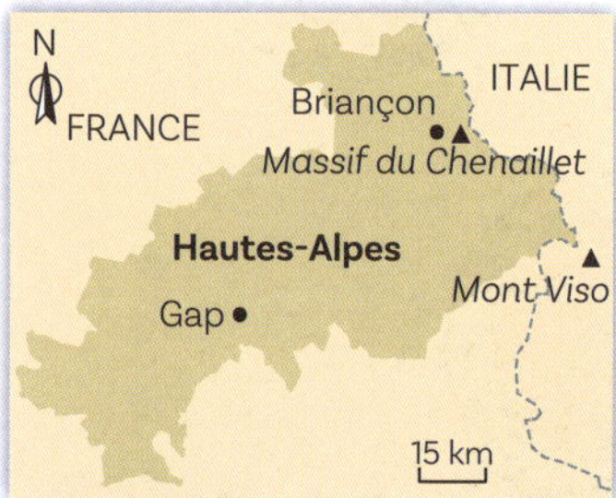

De retour d'un stage de géologie dans les Alpes, deux élèves débattent de l'origine des roches observées dans le massif du Chenaillet et du mont Viso. L'un affirme que, dans une zone de collision, les roches du plancher océanique observées ont subi une subduction, alors que l'autre pense que ces roches n'ont pas forcément subi une subduction.

Consigne : À partir de l'étude des documents et de leur mise en relation, donne un argument qui permette d'affirmer que les roches du mont Viso ont subi une subduction, contrairement à celles du Chenaillet.

a. Métagabbro du Chenaillet
Fp : feldspath plagioclase
Ch : chlorite
Ac : actinote

b. Éclogite du mont Viso
Jd : jadéite
Gr : grenat

Doc 1 Lames minces des roches observées au microscope polarisant (LPA)

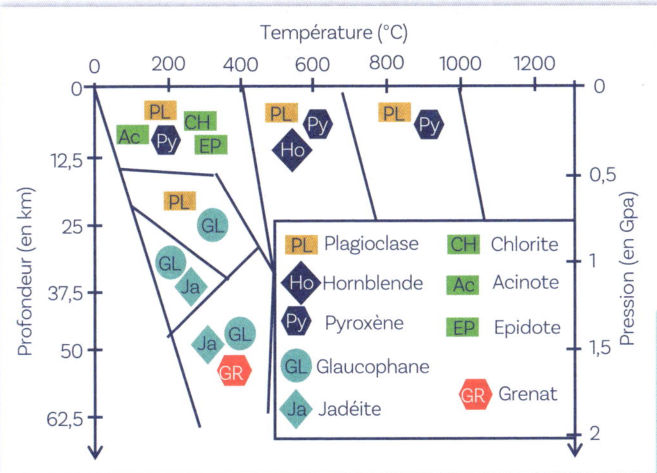

Doc 2 Diagramme pression-température et champs de stabilité des minéraux susceptibles de se former dans une croûte océanique

CONSEILS

- Repère dans les documents quelles informations peuvent être mis en relation.
- Utilise tes connaissances pour rappeler les conséquences de la subduction sur la composition minéralogique des roches.

+ d'aide ? Voir p. 92

CORRIGÉ

Le métagabbro du Chenaillet est constitué de plagioclase et d'un mélange de chlorite et d'actinote. D'après le **document 2**, l'association de ces minéraux est stable entre 0 et 400 °C et à une profondeur inférieure à 15 km.

Relie les informations issues des deux documents en analysant les données de chaque roche l'une après l'autre.

L'éclogite du mont Viso est constituée de jadéite et de grenat, une association de minéraux stable à plus de 37,5 km de profondeur et entre 200 et 400 °C.

On sait que la subduction entraîne en profondeur les roches de la lithosphère océanique, ce qui provoque un métamorphisme de haute pression et basse température.

Utilise tes connaissances pour argumenter avant de conclure.

On peut donc en déduire que le métagabbro du Chenaillet est resté en surface, alors que l'éclogite du mont Viso a subi du métamorphisme de haute pression lors d'une subduction.

Méthode 2 Exercer son esprit critique en comparant un modèle à des données réelles

SUJET Le passé mouvementé des Alpes

Doc 1 Coupe au niveau des massifs de la Mure, du Taillefer et du Rochail

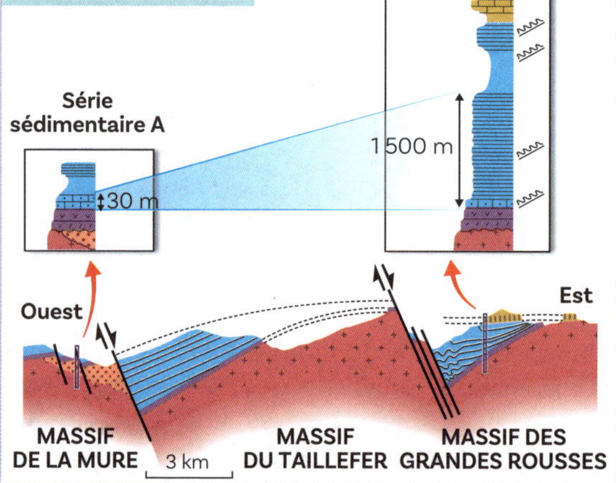

Au cours d'un stage de géologie dans les Alpes, des élèves ont étudié précédemment des indices de la disparition de l'océan alpin par subduction. Ils se demandent si la fragmentation continentale à l'origine de l'océan alpin aurait pu laisser des traces encore visibles aujourd'hui.

Consigne : À partir des documents proposés et de tes connaissances, montre qu'il existe des traces d'une fragmentation continentale au cœur des Alpes et propose une datation pour cet événement géologique.

Doc 2 Différentes phases de sédimentation durant la fragmentation continentale

La sédimentation en éventail se caractérise par une différence de l'épaisseur des sédiments : les sédiments syn-rift sont ainsi moins épais en 1 qu'en 2. Les pointillés représentent l'état des sutures avant l'érosion.

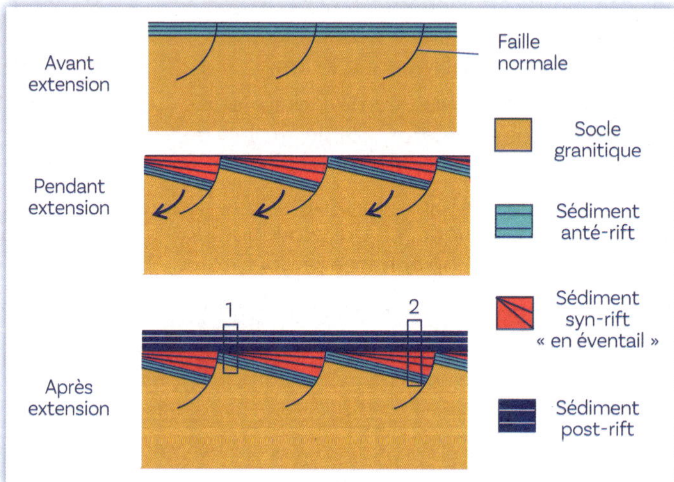

CONSEILS

- Mobilise tes connaissances sur la fragmentation continentale.
- Compare dans les deux schémas les structures géologiques visibles sur le document et les structures géologiques que l'on peut observer lors de la fragmentation continentale.

+ d'aide ? Voir p. 93

CORRIGÉ

La fragmentation continentale est liée à des forces de divergence qui entraîne une distension de la croûte continentale. Cela engendre la formation de failles normale incurvées en profondeur, ce qui permet le glissement par rotation de blocs de roches : les blocs basculés.

On voit dans le **document 1** que les massifs de la Mure, du Taillefer et des Grandes Rousses sont séparés par des failles. La surface de ces massifs est de plus inclinée. On observe donc la même disposition que celle qui existe au niveau d'une marge passive (**Doc 2**) et qui résulte d'une phase d'extension et de fragmentation continentale.

De plus, on observe que l'épaisseur des sédiments du Jurassique inférieur et moyen est plus ou moins importante selon le lieu. Cette différence d'épaisseur des sédiments est typique d'une sédimentation en éventail ayant lieu durant la phase d'extension et le basculement des blocs.

On voit dans le **document 2** qu'il existe trois phases de sédimentation durant la fragmentation continentale. Dans le **document 1**, on observe également trois périodes de sédimentation. Les sédiments datant du Jurassique supérieur et du Crétacé sont horizontaux et correspondent à la sédimentation post rift. Les sédiments datant du Trias suivent l'inclinaison des blocs basculés et sont donc anté-rift. Les sédiments du Jurassique inférieur et moyen sont d'épaisseur variable le long de la coupe, ce qui indique qu'ils se sont déposés durant le basculement du bloc (sédiment syn-rift). On peut ainsi conclure que la phase d'extension à eu lieu durant le Jurassique inférieur et moyen, entre - 205 et - 154 Ma.

Chapitre 6 Les traces du passé mouvementé de la Terre

Tu viens de voir les notions à connaître sur la datation absolue. Pour t'aider à retenir l'essentiel et t'entraîner pour le Bac, voici ton kit de révisions clé en mains conçu par SchoolMouv !

Vidéo

Pour mieux comprendre et t'en souvenir à coup sûr, regarde la vidéo. C'est parfois bien plus clair en images.

Vidéo **Formation et disparition des océans : témoins d'un passé mouvementé de la Terre**

https://flashbelin.fr/focusbacschoolmouv/svt/6

Contenu additionnel

Voici un bonus autour du même sujet. La curiosité n'est pas toujours un vilain défaut. Il suffit de créer ton compte pour avoir accès à plein de contenus supplémentaires.

Fiche **Formation et disparition des océans : témoins d'un passé mouvementé de la Terre**

https://www.schoolmouv.fr/eleves/cours/formation-et-disparition-des-oceans-temoins-d-un-passe-mouvemente-de-la-terre/fiche-de-cours

Tchat avec un prof

Pour poser toutes tes questions à un prof particulier, découvre l'abonnement tchat. Tu peux le tester gratuitement pendant 7 jours : fini les questions sans réponses, tu vas devenir incollable.

https://focusbac.schoolmouv.fr/offre

Le Focus de SchoolMouv

Cycle orogénique

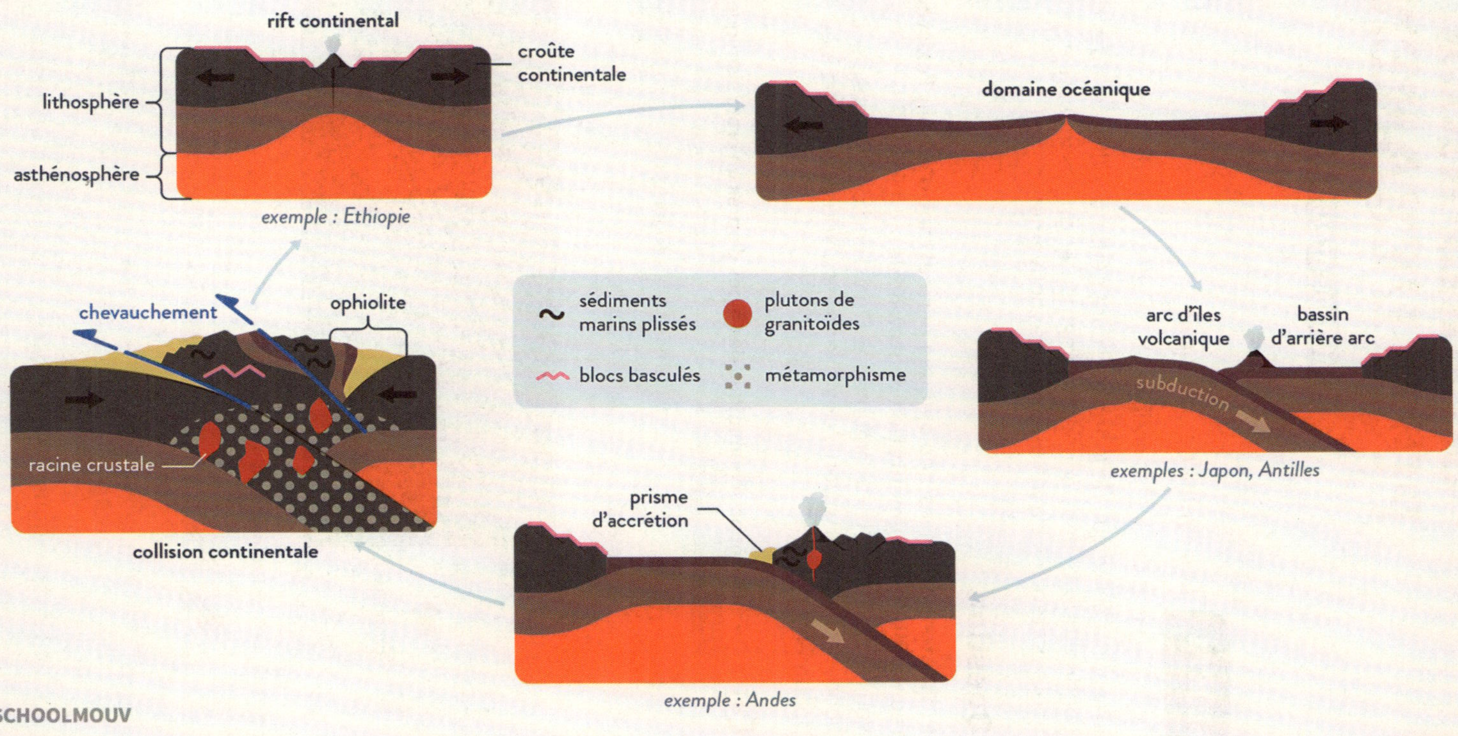

SE PRÉPARER POUR L'EXAMEN

Synthèse argumentée

SUJET 1 Les cycles orogéniques

L'histoire géologique de la Terre se caractérise par des périodes de réunions de blocs continentaux et des périodes de fragmentation des masses continentales. Les continents portent les traces de ce passé mouvementé.

Question

Présenter les indices géologiques permettant d'établir l'existence de périodes de réunions et de fragmentation continentale.

Vous rédigerez un texte argumenté. On attend que l'exposé soit étayé par des expériences, des observations, des exemples... Vous intégrerez des arguments issus du document proposé.

Document > Coupe schématique des Alpes d'après un profil sismique (ECORS)

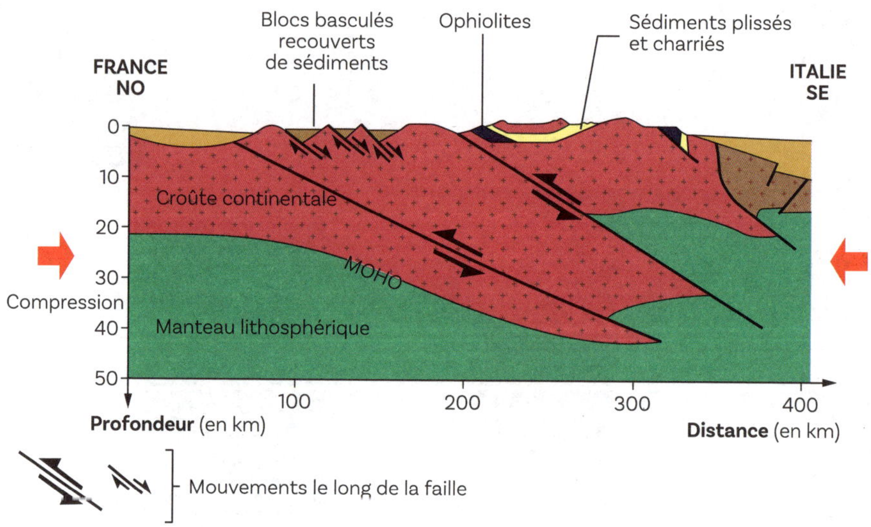

COUP DE POUCE

Tu peux t'appuyer sur la méthode p. 10.

Les clés pour réussir

Analyser le sujet

- Il faut présenter les différents indices géologiques permettant de démontrer l'existence :
  - de périodes de réunion de blocs continentaux ;
  - de périodes de fragmentation.
- Le document proposé présente des indices qu'il faudra utiliser pour l'une et/ou l'autre de ces périodes.
- Attention, la réunion de blocs continentaux nécessite la disparition de l'océan qui sépare les masses continentales.

Recenser et organiser les idées et arguments pour répondre au sujet

- **Idée clé 1. Les traces d'un ancien océan disparu par subduction**
  - **Document** > ophiolites au coeur des Alpes, suture ophiolitique.
  - Ophiolites = fragments de lithosphère océanique (basalte, gabbro, péridotite).
  - Résulte d'une subduction, puis exhumation ou obduction.
- **Idée clé 2. Les traces de collision continentale**
  - **Document** > sédiments plissés et charriés, failles inverses, croûte épaissie : signe de collision orogénique, dont les Alpes sont le fruit.
  - Collisions orogéniques anciennes qui ont laissé des traces (roches magmatiques et métamorphiques en surface) : ceinture orogénique.
  - Reconstitution paléogéographique : existence d'un supercontinent, comme la Pangée.
- **Idée clé 3. La fragmentation continentale**
  - **Document** > blocs basculés, failles normales : ancienne marges passives bordant un océan.
  - Période de fragmentation aboutit à la mise en place de rift, puis de dorsale.
- **Idée clef 4. Le cycle orogénique**
  - Périodes de fragmentation et de collision se succèdent cycliquement.

SE PRÉPARER POUR L'EXAMEN

Résolution de problème scientifique

SUJET 2 Reconstitution de l'histoire géologique d'une partie de l'île de Groix

L'île de Groix est située au sud de la Bretagne, au large de Lorient. On y trouve des roches qui témoignent d'événements géologiques que l'on souhaite reconstituer ici. Certaines d'entre elles, des glaucophanites, ont été particulièrement étudiées.

Question

Montrer que l'étude de cette roche permet de retracer une partie de l'histoire géologique de l'île de Groix.

Vous organiserez votre réponse selon la démarche de votre choix. Vous veillerez à y intégrer des données issues des documents et les connaissances complémentaires nécessaires.

Document 1 > Observation d'une glaucophanite de l'île de Groix

Document 2 > Domaine de stabilité de différents minéraux en fonction de la pression et de la température

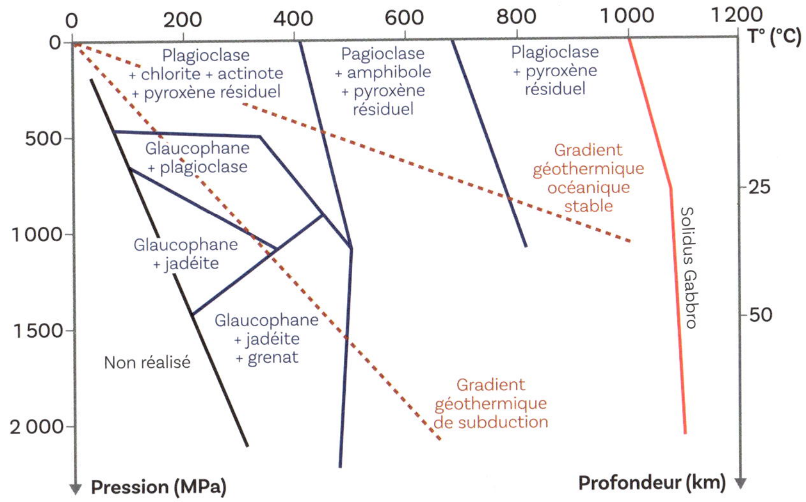

Document 3 > Datation de la glaucophanite

La glaucophanite est riche en rubidium 87 (^{87}Rb) et en strontium 87 et 86 (^{87}Sr et ^{86}Sr). Le rubidium 87 se désintègre en strontium 87, avec émission d'énergie sous la forme d'électrons.

L'équation de désintégration s'écrit : ^{87}Rb $^{87}Sr + e^-$.

Des datations absolues sont possibles en mesurant les rapports des différents isotopes et en plaçant les points dans un graphique avec en abscisse $\left(\frac{^{87}Rb}{^{86}Sr}\right)$total et en ordonnée $\left(\frac{^{87}Sr}{^{86}Sr}\right)$total.

Les points obtenus sont quasiment alignés et l'on peut tracer une droite de coefficient directeur α.

L'âge de la roche est donné par la relation : $t = \frac{\alpha}{\lambda}$

- t est le temps en année.
- α est le coefficient directeur de la droite.
- λ est la constante de désintégration du ^{87}Rb et vaut $1,42 \times 10^{-11}$ an^{-1}.

Les traits horizontaux de part et d'autre des points indiquent les marges d'erreurs dues aux incertitudes des mesures réalisées. Les marges d'erreurs de l'axe des ordonnées sont négligeables.

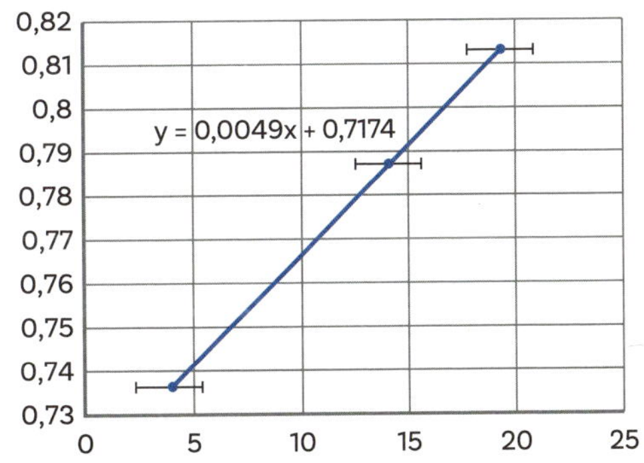

Document 4 > Datation de la glaucophanite

Les glaucophanites sont issues d'une roche préexistante qui a subi des modifications de pression et de température à l'origine de nouveaux minéraux. Durant ce phénomène, la composition chimique globale de la roche reste inchangée.

Pour déterminer la nature de la roche préexistante, les géochimistes font l'analyse des glaucophanites de l'île de Groix et les comparent à la composition chimique de roches qui font référence.

a. Résultats de l'analyse des 6 glaucophanites de l'île de Groix notées G PL6, G ST5, G LQ2.3, G LM14, G PR7 et G Sp5

Les teneurs des différents éléments sont données en %.

	G PL6	G ST5	G LQ2.3	G LM14	G PR7	G Sp5
SIO_2	48,44	48,39	49,08	48,68	53,16	47,66
AI_2O_3	16,70	19,16	16,08	15,18	12,58	13,97
FeO_{total}	11,08	9,15	12,28	15,39	14,10	15,32
MgO	5,50	5,25	8,6	3,42	7,44	7,91
CaO	10,74	10,88	3,85	8,21	4,01	6,47
Na_2O	3,48	3,10	1,99	4,03	4,59	3,70
K_2O	0,37	0,33	2,19	0,68	0,22	0,26

b. Composition moyenne de 5 roches de référence

Les teneurs des différents éléments sont données en %.

	Péridotite	Gabbro	Andésite	Rhyolite	Granite
SIO_2	45,3	50	58	73	74
AI_2O_3	3	15	17	13	13
FeO_{total}	8	11	7	2	8
MgO	44,5	7	3	0,3	0,3
CaO	1,2	10,2	6	1,13	1,17
Na_2O	< 0,2	2	3	3,66	3,51
K_2O	< 0,01	< 1	2	4,5	5

Les clés pour réussir

Analyser le sujet

Le sujet te demande de reconstituer l'histoire géologique de l'île de Groix à partir de l'étude d'une roche : la galucophanite. Ici, seule l'étude des documents te permettra d'envisager les connaissances à mobiliser.

COUP DE POUCE

Tu peux t'appuyer sur la méthode p. 10.

Recenser les idées issues des documents

→ **Doc 1** > Détermine quels sont les minéraux présents dans cette roche.

→ **Doc 2** > Localise les minéraux précédents sur le diagramme pression/température, afin de déterminer le gradient géothermique en jeu.

→ **Doc 3** > Détermine le coefficient directeur de la droite (a), puis calcule l'âge de la roche en utilisant la formule proposée.

→ **Doc 4** > Compare la composition des glaucophanites et celles des roches de référence, afin de déterminer quelle roche de référence est à l'origine des glaucophanites.

Mobiliser ses connaissances en lien avec le sujet

→ Connaissances en lien avec la datation absolue > **p. 78**.

→ Connaissances en lien avec la subduction (cycle orogénique) > **p. 92**.

Mettre en relation les informations issues des documents et/ou des connaissances

→ Relie les documents et tes connaissances pour expliquer la présence des minéraux visibles dans le **Doc 1** et l'origine de cette roche (**Doc 4**).

→ Relie les documents et tes connaissances pour dater la roche étudiée (**Doc 3**).

THÈME 3

7 L'organisation des plantes

RÉVISIONS 1re

Un quiz avant de commencer

1. Complète le schéma à l'aide des termes suivants.

a. *feuille* – **b.** *dioxyde de carbone* – **c.** *eau et sels minéraux* – **d.** *tige* – **e.** *lumière* – **f.** *racine*

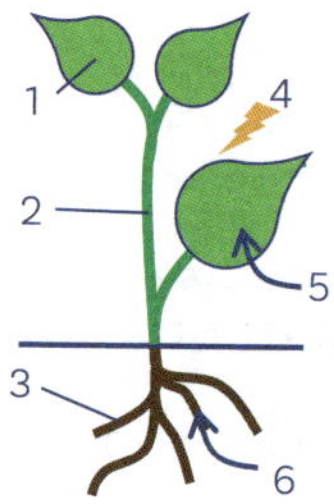

2. Vrai ou faux ?

	Vrai	Faux
1 La nutrition des plantes implique la symbiose avec des micro-organismes du sol.	☐	☐
2 Deux types de sèves circulent dans la plante.	☐	☐
3 L'eau est prélevée par les feuilles sous forme gazeuse dans l'atmosphère.	☐	☐
4 La plante est constituée uniquement de cellules chlorophylliennes.	☐	☐

3. Coche la ou les bonne(s) réponse(s).

1. Concernant les sèves :

- **a** La sève brute circule des racines vers les feuilles. ☐
- **b** La sève brute et la sève élaborée circulent dans les mêmes tissus conducteurs. ☐
- **c** La sève brute contient de l'eau et de la matière organique. ☐
- **d** La sève élaborée transporte la matière organique produite par photosynthèse. ☐

2. La division cellulaire mitotique :

- **a** produit des cellules génétiquement identiques. ☐
- **b** est précédée d'une phase de réplication de l'ADN. ☐
- **c** produit 4 cellules filles haploïdes à partir d'une cellule mère diploïde. ☐
- **d** conduit à la séparation des paires de chromosomes. ☐

Réponses : 1. 1. a – **2.** d – **3.** f – **4.** e – **5.** b – **6.** c • **2. 1.** Vrai – **2.** Vrai – **3.** Faux – **4.** Faux • **3. 1.** a, d – **2.** a, b

fonctionnelle à fleurs

L'ESSENTIEL EN 4 POINTS

Comment certaines caractéristiques des plantes leurs permettent-elles de survivre dans des environnements variés ?

1

L'adaptation à la vie fixée

La majorité des plantes possède des **tiges**, **feuilles** et **racines**. Derrière cette morphologie commune, on peut cependant déceler des **adaptations** aux caractéristiques du milieu de vie. > p. 112

Comment les caractéristiques des feuilles et des racines favorisent-elles les échanges de matière ?

2

Les surfaces d'échanges des plantes

La **grande surface** de l'ensemble des **feuilles** et des **racines** favorise les **échanges** de matières avec l'environnement. La formation de **mycorhizes** favorise également l'absorption racinaire. > p. 113

Comment la matière circule-t-elle entre les différentes parties de la plante ?

3

La circulation de matière dans les plantes

La **sève brute** est transportée **des racines vers les feuilles** par le **xylème**. La **sève élaborée** circule **des feuilles vers les autres organes** via le **phloème**. > p. 114

Comment la plante croît-elle et produit-elle des organes différents ?

4

Le développement des plantes

La plante se développe par **croissance** et par **différenciation** à partir de **méristèmes**. Le développement est modulé par l'**environnement** et des **phytohormones**. > p. 115

LE COURS en 4 fiches

1 L'adaptation à la vie fixée

Idées clés

→ Les plantes possèdent une organisation morphologique adaptée à la vie fixée, avec **racine**, **tige** et **feuilles**.

→ Les **racines** permettent l'**absorption** d'eau et de sels minéraux et l'**ancrage** de la plante dans le sol.

→ Les **feuilles** sont le lieu de production de la **matière organique** par **photosynthèse**.

→ La **tige** permet la **circulation** de matière entre les différents organes.

→ Les plantes présentent des **adaptations morpho-anatomiques** qui permettent leur **survie** dans des **milieux de vie variables** dans le temps et/ou dans l'espace.

Des pistes pour argumenter

• **Une organisation morphologique commune adaptée à la vie fixée :** appuie-toi sur un schéma simplifié de deux plantes communes, par exemple le haricot (ci-dessous) et le nénuphar. > **p. 119**

• **Des adaptations liées au milieu de vie :** présente un exemple que tu maîtrises, par exemple l'adaptation des tiges de nénuphar à la vie sous l'eau. > **p. 119**

À la loupe

• La plupart des plantes présentent une organisation relativement similaire. La **partie aérienne** est constituée d'une **tige** plus ou moins ramifiée, qui **porte les feuilles**. La **partie souterraine** est constituée de **racines** qui **ancrent** la plante au sol : on parle de **vie fixée**.

• La vie fixée implique des **contraintes** : toutes les **matières** nécessaires au cycle de vie de la plante (croissance, reproduction) doivent être prélevées **dans l'environnement**, l'air ou le sol.

• La **synthèse de matière organique** nécessite du **dioxyde de carbone gazeux**, absorbé par la feuille, ainsi que de l'**eau** et des **sels minéraux**, absorbés par les racines.

Coup d'œil

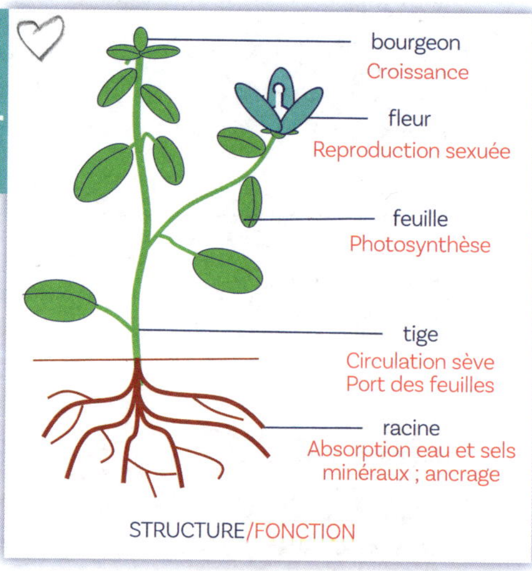

• Des **échanges de matière** ont lieu **entre les différents organes** impliqués dans l'approvisionnement en matière minérale, la synthèse, l'utilisation et le stockage des matières organiques.

• La **forme** et la **taille** des différents **organes** varient d'une plante à l'autre, notamment **selon les conditions du milieu** : les plantes présentent des **adaptations** à leur milieu de vie.

→ Voir lexique p. 345

2 Les surfaces d'échanges des plantes

Idées clés

→ Les plantes puisent dans le sol et l'air des ressources *via* des surfaces d'échanges, qui associent **faible épaisseur** et **grande surface**.

→ La structure des **feuilles** favorise la captation de l'**énergie lumineuse** et les **échanges gazeux**.

→ Un important **réseau racinaire** favorise l'absorption d'**eau** et de **sels minéraux**.

→ La **surface d'échange racinaire** est augmentée en partie par la présence de **poils absorbants**, mais surtout par des **associations symbiotiques** (**mycorhizes**).

Des pistes pour argumenter

- **Les caractéristiques d'une surface d'échange :** retiens par exemple que la surface feuillée pour un châtaigner de 8 m de haut est de 340 m².
- **Le rôle des mycorhizes :** évoque le fait que la croissance d'une plante mycorhizée est supérieure à celle d'une plante identique sans mycorhize. > p. 120

Coup d'œil

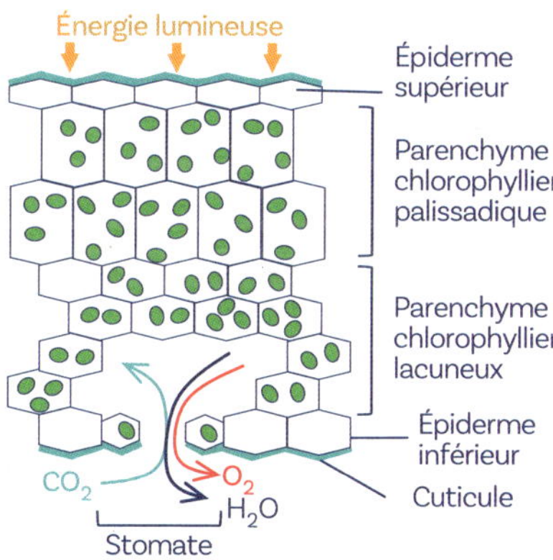

Coupe transversale de feuille

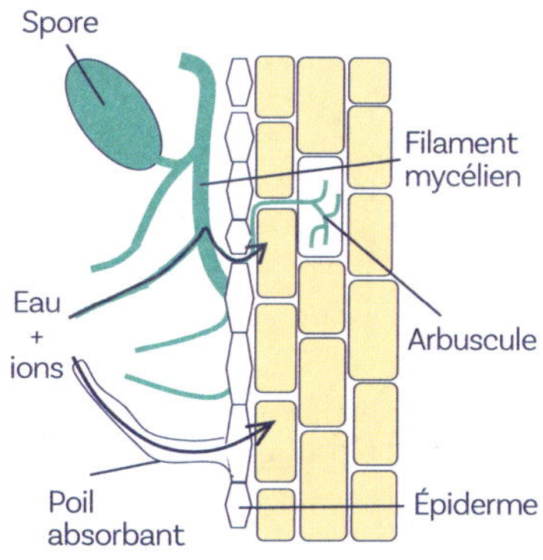

Coupe longitudinale d'une racine mycorhizée

À la loupe

- Les plantes produisent de la **matière organique par photosynthèse** au niveau des **feuilles**. Cela nécessite des **échanges gazeux** (absorption de dioxyde de carbone et rejet de dioxygène), qui ont lieu *via* des structures présentent à la surface des feuilles : les **stomates**.
- L'**absorption d'eau et de sels minéraux** a lieu au niveau des **poils absorbants** des jeunes **racines**, qui augmentent considérablement la surface d'absorption.
- Les **mycorhizes**, **associations symbiotiques** entre les racines et un champignon, augmentent la **surface d'absorption de l'eau et des sels minéraux**, qui seront transmis à la plante. Celle-ci fournit en retour des éléments nutritifs au champignon.

→ Voir lexique p. 345

3 La circulation de matière dans les plantes

Idées clés

→ Deux types de sèves circulent à l'intérieur d'une plante : la **sève brute** et la **sève élaborée**.

→ La **sève brute** est constituée d'**eau** et de **sels minéraux**. Elle circule **des racines vers les feuilles**, dans des vaisseaux conducteurs qui forment le **xylème**.

→ La **sève élaborée** est constituée d'**eau** et de **substances organiques**, comme des sucres. Elle circule **des feuilles vers les autres tissus** de la plante, dans des vaisseaux conducteurs qui forment le **phloème**.

Des pistes pour argumenter

• **La distinction xylème/phloème :** évoque l'observation de coupes de tige colorées permettant d'identifier les différents tissus conducteurs selon leurs propriétés vis-à-vis de colorants.

• **La distinction sève brute/sève élaborée :** compare la composition des deux sèves en indiquant simplement la présence ou l'absence de substances minérales (eau, ions) et organiques (sucres). > p. 280

Coup d'œil

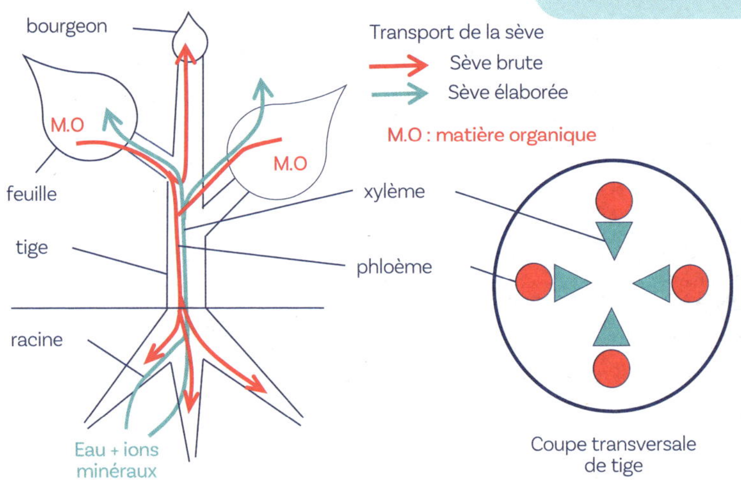

À la loupe

• La **sève brute** est composée d'**eau** et d'**éléments minéraux** prélevés dans le sol, qui doivent être **acheminés vers les feuilles** pour permettre la synthèse de matière organique. Elle circule dans des **vaisseaux conducteurs du xylème**, qui sont présents depuis les racines jusqu'aux feuilles, en passant par la tige.

• La **sève élaborée** est riche en **matière organique**, principalement des **sucres**, comme le saccharose. Cette matière organique est **produite par photosynthèse**, principalement au niveau des **feuilles**. La sève élaborée circule donc **des feuilles vers les autres organes**, qui utilisent ou stockent cette matière organique. Elle emprunte pour cela d'autres **vaisseaux conducteurs**, qui forment le **phloème**.

• Les vaisseaux conducteurs du **phloème** et du **xylème** sont visibles **dans les différents organes** de la plante : tiges, feuilles et racines. Ce sont des tissus différenciés.

• Les **cellules** qui forment les tissus conducteurs sont **différenciées** et possèdent plus ou moins de **lignine** et de **cellulose** dans leurs parois.

→ Voir lexique p. 345

4 Le développement des plantes

Idées clés

→ Le développement d'une plante nécessite à la fois une **croissance** et une **différenciation**.

→ La **croissance** se déroule par **multiplication cellulaire** (**mitose**) au niveau de structures spécialisées, les **méristèmes**, et est suivie d'une phase d'**élongation cellulaire**.

→ Les cellules formées vont alors se **différencier** pour former différents organes (tiges, feuilles, fleurs, racines).

→ La plante est formée d'**unités répétitives** : les **phytomères**.

→ Des **phytohormones** (hormones végétales) et les **conditions du milieu** peuvent influencer le développement de la plante.

Des pistes pour argumenter

• **Mitose et élongation cellulaire :** appuie-toi sur l'expérience de Sach (marquage avec de l'encre d'une jeune racine à intervalle régulier) et sur l'observation microscopique d'une jeune racine.

• **Le rôle du milieu et des phytohormones :** présente les résultats d'expériences de croissance de tiges ou racines.
> p. 121

Coup d'œil

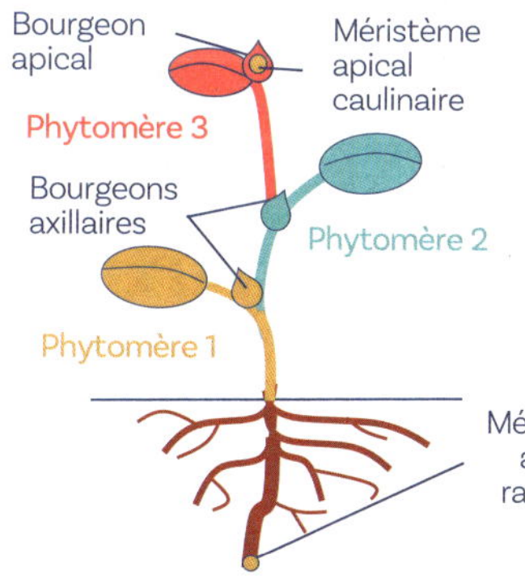

Organisation en phytomère d'une plante à fleur

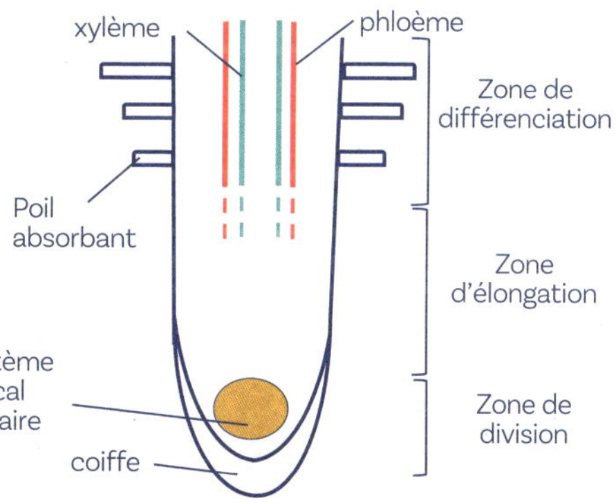

Coupe longitudinale d'une racine en croissance

À la loupe

• Une plante est constituée de **cellules spécialisées** qui forment des **organes de taille et de forme variées**. Son **développement** nécessite des **activités diverses** : **mitose** (au niveau des **méristèmes**), **élongation** et **différenciation cellulaire**.

• On trouve des **méristèmes** à l'extrémité des racines (**méristème apical racinaire**) et des tiges (**méristème apical caulinaire**).

• Le **méristème apical caulinaire** met en place des **unités répétitives** formées d'un fragment de tige, de feuilles et d'un bourgeon, que l'on nomme **phytomères**.

• Le **développement** des plantes est **contrôlé par les conditions du milieu**. Par exemple, l'orientation de la lumière.

• Il est également **contrôlé par des hormones végétales** (**phytohormones**), qui modifient les processus cellulaires, comme la mitose ou l'élongation cellulaire. L'**auxine**, par exemple, agit de manière importante sur l'élongation cellulaire.

→ Voir lexique p. 345

MÉMO VISUEL

- L'organisation fonctionnelle des plantes à fleurs -

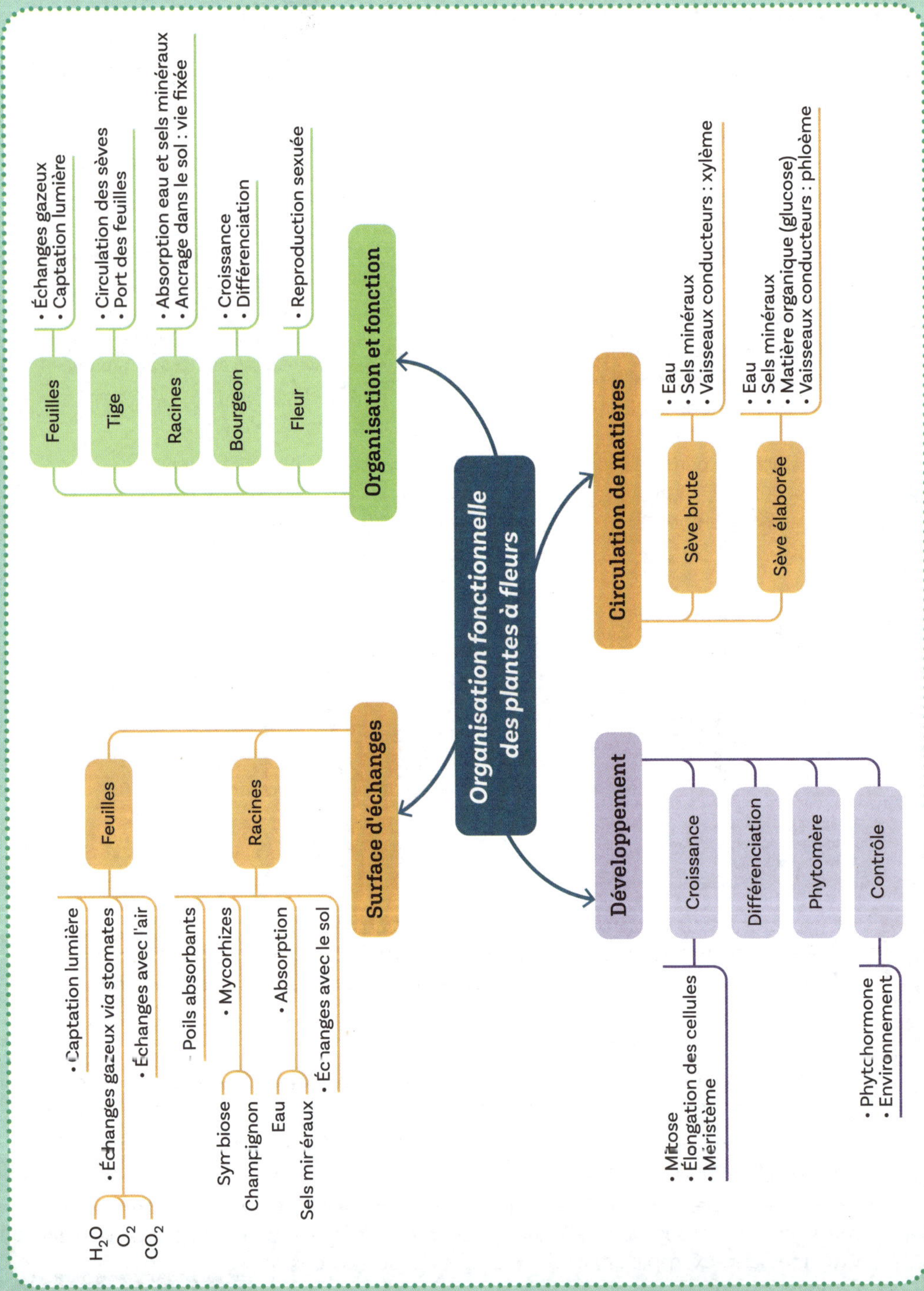

QCM ?

SE TESTER

1. Coche la ou les bonne(s) réponse(s).

1. Les mycorhizes :

a) participent à l'absorption de l'eau et des sels minéraux de la plante. ☐

b) augmentent la surface d'absorption racinaire. ☐

c) désignent les structures allongées de la racine d'une plante. ☐

d) sont des champignons qui ralentissent la croissance de la plante. ☐

2. Les stomates sont :

a) des orifices présents uniquement sur la tige des plantes à fleurs. ☐

b) des organes utiles à la reproduction. ☐

c) des structures permettant les échanges gazeux. ☐

d) des lieux de perte d'eau. ☐

3. Lors de la circulation des sèves :

a) le phloème transporte la sève élaborée. ☐

b) le xylème n'est présent que dans la tige. ☐

c) les sèves brutes et élaborées circulent indifféremment dans les vaisseaux du xylème et du phloème. ☐

d) la sève élaborée circule uniquement des feuilles vers les racines. ☐

4. Concernant le développement des plantes à fleurs :

a) La zone où les cellules se divisent est nommée « méristème ». ☐

b) La croissance des racines n'a lieu que par multiplication cellulaire. ☐

c) Un méristème est une zone où un nombre important de méiose à lieu. ☐

d) On trouve des méristèmes à l'extrémité des tiges et des racines. ☐

2. Vrai ou faux ?

		Vrai	Faux
1	La fonction des racines est uniquement d'absorber de l'eau et des sels minéraux.	☐	☐
2	Toutes les plantes présentent une organisation morphologique commune.	☐	☐
3	La photosynthèse à lieu principalement dans les feuilles.	☐	☐
4	Les feuilles sont la seule surface d'échange de la plante avec l'environnement.	☐	☐
5	Les poils absorbants augmentent la surface d'absorption racinaire.	☐	☐
6	Les stomates permettent les échanges de dioxyde de carbone et d'eau uniquement.	☐	☐
7	La sève brute contient des sucres qui permettent la photosynthèse.	☐	☐
8	La sève élaborée circule toujours du haut vers le bas.	☐	☐
9	Une plante est constituée d'unités répétitives nommée « phytomères ».	☐	☐
10	Le développement d'une plante est toujours le même, quel que soit l'environnement.	☐	☐

3. a. Quels sont les organes végétaux visibles sur les photographies de coupes ci-dessous ?

b. Légende ces photographies à l'aide des termes suivants.

a. *espace aérifère* – **b.** *stomate* – **c.** *parenchyme palissadique* – **d.** *épiderme* – **e.** *poil absorbant* – **f.** *parenchyme lacuneux.*

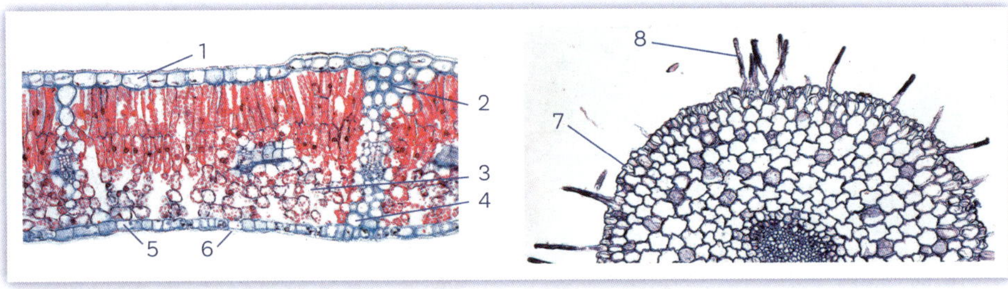

4. Réponds aux questions posées sur ces mémo cartes.

1. L'adaptation à la vie fixée

- Quels sont les principaux organes d'une plante à fleurs ?
- Quelle est la fonction principale de la fleur ?
- Pourquoi la forme et la taille des organes varient-ils d'une plante à l'autre ?
- D'où proviennent l'eau et le dioxyde de carbone nécessaires à la feuille pour réaliser la photosynthèse ?

2. Les surfaces d'échanges des plantes

- Quelles sont les caractéristiques d'une bonne surface d'échange ?
- Quelles structures permettent les échanges gazeux au niveau des feuilles ?
- Qu'est-ce qu'une mycorhize ?
- Pourquoi les stomates sont-ils fermés la nuit pour la plupart des plantes ?

3. La circulation de matière dans les plantes

- Qu'est-ce qui différencie le xylème et le phloème ?
- D'où provient la sève élaborée et vers où est-elle transportée ?
- Que contient la sève brute ?
- Quel type de sève transporte le xylème ?

4. Le développement des plantes

- Qu'est-ce qu'un méristème ?
- Quel(s) processus permet(tent) la croissance d'une plante ?
- Que désigne-t-on par le terme « phytomère » ?
- Qu'est ce qui peut influencer le développement d'une plante ?

Réponses : 1. 1. a, b – **2.** c, d – **3.** a – **4.** a, d • **2. 1.** Faux – **2.** Vrai – **3.** Vrai – **4.** Faux – **5.** Vrai – **6.** Faux – **7.** Faux – **8.** Faux – **9.** Vrai – **10.** Faux • **3. 1.** d – **2.** c – **3.** a – **4.** f – **5.** d – **6.** b – **7.** d – **8.** e.

SAVOIR-FAIRE

Méthode 1 Exploiter une coupe histologique végétale observée au microscope optique

SUJET Les plantes aquatiques

Le nymphéa, rendu célèbre par le peintre Claude Monet, appartient à la famille des *nymphaeaceae*, comme le nénuphar. Ce sont des plantes aquatiques dont les racines et la tige sont sous l'eau et les feuilles sont à l'interface entre l'eau et l'air.

Consigne : **À partir de l'étude des documents proposés, montre que cette plante possède à la fois des caractéristiques d'une plante à fleur tout en étant adaptée à son milieu de vie.**

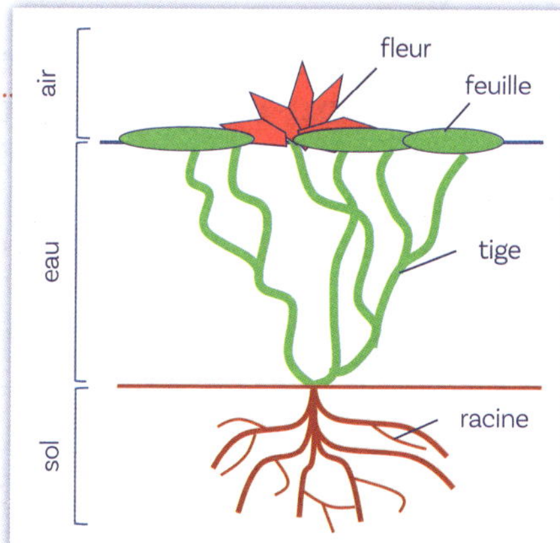

Doc 1 Organisation morphologique d'un nymphéa

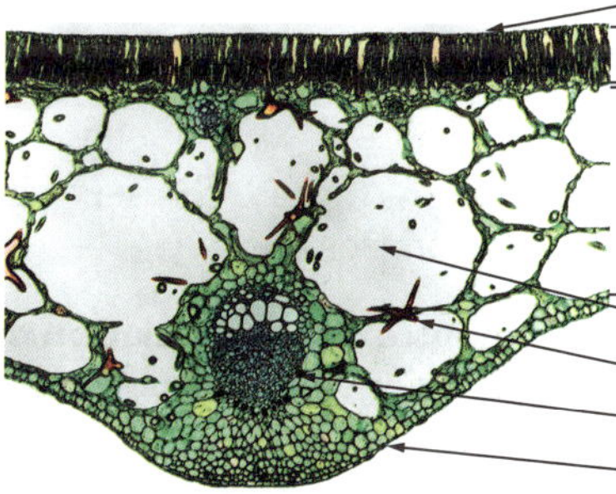

Les sclérites sont des cellules de soutien riches en lignine. Bien que non visible sur cette coupe, les stomates sont présents uniquement au niveau de l'épiderme supérieur.

Doc 2 Coupe transversale d'une feuille de nymphéa

CONSEILS

- Compare l'organisation morphologique de cette plante à celle d'une plante non aquatique en mobilisant tes connaissances.
- Note les particularité de la coupe transversale proposée par rapport à une coupe de feuille d'une plante non aquatique.
- Détermine comment ces particularités pourraient être en lien avec le milieu de vie aquatique de cette plante.

+ d'aide ?
Voir p. 112 et 118

CORRIGÉ

Le schéma proposé nous montre que cette plante possède des racines, des tiges et des feuilles : elle possède ainsi une organisation morphologique identique à la plupart des plantes à fleurs.

La coupe de feuille proposée nous montre de nombreuses lacunes aérifères dans la feuille.

Utilise le vocabulaire présent dans la légende du document.

On peut relier la présence de ces espaces aérifères au fait que les feuilles de cette plante flotte à la surface de l'eau. On remarque aussi des stomates au niveau de l'épiderme supérieur, ce qui permet les échanges gazeux avec l'air. Il n'y a aucun stomate du côté de l'épiderme inférieur.

Observe la présence ou l'absence d'éléments.

Les feuilles de cette plante présentent ainsi des adaptations en relation avec leur milieu de vie aquatique.

Méthode 2 Exploiter des données expérimentales sur un graphique à courbes

SUJET La croissance de l'arganier

Longueurs moyennes de la tige et de ses ramifications pour deux lots d'arganiers mycorhizés (PI) ou non (NI)

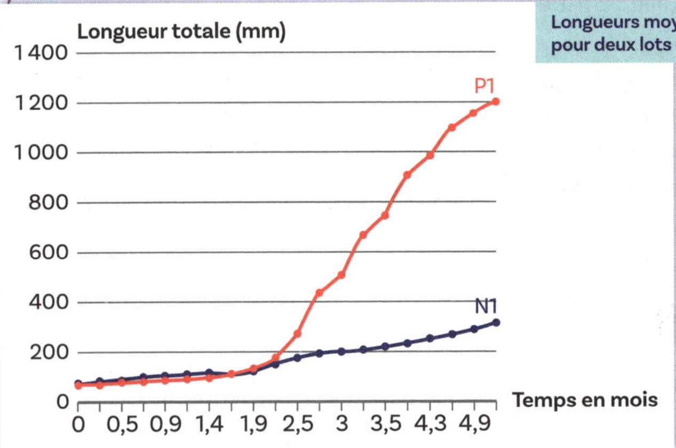

L'arganier est un arbre qui pousse dans des régions arides dont le sol est pauvre en éléments minéraux. Il possède un large système racinaire qui plonge jusqu'à plus de 30 mètres de profondeur. Ses racines sont dépourvues de poils absorbants, mais s'associent avec des champignons pour former des mycorhizes.

Consigne : À partir du document et des connaissances, montre que l'association de l'arganier et de champignons du sol permet à cet arbre de mieux se développer dans un milieu pauvre en sels minéraux.

CONSEILS

- Compare les résultats des deux conditions expérimentales, ici avec ou sans mycorhize.
- N'utilise pas le mot « courbe » pour décrire les résultats : nomme plutôt la valeur mesurée, dont l'évolution est représentée au cours du temps : la longueur totale de la tige et des ramifications. Elle peut augmenter, diminuer ou stagner.

+ d'aide ? Voir p. 113

CORRIGÉ

On cherche à expliquer le développement de l'arganier dans un sol acide et pauvre en ions minéraux.

Durant les deux premiers mois, on voit que la longueur totale de la tige et des ramifications augmente de manière identique pour le lot de l'arganier mycorhizés et non mycorhizés, passant d'environ 50 à 100 mm dans les deux cas.

Sois précis dans les termes utilisés : « la longueur totale augmente » plutôt que « la longueur totale évolue ».

Entre le 2e et le 5e mois, la longueur totale de la tige et des ramifications augmente de 100 à 300 mm pour le lot d'arganier non mycorhizés. Dans le même temps, la longueur totale est passée de 100 à 1 200 mm pour le lot d'arganier mycorhizés, soit un gain de taille quatre fois plus important.

Utilise des données chiffrées.

On peut donc en déduire que le développement de cet arbre dans un milieu pauvre en sels minéraux est beaucoup plus important lorsque les racines de cet arbre sont associées avec des champignons.

Les mycorhizes sont des associations entre les racines d'une plante et un champignon : la grande surface des filaments mycéliens du champignon facilite l'absorption de l'eau et des ions minéraux du sol et permet de les fournir à la plante. En échange, la plante fournit au champignon de la matière organique : c'est une association symbiotique.

Méthode 3 Exploiter des données expérimentales sur des schémas structuraux

SUJET Le gravitropisme

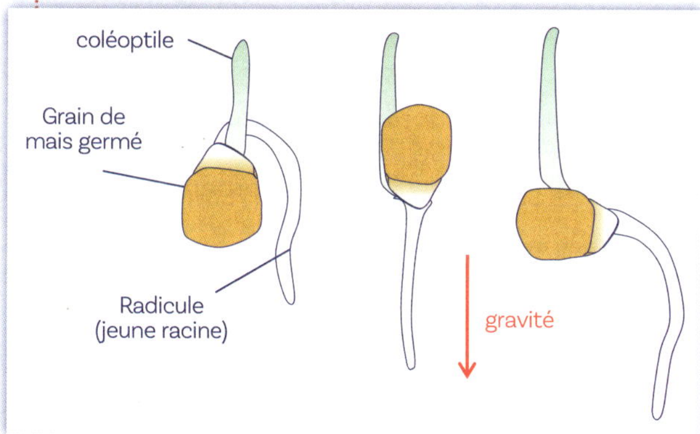

Quels que soient l'orientation de la graine et le point d'émergence de la racine, celle-ci finit toujours par se développer dans le sens du champ de gravité : c'est ce que l'on nomme un gravitropisme positif. On cherche à expliquer ce phénomène.

Consigne : Analyse et interprète chacune des expériences proposées afin de déterminer le(s) facteur(s) impliqué(s) dans la croissance orientée des racines.

Après émergence de la radicule (jeune racine), des plantules sont placées horizontalement de manière à ce que la racine soit parallèle avec le sol. Le lot 1 sert de témoin. On pratique l'ablation de la coiffe sur les racines du lot 2. Sur les racines du lot 3, on pratique l'ablation de la coiffe, mais on applique aussitôt un bloc de gélose contenant de l'auxine ; le bloc est placé sur la face inférieure de la racine. On observe alors la direction de croissance des racines dans chaque lot.

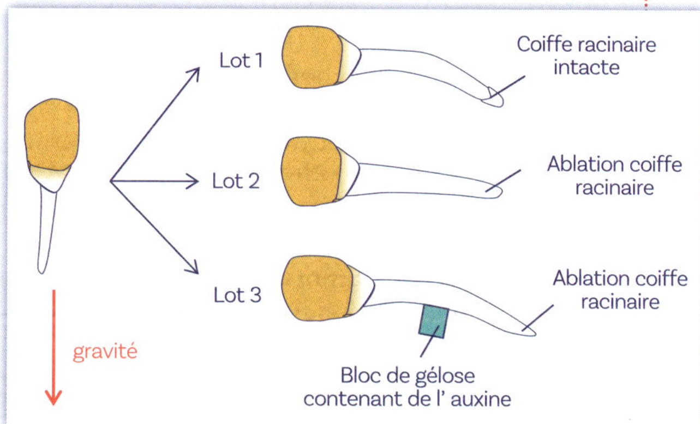

CONSEILS

- Identifie dans un premier temps le paramètre étudié lors de cette expérience.
- Détermine si les paramètres testés avec les conditions expérimentales 2 et 3 (paramètre initial fixé par l'expérimentateur différant de la condition témoin) ont un effet sur la croissance orientée de la racine.
- Mobilise tes connaissances sur le développement de la plante.

+ d'aide ? Voir p. 115

CORRIGÉ

On cherche à déterminer les facteurs impliqués dans la croissance orientée des racines selon la gravité.

> Rappelle brièvement l'objectif de l'exercice.

On voit que, dans le lot 1, une réorientation de la croissance de la racine qui s'infléchit en direction du sol (direction et sens de la force de gravité) puisqu'initialement parallèle au sol, la racine est perpendiculaire à celui-ci à la fin de l'expérience. Cette condition expérimentale illustre le rôle de la gravité dans l'orientation de la croissance de la racine.

> Évoque une croissance dans le sens de la gravité, et non une croissance « vers le bas ».

Dans le lot 2, où la coiffe racinaire a été retirée, on constate que la réorientation de la croissance racinaire n'a pas lieu, puisque la racine ne se courbe pas. La comparaison des résultats obtenus pour les lots 1 et 2 nous permet de conclure que la présence de la coiffe racinaire est indispensable à l'orientation de la croissance de la racine selon la gravité.

> Ton raisonnement doit apparaître clairement : ici, la déduction n'est possible que si on compare les l'orientation de croissance des lots 1 et 2.

Enfin, dans le lot 3, un bloc de gélose contenant de l'auxine est placé en contact avec la face inférieure d'une racine dont la coiffe a été retirée. On observe que la croissance racinaire s'oriente dans le sens de la gravité, comme dans la condition témoin. On peut donc conclure que le bloc d'auxine joue le même rôle que la coiffe racinaire ici et que cette molécule influence l'orientation de la croissance racinaire.

Méthode 4 Réaliser un schéma fonctionnel

SUJET Les échanges entre la plante et son environnement

La vie fixée des plantes implique des **contraintes** : toutes les **matières** nécessaires au cycle de vie de la plante (croissance, reproduction) doivent être prélevées **dans l'environnement**, l'air ou le sol.

Consigne : **Montre comment les plantes, bien que fixées, assurent ces échanges à l'interface sol/air. Ta réponse prendra la forme d'un schéma fonctionnel.**

CONSEILS

- Liste tous les éléments en lien avec le sujet avant de construire ton schéma.
- Le schéma doit être fonctionnel : il doit à la fois présenter les structures impliquées dans les échanges, mais aussi les modalités des échanges (nature des substances en jeu, direction des échanges).

CORRIGÉ

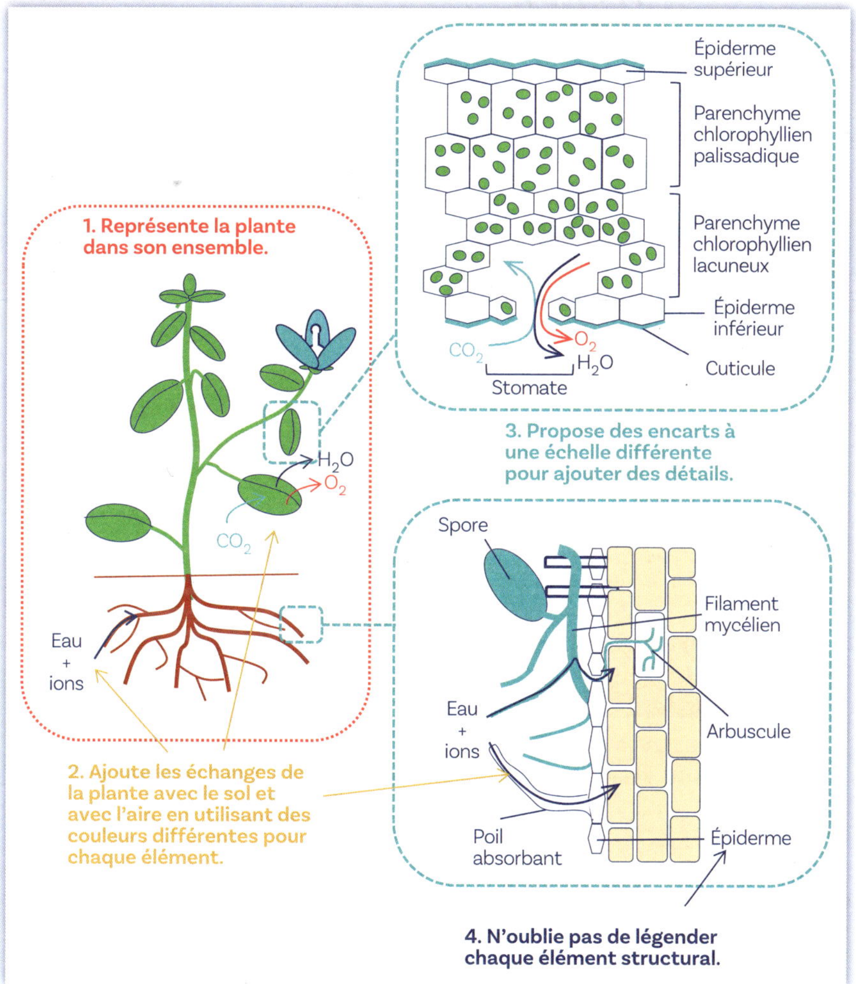

Ton **KIT DE SURVIE** pour le **BAC** avec SCHOOLMOUV

Chapitre 7 L'organisation fonctionnelle des plantes à fleurs

Tu viens de voir les notions à connaître sur l'organisation fonctionnelle des plantes à fleurs. Pour t'aider à retenir l'essentiel et t'entraîner pour le Bac, voici ton kit de révisions clé en mains conçu par SchoolMouv !

Vidéo

Pour mieux comprendre et t'en souvenir à coup sûr, regarde la vidéo. C'est parfois bien plus clair en images.

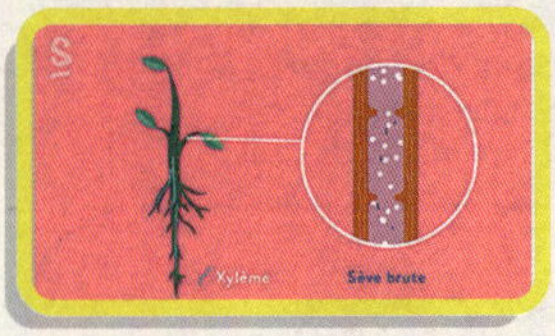

Vidéo **Organisation fonctionnelle des plantes à fleurs et adaptation à leurs milieux de vie**

https://flashbelin.fr/focusbacschoolmouv/svt/7

Contenu additionnel

Voici un bonus autour du même sujet. La curiosité n'est pas toujours un vilain défaut. Il suffit de créer ton compte pour avoir accès à plein de contenus supplémentaires.

Fiche **Organisation fonctionnelle des plantes à fleurs et adaptation à leurs milieux de vie**

https://www.schoolmouv.fr/eleves/cours/organisation-fonctionnelle-des-plantes-a-fleurs-et-adaptation-a-leurs-milieux-de-vie/fiche-de-cours

Tchat avec un prof

Pour poser toutes tes questions à un prof particulier, découvre l'abonnement tchat. Tu peux le tester gratuitement pendant 7 jours : fini les questions sans réponses, tu vas devenir incollable.

https://focusbac.schoolmouv.fr/offre

Organisation des plantes à fleurs

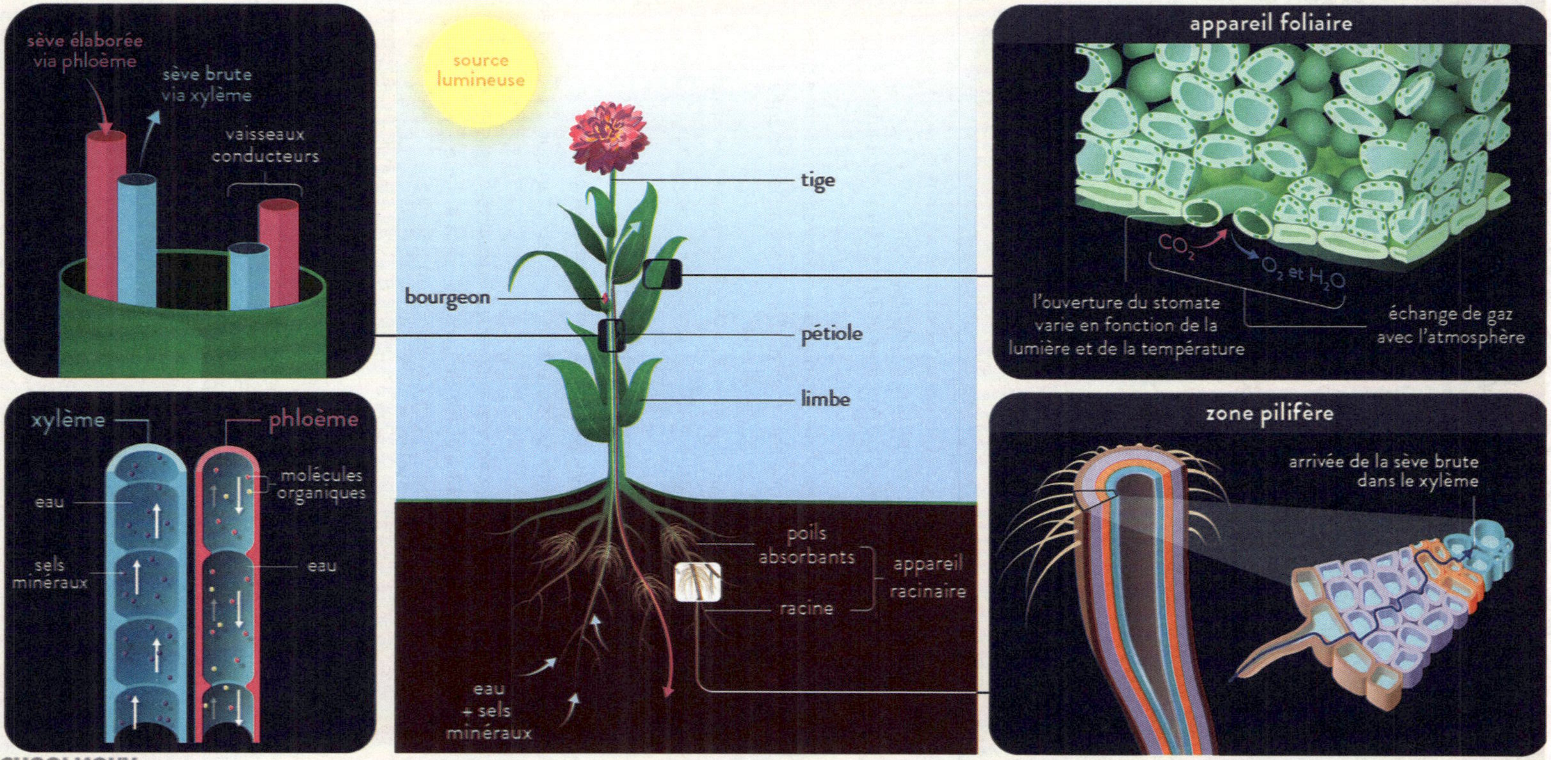

THÈME 3

8 La plante, productrice de matière

RÉVISIONS 1re

Un quiz avant de commencer

1. Vrai ou faux ?

	Vrai	Faux
1 Une voie métabolique est une succession de réactions biochimiques transformant une molécule en une autre.	☐	☐
2 Le métabolisme dépend de l'équipement de chaque cellule.	☐	☐
3 La photosynthèse produit du dioxyde de carbone et de l'eau.	☐	☐
4 Les enzymes sont des protéines bloquant des réactions chimiques.	☐	☐
5 Les pigments chlorophylliens permettent d'absorber l'énergie solaire pour réaliser la photosynthèse.	☐	☐
6 Toutes les cellules d'un organisme pluricellulaire ont le même contenu enzymatique.	☐	☐

2. Coche la ou les bonne(s) réponse(s).

1. Concernant les cellules autotrophes ou hétérotrophes :

- a Une cellule hétérotrophe produit de la matière organique à partir d'énergie lumineuse. ☐
- b La plupart des cellules animales sont autotrophes. ☐
- c Une cellule hétérotrophe puise de la matière organique dans son environnement pour son fonctionnement. ☐
- d Une cellule autotrophe produit sa propre matière organique par photosynthèse. ☐

2. Les enzymes :

- a sont identiques quelle que soit la réaction chimique catalysée. ☐
- b sont des catalyseurs biologiques, qui accélèrent certaines réactions chimiques. ☐
- c sont des protéines fabriquées par les cellules spécialisées. ☐
- d permettent de transformer un produit en substrat. ☐

3. La photosynthèse :

- a permet de produire de la matière organique. ☐
- b convertit l'énergie solaire absorbée en énergie chimique. ☐
- c permet de produire de la matière minérale à partir de matière organique. ☐
- d permet de produire uniquement du dioxygène. ☐

Réponses : 1. 1. Vrai – **2.** Vrai – **3.** Faux – **4.** Faux – **5.** Vrai – **6.** Faux • **2. 1.** c, d – **2.** b, c – **3.** a, b.

productrice organique

L'ESSENTIEL EN 3 POINTS

Comment la plante peut-elle utiliser l'énergie lumineuse reçue par les feuilles ?

1 **Captation et conversion de l'énergie lumineuse**
Captée par les **pigments chlorophylliens** au niveau du **chloroplaste**, l'**énergie lumineuse** est convertie en **énergie chimique** par la **photolyse** de l'eau, avec libération de dioxygène. > p. 128

Comment la plante produit-elle de la matière organique par photosynthèse ?

2 **La synthèse de matière organique**
Les **parties aériennes** de la plante sont les lieux de **production de matière organique** par **photosynthèse**. La production de glucose et d'autres sucres solubles nécessite une réduction du dioxyde de carbone. > p. 129

Comment les produits de la photosynthèse sont-ils utilisés par la plante ?

3 **Le devenir des produits de la photosynthèse**
Les **sucres** produits par photosynthèse **circulent** dans tous les organes de la plante où ils sont **métabolisés**, grâce à des **enzymes** variées, **en produits** assurant les différentes **fonctions biologiques** (croissance et soutien, réserve, interactions avec d'autres espèces). > p. 130

LE COURS en 3 fiches

1 Captation et conversion de l'énergie lumineuse

Idées clés

→ Une partie des radiations lumineuses est captée par des **pigments chlorophylliens** présents dans les **chloroplastes** des parties aériennes de la plante.

→ L'énergie lumineuse absorbée est convertie en **énergie chimique** par la **photolyse** de molécules d'eau. Cette réaction entraîne la **libération de dioxygène** (O_2), **d'électrons** (e^-) et **de protons** (H^+).

Des pistes pour argumenter

• **La présence de pigments chlorophylliens :** base-toi sur une chromatographie d'une solution de chlorophylle brute qui permet de distinguer plusieurs pigments.

• **L'origine du dioxygène :** évoque la célèbre expérience de Ruben et Kamen (1941), qui permet de démontrer que le dioxygène provient bien de la photolyse de l'eau. **> p. 134**

Coup d'œil

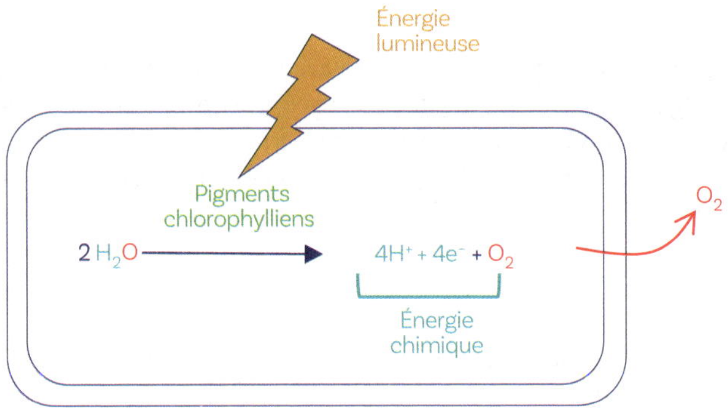

Photolyse de l'eau dans les chloroplastes

À la loupe

• Les **chloroplastes**, présents dans les cellules végétales chlorophylliennes, sont les organites clés de la **photosynthèse**.

• Ils possèdent des **pigments chlorophylliens** qui **absorbent** une partie de l'**énergie lumineuse**, principalement les longueurs d'ondes correspondant aux **couleurs rouge et bleu**.

• L'énergie lumineuse absorbée permet la **photolyse de l'eau**, une réaction d'**oxydation** ($2\ H_2O \rightarrow O_2 + 4\ H^+ + 4\ e^-$). L'énergie lumineuse a ainsi été **convertie en énergie chimique**.

→ Voir lexique p. 345

2 La synthèse de matière organique

Idées clés

→ La photosynthèse nécessite du **dioxyde de carbone** (CO_2) que la plante prélève dans l'air.

→ Le **dioxyde de carbone** subit dans les chloroplastes une réaction de **réduction**, qui aboutit à la **production de matière organique** sous forme de **sucres**.

→ La **réduction** du dioxyde de carbone nécessite des **protons** et des **électrons** produits lors de la **photolyse** de l'eau.

→ Les réactions d'**oxydation** (photolyse de l'eau) et de **réduction** (production de matière organique) sont ainsi **couplées**.

Des pistes pour argumenter

• **La synthèse de matière organique par les chloroplastes :** évoque la présence d'amidon (coloré par l'eau iodée) dans les chloroplastes éclairés et son absence dans les chloroplastes laissés à l'obscurité.

• **La production de sucres à partir de CO_2 :** appuie-toi sur les expériences de marquage radioactif du CO_2, qui permet de suivre l'apparition des sucres au cours du temps (expériences de Calvin et Benson).

Coup d'œil

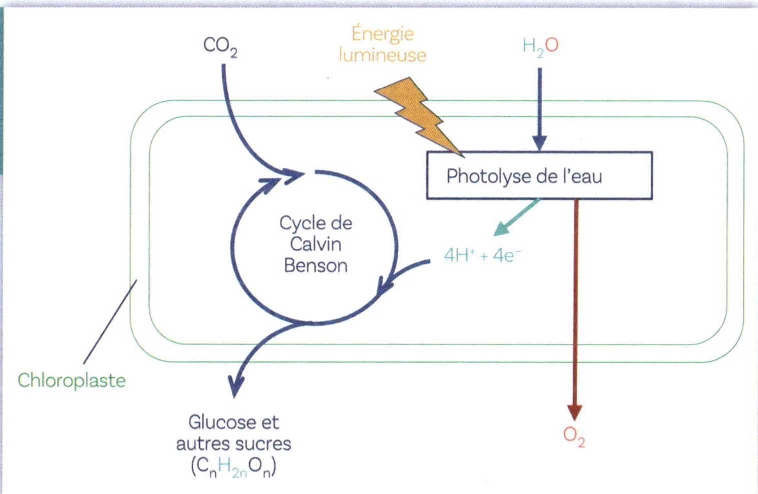

À la loupe

• La **photosynthèse**, production de matière organique par les organes aériens exposés à la lumière, nécessite un **prélèvement de dioxyde de carbone** dans l'air *via* les **stomates** des feuilles.

• Les **chloroplastes** sont le siège de nombreuses **réactions biochimiques**, qui permettent de produire du **glucose** et d'autres **sucres** à partir du CO_2 prélevé, mais aussi des **coenzymes** obtenus par **photolyse** de l'eau.

• Globalement, ces réactions correspondent à une **réduction du CO_2**, alors que la photolyse de l'eau correspond à une réaction d'**oxydation** : la photosynthèse est donc une **réaction d'oxydo-réduction** qui **convertit de l'énergie lumineuse en énergie chimique** sous forme de **matière organique** comme le glucose.

→ Voir lexique p. 345

3 Le devenir des produits de la photosynthèse

Idées clés

→ La **photosynthèse** produit du **glucose** et d'**autres sucres** solubles qui **circulent** dans tous les organes de la plante.

→ Dans ces organes, les sucres sont métabolisés par des enzymes en d'autres substances qui assurent diverses **fonctions biologiques** de la plante.

→ La plante peut ainsi produire des **molécules de réserves** (stockage de matière organique), des **molécules utiles** à la croissance et au port de la plante ou d'autres permettant des **interactions** avec les autres espèces.

Des pistes pour argumenter

Les substances de réserves : évoque l'existence de différentes molécules de réserve mises en évidence par le lugol pour l'amidon, le rouge soudan pour les lipides et le réactif de biuret pour les protéines. > **p. 168**

Coup d'œil

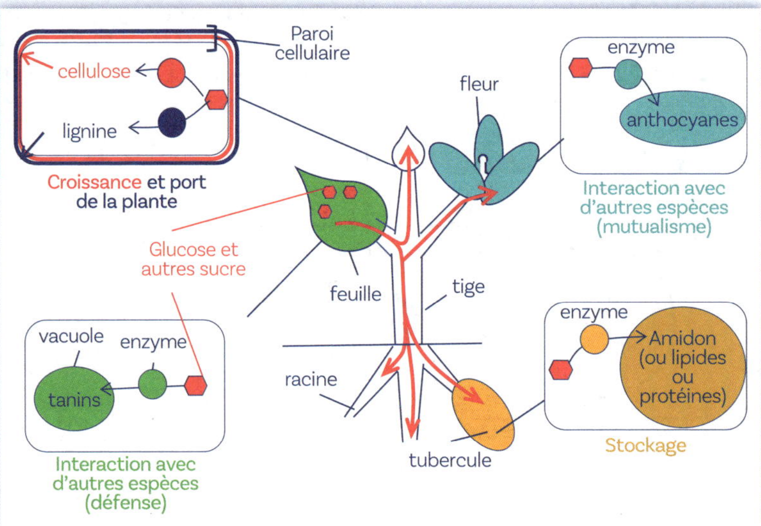

À la loupe

- Les **produits de la photosynthèse** (principalement du glucose et d'autres sucres) **circulent** dans l'ensemble de la plante *via* les **vaisseaux du phloème**.
- Ces substances subissent alors des **transformations chimiques** catalysées par des **enzymes** spécifiques et présentes dans les **différents tissus** de la plante.
- La plante peut ainsi produire des **molécules de réserves** (saccharose, amidon, protéines ou lipides) qui seront **stockées** dans des organes dédiés. Elles permettent de **résister** aux conditions défavorables ou d'**assurer la reproduction**.
- Le **développement végétal** nécessite la production de molécules de la paroi végétale impliquées dans la **croissance**, dans la **structure** (**cellulose**) et le **port** (**lignine**) de la plante.
- La production de **pigments** (**anthocyanes**) au niveau des pétales permet d'attirer les pollinisateurs, alors que des **substances chimiques de défense** (**tanins**) repoussent les prédateurs.

→ Voir lexique p. 345

MÉMO VISUEL

- La plante, productrice de matière organique -

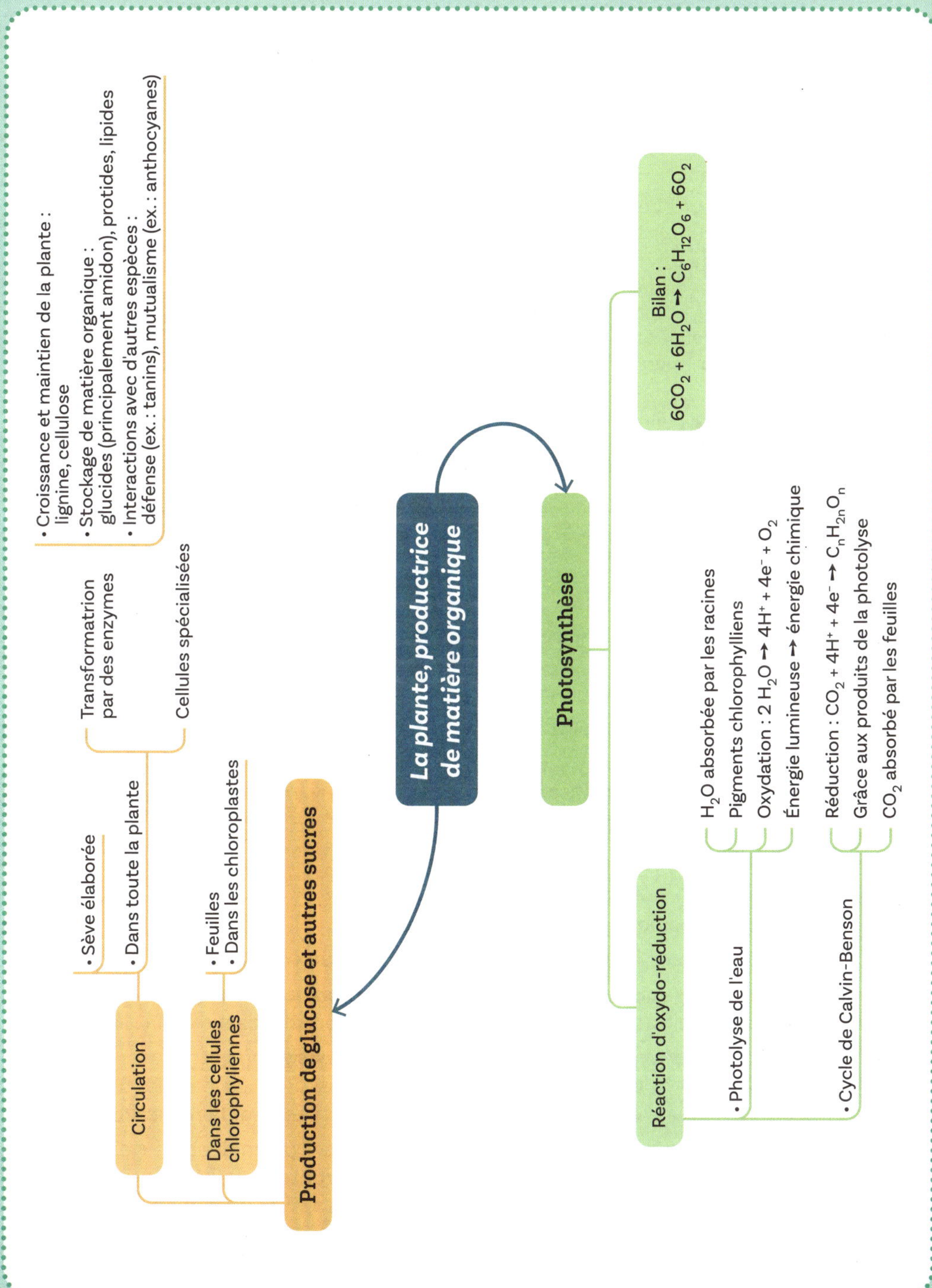

SE TESTER

1. Coche la ou les bonne(s) réponse(s).

1. La photosynthèse se déroule :

- **a** uniquement à l'intérieur des chloroplastes. ☐
- **b** en partie dans les chloroplastes et en partie dans le cytoplasme. ☐
- **c** dans le cytoplasme. ☐
- **d** au niveau de la paroi cellulaire. ☐

2. La photolyse de l'eau ($2H_2O \rightarrow O_2 + 4H^+ + 4e^-$) :

- **a** est une réaction d'oxydation. ☐
- **b** nécessite de l'énergie lumineuse captée par des pigments chlorophylliens. ☐
- **c** nécessite du dioxygène. ☐
- **d** montre que le dioxygène (O_2) se forme à partir du dioxyde de carbone (CO_2). ☐

3. La synthèse de matière organique :

- **a** nécessite du dioxygène produit lors de la photolyse de l'eau. ☐
- **b** nécessite du dioxyde de carbone. ☐
- **c** se déroule dans les chloroplastes. ☐
- **d** implique des réactions cycliques, le cycle de Krebs. ☐

4. Les produits de la photosynthèse peuvent être transformés :

- **a** en amidon et stockés dans des organes de réserve. ☐
- **b** grâce à des enzymes présentes dans les différents organes de la plante. ☐
- **c** en tanins et permettre la croissance de la plante. ☐
- **d** en cellulose et jouer un rôle dans la défense de la plante. ☐

2. Vrai ou faux ?

		Vrai	Faux
1	L'énergie lumineuse est captée par des pigments chlorophylliens présents au niveau des chloroplastes.	☐	☐
2	La photolyse de l'eau produit des électrons et des protons.	☐	☐
3	Lors de la photosynthèse, le dioxygène (O_2) se forme à partir du dioxyde de carbone (CO_2).	☐	☐
4	La lumière verte est la plus efficace lors de la photosynthèse.	☐	☐
5	La réduction du dioxyde de carbone en sucres nécessite des protons et des électrons.	☐	☐
6	Le cycle de Calvin-Benson se déroule dans le cytoplasme.	☐	☐
7	La photosynthèse produit du glucose et d'autres sucres.	☐	☐
8	Les pollinisateurs sont attirés par des tanins produits au niveau des pétales.	☐	☐
9	La cellulose et la lignine sont des molécules qui constituent la membrane des cellules végétales.	☐	☐
10	Les enzymes nécessaires à la production substances de réserves sont présentes dans les organes de réserve.	☐	☐

3. Complète le schéma à l'aide des termes suivants.

a. *CO_2* – **b.** *H_2O* – **c.** *O_2* – **d.** *glucose* – **e.** *cycle de Calvin-Benson* – **f.** *pigments chlorophylliens* – **g.** *énergie lumineuse* – **h.** *chloroplaste* – **i.** *électrons* – **j.** *proton* – **k.** *photolyse.*

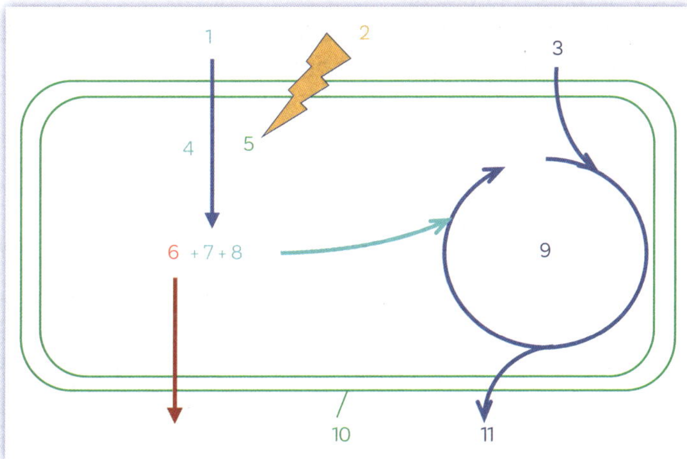

4. Réponds aux questions posées sur ces mémo cartes.

1. La photosynthèse

- Quelle est l'équation bilan de la photosynthèse ?
- Dans quelle structure cellulaire se déroule la photosynthèse ?
- Qu'est-ce que la photolyse de l'eau et quelle source d'énergie cette réaction permet-elle ?
- Quelle(s) molécule(s) absorbe(nt) l'énergie lumineuse nécessaire à la photosynthèse ?
- D'où proviennent les atomes d'oxygène qui forment le dioxygène libéré lors de la photosynthèse ?
- Que produit le cycle de Calvin-Benson ?
- Quels éléments chimiques sont nécessaires à la production de matière organique par le cycle de Calvin-Benson ?

2. Le devenir des produits de la photosynthèse

- Que devient la matière organique produite dans les feuilles lors de la photosynthèse ?
- Qu'est ce qui permet la transformation des sucres issus de la photosynthèse en d'autres molécules dans les différents organes ?
- Quels rôles peuvent jouer les molécules qui dérivent des produits de la photosynthèse ?
- Quelles molécules permettent d'attirer les pollinisateurs ?
- Quelles molécules permettent de repousser les prédateurs potentiels ?

Réponses : 1. 1. a – **2.** a, b – **3.** b, c – **4.** a, b • **2. 1.** Vrai – **2.** Vrai – **3.** Faux – **4.** Faux – **5.** Vrai – **6.** Faux – **7.** Vrai – **8.** Faux – **9.** Faux – **10.** Vrai • **3. 1.** b – **2.** g – **3-4.** k – **5.** F – **6.** c – **7.** i ou j – **8.** i ou j – **9.** e – **10.** h – **11.** d.

SAVOIR-FAIRE

Méthode 1 Formuler des hypothèses et leurs conséquences vérifiables, puis les tester

SUJET L'expérience de Ruben et Kamen

En 1941, Ruben et Kamen essaient de déterminer l'origine des atomes d'oxygène qui constituent les molécules du dioxygène produit lors de la photosynthèse. Pour cela, ils utilisent un isotope lourd de l'oxygène, le ^{18}O, pour marquer soit l'eau, soit le dioxyde de carbone fourni à des algues vertes unicellulaires exposées à la lumière. Ils mesurent alors la proportion de ^{18}O dans le dioxygène produit durant la photosynthèse.

Expérience	Intervalle de mesure en minutes	% de ^{18}O dans O_2 libéré
Teneur en ^{18}O de CO_2 : 0,2 % H_2O : 0,85 %	45 à 110	0,84
	111 à 225	0,85
	226 à 350	0,86
Teneur en ^{18}O de CO_2 : 0,68 % H_2O : 0,2 %	10 à 50	0,21
	51 à 165	0,20

Consigne : À partir de l'équation bilan de la photosynthèse, formule trois hypothèses sur l'origine possible des atomes d'oxygène de la molécule de dioxygène. Analyse ensuite de manière rigoureuse les résultats obtenus pour réfuter ou valider ces hypothèses.

CONSEILS

- Utilise des couleurs différentes pour distinguer l'origine possible des différents atomes d'oxygène à partir de l'équation bilan de la photosynthèse.
- Détermine les trois cas possibles correspondant aux trois hypothèses demandées, de manière logique (les atomes provenant nécessairement des réactifs).
- Il faut réfuter ou valider chacune des hypothèses formulées, et pas simplement en valider une.

+ d'aide ?
Voir p. 128

CORRIGÉ

À partir de l'équation bilan de la photosynthèse, on peut formuler trois hypothèses sur l'origine possible des atomes d'oxygène formant les molécules de dioxygène.

Dans l'expérience de Ruben et Kamen, l'isotope lourd permet de connaître l'origine des atomes : il s'agit d'un marquage, comme les couleurs dans tes schémas.

Hypothèse 1 : Le dioxygène se forme à partir des atomes d'oxygène du dioxyde de carbone.	$CO_2 + H_2O \rightarrow C_nH_{2n}O_n + O_2$
Hypothèse 2 : Le dioxygène se forme à partir des atomes d'oxygène de l'eau.	$CO_2 + H_2O \rightarrow C_nH_{2n}O_n + O_2$
Hypothèse 3 : Le dioxygène se forme à partir des atomes d'oxygène du dioxyde de carbone et de l'eau.	$COO + H_2O \rightarrow C_nH_{2n}O_n + OO$

Lorsque Ruben et Kamen utilisent du CO_2 et de l'eau avec une teneur en ^{18}O respectivement de 0,2 % et 0,85 %, le dioxygène qui se forme par photosynthèse contient 0,85 % d'atome ^{18}O, ce qui correspond à la teneur d'^{18}O des molécules d'eau initiales.

De la même manière, on voit que lorsque l'eau a une teneur de 0,2 % d'^{18}O, alors on obtient des molécules de dioxygène contenant 0,2 % d'atomes ^{18}O. On observe donc que la proportion d'^{18}O est identique dans le dioxygène produit et dans les molécules d'eau.

Selon l'hypothèse 1, on devrait obtenir la même proportion d'^{18}O dans les molécules de dioxygène que dans les molécules de CO_2. Ce n'est pas le cas, donc on peut réfuter cette hypothèse.

Selon l'hypothèse 2, on devrait obtenir la même proportion d'^{18}O dans les molécules de dioxygène que dans les molécules d'H_2O. C'est ce qui est observé ici, donc on peut valider cette hypothèse.

Selon l'hypothèse 3, on devrait obtenir une proportion intermédiaire d'^{18}O dans les molécules de dioxygène que dans les molécules d'H_2O et de CO_2. Ce n'est pas le cas, donc on peut réfuter cette hypothèse.

Pour conclure, le dioxygène s'est formé à partir des atomes d'oxygène des molécules d'eau.

Méthode 2 Formuler des hypothèses et leurs conséquences vérifiables

SUJET Le cycle de Calvin Benson

Le cycle de Calvin est une suite de réactions biochimiques qui se déroulent dans les chloroplastes des végétaux et qui permet de produire du glucose à partir du dioxyde de carbone. Les différentes étapes peuvent être simplifiées sous la forme de trois réactions successives et cycliques (**Doc 1**).

Doc 1

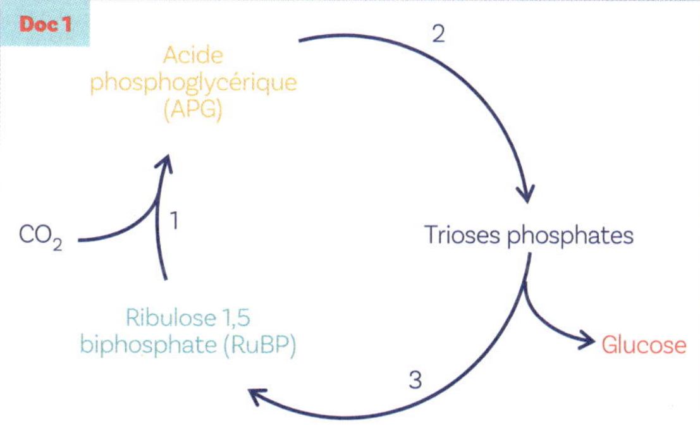

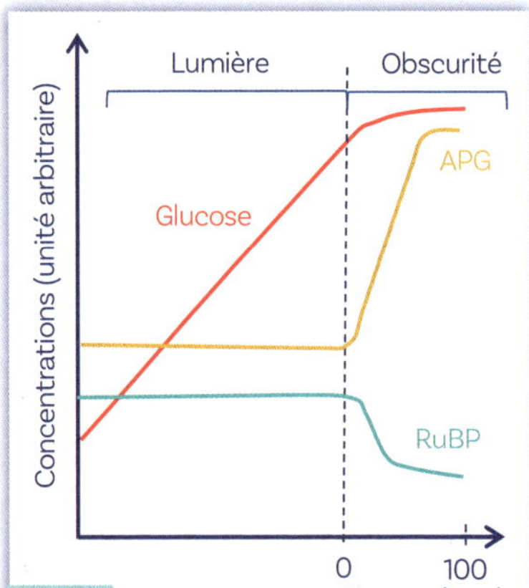

Doc 2

Pour déterminer à quelle étape interviennent les produits de la photolyse (électrons et protons), on mesure au cours du temps la concentration de différentes molécules en présence ou en absence de lumière (**Doc 2**).

Consigne : Détermine comment évolueraient les concentrations d'APG, de RuBP et de trioses phosphates si les réactions 1, 2 ou 3 étaient bloquées. Exploite alors les résultats de l'expérience pour déterminer quelle réaction nécessite les produits de la photolyse.

CONSEILS

- Identifie deux phases expérimentales correspond à un changement de conditions et observe les modifications liées au passage de l'une à l'autre.
- Détermine pour chaque réaction (1, 2 et 3) quelle molécule s'accumulerait et quelle molécule disparaîtrait si la réaction n'avait pas lieu.

+ d'aide ?
Voir p. 129

CORRIGÉ

À partir du **document 1**, on peut prédire que :
- l'arrêt de la réaction 1 entraînerait une hausse du RuBP et une disparition de l'APG et des trioses phosphates, puisqu'elle consomme le RuBP ;
- l'arrêt de la réaction 2 entraînerait une hausse de l'APG et une disparition de du RuBP et des trioses phosphates, puisqu'elle consomme l'APG ;
- l'arrêt de la réaction 3 entraînerait une hausse des trioses phosphates et une disparition du RuBP et de l'APG, puisqu'elle consomme les trioses phosphates.

On voit dans le **document 2** que les concentrations d'APG et de RuBP stagnent au cours du temps en présence de lumière, alors que la concentration de glucose augmente, signe que le cycle de Calvin fonctionne.

> Commence par décrire la phase lumière, qui correspond ici à la situation témoin, en présence de coenzymes réduits.

En l'absence de lumière, il n'y a pas de photolyse de l'eau, plus de production de d'électrons et protons et plus de production de glucose.

> Utilise tes connaissances pour mieux expliquer les résultats de l'expérience.

On constate qu'en l'absence de lumière, il y a une hausse d'APG et une baisse de RuBP : on en déduit que la réaction 1 se déroule, mais pas la réaction 2.
La stagnation de la concentration de glucose s'explique par le fait que la réaction 3 ne peut avoir lieu faute de trioses phosphates formés lors de la réaction 2.

On peut ainsi conclure que les coenzymes réduits produits lors de la photolyse de l'eau sont indispensables à la réaction 2 du cycle de Calvin.

Méthode 3 Exploiter des données expérimentales sur des schémas structuraux

SUJET L'expérience d'Engelman

Une préparation microscopique, réalisée en plaçant une algue verte filamenteuse entre lame et lamelle dans une goutte d'eau, est éclairée par un spectre de la lumière (juxtaposition de bandes de lumières colorées correspondant aux différentes longueurs d'onde).

Des bactéries mobiles, recherchant le dioxygène, sont alors ajoutées dans la préparation. Le schéma ci-dessous présente la répartition des bactéries après quelques minutes.

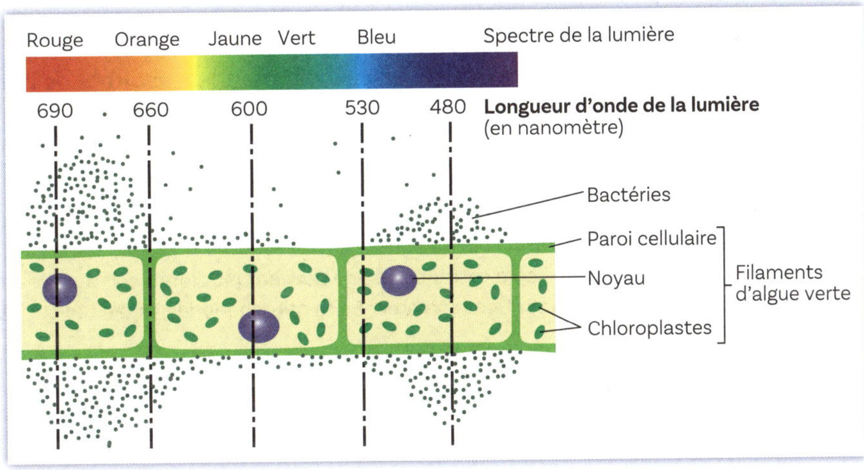

Consigne : À partir de l'exploitation du document et de tes connaissances, explique la répartition particulière de ces bactéries mobiles.

CONSEILS

- Observe bien les légendes pour comprendre comment chaque élément est figuré, notamment ici les bactéries.
- Attention à bien utiliser le document proposé pour répondre à la question posée, qui peut être différente de celle étudiée en classe à l'aide d'un document similaire.

+ d'aide ? Voir p. 128

CORRIGÉ

On voit que les bactéries sont plus nombreuses dans les zones du filament de l'algue verte qui sont éclairées par les longueurs d'onde correspondant aux lumières rouge-orange (690 à 660 nm) et bleue (530 à 450 nm). On sait que les plantes n'utilisent qu'une partie des longueurs d'ondes pour réaliser la photosynthèse, notamment celles correspondant à la lumière bleue et au rouge : il y a donc plus de

Attention, le but ici est d'expliquer la répartition des bactéries, et pas de déduire de cette répartition quelle longueur d'onde permet la meilleure production de dioxygène.

dioxygène autour du filament d'algue pour les longueurs d'ondes correspondant au bleu et rouge.

Les bactéries mobiles, qui recherchent le dioxygène, se sont donc accumulées dans les zones où la quantité de dioxygène était la plus importante.

Méthode 4 Exploiter des données ExaO

SUJET La réaction de Hill

Vers la fin des années 1930, Robert Hill, biochimiste anglais, émet l'hypothèse que la production de dioxygène par des chloroplastes nécessite la présence d'un accepteur d'électrons (un oxydant) en plus de la lumière.

Consigne : Valide ou invalide l'hypothèse de Hill en exploitant les résultats de l'expérience proposée.

Doc 1 Protocole expérimental

On réalise un broyat de feuilles d'épinards de manière à obtenir une suspension de chloroplastes. Lors du broyage, les chloroplastes sont lésés, de sorte que les composés réduits naturellement présents se trouvent dilués dans le milieu d'extraction et ne peuvent plus intervenir dans les réactions. La suspension de chloroplastes contient également des mitochondries, organites qui jouent un rôle dans la respiration cellulaire.

Cette suspension est placée dans une enceinte permettant de suivre les variations de la teneur du milieu en dioxygène.

- Entre t = 0 et t = 3 min, la suspension est laissée à l'obscurité ;
- Entre t = 3 min et t = 8 min, la suspension est éclairée ;
- Entre t = 8 min et t = 10 min, la suspension est de nouveau à l'obscurité.

Le réactif de Hill est un accepteur d'électrons : lorsqu'il accepte un électron, il passe de l'état oxydé à l'état réduit. Il est ajouté à t = 5 min dans la suspension.

Doc 2 Évolution de la concentration en dioxygène dans une suspension de chloroplastes

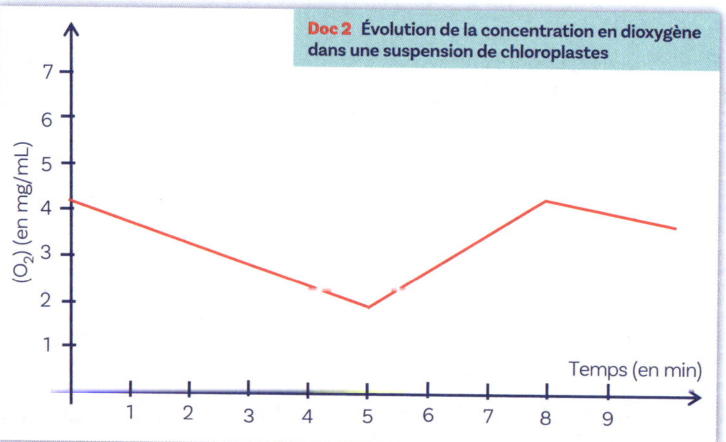

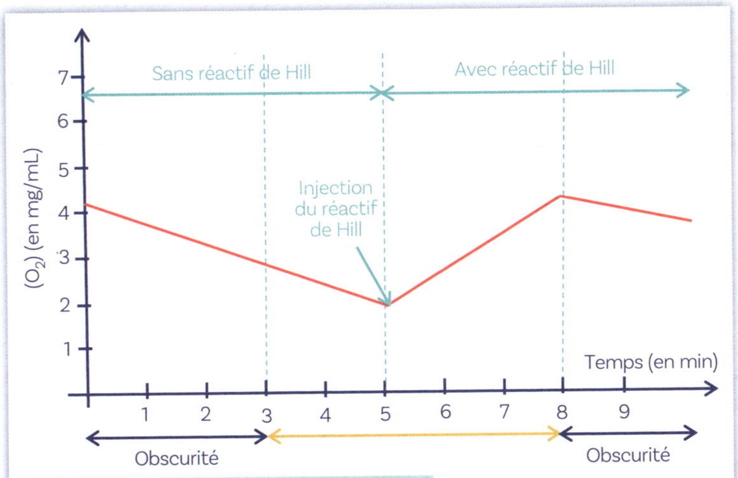

Doc 3 Évolution de la concentration en dioxygène dans une suspension de chloroplastes

Note : l'expérience comporte 4 phases distinctes.

CONSEILS

- Rappelle-toi que la respiration cellulaire réalisée par les mitochondries consomme du dioxygène
- L'exploitation des données nécessite de comprendre les conditions expérimentales : étudie attentivement le protocole dans un premier temps, et ajoute les informations nécessaires sur le graphique pour en faciliter la lecture en différentes phases expérimentales.

CORRIGÉ

> Décris chacune des phases expérimentales et explique ensuite ces résultats.

On voit qu'à l'obscurité, sans réactif de Hill, le taux d'O_2 diminue dans la suspension de chloroplaste. Le **document 1** nous indique que le milieu contient aussi des mitochondries, organites de la respiration cellulaire. On en déduit qu'a l'obscurité, la baisse de la concentration d'O_2 est liée à la présence des ces mitochondries.

Lorsque cette suspension est placée à la lumière, la teneur en O_2 continue de baisser : on peut en déduire que la lumière n'a pas d'effet sur le système sans réactif de Hill. La respiration continue et il semble ne pas y avoir de photosynthèse produisant du O_2.

Lorsque le réactif de Hill est ajouté à la suspension éclairée, on observe une hausse de la teneur en O_2. Le **document 1** nous indique que le réactif de Hill est un accepteur d'électron. On peut déduire que la production d'O_2 nécessite un accepteur d'électron.

> Attention, le seul paramètre qui change après la 5e minute de l'expérience est l'ajout du réactif : on ne peut conclure que sur ce paramètre, et pas sur le rôle de la lumière.

Enfin, lorsque la suspension avec le réactif de Hill n'est plus éclairée, la teneur en O_2 baisse de nouveau : on peut donc en déduire que la production d'O_2 nécessite de la lumière en plus d'un accepteur d'électrons.

> L'accepteur d'électron est toujours présent après la 8e minute : le seul paramètre qui change avant et après la 8e minute est donc la lumière.

On peut donc conclure que la production d'O_2 nécessite un accepteur d'électrons et donc que l'hypothèse de Hill est validée.

Chapitre 8 La plante, productrice de matière organique

Tu viens de voir les notions à connaître sur la plante, productrice de matière organique. Pour t'aider à retenir l'essentiel et t'entraîner pour le Bac, voici ton kit de révisions clé en mains conçu par SchoolMouv !

Vidéo

Pour mieux comprendre et t'en souvenir à coup sûr, regarde la vidéo. C'est parfois bien plus clair en images.

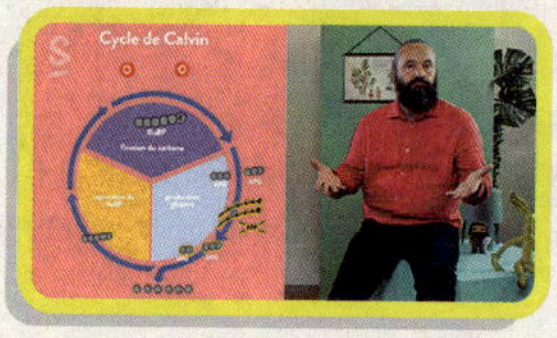

Vidéo **La plante, productrice de la matière organique grâce à la photosynthèse**

https://flashbelin.fr/focusbacschoolmouv/svt/8

Contenu additionnel

Voici un bonus autour du même sujet. La curiosité n'est pas toujours un vilain défaut. Il suffit de créer ton compte pour avoir accès à plein de contenus supplémentaires.

Fiche **La plante, productrice de la matière organique grâce à la photosynthèse**

https://www.schoolmouv.fr/eleves/cours/la-plante-productrice-de-la-matiere-organique-grace-a-la-photosynthese/fiche-de-cours

Tchat avec un prof

Pour poser toutes tes questions à un prof particulier, découvre l'abonnement tchat. Tu peux le tester gratuitement pendant 7 jours : fini les questions sans réponses, tu vas devenir incollable.

https://focusbac.schoolmouv.fr/offre

Le Focus de SchoolMouv

Les phases de la photosynthèse

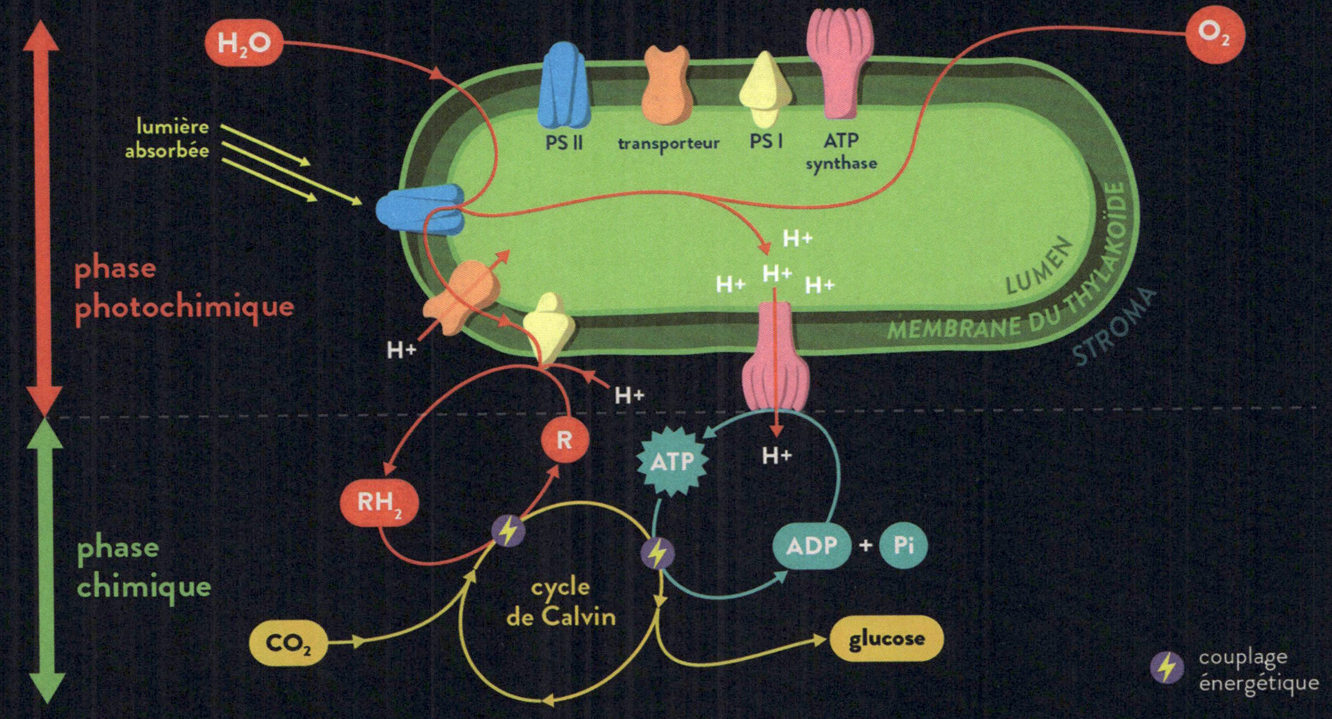

THÈME 3

9 Reproduction entre vie fixée

RÉVISIONS 1re

Un quiz avant de commencer

1. Vrai ou faux ?

	Vrai	Faux
1 La fécondation est la fusion d'un gamète male et d'un gamète femelle.	☐	☐
2 Les plantes ne peuvent se reproduire que par reproduction sexuée.	☐	☐
3 La pollinisation chez les plantes correspond à la fécondation chez les animaux.	☐	☐
4 La fécondation chez la plante à fleur permet la formation d'une graine.	☐	☐
5 La fleur produit des cellules sexuelles.	☐	☐
6 Le pollen représente les gamètes femelles chez la plante à fleur.	☐	☐
7 La reproduction sexuée implique la production de gamète par méiose.	☐	☐
8 La reproduction asexuée a lieu par division cellulaire mitotique.	☐	☐

2. Coche la ou les bonne(s) réponse(s).

1. Les grains de pollen :

- a se retrouvent sur le pistil lors de la pollinisation. ☐
- b correspondent au gamète mâle. ☐
- c peuvent être transportés par le vent ou des insectes. ☐
- d se transforment en graines après la fécondation. ☐

2. Le fruit :

- a provient de la transformation d'une partie de la fleur après fécondation. ☐
- b renferme des graines. ☐
- c se forme que la reproduction sexuée ait eu lieu ou non. ☐
- d se forme par reproduction asexuée. ☐

3. Chez les plantes, la reproduction sexuée :

- a nécessite l'intervention de gamètes mâles et femelles. ☐
- b entraîne toujours la formation d'un fruit. ☐
- c nécessite la pollinisation, mais pas la fécondation. ☐
- d nécessite le plus souvent l'intervention de l'homme. ☐

Réponses : 1. 1. Vrai - **2.** Faux - **3.** Faux - **4.** Vrai - **5.** Vrai - **6.** Faux - **7.** Vrai - **8.** Vrai
• **2. 1.** a, c - **2.** a, b - **3.** a, b.

de la plante : et mobilité

L'ESSENTIEL EN 4 POINTS

Comment les plantes peuvent elles se reproduire ?

1

Deux modalités de reproduction

Les plantes peuvent se multiplier par reproductions sexuée et asexuée. La **reproduction sexuée** fait intervenir la **fleur**, organe où se trouvent les gamètes mâles et femelles. La **reproduction asexuée** permet la formation d'un **clone** à partir d'un fragment de végétal. > p. 144

Comment le gamète male peut-il atteindre le gamète femelle ?

2

La pollinisation

L'**autofécondation** est parfois possible, voire obligatoire. Dans d'autres cas, une **fécondation croisée** est nécessaire. La **pollinisation** repose dans la majorité des cas sur une **collaboration** entre la plante et un pollinisateur. Dans d'autres cas, le **vent** peut aussi transporter le pollen d'une fleur à l'autre. > p. 145

Comment se forme la graine et quel est son rôle dans la reproduction ?

3

Formation et rôle de la graine

La **fécondation** aboutit à la formation d'un **fruit** contenant des graines. La **graine** contient le futur embryon qu'elle protège et nourrit. > p. 146

Comment la plante disperse-t-elle sa descendance ?

4

La dispersion des graines

La **mobilité** de la descendance est assurée par la **dispersion** des graines selon plusieurs modalités. Des **agents physiques**, comme le vent ou l'eau, peuvent disperser les graines, tout comme les animaux. Parfois, la plante assure la dispersion de ces graines par des **dispositifs** qui lui sont **propres**. > p. 147

LE COURS en 4 fiches

1 Deux modalités de reproduction

Idées clés

→ Les plantes se reproduisent *via* deux modalités : **reproduction sexuée** et **reproduction asexuée**.

→ La **reproduction sexuée** fait intervenir chez les **angiospermes** la fleur, qui porte les **gamètes mâles et femelles**.

→ La **reproduction asexuée** ne fait, elle, intervenir **ni gamètes ni fécondation** : un **clone** est produit à partir d'un fragment végétal.

→ La reproduction asexuée est possible car les **cellules végétales** sont **totipotentes** et la croissance végétale indéfinie.

Des pistes pour argumenter

• **La reproduction asexuée :** utilise les données d'une expérience de micro-propagation ou de bouturage pour illustrer l'obtention d'un individu complet à partir d'un fragment végétal.

• **La reproduction sexuée :** argumente en évoquant une expérience dans laquelle la rencontre des gamètes mâles et femelles est rendue impossible par manipulation.

Coup d'œil

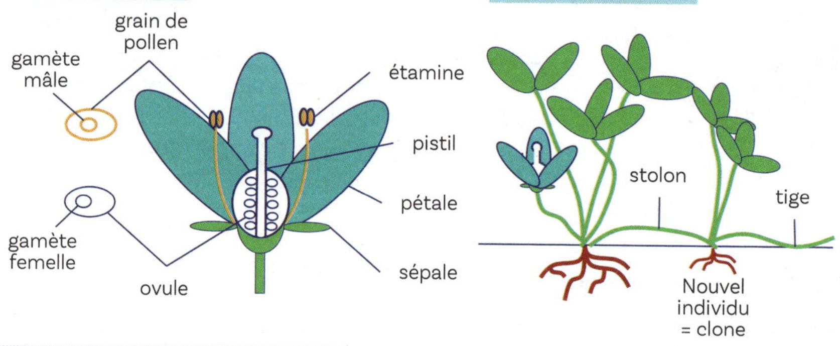

À la loupe

• La **fleur** est l'organe clé de la **reproduction sexuée**, caractérisé par la **fécondation** (rencontre des gamètes mâle et femelle). Les **étamines** portent les **grains de pollens**, vecteurs de transport des **gamètes males**. Le **pistil** abrite des **ovules végétaux**, où se trouvent les **gamètes femelles**.

• La **reproduction asexuée** se base sur la capacité des cellules végétales à **se différencier** en n'importe quelle autre cellule de l'organisme : elles sont dites **totipotentes**. De plus, la **croissance végétale** est **indéfinie**, ce qui permet l'obtention d'un nouvel organisme complet.

• La **nouvelle plante** qui naît d'un fragment de végétal (tige, feuille ou racine) est génétiquement **identique** à la plante dont proviennent ces cellules : c'est un **clone**.

→ Voir lexique p. 345

2 La pollinisation

Idées clés

→ On appelle « pollinisation » le dépôt d'un grain de pollen sur le **pistil** d'une fleur.

→ Lorsque le grain de pollen provient de la **même fleur** ou d'une **fleur du même individu**, on parle d'**autopollinisation**.

→ Divers **mécanismes d'incompatibilité** rendent parfois l'**autofécondation** impossible : la **pollinisation** est alors **croisée**.

→ Le **transport** des grains de pollen d'une plante à l'autre peut être assuré par le **vent** ou par des **animaux pollinisateurs**.

→ Les **structures** de la fleur et du pollen sont adaptées à la **modalité de transport** des grains de pollens.

Des pistes pour argumenter

• **L'autopollinisation/pollinisation croisée :** base ton argumentation sur des expériences dans lesquelles des fleurs sont enfermées dans des sachets hermétiques.

• **L'adaptation des fleurs au mode de transport du pollen :** argumente en comparant deux fleurs aux caractéristiques et aux modes de transport du pollen qui diffèrent.

Coup d'œil

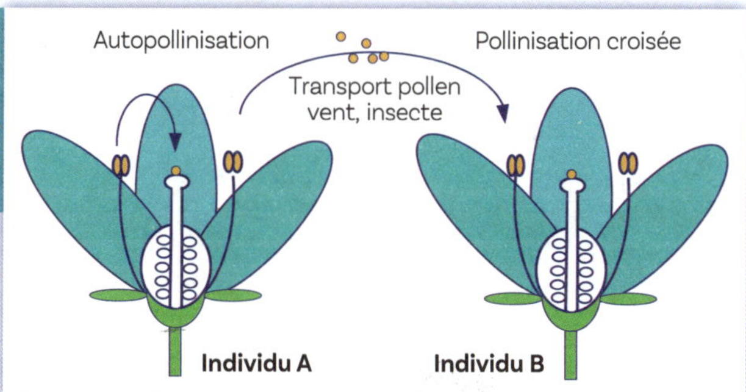

À la loupe

• Pour que la fécondation soit possible, il est nécessaire que le **grain de pollen**, vecteur du **gamète mâle**, se retrouve sur le **stigmate** de la fleur : c'est la **pollinisation**.

• Lorsque le grain de pollen provient de la **même fleur** ou d'une **fleur du même individu**, on parle d'**autopollinisation** ; l'**autofécondation** est alors **possible**, voire obligatoire.

• Dans certains cas, des mécanismes d'**incompatibilité** empêchent l'autofécondation.

• Pour certaines espèces, l'**autopollinisation** n'est **pas possible** : maturité décalée des étamines et du pistil, position des pièces florales, etc. Dans ce cas, la **pollinisation croisée** est obligatoire.

• La **mobilité** du grain de **pollen** est assurée par le **vent** (**anémogamie**) ou par les **animaux** (**zoogamie**), principalement les **insectes** (**entomogamie**).

• Le transport par le **vent** nécessite des grains de pollen **de petite taille et légers**. Les fleurs sont souvent peu colorées et ne produisent pas de nectar.

• Diverses **adaptations** permettent d'attirer les **insectes** (couleur, odeur, nectar) qui **transportent** les grains de pollens d'une fleur à l'autre.

→ Voir lexique p. 345

3 Formation et rôle de la graine

Idées clés

→ Le grain de **pollen germe sur le stigmate**, ce qui permet la **rencontre des gamètes** mâle et femelle : c'est la **fécondation**.

→ **Après la fécondation**, la fleur se transforme en un **fruit**, qui renferme des graines.

→ La **graine protège l'embryon** et contient **des réserves nutritives** utiles aux premières étapes de son développement.

Coup d'œil

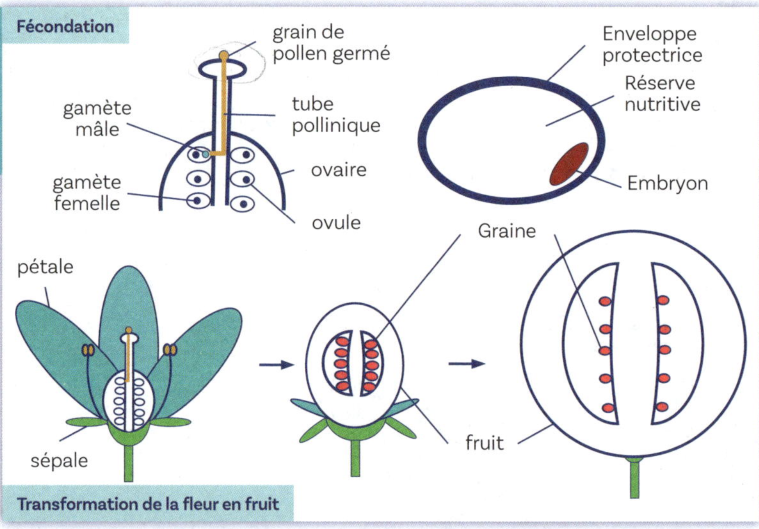

À la loupe

- Après la pollinisation, le **grain de pollen** présent sur le stigmate va **germer** et **former un long tube** : le **tube pollinique**. Celui-ci permet au gamète mâle d'**atteindre les gamètes femelles** présents dans les ovaires.
- Suite à la fécondation, de nombreuses **pièces florales disparaissent** (**pétales** et **sépales**) et d'autres **se transforment** pour finalement former un **fruit**.
- Le **fruit** contient des **graines** qui jouent un double rôle : **protéger** et **nourrir l'embryon** de la future plante.
- Les **molécules de réserves** accumulées dans la graine sont de **natures chimiques différentes** selon les espèces : glucides (amidon), lipides (huiles) ou protéines. L'homme détourne parfois ces réserves à son profit.

Des pistes pour argumenter

- **La nature des réserves :** évoque les tests chimiques permettant de différencier la nature chimique des réserves : eau iodée pour l'amidon, test du biuret pour les protéines, rouge soudan pour les lipides.
- **Le rôle de la graine :** relie les structures de la graine à leurs fonctions en utilisant un schéma simple (voir ci-dessus).
- **Le rôle des réserves :** argumente en présentant des données qui montrent la disparition des réserves au cours de la croissance (cotylédon de haricot par exemple).

→ Voir lexique p. 345

4 La dispersion des graines

Idées clés

→ Pour éviter la **compétition entre la plante mère et sa descendance**, la dispersion des graines ou des fruits est nécessaire.

→ La **dispersion** des graines est une **étape de mobilité** dans la reproduction de la plante.

→ Elle peut faire intervenir des **agents extérieurs**, comme le vent ou l'eau, ou être assurée **par la plante** elle-même.

→ Des **interactions mutualistes**, liées à une **coévolution**, favorisent la dispersion des graines par des **animaux disperseurs**.

→ Les **caractéristiques** des graines/fruits sont **adaptées** à leur mode de dissémination.

Des pistes pour argumenter

La dispersion des graines : argumente en illustrant tes propos avec quelques exemples connus : fruit du bardane (poils), fruit du lierre (oiseaux), fruit de la balsamine (auto-dispersion), fruit du nénuphar (eau), fruit du pissenlit (vent).

Coup d'œil

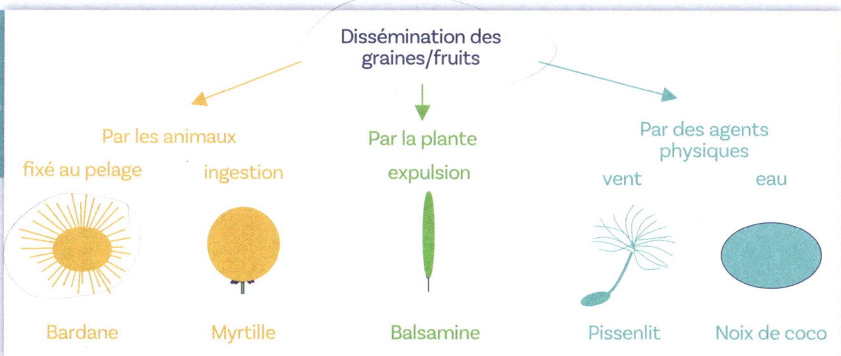

À la loupe

- De nombreux **mécanismes de dispersions** des graines ont été **sélectionnés** au cours du temps.
- Dans certains cas, la plante possède des **dispositifs particuliers** qui favorisent cette dispersion : les graines sont projetées à plus ou moins grande distance par ouverture brutale du fruit (ex. : explosion du fruit de la balsamine).
- Des **agents physiques** peuvent également participer à la **dispersion des fruits**. Les fruit légers et plumeux, comme ceux du pissenlit, sont transportés par le **vent**. La flottaison de la graine de nénuphar facilite sa dispersion par l'**eau**.
- La bardane produit des fruits secs munis de crochets qui se fixent dans le pelage ou le plumage des animaux. Les graines sont ainsi dispersées **de manière involontaire** par les **animaux**.
- Les animaux participent également à la dispersion des graines en se nourrissant de fruits charnus qui possèdent une chair savoureuse. Ces **interactions mutualistes** bénéfiques à l'animal et à la plante sont le **résultat d'une coévolution**.

→ Voir lexique p. 345

MÉMO VISUEL

- Reproduction de la plante : entre vie fixée et mobilité -

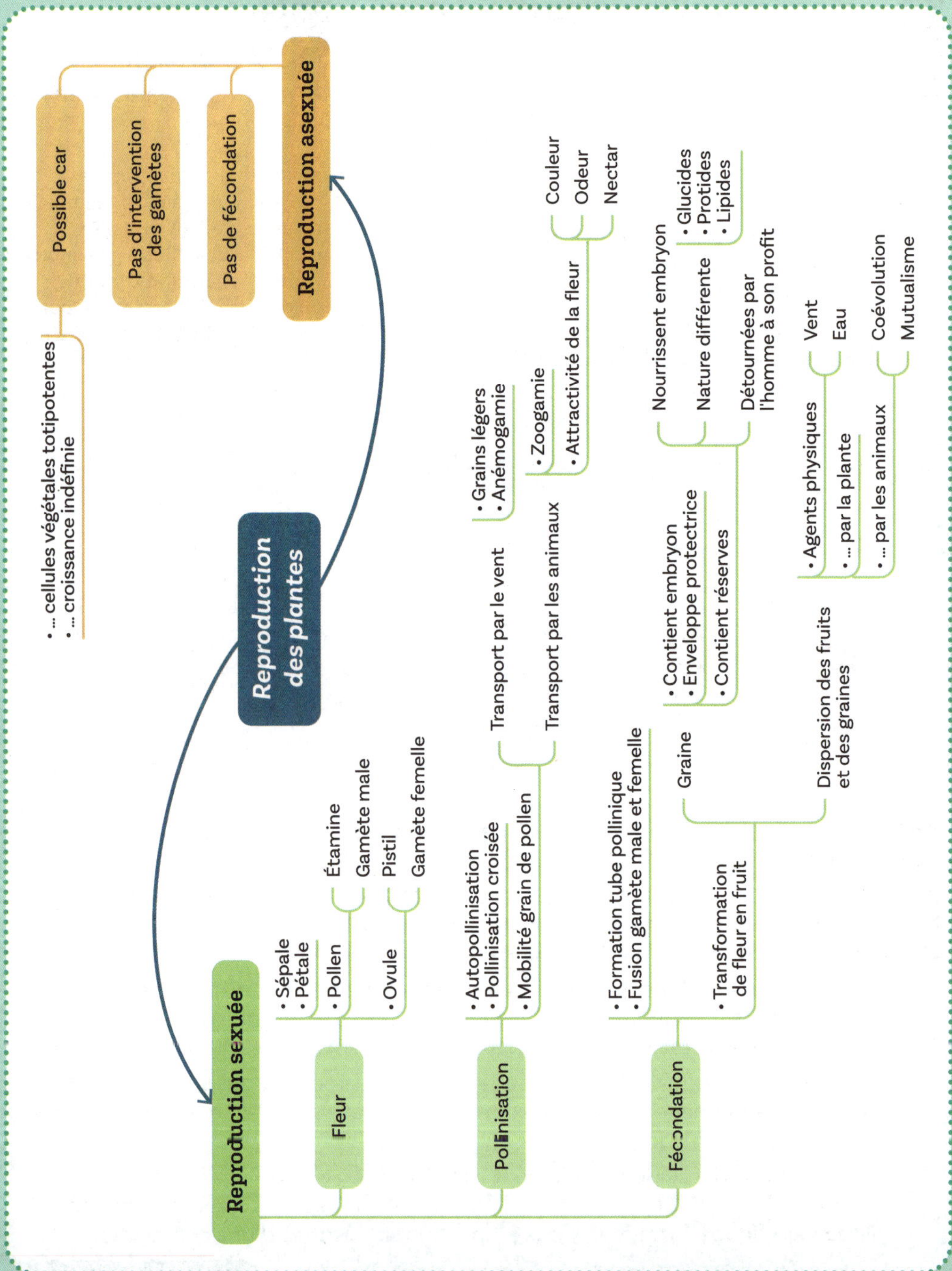

SE TESTER

QCM

1. Coche la ou les bonne(s) réponse(s).

1. La reproduction des plantes à fleurs :

- **a** fait obligatoirement intervenir la fleur. ☐
- **b** peut se faire selon deux modalités : reproduction sexuée et asexuée. ☐
- **c** est possible par voie asexuée, car les cellules végétales sont totipotentes. ☐
- **d** par voie sexuée, ne fait intervenir ni gamètes ni fécondation. ☐

2. Le pollen :

- **a** correspond au gamète femelle. ☐
- **b** peut être transporté par le vent ou par des animaux. ☐
- **c** représente l'embryon de la future graine. ☐
- **d** est de petite taille et léger lorsqu'il est transporté par le vent. ☐

3. Le fruit :

- **a** provient de la transformation de certaines parties de la fleur. ☐
- **b** renferme des graines contenant des molécules de réserve. ☐
- **c** se forme avant la pollinisation. ☐
- **d** se forme avant la fécondation. ☐

4. La dispersion des graines :

- **a** est assurée uniquement par le vent ou les animaux. ☐
- **b** est assurée parfois par la plante elle-même. ☐
- **c** résulte obligatoirement d'interactions mutualistes lorsqu'elles sont réalisées par des animaux. ☐
- **d** est nécessairement le résultat d'une coévolution plante-animal. ☐

2. Vrai ou faux ?

		Vrai	Faux
1	Les plantes peuvent se reproduire selon deux modalités : reproduction sexuée et asexuée.	☐	☐
2	Les grains de pollens sont portés par les stigmates.	☐	☐
3	Les gamètes mâles se trouvent dans des ovules.	☐	☐
4	La reproduction sexuée produit des clones.	☐	☐
5	Lorsque deux fleurs de deux individus interviennent, on parle de pollinisation croisée.	☐	☐
6	La pollinisation correspond à la rencontre des gamètes mâle et femelle.	☐	☐
7	Le transport des grains de pollens par le vent se nomme « entomogamie ».	☐	☐
8	La graine protège l'embryon et contient des réserves.	☐	☐
9	Le tube pollinique se forme après la fécondation du grain de pollen.	☐	☐
10	La dispersion des graines et toujours assurée par des agents physiques.	☐	☐
11	La dispersion des graines par les animaux provient d'un processus de coévolution.	☐	☐

3. Complète le schéma à l'aide des termes suivants.

a. *pétale* – **b.** *sépale* – **c.** *étamine* – **d.** *stigmate* – **e.** *ovule* – **f.** *ovaire.*

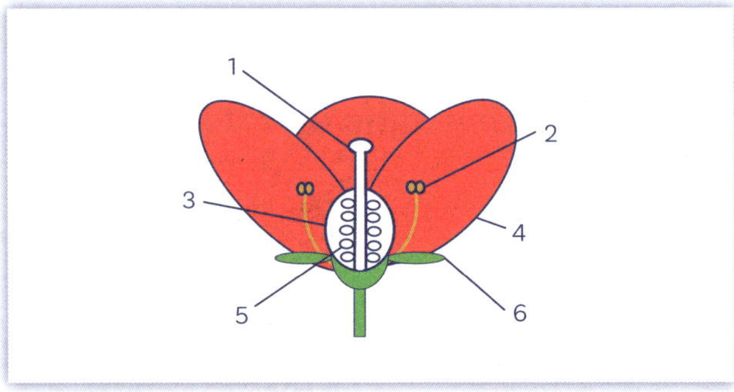

4. Réponds aux questions posées sur ces mémo cartes.

1. Deux modalités de reproduction

- Quel est l'organe essentiel de la reproduction sexuée ?
- Qu'est ce qui rend possible la reproduction asexuée chez les plantes ?
- Pourquoi les descendants issus de la reproduction sexuée sont-ils qualifiés de clones ?

2. La pollinisation

- Qu'appelle-t-on « pollinisation » ?
- Qu'est-ce qu'une autopollinisation ?
- Comment le transport des grains de pollens d'une plante à l'autre est-il assuré ?

3. Formation et rôle de la graine

- Quelle est la différence entre pollinisation et fécondation ?
- Quel est le rôle du tube pollinique et où se forme-t-il ?
- Quels sont les différents éléments qui constituent la graine ?

4. La dispersion des graines

- Quelles sont les différentes modalités de dispersion des graines ?
- Pourquoi qualifie-t-on la dispersion de certaines graines par les animaux d'interactions mutualistes ?

Réponses : 1. 1. b, c – **2.** b, d – **3.** a, b – **4.** b • **2. 1.** Vrai – **2.** Faux – **3.** Faux – **4.** Vrai – **5.** Vrai – **6.** Faux – **7.** Faux – **8.** Vrai – **9.** Faux – **10.** Faux – **11.** Vrai • **3. 1.** d – **2.** c – **3.** f – **4.** a – **5.** e – **6.** b.

SAVOIR-FAIRE

Méthode 1 Exploiter des photographies et des données expérimentales dans un tableau

SUJET Caractéristiques de la fleur et pollinisation

Doc 1 Deux espèces de *Mimulus*

Doc 2 Caractéristiques des deux espèces de *Mimulus*

	Mimulus lewisii (photo A)	*Mimulus cardinalis* (photo B)
Quantité moyenne de nectar (en µL)	25	75
Pollinisation par les bourdons	82 %	0,4 %
Pollinisation par les oiseaux mouches	18 %	99,6 %

Mimulus lewisii (photo A) et *Mimulus cardinalis* (photo B) sont deux espèces végétales présentent dans la Sierra Nevada, dans l'ouest de l'Amérique du Nord. Dans cette zone, on ne trouve aucune plante hybride. En revanche, on peut obtenir des hybrides interfertiles en déposant artificiellement du pollen d'une espèce sur le pistil de l'autre espèce.

Consigne : **En exploitant les données présentées ci-dessous et tes connaissances, explique comment les caractéristiques des fleurs des deux espèces entraînent l'absence de formation d'hybride en milieu naturel.**

CONSEILS

- Deux documents sont proposés : il faut donc relever les informations utiles à la réponse du problème dans les deux documents proposés.
- Mobilise tes connaissances sur la pollinisation, qui est nécessairement croisée pour obtenir un hybride.
- Explique l'absence d'hybride en évoquant notamment les préférences des pollinisateurs pour chaque fleur.

+ d'aide ?
Voir p. 141

CORRIGÉ

On voit que *Mimulus lewisii*, de couleur violette, produit peu de nectar et attire principalement les bourdons, alors que *Mimulus cardinalis*, de couleur rouge et produisant plus de nectar, attire principalement les oiseaux mouches.

Note les caractéristiques qui diffèrent d'une fleur à l'autre (couleur, quantité de nectar, principal pollinisateur).

Ainsi, chaque fleur est pollinisée en priorité par un type de pollinisateur particulier : les bourdons pour *Mimulus lewisii* et les oiseaux mouches pour *Mimulus cardinalis*. On sait que l'hybridation croisée nécessite un déplacement de grains de pollens d'une fleur d'un individu à la fleur d'un autre individu. Chez les plantes étudiées, ce sont des animaux qui assurent le transport des grains de pollen. Comme les deux types de fleur sont très majoritairement pollinisés par deux types de pollinisateurs différents, on peut en déduire que la formation d'hybride dans la nature est peu probable.

Méthode 2 Exercer son esprit critique en comparant des moyennes

SUJET Coévolution fleur/pollinisateur

Les mouches *Moegistorhynchus longirostris* se nourrissent du nectar produit par les fleurs de *Lapeirousia anceps*. Le nectar se situe au fond d'un tube floral qui atteint plusieurs centimètres de long (**Doc 1**). Les mouches possèdent une trompe (un proboscis) qui peut atteindre 8 cm de long. Selon la taille de la trompe et du tube floral au fond duquel se situe le nectar, la mouche doit se rapprocher plus ou moins des étamines qui portent le pollen. Si le tube est court (ou la trompe longue), le nectar est prélevé sans que la mouche ne transporte de pollen. Si le tube est long (ou la trompe courte), le pollen est transporté et le nectar n'est pas consommé.

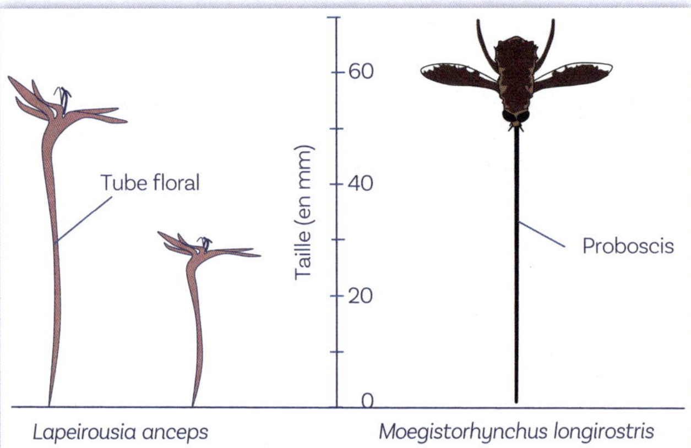

Doc 1 Mesure de la taille du tube floral de *L. anceps* et du proboscis de *M. longirostris*

Consigne : Analyse les données des documents et proposes-en une explication à l'aide de tes connaissances.

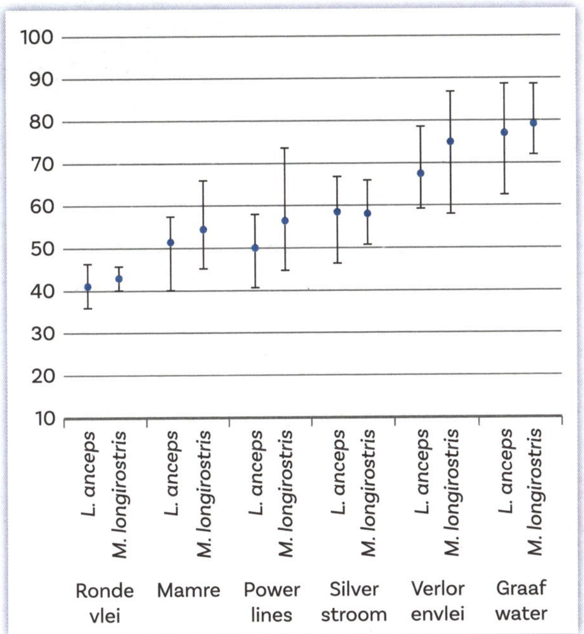

Doc 2 Longueur du tube floral de *L. Anceps* et du proboscis de *M. longirostris* dans différentes localités d'Afrique du Sud (en mm)

CONSEILS

- Décris d'abord les résultats et relève ce qu'il y a de particulier pour pouvoir ensuite proposer une explication.
- Repère les mots clés dans l'énoncé qui vont te permettre de mobiliser les connaissances en relation avec le sujet (ici, le mot « pollen »).

+ d'aide ? Voir p. 141

CORRIGÉ

D'après le **document 2**, on constate que la longueur moyenne du proboscis de la mouche *M. longirostris* varie entre 40 mm et 80 mm environ selon la zone géographique. La longueur moyenne du tube floral de *L. anceps* varie également de 40 mm à 80 mm selon la localisation. Mais pour une même zone géographique, on observe que les longueurs moyennes du tube floral et du proboscis sont très proches (moins de 10 mm d'écart).

> Évoque les paramètres mesurés (longueur proboscis et tube floral) et leurs variations selon le paramètre variable (zone géographique).

On peut en déduire que la taille du proboscis est adaptée à la longueur du tube floral et que, de la même manière, le tube floral est adapté à la longueur du proboscis.

> Mobilise tes connaissances sur la coévolution pour expliquer l'observation précédente.

On est donc en présence d'un cas de coévolution : chaque espèce a évolué et s'est adaptée aux caractéristiques de l'autre espèce, avec laquelle elle entretient une interaction mutualiste.

Ton **KIT DE SURVIE** pour le **BAC** avec SCHOOLMOUV

Chapitre 9 Reproduction de la plante : entre vie fixée et mobilité

Tu viens de voir les notions à connaître sur la reproduction des plantes. Pour t'aider à retenir l'essentiel et t'entraîner pour le Bac, voici ton kit de révisions clé en mains conçu par SchoolMouv !

Vidéo

Pour mieux comprendre et t'en souvenir à coup sûr, regarde la vidéo. C'est parfois bien plus clair en images.

Vidéo **Reproduction de la plante entre vie fixée et mobilité**

https://flashbelin.fr/focusbacschoolmouv/svt/9

Contenu additionnel

Voici un bonus autour du même sujet. La curiosité n'est pas toujours un vilain défaut. Il suffit de créer ton compte pour avoir accès à plein de contenus supplémentaires.

Fiche **Reproduction de la plante entre vie fixée et mobilité**

https://www.schoolmouv.fr/eleves/cours/reproduction-de-la-plante-entre-vie-fixee-et-mobilite/fiche-de-cours

Tchat avec un prof

Pour poser toutes tes questions à un prof particulier, découvre l'abonnement tchat. Tu peux le tester gratuitement pendant 7 jours : fini les questions sans réponses, tu vas devenir incollable.

https://focusbac.schoolmouv.fr/offre

Clonage *in vitro*

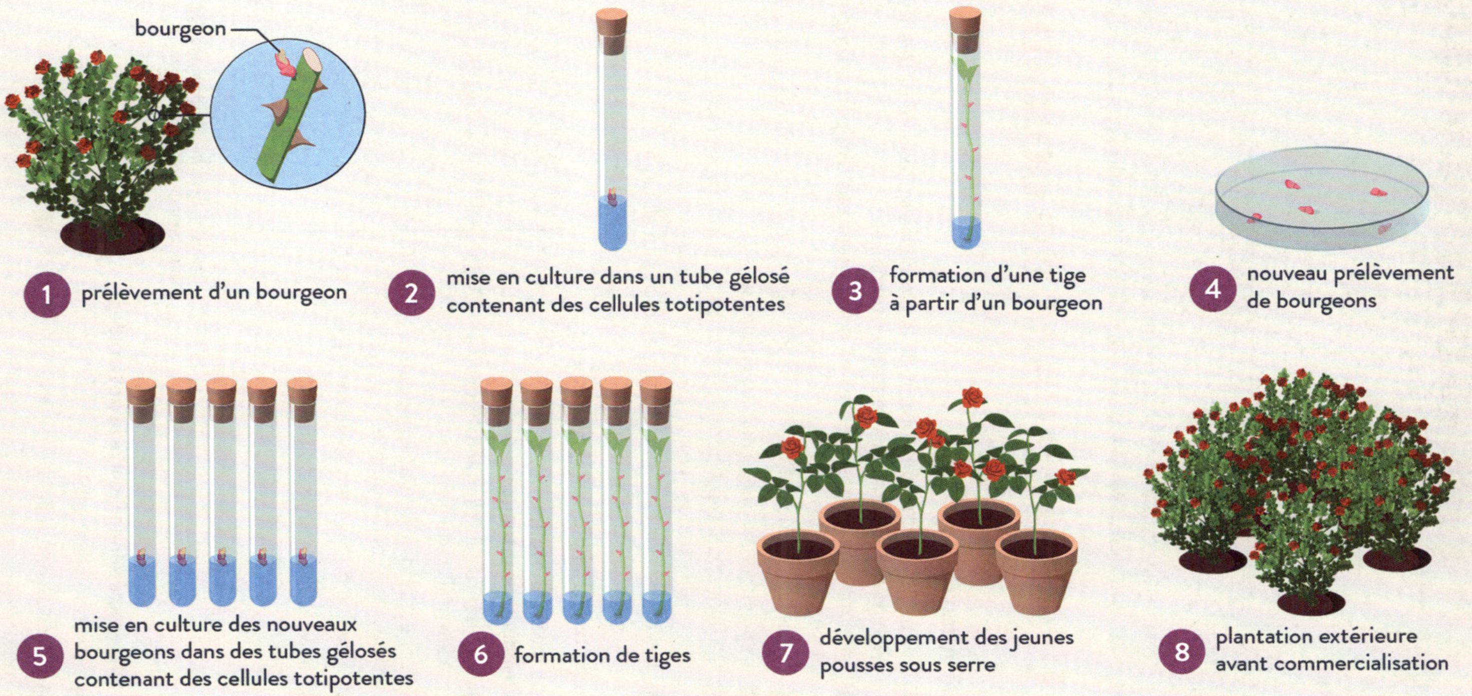

THÈME 3

10 La domestication

RÉVISIONS 1re

Un quiz avant de commencer

1. Vrai ou faux ?

	Vrai	Faux
1 Les agrosystèmes produisent de la biomasse qui couvre différents besoins de l'homme (alimentation, textile, etc.).	☐	☐
2 La plupart des agrosystèmes ne nécessitent pas d'apports d'engrais et de pesticides.	☐	☐
3 On nomme « intrant » la biomasse exportée des systèmes agricoles.	☐	☐
4 La sélection naturelle agit au hasard.	☐	☐
5 Certaines variations génétiques chez l'homme proviennent d'une sélection naturelle.	☐	☐
6 Les mutations sont une source de diversité allélique.	☐	☐

2. Coche la ou les bonne(s) réponse(s).

1. La masse moyenne des individus obtenus :

- a leur permet d'être mieux adaptés à leur milieu de vie. ☐
- b correspond aux caractéristiques souhaitées par l'homme. ☐
- c a évolué de manière aléatoire. ☐
- d a évolué de manière différente selon la pression sélective exercée. ☐

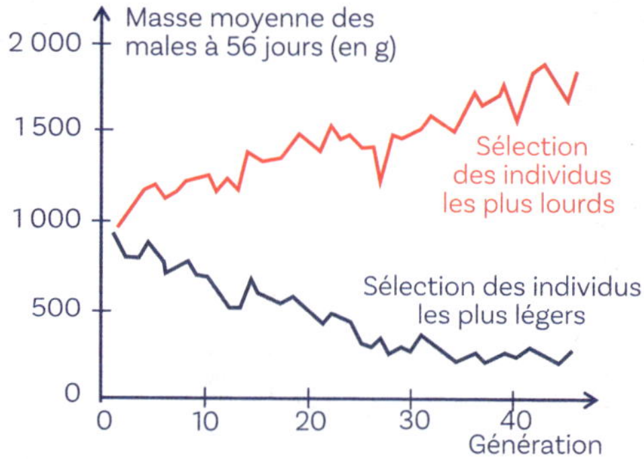

Évolution de la masse moyenne de poulets sélectionnés selon leurs poids

2. Cette expérience illustre la notion de :

- a sélection artificielle. ☐
- b sélection naturelle. ☐
- c dérive génétique. ☐
- d spéciation. ☐

Réponses : 1. 1. Vrai - **2.** Faux - **3.** Faux - **4.** Faux - **5.** Vrai - **6.** Vrai - • **2. 1.** b, d - **2.** a.

des plantes ORAL

L'ESSENTIEL EN 3 POINTS

Comment la sélection exercée par l'homme a-t-elle permis la domestication des plantes ?

1

De la plante sauvage à la plante domestiquée

La **sélection** exercée par l'être humain **sur les plantes cultivées** a retenu des **caractéristiques différentes** de celles qui étaient favorables à leurs ancêtres sauvages. Aujourd'hui, de nombreuses **techniques** favorisent la création de plus en plus rapide de **nouvelles variétés**. > p. 158

Comment la domestication des plantes a-t-elle modifié leur diversité ?

2

Diversité et fragilité des espèces cultivées

Une **espèce cultivée** présente souvent de **nombreuses variétés**. L'étude des **génomes** montre un **appauvrissement** global de la **diversité allélique** lors de la domestication. La perte de certaines caractéristiques des plantes sauvages favorise le **développement des maladies infectieuses** végétales. Ces **fragilités** doivent être compensées par des **pratiques culturales spécifiques**. > p. 159

Comment la domestication des plantes a-t-elle pu contribuer à l'évolution humaine ?

3

Domestication des plantes et histoire de l'humanité

La **domestication** des plantes, menée dans différentes régions du monde, a eu des **conséquences** importantes **dans l'histoire des populations humaines**. Elle a contribué à la **sélection de caractères génétiques humains** spécifiques. > p. 160

LE COURS en 3 fiches

1 De la plante sauvage à la plante domestiquée

Idées clés

→ L'**homme** exerce depuis des siècles une **sélection artificielle**, empirique ou programmée, sur les plantes afin d'en **optimiser les caractéristiques** à son profit : c'est la domestication.

→ Au cours de cette domestication, certains **caractères des plantes sauvages** utiles à leurs survies en milieu naturel n'ont pas été sélectionnés.

→ Une **relation mutualiste** s'est établie au cours du temps entre **plantes domestiquées et êtres humains**.

Coup d'œil

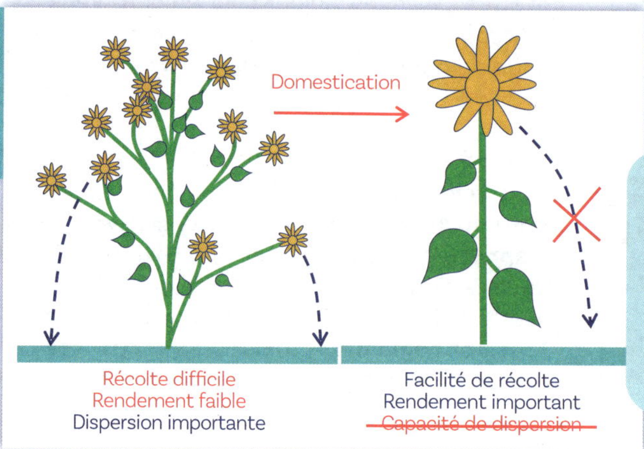

Des pistes pour argumenter

Plantes sauvages et domestiquées : compare les caractéristiques (taille des grains, mécanisme de défense, etc.) d'une plante sauvage et d'une plante domestiquée (ex. : carotte, maïs).

À la loupe

- Pour **domestiquer** les plantes, l'homme a **sélectionné** des **caractéristiques** favorables à **l'exploitation et au rendement** des plantes (vitesse de croissance, nombre de graines…), au détriment de certains caractères favorables à la survie en milieu naturel.
- Les plantes domestiquées présentent ainsi un **syndrome de domestication** et sont **dépendantes de l'intervention de l'homme** (apport d'engrais, de pesticide, dispersion des graines, etc.).
- Les **pratiques culturales**, notamment la **production de graines**, constituent un enjeu majeur pour nourrir l'humanité : la relation entre plantes domestiquées et êtres humains est ainsi une **relation de mutualisme**, ou chacun perçoit un avantage.
- Aujourd'hui, la **production de nouvelles variétés végétales** est accélérée par l'utilisation de **nouvelles techniques** (hybridation, utilisation des biotechnologies…).

→ Voir lexique p. 345

2 Diversité et fragilité des espèces cultivées

Idées clés

→ Globalement, la **domestication** est associée à un **appauvrissement de la diversité allélique.**

→ Une espèce cultivée présente souvent de nombreuses **variétés**, qui résultent de **mutations** : c'est une forme de **biodiversité**.

→ La **perte de certaines caractéristiques** des plantes sauvages et l'**extension** de leur culture les rendent sensibles face aux maladies et aux ravageurs.

→ Ces **fragilités** doivent être **compensées** par des **pratiques culturales spécifiques**.

Des pistes pour argumenter

- **La diversité génétique des plantes domestiquée :** compare la diversité allélique d'une plante domestiquée et de son ancêtre sauvage.
- **La variété des espèces cultivées :** évoque la variété importante des pommes ou des pommes de terre (plusieurs milliers dans chaque cas).

Coup d'œil

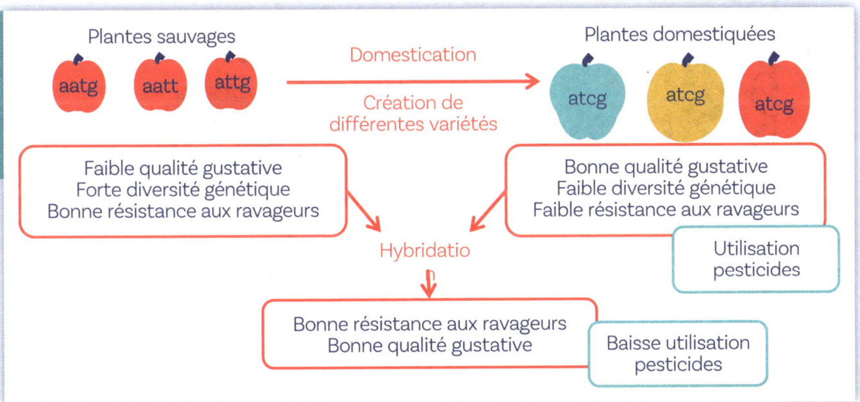

À la loupe

- L'**étude des génomes** des plantes domestiquées montrent une **plus faible diversité génétique** que celle des plantes sauvages. Cette diminution de la diversité génétique initiale est associée à la perte de certaines caractéristiques utiles à la survie des plantes (défenses chimiques, protection physique des graines, épines…).
- L'**absence de mécanismes de défense chez** les plantes domestiquées et **l'extension de leur culture** favorisent le **développement des maladies infectieuses et des ravageurs**.
- En exploitant des ressources génétiques (historiques ou sauvages, si elles existent), **l'homme peut modifier les espèces cultivées** existantes. Il peut **réintroduire un gène sauvage** dans une espèce cultivée pour la rendre plus résistance à un ravageur, par exemple.
- L'amélioration des espèces cultivées actuelles permet d'envisager de **nouvelles méthodes de cultures** : réduction de l'usage des intrants, limitation des ravageurs par lutte biologique…

→ Voir lexique p. 345

3 Domestication des plantes et histoire de l'humanité

Idées clés

→ La **domestication des plantes** a été menée dans **différentes régions du monde** et a eu des conséquences importantes dans l'histoire des populations humaines.

→ La domestication a contribué à la **sélection de caractères génétiques humains spécifiques**, liée notamment à la **digestion de certaines molécules** présentes dans les plantes domestiquées.

Des pistes pour argumenter

La modification chez l'homme : évoque le nombre de copie du gène de l'amylase salivaire, qui diffère selon la richesse de l'alimentation en amidon.

Coup d'œil

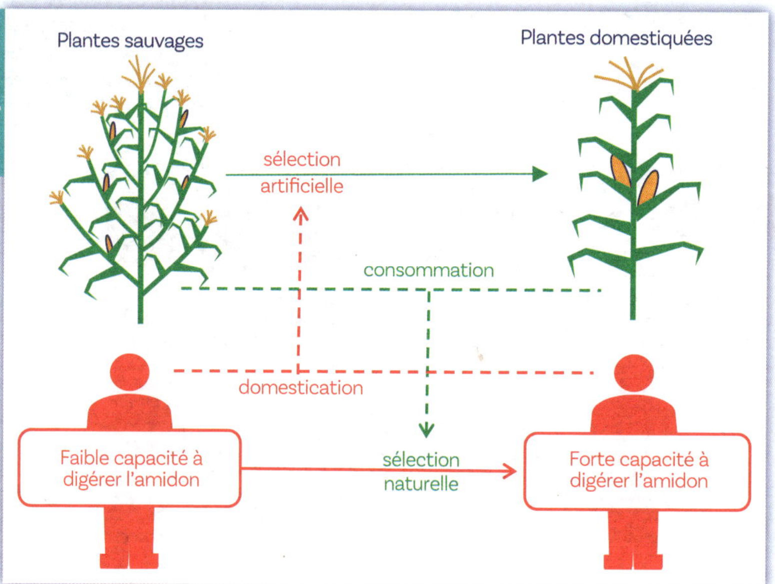

À la loupe

- La **domestication** des plantes a débuté **il y a environ 10 000 ans dans différentes régions** du monde et a participé à la **sédentarisation** des populations.
- La domestication des plantes entraîne une **évolution culturelle du régime alimentaire**, puisque ces plantes domestiquées vont représenter une **part importante de l'alimentation de l'homme**. Par exemple, la culture des tubercules et des céréales augmente significativement la quantité d'amidon dans le régime alimentaire de certaines populations.
- Cette modification du régime alimentaire entraîne une **évolution de la capacité de l'homme à digérer certaines molécules** présentes dans les plantes cultivées. Ainsi, le nombre moyen de copie du gène de l'amylase dans une population est positivement corrélé à la richesse en amidon de son régime alimentaire.
- Les plantes domestiquées et les humains ont donc évolué en parallèle : ils ont été l'un pour l'autre des facteurs de sélection. On parle de **coévolution**.

→ Voir lexique p. 345

MÉMO VISUEL

- La domestication des plantes -

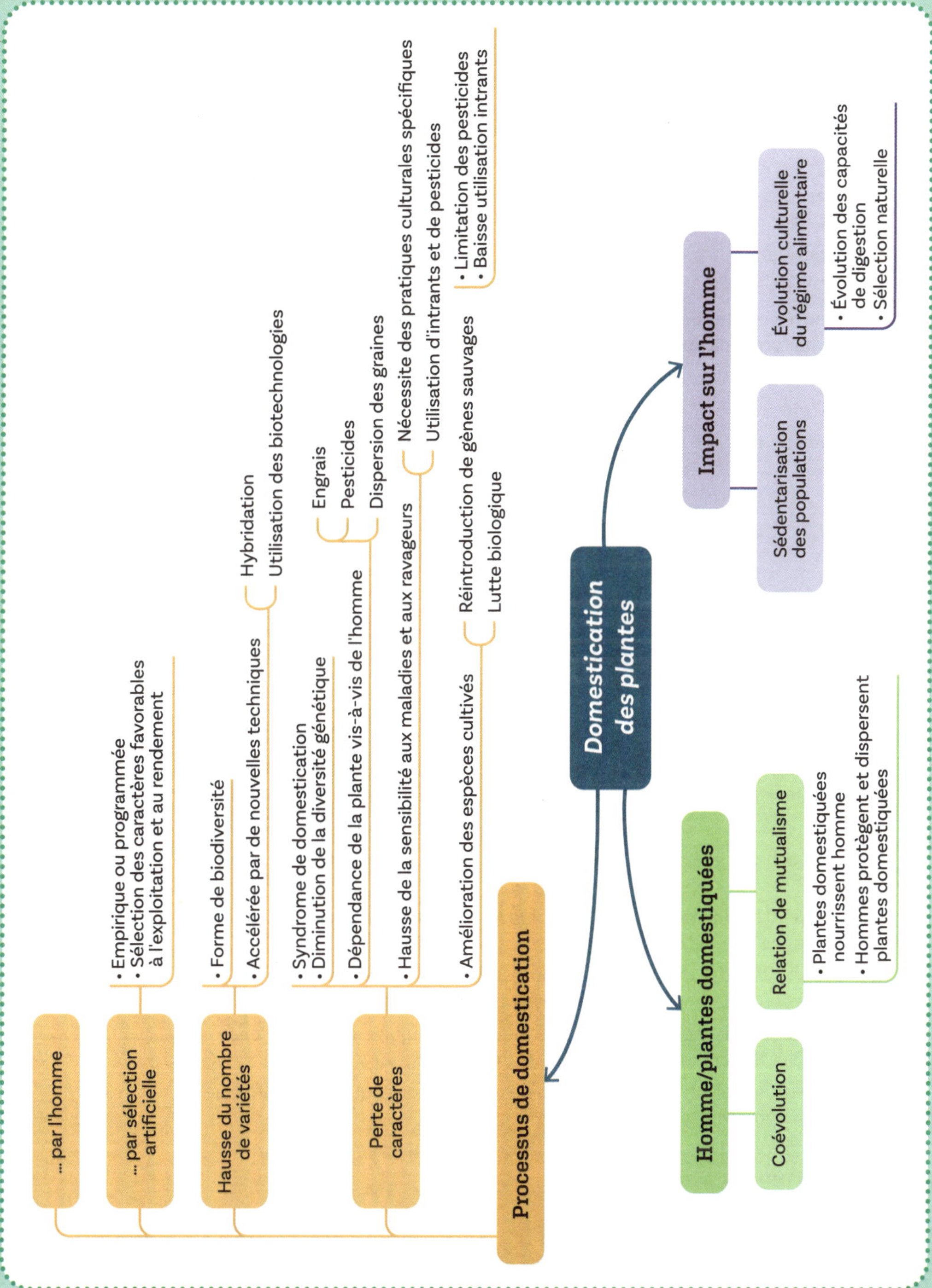

QCM

SE TESTER

1. Coche la ou les bonne(s) réponse(s).

1. Les plantes domestiquées :

- **a** sont le résultat de la sélection naturelle. ☐
- **b** sont le résultat d'une sélection artificielle exercée par l'homme. ☐
- **c** possèdent des caractéristiques adaptées à leur survie en milieu naturel. ☐
- **d** dépendent souvent de l'homme pour leur survie. ☐

2. Les plantes domestiquées et les humains sont liés par une relation de :

- **a** symbiose. ☐
- **b** mutualisme. ☐
- **c** parasitisme. ☐
- **d** prédation. ☐

3. Les espèces cultivées :

- **a** présentent souvent une forte diversité génétique. ☐
- **b** peuvent être améliorées en utilisant le patrimoine génétique des espèces sauvages. ☐
- **c** présentent souvent un grand nombre de variétés. ☐
- **d** sont souvent plus résistantes que les plantes sauvages. ☐

4. La domestication des plantes :

- **a** a entraîné des modifications génétiques dans les populations humaines. ☐
- **b** a entraîné une évolution en parallèle des humains (coévolution). ☐
- **c** a eu lieu dans une seule région du monde. ☐
- **d** a eu lieu il y a environ 1 000 ans. ☐

2. Vrai ou faux ?

		Vrai	Faux
1	Les plantes domestiquées ont évolué naturellement à partir des espèces sauvages.	☐	☐
2	La domestication a pour objectif principal de permettre à la plante de mieux résister aux ravageurs.	☐	☐
3	Les plantes domestiquées dépendent de l'intervention de l'homme pour leur survie.	☐	☐
4	L'homme est en partie dépendant des plantes domestiquées pour se nourrir.	☐	☐
5	Des technologies modernes permettent d'obtenir de nouvelles variétés de plantes domestiquées rapidement.	☐	☐
6	Les plantes domestiquées sont plus résistantes que leurs homologues sauvages face à l'environnement.	☐	☐
7	La forte densité des individus domestiqués dans les systèmes agricoles limite l'émergence de maladies infectieuses.	☐	☐
8	Les plantes domestiquées peuvent être génétiquement modifiées pour améliorer leurs résistances aux ravageurs.	☐	☐
9	La domestication des plantes n'a eu aucune conséquence génétique chez l'homme.	☐	☐
10	L'évolution en parallèle des plantes domestiquées et de l'homme est un exemple de coopération.	☐	☐

3. Complète le tableau à l'aide des termes suivants :

a. *faible* – **b.** *fort(e)* – **c.** *nul(le)* – **d.** *présent(e)* – **e.** *absent(e)*.

	Plantes sauvages	Plantes domestiquées
Défenses chimiques	(1)	(2)
Capacité de dissémination	(3)	(4)
Rendement	(5)	(6)
Dépendance à l'homme	(7)	(8)
Diversité génétique	(9)	(10)
Sensibilité aux maladies infectieuses	(11)	(12)

4. Réponds aux questions posées sur ces mémo cartes.

1. Plantes sauvages et plantes domestiquées

- Quel est le principe de la domestication des plantes ?
- Dans quel objectif les plantes sauvages ont elles été domestiquées ?
- Quelles caractéristiques les plantes domestiquées ont elles perdues durant la domestication ?
- Qu'est ce que le syndrome de domestication ?
- Pourquoi les plantes domestiquées sont elles plus fragiles que leurs homologues sauvages ?

2. La relation homme/plantes domestiquées

- Pourquoi parle-t-on de relation mutualiste entre l'homme et les plantes domestiquées ?
- Quelles technologies permettent de nos jours de produire rapidement de nouvelles variétés ?
- Comment peut-on améliorer les caractéristiques des plantes domestiquées ?
- Quelles ont été les conséquences de la domestication des plantes sur l'homme ?
- Qu'est-ce que la coévolution ?

Réponses : 1. 1. b, d – **2.** b – **3.** b, c – **4.** a, b • **2. 1.** Faux – **2.** Faux – **3.** Vrai – **4.** Vrai – **5.** Vrai – **6.** Faux – **7.** Faux – **8.** Faux – **9.** Faux – **10.** Faux • **3. 1.** d – **2.** e – **3.** b – **4.** a ou c – **5.** a – **6.** b – **7.** c – **8.** b – **9.** b – **10.** a – **11.** a – **12.** b.

Ton **KIT DE SURVIE** pour le **BAC** avec SCHOOLMOUV

Chapitre 10 La domestication des plantes

Tu viens de voir les notions à connaître sur la domestication des plantes. Pour t'aider à retenir l'essentiel et t'entraîner pour le Bac, voici ton kit de révisions clé en mains conçu par SchoolMouv !

Vidéo

Pour mieux comprendre et t'en souvenir à coup sûr, regarde la vidéo. C'est parfois bien plus clair en images.

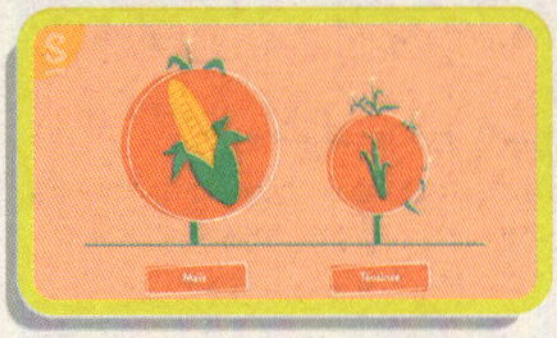

Vidéo **La domestication des plantes**
https://flashbelin.fr/focusbacschoolmouv/svt/10

Contenu additionnel

Voici un bonus autour du même sujet. La curiosité n'est pas toujours un vilain défaut. Il suffit de créer ton compte pour avoir accès à plein de contenus supplémentaires.

Fiche **La domestication des plantes**
https://www.schoolmouv.fr/eleves/cours/la-domestication-des-plantes/fiche-de-cours

Tchat avec un prof

Pour poser toutes tes questions à un prof particulier, découvre l'abonnement tchat. Tu peux le tester gratuitement pendant 7 jours : fini les questions sans réponses, tu vas devenir incollable.

https://focusbac.schoolmouv.fr/offre

Méthode de la transgénèse appliquée au maïs-Bt

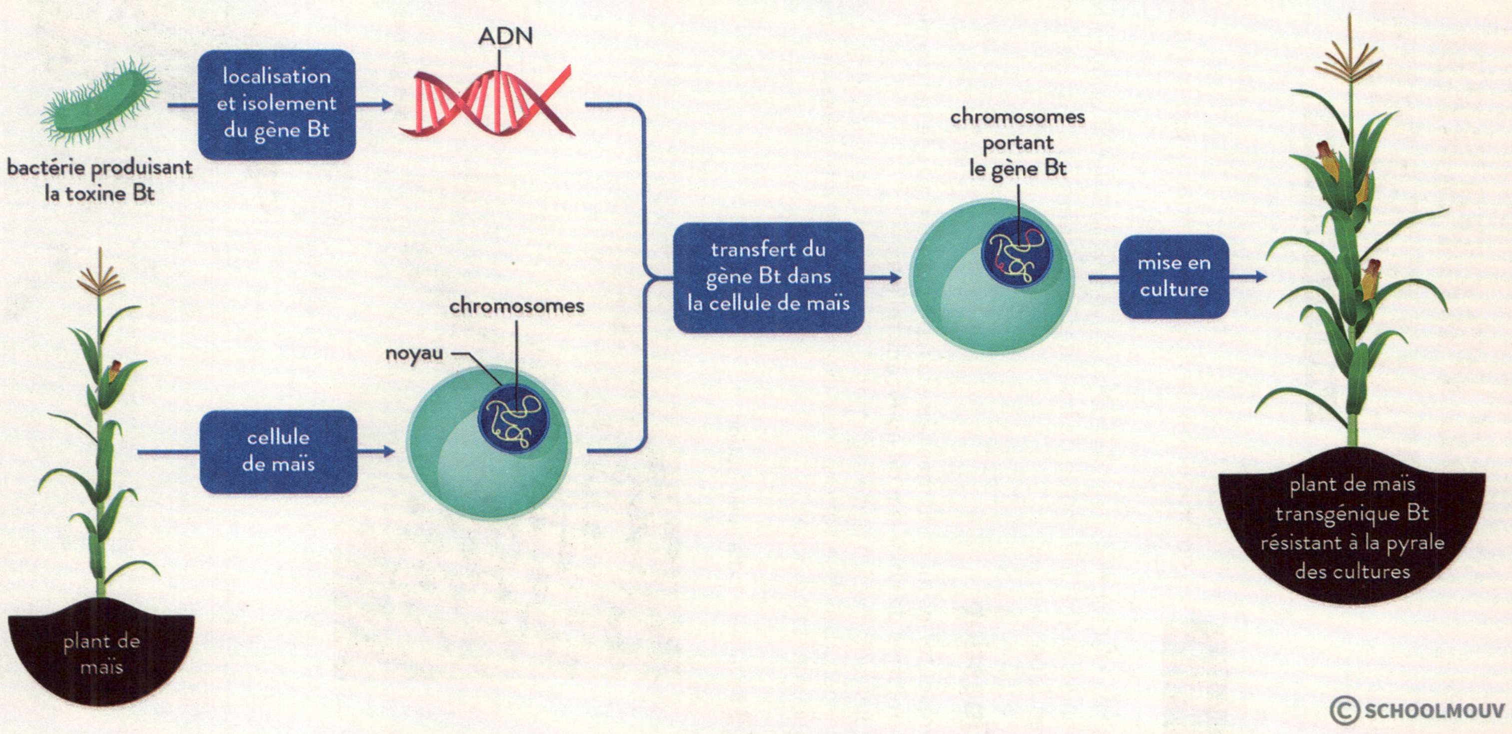

SE PRÉPARER POUR L'EXAMEN

Synthèse argumentée

SUJET 1 La colonisation de nouveaux milieux par les végétaux

Bien qu'étant fixés, les végétaux peuvent coloniser de nouveaux milieux. Quelques années après une coulée de lave, des angiospermes s'installent et forment de nouveaux peuplements.

Question

Présenter les mécanismes liés à la reproduction sexuée qui permettent aux végétaux terrestres de coloniser de nouveaux milieux.
Vous rédigerez un texte argumenté. On attend que l'exposé soit étayé par des expériences, des observations, des exemples... Vous intégrerez des arguments issus des documents proposés.

Document 1 > La pollinisation

Document 2 > La dispersion des graines

Les clés pour réussir

Analyser le sujet

- Le sujet évoque la reproduction sexuée, mais aussi la colonisation de nouveaux milieux : il faudra donc mentionner la reproduction sexuée dans son ensemble, jusqu'à la dispersion de la descendance par les graines.
- Le fait que le sujet traite des végétaux terrestres et que les documents présentent des animaux suggère qu'il faut évoquer les interactions qui unissent ces espèces.

COUP DE POUCE

Tu peux t'appuyer sur la méthode p. 10.

Recenser et organiser les idées et arguments pour répondre au sujet

- **Idée clé 1. Les graines sont issues de la reproduction sexuée.**
  - Structure de la fleur
  - Pollinisation (ovule-pollen), rôle des animaux (**Doc 1**)
  - Fécondation (tube pollinique), formation du fruit contenant des graines
- **Idée clé 2. La graine est un organe qui protège et nourrit l'embryon.**
  - Réserves (nature variée)
  - Origine des réserves (photosynthèse)
  - Structure protectrice
- **Idée clé 3. Le fruit contenant une ou plusieurs graines permet leur dispersion.**
  - Transport du fruit (et des graines) par un agent physique (eau, vent)
  - Transport du fruit (et des graines) par un animal (mutualisme) (**Doc 2**)
  - Dispersion à l'aide d'un dispositif spécifique

SE PRÉPARER POUR L'EXAMEN

Synthèse argumentée

SUJET 2 La plante, productrice de matière organique

Avant d'être dispersées, les graines accumulent des réserves afin de permettre les premières étapes de la croissance de l'embryon qu'elles contiennent. Ces réserves, qui peuvent être de nature différente, proviennent indirectement de la photosynthèse.

Question

Expliquer comment la photosynthèse permet l'accumulation de réserves dans les graines.

Vous rédigerez un texte argumenté. On attend que l'exposé soit étayé par des expériences, des observations, des exemples... Vous intégrerez des arguments issus des documents proposés.

Document > La transformation du glucose en amidon

Une enzyme, l'amidon synthétase, catalyse la transformation du glucose en amidon dans la graine en cours de formation.

Le lugol colore en noir l'amidon, une molécule de réserve chez les végétaux.

Graine de haricot ouverte, partie gauche colorée au lugol

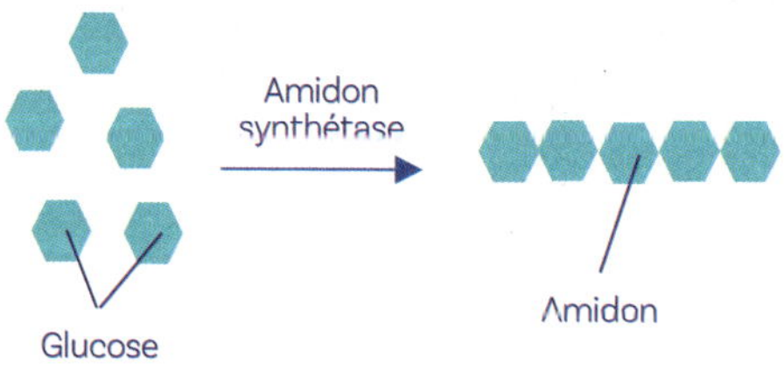

Les clés pour réussir

COUP DE POUCE

Tu peux t'appuyer sur la méthode p. 10.

Analyser le sujet

- Repère les mots clés dans l'intitulé du sujet (« réserves », « photosynthèse »), mais aussi dans le document proposé (« amidon », « enzyme »).
- L'expression « proviennent indirectement » suggère que ces réserves sont issues d'une transformation des produits de la photosynthèse.
- Le fait que la photosynthèse n'ait pas directement lieu dans les graines implique la nécessité d'un transport.

Recenser et organiser les idées et arguments pour répondre au sujet

- **Idée clé 1. La photosynthèse permet la production de glucose et autres sucres.**
  - Principalement dans les chloroplastes des feuilles
  - Photolyse de l'eau qui provient de la sève brute
  - Réduction du CO_2 en glucose dans le cycle de Calvin
- **Idée clé 2. Les produits de la photosynthèse circulent dans la plante.**
  - Transport des feuilles vers les organes, dont les fruits en formation (contenant les graines)
  - Sève élaborée transportée *via* le phloème
- **Idée clé 3. Des transformations enzymatiques permettent la constitution des réserves dans la graine.**
  - Réserves (nature variée), dont amidon (**Doc**)
  - Spécificités des réactions enzymatiques (**Doc**)

SE PRÉPARER POUR L'EXAMEN

Résolution de problème scientifique

SUJET 3 Le phototropisme chez les végétaux

Les parties aériennes de la plante sont les lieux de production de matière organique par photosynthèse. Cette réaction nécessite la présence de lumière. Différentes adaptations permettent aux végétaux d'optimiser la capture de la lumière. L'une d'elles est le phototropisme positif, qui correspond à la capacité de certains organes à s'orienter vers la lumière.

Question

Expliquer les mécanismes qui permettent à certaines plantes à fleurs d'orienter leur croissance vers la lumière.

Vous organiserez votre réponse selon une démarche de votre choix intégrant des données des documents et les connaissances utiles.

Document 1 > Une croissance différentielle au sein du végétal

Pour tester l'action de l'orientation de la lumière sur la croissance des végétaux, on utilise deux lots de jeunes pousses de blé.

Le **lot A** est initialement éclairé avec une lumière uniforme venant de toutes les directions. On lui applique ensuite une lumière unilatérale pendant 30 secondes. À la fin du protocole, ce lot est à nouveau placé sous une lumière uniforme.

Le **lot B** est éclairé pendant toute la durée de l'expérience avec une lumière uniforme.

On mesure la croissance du côté éclairé et non éclairé des jeunes pousses du lot A et la croissance des jeunes pousses du lot B.

a. Protocole expérimental appliqué au lot A

b. Résultats : évolution de la croissance en longueur des jeunes pousses de blé des lots A et B

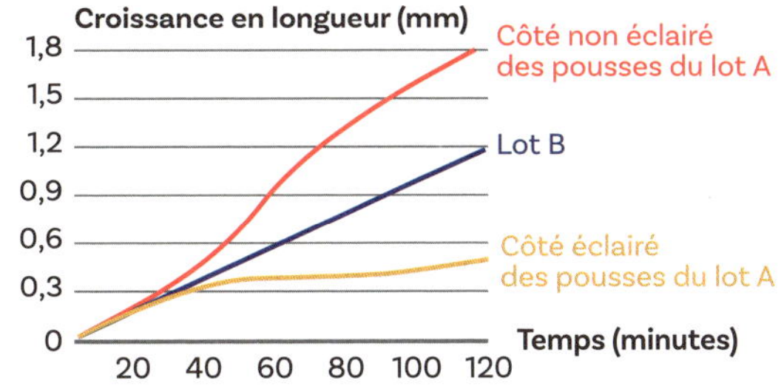

Document 2 > Dosage de l'auxine produite dans des jeunes pousses de blé soumis à différentes conditions d'éclairement

L'auxine est une hormone végétale jouant un rôle essentiel dans le développement des végétaux.

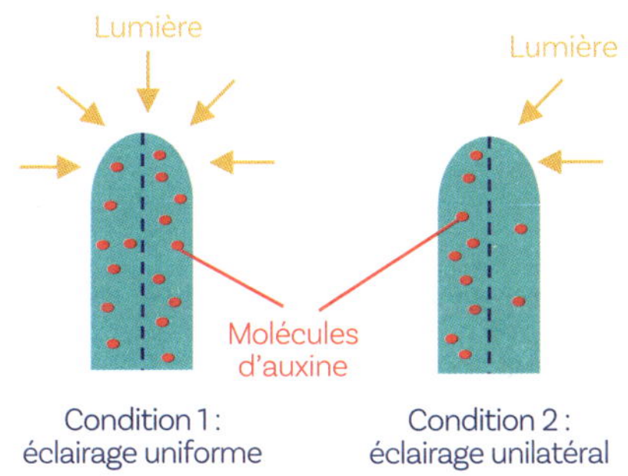

Document 3 > Action de l'auxine sur le pH extracellulaire

Pour déterminer les mécanismes d'action de l'auxine sur la croissance cellulaire végétale, on a mesuré l'évolution de différents paramètres physico-chimiques, dont le pH, suite à l'injection d'auxine. Dans les résultats présentés ci-dessous, le pH du milieu extracellulaire des cellules de soja a été mesuré. Dans le lot 2, on a ajouté de l'auxine dans le milieu, contrairement au lot 1, où aucune modification n'a été apportée.

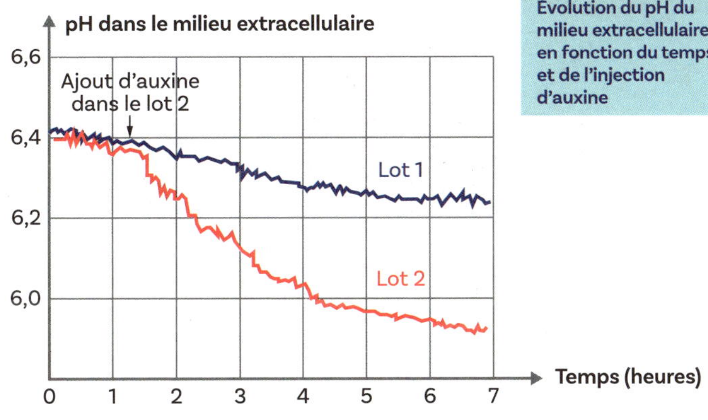

Évolution du pH du milieu extracellulaire en fonction du temps et de l'injection d'auxine

Document 4 > Action du pH sur l'élongation cellulaire

On mesure l'élongation de segments de plants de soja incubés dans un milieu tampon à pH = 6,4. Le pH du milieu du lot 2 est modifié au bout de 3 heures, alors que celui du lot 1 est maintenu constant.

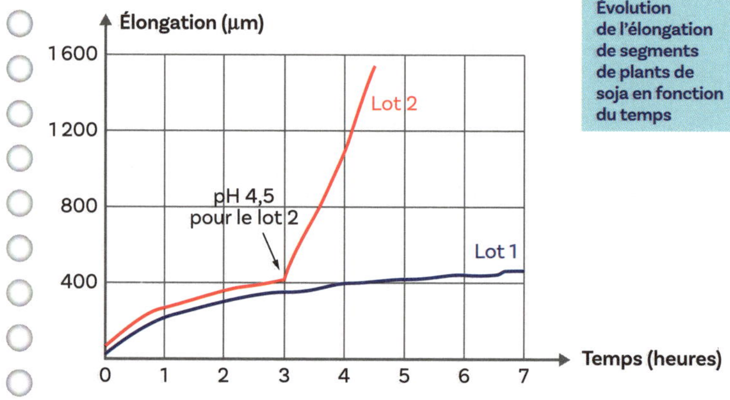

Évolution de l'élongation de segments de plants de soja en fonction du temps

Document 5 > Le rôle des expansines dans l'élongation cellulaire

a. Mode d'action des expansines

Les cellules végétales sont entourées par une matrice extracellulaire (la paroi), qui est composée de nombreuses molécules, dont la cellulose et l'hémicellulose. Des liaisons hydrogènes relient ces deux composants et confèrent à la paroi une forte résistance à l'étirement. Par conséquent, la croissance des cellules végétales ne peut se faire que si ces liaisons sont fragilisées. Les expansines sont des protéines capables, dans certaines conditions de se fixer à des molécules de la paroi comme la cellulose, et de s'intercaler entre les molécules d'hémicellulose et de cellulose en cassant les liaisons hydrogènes.

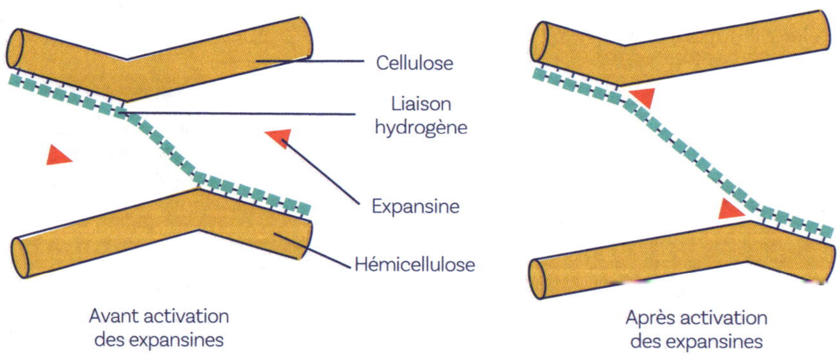

Schéma simplifié montrant le rôle des expansines

b. L'action du pH sur l'activité des expansines

Le graphique ci-contre indique la quantité d'expansines liées à des molécules de la paroi des cellules de blé pour différents pH extracellulaires.

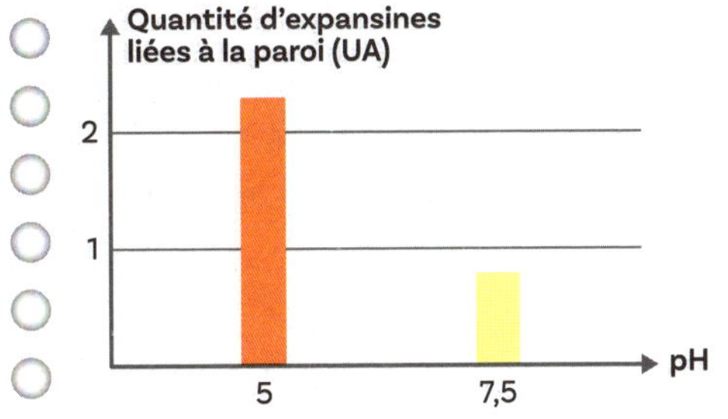

Les clés pour réussir

Analyser le sujet

- Le sujet évoque :
  - la croissance des végétaux, un mécanisme de développement de la plante ;
  - la lumière, un facteur de l'environnement.
- Attention, même si la photosynthèse est évoquée dans le texte de présentation, le sujet ne porte pas spécifiquement sur celle-ci : ajouter des connaissances sur la photosynthèse serait donc hors-sujet.

Mobiliser ses connaissances en lien avec le sujet

- Connaissances en lien avec la croissance de la plante > **p. 115**
- Connaissances en lien avec les facteurs qui contrôlent cette croissance > **p. 115**

Recenser les idées issues des documents

- **Doc 1** : compare la croissance du côté éclairé et du côté non éclairé.
- **Doc 2** : compare la répartition de l'auxine du coté éclairé et non éclairé dans les deux situations (éclairement unilatéral ou uniforme).
- **Doc 3** : détermine l'effet d'une injection d'auxine sur le pH extracellulaire.
- **Doc 4** : compare la vitesse d'élongation cellulaire selon la valeur du pH.
- **Doc 5** : détermine l'action du pH sur les expansines et noter le rôle des expansines.

Mettre en relation les informations issues des documents et/ou ses connaissances

- Relie les documents/connaissances permettant d'expliquer une différence de croissance entre le côté éclairé et non éclairé (**Doc 1 et 2**).
- Relie les documents permettant d'expliquer l'effet de l'auxine sur le pH et l'effet du pH sur l'élongation cellulaire (**Doc 3, 4 et 5**).

THÈME 4

11 Reconstituer et comprendre les variations climatiques passées

RÉVISIONS 1re

Un quiz avant de commencer

1. Vrai ou faux ?

	Vrai	Faux
1 Le climat est défini par des moyennes de grandeurs atmosphériques observées dans une région donnée, pendant quelques jours.	☐	☐
2 Le climat global est le système qui permet la répartition de l'énergie à la surface de la planète par des mouvements de masses d'air et d'eau.	☐	☐
3 La Terre est plate et tourne autour du Soleil en 24 h.	☐	☐
4 Le cycle biogéochimique du carbone désigne les échanges de carbone entre les réservoirs (atmosphère, hydrosphère, biosphère et géosphère) et les transformations associées.	☐	☐
5 Le climat a une variabilité naturelle à différentes échelles de temps.	☐	☐
6 L'effet de serre diminue la température globale au sol.	☐	☐

2. Coche la ou les bonne(s) réponse(s).

1. L'étude du climat global récent montre :

- a une tendance au réchauffement d'environ 1 °C depuis 1 000 ans. ☐
- b des variations qui s'appuient sur des indicateurs comme la température moyenne, le volume des océans ou l'étendue des glaces et des glaciers. ☐
- c une perturbation de l'équilibre radiatif par rapport à l'ère préindustrielle. ☐
- d que les activités humaines n'ont pas d'impact sur la température moyenne. ☐

2. La puissance solaire reçue par unité de surface terrestre dépend :

- a de la distance Terre-Soleil. ☐
- b du moment de l'année. ☐
- c de la latitude et de la longitude. ☐

3. Les effets amplificateurs (rétroaction positive) de la température moyenne sont :

- a l'augmentation de la concentration en vapeur d'eau dans l'atmosphère. ☐
- b l'augmentation de l'albédo terrestre. ☐
- c la libération de GES à cause du déjel partiel du permafrost. ☐
- d un accroissement de la végétalisation. ☐

Réponses : **1. 1.** Faux - **2.** Vrai - **3.** Faux - **4.** Vrai - **5.** Vrai - **6.** Faux • **2. 1.** b, c - **2.** a, b - **3.** a, c.

L'ESSENTIEL EN 6 POINTS

Comment expliquer le réchauffement climatique actuel ?

1

Le climat depuis 150 ans

Le **réchauffement climatique** observé depuis 150 ans s'explique essentiellement par les **activités humaines**, qui modifient la composition atmosphérique en **gaz à effet de serre**. > p. 176

Quelle est l'évolution du climat au Quaternaire ?

2

L'évolution du climat au Quaternaire

Les reconstitutions climatiques, par diverses méthodes d'études, convergent vers une alternance de **périodes glaciaires et interglaciaires** durant les derniers 800 000 ans. > p. 177

Comment expliquer les variations climatiques au Quaternaire ?

3

Les causes des cycles climatiques du Quaternaire

Les variations des **paramètres astronomiques** de la Terre, accompagnées de **boucles de rétroactions** négatives et positives, sont à l'origine des **entrées et sorties de glaciations**. > p. 178

Comment le climat a-t-il évolué au Cénozoïque ?

4

Les variations climatiques au Cénozoïque et leurs causes

Le Cénozoïque est globalement marqué par une **tendance au refroidissement** du climat, qui s'explique par l'accroissement des processus d'**altération de la croûte terrestre** et la modification de la **circulation océanique**. > p. 179

Comment le climat a-t-il évolué au Mésozoïque ?

5

Les variations climatiques au Mésozoïque et leurs causes

La dernière période du Crétacé coïncide avec un **réchauffement climatique d'ampleur**, lié à la **géodynamique interne** de la Terre. > p. 180

Comment le climat a-t-il évolué au Paléozoïque ?

6

Les variations climatiques au Paléozoïque et leurs causes

La fin du Paléozoïque a connu une **grande glaciation**, qui s'explique par l'**altération de la chaîne hercynienne** et la **fossilisation** importante de matière organique. > p. 181

LE COURS *en 6 fiches*

1 Le climat depuis 150 ans

Idées clés

→ On observe une **augmentation** de la température moyenne **d'environ 1 °C** depuis 150 ans.

→ Ce **réchauffement climatique** du début du XXIe siècle est corrélé à la **perturbation du cycle biogéochimique du carbone** par l'émission de **gaz à effet de serre** liée aux activités humaines.

Coup d'œil

150 ans — CO_2 ↗ 280 à 415 ppmv — ↗ 1 °C

↗ Activités humaines (utilisation de roches carbonées, prduction de ciment déforestation...)

↓

↗ Flux de CO_2 de la géosphère et de la biosphère vers l'atmosphère

↙ ↗ Flux de CO_2 de l'atmosphère vers l'océan et la biosphère terrestre (puits de carbone)

↘ ↗ Concentration atmosphérique de CO_2 → ↗ Effet de serre → ↗ Température

À la loupe

- Le **réchauffement climatique** est **hétérogène** dans l'espace et le temps, mais la température moyenne présente une **tendance globale à la hausse** depuis 150 ans. La **concentration atmosphérique de CO_2** a augmenté de 50 % dans le même temps, environ 100 fois plus vite qu'au cours des transitions climatiques entre **périodes glaciaires** et **interglaciaires**, passant de 280 à 415 ppm, une valeur maximale jamais enregistrée ces derniers 800 000 ans.
- Le CO_2 exerce un **forçage radiatif positif** (équivalent à un supplément radiatif reçu par la Terre) en absorbant et en réémettant une partie du **rayonnement infrarouge** émis par le sol. Il contribue au réchauffement climatique en **s'accumulant dans l'atmosphère**.

Des pistes pour argumenter

La corrélation entre le réchauffement climatique récent et l'émission anthropique de GES : compare les tendances des évolutions de la température globale et de la concentration atmosphérique de CO_2 depuis 1850.

- Le CO_2 représente près des **deux tiers des gaz à effet de serre (GES) émis par an**. Les émissions de CO_2 liées aux **activités humaines** (ex. : combustion de roches carbonées, production de ciment, déforestation) ont été **multipliées par 20** en 150 ans, de 2,5 à 40 Gt/an. Elles **perturbent le cycle biogéochimique du carbone** : la moitié est **absorbée par des flux de carbone** accrus vers des **puits de carbone** (biosphère terrestre et océans), l'autre moitié enrichit l'**atmosphère** en CO_2.
- Le **GIEC** estime que l'ensemble des **forçages anthropiques**, entre 1950 et 2010, peut expliquer le réchauffement de 0,6 °C observé sur cette période, alors que les **forçages naturels** exerceraient un forçage positif de 0,1 °C. L'**influence de l'homme** est donc la **cause principale du réchauffement** observé depuis le milieu du XXe siècle au moins.

→ Voir lexique p. 346

2 L'évolution du climat au Quaternaire

Idées clés

→ Des données préhistoriques, géologiques et paléo-écologiques attestent l'existence d'une **glaciation de – 120 000 à – 11 000 ans**.

→ À l'échelle du Quaternaire, les **témoignages glaciaires** et la mesure de **rapports isotopiques** de **l'oxygène** dans les **carottes** polaires antarctiques et les **sédiments marins** font apparaître une **alternance de périodes glaciaires et interglaciaires** durant les derniers 800 000 ans.

Coup d'œil

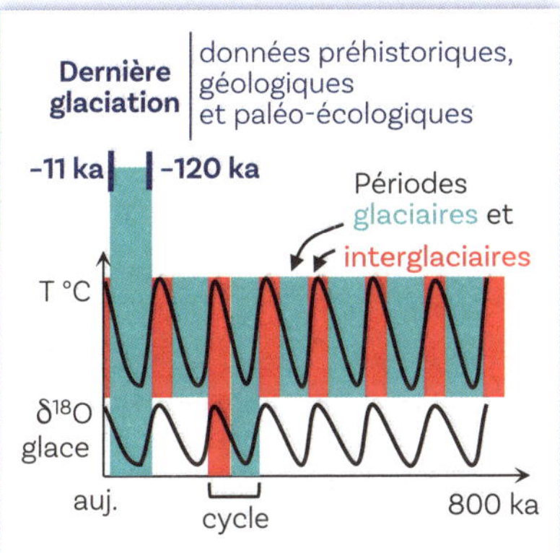

Des pistes pour argumenter

• **La dernière glaciation :** présente des modifications de la flore attestant d'un changement climatique. > p. 188

• **L'alternance de périodes glaciaires et interglaciaires au Quaternaire :** présente les variations $\delta^{18}O$ depuis 800 ka.

À la loupe

• Le **Quaternaire** est une **période géologique** qui s'étend **de – 2,6 Ma à nos jours**.

• En se basant sur le **principe d'actualisme**, des **données préhistoriques** (ex. : peintures rupestres), **géologiques** (ex. : dépôts glaciaires, rapports isotopiques glaciaires et sédimentaires) et **paléo-écologiques** (ex. : associations polliniques) sont interprétées comme une baisse planétaire des températures, qui a conduit à une vaste **extension des calottes glaciaires** de – 120 000 à – 11 000 ans. Cette glaciation est suivie d'une **période interglaciaire actuelle**, plus chaude.

• Les **rapports isotopiques de l'oxygène** ($\delta^{18}O$) glaciaires et sédimentaires permettent respectivement d'estimer la **température atmosphérique passée** et le **volume des calottes polaires** (augmentant lorsqu'il fait froid). Lorsque la température du milieu augmente, le $\delta^{18}O$ des glaces augmente, alors que le $\delta^{18}O$ des sédiments marins diminue. Et inversement si la température diminue.

• Des **dépôts glaciaires** (ex. : moraines) et la mesure du **$\delta^{18}O$** dans les **carottes polaires** antarctiques et les **sédiments** témoignent d'une **alternance cyclique** de périodes glaciaires et interglaciaires depuis 800 000 ans.

• Les **cycles** durent **environ 100 000 ans**, et la température varie en moyenne de 5 °C à l'équateur en 10 000 à 100 000 ans. Dans les glaces de l'Antarctique, la température actuelle a déjà été enregistrée en périodes interglaciaires, mais la **concentration de CO_2** mesurée dans les bulles d'air emprisonnées dans la glace n'excédait pas 300 ppmv.

→ Voir lexique p. 346

3 Les causes des cycles climatiques du Quaternaire

Idées clés

→ Au Quaternaire, les **variations cycliques des rapports isotopiques** coïncident avec des **variations périodiques des paramètres orbitaux** de la Terre.

→ Les **paramètres orbitaux** modifient la **puissance solaire** reçue. Accompagnés de **boucles de rétroaction** positives et négatives, ils sont à l'origine des **entrées** et des **sorties de glaciation**.

Coup d'œil

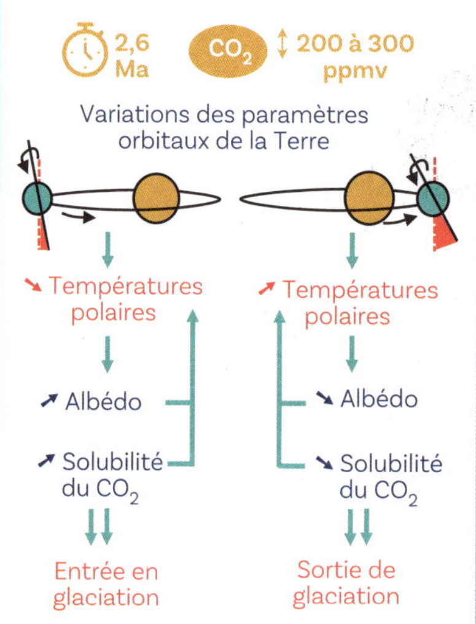

Des pistes pour argumenter

Origine et conséquences des boucles de rétroaction dans l'entrée ou la sortie de glaciation : compare des données de valeurs de l'albédo pour différentes surfaces ou des données de la solubilité du CO_2 selon la température de l'eau. > p. 299

À la loupe

- Les **rapports isotopiques des glaces et des sédiments** du Quaternaire (ex. : $\delta^{18}O$) oscillent périodiquement. Ces **variations** coïncident avec celles de **paramètres orbitaux de la Terre** : **excentricité de l'orbite** terrestre (T ≈ 400 000 et 100 000 ans), **obliquité de l'axe de rotation** terrestre (T ≈ 43 000 ans) et **précessions de l'axe de rotation et de l'orbite** terrestres (T ≈ 22 000 ans).
- Les **paramètres orbitaux** modulent la **quantité d'énergie incidente latitudinale et saisonnière**, source d'énergie du système climatique. Les **maxima glaciaires** coïncident avec une **distance Terre-Soleil maximale** au solstice d'été dans l'hémisphère nord et une **obliquité minimale** (et inversement pour les entrées en période interglaciaire). C'est la **théorie astronomique des changements climatiques de Milankovitch**.
- Les changements initiés par le **forçage externe astronomique** s'accompagnent de **boucles de rétroactions négatives et positives** – ces dernières amplifiant le forçage. L'installation d'une **calotte glaciaire au pôle** (possible par la position de continents) **augmente l'albédo** global, et un **refroidissement des eaux océaniques augmente la solubilité du CO_2**, diminuant sa teneur atmosphérique et l'effet de serre. Ces réponses du système **accentuent la baisse de température initiale** et permettent l'**entrée en glaciation**. Les phénomènes inverses se produisent lors d'une augmentation de température, accélérant le réchauffement et la sortie de glaciation.

→ Voir lexique p. 346

4 Les variations climatiques au Cénozoïque et leurs causes

Idées clés

→ Globalement, à l'échelle du Cénozoïque, et depuis 30 millions d'années, les **indices géochimiques des sédiments marins** montrent une **tendance générale à la baisse de température moyenne** du globe.

→ Celle-ci apparaît associée à une **baisse de la concentration atmosphérique de CO_2**, en relation avec l'**altération des matériaux continentaux**, notamment à la suite des **orogénèses** du Tertiaire. De plus, la **variation de la position des continents** a modifié la circulation océanique, impactant la redistribution de l'énergie au pôle Sud.

Coup d'œil

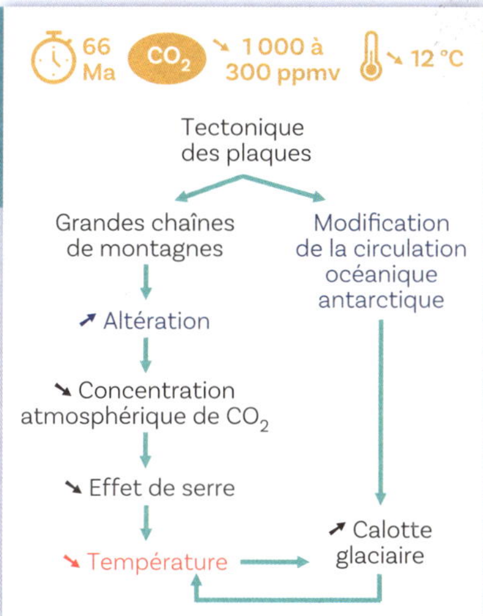

Des pistes pour argumenter

L'effet de l'érosion sur la concentration atmosphérique de CO_2 : présente des équations chimiques de l'altération des matériaux orogéniques, par exemple celle des felspaths sodiques (minéraux des granites) :

$$2\ NaAlSi_3O_8 + 11\ H_2O + 2\ CO_2 \rightarrow Si_2O_5Al_2(OH)_4 + 2\ Na^+ + 2\ HCO_3^- + 4\ H_4SiO_4$$

À la loupe

- Le **Cénozoïque** est une **ère géologique** qui s'étend **de – 66 Ma à nos jours**.
- Les **sédiments océaniques**, de toutes les latitudes, montrent une **hausse globale des $\delta^{18}O$** à l'échelle des derniers 30 Ma, et plus globalement à l'échelle du Cénozoïque. Ceci révèle une tendance à la **baisse générale de température moyenne** estimée à environ 4 °C depuis 30 Ma et 12 °C sur l'ensemble de l'ère.
- L'**altération des matériaux** mise en place lors des **orogenèses** du Cénozoïque (ex. : orogenèse alpine) a contribué, sur plusieurs millions d'années, à la **baisse de la concentration atmosphérique de CO_2** (de 1 000 à 280 ppmv). En effet, l'altération des matériaux continentaux implique des **processus chimiques qui consomment du CO_2** atmosphérique. Il en résulte une **baisse de l'effet de serre et de la température**.
- Des **formations géologiques** révèlent l'**apparition de glaces au pôle Sud** il y a environ 30 Ma. L'**isolement du continent Antarctique** au pôle Sud par rupture de la liaison continentale avec l'Australie a permis la formation d'un **courant océanique froid circum-antarctique**. Il a diminué l'apport d'énergie depuis l'équation, *via* des courants marins chauds, favorisant ainsi la formation de la **calotte polaire sud**. Et cette immense surface glacée a participé au **refroidissement global** en augmentant l'albédo.

→ Voir lexique p. 346

5 Les variations climatiques au Mésozoïque et leurs causes

Idées clés

→ Au Mésozoïque, pendant le **Crétacé**, les variations climatiques se manifestent par une **tendance à une hausse de la température**.

→ Du fait de l'**augmentation de l'activité des dorsales**, la **géodynamique terrestre interne** semble principalement responsable de ces variations.

Coup d'œil

69 Ma — CO_2 ↕ 1 000 à 500 ppmv

Tectonique des plaques

↓

↗ Taux d'expansion des dorsales

↓

↗ Concentration atmosphérique de CO_2

↓

↗ Effet de serre

↓

↗ Température

Des pistes pour argumenter

L'accroissement de l'activité des dorsales : présente les calculs des vitesses d'extension des dorsales au Crétacé et à la période précédente.
> p. 185

À la loupe

- Le **Crétacé** est la dernière **période géologique** (de - 135 à - 66 Ma) de l'ère du **Mésozoïque** (de - 250 à 66 Ma).
- Les **gisements de roches carbonées** et de **fossiles d'organismes** adaptés à la chaleur, datant du Crétacé, permettent de reconstituer des **paléoceintures climatiques** (bandes de paléolatitudes associées à des climats), montrant l'existence de **climats chauds à de hautes latitudes** à cette période. L'extension vers les pôles des zones chaudes, par rapport à la période précédente, suggère une tendance à la **hausse des températures**.
- Les **sédiments océaniques** montrent une **augmentation du taux d'expansion des dorsales océaniques** à cette période, en lien notamment avec la **dislocation du supercontinent dit « la Pangée »**. Or, le **volcanisme** et l'**hydrothermalisme** des dorsales libèrent du **CO_2** et, sur des millions d'années, contribuent à la hausse de la concentration atmosphérique de CO_2. D'après différentes **méthodes d'étude indirectes**, comme l'**indice stomatique**, celle-ci oscillait entre 500 et 1 000 ppmv. L'**effet de serre** important qui en résulte contribue au réchauffement climatique.
- Des **formations géologiques** et des **fossiles** permettent de soutenir l'existence d'un **niveau marin élevé** (+ 200 à 300 m par rapport à aujourd'hui), conséquence qui témoigne à la fois de l'**augmentation de la température globale** (par dilatation thermique de l'eau), mais aussi de l'**augmentation du volume** occupé par les **dorsales** océaniques.

→ Voir lexique p. 346

6 Les variations climatiques au Paléozoïque et leurs causes

Idées clés

→ Au Paléozoïque, des **indices paléontologiques et géologiques**, corrélés à l'échelle planétaire et tenant compte des paléolatitudes, révèlent une **importante glaciation au Carbonifère-Permien**.

→ L'**altération de la chaîne hercynienne** et la **fossilisation** importante de matière organique sont tenues pour responsables de cette glaciation par la **modification du cycle géochimique du carbone** qu'elles ont entraînée.

Coup d'œil

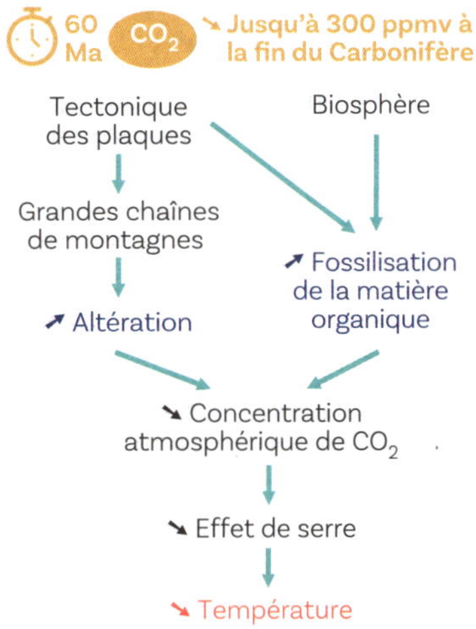

À la loupe

- Le **Carbonifère** et le **Permien** sont les **dernières périodes géologiques** (de - 360 à - 250 Ma) de l'ère du **Paléozoïque** (de - 540 à - 250 Ma).
- La **distribution paléogéographique** de formations géologiques (ex. : **stries glaciaires**, **tillites**) témoigne de vastes **calottes glaciaires au pôle Sud**. Et de **grands gisements de roches carbonées** du Carbonifère-Permien révèlent l'existence d'une **paléoceinture équatoriale chaude et humide**, propice au développement des végétaux à l'origine de ces roches.
- Ces indices attestent d'un **gradient thermique latitudinal plus marqué** qu'à la période précédente, dont le registre fossile et les données isotopiques attestent d'un climat globalement chaud (ex. : forêts étendues des régions équatoriales à subpolaires, eaux de surface proches de 30 °C). La **fin du Paléozoïque** est associée à un **refroidissement climatique**, avec une glaciation.
- Deux **processus**, opérant sur des millions d'années, ont pu **modifier le cycle géochimique du carbone** et **abaisser la concentration atmosphérique de CO_2** (jusqu'à 300 ppmv à la fin du Carbonifère), la **baisse de l'effet de serre** associée ayant conduit au refroidissement climatique et à la glaciation : l'**altération de roches continentales** élevées par l'orogenèse hercynienne contemporaine et la **fossilisation massive de matière organique** en roches carbonées, qui piège durablement du CO_2 atmosphérique, prélevé d'abord par photosynthèse.

Des pistes pour argumenter

Le piégeage du CO_2 atmosphérique : présente le bilan chimique de la photosynthèse et l'effet de la fossilisation de matière carbone sur le cycle biogéochimique du carbone.
> p. 299

→ Voir lexique p. 346

MÉMO VISUEL

- Reconstituer et comprendre les variations climatiques passées -

Reconstituer et comprendre les variations climatiques passées

- **Au Cénozoïque**
  - Au Quaternaire
    - Depuis 150 ans
      - Climat : réchauffement + 1 °C
      - Causes
        - ↗ des GES
        - Activités humaines
        - Perturbation du cycle biogéochimique du carbone
        - Amplification de l'effet de serre
      - Données : mesures *in situ*
    - 800 000 dernières années
      - Climat : alternance de périodes glaciaires et interglaciaires
      - Données
        - … préhistoriques
        - … géologiques (témoignages glaciaires, rapports isotopiques de l'oxygène $\delta^{18}O$)
        - … paléo-écologiques
        - Principe d'actualisme pour interpréter
      - Causes
        - Cycles de Milankovitch (excentricité de l'orbite terrestre, obliquité de l'axe de rotation de la Terre, précessions de l'axe de rotation de la Terre et de l'orbite terrestre)
        - Rétroactions positives (solubilité du CO_2, albédo)
  - Sur l'ensemble de l'ère
    - Climat : refroidissement global
    - Causes
      - ↘ des GES
      - Altération des matériaux continentaux
      - Modification de la circulation océanique
    - Indices géochimiques des sédiments marins
- **Au Crétacé**
  - Climat : réchauffement global
  - Causes
    - ↗ des GES
    - ↗ de l'activité des dorsales océaniques
  - Données
    - … géologiques
    - … paléoécologiques
- **Au Carbonifère-Permien**
  - Climat : refroidissement global, glaciation
  - Causes
    - ↘ de la concentration atmosphérique en CO_2
    - Altération du matériel continental (chaîne hercynienne)
    - Piégeage du CO_2 par la biosphère
  - Données
    - … géologiques (témoignage glaciaires, roches carbonées)

QCM

SE TESTER

1. Coche la ou les bonne(s) réponse(s).

1. Le climat global :

- **a** varie depuis seulement 150 ans. ☐
- **b** change aujourd'hui principalement à cause d'une perturbation du cycle biogéochimique du carbone. ☐
- **c** connaît actuellement une augmentation de la température d'une amplitude jamais constatée depuis le Paléozoïque. ☐
- **d** est influencé par la tectonique des plaques et les activités de la biosphère. ☐

2. Les variations de la concentration de gaz à effet de serre dans l'atmosphère :

- **a** augmentent l'effet de serre. ☐
- **b** influent sur le bilan radiatif du sol. ☐
- **c** sont à l'origine de toutes les variations climatiques. ☐
- **d** s'expliquent notamment par des phénomènes géologiques et biologiques. ☐

3. Les méthodes pour reconstituer les climats passés s'appuient sur :

- **a** des données préhistoriques pour le Paléozoïque. ☐
- **b** des mesures directes pour le Cénozoïque. ☐
- **c** des données géologiques et paléo-écologiques pour le Mésozoïque. ☐
- **d** le principe de l'actualisme. ☐

4. Les rapports isotopiques de l'oxygène ($\delta^{18}O$) :

- **a** renseignent sur les températures passées. ☐
- **b** permettent de connaître la concentration atmosphérique de CO_2 dans le passé. ☐
- **c** augmentent dans les sédiments marins lorsque la température de l'eau diminue. ☐
- **d** augmentent dans les glaces polaires lorsque la température atmosphérique diminue. ☐

2. Vrai ou faux ?

		Vrai	Faux
1	Depuis 150 ans, le cycle biogéochimique du carbone est perturbé par la consommation de gaz à effet de serre liée aux activités humaines.	☐	☐
2	La période de – 120 000 à – 12 000 ans est marquée par une glaciation.	☐	☐
3	Les peintures rupestres et les moraines témoignent d'un réchauffement climatique.	☐	☐
4	Les périodes glaciaires et interglaciaires ont alterné ces derniers 800 000 ans.	☐	☐
5	Les variations cycliques des paramètres astronomiques (cycles de Milankovitch) expliquent les variations climatiques depuis le début du Mésozoïque.	☐	☐
6	L'augmentation de la température moyenne diminue l'albédo et augmente la solubilité du CO_2 dans l'océan.	☐	☐
7	Les rétroactions négatives favorisent les entrées et sorties de glaciation.	☐	☐
8	Le climat de la Terre se réchauffe à l'échelle du Cénozoïque.	☐	☐
9	Au Crétacé, la concentration atmosphérique de CO_2 élevée s'explique par une augmentation de l'activité des dorsales.	☐	☐
10	La glaciation au Carbonifère-Permien est causée seulement par l'altération de la chaîne hercynienne.	☐	☐

3. Pour chacune des périodes présentées sur l'axe ci-dessous, relie les variations climatiques à leurs causes et aux concentrations atmosphériques de CO_2 qui correspondent.

Variations climatiques	Principales causes	Concentrations atmosphériques de CO_2
1. Refroidissement global •	• A. Variation des paramètres astronomiques de la Terre et rétroactions •	• a. ↘ 1 000 à 300 ppmv
2. Climat chaud •	• B. Activités humaines •	• b. [500-1 000 ppmv]
3. Réchauffement global •	• C. Altération des matériaux continentaux et piégeage du CO_2 atmosphérique par la biosphère •	• c. ↗ 300 à 415 ppmv
4. Alternance de périodes glaciaires et interglaciaires •	• D. Augmentation de l'activité des dorsales •	• d. ↘ jusqu'à 300 ppmv
5. Refroidissement et glaciation •	• E. Altération des matériaux continentaux et modification de la circulation océanique •	• e. [200-300 ppmv]

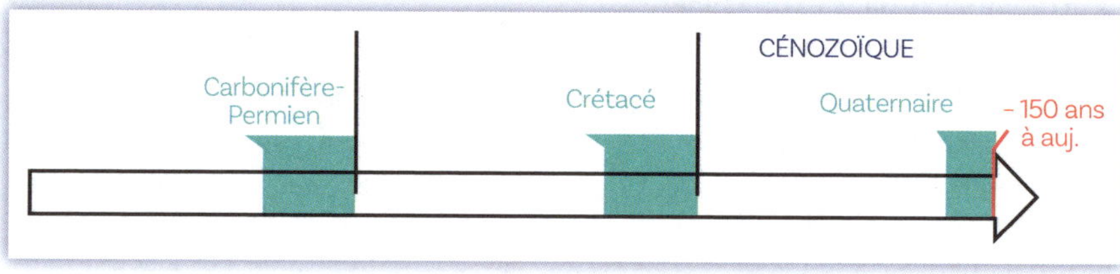

4. Réponds aux questions posées sur ces mémo cartes.

1. Les variations climatiques et leurs causes au Quaternaire

- Quelle est la tendance du changement climatique depuis 150 ans ?
- En quoi ce changement climatique contemporain est-il singulier ?
- Comment les activités humaines sont-elles impliquées dans ce changement climatique ?
- Quelle est la principale caractéristique du climat global entre – 120 000 et – 11 000 ans ?
- Comment le climat a-t-il varié ces derniers 800 000 ans ?
- Quelles sont les preuves de ces variations climatiques passées ?
- Quelles sont les causes des changements climatiques cycliques ?
- Comment les paramètres orbitaux influencent-ils le climat global ?
- Quelles rétroactions facilitent les entrées et sorties de glaciation ?

2. Les variations climatiques et leurs causes au Cénozoïque, au Mésozoïque et au Paléozoïque

- Quelle est la tendance du changement climatique à l'échelle du Cénozoïque ?
- Quelles sont les causes et preuves de ce changement global ?
- Comment la modification de la circulation océanique influence-t-elle le climat ?
- Quelle est la principale caractéristique du climat au Crétacé ?
- Quel est le lien entre la géodynamique terrestre interne de l'époque et la tendance climatique ?
- Quel épisode climatique s'est produit au Carbonifère-Permien ?
- Quelles sont les preuves de cet épisode et de ses causes ?
- Comment le climat a-t-il été modifié par les interactions entre atmosphère, biosphère, géosphère et hydrosphère ?

Réponses : 1. 1. b, d - **2.** b, d - **3.** c, d - **4.** a, c • **2. 1.** Faux - **2.** Vrai - **3.** Faux - **4.** Vrai - **5.** Faux - **6.** Faux - **7.** Faux - **8.** Faux - **9.** Vrai - **10.** Faux • **3. Carbonifère-Permien :** 5Cd - **Crétacé :** 2Db - **Cénozoïque :** Ea - **Quaternaire :** 4Ae - **Depuis 150 ans :** 3Bc.

SAVOIR-FAIRE

Méthode 1 Exploiter une carte géologique du monde et calculer les vitesses d'expansion océanique

SUJET L'expansion océanique au Crétacé

Pendant le Crétacé, les variations climatiques se manifestent par une tendance à une hausse de température. Du fait de l'augmentation de l'activité des dorsales, la géodynamique terrestre interne semble principalement responsable de ces variations.

Consigne : Montre que l'activité de la dorsale atlantique a augmenté lors du Crétacé en exploitant les vitesses d'expansion moyenne de la dorsale atlantique, uniquement pour sa partie est.

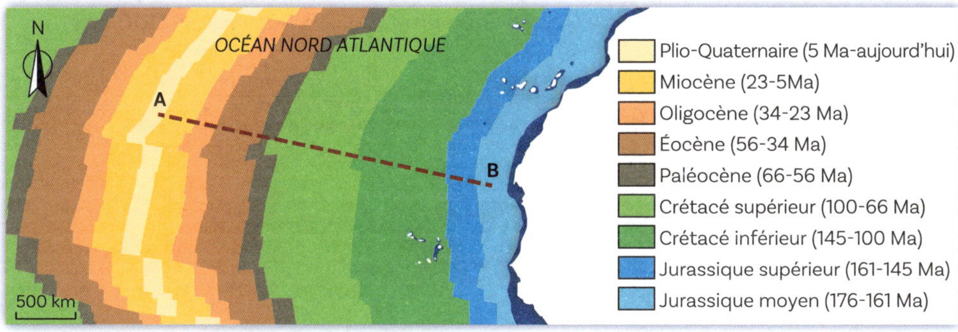

Évolution de la production océanique depuis 150 Ma

CONSEILS

- Calcule les vitesses moyennes d'expansion de la dorsale pour chaque période du Jurassique supérieur au Crétacé supérieur.
- Compare les vitesses au Crétacé avec la vitesse de la période précédente.

+ d'aide ? Voir p. 180

CORRIGÉ

Périodes	Distance mesurée sur la carte (en cm)	Distance réelle (en km) Échelle : 1,5 cm ↔ 500 km	Durée de la période (en Ma)	Vitesse moyenne d'expansion (en km/Ma)
Jurassique supérieur	0,4	250 (= 0,4 × 500/0,8)	16	16 (= 250/16)
Crétacé inférieur	1,3	813	45	18
Crétacé supérieur	1,2	750	34	22

Les vitesses moyennes d'expansion au Crétacé inférieur et au Crétacé supérieur sont supérieures à celle du Jurassique supérieur, puisqu'elles sont respectivement de 18 km/Ma et de 22 km/Ma, contre 16 km/Ma. L'activité de la dorsale atlantique a donc augmenté lors du Crétacé.

Méthode 2 Exploiter un profil de delta ^{18}O

SUJET Changement climatique au Cénozoïque

L'isotope ^{18}O est plus lourd que l'isotope ^{16}O. L'évaporation des molécules d'eau constituée de l'isotope ^{16}O nécessite moins d'énergie que celles avec l'isotope ^{18}O. Plus la température est basse, plus la vapeur d'eau, la neige et la glace qui en est issue aux pôles est pauvre en ^{18}O. Et inversement lorsque la température augmente. Le $\delta^{18}O$ d'un échantillon de glace ou de sédiments marins benthiques est une mesure de la quantité d'isotopes ^{18}O par rapport à celle de l'isotopes ^{16}O. Il permet d'étudier les variations de paléotempératures.

Consigne : Exploite les données relatives aux $\delta^{18}O$ et tes connaissances pour décrire les variations de température au Cénozoïque et entre - 15 000 et - 14 000 ans.

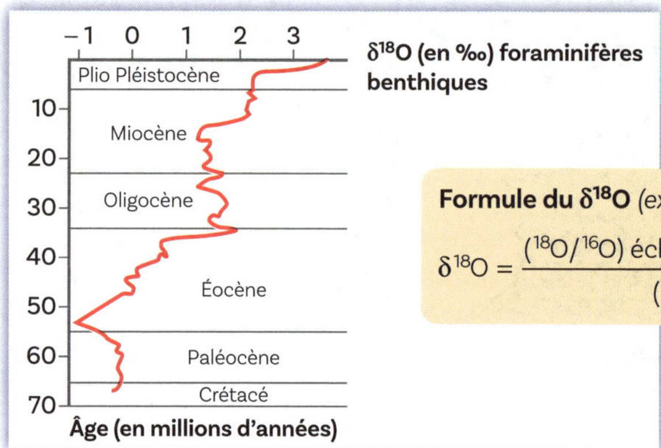

Doc 1 Variation du $\delta^{18}O$ dans les tests de foraminifères de sédiments carbonatés océaniques durant le Cénozoïque

Formule du $\delta^{18}O$ *(exploitation non attendue)*

$$\delta^{18}O = \frac{(^{18}O/^{16}O)\text{ échantillon} - (^{18}O/^{16}O)\text{ référence}}{(^{18}O/^{16}O)\text{ référence}} \times 1000$$

Source : D'après J.F. Deconinck, *Paléoclimats*.

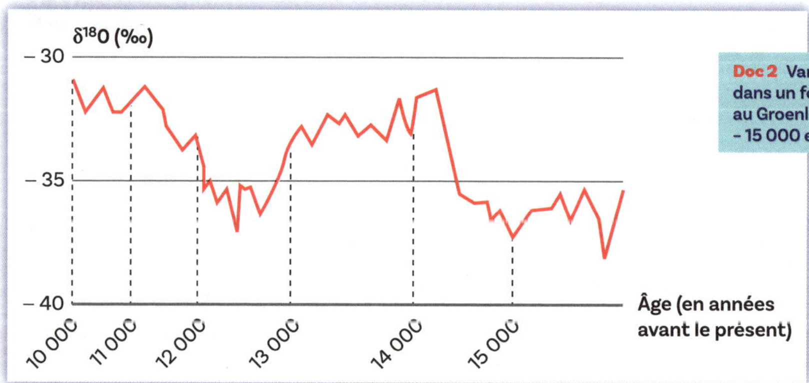

Doc 2 Variation du $\delta^{18}O$ dans un forage de glace au Groenland entre - 15 000 et - 10 000 ans

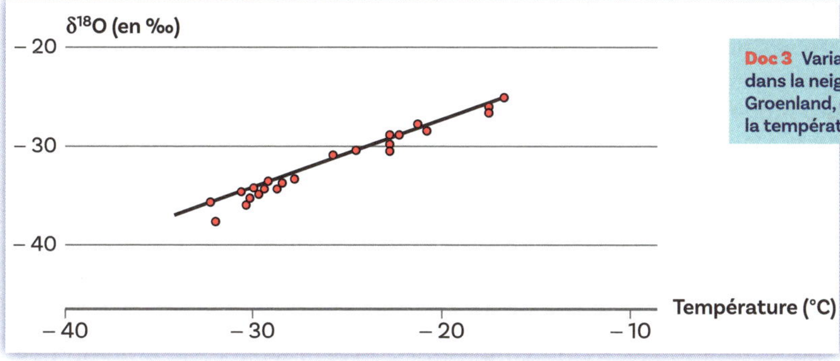

Doc 3 Variation du $\delta^{18}O$ dans la neige fraîche, au Groenland, en fonction de la température ambiante

CONSEILS

- Décris la tendance globale de l'évolution du $\delta^{18}O$ dans les sédiments au Cénozoïque du **document 1** et interprète-la à l'aide de tes connaissances.
- Décris l'évolution globale du $\delta^{18}O$ dans la glace entre - 15 000 et - 14 000 ans grâce au **document 2**. Puis interprète les observations en exploitant les données du **document 3**.

+ d'aide ?
Voir p. 178

CORRIGÉ

Sur le **document 1**, **on observe** que le $\delta^{18}O$ dans les tests de foraminifères de sédiments carbonatés océaniques suit une tendance à la hausse globalement au cours du Cénozoïque, puisqu'il passe d'environ 0 ‰ à 3,5 ‰ entre la fin du Crétacé et aujourd'hui. Or, **on sait** que ce rapport isotopique $\delta^{18}O$ dans les tests de foraminifères de sédiments carbonatés océaniques augmente lorsque le volume de glace aux pôles augmente, donc lorsque la température globale diminue. **On en déduit** qu'au cours du Cénozoïque, il y a globalement une tendance au refroidissement.

La tendance de l'évolution d'une variable est son orientation générale.

Le $\delta^{18}O$ dans les sédiments et le $\delta^{18}O$ dans la glace varie dans ces sens opposés pour un même changement de température.

Sur le **document 2**, **on observe que** le $\delta^{18}O$ dans une carotte de glace du Groenland augmente entre - 15 000 et - 14 000 ans, puisqu'il passe d'environ - 37,5 ‰ à - 32 ‰. Or, **on constate** sur le **document 3** que la température dans la neige fraîche, devenue de la glace, pour un $\delta^{18}O$ de - 37,5 ‰ correspond à - 35 °C et qu'elle est d'environ - 26 °C pour un rapport égale à - 32 ‰. **On en déduit** que, sur la période étudiée de 1 000 ans, la température a augmenté d'environ 9 °C.

Méthode 3 Exploiter un diagramme pollinique

SUJET La dernière glaciation

La reconstitution climatique peut se faire à partir de données paléo-écologiques, comme les grains de pollens et les fossiles d'animaux. Certains environnements, dont les tourbières, sont favorables à la conservation des grains de pollens au cours des temps. D'année en année, les pollens contemporains s'accumulent en couches superposées. Chaque espèce présente des grains de pollen avec des caractéristiques propres. Ainsi, l'étude de carotte de tourbes, reposant sur l'identification et le comptage des grains de pollen de différentes espèces, permet de reconstituer les associations végétales à différentes époques. La représentation schématique de l'évolution des proportions de grains de pollen de différents types s'appelle un diagramme pollinique. En se basant sur le principe d'actualisme, selon lequel les exigences écologiques des végétaux actuels étaient valables dans le passé, on peut interpréter des associations végétales comme des conditions climatiques passées.

Consigne : Exploite les données polliniques pour décrire les changements climatiques du Würm à l'Holocène.

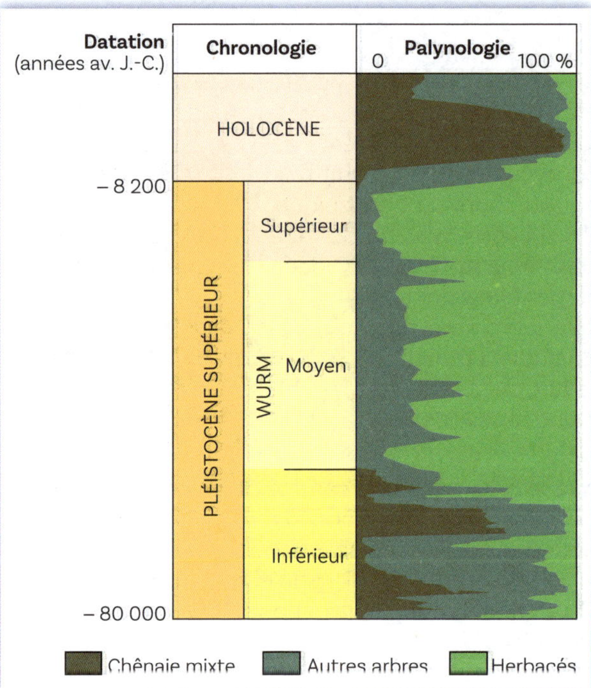

Doc 1 Diagramme pollinique de la tourbière de la Grande Pile, en Haute-Savoie

Espèces	Températures moyennes (en °C)	Conditions climatiques
Chêne pédonculé	10 à 15	Tempérées à chaudes
Pin sylvestre	7 à 13	Tempérées
Épicéa	5 à 8	Froides et humides
Herbacées	< 5	Froides et sèches

Doc 2 Exigences écologiques d'espèces végétales

CONSEILS

- Décris les associations polliniques en amont et en aval de la transition Würm-Holocène
- Exploite les informations sur les exigences écologiques des espèces pour interpréter le changement d'associations polliniques comme un changement de conditions climatiques.

+ d'aide ?

Voir p. 177

CORRIGÉ

Sur le diagramme pollinique du **document 1**, **on observe** que la transition Würm-Holocène se caractérise par un changement d'association de pollens. De la fin du Würm supérieur à l'Holocène, on passe de 5 % des pollens d'arbres autres que ceux de la chênaie mixte et 95 % des pollens d'herbacé à 95 % de pollens d'arbres de la chênaie mixte et 5 % de pollens d'herbacés et d'autres arbres. Or, d'après le **document 2**, **on constate** que les exigences écologiques actuelles des herbacés sont des conditions climatiques froides (température moyenne inférieure à 5 °C) et sèches, alors que celles des chênes sont des conditions climatiques tempérées à chaudes (température moyenne inférieure de 10 à 15 °C). En appliquant le principe d'actualisme, **on en déduit** qu'il y a eu un réchauffement climatique entre le Würm et l'Holocène.

Le document est un diagramme en pourcentages cumulés. Sur l'axe vertical, il y a le temps et sur l'axe horizontal, le pourcentage cumulé des proportions de pollens de différentes espèces végétales. L'ensemble des pollens pour un âge correspond toujours à 100 %.

Concentre ton attention sur les exigences climatiques des espèces très majoritaires.

Méthode 4 Exploiter des indices climatiques

SUJET Reconstitution de paléoceintures climatiques

Certaines roches se forment dans des conditions climatiques particulières. Leur présence dans des formations géologiques anciennes permet de reconstituer des paléoenvironnements, associés à des conditions climatiques, en se fondant sur le principe d'actualisme selon lequel les lois régissant les phénomènes géologiques actuels étaient valables dans le passé.

Consigne : Exploite les données pour reconstituer les paléoceintures climatiques au Carbonifère-Permien et au Crétacé supérieur, c'est-à-dire des bandes latitudinales caractérisées par des conditions climatiques. Utilise pour cela un papier calque.

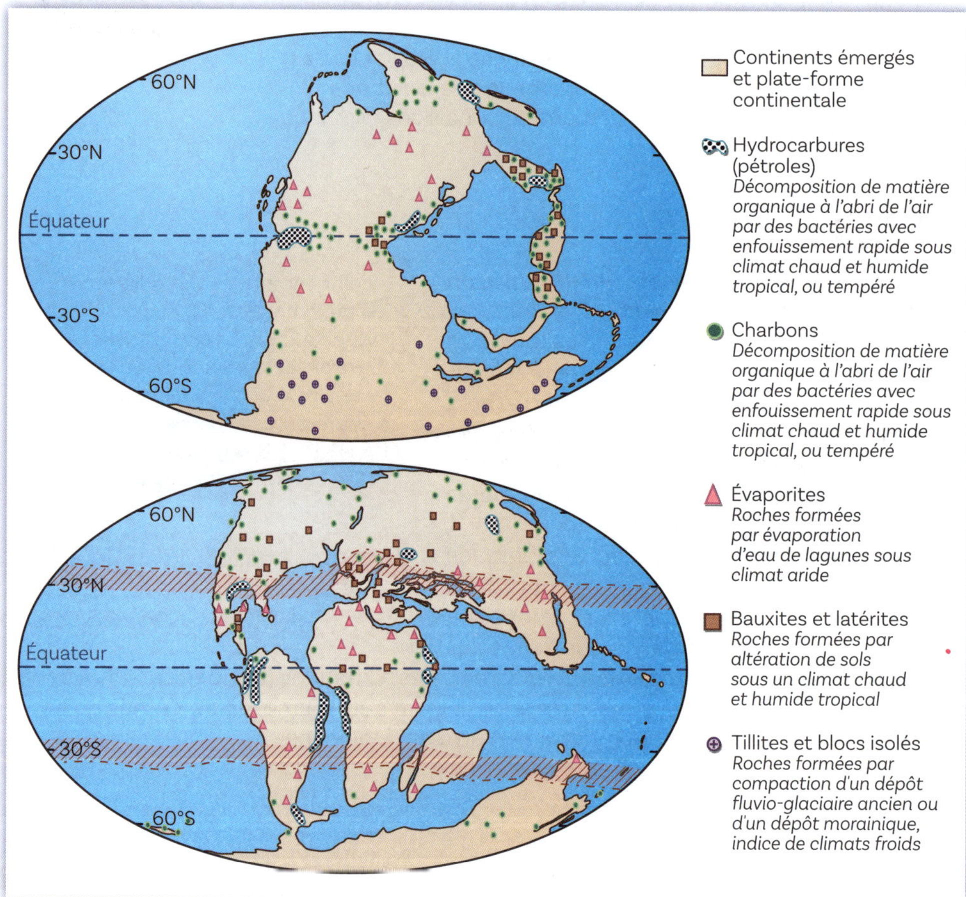

CONSEILS

- Identifie les différentes roches sur les cartes.
- Associe ces roches à leurs conditions de formation.
- Délimite des ensembles de roches aux conditions de formations similaires entre deux latitudes.

+ d'aide ?
Voir p. 180 et 181

CORRIGÉ

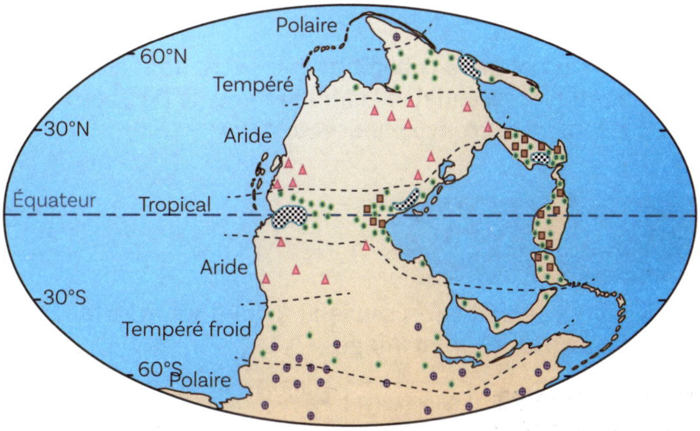

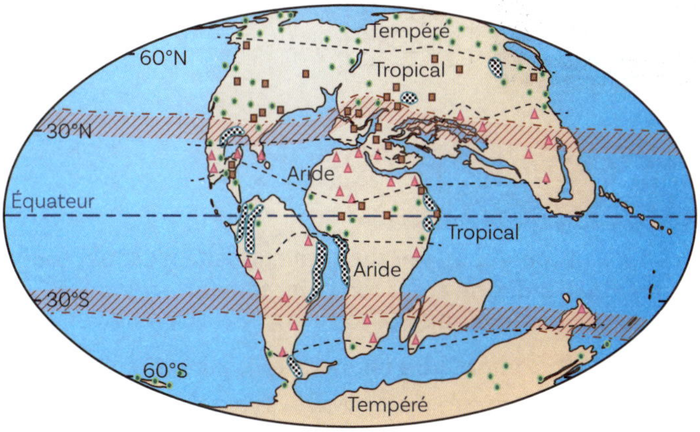

Ton **KIT DE SURVIE** pour le **BAC** avec SCHOOLMOUV

Chapitre 11

Reconstituer et comprendre les variations climatiques passées

Tu viens de voir les notions à connaître sur les variations climatiques passées. Pour t'aider à retenir l'essentiel et t'entraîner pour le Bac, voici ton kit de révisions clé en mains conçu par SchoolMouv !

Vidéo

Pour mieux comprendre et t'en souvenir à coup sûr, regarde la vidéo. C'est parfois bien plus clair en images.

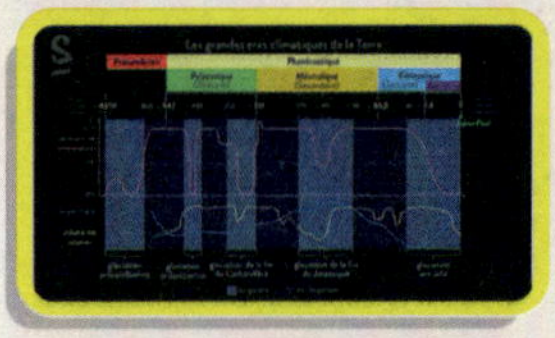

Vidéo **Les méthodes d'observation du climat passé**

https://flashbelin.fr/focusbacschoolmouv/svt/11

Contenu additionnel

Voici un bonus autour du même sujet. La curiosité n'est pas toujours un vilain défaut. Il suffit de créer ton compte pour avoir accès à plein de contenus supplémentaires.

Fiche **Comprendre les variations climatiques**

https://www.schoolmouv.fr/eleves/cours/reconstituer-et-comprendre-les-variations-climatiques-passees/fiche-de-cours

Tchat avec un prof

Pour poser toutes tes questions à un prof particulier, découvre l'abonnement tchat. Tu peux le tester gratuitement pendant 7 jours : fini les questions sans réponses, tu vas devenir incollable.

https://focusbac.schoolmouv.fr/offre

Le Focus de SchoolMouv

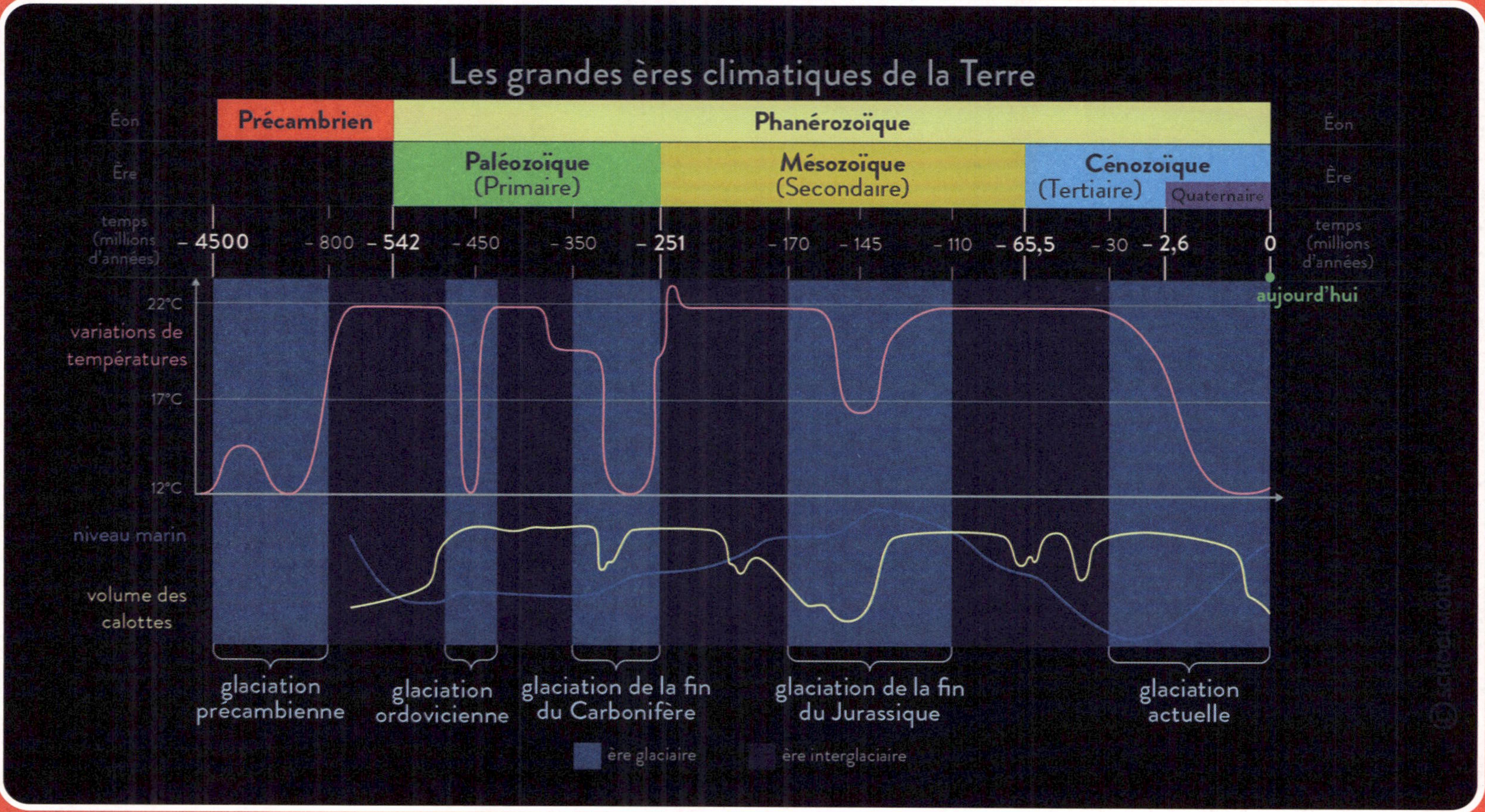

THÈME 4

12 Les conséquences climatique et les

RÉVISIONS 1re

Un quiz avant de commencer

1. Vrai ou faux ?

	Vrai	Faux
1 Les modèles climatiques sont évalués seulement par comparaison de résultats de simulations avec les observations *in situ*.	☐	☐
2 Les modèles climatiques permettent de faire des prévisions climatiques globales et locales à venir sur des décennies ou des siècles.	☐	☐
3 Des prédictions climatiques de modèles scientifiques, nombreux et indépendants, s'accordent sur le réchauffement climatique.	☐	☐
4 La richesse spécifique, la complexité du réseau d'interactions et la diversité fonctionnelle favorisent la résilience climatique d'un écosystème.	☐	☐
5 Le risque climatique dépend des aléas climatiques, des enjeux présents sur une zone géographique déterminée et de leur vulnérabilité.	☐	☐
6 Les scénarios de transition économique évaluent les changements des écosystèmes et les conditions de vie des êtres humains.	☐	☐

2. Coche la ou les bonne(s) réponse(s).

1. Les modèles s'accordent à prévoir, avec une forte probabilité d'occurrence, une augmentation :

- a de 1,5 à 5 °C de la température moyenne d'ici 2100. ☐
- b du niveau moyen des océans d'ici 2100 jusqu'à 1 cm. ☐
- c planétaire des pluies et des événements climatiques extrêmes. ☐
- d du pH des océans. ☐

2. Le réchauffement climatique récent :

- a est lié aux activités humaines (hydrocarbures, déforestation, ciment, fuites de gaz naturel, décharges, activités agricoles). ☐
- b est irréversible à des échelles de temps de plusieurs siècles à cause de l'accumulation d'énergie par les continents. ☐
- c nécessite des mesures d'adaptation selon les risques et les options pour y faire face. ☐

3. Construire une digue pour éviter une inondation est :

- a une mesure de prévention. ☐
- b une mesure de protection. ☐
- c une stratégie d'adaptation. ☐

Réponses : 1. 1. Faux – **2.** Faux – **3.** Vrai – **4.** Vrai – **5.** Vrai – **6.** Faux • **2. 1.** a – **2.** a, c – **3.** b, c.

du réchauffement possibilités d'actions

ORAL

L'ESSENTIEL EN 3 POINTS

Comment le consensus scientifique sur le réchauffement climatique est-il construit ?

1 Le consensus scientifique sur le changement climatique

Depuis quelques dizaines d'années, un effort de **recherche** scientifique majeur est mené pour élaborer un **modèle robuste** sur le **changement climatique**, ses causes et ses conséquences, et pour définir les **actions** qui peuvent être conduites pour y faire face. > p. 196

Comment le réchauffement climatique impacte-t-il la biodiversité et les sociétés humaines ?

2 Les conséquences du réchauffement climatique

Outre les **effets abiotiques**, le réchauffement climatique a des **conséquences directes et indirectes** sur la biodiversité, la santé humaine et la disponibilité alimentaire. > p. 197

Comment lutter contre le réchauffement climatique ?

3 La lutte contre le réchauffement climatique

Aux échelles internationale et nationale, des **actions** individuelles et collectives **d'atténuation et d'adaptation** doivent permettre de lutter contre le changement climatique. > p. 198

LE COURS en 3 fiches

1 Le consensus scientifique sur le changement climatique

Idées clés

→ Il y a aujourd'hui un consensus scientifique sur le **réchauffement climatique**. Un effort de recherche scientifique majeur est mené depuis quelques dizaines d'années pour élaborer un **modèle** robuste **sur le changement climatique**, ses **causes** et ses **conséquences**.

→ L'effort collectif vise aussi à définir les **actions** qui peuvent être conduites **pour y faire face**.

À la loupe

- Les **modèles de climat** progressent en intégrant de manière plus complète les **connaissances** des processus du climat, en améliorant leur **représentation** et en bénéficiant des **progrès technologiques** du numérique.

Coup d'œil

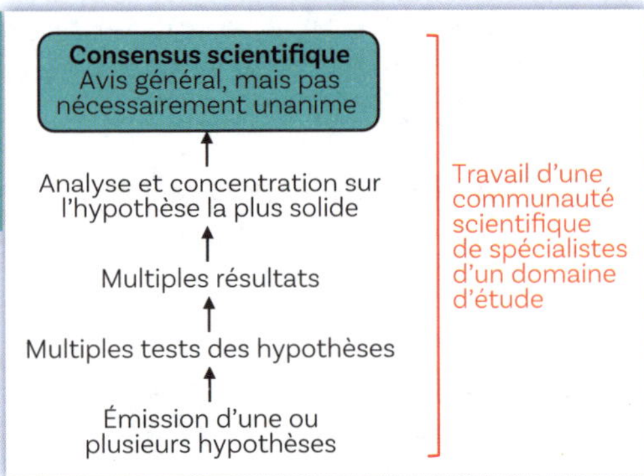

- Il est légitime et indispensable de **questionner le degré de confiance** accordé à ces modèles et à leurs projections, qui sont par nature des **représentations imparfaites** de la réalité. La **confiance** dans ces modèles repose sur la manière convaincante dont ils **simulent le réchauffement** observé au XXe siècle, des **paléoclimats** et des **liens entre le climat et l'environnement**. La **comparaison** de plusieurs projections climatiques de différents modèles permet de dégager un **modèle robuste** sur le changement climatique, ses causes et ses conséquences.
- Le **réchauffement climatique** récent et l'**influence de l'homme** font consensus. Un **consensus scientifique** est l'**avis collectif** de personnes de la communauté scientifique spécialistes d'un domaine d'étude, impliquant un **accord général**, mais pas forcément unanime. Il émerge d'un long processus d'**émission** et de **test d'hypothèses**, et d'**analyse des résultats**. Sa crédibilité repose sur la transparence, la qualité et la quantité des **preuves** scientifiques.
- Le **GIEC** est la référence mondiale sur le climat. Mais des non-spécialistes du climat **désinforment** en **confondant** les échelles de temps, leur opinion ou croyance et le savoir scientifique, les **corrélations** et les **causalités**, ou en s'appuyant sur des **données de mauvaise qualité**.
- **Sociologues** et **économistes** évaluent les **coûts** des mesures d'adaptation et d'atténuation liées au changement climatique.

→ Voir lexique p. 346

2 Les conséquences du réchauffement climatique

Idées clés

→ En dehors des **effets abiotiques**, le **réchauffement climatique** a des impacts importants sur la **biodiversité** et la **santé humaine**, par des **effets directs** sur les populations et sur leur évolution, et par des **effets indirects** liés aux perturbations des écosystèmes naturels et agricoles.

→ La **disponibilité alimentaire** est réduite, car les productions agricoles sont perturbées.

Coup d'œil

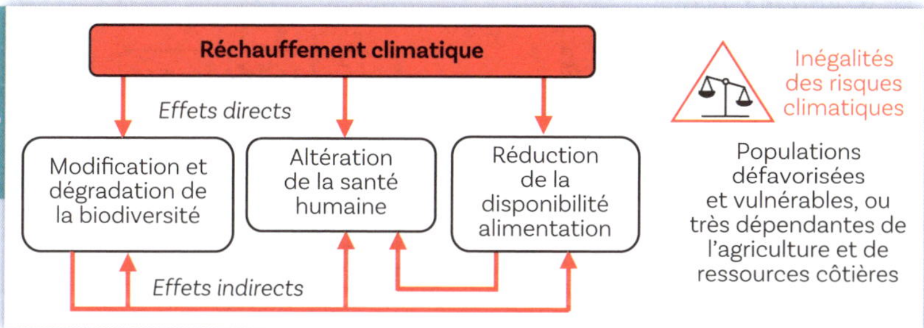

À la loupe

- Les espèces **s'adaptent** aux changements environnementaux dûs au réchauffement climatique grâce aux **capacités individuelles** (adaptation physiologique, plasticité phénotypique) **et collectives** (adaptation évolutive). Au-delà d'un **seuil de tolérance** propre à chacune, les conditions environnementales (ex. : la température) ont des **effets en chaîne négatifs** sur les individus (baisse de la croissance, de la santé et de la reproduction), les populations, les communautés et les écosystèmes. La mod**ification des interactions biotiques et de la productivité** des écosystèmes augmente la **vulnérabilité** de la biodiversité.
- Si **certaines espèces persistent ou migrent** vers des zones refuges plus appropriées, le dépassement des capacités d'adaptation, les migrations trop lentes et la disparition d'habitats engendrent la **disparition locale** ou l'**extinction d'espèces**.
- La **santé humaine** est directement impactée par la hausse des **pathologies** et de la **mortalité** liées à la chaleur, à l'ozone et à l'extension des aires de distribution de vecteurs de maladies (ex. : moustiques, vecteurs de la dengue). Et, indirectement, par l'**altération des services écosystémiques d'approvisionnement et de régulation**, qui entraîne aussi des migrations.
- La **production de biomasse**, favorisée par l'augmentation de la concentration en CO_2, est **perturbée** par des difficultés résultant de la **faible disponibilité des terres agricoles**, à la suite d'une la désertification ou d'une montée du niveau marin, d'une diffusion de pathogènes, d'une l'évolution de la qualité des sols et des apports en eau.
- La **croissance économique mondiale** est impactée et les **populations défavorisées et vulnérables**, ou très dépendantes de l'agriculture et de ressources côtières, sont les plus exposées.

→ Voir lexique p. 346

3 La lutte contre le réchauffement climatique

Idées clés

→ La lutte contre le réchauffement climatique passe par la **recherche** et la mise en œuvre de **startégies d'atténuation et d'adaptation**.

→ La réussite repose sur la **coopération internationale** et le renforcement de l'acquisition de **connaissances**, ainsi que l'**évaluation** éclairée et modulable **des stratégies** mises en place par les pays.

À la loupe

• La **prise de conscience** de l'urgence climatique est en cours. Les **politiques climatiques** actuelles et à venir durant ce XXIe siècle seront **déterminantes** dans la lutte contre le réchauffement climatique et ses conséquences. Les **risques varient** selon l'ampleur et la vitesse du réchauffement, des régions, du niveau de développement et du degré de vulnérabilité, ainsi que des **actions d'atténuation et d'adaptation** retenues et mises en œuvre.

Coup d'œil

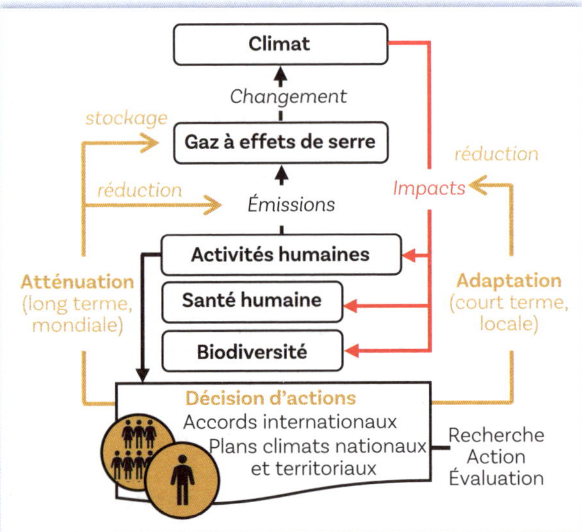

• L'**atténuation** vise à **traiter les causes** du réchauffement en limitant les émissions de **gaz à effet de serre (GES)** : sobriété énergétique, énergies alternatives, stockage du carbone (plusieurs méthodes sont à l'étude, avec leurs bénéfices et inconvénients)...

• L'**adaptation** vise à **diminuer les conséquences** du réchauffement en réduisant la vulnérabilité sociale et écologique : construction de digues, plantation d'arbres adaptés à la chaleur, campagnes de prévention... La **complémentarité** entre atténuation (à long terme et mondiale) et adaptation (à court terme et locale) favorise la lutte contre le réchauffement climatique.

• Les **politiques internationales et nationales** se fondent sur les stratégies d'atténuation et d'adaptation préconisées par le **GIEC** selon différents **scénarios de développement**. Leur **cohérence** permet d'agir à **différentes échelles**. Les actions se déclinent à des niveaux complémentaires collectifs et individuels, qui incluent des changements de comportements et de mode de vie.

• Dans différents pays, des **plans d'action** bâtis sur un consensus scientifique planifient les actions à mener. Ils ont aussi pour objectif de développer les **recherches** sur le climat et les moyens de lutte, ainsi que l'**évaluation** raisonnée des actions et des politiques.

→ Voir lexique p. 346

MÉMO VISUEL

- Les conséquences du réchauffement climatique et les possibilités d'actions -

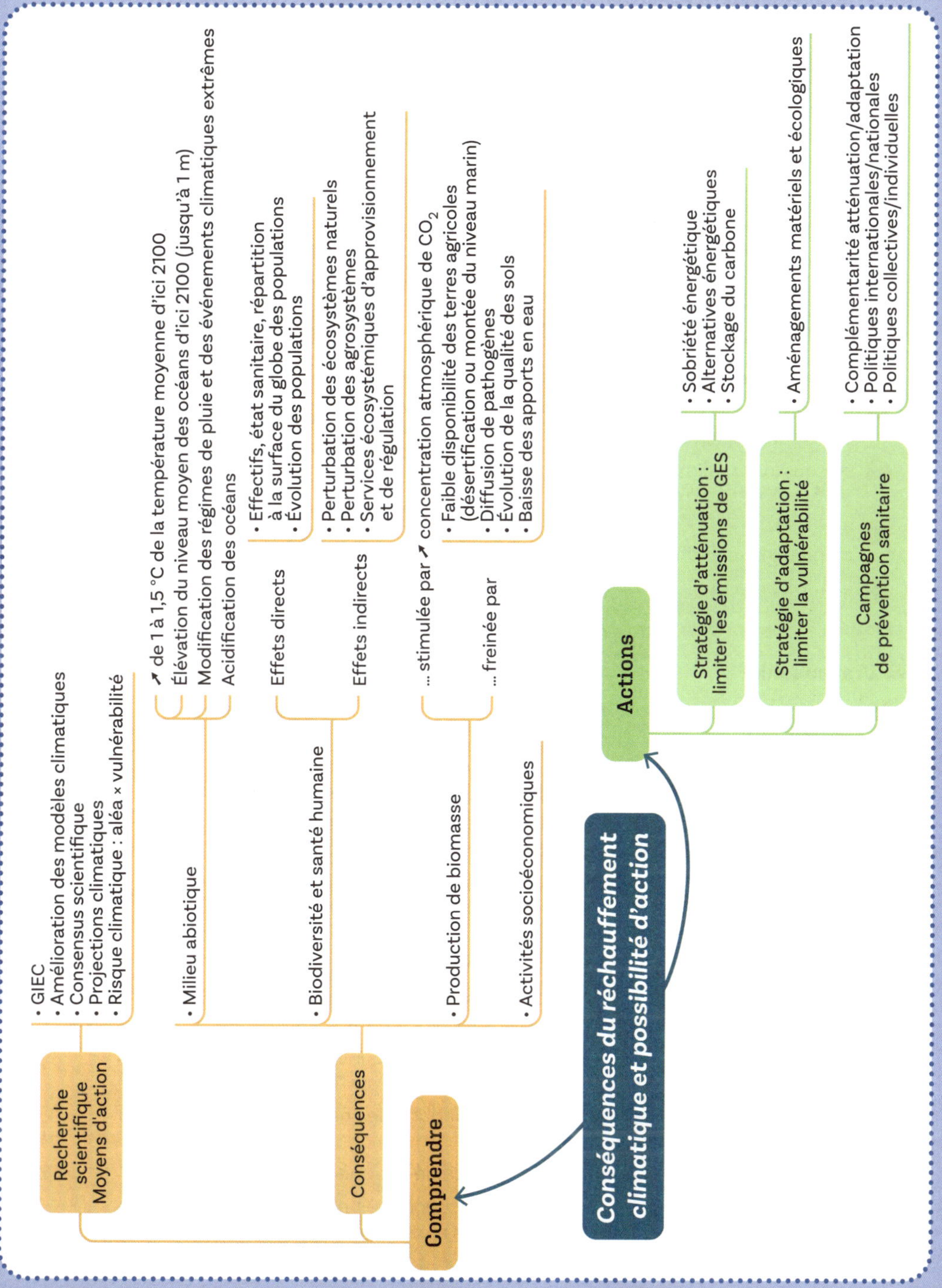

QCM

SE TESTER

1. Coche la ou les bonne(s) réponse(s).

1. La compréhension du changement climatique, ses causes et conséquences :

- **a** met hors de cause les activités humaines dans le réchauffement climatique actuel. ☐
- **b** permet de définir des actions qui peuvent être conduites pour y faire face. ☐
- **c** s'appuie sur un effort de recherche scientifique majeur mené depuis quelques dizaines d'années. ☐
- **d** ne fait pas l'objet d'un consensus scientifique. ☐

2. Un consensus scientifique :

- **a** est un avis unanime des scientifiques spécialistes. ☐
- **b** se construit patiemment à force d'hypothèses, de tests et d'analyse. ☐
- **c** est d'autant plus fort que le nombre de preuves scientifiques est élevé. ☐
- **d** est un compromis. ☐

3. Le réchauffement climatique :

- **a** a des effets abiotiques. ☐
- **b** a des impacts importants sur la biodiversité. ☐
- **c** a peu de conséquences sanitaires pour les populations humaines. ☐
- **d** augmente les productions alimentaires. ☐

4. Une stratégie d'atténuation :

- **a** est un ensemble d'actions visant à réduire les impacts du réchauffement climatique. ☐
- **b** est un ensemble d'actions visant à traiter les causes du réchauffement climatique. ☐
- **c** comprend des mesures qui réduisent la vulnérabilité sociale et écologique des populations et des écosystèmes. ☐
- **d** s'appuie sur la réduction des émissions de CO_2 et le stockage du carbone atmosphérique. ☐

2. Vrai ou faux ?

		Vrai	Faux
1	La robustesse d'un modèle climatique repose sur son aptitude à prévoir l'avenir.	☐	☐
2	Le GIEC est le Groupe international d'experts comptables, constitué de scientifiques spécialistes du climat et d'économistes du monde entier.	☐	☐
3	Le réchauffement climatique influence les effectifs, l'état sanitaire et la répartition à la surface du globe des populations, ainsi que leur évolution.	☐	☐
4	Le réchauffement climatique a seulement des effets directs sur la santé humaine.	☐	☐
5	L'extension des aires de distribution de vecteurs de maladies causée par le réchauffement climatique augmente le risque sanitaire.	☐	☐
6	Les perturbations des écosystèmes dues au réchauffement climatique ne diminuent pas les services écosystémiques rendus.	☐	☐
7	L'augmentation de la concentration en CO_2 et la montée du niveau marin favorisent la production de biomasse dans les écosystèmes agricoles.	☐	☐
8	Le réchauffement climatique impacte davantage les populations défavorisées et vulnérables.	☐	☐
9	La réduction de la consommation énergétique est une action d'atténuation.	☐	☐
10	La complémentarité entre politiques internationales et nationales, actions d'atténuation et d'adaptations, individuelles et collectives est sans importance.	☐	☐

3. Complète le schéma à l'aide des termes suivants.

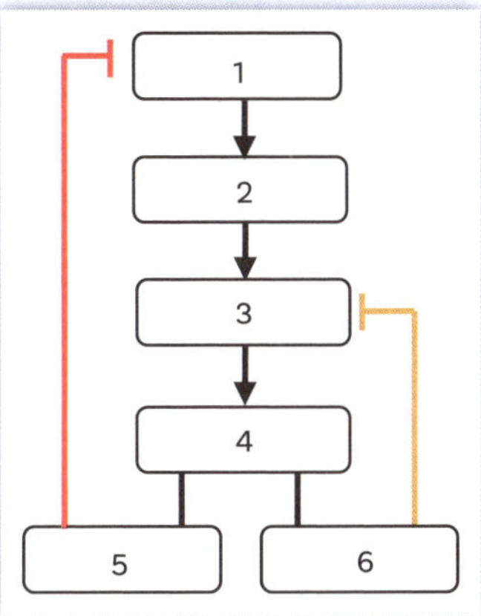

a. *réponses humaines* - **b.** *changement climatique* - **c.** *atténuation* - **d.** *impacts* - **e.** *concentration de gaz à effet de serre* - **f.** *adaptation*

4. Réponds aux questions posées sur ces mémo cartes.

1. Le consensus scientifique sur le changement climatique

- Comment les modèles climatiques ont-ils été améliorés ?
- Comment les modèles climatiques sont-ils testés ?
- Sur quels résultats les modèles climatiques s'accordent-ils ?
- Comment un consensus scientifique est-il construit ?
- Comment scientifiques, sociologues et économistes coopèrent-ils dans la compréhension et l'anticipation du réchauffement climatique ?

2. Les conséquences du réchauffement climatique

- Comment le réchauffement climatique affecte-t-il la biodiversité ?
- Comment certaines espèces s'adaptent-elles au réchauffement climatique ?
- Quelles sont les conséquences directes et indirectes du réchauffement climatiques sur la santé humaine ?
- Comment le réchauffement climatique perturbe-t-il les écosystèmes agricoles ?
- Quelles sont les populations encourant les plus grands risques sociaux, sanitaires et alimentaires liés au réchauffement climatique ?

3. La lutte contre le réchauffement climatique

- Qu'est-ce qu'une stratégie d'adaptation ?
- Qu'est-ce qu'une stratégie d'atténuation ?
- Pourquoi adaptation et atténuation sont-elles complémentaires ?
- À quelle(s) échelle(s) les mesures d'atténuation et d'adaptation se déclinent-elles ?
- Quels sont les objectifs des plans d'actions des pays dans la lutte contre le changement climatique ?

Réponses : 1. 1. b, c - **2.** b, c - **3.** a, b - **4.** b, d • **2. 1.** Faux - **2.** Faux - **3.** Vrai - **4.** Faux - **5.** Vrai - **6.** Faux - **7.** Faux - **8.** Vrai - **9.** Vrai - **10.** Faux • **3. 1e** - **2b** - **3d** - **4a** - **5c** - **6f**.

Chapitre 12 Les conséquences du réchauffement climatique et les possibilités d'actions

Tu viens de voir les notions à connaître sur le changement climatique actuel. Pour t'aider à retenir l'essentiel et t'entraîner pour le Bac, voici ton kit de révisions clé en mains conçu par SchoolMouv !

Fiche de cours

Le Focus de SchoolMouv : L'acidification des océans

L'**acidification des eaux** est devenue en quelques années l'un des problèmes majeurs auxquels nos océans font face. Malheureusement, il n'est pas visible à l'œil nu, et ses effets ne peuvent être perçus aussi facilement que la hausse des températures ou du niveau de la mer.

Car l'**augmentation du CO_2 atmosphérique** n'a pas pour seule conséquence l'accentuation de l'effet de serre. Il se dissout dans nos océans, entraînant des réactions chimiques qui **réduisent le pH** de l'eau de mer.

Ainsi, parler d'acidification des océans, c'est faire référence à la diminution du pH (l'eau devient donc acide) à cause de l'absorption excessive de CO_2.

Au cours des deux derniers siècles, ce pH est passé de 8,2 à 8, et les scientifiques estiment qu'avant 2100 cette valeur diminuera encore probablement de 0,3. La baisse est plus importante qu'il n'y paraît puisque d'une augmentation de point de 0,1 pH résulte une **hausse de 30 % de l'acidité océanique**.

Bien évidemment, les effets se font avant tout ressentir sur la vie marine et notamment **sur les animaux à coquilles** qu'un environnement acide affaiblit. Il est en effet plus difficile pour eux dans ces conditions de former leur coquille et/ou leur exosquelette dont la dissolution se trouve, de surcroît, accélérée. Ce déséquilibre impacte leur survie et toute la chaîne alimentaire qui en découle.

Vidéo

Pour mieux comprendre et t'en souvenir à coup sûr, regarde la vidéo. C'est parfois bien plus clair en images.

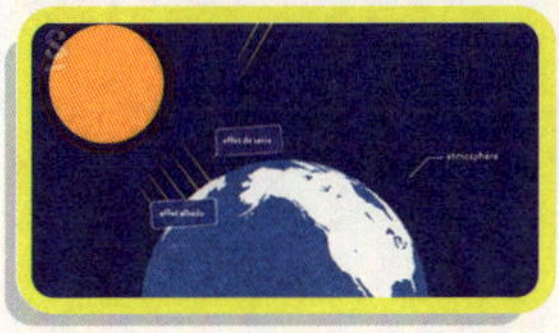

Vidéo **Comprendre les conséquences du réchauffement climatique et les possibilités d'actions**

https://flashbelin.fr/focusbacschoolmouv/svt/12

Contenu additionnel

Voici un bonus autour du même sujet. La curiosité n'est pas toujours un vilain défaut. Il suffit de créer ton compte pour avoir accès à plein de contenus supplémentaires.

Quiz **Comprendre les conséquences du réchauffement climatique et les possibilités d'actions**

https://www.schoolmouv.fr/eleves/cours/comprendre-les-consequences-du-rechauffement-climatique-et-les-possibilites-d-actions/qcm

Tchat avec un prof

Pour poser toutes tes questions à un prof particulier, découvre l'abonnement tchat. Tu peux le tester gratuitement pendant 7 jours : fini les questions sans réponses, tu vas devenir incollable.

https://focusbac.schoolmouv.fr/offre

SE PRÉPARER POUR L'EXAMEN

Synthèse argumentée

SUJET 1 Les réchauffements climatiques

Depuis au moins 540 Ma, la Terre a connu plusieurs changements climatiques successifs, alternant périodes de réchauffement et périodes de refroidissement.

Question

Présenter la diversité des causes responsables de réchauffements climatiques à différentes échelles de temps et les indices géologiques qui permettent aux scientifiques de retracer ces événements.

Vous rédigerez un texte structuré. Votre argumentation s'appuiera sur des expériences et/ou des observations et/ou des exemples judicieusement choisis.

Document > Évolution de $\delta^{18}O$, δD et de la concentration atmosphérique en CO_2 en fonction du temps obtenue par analyse des glaces antarctiques

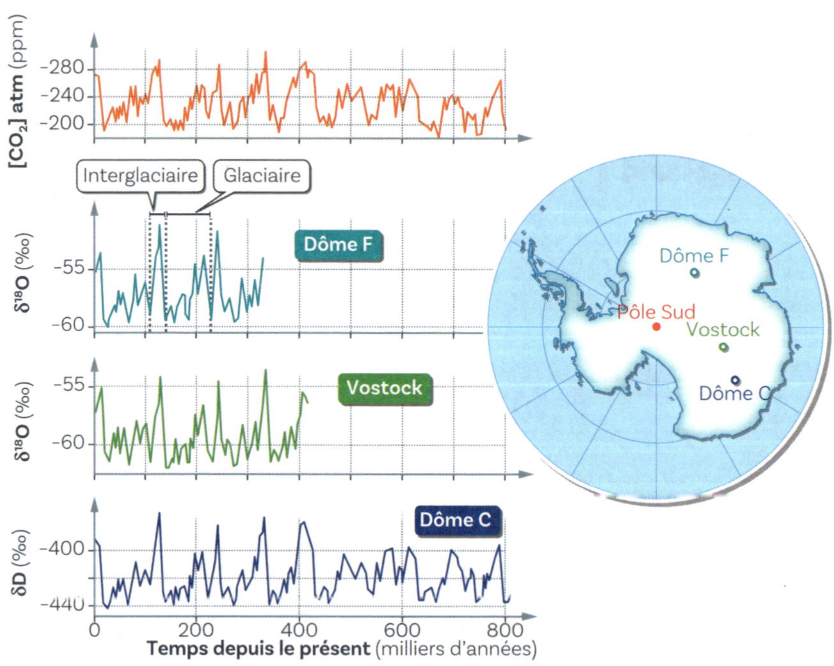

COUP DE POUCE

Tu peux t'appuyer sur la méthode p. 10.

Les clés pour réussir

Analyser et reformuler le sujet

- La question aborde les « réchauffements climatiques », c'est-à-dire des modifications du climat marquées par une augmentation de la température moyenne de la Terre.
- Les « données scientifiques », de nature diverses (mesures directes, phénoménologiques, géologiques, paléo-écologiques ou préhistoriques), sont des indices qui témoignent de ces événements climatiques.
- Les « causes » font référence aux processus qui, lorsqu'ils se produisent, ont pour conséquence l'élévation de la température globale de la planète. Il est attendu des causes agissant sur des périodes de temps d'ordres de grandeur différents (le siècle, de la dizaine à la centaine de milliers d'années, et plusieurs dizaines de millions d'années).
- Les causes et les données scientifiques témoignant des réchauffement sont à « présenter », c'est-à-dire qu'il faut en donner des détails.
- Terme à définir en introduction : réchauffement climatique.

Recenser et organiser les idées et arguments pour répondre au sujet

- **Idée clé 1. L'effet du forçage anthropique à l'échelle du siècle**
  - + 1 °C en 150 ans
  - Mesures *in situ* et autres
  - Activités humaines libératrices de gaz à effet de serre
  - Effet de serre et forçage radiatif

Exemple pour argumenter : corrélation entre l'évolution de la température moyenne et les émissions de gaz à effet de serre d'origine anthropique.

- **Idée clé 2. L'effet du forçage astronomique à l'échelle de 10 000 à 100 000 ans**
  - + 5 °C à l'équateur en 10 000 à 100 000 ans, changements cycliques durant 800 000 ans.
  - Indices préhistoriques, paléo-écologiques et géologiques
  - Cycles de Milankovitch
  - Rétroactions positives (baisse de l'albédo et baisse de la solubilité océanique du CO_2)

Exemple pour argumenter : présente les variations cycliques du delta ^{18}O à l'aide du document.

- **Idée clé 3. L'effet de la géodynamique interne à l'échelle de plusieurs dizaines de millions d'années**
  - Indices géologiques et paléontologiques
  - Activité accrue des dorsales océaniques, libératrice de CO_2
  - Effet de serre

Exemple pour argumenter : compare les vitesses d'expansion océanique au Crétacé et à une période précédente.

SE PRÉPARER POUR L'EXAMEN

Résolution de problème scientifique

SUJET 2 Les événements de Heinrich

Les événements de Heinrich sont caractérisés par l'apparition en domaine océanique profond des sédiments glaciaires grossiers. Ces événements se sont répétés entre - 60 000 et - 10 000 ans.

Question

À partir des informations issues des documents et de vos connaissances, justifier le scénario proposé par les scientifiques dans le document de référence.
Vous organiserez votre réponse selon une démarche de votre choix intégrant des données des documents et les connaissances utiles.

Document de référence > Les événements de Heinrich

Les scientifiques ont construit la théorie suivante : les événements de Heinrich correspondent à un réchauffement des zones nord-américaine et arctique. Ce réchauffement entraîne une débâcle dans le nord de l'Atlantique, c'est-à-dire la libération en mer d'un grand nombre d'icebergs par les glaciers alors présents au Canada. Ces icebergs entraînés par les courants océaniques provoquent un refroidissement général au niveau de l'Europe.

Événements de Heinrich notés H	H1	H2	H3	H4	H5
Âge en années BP (avant le présent)	15 000	23 000	30 000	39 000	45 000

Document 1 > Évolution du Delta ^{18}O dans les glaces de la station GIPS (Groenland) et courbe de référence

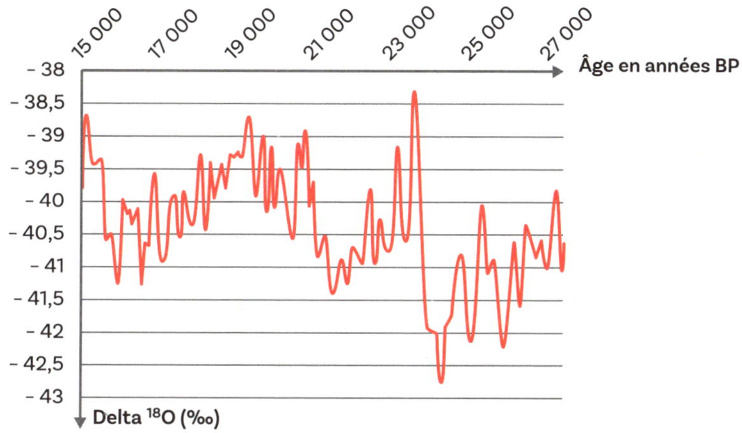

Source : D'après P.M. Grootes et M. Stuiver, *Journal of Geophysical Research*, 1997.

Document 2 > Débâcle d'icebergs

Lors de sa progression sur le socle, le glacier arrache et transporte des éléments rocheux grossiers.

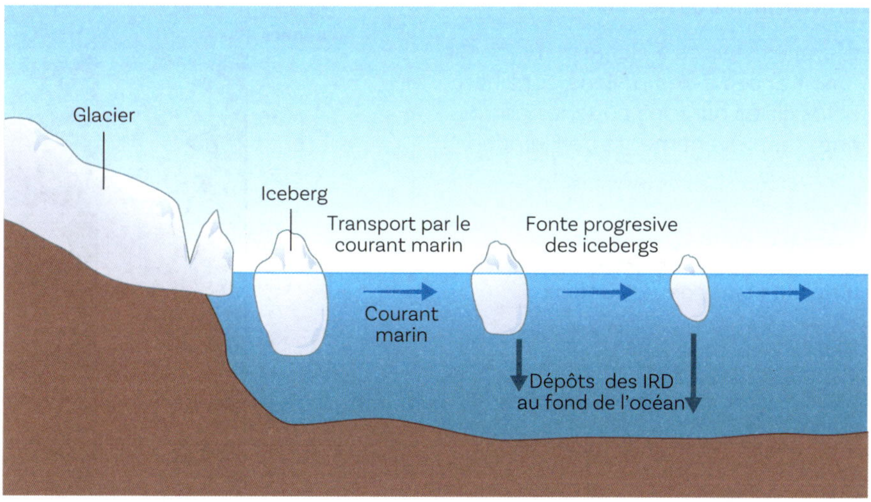

Source : D'après www.acces-lyon.fr.

Document 3 > Diagramme ε néodyme en fonction du rapport $^{206}Pb/^{204}Pb$ pour les sédiments de H_2 et des éléments issus de différentes zones continentales

Le diagramme donnant le ε néodyme (Nd) en fonction du rapport $^{206}Pb/^{204}Pb$ permet de distinguer des roches. Des roches issues d'un même magma originel auront des signatures proches dans ce diagramme.

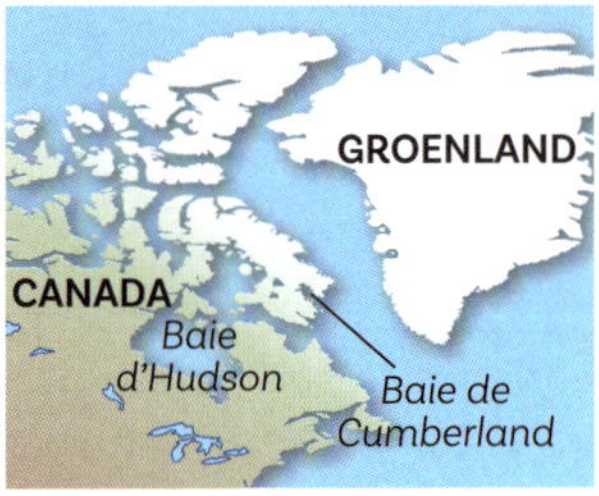

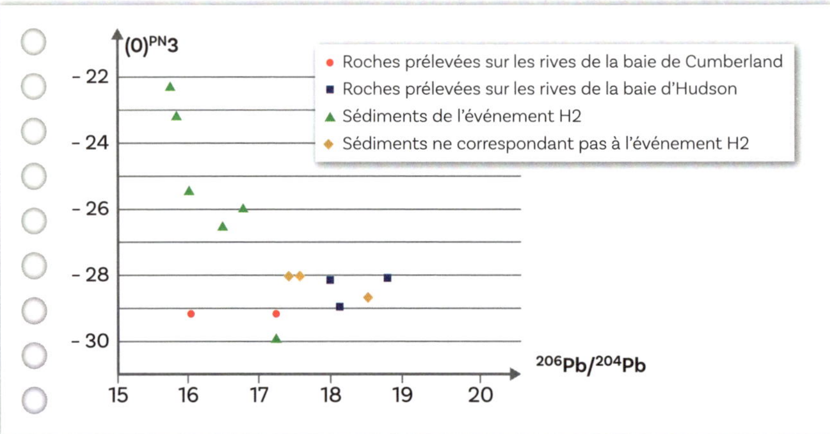

Document 4 > Quantité relative de pollens dans des couches correspondant à des événements de Heinrich

Des forages réalisés au large du Portugal donnent accès à des pollens continentaux fossilisés dans les couches correspondant aux événements de Heinrich.

Source : D'après www.acces.ens-lyon.fr.

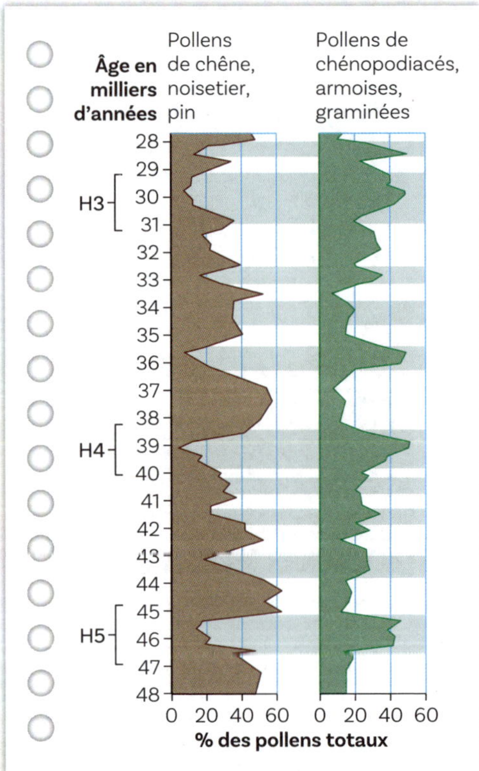

Document 5 > Préférence écologique de différents types de végétations

Plantes présentes	Exigences de température
Chêne, noisetier, pin	Température moyenne
Chénopodiacés, armoises, graminées	Températures basse et moyenne

Les clés pour réussir

Analyser et reformuler le sujet

- La question invite à « justifier », c'est-à-dire à apporter des preuves en faveur d'une hypothèse scientifique présentée dans le document de référence. L'exploitation des documents, en lien avec tes connaissances, doit donc se rapporter à cet objectif.
- L'hypothèse est en trois parties, formulées chacune par une phrase, qui peuvent être argumentées indépendamment les unes des autres.

Mobiliser ses connaissances en lien avec le sujet

- Variabilité climatique naturelle > **p. 174**
- Delta ^{18}O > **p. 177**
- Données paléo-écologiques et principe d'actualisme

Recenser les idées issues des documents

- **Doc 1** : décris la variation du delta ^{18}O dans les glaces de l'Arctique correspondant à des événements de Heinrich. Porte une attention particulière au sens de lecture de l'axe horizontal.
- **Doc 2** : décris l'origine des IRD (*Ice rafted debris*).
- **Doc 3** : détermine l'origine des sédiments de l'événement H2 en comparant les rapports du ε néodyme (Nd) en fonction du rapport 206 Pb/204 Pb avec les données de roches de lieux de références en Amérique du Nord.
- **Doc 4** : décris les variations de végétation en Europe correspondant à des événements de Heinrich.
- **Doc 5** : décris les préférences écologiques de différents types de végétation.

Mettre en relation les informations issues des documents et/ou des connaissances

- **Document de référence, document 1** et **connaissances** : détermine l'évolution de la température globale associée aux événements de Heinrich en arctique.
- **Documents 2 et 3** : mets en relation les informations pour établir un scénario de la mise en place des sédiments H2.
- **Documents 4, 5** et **connaissances** : mets en relation les données palynologiques et les préférences écologiques pour déterminer l'évolution de la température en Europe lors d'événement de Heinrich.

13

THÈME 5

Comportement, mouvement et système nerveux

RÉVISIONS 1re

Un quiz avant de commencer

1. Retrouve à quels numéros correspondent les éléments suivants sur le schéma.

- **a** La synapse
- **b** Le neurotransmetteur (ou neuromédiateur)
- **c** Le récepteur de neuromédiateur
- **d** La membrane plasmique
- **e** Un message nerveux de nature électrique
- **f** Un message nerveux de nature chimique

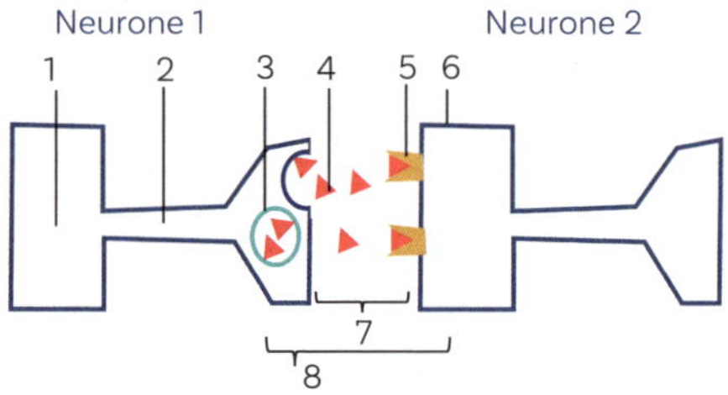

La communication entre deux cellules nerveuses

2. Vrai ou faux ?

	Vrai	Faux
1 Dans le schéma ci-dessus, le message nerveux est transmis du neurone 2 au neurone 1.	☐	☐
2 Le cerveau et la moelle épinière sont des récepteurs sensoriels capables de transformer un signal physique ou chimique, externe ou interne, en message nerveux sensoriel.	☐	☐
3 Le cerveau traite des informations provenant de plusieurs sources (externes et internes), à partir desquelles il élabore des messages nerveux en lien avec une tâche à effectuer.	☐	☐
4 Les échanges d'informations entre les différentes régions cérébrales ne sont pas perturbés par la prise de substances psychoactives (ex. : alcool et cannabis).	☐	☐
5 L'imagerie par résonnance magnétique fonctionnelle (IRMf) permet de mettre en évidence des aires cérébrales spécialisées qui reçoivent les messages nerveux auditifs.	☐	☐
6 Les cellules musculaires permettent aux neurones de se contracter.	☐	☐

Réponses : 1. a. 8 - **b.** 4 - **c.** 5 - **d.** 6 - **e.** 2 - **f.** 7
• **2. 1.** Faux - **2.** Faux - **3.** Vrai - **4.** Faux - **5.** Vrai - **6.** Faux

L'ESSENTIEL EN 6 POINTS

Comment fonctionne le système neuro-musculaire impliqué dans un réflexe myotatique ?

1

Les réflexes

La **réponse motrice** réflexe à un **stimulus** implique un **arc réflexe** mettant en jeu des **récepteurs sensoriels**, des **circuits de neurones** sensoriel et moteur, ainsi que des muscles. > p. 212

Comment le message nerveux est-il conduit par un neurone ?

2

Neurone et message nerveux électrique

Le **neurone** est une cellule spécialisée qui conduit le long de son **axone** un **message nerveux** de nature électrique, codé en **fréquence de potentiels d'action**. > p. 213

Comment le message nerveux est-il transmis entre deux cellules ? Comment le message nerveux moteur cause-t-il la contraction de fibres musculaires ?

3

Message nerveux biochimique et contraction musculaire

Les **synapses** sont les lieux de **transfert du message** nerveux entre deux cellules sous une forme **biochimique** codée en concentration de **neurotransmetteurs**. Le fonctionnement de la synapse neuromusculaire conduit à la **contraction** de la fibre musculaire. > p. 214

Comment le cerveau permet-il la contraction volontaire de muscles ?

4

La commande corticale du mouvement volontaire

L'**information** nerveuse permettant la **contraction volontaire** d'un muscle est générée par des neurones du **cortex** des **aires motrices cérébrales**. > p. 215

Comment le neurone moteur traite-t-il les diverses informations reçues ?

5

L'intégration des informations par le neurone moteur

Le **neurone moteur** intègre les différentes informations reçues sous la forme d'un **message nerveux unique** par **sommations spatiale et temporelle**. > p. 216

Comment le fonctionnement du cerveau peut-il être modifié ?

6

Le cerveau, un organe plastique et fragile, à préserver

Les **connexions neuronales** d'un individu peuvent se modifier en fonction des expériences qu'il vit : cette aptitude est appelée « **plasticité cérébrale** ». Des susbstances **exogènes** peuvent perturber la **transmission synaptique** des messages nerveux et provoquer des **comportements addictifs**. > p. 217

LE COURS en 6 fiches

1 Les réflexes

Idées clés

→ Le réflexe myotatique est la **contraction automatique** d'un muscle squelettique en réponse à son propre étirement.

→ Les réflexes mettent en jeu différents éléments qui constituent l'**arc réflexe**. Celui-ci implique les **systèmes nerveux périphérique** (**nerfs rachidiens**) **et central** (**moelle épinière**).

→ L'**extension réflexe** d'une articulation est permise par la **contraction** et le **relâchement** coordonnés des **muscles antagonistes**.

Des pistes pour argumenter

- **Le réflexe myotatique :** donne l'exemple du réflexe achilléen : l'application d'un coup sec sur le tendon d'Achille chez une personne au repos provoque la contraction des muscles du mollet, conduisant à l'extension du pied.
- **L'arc réflexe :** exploite les résultats expérimentaux de section des racines de nerfs et de stimulation.

Coup d'œil

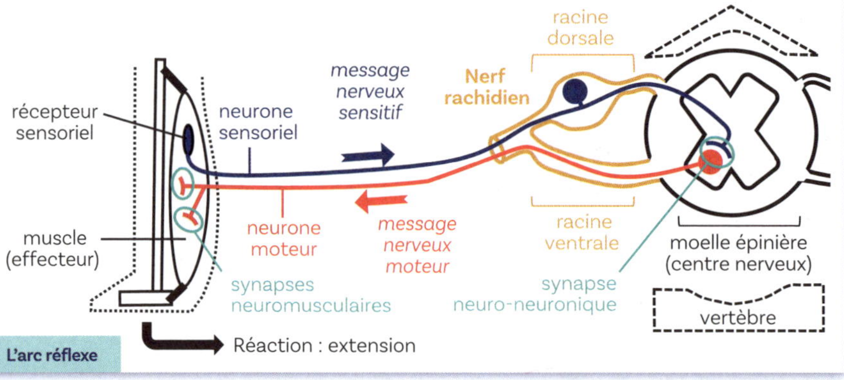

L'arc réflexe

À la loupe

- Un **réflexe myotatique** est une réaction **rapide, obligatoire et involontaire**. La **force** de **contraction** musculaire augmente avec l'**intensité** de la **stimulation**.
- L'**arc réflexe** est une **voie de communication nerveuse** qui relie un **récepteur sensoriel** à un **effecteur**. À partir d'une **sensation de départ** (**stimulus**) captée par un **récepteur** sensoriel musculaire, un **message nerveux** est élaboré et conduit par un **neurone sensoriel** jusqu'au **centre nerveux** qu'est la **corne ventrale de la moelle épinière**, en passant par la **racine dorsale**. Le message nerveux est transmis *via* une **synapse neuro-neuronique** à un **neurone moteur**. Il le conduit jusqu'aux **synapses neuromusculaires** induisant la **contraction** de fibres musculaires de l'**effecteur** (le muscle étiré) et la **réponse motrice** au stimulus. Il y a de multiples exemplaires de ce type de circuit pour chaque muscle.
- Le **relâchement des muscles antagonistes** au(x) muscle(s) stimulé(s), c'est-à-dire les muscles ayant l'effet inverse sur l'articulation, est provoqué par le **même message sensoriel** qui inhibe leurs neurones moteurs.

→ Voir lexique p. 348

2 Neurone et message nerveux électrique

Idées clés

→ Les neurones sont des cellules spécialisées dans la **production**, le **traitement** et la transmission d'informations nerveuses.

→ L'information nerveuse qui se propage *via* les neurones est de nature électrique et est codée en **fréquence de potentiels d'action**.

Coup d'œil

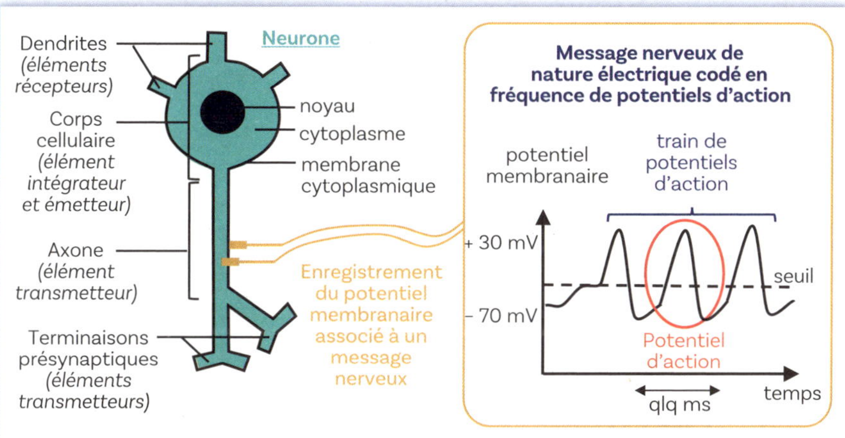

À la loupe

• Le **corps cellulaire** intègre et génère des **messages nerveux**. Les **prolongements cytoplasmiques**, ou **fibres nerveuses**, collectent et conduisent les **informations reçues** d'autres neurones **vers le corps cellulaire** (**dendrites**) ou propagent l'information nerveuse **du corps cellulaire jusqu'à d'autres cellules** (**axone**).

• Il existe une **différence de charges électriques** de part et d'autre de la membrane cytoplasmique des neurones : c'est le **potentiel de membrane**. En l'absence de stimulation, il est égal à environ - 70 mV (potentiel de membrane de repos).

Des pistes pour argumenter

Le codage du message nerveux : présente l'enregistrement de la variation du potentiel membranaire de l'axone d'un neurone stimulé.

• Le long d'un axone, le message nerveux est un **train** (une succession) **de potentiels d'action** (PA) codé en **fréquence** de PA (f_{PA}). Un PA est une **inversion brève, transitoire et stérotypée** de la **polarité** de la **membrane cytoplasmique** du neurone. En quelques millisecondes, la membrane **se dépolarise** (le potentiel de membrane passe de - 70 mV à + 30 mV) et **se repolarise** (retour à - 70 mV). Les **PA** apparaissent lorsque le potentiel de membrane de la cellule stimulée atteint une **valeur seuil**.

→ Voir lexique p. 348

3 Message nerveux biochimique et contraction musculaire

Idées clés

→ L'information nerveuse transmise d'un neurone à une autre cellule implique des synapses, est de nature biochimique et codée en **concentration de neurotransmetteurs**.

→ La **synapse neuromusculaire** met en jeu l'**acétylcholine** et le **potentiel d'action** musculaire provoque une augmentation de la **concentration cytosolique des ions calcium**, qui induit la contraction de la fibre musculaire.

Des pistes pour argumenter

La continuité du message nerveux : montre le couplage entre message nerveux électrique et chimique. > **p. 221 et 226**

Coup d'œil

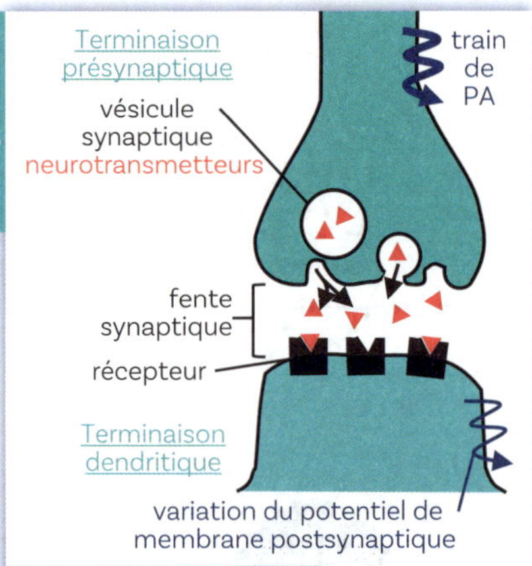

Synapse neuro-neuronique

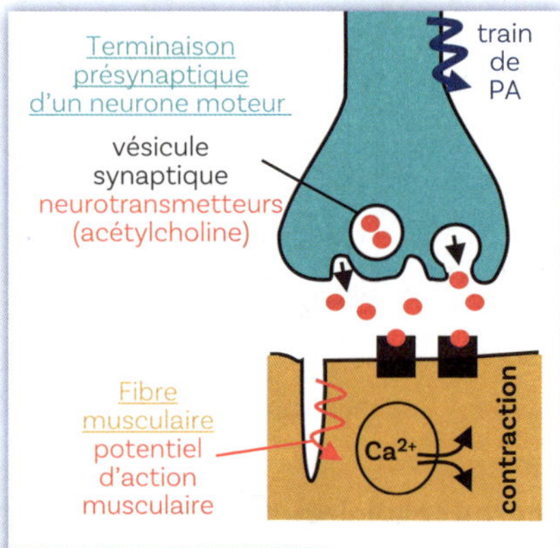

Synapse neuromusculaire

À la loupe

- L'arrivée d'un message nerveux à la **terminaison présynaptique** d'un axone provoque l'**exocytose des vésicules synaptiques**, qui libèrent leurs **neurotransmetteurs** dans la **fente synaptique**. La **concentration** de neurotransmetteurs libérés est positivement **corrélée à la f_{PA}**.
- La **fixation des neurotransmetteurs aux récepteurs** spécifiques de l'élément cellulaire postsynaptique (**dendrite** pour une synapse neuro-neuronique ou **fibre musculaire** pour une synapse neuromusculaire) entraîne une **variation du potentiel de membrane postsynaptique** d'autant plus marquée que la concentration de neurotransmetteurs est élevée.
- La **variation du potentiel de membrane d'une dendrite** est intégrée par le neurone et peut conduire à l'**émergence de nouveaux PA** nerveux. Dans le cas d'une **fibre musculaire**, si la concentration d'acétylcholine est suffisante, cela peut provoquer un **PA musculaire qui se propage** dans la cellule musculaire. Il s'agit d'une **dépolarisation de la membrane**, entraînant l'ouverture de **canaux calciques**, du **réticulum sarcoplasmique** pour les muscles squelettiques, à l'origine d'une augmentation de la **concentration cytosolique** en ions calcium, qui induit la **contraction** de la fibre musculaire.

→ Voir lexique p. 348

4 La commande corticale du mouvement volontaire

Idées clés

→ Le **cerveau** est composé de **neurones** et de **cellules gliales** assurant le bon fonctionnement de l'ensemble.

→ Il existe une commande corticale du mouvement volontaire. Les **messages nerveux moteurs** générés dans le **cerveau** circulent jusqu'au **muscle**.

Coup d'œil

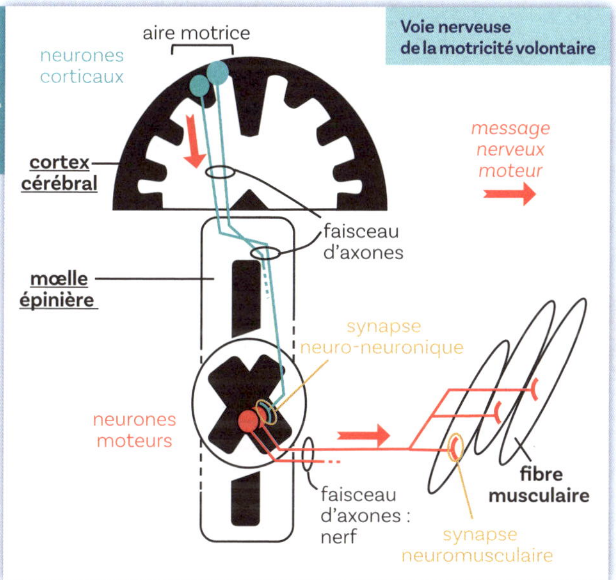

Des pistes pour argumenter

L'identification des aires motrices et des voies de la motricité volontaire : appuie-toi sur le résultat d'IRMf dans diverses situations de mouvement volontaire ou de cas cliniques (AVC, maladie neurodégénérative…) afin de caractériser les aires motrices cérébrales et les voies motrices. > **p. 223**

À la loupe

- Le **cerveau** compte autant **de neurones que de cellules gliales** spécialisées dans le **soutien du système nerveux** (réparation, nutrition, défense immunitaire, propagation des messages nerveux). On trouve les mêmes types de cellules dans la **moelle épinière**.
- L'exploration du **cortex cérébral** par imagerie médicale (IRM fonctionnelle) permet de situer des zones spécialisées à l'origine des **mouvements volontaires** : les **aires motrices**. Les **messages nerveux moteurs** qui partent des neurones de ces aires cheminent *via* leurs **axones** réunis en **faisceaux**, qui « descendent » dans la moelle jusqu'aux synapses avec les neurones moteurs. Après **intégration**, chacun d'entre eux envoie un **message moteur unique** à plusieurs fibres musculaires. Chaque fibre musculaire reçoit le **message d'un seul neurone moteur**.
- Les **voies nerveuses de la motricité volontaire** droite et gauche **se croisent à l'émergence de la moelle épinière**, de telle sorte que c'est l'aire motrice de l'hémisphère cérébral droit qui commande la partie gauche du corps, et inversement.

→ Voir lexique p. 348

5 L'intégration des informations par le neurone moteur

Idées clés

→ Le neurone moteur intègre, sous la forme d'un **message moteur unique**, les informations diverses qu'il reçoit.

→ Certains **dysfonctionnements** du système nerveux modifient le **comportement** et ont des **conséquences sur la santé**.

Des pistes pour argumenter

L'intégration nerveuse : présente les résultats d'expériences testant les réponses variables du neurone postsynaptique en fonction des messages nerveux présynaptiques.

Coup d'œil

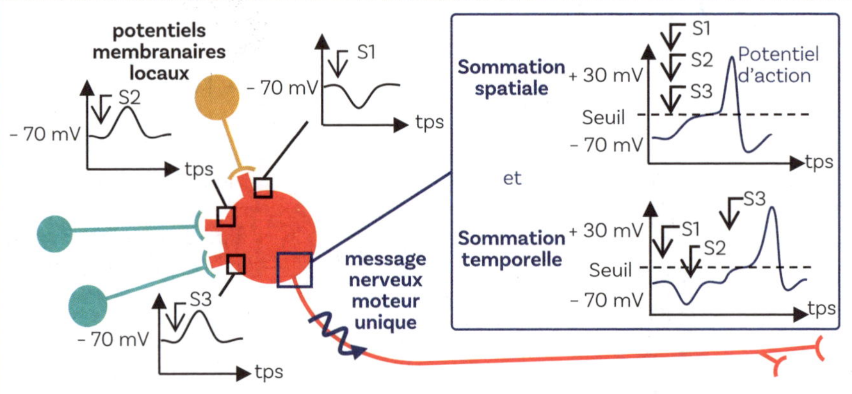

À la loupe

- L'**intégration des différentes informations** nerveuses reçues par le neurone moteur se fait par le **corps cellulaire**. C'est un **processus de sommation spatiale et temporelle**. D'une part, les **variations de potentiel membranaire** des différentes **dendrites** sont « **additionnées** » au niveau du corps cellulaire et, d'autre part, cela se fait sur une **courte durée**, les variations pouvant arriver simultanément ou être espacées dans le temps. Il peut n'en résulter **aucun changement** global ou une **variation unique du potentiel membranaire**, qui peut déclencher des PA si elle atteint un seuil.
- Les **informations nerveuses** sont de deux types : **inhibitrices** lorsqu'elles **hyperpolarisent la membrane cytoplasmique** du neurone, et **excitatrices** lorsqu'elles la **dépolarisent**. On parle de **synapses inhibitrice et excitatrice**.
- Plusieurs causes d'**altération de structures nerveuses** sont à l'origine de **déficits moteurs** (AVC, section ou écrasement de la moelle épinière ou de nerfs). Des nombreuses **maladies** sont caractérisées par des **pertes de motricité**. La recherche des causes et de solutions thérapeutiques offre des perspectives pour certaines d'entre elles.

→ Voir lexique p. 348

6 Le cerveau, un organe plastique et fragile, à préserver

Idées clés

→ L'**apprentissage** et la **récupération** de la **fonction cérébrale** après un accident reposent sur une capacité essentielle : la plasticité cérébrale.

→ Des **substances exogènes** peuvent **modifier le fonctionnement normal** du cerveau en interférant dans la communication nerveuse et provoquer des **comportements addictifs**.

Coup d'œil

Effets de molécules exogènes sur le fonctionnement d'une synapse

Des pistes pour argumenter

- **La plasticité cérébrale :** compare les cartes motrices (régions du cortex moteur activées lors d'un mouvement) visualisées à l'aide d'IRMf en situations d'apprentissage ou de récupération après un accident.
- **L'effet de susbtances psychoactives :** compare le comportement d'un même individu avec et sans prise de substance exogène.

À la loupe

- La **plasticité cérébrale** est la capacité du cerveau à **modifier les réseaux de neurones** en réponse à une **expérience individuelle**. Il s'agit de toute modification durable de l'**activité d'une synapse** au sens strict. Elle s'observe aux **échelles moléculaire** (quantité de **neurotransmetteurs**) **et cellulaire** (nombre de **synapses** ou de **neurones**), à des **échelles temporelles** variables.
- L'**apprentissage** et la **récupération** de différentes **fonctions cérébrales** sont associés à des **réorganisations du cortex cérébral** par extension, remodelage ou réattribution de fonctions aux différences **aires corticales**.
- Les **aires corticales** communiquent entre elles par des **voies neuronales**, où se propagent des **PA** dont la fréquence d'émission est modulée par un ensemble de neurotransmetteurs.
- La prise de **substances exogènes** (alcool, drogues) peut entraîner la **perturbation des messages nerveux** par divers modes d'action (augmentation de la sécrétion de neurotransmetteurs, compétition avec des neurotransmetteurs dans la liaison aux récepteurs, blocage des récepteurs). Cela peut modifier le **comportement**, décrit comme l'ensemble observable des **actions et réactions** en **réponse** à des stimulations.
- Des **mécanismes d'addiction** peuvent se mettre en place suite à la consommation active ou régulière de **substances psychoactives**, stimulant le **système de récompense** qui implique le neurotransmetteur appelé « **dopamine** ».

→ Voir lexique p. 348

MÉMO VISUEL

- Comportement, mouvement et système nerveux -

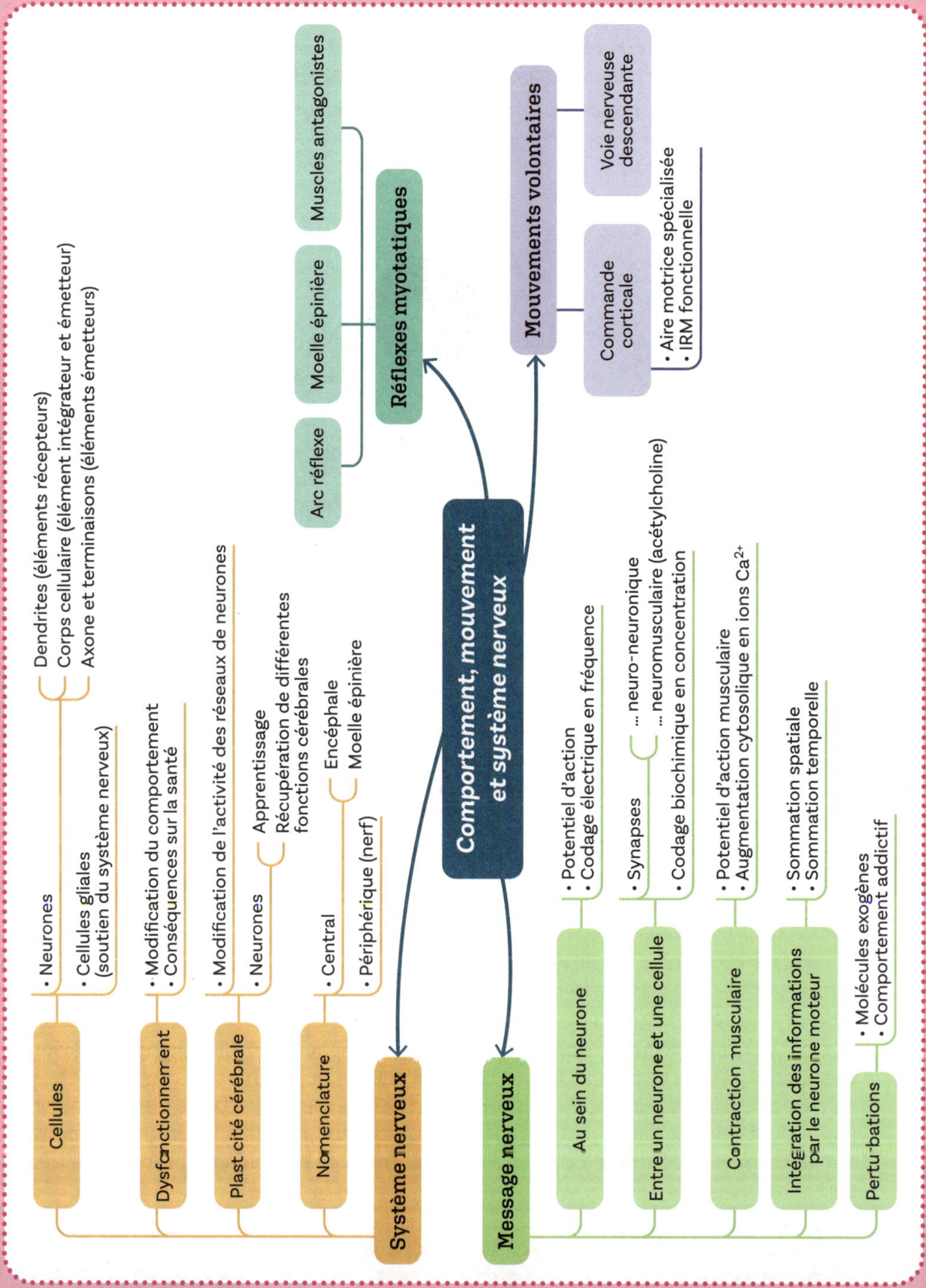

SE TESTER

1. Coche la ou les bonne(s) réponse(s).

1. Le réflexe myotatique :

- **a** est une réaction à un stimulus lente, obligatoire et involontaire. ☐
- **b** induit un mouvement en réaction à une stimulation. ☐
- **c** fait intervenir le cerveau. ☐
- **d** implique les systèmes nerveux périphérique et central. ☐

2. Le neurone moteur conduit un message nerveux *via* son axone :

- **a** codé en fréquence de potentiel d'action vers les centres nerveux. ☐
- **b** codé en concentration de neurotransmetteurs vers le muscle effecteur. ☐
- **c** codé en fréquence de potentiel d'action vers le muscle effecteur. ☐
- **d** présentant toujours la même fréquence et la même amplitude de potentiel d'action. ☐

3. Au niveau d'une synapse :

- **a** neuro-neuronique, le message nerveux est de nature électrique. ☐
- **b** neuromusculaire, la liaison de l'acétylcholine aux récepteurs de la cellule musculaire provoque sa contraction. ☐
- **c** des neurotransmetteurs sont libérés dans le cytoplasme du neurone présynaptique. ☐
- **d** les neurotransmetteurs provoquent une variation du potentiel de membrane de l'élément cellulaire postsynaptique. ☐

4. Le neurone moteur :

- **a** a son corps cellulaire situé dans le muscle. ☐
- **b** reçoit des informations du cerveau et des muscles. ☐
- **c** émet autant de messages nerveux qu'il en reçoit. ☐
- **d** intègre les informations diverses qu'il reçoit sous la forme d'un message moteur unique. ☐

2. Vrai ou faux ?

		Vrai	Faux
1	L'arc réflexe comprend une seule synapse entre deux neurones sensoriels.	☐	☐
2	Le centre nerveux impliqué dans le réflexe myotatique est le cerveau.	☐	☐
3	L'amplitude des potentiels d'action varie en fonction des messages nerveux.	☐	☐
4	Au niveau des synapses, le message nerveux est codé en concentration de neurotransmetteurs.	☐	☐
5	Un potentiel d'action musculaire provoque une baisse de la concentration d'ions Ca^{2+} dans le cytoplasme d'une fibre musculaire à l'origine de sa contraction.	☐	☐
6	Les aires motrices sont des zones de la moelle épinière à l'origine de mouvements volontaires.	☐	☐
7	La sommation temporelle constitue seule le processus d'intégration par le neurone moteur.	☐	☐
8	Les facultés d'apprentissage et de récupération de fonctions cérébrales reposent sur la plasticité cérébrale.	☐	☐
9	La prise de substances exogènes peut perturber la transmission des messages nerveux.	☐	☐
10	Le fonctionnement du cerveau repose uniquement sur le bon état des neurones.	☐	☐

3. Légende les coupes ci-dessous à l'aide des termes suivants.

a. *axone d'un neurone moteur* – **b.** *corne dorsale* – **c.** *corne ventrale* – **d.** *noyau d'une cellule gliale* – **e.** *corps cellulaire d'un neurone moteur*

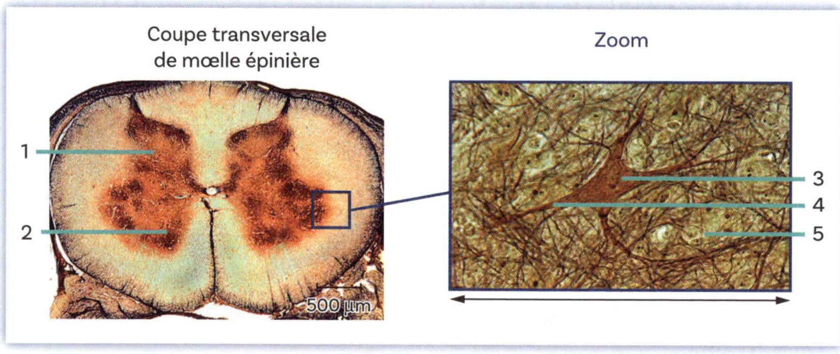

4. Réponds aux questions posées sur ces mémo cartes.

1. Les réflexes

- Qu'est-ce qu'un réflexe myotatique ?
- Quels sont la structure et le fonctionnement d'un arc réflexe ?
- Quelle coordination fonctionnelle des muscles antagonistes permet le mouvement d'un membre lors d'un réflexe ?

2. Neurone, message nerveux et contraction musculaie

- Quelles sont les caractéristiques morpho-fonctionnelles des neurones ?
- Qu'est-ce qu'un potentiel d'action ?
- Comment le message nerveux électrique est-il codé ?
- Comment le message nerveux est-il transmis d'un neurone à une autre cellule ?
- Quelle différence y-a-t-il entre les synapses neuro-neuronique et neuromusculaire ?
- Comment le message nerveux biochimique est-il codé ?

3. Mouvements volontaires et intégration des informations

- Quelles sont les cellules qui constituent le cerveau ?
- Quelle est l'origine des messages nerveux impliqués dans le mouvement volontaire ?
- Quel est le trajet de l'information nerveuse motrice du cerveau aux fibres musculaires ?
- Quel est le processus d'intégration des informations par le neurone moteur ?
- Quelles différences y a-t-il entre les synapses inhibitrices et excitatrices ?
- Quel(s) exemple(s) d'altération de structures nerveuses provoquant des troubles de la motricité volontaire existe-t-il ?

4. Le cerveau, un organe plastique et fragile, à préserver

- Qu'est-ce que la plasticité cérébrale ?
- Quels processus biologiques reposent sur la plasticité cérébrale ?
- Comment les substances exogènes peuvent-elles modifier le comportement ?

Réponses : **1. 1.** b, d - **2.** c - **3.** b, d - **4.** b, d • **2. 1.** Faux - **2.** Faux - **3.** Faux - **4.** Vrai - **5.** Faux - **6.** Faux - **7.** Faux - **8.** Vrai - **9.** Vrai - **10.** Faux • **3. 1**b - **2**c - **3**e - **4**a - **5**d.

SAVOIR-FAIRE

Méthode 1 Exploiter des électronographies

SUJET Le fonctionnement d'une synapse neuromusculaire

On cherche à caractériser le fonctionnement d'une synapse neuromusculaire à l'aide d'images obtenues par microscopie électronique à transmission. Ce type de synapse implique une terminaison d'un axone de neurone moteur et une cellule musculaire.

Consigne : Décris les structures visibles sur ces images, nomme-les à l'aide de tes connaissances, puis caractérise l'effet de la stimulation du nerf moteur.

a. Avant stimulation **b. Après stimulation**

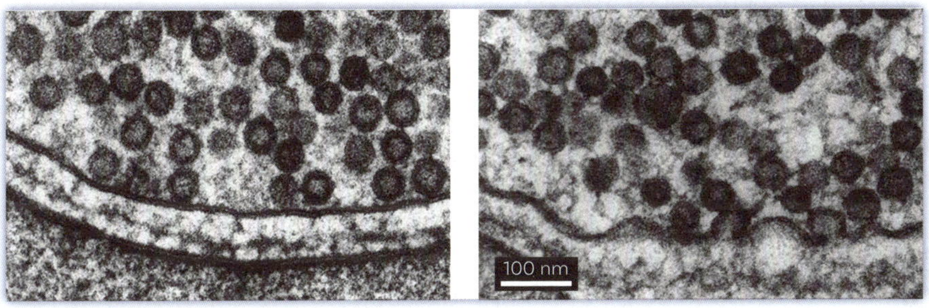

Une synapse neuromusculaire de grenouille avant (a) et après (b) stimulation du nerf moteur

CONSEILS

- Repère les membranes lipidiques sur les électronographies (traits noirs continus) pour délimiter des structures et identifie-les à l'aide de tes connaissances.
- Compare les relations entre les éléments de la synapse avant et après la stimulation du nerf moteur pour en déduire son effet.

+ d'aide ? Voir p. 214

CORRIGÉ

Raisonnement associé à l'observation et à l'interprétation de l'électronographie

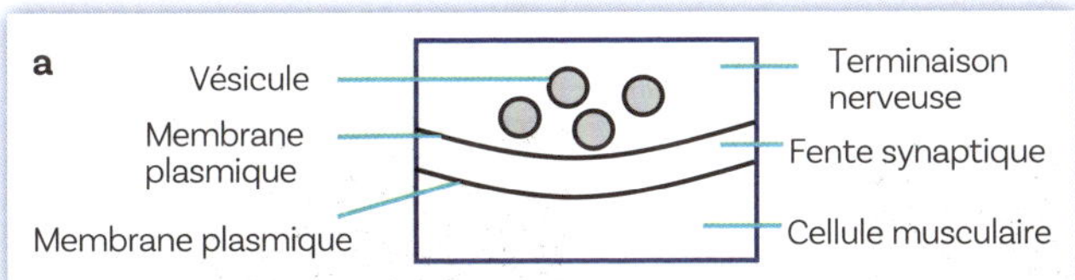

Réalise des schémas simples pour décrire ce que tu observes : structures et relations.

Cherche d'abord les grandes structures de l'image, puis les détails pour l'identification.

On observe deux grandes lignes noires continues et parallèles sur l'électronographie, ce sont des membranes lipidiques simples. Elles délimitent ainsi trois espaces. Or, c'est une image de synapse neuromusculaire que l'on sait constituée d'une terminaison nerveuse, d'une fente synaptique et d'une cellule musculaire. On peut donc supposer que les deux grandes lignes noires sont des membranes plasmiques et que la bande centrale claire est la fente synaptique. Dans la partie haute de l'image, on identifie des compartiments cellulaires de forme circulaire limités par une ligne noire, donc une membrane lipidique simple. À l'aide de nos connaissances, nous pouvons les identifier comme des vésicules synaptiques. Sachant que ces vésicules, qui contiennent des neurotransmetteurs, sont présentes dans le cytoplasme de la terminaison nerveuse présynaptique, on peut en déduire que la partie haute de l'image est le neurone, et par conséquent que la partie basse de l'image est la cellule musculaire.

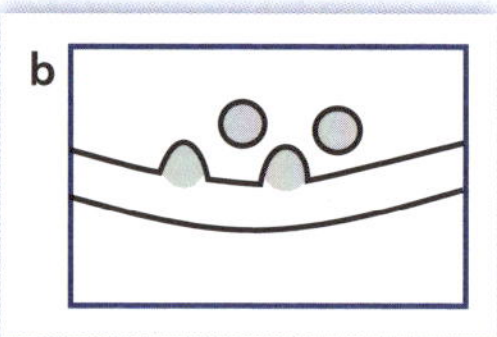

On observe sur l'**image (a)**, correspondant à une synapse neuromusculaire avant stimulation du nerf moteur, la présence de vésicules synaptiques dans le cytoplasme isolées de la membrane plasmique du neurone. Sur l'**image (b)**, correspondant à une synapse neuromusculaire après stimulation du nerf moteur, on constate que des vésicules synaptiques ont fusionné avec la membrane plasmique. On en déduit que la stimulation du nerf moteur entraîne une fusion des vésicules synaptiques avec la membrane plasmique. Par ce phénomène appelé l'exocytose, les vésicules synaptique libère dans la fente synaptique les neurotransmetteurs qu'elles contiennent.

Prête attention à la forme de la membrane plasmique du neurone. Elle présente plusieurs fois des formes en creux plutôt sphériques.

Méthode 2 Exploiter des images de microscopie à fluorescence

SUJET La sclérose latérale amyotrophique

La sclérose latérale amyotrophique (SLA) est une maladie se manifestant à l'âge adulte, caractérisée par de multiples paralysies musculaires. Une mutation du gène FUS semble impliquée dans certaines formes de la maladie. Le gène FUS a été trouvé chez la souris. Les souris possédant l'allèle muté présentent des problèmes de motricité proches de ceux observés chez les patients atteints de SLA. Des chercheurs étudient la localisation de la protéine FUS, produit du gène FUS, dans les neurones moteurs de la moelle épinière de souriceaux témoins d'une part et transgéniques d'autre part. La présence de protéine FUS est révélée par fluorescence en microscopie optique.

Consigne : Exploite les résultats pour tirer une conclusion sur l'effet de la mutation du gène FUS.

a. Souris témoins possédant l'allèle non muté du gène FUS

b. Souris témoins possédant l'allèle muté du gène FUS

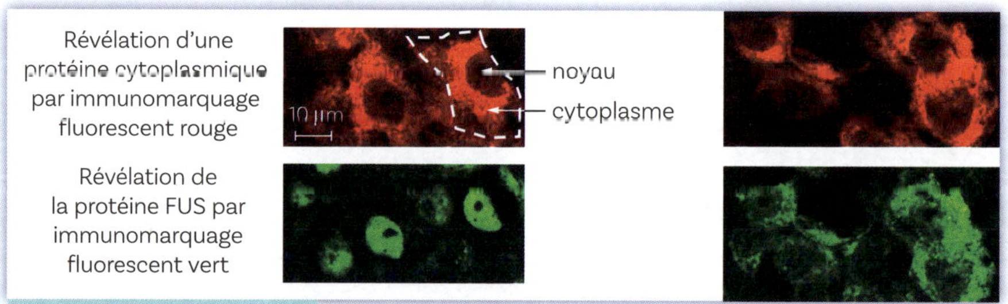

Localisation de la protéine FUS dans les neurones moteurs

Source : D'après Scekic-Zahirovic, *The Embo Journal*, 35, 2016.

CONSEILS

- Localise la fluorescence verte dans les cellules.
- À l'aide des informations données, déduis-en la localisation de la protéine FUS.
- Compare les résultats pour en tirer une conclusion sur l'effet de la mutation.

CORRIGÉ

Chez les souris témoins possédant l'allèle non muté du gène FUS, on observe une fluorescence verte intense dans le noyau des neurones moteurs. Sachant que c'est la protéine FUS qui est révélée par fluorescence, on en déduit que cette protéine est localisée dans le noyau des cellules.

> Fais le lien entre la fluorescence et la protéine FUS.

Chez les souris transgéniques possédant l'allèle muté du gène FUS, on constate que la fluorescence verte est particulièrement marquée dans le cytoplasme des neurones. On peut en déduire que la protéine FUS est principalement localisée dans le cytoplasme.

> Pense à rappeler la condition expérimentale correspond à chaque observation de résultat.

Les résultats des deux conditions expérimentales sont donc différents. Sachant que les souris ne diffèrent que par la mutation du gène FUS, on en déduit que cette mutation est responsable de la différence constatée.

> Une fois l'effet de la mutation mis en évidence, pense à préciser sa nature.

Ainsi, la mutation du gène FUS a un effet sur la localisation de la protéine FUS : elle est localisée dans le cytoplasme au lieu du noyau des neurones moteurs.

Méthode 3 Exploiter des images d'IRM fonctionnel

SUJET Le musicien

Suite à un accident de la route, un patient musicien et gaucher est pris en charge aux urgences. Les médecins réalisent une IRM (imagerie par résonnance magnétique) anatomique pour évaluer l'état du cerveau. Une IRM anatomique permet de visualiser les structures, l'aspect de l'hémisphère gauche du patient est normal. D'autre part, une expérience a été menée chez un individu témoin exécutant un mouvement de la main gauche. Des IRM anatomique et fonctionnelle ont été réalisées pendant cette activité. L'IRM fonctionnelle permet de mettre en évidence des zones du cerveau stimulées dans la réalisation de l'activité. La superposition d'images anatomique et fonctionnelle permet de localiser les zones stimulées dans le cerveau. Une zone lésée n'assure plus sa fonction.

Consigne : **Détermine si le patient pourra encore jouer de la musique avec sa main gauche.**

Doc 1 IRM anatomique du patient

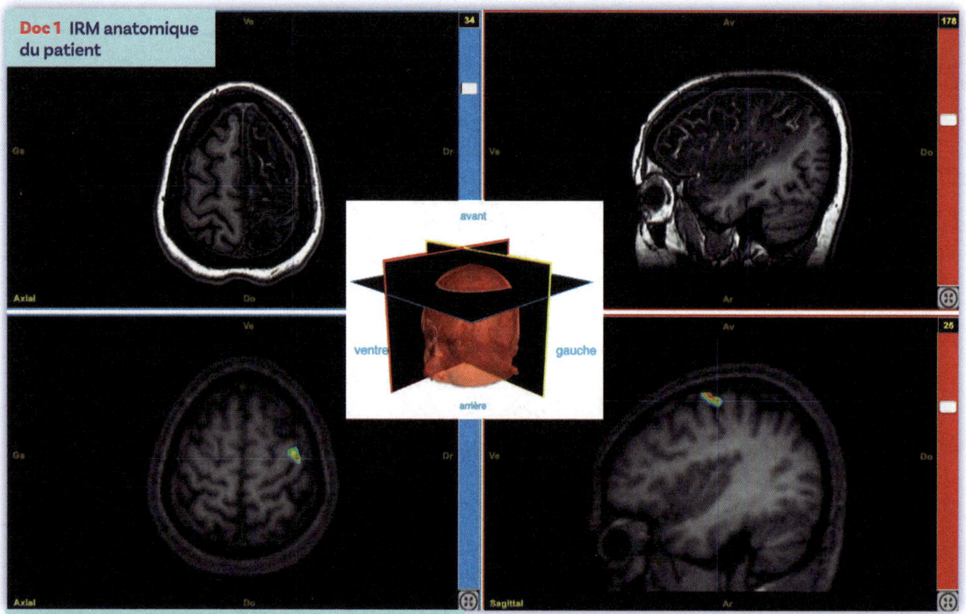

Doc 2 IRM fonctionnel d'un individu témoin exécutant un mouvement de la main gauche

CONSEILS

- Détermine la zone cérébrale lésée du patient.
- Détermine la zone cérébrale mobilisée par le patient pour jouer de la musique.
- Mets en relation les informations précédentes pour conclure.

+ d'aide ?
Voir p. 215 et 216

CORRIGÉ

D'après le document 2, chez un individu témoin exécutant un mouvement de la main gauche, la zone du cerveau stimulée par l'activité est localisée dans l'hémisphère droit. **Sachant que** le patient est gaucher, **on en déduit** que la zone cérébrale qu'il mobilise pour jouer de la musique se situe dans l'hémisphère droit.

> Utilise les légendes des IRM pour te localiser (Ga : gauche, Dr : droite, Ve : ventre et Do : dos).

D'après le document 1, tout l'hémisphère droit du patient a un couleur noire, alors que son hémisphère gauche a une teinte grise. **Sachant que** l'hémisphère gauche est normal, **on en déduit** que tout l'hémisphère droit est lésé.

> Ne confonds pas les informations tirées de l'IRM anatomique et de l'IRM fonctionnelle

La zone mobilisée par le patient pour jouer de la musique se situe donc dans l'hémisphère lésé. **Sachant** qu'une zone lésée n'assure plus sa fonction, **on en conclut** qu'il ne pourra plus jouer de la musique avec sa main gauche.

Méthode 4 Exploiter une électrophorèse

SUJET L'effet moléculaire de la toxine botulique A

La toxine botulique, produite par une bactérie du sol appelée *Clostridium botulinum*, provoque une paralysie en empêchant l'exocytose. Elle agit au niveau des synapses neuromusculaires, dans la terminaison du neurone présynaptique. Pour observer son action moléculaire, on réalise une électrophorèse de la syntaxine et de SNAP25, deux protéines impliquées dans l'exocytose, avec ou sans contact avec la toxine botulique A. On cherche ensuite à savoir si la latrotoxine pourrait constituer un traitement contre le botulisme. Des cellules intoxiquées par la toxine botulique sont soumises (ou non) à la présence de latrotoxine pendant 13 minutes. On réalise 48 h plus tard une électrophorèse de la syntaxine et de SNAP25 de la cellule.

Note : l'électrophorèse est une technique permettant de séparer les molécules selon leur poids en les faisant migrer sur une membrane dans un champ électrique. Plus la molécule migre, plus elle est légère. Le chiffre indique un poids moléculaire exprimé en kilodalton (kda).

Effets moléculaires de la toxine botulique sans ou avec latrotoxine

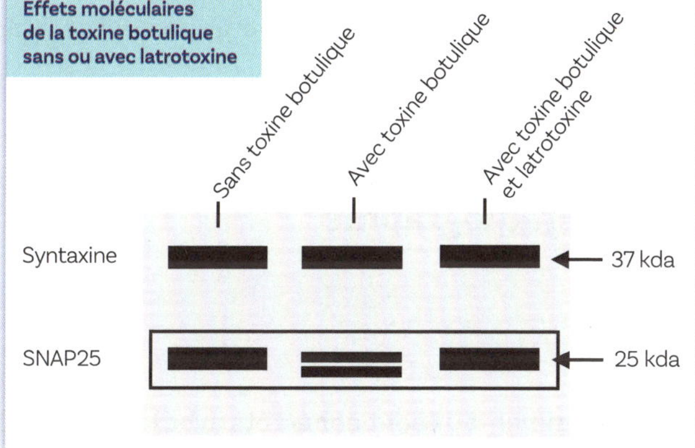

Consigne : Exploite les résultats expérimentaux pour expliquer l'effet de la toxine botulique et détermine si la latrotoxine pourrait être un traitement.

Source : D'après Hubbard, *Journal of visualized experiments*, 2015 et McNutt, Mesngon, 2011.

CONSEILS

- Compare les résultats expérimentaux sans traitement et avec traitement à la toxine botulique, puis tires-en une conclusion.
- Compare le résultat expérimental avec le traitement à la latrotoxine et ceux des deux autres conditions expérimentales pour préciser l'action de cette molécule.

CORRIGÉ

Pour l'électrophorèse de la syntaxine et de SNAP25 sans toxine botulique, condition expérimentale témoin négatif, **on observe** deux bandes : l'une correspondant à une molécule de poids moléculaire de 37 kda, qui est la syntaxine, et l'autre correspondant à une molécule de poids moléculaire de 25 kda, qui est SNAP25. Lorsque les

> Prends le temps de mettre en relation l'énoncé et les légendes autour des résultats d'électrophorèses pour en comprendre le sens.

protéines sont mises en contact avec la toxine botulique, **on constate** une différence avec le résultat précédent uniquement pour SNAP25 : il y a deux bandes au lieu d'une. **Sachant que** chaque bande correspond à une molécule d'un certain poids moléculaire, cela signifie qu'il y a deux molécules différentes.

Les résultats n'étant pas différents pour la syntaxine, sans et avec toxine botulique, **on en déduit** que la toxine n'a pas d'effet sur cette protéine. En revanche, les résultats des deux conditions expérimentales étant différents pour la SNAP25, **on en déduit** que la toxine botulique a un effet sur la SNAP25. Elle provoque une rupture de la protéine en deux parties.

> Explicite les étapes de ton raisonnement, et pas uniquement la conclusion.

Pour l'électrophorèse réalisée à partir de cellules intoxiquées par la toxine botulique et soumises à la présence de latrotoxine pendant 13 minutes, **on observe** une seule bande correspondant à un poids moléculaire de 25 kda. Ce résultat est différent de celui obtenu lorsque les cellules sont uniquement traitées par la toxine botulique. **On en déduit** que la latrotoxine a un effet sur SNAP25 chez les cellules intoxiquées, elle est responsable de l'existence d'une seule molécule au lieu de deux. **Comme** le double traitement « toxine botulique + latrotoxine » donne un résultat identique à celui de la condition expérimentale témoin négatif, **on en déduit** que ce double traitement n'a pas d'effet sur SNAP25.

En conclusion, la latrotoxine pourrait être un traitement contre le botulisme, puisqu'elle semble empêcher l'action de la toxine botulique sur SNAP25.

Méthode 5 Exploiter une autoradiographie

SUJET La myasthénie

Consigne : Montre que les résultats expérimentaux sont cohérents avec le fait que la myasthénie soit une maladie auto-immune.

Doc 1 Qu'est-ce que la myasthénie ?

La myasthénie est une maladie neuromusculaire causée par un dysfonctionnement de la synapse neuromusculaire. Il en résulte une faiblesse musculaire d'intensité et de durée variables, qui peut toucher n'importe quel muscle. Cette faiblesse augmente à l'effort ou à la répétition du mouvement et peut aboutir à une paralysie partielle du ou des muscles concernés. Elle apparaît en général entre 20 et 40 ans et touche environ 5 à 10 personnes sur 100 000.
On sait aujourd'hui que la myasthénie est causée par un dysfonctionnement du système immunitaire : la personne atteinte de myasthénie fabrique des anticorps dirigés contre les récepteurs à l'acétylcholine, empêchant l'acétylcholine de s'y fixer, et ainsi de déclencher la contraction de la cellule musculaire. C'est ce qu'on appelle une maladie auto-immune.

Doc 2 Résultat d'une autoradiographie d'une synapse neuromusculaire chez un sujet sain (a) et chez sujet atteint de myasthénie, observations au MET

Les coupes ont subi un traitement avec des molécules radioactives qui se fixent spécifiquement aux récepteurs à l'acétylcholine.

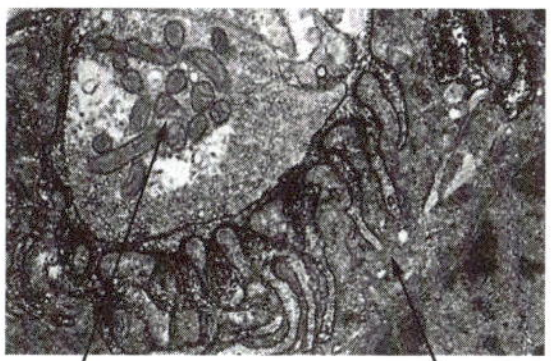

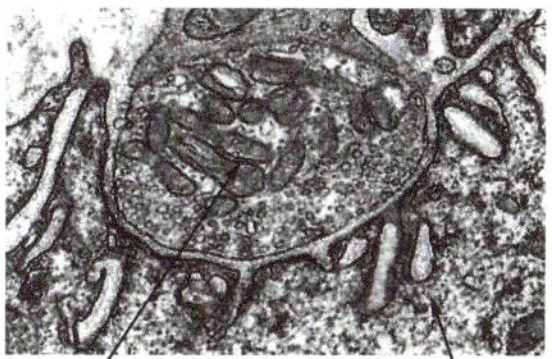

Note : l'autoradiographie est une technique qui a pour objectif de marquer l'emplacement de molécules en utilisant des marqueurs radioactifs qui apparaissent comme des points noirs sur les images.

CONSEILS

- Décris les résultats expérimentaux pour les deux autoradiographies.
- Mets en relation les résultats avec la conséquence de l'existence d'anticorps particuliers chez le sujet atteint de myasthénie.

+ d'aide ?
Voir p. 214

CORRIGÉ

Chez le sujet sain, **on observe** sur l'autoradiographie (**Doc 2a**) des points noirs situés au niveau de la membrane plasmique de la cellule postsynaptique. Ces points noirs révèlent la présence de molécules radioactives fixées aux récepteurs à l'acétylcholine. Sur l'autoradiographie du sujet atteint de myasthénie (**Doc 2b**), **on ne constate pas** de coloration noire marquée au niveau de la membrane plasmique de la cellule post-synaptique. **On en déduit** que les molécules radioactives ne se sont pas fixées aux récepteurs à l'acétylcholine.

> Faits le lien entre le marquage noir sur l'autoradiographie, les molécules radioactives et les récepteurs à l'acétylcholine.

D'après le document 1, les patients atteints de myasthénie produisent des anticorps dirigés contre les récepteurs à l'acétylcholine, empêchant l'acétylcholine de s'y fixer. **On peut supposer**, à l'image de l'acétylcholine, que les molécules radioactives utilisées pour l'autoradiographie ont été empêchées de se fixer aux récepteurs à l'acétylcholine par les anticorps chez le sujet atteint de myasthénie, alors qu'elles ont pu s'y fixer chez le sujet sain qui ne présente pas ces anticorps. **On en conclut** que les résultats sont cohérents avec la nature auto-immune de la myasthénie qui permet de les expliquer.

> Mets en relation le marquage radioactif et la disponibilité des récepteurs à l'acétylcholine.

Ton **KIT DE SURVIE** pour le **BAC** avec SCHOOLMOUV

Chapitre 13

Comportement, mouvement et système nerveux

Tu viens de voir les notions à connaître sur le comportement, le mouvement et le système nerveux. Pour t'aider à retenir l'essentiel et t'entraîner pour le Bac, voici ton kit de révisions clé en mains conçu par SchoolMouv !

Vidéo

Pour mieux comprendre et t'en souvenir à coup sûr, regarde la vidéo. C'est parfois bien plus clair en images.

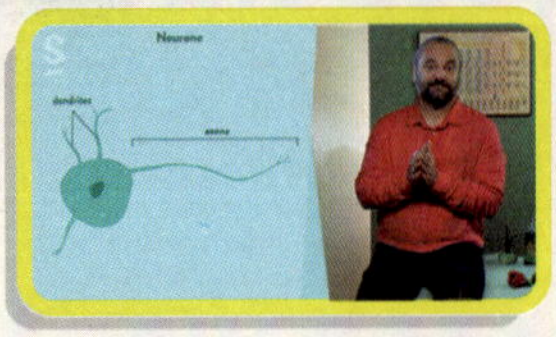

Vidéo **Les réflexes**

https://flashbelin.fr/focusbacschoolmouv/svt/13

Contenu additionnel

Voici un bonus autour du même sujet. La curiosité n'est pas toujours un vilain défaut. Il suffit de créer ton compte pour avoir accès à plein de contenus supplémentaires.

Fiche **Le cerveau : un organe fragile, à préserver**

https://www.schoolmouv.fr/eleves/cours/le-cerveau-un-organe-fragile-a-preserver/fiche-de-cours

Tchat avec un prof

Pour poser toutes tes questions à un prof particulier, découvre l'abonnement tchat. Tu peux le tester gratuitement pendant 7 jours : fini les questions sans réponses, tu vas devenir incollable.

https://focusbac.schoolmouv.fr/offre

Le Focus de SchoolMouv

La moelle épinière

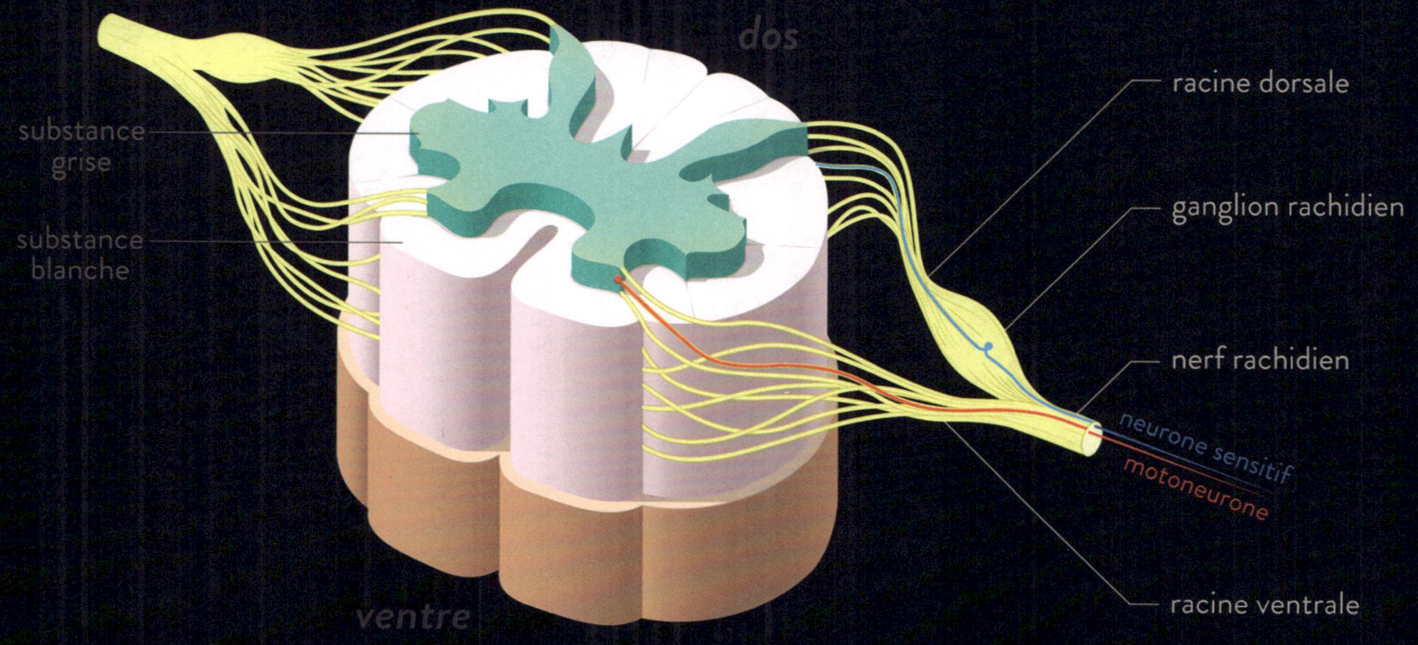

THÈME 5

14 Contraction musculaire et apport d'énergie

RÉVISIONS 1re

Un quiz avant de commencer

1. Vrai ou faux ?

	Vrai	Faux
1 Une matrice extracellulaire est constituée de différentes molécules qui permettent l'adhérence cellulaire.	☐	☐
2 Toutes les cellules possèdent le même équipement enzymatique.	☐	☐
3 La réaction enzymatique nécessite la liaison de l'enzyme au site actif du substrat.	☐	☐
4 De nombreuses réactions biochimiques se déroulent à l'intérieur des cellules.	☐	☐
5 Les cellules musculaires prélèvent des nutriments et du dioxyde de carbone dans le sang pour couvrir leurs besoins.	☐	☐
6 Le cerveau contrôle la contraction des muscles grâce à des hormones.	☐	☐
7 Les hormones sont des substances qui circulent dans le sang et qui agissent sur des tissus cibles possédant des récepteurs.	☐	☐

2. Coche la ou les bonne(s) réponse(s).

1. La respiration cellulaire :

- a permet de produire du dioxygène et de l'eau. ☐
- b permet aux cellules de produire de l'énergie. ☐
- c nécessite du dioxygène et des nutriments prélevés dans l'environnement. ☐
- d se déroule au niveau des poumons chez les mammifères. ☐

2. Les nutriments :

- a circulent dans le sang après avoir été absorbés au niveau de l'intestin grêle. ☐
- b proviennent de la digestion enzymatique des aliments dans le tube digestif. ☐
- c sont suffisants pour que les muscles produisent de l'énergie. ☐
- d sont consommés en moindre quantité par les muscles lors d'un effort physique. ☐

Réponses : 1. 1. Vrai – **2.** Faux – **3.** Faux – **4.** Vrai – **5.** Faux – **6.** Faux – **7.** Vrai • **2. 1.** b, c – **2.** a, b.

L'ESSENTIEL EN 6 POINTS

Comment les muscles produisent-ils les mouvements ?

1 Cellule musculaire et mouvement

Le **muscle strié** est un ensemble de cellules musculaires dites « striées », organisées en **faisceaux musculaires**. Le raccourcissement des muscles lors de la **contraction musculaire** permettent le **mouvement** relatif des deux os. > p. 232

Comment se déroule la contraction musculaire à l'échelle moléculaire ?

2 La contraction musculaire à l'échelle moléculaire

La **cellule musculaire**, cellule spécialisée, est caractérisée par un **cytosquelette** particulier (actine et myosine) permettant le **raccourcissement** de la cellule. La contraction musculaire nécessite des **ions calcium** et l'utilisation d'**ATP** comme source d'énergie. > p. 233

Comment la cellule musculaire produit-elle de l'énergie utile à la contraction ?

3 La production d'ATP par respiration cellulaire

L'**énergie** est apportée sous forme de **molécules d'ATP** produites par les cellules à partir de **matière organique**, notamment le glucose. > p. 234

Comment la cellule musculaire produit-elle de l'ATP en l'absence de dioxygène ?

4 La production d'ATP par fermentation

Il existe une autre voie métabolique dans les cellules musculaires, qui ne nécessite **pas de dioxygène** et produit beaucoup **moins d'ATP**. Les **métabolismes anaérobie** ou **aérobie** dépendent du type d'effort à fournir. > p. 235

D'où provient le glucose nécessaire à la production d'énergie ?

5 Le glucose, source essentielle d'énergie des cellules musculaires

Les cellules musculaires ont besoin de **glucose** et de **dioxygène**, puisés dans le sang. Les réserves de glucose se trouvent sous forme de **glycogène** dans les **cellules musculaires** et dans les **cellules hépatiques**. > p. 236

Comment la concentration de glucose dans le sang est-elle maintenue stable au cours du temps ?

6 La régulation de la glycémie

La **glycémie** est maintenue autour d'une valeur d'équilibre de 1 g/L. Elle est **régulée** par deux **hormones** : l'insuline et le glucagon. Un **dysfonctionnement** de cette régulation peut être à l'origine de **diabètes**. > p. 237

LE COURS en 6 fiches

1 Cellule musculaire et mouvement

Idées clés

→ Les **muscles striés** sont reliés à deux os différents par des **tendons** et sont constitués de cellules musculaires striées.

→ Le **raccourcissement des muscles** lors de la **contraction** musculaire entraîne le mouvement relatif de deux os auxquels les muscles sont reliés par des tendons.

→ La **cellule musculaire** est une cellule **spécialisée** : elle possède un **cytosquelette** particulier formé d'**actine** et de **myosine,** qui joue un rôle fondamental dans la contraction musculaire.

Des pistes pour argumenter

La structure de la cellule musculaire striée : argumente en te fondant sur l'observation d'un fragment de muscle au microscope optique.

Coup d'œil

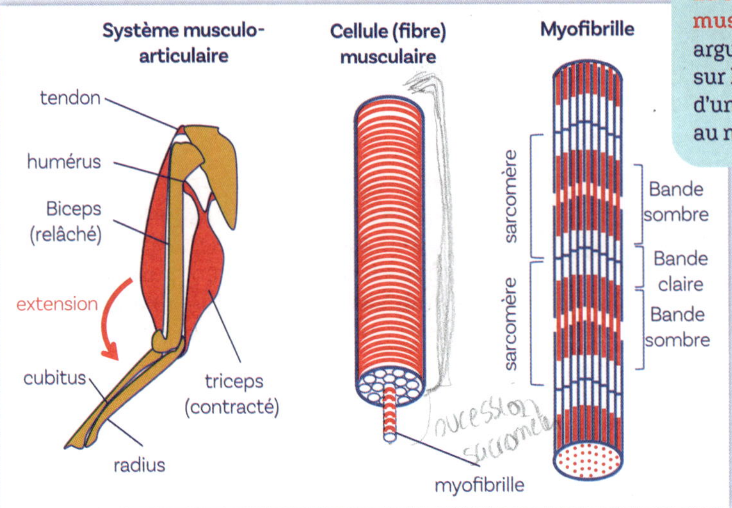

À la loupe

- Les **cellules des muscles striés** sont organisées en **faisceaux musculaires**.
- Sous l'effet d'un **stimulus** nerveux, le **raccourcissement** du muscle **rapproche les deux os** auxquels il est fixé par des **tendons** : cela entraîne le **mouvement**.
- Au microscope optique, ces cellules présentent une **alternance de bandes sombres et de bandes claires**, les **stries**, ce qui leur vaut le nom de **cellules musculaires striées**. Ces stries sont le résultat de l'organisation particulière du **cytosquelette** de ces cellules.
- Le **cytosquelette** est formé de **filaments fins d'actines** et de **filaments épais de myosine**, regroupés en **myofibrilles**.
- Chaque **myofibrille** est formée d'une succession de **sarcomères**, une unité répétitive capable de se raccourcir.

→ Voir lexique p. 348

2 La contraction musculaire à l'échelle moléculaire

Idées clés

→ La contraction musculaire se base sur des **interactions entre les filaments d'actine et de myosine**, à l'origine du **raccourcissement des sarcomères** de la cellule musculaire.

→ La contraction musculaire nécessite des **ions calciums** et l'utilisation d'une **molécule d'ATP** comme source d'énergie.

→ Certaines **myopathies** sont liées à un **défaut dans les interactions entre les protéines** membranaires des cellules **et la matrice** extra-cellulaire.

Des pistes pour argumenter

Le rôle du calcium et de l'ATP : utilise les résultats d'expériences classiques dans lesquelles des fragments de muscles sont placés dans des conditions expérimentales différentes (avec ou sans ATP/calcium). > p. 243

Coup d'œil

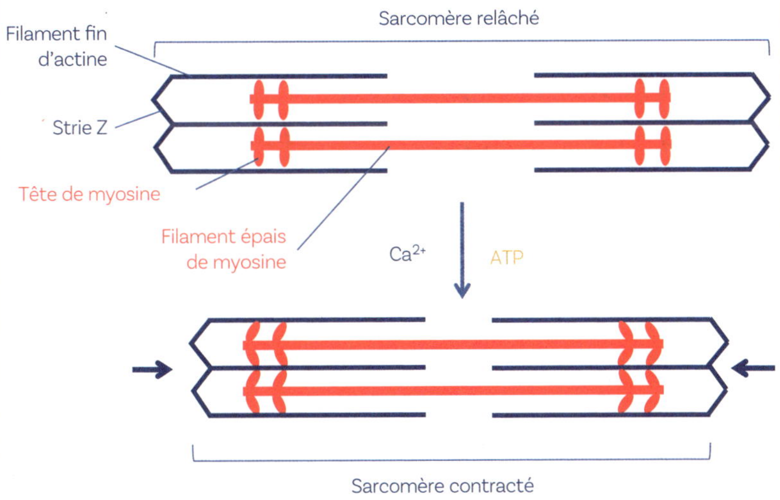

À la loupe

- Chaque **sarcomère** contient des **myofilaments de myosine et d'actine** disposés parallèlement et intercalés.
- Les **filaments épais de myosine** possèdent des **têtes globulaires** capables de se fixer sur les filaments fins d'actine lorsque le **calcium** est présent.
- La **hausse de calcium**, provoquée par un **stimulus** nerveux, est **transitoire** : la baisse du taux de calcium entraîne le relâchement du muscle.
- Les **têtes globulaires** pivotent, ce qui entraîne un **mouvement relatif des filaments** entre eux et le **raccourcissement du sarcomère**. Ce mouvement nécessite la présence d'une source d'énergie : l'**ATP**.
- Certaines **myopathies** sont liées à la **dégénérescence des cellules musculaires**. Les cellules musculaires dégénèrent, car des **molécules situées sur la membrane** des cellules n'interagissent pas correctement avec les **molécules de la matrice extracellulaire**.

→ Voir lexique p. 348

3 La production d'ATP par respiration cellulaire

Idées clés

→ La **contraction musculaire** nécessite de l'ATP, molécule **non stockée** qui doit être produite en permanence.

→ La respiration cellulaire permet l'**oxydation complète du glucose** en deux étapes : **glycolyse**, puis **cycle de Krebs**. Ces réactions produisent du CO_2 et des **composés réduits** (NADH, H^+).

→ La **chaîne respiratoire mitochondriale** permet la **réoxydation des composés réduits** et la **production d'ATP**. Cela nécessite du **dioxygène**, qui sera réduit en eau.

Des pistes pour argumenter

• **L'origine de l'ATP :** compare les réserves en ATP et en glycogène dans les muscles.

• **Le rôle des mitochondries :** utilise les résultats de mesure des échanges gazeux d'une suspension de mitochondries en présence/absence de glucose/pyruvate. > p. 242

Coup d'œil

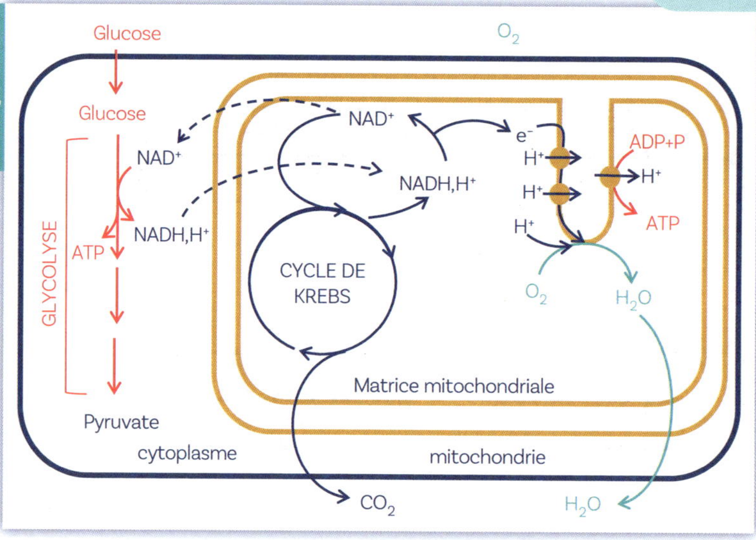

À la loupe

• En présence de **dioxygène** (condition **aérobie**), l'ATP provient de la **respiration cellulaire**, une voie métabolique de dégradation complète du glucose.

• La **glycolyse** a lieu **dans le hyaloplasme** des cellules et produit du **pyruvate** à partir du glucose, de l'**ATP** et des **composés réduits** (NADH, H^+).

• Le **cycle de Krebs** se déroule **dans la matrice mitochondriale**. Le **pyruvate** est **oxydé en dioxyde de carbone**, et des composés réduits (NADH, H^+) sont produits.

• Les **composés réduits** produits sont **réoxydés** ($NADH, H^+ \rightarrow NAD^+ + 2\ H^+ + 2\ e^-$) par la chaîne respiratoire mitochondriale. Pour cela le **dioxygène** est réduit en eau ($O_2 + 4\ H^+ + 4\ e^- \rightarrow H_2O$).

• Les **transferts d'électrons et de protons**, associés aux **réactions d'oxydo-réductions** de la chaîne respiratoire mitochondriale, permettent la **production d'ATP** par une **enzyme** : l'**ATP synthétase**.

→ Voir lexique p. 348

4 La production d'ATP par fermentation

Idées clés

→ En l'absence de dioxygène, les **cellules musculaires** peuvent produire de l'ATP par **voie anaérobie** : c'est la fermentation lactique.

→ Cette voie métabolique produit **beaucoup moins d'ATP** que la voie aérobie et a lieu **dans le hyaloplasme**.

→ Les **métabolismes aérobie et anaérobie** dépendent du **type d'effort** à fournir.

→ Des **substances exogènes** peuvent agir sur la masse et le métabolisme des muscles, avec des **conséquences néfastes** sur la santé.

Coup d'œil

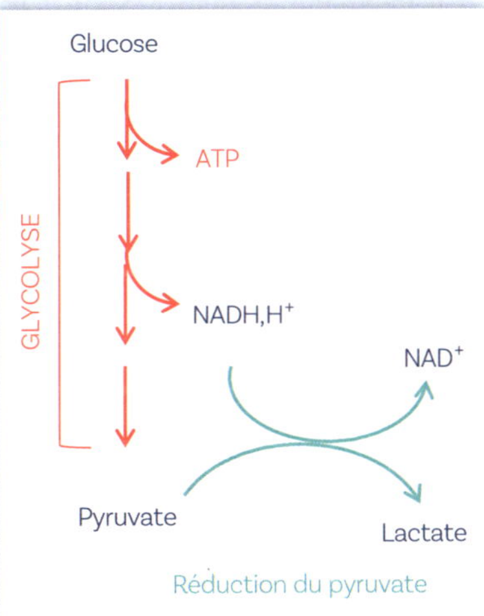

Des pistes pour argumenter

- **Les voies aérobie/anaérobie :** utilise les données d'une expérimentation assistée par ordinateur sur une suspension de levure, qui démontrent que la fermentation n'a lieu qu'en l'absence de dioxygène. > p. 244
- **La production d'ATP :** évoque les quantités d'ATP produites par oxydation du glucose par la voie aérobie (34 ATP) et anaérobie (2 ATP).

À la loupe

- En **absence de dioxygène**, la **réoxydation des composés réduits** par la chaîne respiratoire mitochondriale n'est **plus possible**.
- La **fermentation** permet de produire de l'**acide lactique** et de **réoxyder les composés réduits** durant la glycolyse. L'**oxydation** de la molécule de glucose est alors **partielle**.
- La **voie aérobie** permet de produire près d'une **trentaine de molécules d'ATP** par molécule de glucose oxydée. Le rendement de la **voie anaérobie** est beaucoup moins important : seulement **deux molécules d'ATP** par molécule de glucose.
- Les **efforts brefs et intenses** sollicitent la **voie anaérobie**, alors que les **efforts modérés et prolongés** sollicitent davantage la **voie aérobie**.
- Certaines **substances** sont utilisées pour **modifier le métabolisme** ou **augmenter la masse des muscles**, notamment pour augmenter les performances physiques durant les compétitions sportives. Ces substances dites « **dopantes** » sont interdites et peuvent avoir de **graves effets** sur la santé.

→ Voir lexique p. 348

5 Le glucose, source essentielle d'énergie des cellules musculaires

Idées clés

→ Les cellules musculaires ont **besoin de nutriments**, principalement de glucose et de **dioxygène**, puisés dans le **sang**.

→ Une partie du **glucose** consommé est **stocké dans le foie** et **dans les muscles**.

→ Ces **réserves** permettent d'entretenir des **flux de glucose** entre les **organes sources** (intestin et foie) et les **organes consommateurs** (notamment les muscles).

Des pistes pour argumenter

- **Les réserves hépatiques en glycogène :** le lugol colore en brun acajou le glycogène hépatique, ce qui est visible sur une préparation microscopique d'hépatocytes.
- **Le rôle du foie :** base-toi sur l'expérience du foie lavé, qui montre que le foie, contrairement aux muscles, peut libérer du glucose.

Coup d'œil

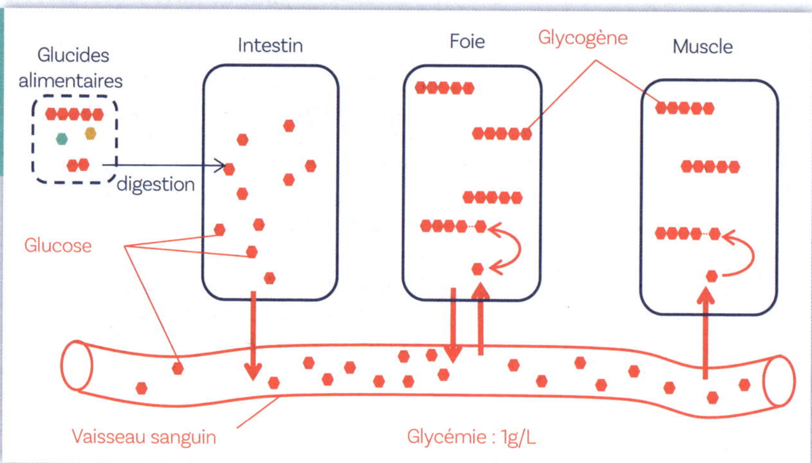

À la loupe

- La **production d'ATP** nécessaire à la contraction musculaire nécessite du **glucose** (voies aérobie et anaérobie) et du **dioxygène** (voie aérobie). Ces **nutriments** sont **puisés dans le sang** circulant.
- Le **glucose** provient de l'**alimentation**, mais son **apport** est **irrégulier** : il peut être **stocké dans les muscles et dans le foie** après un repas, sous forme de **glycogène**, un **polymère** constitué d'un enchaînement de molécules de glucose.
- En cas de besoin, **le foie peut libérer du glucose**, contrairement aux muscles. Il existe ainsi des **flux de glucose entre des organes sources** (intestin et foie) **et les muscles** qui consomment ce glucose durant leur activité.

→ Voir lexique p. 348

6 La régulation de la glycémie

Idées clés

→ La glycémie, concentration de glucose dans le sang, dépend des apports alimentaires.

→ Sa valeur reste cependant **proche de 1 g/L**, car elle est régulée **par des hormones pancréatiques** : l'**insuline** et le **glucagon**.

→ L'**insuline** est une **hormone hypoglycémiante**, qui favorise le **stockage du glucose** dans le foie et les muscles. Le **glucagon** est une **hormone hyperglycémiante**, qui provoque la **sortie de glucose** des cellules hépatique.

→ Un **dysfonctionnement de la régulation** de la glycémie entraîne une **hyperglycémie** : c'est le **diabète**.

Des pistes pour argumenter

- **Le rôle du pancréas :** évoque les expériences historiques d'ablation ou de destruction du pancréas, qui entraînent une défaillance de régulation de la glycémie. > **p. 245**
- **Les effets du glucagon et de l'insuline :** indique les résultats d'injections dans le sang de ces hormones (respectivement une hyper- et une hypoglycémie).

Coup d'œil

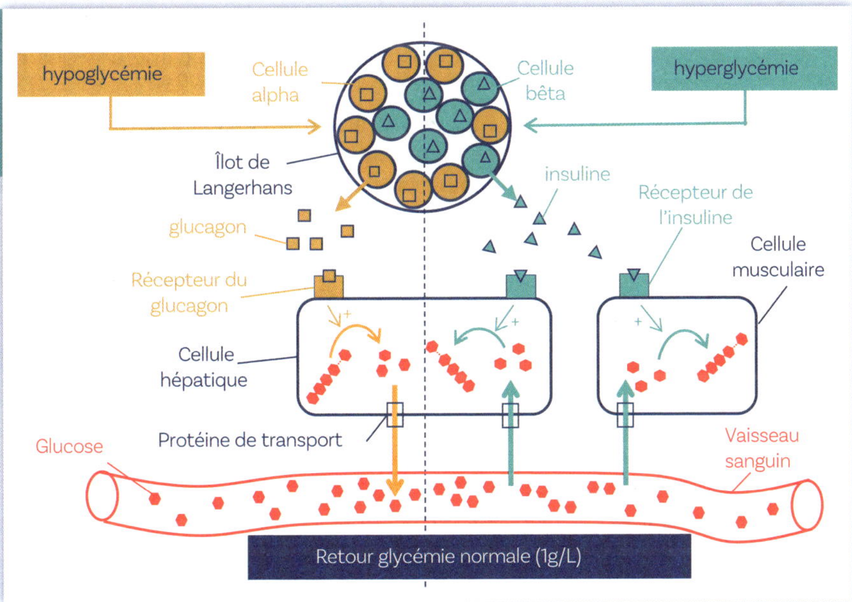

Coup d'œil

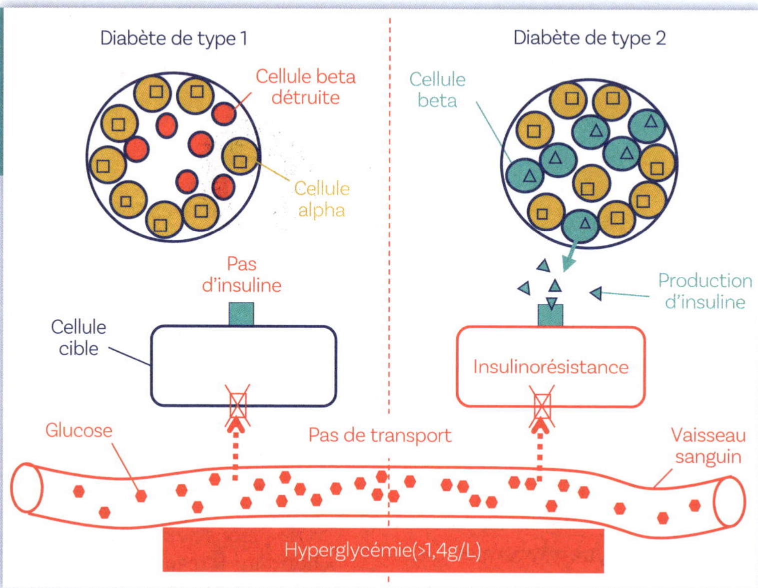

À la loupe

- Chez une personne en bonne santé, un **système de régulation** permet de maintenir la **glycémie autour de 1 g/L**.
- Au sein du **pancréas**, les **îlots de Langerhans** produisent et libèrent des **hormones** : c'est la **fonction endocrine du pancréas**.
- Lorsque la glycémie dépasse 1 g/L (**hyperglycémie**), les **cellules bêta** des îlots de Langerhans libèrent **davantage d'insuline**. L'**insuline** permet la **baisse de la glycémie**, en favorisant l'**entrée du glucose** dans le foie et les muscles, grâce à des protéines membranaires transportant le glucose.
- La quantité de **glucagon** libérée par les **cellules alpha** des îlots de Langerhans augmente lorsque la glycémie est inférieure à 1 g/L (**hypoglycémie**). Le glucagon entraîne la **hausse de la glycémie**, en favorisant la **libération de glucose** par le foie.
- L'insuline et le glucagon agissent sur des **cellules cibles**, qui possèdent des **récepteurs spécifiques membranaires**.
- Les **diabètes** se caractérisent par une **hyperglycémie** liée à une **absence de régulation** du taux de glucose.
- Dans le cas d'un **diabète de type 1** (ou diabète insulino-dépendant), les **cellules bêta pancréatiques** ont été **détruites** par le système immunitaire (maladie auto-immune) : il y a alors **absence totale de sécrétion d'insuline** et nécessité d'en injecter pour éviter les hyperglycémies, néfastes pour l'organisme à long terme.
- Dans le **diabète de type 2** (ou diabète non insulino-dépendant), l'**insuline** est **toujours sécrétée**, mais provoque **moins d'effet sur les cellules cibles** *via* leurs récepteurs : c'est l'**insulino résistance**.

→ Voir lexique p. 348

MÉMO VISUEL

- Contraction musculaire et apport d'énergie -

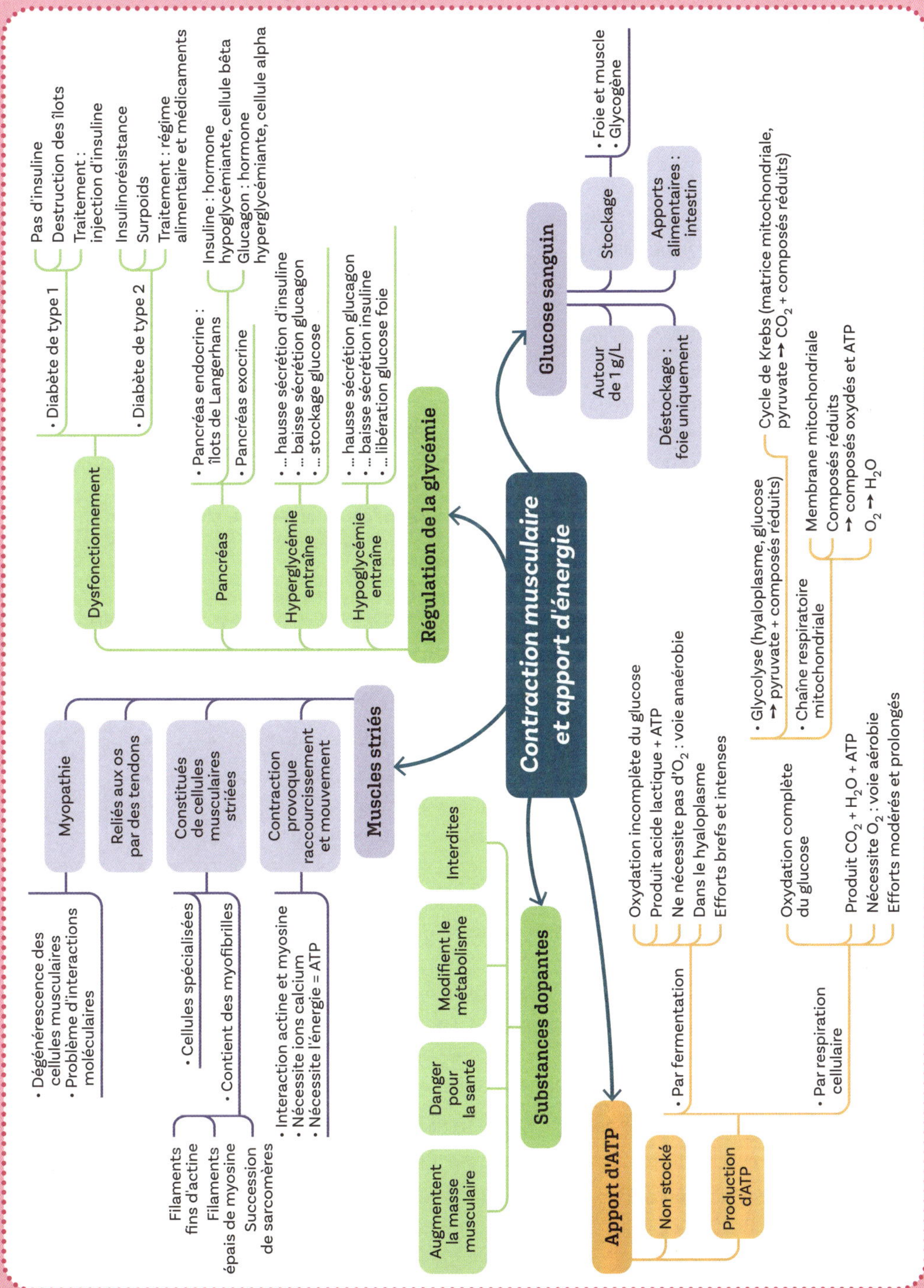

QCM

SE TESTER

1. Coche la ou les bonne(s) réponse(s).

1. Lors de la contraction musculaire :

- **a** les muscles se raccourcissent, ce qui rapproche les os auxquels ils sont reliés. ☐
- **b** les filaments d'actines et de myosines se raccourcissent, ce qui raccourcit le muscle. ☐
- **c** des filaments d'actines et des filaments de myosine glissent les uns par rapport aux autres. ☐
- **d** l'énergie nécessaire à la contraction provient du calcium. ☐

2. La respiration cellulaire :

- **a** permet de produire de l'ATP en absence de dioxygène. ☐
- **b** se déroule uniquement dans la mitochondrie. ☐
- **c** fait intervenir les mitochondries. ☐
- **d** nécessite la photolyse d'une molécule d'eau. ☐

3. La fermentation lactique :

- **a** produit beaucoup mois d'ATP que la respiration cellulaire. ☐
- **b** produit du pyruvate et de l'ATP. ☐
- **c** est surtout sollicitée durant les efforts modérés et prolongés. ☐
- **d** se déroule uniquement dans le hyaloplasme. ☐

4. La glycémie :

- **a** correspond à la concentration de tous les sucres dans le sang. ☐
- **b** diminue sous l'effet du glucagon, une hormone hypoglycémiante. ☐
- **c** augmente après un repas. ☐
- **d** n'est plus régulée chez les personnes diabétiques. ☐

2. Vrai ou faux ?

		Vrai	Faux
1	Le cytosquelette d'une cellule musculaire striée est formé de filaments d'actine et de myosine.	☐	☐
2	Chaque cellule musculaire est constituée d'un sarcomère unique.	☐	☐
3	La contraction musculaire utilise de l'ATP comme source d'énergie.	☐	☐
4	La baisse du calcium intracellulaire est indispensable à la contraction musculaire.	☐	☐
5	Les filaments fins possèdent des têtes d'actine qui se fixent sur les filaments de myosine.	☐	☐
6	Une grande quantité d'ATP est stockée dans les cellules musculaires.	☐	☐
7	La glycolyse dégrade le glucose en pyruvate dans le hyaloplasme des cellules, et produit de l'ATP.	☐	☐
8	Le cycle de Krebs se déroule au niveau de la membrane mitochondriale.	☐	☐
9	La respiration cellulaire peut produire une trentaine de molécules d'ATP par molécule de glucose oxydé.	☐	☐
10	La voie aérobie est sollicitée en l'absence de dioxygène.	☐	☐
11	Une partie du glucose consommée est stockée dans le foie et les muscles.	☐	☐
12	L'amidon est une forme de stockage du glucose dans le foie.	☐	☐
13	L'insuline est libérée par les cellules bêta-pancréatiques des îlots de Langerhans.	☐	☐

3. Complète le tableau à l'aide des termes suivants :

a. *nulle* – **b.** *normale* – **c.** *insulino-dépendant* – **d.** *non insulino-dépendant* – **e.** *détruit(e)* – **f.** *présent(e)* – **g.** *injection d'insuline* – **h.** *régime alimentaire et médicaments* – **i.** *photo A* – **j.** *photo B* – **k.** *forte.*

	Diabète de type 1 ou diabète ……… (1)	Diabète de type 2 ou diabète ……… (2)
Production d'insuline	**(3)**	**(4)**
Insulinorésistance	**(5)**	**(6)**
Cellules bêta-pancréatiques	**(7)**	**(8)**
Traitement	**(9)**	**(10)**
Photographie	**(11)**	**(12)**

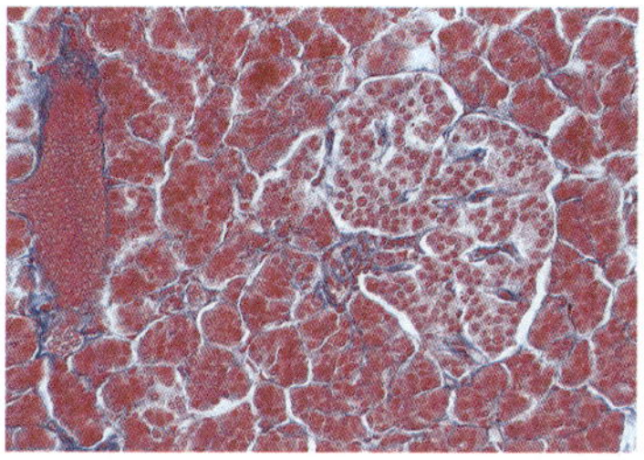
Photo A

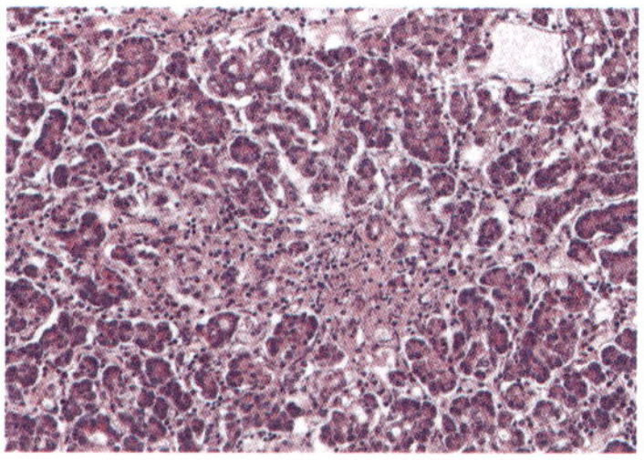
Photo B

4. Réponds aux questions posées sur ces mémo cartes.

1. Cellule musculaire et contraction musculaire

- Pourquoi le muscle strié squelettique apparaît-il strié au microscope optique ?
- Qu'est-ce qu'un sarcomère et de quoi est-il constitué ?
- Quelle source d'énergie le muscle utilise-t-il pour se contracter ?
- Quel ion est indispensable à la contraction musculaire et qu'est-ce qui déclenche sa hausse dans les muscles en contraction ?
- À l'échelle moléculaire, quelle structure change de taille durant la contraction musculaire ?

2. La production d'ATP

- Qu'est-ce que la glycolyse et où se déroule-t-elle ?
- Quels sont les produits qui sortent du cycle de Krebs ?
- Par quelle enzyme est fabriquée la majeure partie de l'ATP durant la respiration cellulaire ?
- Quelle voie métabolique aboutit à une oxydation partielle du glucose ?
- Dans quelles situations les cellules musculaires sollicitent-elles la voie fermentaire ?
- Quel rôle joue le dioxygène dans la respiration cellulaire ?
- D'où provient le CO_2 libéré lors de la respiration cellulaire ?
- Quel rôle joue la chaîne respiratoire mitochondriale ?

3. La glycémie et sa régulation

- Quelle est la valeur habituelle de la glycémie ?
- Quelles sont les deux hormones qui jouent un rôle de régulation de la glycémie ?
- Quelles sont les cellules qui produisent le glucagon et l'insuline ?
- Comment le glucagon favorise-t-il une hausse de la glycémie ?
- Qu'est ce qui permet de définir un diabète ?

Réponses : 1. 1. a, c – **2.** c – **3.** a, d – **4.** c, d • **2. 1.** Vrai – **2.** Faux – **3.** Vrai – **4.** Faux – **5.** Faux – **6.** Faux – **7.** Vrai – **8.** Faux – **9.** Vrai – **10.** Faux – **11.** Vrai – **12.** Faux – **13.** Vrai • **3. 1.** c – **2.** d – **3.** a – **4.** b – **5.** a – **6.** k – **7.** f – **8.** e – **9.** g – **10.** h – **11.** j – **12.** i.

SAVOIR-FAIRE

Méthode 1 Exploiter des données d'expérimentation par fractionnement cellulaire

SUJET La localisation subcellulaire de la fermentation et de la respiration

Les levures sont capables de produire de l'ATP selon deux voies métaboliques : la respiration cellulaire et la fermentation alcoolique. La fermentation alcoolique produit de l'éthanol et du CO_2. Pour déterminer dans quel compartiment cellulaire ces différentes voies métaboliques se déroulent, et quel substrat est utilisé, on réalise une série d'expériences (**Doc 1**).

Consigne : Exploite les résultats expérimentaux obtenus, avec l'appui de tes connaissances, pour tirer des conclusions sur le déroulement de la fermentation et la respiration cellulaire.

Des levures sont lysées et les différents compartiments cellulaires sont séparés par plusieurs étapes de centrifugation.

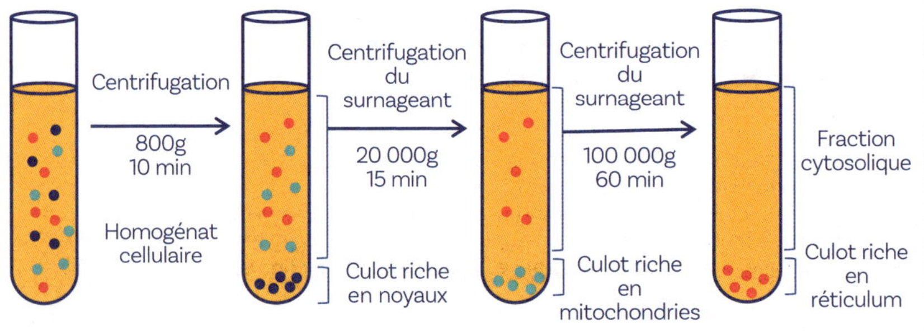

Doc 1 Séparation des différents compartiments cellulaires par centrifugation

Composé organique	Fraction noyaux	Fraction cytosol	Fraction mitochondries	Fraction réticulum
Aucun	/	/	/	/
Glucose	/	CO_2 ↑	/	/
Acide pyruvique	/	/	CO_2 ↑ et O_2 ↓	/

/ : pas d'échange gazeux – ↑ : dégagement – ↓ : consommation

Doc 2 Mesure des échanges gazeux (CO_2 et O_2) sur les différentes fractions cellulaires en présence de glucose ou d'acide pyruvique (pyruvate)

CONSEILS

- Considère les résultats positifs (échanges gazeux), mais aussi les résultats négatifs (absence d'échanges gazeux).
- Relie les échanges gazeux à l'une des voies métaboliques (respiration ou fermentation).

+ d'aide ?
Voir p. 234 et 235

CORRIGÉ

On constate que, quel que soit le composé organique utilisé, il n'y a pas d'échanges gazeux pour les fractions contenant des noyaux ou du réticulum. Or, **on sait que** la respiration cellulaire et la fermentation alcoolique impliquent de tels échanges. **On peut en déduire que** ni le noyau ni le réticulum ne semblent jouer de rôle dans la respiration ou la fermentation.

La fraction contenant le cytosol dégage du CO_2 en présence de glucose uniquement. Il n'y a en revanche pas d'échange d'O_2. Sachant que la fermentation entraîne un dégagement de CO_2, sans échange d'O_2, **on peut en conclure que** le cytosol est le siège de la fermentation alcoolique et que cette voie métabolique consomme du glucose.

Pour la fraction mitochondriale, **on observe** un dégagement de CO_2 et une absorption d'O_2 en présence de pyruvate ; en revanche, **on n'observe** aucun échange en présence de glucose. **Sachant que** la respiration cellulaire consomme du O_2 et produit du CO_2, **on peut en déduire que** la respiration cellulaire a lieu dans les mitochondries et utilise le pyruvate comme substrat.

Ainsi, la fermentation se déroule dans le cytosol et la respiration cellulaire dans les mitochondries. La fermentation utilise le glucose, alors que la respiration cellulaire mitochondriale nécessite du pyruvate, qui provient de la dégradation du glucose dans le cytosol.

Méthode 2 Exploiter des photographies

SUJET La contraction musculaire

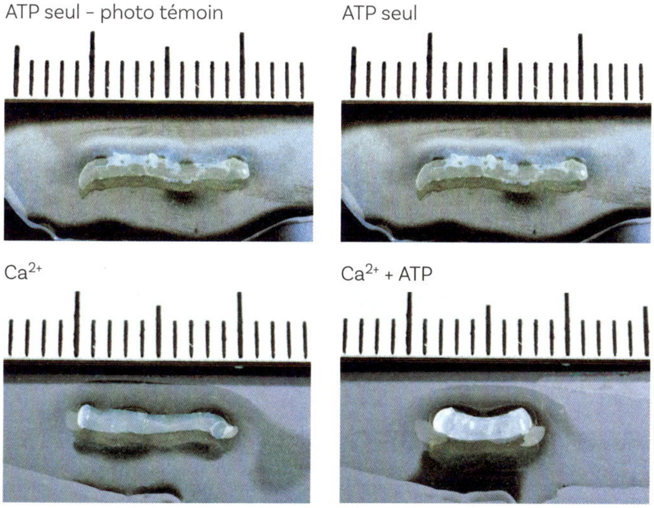

Observation d'un muscle de crabe en présence de différentes substances

Afin de mieux comprendre les conditions de la contraction musculaire, des fibres musculaires provenant d'un crabe sont mises en contact avec différentes substances. Les résultats présentés sont obtenus 30 secondes après la mise en contact avec les molécules en question.

Consigne : Exploite les résultats de ces différentes expériences de manière rigoureuse pour déterminer les conditions nécessaires à la contraction musculaires. Des données chiffrées sont attendues.

CONSEIL

- Utilise l'échelle pour déterminer approximativement la longueur des fibres musculaires dans chaque condition expérimentale.
- Compare les résultats des différentes conditions expérimentales avec celui du témoin.

+ d'aide ? Voir p. 233

CORRIGÉ

On voit que la fibre musculaire de la condition expérimentale mesure environ 12 mm de longueur. Cette longueur ne varie pas lorsque l'on ajoute de l'ATP seul ou lorsque l'on ajoute du Ca^{2+} seul. On en déduit que l'ATP ou les ions Ca^{2+} seuls ne permettent pas la contraction musculaire. En revanche, on voit qu'en présence de Ca^{2+} et d'ATP, la longueur passe à 6 mm, ce qui indique un raccourcissement des fibres musculaires par rapport au témoin.

C'est le signe d'une contraction. On en déduit que la contraction musculaire nécessite de l'énergie sous forme d'ATP, mais aussi des ions calciques.

Méthode 3 Exploiter des données ExaO

SUJET Fermentation ou respiration ?

Les levures sont des organismes unicellulaires capables de produire de l'énergie selon deux voies métaboliques : la respiration et la fermentation alcoolique, qui produit de l'éthanol. La fermentation alcoolique produit seulement 2 molécules d'ATP par molécule de glucose, alors que la respiration permet la production d'une trentaine de molécules d'ATP pour chaque molécule de glucose dégradée.

Consigne : En utilisant les données expérimentales et tes connaissances sur la respiration cellulaire, détermine si la respiration cellulaire et la fermentation alcoolique se déroulent en même temps. Puis, propose une explication à la situation mise en évidence.

Les concentrations de CO_2, d'O_2 et d'éthanol sont mesurées dans une suspension de levures en présence de glucose.

Échanges gazeux d'une suspension de levures en présence de glucose

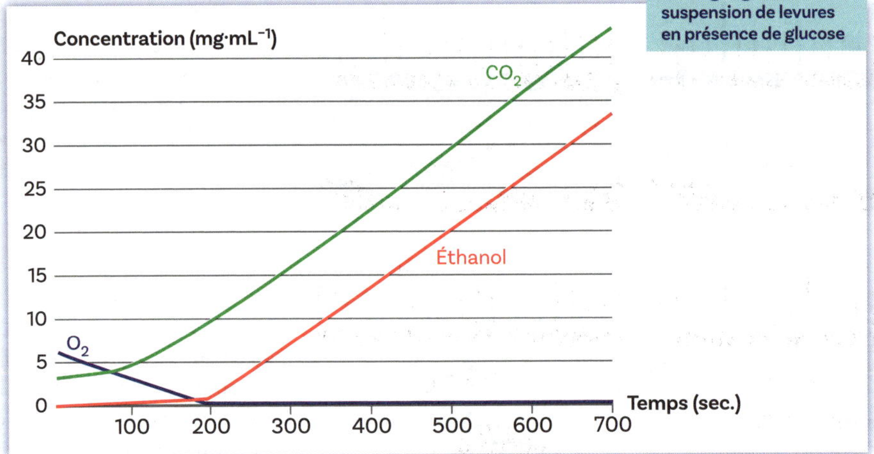

CONSEILS

- Détermine dans quelle(s) condition(s) expérimentale(s) (substrat et concentration en dioxygène) se déroule chacune des voies métaboliques.
- Prends en compte le fait que les conditions expérimentales changent au fur et à mesure de l'expérience de par l'activité métabolique des levures.

+ d'aide ?
Voir p. 235

CORRIGÉ

En présence de glucose dans la suspension de levures, on voit que, durant les 200 premières secondes de l'expérience, la concentration de dioxygène diminue de 7 à 0 mg/mL, alors que la concentration de CO_2 augmente de 4 à 10 mg/mL. Sachant que la respiration cellulaire consomme du glucose et du dioxygène et produit du CO_2, on en déduit que, durant cette première phase, les levures utilisent le glucose et produisent de l'énergie par respiration.

Observe attentivement le graphique pour déterminer quand le taux d'éthanol augmente.

À partir de de 200 sec, la concentration d'O_2 est nulle et celle d'éthanol augmente, passant de 0 à 32 mg/mL en 500 secondes. Sachant que la fermentation alcoolique produit de l'éthanol et que la respiration cellulaire nécessite de l'O_2, on en déduit qu'il y a utilisation du glucose par fermentation. La fermentation n'a lieu en l'absence d'O_2 et la respiration cellulaire qu'en présence de dioxygène, on peut donc conclure que les levures ne réalisent pas les deux métabolismes en même temps.

Utilise les données de l'énoncé pour construire ton raisonnement.

On peut donc conclure que la fermentation n'a lieu qu'en l'absence de dioxygène. L'énoncé nous indique que la production d'ATP est plus importante par voie respiratoire que par voie fermentaire. On peut donc supposer que les levures utilisent préférentiellement la respiration lorsque l'O_2 est présent et qu'elles n'utilisent la voie fermentaire qu'en cas de nécessité, lorsque l'O_2 est absent.

Méthode 4 Exploiter des coupes histologiques observées au microscope optique

SUJET Pancréas exocrine et endocrine

Le pancréas est constitué de deux structures cellulaires bien distinctes : les acini, qui regroupent des cellules acineuses, et les îlots de Langerhans, qui regroupent des cellules alpha et bêta. Pour déterminer laquelle de ces structures joue un rôle dans la régulation de la glycémie, on injecte à des rats de la streptozotocine, une substance qui détruit des cellules du pancréas et qui entraîne à terme un diabète.

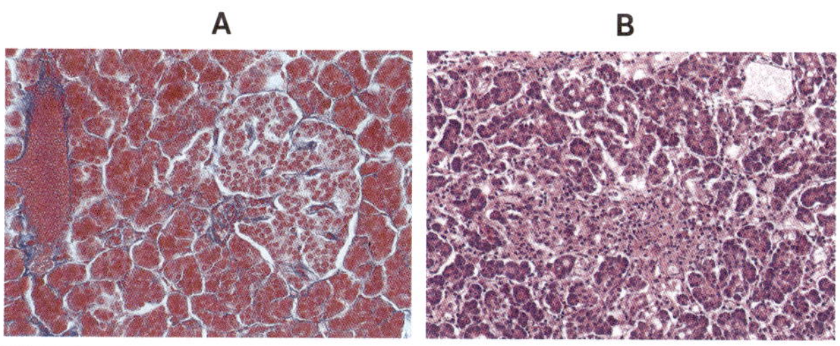

Observation au microscope optique d'une coupe de pancréas d'un rat avant (A) et après (B) traitement à la streptozotocine

Consigne : À partir de l'exploitation des photographies ci-dessous, détermine quelles sont les structures qui jouent un rôle dans la régulation de la glycémie.

Les cellules des îlots de Langerhans sont plus petites et plus claires que les cellules acineuses.

CONSEILS

- Utilise tes connaissances et les indications des légendes éventuelles pour repérer sur la photographie les éléments d'intérêts, en commençant par le témoin.
- Porte un regard global et n'entre pas dans les détails ici : y a-t-il des îlots ? Y a-t-il des cellules acineuses ?

+ d'aide ? Voir p. 237

CORRIGÉ

On voit que le pancréas du rat témoin possède des acini et des îlots de Langerhans, que l'on repère grâce à la couleur plus claire et par la taille plus réduite des cellules qui les constituent.

> Il est préférable de commencer ton analyse en évoquant de ce qui est visible chez le témoin.

Après traitement à la streptozotocine du rat, on observe que les cellules acineuses restent visibles. En revanche, il n'y a pas d'îlots de Langerhans, même si quelques cellules plus claires sont visibles. On en déduit que le traitement à la streptozotocine a détruit les îlots de Langerhans. Sachant que la streptozotocine entraîne le diabète, on peut en conclure que les îlots de Langerhans sont les structures cellulaires pancréatiques qui contrôlent la glycémie.

Méthode 5 Exploiter des résultats expérimentaux exprimés en valeur relative

SUJET Mécanisme d'action de la metformine

Chez les personnes atteintes de diabète de type 2, des traitements médicamenteux permettent de mieux réguler la glycémie. La metformine fait partie de ces médicaments.

Consigne : À partir de l'étude des documents et de tes connaissances, explique les modes d'action de la metformine sur le foie.

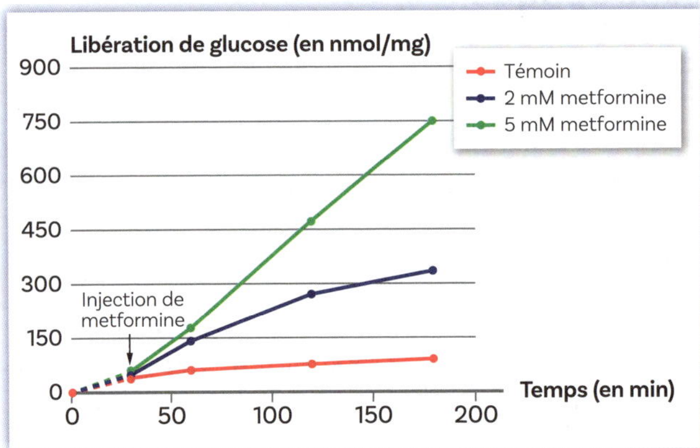

On mesure l'évolution de la production de glucose par les cellules hépatiques chez 3 lots de rats :
- lot 1 : témoin, pas d'injection de metformine ;
- lot 2 : injection de 2 mM de metformine ;
- lot 3 : injection de 5 mM de metformine.

Doc 1 Effet de la metformine sur la libération de glucose dans le sang par les cellules du foie chez le rat

En l'absence de metformine, l'activité de la mitochondrie est de 100 %.

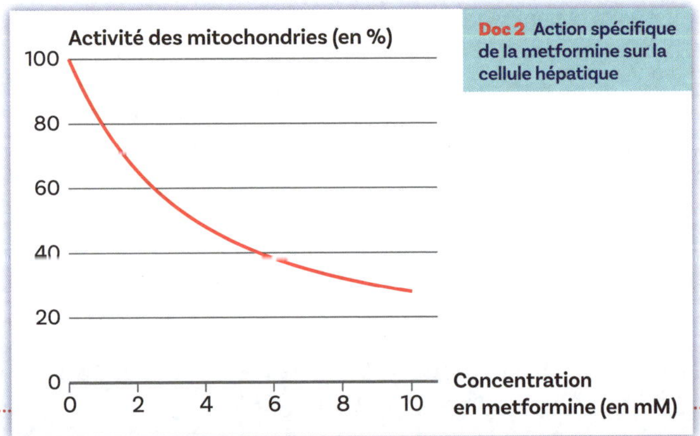

Doc 2 Action spécifique de la metformine sur la cellule hépatique

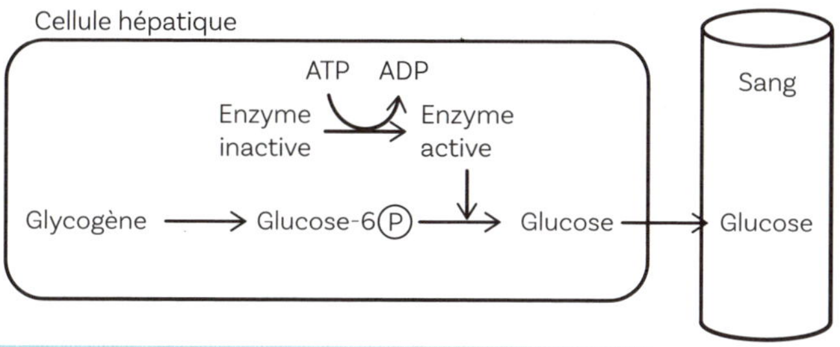

Document de référence Schéma simplifié de la glycogénolyse

CONSEILS

- Détermine les effets de la metformine sur la libération de glucose par le foie à l'aide du **Doc 1**.
- Utilise tes connaissances pour relier les effets de la metformine sur la mitochondrie et la libération de glucose par le foie (**Doc 2** et **Doc de référence**)
- Mobilise tes connaissances sur le rôle du foie dans la régulation de la glycémie.

CORRIGÉ

D'après le **document 1**, pour des cellules hépatiques de rat sans metformine, on voit que la libération de glucose est d'environ 375 nmol/mg/100 min. Lorsque de la metformine est injectée, la libération de glucose par les cellules hépatiques de rat est divisée par 2 pour une dose de 2 mM de metformine et elle est divisée par 10 pour une dose de 5 mM. On en déduit que la metformine empêche la libération de glucose par le foie et qu'elle a un effet dose dépendant.

On sait que le foie peut libérer du glucose, notamment en cas d'hypoglycémie. On voit dans le **document de référence** que le glucose libéré et provenant des réserves en glycogène nécessite l'activation d'une enzyme. Cette enzyme est activée par une réaction qui nécessite de l'ATP. On sait que l'ATP est produite notamment par respiration cellulaire impliquant les mitochondries.

Or, on peut dire grâce aux données du **document 2** que la metformine inhibe l'activité des mitochondries des cellules hépatiques, puisque celle-ci diminue lorsque la dose de metformine augmente : la baisse est de l'ordre de 50 % pour une dose de 4 mM de metformine.

On peut en conclure que la metformine, en diminuant l'activité des mitochondries des cellules hépatiques, empêche la production d'ATP nécessaire à l'activation d'une enzyme indispensable à la libération du glycogène en glucose. Le foie libère ainsi moins de glucose.

Chapitre 14

Contraction musculaire et apport d'énergie

Tu viens de voir les notions à connaître sur la production du mouvement. Pour t'aider à retenir l'essentiel et t'entraîner pour le Bac, voici ton kit de révisions clé en mains conçu par SchoolMouv !

Vidéo

Pour mieux comprendre et t'en souvenir à coup sûr, regarde la vidéo. C'est parfois bien plus clair en images.

Vidéo **ATP et activité musculaire**

https://flashbelin.fr/focusbacschoolmouv/svt/14

Contenu additionnel

Voici un bonus autour du même sujet. La curiosité n'est pas toujours un vilain défaut. Il suffit de créer ton compte pour avoir accès à plein de contenus supplémentaires.

Fiche **Le contrôle des flux de glucose, source essentielle d'énergie des cellules musculaires**

https://www.schoolmouv.fr/eleves/cours/le-controle-des-flux-de-glucose-source-essentielle-d-energie-des-cellules-musculaires/fiche-de-cours

Tchat avec un prof

Pour poser toutes tes questions à un prof particulier, découvre l'abonnement tchat. Tu peux le tester gratuitement pendant 7 jours : fini les questions sans réponses, tu vas devenir incollable.

https://focusbac.schoolmouv.fr/offre

Le Focus de SchoolMouv

La régulation de la glycémie

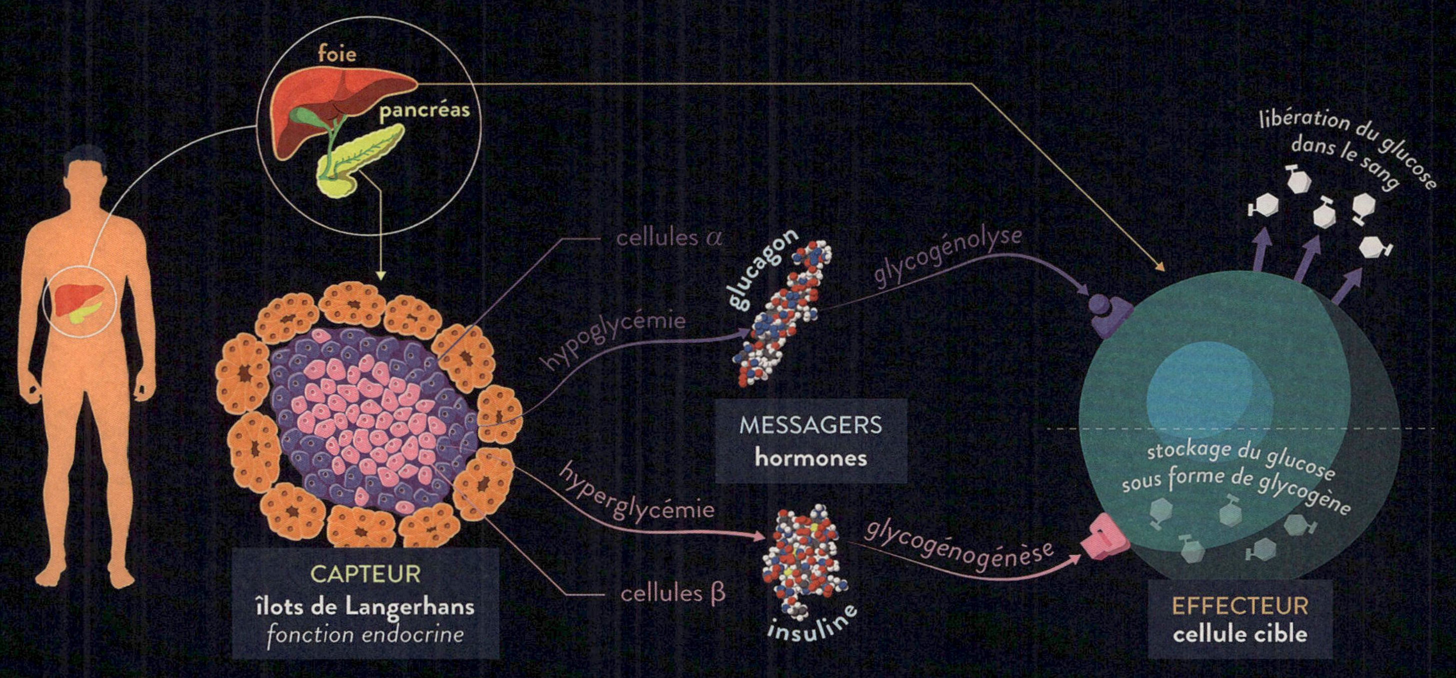

THÈME 5

15 L'adaptabilité

RÉVISIONS 1re

Un quiz avant de commencer

1. Coche la ou les bonne(s) réponse(s).

1. Lors d'un effort physique, l'organisme humain présente des modifications coordonnées du fonctionnement des systèmes cardiovasculaire et respiratoire :

- **a** une augmentation du rythme cardiaque et du nombre de capillaires recrutés. ☐
- **b** une diminution de la fréquence ventilatoire. ☐
- **c** c'est une réponse adaptative permettant d'apporter plus de dioxygène et de nutriments aux cellules musculaires. ☐
- **d** les capacités de modifications sont les mêmes pour toutes les personnes. ☐

2. La résilience, au sens écologique :

- **a** est la capacité d'un système à retrouver un nouvel état d'équilibre dynamique à la suite d'une perturbation. ☐
- **b** est la capacité d'un système à résister à une perturbation. ☐
- **c** peut conduire à un état d'équilibre dynamique différent de l'équilibre initial. ☐
- **d** est une perturbation : des facteurs internes et externes qui détériorent temporairement le système. ☐

2. Vrai ou faux ?

	Vrai	Faux
1 Le plaisir repose en particulier sur l'activation du système de récompense qui regroupe des régions cérébrales échangeant des messages nerveux.	☐	☐
2 Le comportement sexuel est influencé par des facteurs extérieurs, affectifs et cognitifs.	☐	☐
3 Le fonctionnement de l'appareil reproducteur repose sur un dispositif neuroendocrinien.	☐	☐
4 L'axe hypothalamo-hypophysaire désigne le système composé de l'hypothalamus et de l'hypophyse.	☐	☐
5 L'hypothalamus produit une neurohormone stimulant la sécrétion d'hormones gonadiques, elles-mêmes responsables de l'activation de l'hypophyse.	☐	☐
6 Une hormone est une substance libérée dans le sang modifiant le fonctionnement d'un ou plusieurs organes cibles.	☐	☐

Réponses : 1. 1. a, c – **2.** a, c • **2. 1.** Vrai – **2.** Vrai – **3.** Vrai – **4.** Vrai – **5.** Faux – **6.** Vrai.

de l'organisme

L'ESSENTIEL EN 3 POINTS

Qu'est-ce que le stress aigu ?

1 — Le stress aigu, une réponse adaptative

Le **stress aigu** désigne une **réponse adaptative** de l'organisme, qui permet de produire des **comportements appropriés** face aux perturbations de l'environnement. > p. 252

Quelles sont les voies physiologiques du stress aigu ?

2 — Les voies neuro-hormonales du stress

Le stress aigu mobilise les **systèmes nerveux et endocriniens** : d'abord l'axe sympatho-médullosurrénalien, puis l'axe hypothalamo-hypophyso-corticosurrénalien. > p. 253

Comment le stress aigu est-il régulé ?

3 — La régulation du stress

Le système du stress présente un **rétrocontrôle hormonal négatif**, qui favorise la **résilience** de l'organisme. > p. 254

LE COURS *en 3 fiches*

1 Le stress aigu, une réponse adaptative

Idées clés

→ Le **stress aigu** désigne une réponse adaptative de l'organisme face aux **agents stresseurs**.

→ Il permet de produire des **comportements appropriés** face à une menace réelle ou anticipée.

Coup d'œil

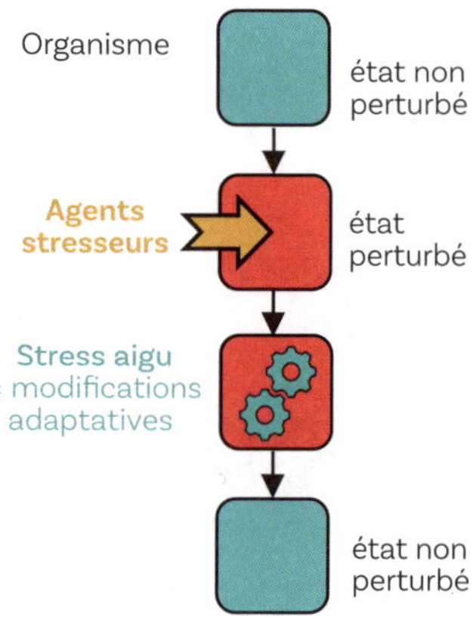

Des pistes pour argumenter

Les effets d'agents stresseurs sur des paramètres physiologiques : pense aux conséquences d'un agent stresseur sur ton propre organisme, comme l'augmentation du rythme cardiaque.

À la loupe

- Un **agent stresseur** est un facteur **menaçant l'équilibre physique ou psychique** d'un individu. De nature et d'origine diverses, il peut être subi ou recherché (ex. : maladie, puberté, froid, examen…).
- Ces **perturbations** de l'environnement stimulent des **modifications physiologiques**, constituant le **stress aigu**, qui favorisent la réalisation de **comportements** pour s'en soustraire, lutter contre ou résister. Certaines **fonctions** sont **stimulées** comme les activités musculaires et cérébrales, notamment grâce à **l'augmentation des rythmes cardiaque et ventilatoire**, ainsi qu'une **disponibilité** accrue des **nutriments**. D'autres fonctions vitales sont **inhibées**, ce qui permet de concentrer les ressources disponibles.
- De nombreux **facteurs** peuvent intervenir (psychologiques, sociaux, émotionnels, génétiques) dans la **réponse physiologique** de l'individu. Ainsi, il y a des **variations interindividuelles** et qui peuvent avoir des origines multiples.
- La réponse s'adapte en fonction de la **nature** et de l'**intensité** de la perturbation. Les interactions avec les **systèmes de la récompense et de la mémoire** adaptent aussi la réponse aux **expériences passées** : si la menace est présente ou imminente, le stress correspond à une réaction de **peur** ; si la menace est anticipée, le stress correspond à un comportement d'**anxiété**.

→ Voir lexique p. 348

2 Les voies neuro-hormonales du stress

Idées clés

→ Le stress implique les systèmes nerveux et endocrinien.

→ Le **système limbique** active d'abord l'**axe sympatho-médullosurrénalien,** puis l'**axe hypothalamo-hypophyso-cortico-surrénalien**.

Des pistes pour argumenter

Les effets de l'adrénaline sur les paramètres physiologiques : appuie-toi sur des résultats expérimentaux montrant l'action de l'adrénaline sur la fréquence cardiaque, la fréquence respiratoire ou la libération de glucose. > **p. 259**

Coup d'œil

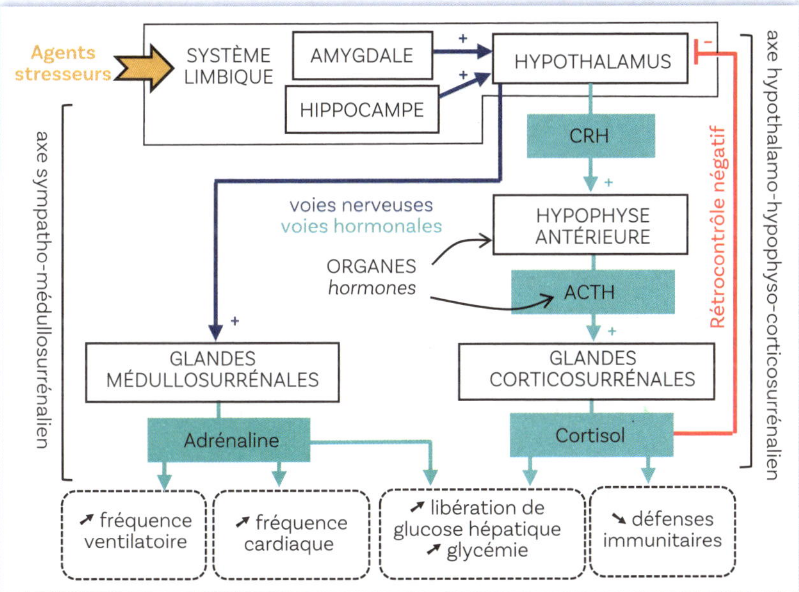

À la loupe

- Le **stress** est une réponse d'abord très **rapide** : le **système limbique** (amygdale, hippocampe) est **stimulé**, en particulier les zones impliquées dans les **émotions** comme les amygdales. Cela entraîne la **libération d'adrénaline** par les **glandes médullosurrénales**, par voie nerveuse.
- Cette hormone provoque une augmentation du **rythme cardiaque**, de la **fréquence respiratoire** et la **libération de glucose** dans le sang.
- Plus tardivement (≈ 1 minute), le **cortisol** est libéré par **voie endocrine** (hormonale). Des **neurones hypothalamiques** sécrètent de la **CRH**, entraînant la **libération de l'ACTH** par l'**hypophyse antérieure**, qui stimule la **sécrétion de cortisol** par des cellules des **glandes corticosurrénales**.
- Cette hormone favorise la **mobilisation du glucose** et **inhibe** certaines fonctions, dont le système immunitaire.

→ Voir lexique p. 348

3 La régulation du stress

Idées clés

→ Une **boucle de rétrocontrôle négatif** impliquant le **cortisol** favorise le rétablissement de conditions de fonctionnement durable (**résilience**).

→ L'**adaptabilité** de l'organisme repose sur un système complexe, constitué de différentes **voies physiologiques coordonnées**.

Coup d'œil

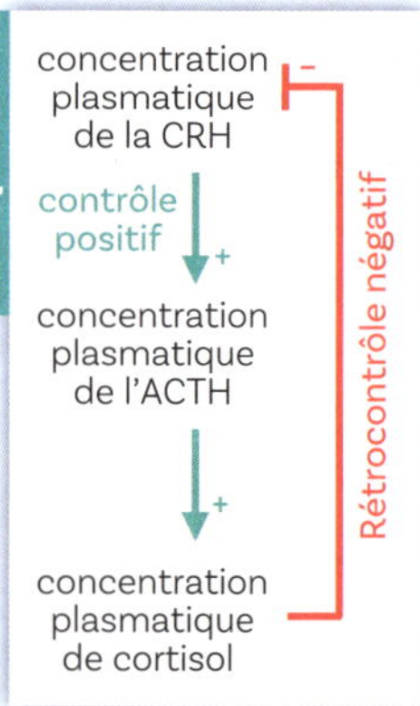

Des pistes pour argumenter

Le rétrocontrôle négatif : compare les concentrations plasmatiques de cortisol sans et avec injection de cortisol. > **p. 258**

À la loupe

- L'**hypothalamus** présente des **récepteurs** au cortisol. Lorsque cette hormone s'y fixe, elle **inhibe** l'activité du **complexe hypothalamo-hypophysaire**. Ainsi, l'augmentation de la **concentration plasmatique de cortisol** entraîne une diminution des **concentrations de la CRH et de l'ACTH** : on parle de **rétrocontrôle négatif**.
- Ce **mécanisme de régulation** participe à la **résilience** de l'organisme, c'est-à-dire à sa capacité à **absorber les perturbations** et à **se réorganiser** de façon à maintenir globalement similaire ses fonctions et sa structure. Il favorise ainsi le rétablissement d'un nouvel **état d'équilibre physiologique** suite à la perturbation, synonyme du **rétablissement** de conditions physiologiques compatibles avec la vie.
- L'**adaptabilité** de l'organisme, c'est-à-dire ses capacités à faire face aux perturbations, s'observe à l'échelle de l'organisme tout entier. Elle repose sur un **système neuro-hormonal constitué de multiples** voies physiologiques qui interagissent de manière coordonnée (glycémie, système immunitaire, activité cardiaque et ventilatoire, tension musculaire). Le **système nerveux central**, à l'interface entre les informations internes et externes, **régit les mécanismes** qui activent et inhibent différentes voies physiologiques, dotées de **rétrocontrôles**.

→ Voir lexique p. 348

MÉMO VISUEL

- L'adaptabilité de l'organisme -

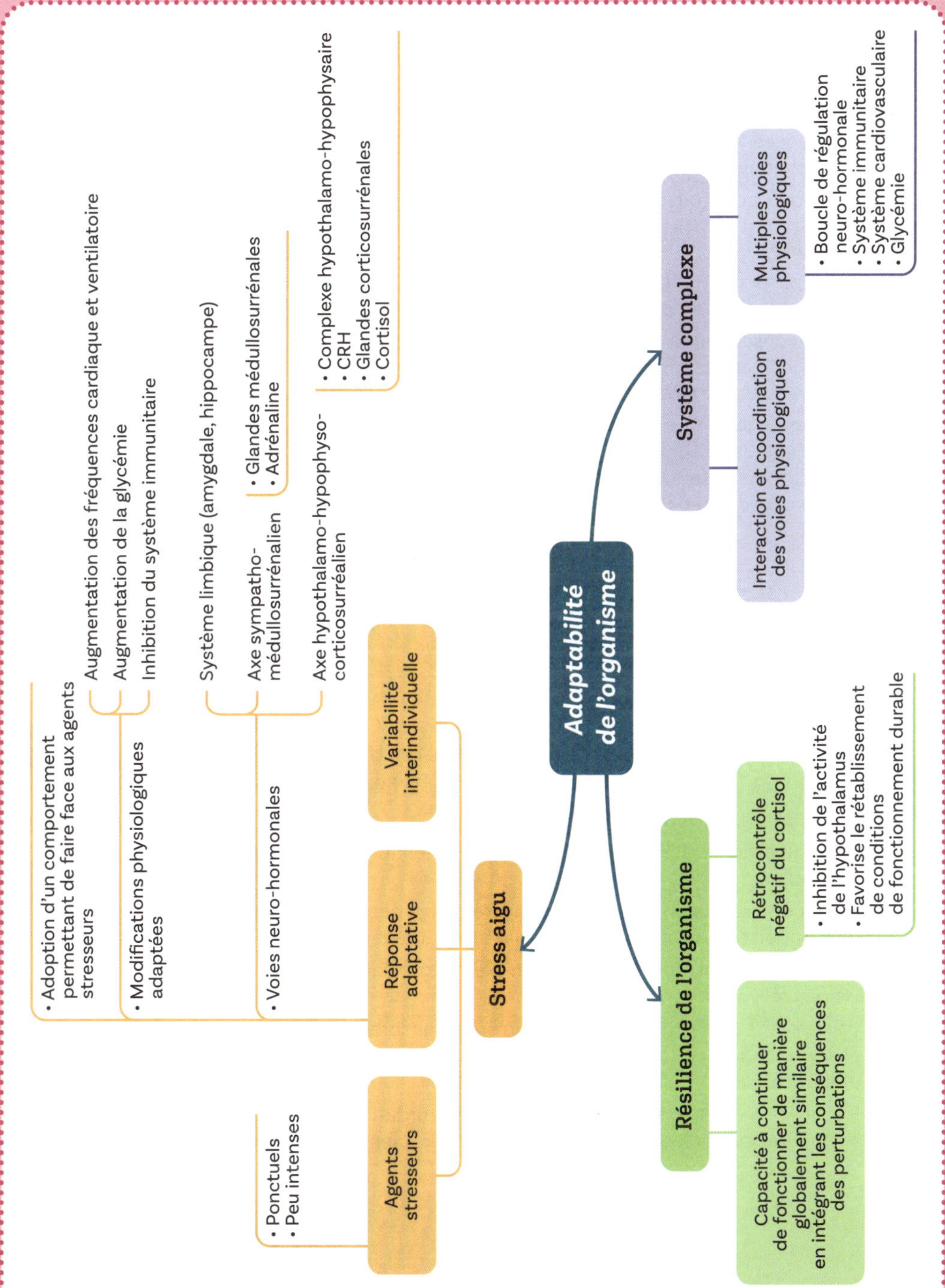

QCM

SE TESTER

1. Coche la ou les bonne(s) réponse(s).

1. Les agents stresseurs sont des facteurs :

- **a** toujours d'origine extérieure à l'organisme. ☐
- **b** qui déclenchent le stress aigu. ☐
- **c** qui menacent l'équilibre physique ou psychique d'une personne. ☐
- **d** identiques pour tout le monde. ☐

2. Le stress aigu :

- **a** est l'ensemble des agents stresseurs qui stimulent le système limbique. ☐
- **b** a pour conséquence des modifications physiologiques, cognitives et comportementales. ☐
- **c** est l'ensemble des modifications physiologiques, cognitives et comportementales permettant à l'organisme de faire face à un agent stresseur. ☐
- **d** est une réponse adaptative de l'organisme face aux agents stresseurs. ☐

3. La stimulation du système limbique stimule la sécrétion :

- **a** de cortisol par les glandes médullosurrénales. ☐
- **b** d'adrénaline par les glandes corticosurrénales. ☐
- **c** d'adrénaline par voie nerveuse. ☐
- **d** de cortisol par voie nerveuse. ☐

4. Le cortisol :

- **a** stimule le système immunitaire. ☐
- **b** favorise la libération de glucose par le foie. ☐
- **c** exerce un rétrocontrôle positif sur l'hypothalamus. ☐
- **d** favorise la résilience de l'organisme. ☐

2. Vrai ou faux ?

		Vrai	Faux
1	Le système limbique comporte plusieurs structures cérébrales impliquées dans la perception des agents stresseurs.	☐	☐
2	L'amygdale et l'hippocampe appartiennent au système limbique.	☐	☐
3	L'axe hypothalamo-hypophyso-corticosurrénalien libère de l'adrénaline.	☐	☐
4	L'adrénaline augmente le rythme cardiaque et la fréquence respiratoire.	☐	☐
5	L'adrénaline est une hormone hypoglycémiante.	☐	☐
6	La concentration d'ACTH exerce un contrôle négatif sur la concentration de cortisol.	☐	☐
7	Les modifications physiologiques du stress aigu permettent l'adoption de comportements adaptés pour faire face aux agents stresseurs.	☐	☐
8	Le cortisol stimule l'activité du complexe hypothalamo-hypophysaire *via* des récepteurs spécifiques.	☐	☐
9	La résilience est la capacité de l'organisme à absorber les perturbations et à se réorganiser de façon à maintenir globalement ses fonctions et sa structure.	☐	☐
10	L'aptitude de l'organisme à s'adapter aux perturbations repose sur la mobilisation et l'interaction de plusieurs voies physiologiques.	☐	☐

3. Complète le schéma à l'aide des termes suivants.

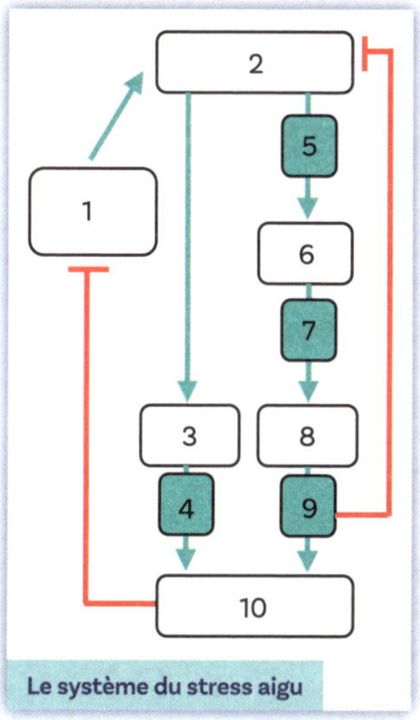

Le système du stress aigu

a. *glandes médullosurrénales* - **b.** *agents stresseurs* - **c.** *CRH* - **d.** *ACTH* - **e.** *hypothalamus* - **f.** *adrénaline* - **g.** *hypophyse* - **h.** *modifications physiologiques* - **i.** *glandes corticosurrénales* - **j.** *cortisol*

4. Réponds aux questions posées sur ces mémo cartes.

1. Le stress aigu, une réponse adaptative

- Qu'est-ce qu'un agent stresseur ?
- Qu'est-ce que le stress aigu ?
- Quels comportements le stress aigu favorise-t-il ?
- Quels facteurs influencent le stress aigu ?
- Comment l'expérience personnelle impacte-t-elle le stress aigu ?

2. Les voies neuro-hormonales du stress

- Quel rôle le système limbique a-t-il dans le stress aigu ?
- Qu'est-ce que l'axe sympatho-medullosurrénalien ?
- Quels sont les effets de l'adrénaline ?
- Qu'est-ce que l'axe hypothalamo-hypophyso-corticosurrénalien ?
- Quelles les actions du cortisol ?

3. La régulation du stress

- Comment le cortisol participe-t-il à la régulation du stress aigu ?
- Qu'est-ce que la résilience de l'organisme ?
- Comment le cortisol contribue-t-il à la résilience ?
- Qu'est-ce que l'adaptabilité de l'organisme ?
- En quoi l'adaptabilité physiologique de l'organisme repose-t-elle sur un système complexe ?

Réponses : 1. 1. b, c - **2.** c, d - **3.** c - **4.** b, d • **2. 1.** Faux - **2.** Vrai - **3.** Faux - **4.** Vrai - **5.** Faux - **6.** Faux - **7.** Vrai - **8.** Faux - **9.** Vrai - **10.** Vrai • **3. 1**b - **2**e - **3**a - **4**f - **5**c - **6**g - **7**d - **8**i - **9**j - **10**h.

SAVOIR-FAIRE

Méthode 1 Exercer son esprit critique en exploitant des indicateurs statistiques de significativité

SUJET Rôle du microbiote dans la sensibilité au stress

Un animal axénique est né et élevé en conditions stériles, il est donc dépourvu de microbiote intestinal. Un animal conventionnel est né et élevé en conditions non stériles, il possède donc un microbiote intestinal diversifié. L'examen neurologique fonctionnel des rats conventionnels et axéniques à l'adolescence et à l'âge adulte n'a révélé aucune différence. Les données sont des moyennes sur des lots de rats. La valeur du « p » traduit la significativité statistique, c'est-à-dire la probabilité que le résultat ne soit pas dû au hasard. Le seuil habituellement retenu en biologie est : p < 0,05, cela signifie qu'il y a 5 chances sur 100 que le résultat soit dû au simple hasard. Lorsque la valeur de « p » est inférieure à ce seuil, on considère que la différence entre les deux résultats concernés n'est pas due au hasard. L'absence d'indication de la valeur de « p » indique souvent que les résultats sont statistiquement similaires.

La corticostérone chez les rongeurs équivaut au cortisol chez l'humain.

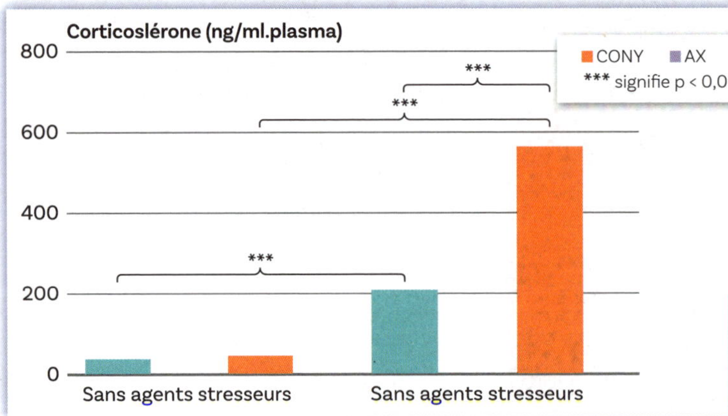

Dosage de corticostérone sur des rats axéniques ou conventionnels soumis à des agents stresseurs ou non

Source : D'après Crumeyrolles-Arias, 2014.

Consigne : Décris les résultats sous une forme textuelle, et tires-en des conclusions sur l'effet des agents stresseurs sur la concentration de corticostérone chez les rats conventionnels, puis l'effet du microbiote sur la concentration de corticostérone chez les rats non soumis ou soumis à des agents stresseurs.

CONSEILS

- Compare les résultats expérimentaux des rats conventionnels sans et avec agents stresseurs.
- Compare les résultats expérimentaux des rats conventionnels et axéniques.

+ d'aide ?
Voir p. 253

CORRIGÉ

Pour des rats conventionnels, en l'absence d'agents stresseurs, on observe que la concentration de corticostérone est de 40 ng/mL de plasma. Lorsque ce type de rat est soumis à des agents stresseurs, **on voit que** la concentration de corticostérone est de 200 ng/mL de plasma. La différence de résultats entre les deux conditions expérimentales est significative, puisque la valeur de « p » associée, 0,001, est inférieure à 0,05. **On en déduit que** les agents stresseurs ont un effet sur la concentration de corticostérone chez les rats conventionnels : ils l'augmentent.

> Observation : rappelle la **condition expérimentale**, la **variable étudiée** et **son état**.

> La mention de « p » dans la formulation n'est pas obligatoire. Il s'agit d'en avoir conscience, c'est un point de vigilance.

En l'absence d'exposition à des agents stresseurs, pour les rats axéniques et conventionnels**, on observe que** les concentrations de corticostérone sont similaires puisqu'elles sont respectivement de 40 ng/mL et 50 ng/mL de plasma, mais que cette différence n'est pas statistiquement significative en l'absence d'indication de la valeur « p ». **On en conclut qu'**en l'absence d'exposition à des agents stresseurs, le microbiote n'a pas d'effet sur la concentration de corticostérone.

Lorsque les rats conventionnels sont soumis à des agents stresseurs, **on constate que** la concentration de corticostérone est d'environ 200 ng/mL. Chez les rats axoniques soumis à des agents stresseurs, **on voit qu'**elle est presque 3 fois plus élevée, puisqu'elle est d'environ 580 ng/mL. La différence de résultat entre les deux conditions expérimentales est significative. **On en conclut que**, soumis à des agents stresseurs, le microbiote a un effet sur la concentration de corticostérone : il la diminue.

Méthode 2 Exploiter des données discrètes dans un tableau

SUJET L'effet de l'adrénaline

On cherche à savoir si l'adrénaline a, ou n'a pas, d'effet sur la fréquence cardiaque d'un embryon de poulet au cours du temps. On réalise deux conditions expérimentales. D'une part, on injecte à un embryon de poulet du liquide physiologique (solution neutre) : c'est la condition témoin négatif. D'autre part, on injecte à l'organisme une solution d'adrénaline : c'est la condition d'essai. Dans les deux, on mesure la fréquence cardiaque à différents temps (t_0, t_1, t_2 et t_3).

Consigne : Décris les résultats sous une forme textuelle, puis tires-en une conclusion quant à l'effet de l'adrénaline sur la fréquence cardiaque.

Effet de l'adrénaline sur la fréquence cardiaque

	Fréquence cardiaque (en battements.min^{-1})			
Temps après injection	t_0	t_1	t_2	t_3
Liquide physiolgique	59	60	58	62
Adrénaline	58	137	153	155

CONSEILS

- Décris l'expérience en justifiant les résultats pour les deux conditions expérimentales.
- Compare les résultats expérimentaux pour déterminer si l'adrénaline a un effet sur la fréquence cardiaque.

CORRIGÉ

D'après le tableau de résultats, lorsqu'on injecte du liquide physiologique à l'embryon de poulet, **on observe** que sa fréquence cardiaque stagne au cours du temps puisqu'elle reste dans un intervalle de 58 à 62 battements.min^{-1} entre t_0 et t_3. Lorsqu'on injecte de l'adrénaline à l'embryon, **on constate** que sa fréquence cardiaque augmente au cours du temps, multipliée par environ 2,5, puisqu'elle passe de 58 battements.min^{-1} à t_0 à 155 battements.min^{-1} à t_3.

> Décris la tendance générale de la variation de la fréquence cardiaque au cours du temps.

La fréquence cardiaque de l'embryon varie différemment selon la condition expérimentale. L'adrénaline étant la seule variable modifiée entre les deux conditions expérimentales, **on en déduit** qu'elle est à l'origine de la différence observée. L'adrénaline a donc un effet sur la fréquence cardiaque de l'embryon de poulet au cours du temps : elle l'augmente.

> Explicite le raisonnement qui conduit à la conclusion :
> - comparaison des résultats ;
> - déduction associée.

Méthode 3 Exercer son esprit critique en exploitant des incertitudes

SUJET Le rétrocontrôle du cortisol

On injecte à des rats une solution contenant ou non un analogue de synthèse du cortisol (DEX) directement au niveau de l'hypothalamus à l'aide d'une petite canule. Immédiatement après, on les soumet à une expérience stressante (immobilisation) pendant 25 minutes. Des prélèvements sanguins sont effectués régulièrement afin de mesurer leur taux d'ACTH et de cortisol.

Consigne : Exploite les résultats expérimentaux pour déterminer l'effet de l'injection de DEX.

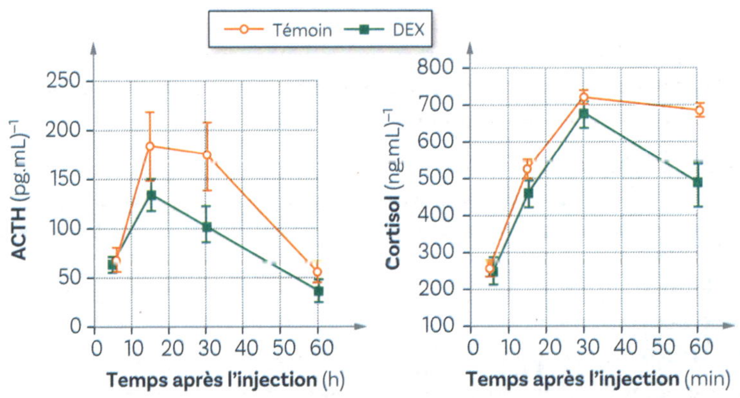

Effet du DEX sur les concentrations d'ACTH et de cortisol

CONSEILS

- Compare l'évolution de la concentration d'ACTH au cours du temps après l'injection d'une solution sans et avec un analogue de synthèse du cortisol (DEX), puis déduis-en l'effet de l'injection de DEX.
- Fais de même avec l'évolution de la concentration de cortisol au cours du temps.

+ d'aide ? Voir p. 254

CORRIGÉ

On s'intéresse à l'effet d'un analogue du cortisol (DEX) sur la concentration d'ACTH. Dans la condition où l'on injecte une solution sans DEX (condition expérimentale témoin négatif) dans l'hypothalamus de rats que l'on expose ensuite à une expérience stressante, **on observe** que la concentration d'ACTH augmente au cours de la première demi-heure, avant de revenir à sa valeur initiale. En effet, elle passe d'une moyenne de 60 pg.mL^{-1} à 180 +/- 30 pg.mL^{-1} entre 5 et 15 min, stagne autour de 180 +/- 30 pg.mL^{-1} entre 15 et 30 min, puis diminue jusqu'à atteindre 40 +/- 5 pg.mL^{-1}. Dans le cas d'une injection de DEX suivie d'une activité stressante, **on constate** que la tendance de l'évolution de la concentration d'ACTH est la même que précédemment, mais le maxima atteint est moindre puisqu'il est d'environ 130 +/- 20 pg.mL^{-1}. Globalement, il y a donc une différence significative de concentration maximale d'ACTH mais pas sur les concentrations mesurées initiales et finales. **On en déduit** que l'injection d'analogue du cortisol (DEX), dans l'hypothalamus de rats soumis par la suite à une expérience stressante, inhibe l'augmentation de la concentration d'ACTH chez les rats dans les 15 minutes après l'injection.

Tenir compte des barres d'intervalle de confiance qui indiquent l'étendue de valeurs contenant probablement (à 95 % de chance) la moyenne de la population réelle et pas seulement de l'échantillon de rats étudiés.

Portons notre attention sur l'effet d'un analogue du cortisol (DEX) sur la concentration de cortisol. Dans le cas d'une injection dans l'hypothalamus d'une solution sans DEX (condition expérimentale témoin négatif) ou avec DEX, puis d'une exposition à une expérience stressante des rats, **on observe** que les concentrations de cortisol dans la première demi-heure augmentent au cours du temps sans différence significative. En effet, elles passent d'une moyenne similaire d'environ 250 ng.mL^{-1} à 720 +/- 20 ng mL^{-1} sans DEX et à 680 +/- 40 ng.mL^{-1} avec DEX. Au-delà de 30 minutes, **on constate** que les évolutions de la concentration de cortisol au cours du temps sont significativement différentes. Sans injection de DEX, le taux de cortisol diminue en moyenne de 50 ng.mL^{-1} puisqu'il atteint 670 +/- 30 ng.mL^{-1} à 60 min. Avec injection de DEX, il diminue près de 4 fois plus (en moyenne de 190 ng.mL^{-1}), puisqu'il atteint 490 +/- 70 ng.mL^{-1} à 60 min. **On en déduit** que l'injection de DEX dans l'hypothalamus de rats soumis par la suite à une expérience stressante, diminue la concentration de cortisol entre 30 et 60 min après l'injection.

A défaut d'être précisé, pour deux séries de résultats, si les 2 intervalles de confiance ne se recoupent pas graphiquement, il est probable que les moyennes soient significativement différentes. C'est l'opposé s'ils se recoupent.

Chapitre 15

L'adaptabilité de l'organisme

Tu viens de voir les notions à connaître sur l'adaptabilité de l'organisme. Pour t'aider à retenir l'essentiel et t'entraîner pour le Bac, voici ton kit de révisions clé en mains conçu par SchoolMouv !

Vidéo

Pour mieux comprendre et t'en souvenir à coup sûr, regarde la vidéo. C'est parfois bien plus clair en images.

Vidéo **L'adaptabilité de l'organisme face aux perturbations de l'environnement**

https://flashbelin.fr/focusbacschoolmouv/svt/15

Contenu additionnel

Voici un bonus autour du même sujet. La curiosité n'est pas toujours un vilain défaut. Il suffit de créer ton compte pour avoir accès à plein de contenus supplémentaires.

Quiz **L'adaptabilité de l'organisme face aux perturbations de l'environnement**

https://www.schoolmouv.fr/eleves/cours/l-adaptabilite-de-l-organisme-face-aux-perturbations-de-l-environnement/qcm

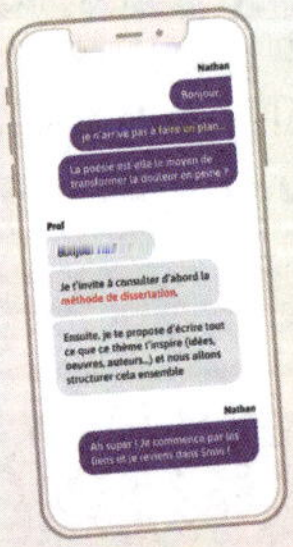

Tchat avec un prof

Pour poser toutes tes questions à un prof particulier, découvre l'abonnement tchat. Tu peux le tester gratuitement pendant 7 jours : fini les questions sans réponses, tu vas devenir incollable.

https://focusbac.schoolmouv.fr/offre

Le Focus de SchoolMouv

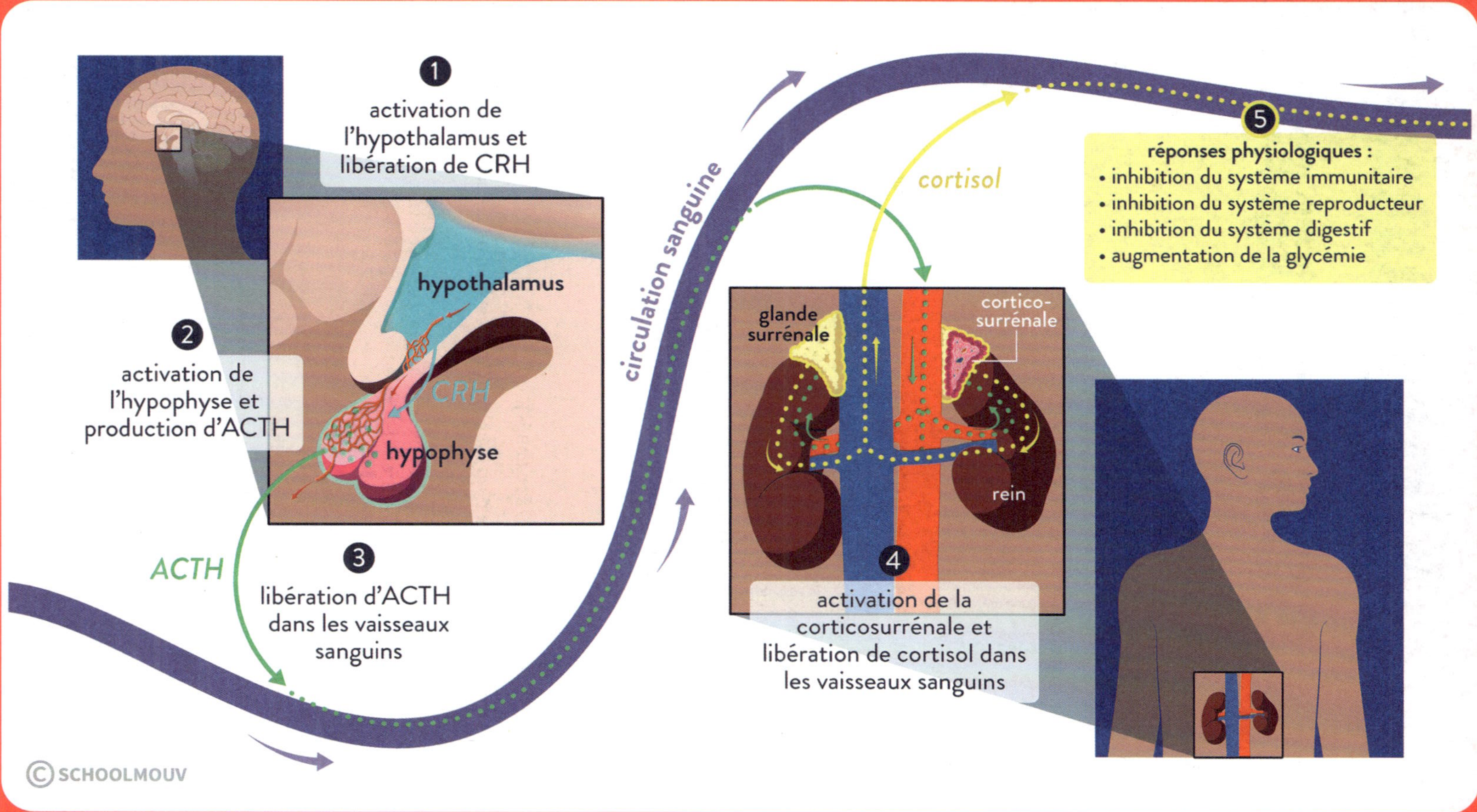

THÈME 5

16 L'organisme ses capacités

RÉVISIONS 1re

Un quiz avant de commencer

1. Vrai ou faux ?

	Vrai	Faux
1 Le surentraînement et le dopage sont sans danger : l'organisme s'adapte toujours aux perturbations causées par ces pratiques.	☐	☐
2 Des substances exogènes, telles que les substances psycho-actives, peuvent interférer avec les neurotransmetteurs et perturber la transmission des messages nerveux.	☐	☐
3 L'hygiène de vie n'a aucun effet sur le bon fonctionnement du système nerveux.	☐	☐
4 L'apprentissage repose sur la plasticité du système nerveux ; elle permet par exemple l'interprétation de l'univers sonore (parole, voix, musique, etc.).	☐	☐
5 Le fonctionnement d'une synapse inhibitrice augmente l'activité du neurone postsynaptique.	☐	☐

2. Coche la ou les bonne(s) réponse(s).

1. La capacité de résilience d'un système (écosystème ou personne) :

- a est déterminée génétiquement. ☐
- b a ses limites : des perturbations trop fréquentes et/ou trop importantes peuvent altérer définitivement le système. ☐
- c n'est pas modifiable. ☐
- d est propre à chaque système. ☐

2. La pratique d'une activité sportive :

- a permet de lutter contre des maladies cardiovasculaires, comme l'hypertension artérielle. ☐
- b permet de prendre confiance en soi. ☐
- c ne devient jamais addictive. ☐
- d permet de diminuer l'anxiété. ☐

Réponses : 1. 1. Faux – **2.** Vrai – **3.** Faux – **4.** Vrai – **5.** Faux • **2. 1.** b, d – **2.** a, b, d.

débordé dans d'adaptation ORAL

L'ESSENTIEL EN 2 POINTS

Qu'est-ce que le stress chronique ?

1 L'organisme débordé dans ses capacités d'adaptation

Le **stress chronique** correspond au **débordement des capacités d'adaptation** de l'organisme face aux agents stresseurs. Il s'accompagne d'une **plasticité nerveuse** aux effets délétères. > p. 266

Comment éviter le stress chronique ?

2 Traiter et réduire le stress chronique

Des **traitements médicamenteux** et des **pratiques non médicamenteuses** permettent de limiter et de lutter contre les effets du stress chronique, en facilitant parfois la **résilience** du système. > p. 267

LE COURS en 2 fiches

1 L'organisme débordé dans ses capacités d'adaptation

Idées clés

→ Le **stress chronique** est une **réponse mal-adaptative** de l'organisme face aux **agents stresseurs**, c'est une situation où les capacités d'adaptation sont débordées.

→ Le stress chronique **modifie le système limbique** et le **cortex préfrontal**, mais cette **plasticité** est **mal-adaptative**, car elle peut entraîner des **pathologies** et d'éventuelles **perturbations** de l'attention, de la mémoire et des performances cognitives.

Coup d'œil

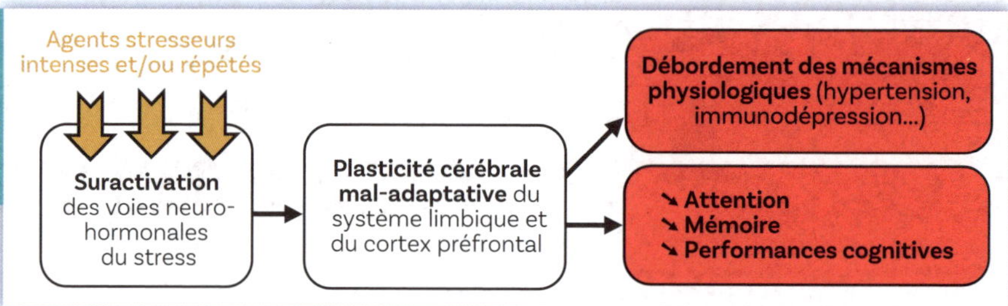

À la loupe

• Lorsque les **agents stresseurs** sont trop **intenses** ou si leur action **dure**, la réponse de l'organisme est **mal-adaptative**, ne lui permettant pas de continuer à fonctionner correctement. Les **mécanismes physiologiques** sont **débordés** (ex. : tachycardie, hypertension, hyperventilation, immunodépression, etc.) et le **système du stress se dérègle** : c'est le **stress chronique**.

• La **CRH** modifie la **structure des neurones** (ex. : nombre de **terminaisons dendritiques** dans l'amygdale et dans l'hippocampe), perturbant leur activité. Ces **modifications persistantes** en stress chronique accroissent l'**activité hypothalamique**, en favorisant le contrôle positif de l'amygdale et en limitant le contrôle négatif de l'hippocampe sur **hypothalamus**. De plus, l'expression des **récepteurs hypothalamiques** du cortisol diminue : le **rétrocontrôle négatif** est réduit. Il en résulte durablement une **sécrétion accrue de la CRH,** entraînant une **libération des hormones du stress** et des modifications des paramètres physiologiques.

• La **plasticité neuronale mal-adaptative** de l'amygdale (gestion des émotions), de l'hippocampe (mémorisation) et du cortex préfrontal (traitement des informations, prise de décision) entraîne parfois des **altérations de l'attention, de la mémoire et des performances cognitives**. De plus, une **baisse des échanges** d'informations nerveuses au sein du **système limbique** et du cortex préfrontal serait liée à la **dépression**.

→ Voir lexique p. 348

2 Traiter et réduire le stress chronique

Idées clés

→ Les **dérèglements** dus au stress chronique engendrent diverses **pathologies**, qui sont traitées par des **médicaments** dont l'effet vise à favoriser la **résilience**. La prise de ces médicaments est strictement **encadrée**, pour limiter les effets secondaires.

→ Des **pratiques non médicamenteuses** sont susceptibles de limiter les dérèglements et de favoriser la résilience.

→ Chaque individu est **différent** face aux agents stresseurs, le stress intégrant des dimensions multiples.

Coup d'œil

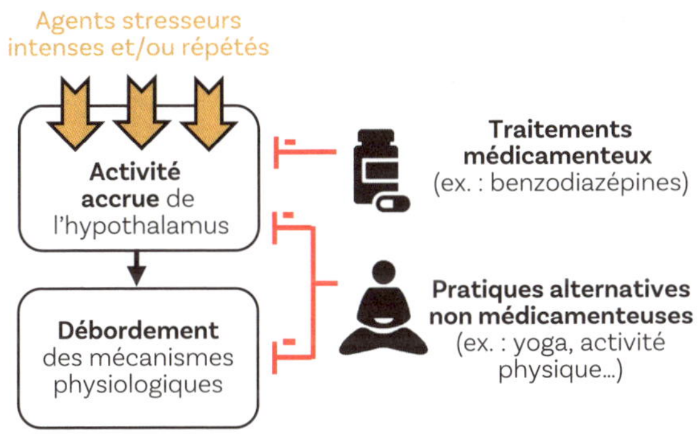

À la loupe

- Le **stress chronique** cause diverses **pathologies** (douleurs, désordres intestinaux, anxiété, fatigue, agressivité, troubles du sommeil...).
- Des **médicaments** peuvent traiter ces pathologies, comme les **benzodiazépines** pour l'anxiété. Celles-ci activent des **récepteurs postsynaptiques à GABA** (neurotransmetteur inhibiteur du système nerveux), ce qui **diminue l'activité neuronale hypothalamique** et favorise le retour à des conditions de fonctionnement normales.
- La prise de ces médicaments doit suivre **un protocole rigoureux**, afin de ne pas provoquer d'autres perturbations, notamment une **sédation** et des **troubles de l'attention**.
- Des **pratiques non médicamenteuses** (méditation, respiration profonde, yoga, pratique d'une activité physique...) permettent d'**inhiber le système du stress** en modifiant l'**activité limbique**, et de revenir ou de maintenir certains paramètres physiologiques à des valeurs plus normales.
- Parmi leurs effets, elles présentent notamment l'intérêt de **centrer l'esprit sur le moment présent**, qui est **sous contrôle, prévisible, routinier et associé à la confiance en soi**. À l'inverse, de nombreuses situations de nos vies en société stressent, car elles sont associées à un faible contrôle, une imprévisibilité, une nouveauté et une mise à l'épreuve des compétences et de l'ego.

→ Voir lexique p. 348

MÉMO VISUEL

- L'organisme débordé dans ses capacités d'adaptation -

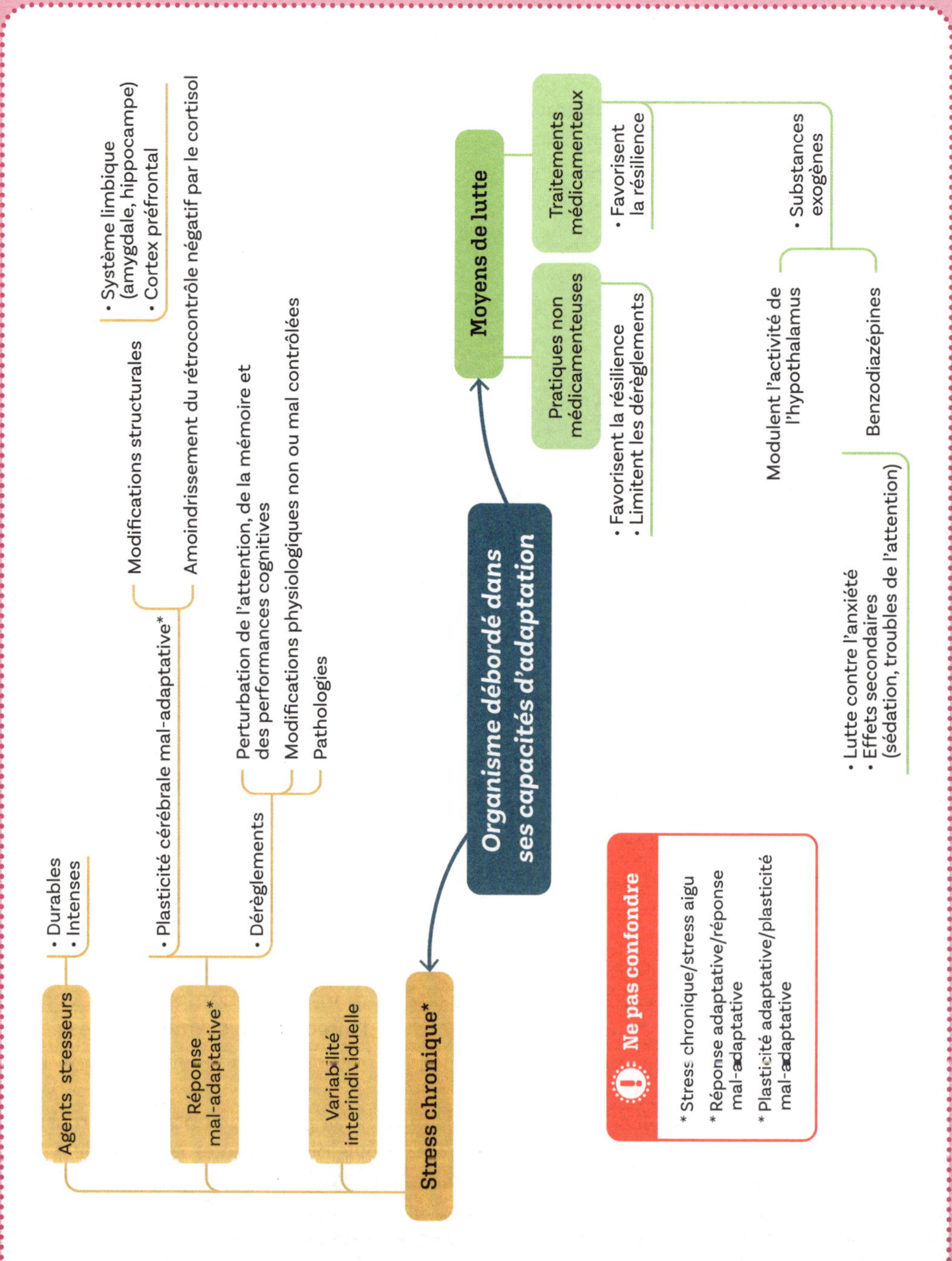

QCM

SE TESTER

1. Coche la ou les bonne(s) réponse(s).

1. Le stress chronique apparaît lorsque les agents stresseurs :

- a ont une action qui dure dans le temps. ☐
- b sont trop intenses. ☐
- c sont trop intenses ou ont une action qui dure dans le temps. ☐
- d sont trop intenses et ont une action qui dure dans le temps. ☐

2. Le stress chronique :

- a est associé au débordement des mécanismes physiologiques. ☐
- b augmente la résilience de l'organisme. ☐
- c entraîne des modifications de certaines structures du cerveau. ☐
- d est une réponse adaptative de l'organisme dans la durée. ☐

3. Les benzodiazépines :

- a sont des neurotransmetteurs. ☐
- b se fixent sur les récepteurs au GABA et les inhibent. ☐
- c diminuent l'activité de l'hypothalamus. ☐
- d inhibent la libération d'hormones du stress. ☐

4. Des pratiques non médicamenteuses :

- a permettent de lutter contre les effets physiologiques néfastes du stress chronique. ☐
- b ne peuvent pas inhiber le système du stress. ☐
- c doivent suivre un protocole rigoureux, afin de ne pas provoquer d'autres perturbations. ☐
- d favorisent la résilience de l'organisme. ☐

2. Vrai ou faux ?

	Vrai	Faux
1 Dans la situation de stress chronique, les capacités d'adaptation de l'organisme sont débordées et le système se dérègle.	☐	☐
2 Le stress chronique est une réponse mal-adaptative, car elle permet de faire face aux agents stresseurs et un retour à un fonctionnement normal.	☐	☐
3 Le stress chronique modifie seulement le système limbique.	☐	☐
4 La CRH induit une plasticité cérébrale qui diminue l'activité hypothalamique.	☐	☐
5 La réduction du nombre de récepteurs hypothalamiques du cortisol amplifie son rétrocontrôle négatif sur l'hypothalamus.	☐	☐
6 En cas de stress chronique, les hormones du stress (adrénaline et cortisol) sont davantage sécrétées.	☐	☐
7 La plasticité adaptative du système nerveux se traduit par d'éventuelles perturbations de l'attention, de la mémoire et des performances cognitives.	☐	☐
8 Les dérèglements physiologiques associés au stress chroniques engendrent diverses pathologies.	☐	☐
9 Les benzodiazépines sont utilisées pour lutter contre l'anxiété.	☐	☐
10 Les benzodiazépines sont des stimulants qui peuvent provoquer une hyperactivité et une amélioration des performances cognitives.	☐	☐

3. Complète le schéma à l'aide des termes suivants.

a. *altérations de l'attention, de la mémoire et des performances cognitives* – **b.** *pratiques non médicamenteuses* – **c.** *hypothalamus* – **d.** *agents stresseurs* – **e.** *glandes médullosurrénales* – **f.** *cortisol* – **g.** *débordement des paramètres physiologiques* – **h.** *traitements médicamenteux* – **i.** *adrénaline* – **j.** *glandes corticosurrénales* – **k.** *pathologies*

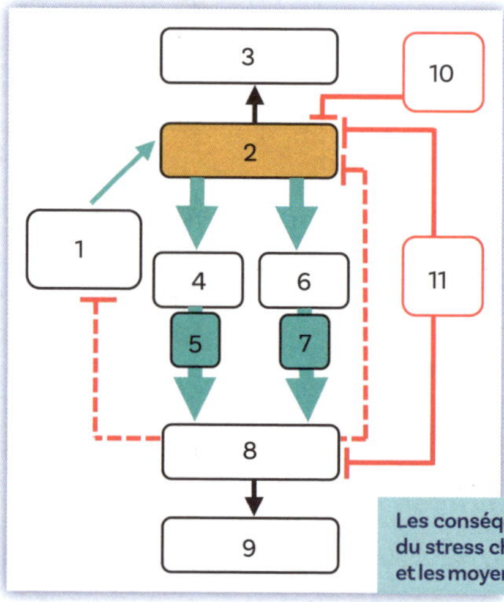

Les conséquences du stress chronique et les moyens de lutte

4. Réponds aux questions posées sur ces mémo cartes.

1. Le stress chronique, une réponse mal-adaptative

- Qu'est-ce que le stress chronique ?
- Qu'est-ce qui provoque le stress chronique ?
- Comment la plasticité cérébrale mal-adaptative associée au stress chronique conduit-elle au débordement des mécanismes physiologiques ?
- Quelles sont les conséquences de la plasticité mal-adaptative sur l'attention, la mémoire et les performances cognitives ?
- Comment le stress chronique favorise-t-il la dépression ?

2. Traiter et réduire le stress chronique

- Quelles pathologies le stress chronique peut-il provoquer ?
- Quels sont les moyens de lutte contre le stress chronique ?
- Comment l'utilisation de médicaments favorise-t-elle la résilience de l'organisme ?
- Quelles sont les précautions à prendre dans le cadre d'un traitement médicamenteux contre l'anxiété ?
- Comment des pratiques non médicamenteuses permettent-elles de lutter contre le stress chronique et ses effets ?

Réponses : 1. 1. c – **2.** a, c – **3.** c, d – **4.** a, d • **2. 1.** Vrai – **2.** Faux – **3.** Faux – **4.** Faux – **5.** Faux – **6.** Vrai – **7.** Faux – **8.** Vrai – **9.** Vrai – **10.** Faux • **3. 1**d – **2**c – **3**a – **4**e – **5**i – **6**j – **7**f – **8**g – **9**k – **10**h – **11**b.

Ton **KIT DE SURVIE** pour le **BAC** avec SCHOOLMOUV

Chapitre 16 L'organisme débordé dans ses capacités d'adaptation

Tu viens de voir les notions à connaître sur l'organisme débordé dans ses capacités d'adaptation. Pour t'aider à retenir l'essentiel et t'entraîner pour le Bac, voici ton kit de révisions clé en mains conçu par SchoolMouv !

Vidéo

Pour mieux comprendre et t'en souvenir à coup sûr, regarde la vidéo. C'est parfois bien plus clair en images.

Vidéo **La dérégulation des capacités d'adaptation de l'organisme face au stress chronique**

https://flashbelin.fr/focusbacschoolmouv/svt/16

Contenu additionnel

Voici un bonus autour du même sujet. La curiosité n'est pas toujours un vilain défaut. Il suffit de créer ton compte pour avoir accès à plein de contenus supplémentaires.

Quiz **L'organisme débordé dans ses capacités d'adaptation**

https://www.schoolmouv.fr/eleves/cours/l-organisme-deborde-dans-ses-capacites-d-adaptation/qcm

Tchat avec un prof

Pour poser toutes tes questions à un prof particulier, découvre l'abonnement tchat. Tu peux le tester gratuitement pendant 7 jours : fini les questions sans réponses, tu vas devenir incollable.

https://focusbac.schoolmouv.fr/offre

SE PRÉPARER POUR L'EXAMEN

Synthèse argumentée

SUJET 1 Lésion cérébrale et motricité

Un accident vasculaire cérébral, ou AVC, est une atteinte des tissus cérébraux suite à une interruption brusque du flux sanguin vers une partie du cerveau. Il peut affecter une ou plusieurs fonctions cérébrales et entraîner notamment une perte de sensibilité et/ou de motricité de certaines parties du corps.

Question

Expliquer la perte de la motricité volontaire des membres situés du côté gauche du corps, mais la persistance des réflexes myotatiques sur les mêmes membres chez un patient touché par un AVC dans l'hémisphère cérébral droit.

Vous rédigerez un texte structuré. Votre argumentation s'appuiera sur des expériences et/ou des observations et/ou des exemples judicieusement choisis.

Document > **Étude par IRM du cerveau d'un patient présentant une hémiplégie droite**

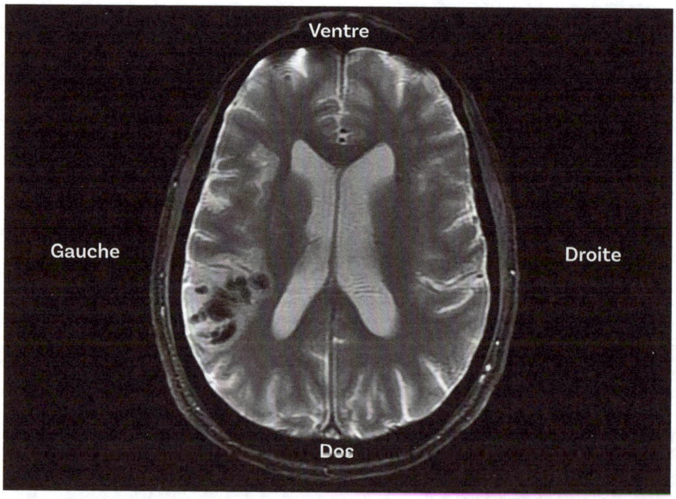

COUP DE POUCE

Tu peux t'appuyer sur la méthode p. 10.

Les clés pour réussir

Analyser et reformuler le sujet

- La question permet de s'interroger sur l'apparent paradoxe entre la perte de motricité volontaire des membres du côté gauche et le maintien de la motricité réflexe de ces mêmes membres. L'information sur la localisation de l'AVC au regard des membres touchés est à mettre en relation avec le croisement des voies nerveuses de la motricité volontaire.
- Il s'agit d'« expliquer » cette situation, c'est-à-dire d'en donner la cause. Puisque l'on sait que l'origine est l'AVC, il s'agit de mettre en relation les structures touchées par l'AVC avec les structures de la voie de la motricité volontaire et de la motricité réflexe.
- Termes à définir succinctement en introduction : motricité volontaire, réflexe myotatique.

Recenser et organiser les idées et arguments pour répondre au sujet

- **Idée clé 1. Les mécanismes de la commande volontaire du mouvement**
  - Commande corticale du mouvement volontaire : aires motrices spécialisées.
  - Faisceaux de neurones descendants (neurones pyramidaux) dans la moelle épinière.
  - Croisement des voies nerveuses de la motricité volontaire gauche et droite au-dessus de la moelle épinière.
  - Synapse au niveau de la moelle épinière sur les motoneurones qui commandent le muscle.

Exemple pour argumenter : présente la technique de l'IRMf et le résultat dans le cas où on demande à un sujet d'exécuter une tâche motrice volontaire.

- **Idée clé 2. Les mécanismes de la commande réflexe du mouvement**
  - Présentation de l'arc-réflexe : stimulus, récepteur sensoriel, neurone sensoriel, relais synaptique dans le centre nerveux (moelle épinière), neurone moteur, synapse neuromusculaire, contraction musculaire, réponse motrice.

Exemple pour argumenter : illutre avec l'exemple du réflexe achilléen ou rotulien.

- **Idée clé 3. L'établissement d'un lien entre AVC, perte de la motricité volontaire et persistance des réflexes myotatiques**
  - Un AVC dans l'hémisphère cérébral droit peut provoquer une lésion dans les aires motrices à l'origine des mouvements volontaires et abolir la commande du mouvement volontaire.
  - Les membres affectés sont situés du côté gauche du corps, du fait du croisement des faisceaux de neurones descendants.
  - L'AVC n'affecte pas le fonctionnement de la moelle épinière impliquée dans la commande réflexe des mêmes membres ; la commande réflexe est donc maintenue en cas d'AVC.

SE PRÉPARER POUR L'EXAMEN

Synthèse argumentée

SUJET 2 Le stress aigu

Lors de présentations orales (baccalauréat de français, grand oral), certaines personnes se sentent particulièrement fébriles, leurs mains sont moites, leurs fréquences cardiaque et ventilatoire augmentent, entre autres choses. Ce sont des manifestations du stress aigu, une réponse adaptive de l'organisme.

Question

Comment le stress aigu participe-t-il à l'adaptabilité de l'organisme ?
Vous rédigerez un texte structuré. Votre argumentation s'appuiera sur des expériences et/ou des observations et/ou des exemples judicieusement choisis.

Document > Évolution de la concentration sanguine d'adrénaline au cours d'un test de stress social de Trier (TSST)

Le test de Trier est une situation de laboratoire induisant un stress aigu chez des participants. Il se compose d'une période de préparation (10 min) et d'une période de test (10 min) au cours de laquelle les sujets doivent prononcer un discours libre et effectuer du calcul mental devant un public.

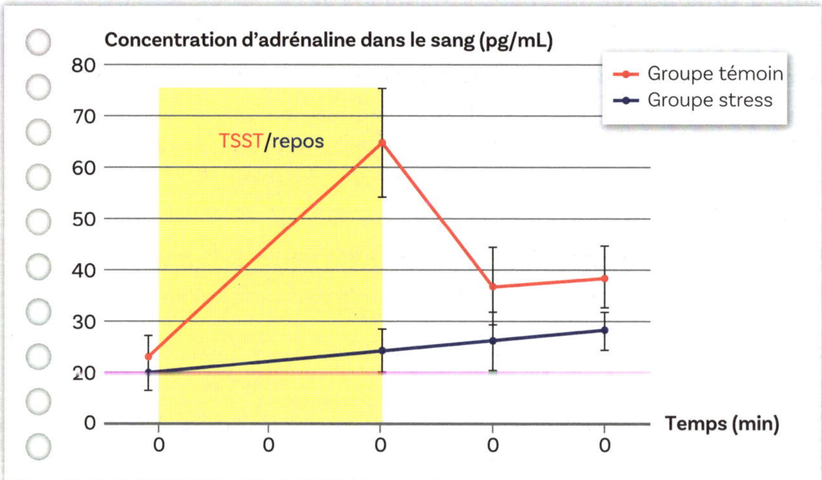

COUP DE POUCE

Tu peux t'appuyer sur la méthode p. 10.

Les clés pour réussir

Analyser et reformuler le sujet

- La notion « d'adaptabilité de l'organisme » fait référence à la capacité de l'organisme à se modifier de telle sorte que sa valeur sélective s'en trouve améliorée dans de nouvelles conditions environnementales. Les présentations orales sont un prétexte pour aborder le stress aigu, qui est une réponse de l'organisme assez générale à une perturbation de l'environnement, qu'elle soit un danger réel pour l'intégrité ou perçu comme telle. Le document proposé permet de prouver le lien entre stress aigu et adrénaline.
- L'adverbe « comment » invite à décrire la manière dont les voies métaboliques du stress aigu modifient le fonctionnement, notamment physiologique et du comportement, de l'organisme, lui permettant de faire face à divers types d'agents stresseurs et de revenir à un fonctionnement relativement normal.
- Termes à définir en introduction : stress aigu (succinctement), adaptabilité.

Recenser et organiser les idées et arguments pour répondre au sujet

- **Idée clé 1. Le stress aigu, vers un comportement adapté de l'organisme**
  - Agents stresseurs.
  - Réponse adaptative.
  - Modifications du comportement en lien avec des modifications physiologiques.
  - Variabilité interindividuelle.

Exemple pour argumenter : illustre une modification adaptative du comportement associée au stress aigu à l'aide d'un exemple.

- **Idée clé 2. L'axe sympatho-médullosurrénalien**
  - Système limbique.
  - Glandes médullosurrénales.
  - Adrénaline.
  - Modifications physiologiques : augmentation des fréquences cardiaque et ventilatoire, et de la glycémie.

Exemple pour argumenter : présente l'expérience du document pour mettre en évidence le rôle de l'adrénaline dans le stress aigu.

- **Idée clé 3. L'axe hypothalamo-hypophyso-corticosurrénalien**
  - Voie neuroendocrinienne.
  - Glandes corticosurrénales.
  - Cortisol.
  - Modifications physiologiques : facilitation de l'augmentation de la glycémie et inhibition du système immunitaire.
  - Rétrocontrôle négatif du cortisol.

Exemple pour argumenter : appuie-toi sur des données de concentrations plasmatiques de cortisol sans et avec injection de cortisol pour argumenter le rétrocontrôle négatif.

SE PRÉPARER POUR L'EXAMEN

Résolution de problème scientifique

SUJET 3 Le phototropisme chez les végétaux

Un entraînement de longue durée (course pendant 21 semaines à raison de 5 séances par semaine) peut être à l'origine, chez les sportifs, d'une modification du métabolisme des cellules musculaires.

Question

Montrer que le métabolisme musculaire est modifié par l'entraînement, puis expliquer en quoi ces modifications permettent des contractions musculaires plus intenses et de plus longue durée.

Vous organiserez votre réponse selon la démarche de votre choix. Vous veillerez à y intégrer des données issues des documents et les connaissances complémentaires nécessaires.

Document 1 > Quantité de mitochondries dans les cellules musculaires

Les mitochondries sont des organites présents dans les cellules musculaires. Elles permettent la synthèse d'ATP par oxydation des métabolites. Un entraînement de 21 semaines à raison de 5 séances par semaine permet d'observer dans les cellules musculaires :

- une augmentation du nombre de mitochondries de 120 % ;
- une augmentation de 14 à 40 % de la taille des mitochondries.

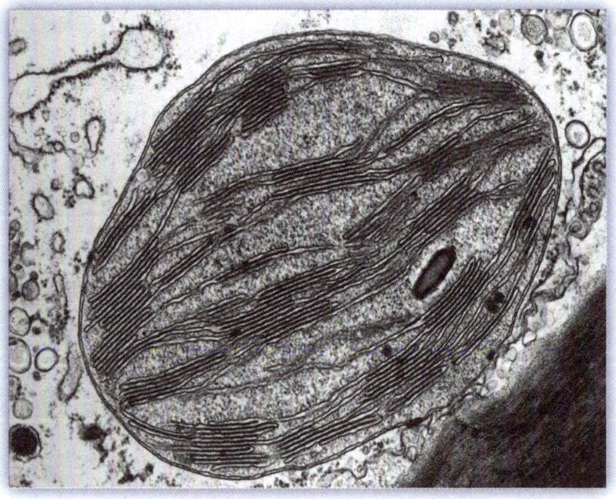

Document 2 > Entraînement et réserves de métabolites

Le glycogène est une forme de stockage du glucose. Le tableau ci-dessous présente les réserves en glycogène musculaire chez une personne non entraînée et chez une personne entraînée.

	Réserves en glycogène musculaire
Personne non entraînée	13 à 15 g/kg de muscle
Personne entraînée	15,5 à 17,5 g/kg de muscle

Document 3 > Entraînement et activité enzymatique

Des mesures de l'activité des enzymes du cycle de Krebs sont réalisées à partir d'extraits de muscles prélevés chez différents sportifs avant et après entraînement.

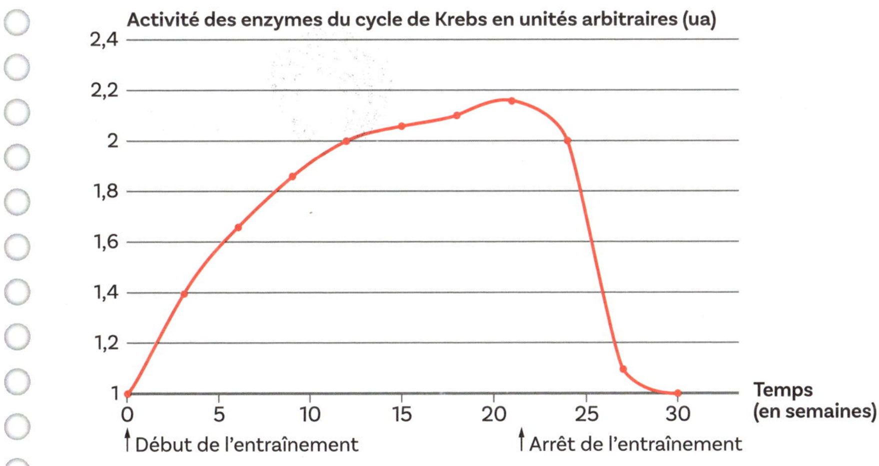

Document 4 > Entraînement et conditions de production d'acide lactique

D'autres processus permettent la synthèse d'ATP dans les fibres musculaires, comme par exemple la fermentation lactique. Cette fermentation génère la synthèse d'acides lactiques (ou lactates), qui s'accumulent dans les fibres musculaires et le sang. Ces lactates pourraient être à l'origine d'une fatigue musculaire.

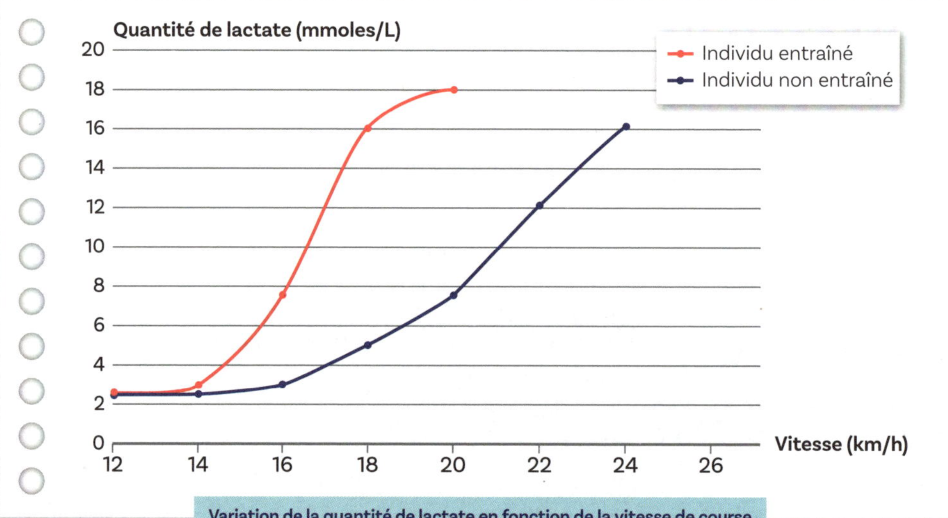

Variation de la quantité de lactate en fonction de la vitesse de course chez un individu entraîné et chez un individu non entraîné

Les clés pour réussir

Analyser le sujet

→ Le sujet évoque le **métabolisme** et la **contraction musculaire** : il faut donc mobiliser des connaissances sur ces deux aspects.

COUP DE POUCE

Tu peux t'appuyer sur la méthode p. 10.

→ *A priori*, les apports de glucose aux muscles et la régulation de la glycémie ne font pas partie des connaissances nécessaires ici, mais c'est après la lecture des documents qu'il faut ajuster les connaissances nécessaires qui peuvent avoir un intérêt dans ce sujet.

Mobiliser ses connaissances en lien avec le sujet

→ Connaissances en lien avec la contraction musculaire **> p. 233**
→ Connaissances en lien avec la respiration cellulaire **> p. 234**
→ Connaissances en lien avec la fermentation lactique **> p. 235**

Recenser les idées issues des documents

- **Doc 1** : note l'effet de l'entraînement physique sur les caractéristiques des mitochondries.
- **Doc 2** : compare l'activité des enzymes du cycle de Krebs pendant et après une période d'entraînement.
- **Doc 3** : compare les réserves en glycogène musculaire entre un individu entraîné et un individu non entraîné.
- **Doc 4** : compare la quantité d'acide lactique en fonction de la vitesse de course chez un individu entraîné et non entraîné.

Mettre en relation les informations issues des documents et/ou des connaissances

- Relie les **documents 1 et 2 et tes connaissances** sur les mitochondries et la respiration cellulaire pour déterminer l'effet probable de l'entrainement.
- Relie le **document 3 et tes connaissances** sur le rôle du glycogène durant l'effort musculaire.
- Relie le **document 4 et tes connaissances** sur la fermentation lactique pour indiquer l'effet de l'entraînement sur cette voie métabolique.

SUJET CORRIGÉ

Exercice 1

SUJET Les sèves des plantes à fleurs

Les végétaux présentent une organisation fonctionnelle adaptée à un mode de vie fixée. Ils sont dotés de structures d'échanges et de transport.

Question

Expliquer les mécanismes permettant la production des sèves.

Vous rédigerez un texte argumenté qui s'appuiera sur le document proposé, complété si besoin d'expériences et/ou d'observations et/ou d'exemples judicieusement choisis.

Document > Composition moyenne comparée de quelques éléments de la sève brute et de la sève élaborée

	Sève brute	Sève élaborée
Eau (en %)	99	80
Glucides (saccharose et autres glucides solubles) (en g/L)	Traces	100 à 300
Ions minéraux (en g/L)	0,2 à 4	1 à 5

Exercice 2

SUJET Le passé mouvementé du Massif central

Le Massif central, vestige d'un ancien orogène, se dresse à l'ouest des Alpes, grande chaîne de montagnes géologiquement récente, comme cela est visible sur le document de référence.

Le Massif central comporte aujourd'hui la chaîne des Puys, un ensemble d'environ 80 volcans s'étirant le long d'un axe nord-sud. À l'est de cet alignement se trouve le fossé d'effondrement de Limagne délimité par la faille de Limagne.

Question

Proposer une reconstitution de l'histoire du Massif central en datant ses principales formations géologiques (socle granitique, roches volcaniques et faille de Limagne) et en montrant sa relation avec l'orogenèse alpine.

Vous organiserez votre réponse selon une démarche de votre choix intégrant des données des documents et les connaissances utiles.

Document de référence > Situation de la zone étudiée au sein des grands ensembles géologiques régionaux

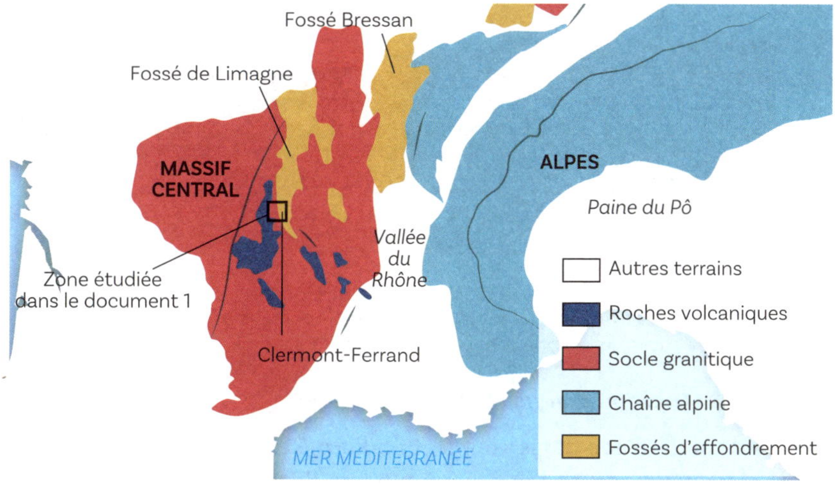

Source : D'après la thèse de Laurent Michon, 2000.

Document 1 > Carte et coupe géologique de la zone étudiée

a. Carte simplifiée des principales formations géologiques de la zone étudiée

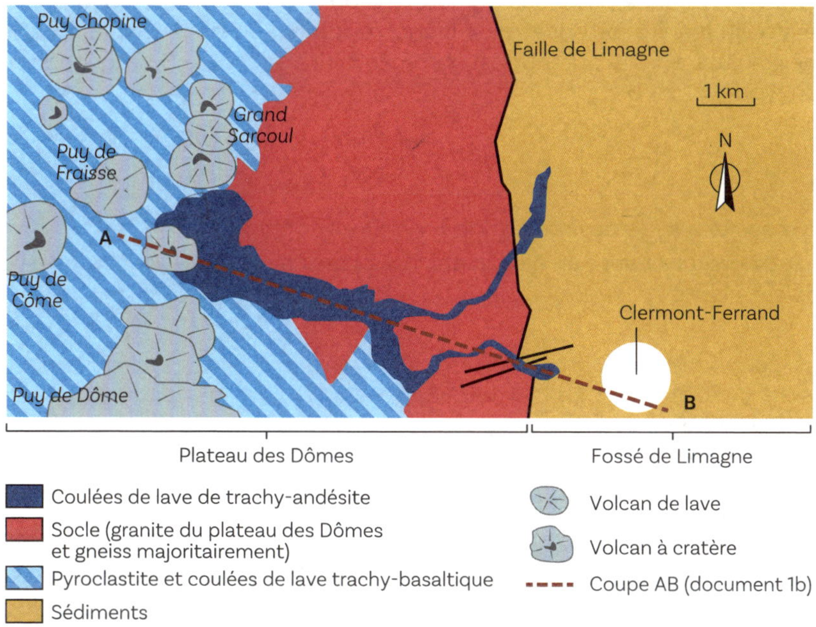

Remarque : une pyroclastite est une roche constituée par l'accumulation de débris de roches magmatiques éjectés par les volcans lors des éruptions.

b. Coupe géologique simplifiée selon le tracé AB présent sur le document 1a

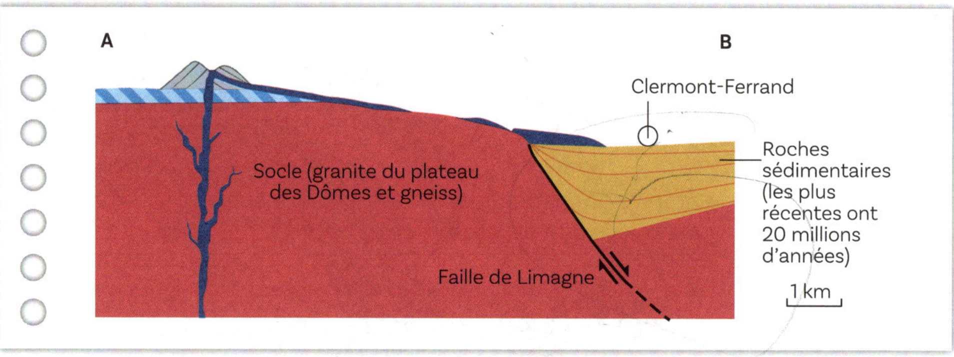

Remarques : la faille de Limagne est une faille normale bordant le fossé d'effondrement de Limagne sur son bord ouest ; la légende des terrains en présence est identique à celle du document 1a.

Document 2 > Datation d'un granite du Massif central

a. Principe de la datation par le couple Rubidium/Strontium

Certains minéraux du granite ont incorporé lors de leur formation du rubidium ^{87}Rb ainsi que du strontium ^{87}Sr et ^{86}Sr. Au cours du temps, la quantité de strontium ^{87}Sr dans le granite augmente. Elle provient de la désintégration du rubidium ^{87}Rb. On a mesuré à l'aide d'un spectromètre de masse les nombres d'atomes (N) de ^{87}Sr, ^{86}Sr et ^{87}Rb présents dans les minéraux du granite ou dans différents échantillons du même granite. Les résultats sont exprimés sous la forme d'un rapport isotopique.

On peut alors déterminer l'âge de ce granite en utilisant la méthode des isochrones. On construit une droite à partir des rapports isotopiques ($^{87}Rb/^{86}Sr$; $^{87}Sr/^{86}Sr$) de certains minéraux du granite (orthose, mica blanc, mica noir) ou de plusieurs échantillons du même granite. La droite obtenue est nommée droite isochrone. Son équation ci-dessous est du type $y = ax + b$.

$$\left(\frac{^{87}Sr}{^{86}Sr}\right)_{\text{mesuré}} = (e^{\lambda t} - 1)\left(\frac{^{87}Rb}{^{86}Sr}\right)_{\text{mesuré}} + \left(\frac{^{87}Sr}{^{86}Sr}\right)_{\text{initial}}$$

Avec la constante de désintégration $\lambda = 1{,}42 \cdot 10^{-11}\ \text{an}^{-1}$.

On peut alors retrouver t en calculant « a » à partir de la droite isochrone à l'aide de la formule suivante :

$$t = \frac{\ln(a + 1)}{\lambda}$$

b. Droite isochrone issue de l'étude de différents échantillons d'un même granite du Massif central

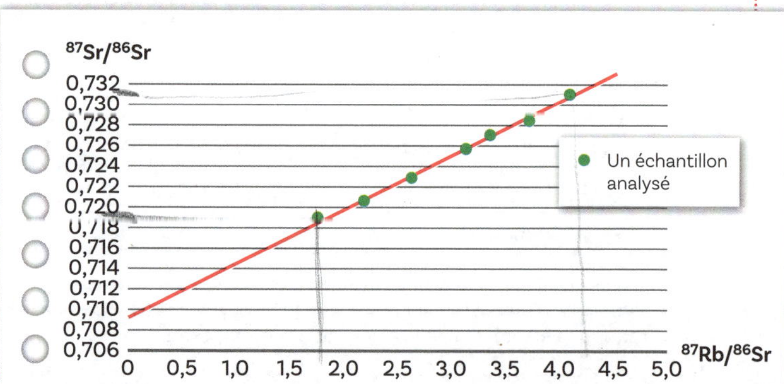

c. Tableau de valeur de la fonction $t = \frac{\ln(a+1)}{\lambda}$

Coefficient directeur de l'isochrone noyé « a »	0,002	0,003	0,004	0,005	0,006	0,007	0,008	0,009	0,010
Âge du granite noté « t » en millions d'années	141	211	281	351	421	491	561	631	701

On considérera que le granite du plateau des Dômes (visible sur les **Doc 1a** et **1b**) s'est formé à la même époque que le granite étudié ici.

Document 3 > Conséquence de la formation d'un nouvel orogène

La naissance d'une nouvelle chaîne de montagnes par la collision continentale amène à la formation d'une racine lithosphérique.

Des simulations numériques ont montré que la formation d'une profonde racine peut parfois engendrer un mouvement de l'asthénosphère, à l'origine d'une extension dans la lithosphère plongeante.

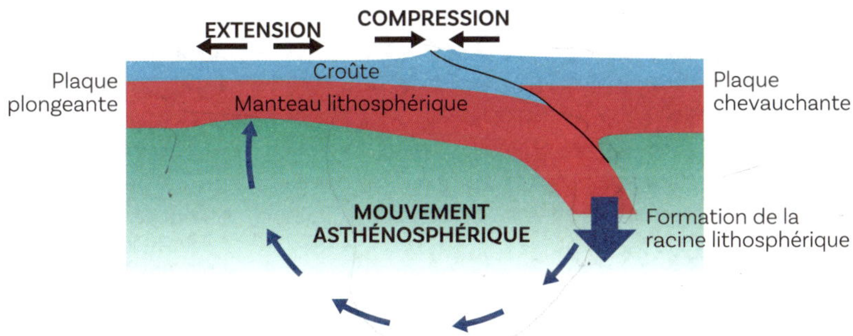

Document 4 > Schéma d'une coupe interprétative de la vallée du Rhône à la plaine du Pô

De nombreux indices géologiques ont permis de reconstituer l'histoire de l'orogène alpin. Au Crétacé supérieur, il y a 100 millions d'années environ, débute la subduction de l'océan alpin. Sa fermeture amène à la collision des lithosphères continentales européenne et apulienne, il y a environ 30 millions d'années, au cours de l'Oligocène. Les Alpes se forment alors. Une coupe actuelle simplifiée des Alpes occidentales est présentée ci-dessous.

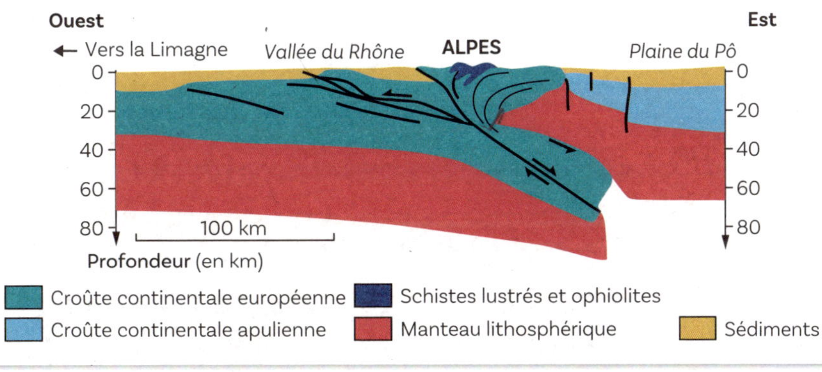

Exercice 1

CORRIGÉ

Grille d'autoévaluation

Connaissances et arguments			
Idée clé 1 La composition de la sève brute et sa constitution au niveau racinaire	☐	***Au moins un 1 argument*** *Exemples* • Expérience de coloration des vaisseaux conducteurs du xylème d'une tige plongée dans un colorant • Coupe transversale de tige montrant les poils absorbants • Comparaison de la croissance de plantes avec/sans mycorhizes	☐
Détail 1 La sève brute contient de l'eau et des ions minéraux.	☐		
Détail 2 La sève brute circule dans les vaisseaux conducteurs du xylème.	☐		
Détail 3 L'appareil racinaire est une très grande surface d'échanges.	☐		
Détail 4 Les échanges sont assurés par des poils absorbants, voire facilités par des associations symbiotiques avec des champignons (les mycorhizes).	☐		
Idée clé 2 L'utilisation de la lumière et d'éléments minéraux (dont les composants de la sève brute) pour la réalisation de la photosynthèse au niveau foliaire	☐	***Au moins un 1 argument*** *Exemples* • Expérience de Ruben et Kamen permettant de mettre en évidence la photolyse de l'eau. • Marquage des chloroplastes éclairées à l'eau iodée. • Relation entre l'ouverture des stomates et la photosynthèse.	☐
Détail 1 Pour produire des glucides *via* la photosynthèse au niveau des feuilles, la plante doit : • s'approvisionner en CO_2 (*via* les stomates) et capter la lumière au niveau de l'appareil foliaire en formant une très grande surface d'échanges ; • utiliser l'eau apportée par la sève brute (et indirectement les éléments minéraux).	☐		
Détail 2 L'énergie lumineuse est convertie en énergie chimique par la photolyse de l'eau, avec réduction du CO_2 aboutissant à la production de glucose et d'autres sucres solubles.	☐		
Détail 3 La photosynthèse se réalise dans le chloroplaste.	☐		
Idée clé 3 La composition de la sève élaborée et sa constitution au niveau foliaire	☐	***Au moins un 1 argument*** *Exemple* • Coupe transversale de tige montrant l'existence de vaisseaux conducteurs différents pour le transport de chaque sève	☐
Détail 1 La sève élaborée, riche en glucides issus de la photosynthèse des cellules chlorophylliennes, est transportée par les vaisseaux du phloème.	☐		
Détail 2 La matière minérale présente dans la sève élaborée provient de la sève brute.	☐		
Construction scientifique			
Logique apparente (paragraphes d'informations cohérentes, présentation progressive des idées, pas de répétition, pas d'aller-retour entre différentes idées)			☐
Fil directeur respecté Explication des mécanismes de production des sèves (pas d'information hors-sujet)			☐
Les **3 idées clés** attendues sont présentes.			☐
Qualité de l'exposé			
Formulations écrites et vocabulaire permettant une compréhension facile des idées scientifiques			☐
Schéma(s) pertinent(s) clair(s), légendé(s) et titré(s)			☐

Introduction

Les végétaux ont une vie fixée, source de contraintes. Ils présentent une organisation fonctionnelle adaptée à ce mode de vie et notamment des systèmes d'échanges de matières entre l'environnement et la plante, mais aussi des systèmes de transport de sèves entre les organes. Il existe deux types de sèves : la sève brute et la sève élaborée ; nous verrons dans ce devoir les mécanismes qui permettent la production de ces sèves.

1. Formation de sève brute au niveau racinaire

Tes propos s'appuient obligatoirement sur le document proposé, qu'il faut intégrer dans ta démarche.

La sève brute est composée d'eau et d'ions minéraux, comme nous l'indique le **document** proposé. L'eau et les ions minéraux sont prélevés directement dans le sol par le système racinaire de la plante, qui joue le rôle de surface d'échange. L'absorption d'eau et d'ions minéraux se produit principalement au niveau de poils absorbants, qui augmentent considérablement la surface d'absorption. Cependant, il existe souvent une association symbiotique entre les racines et un champignon, qui permet également l'absorption d'eau. Cette association, nommée mycorhize, permet d'augmenter la surface d'absorption grâce à la présence de filaments mycéliens. La plante récupère l'eau et les sels minéraux prélevés par les filaments mycéliens et fournit en contrepartie de la matière organique au champignon qui s'en nourrit : il s'agit donc d'une association symbiotique.

Une fois prélevés dans le sol, l'eau et les ions minéraux forment la sève brute, qui circule dans les vaisseaux conducteurs du xylème. Ces vaisseaux conducteurs acheminent la sève brute dans les feuilles, où elle sera utile à la photosynthèse.

2. La production de la sève élaborée (pistes de réponse)

N'oublie pas d'argumenter tes propos en utilisant les résultats d'une expérience, d'une observation...

> **Doc** : la sève élaborée contient des glucides, produits par photosynthèse, principalement au niveau des feuilles. Photosynthèse à partir de dioxyde de carbone et d'eau en utilisant l'énergie lumineuse, au niveau des chrloroplastes. Expérience de coloration de la matière organique produite par les feuilles par eau iodée. Grande surface des feuilles facilite captation de la lumière, mais aussi échanges gazeux (absorption de CO_2 par les stomates). Photosynthèse implique photolyse de l'eau, qui produit dioxygène et composés réduits. CO_2 incorporé dans une suite de réaction chimique : cycle de Calvin-Benson.

Au final, des glucides comme le glucose sont produits. La sève élaborée contient ainsi des glucides, de l'eau et des ions minéraux et va pouvoir circuler dans les vaisseaux conducteurs du phloème des feuilles vers les différents organes de la plante (schéma).

Conclusion

Les sèves qui circulent dans une plante ont des origines bien différentes : absorption d'eau et d'ions minéraux au niveau du sol pour la sève brute et photosynthèse pour la sève élaborée. La sève élaborée sera utile aux organes de la plante pour produire d'autres molécules, qui jouent un rôle de réserve, de structure, de défense ou de communication.

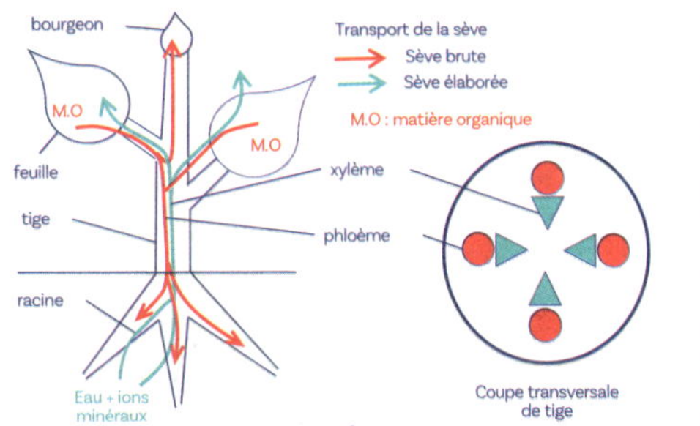

Un schéma permet de resumer des informations et rend plus agréable la lecture du devoir.

Exercice 2

CORRIGÉ

Grille d'autoévaluation

Démarche de résolution personnelle

☐ **Enchaînement des idées** qui se termine par une réponse conclusive au problème posé
☐ **Mise en relation correcte** des idées au sein de chaque paragraphe **et** avec le problème posé
☐ **Rédaction de qualité** (expression claire, vocabulaire scientifique rigoureux, illustrations éventuelles)

Analyse des documents et connaissances – éléments scientifiques

• Informations utiles tirées des documents

Document 1

☐ Le socle granitique est plus vieux que tout ce qui le recouvre.
☐ Selon le principe de recoupement, les coulées sont donc plus tardives que la faille de Limagne.
☐ Selon le principe de superposition, les coulées de lave sont postérieures au socle.
☐ La coulée de lave trachy-andésitique est postérieure aux coulées trachy-basaltiques.
☐ La coulée de lave trachy-andésitique est au-dessus des sédiments du fossé et a donc moins de 20 Ma.

Document 2

☐ Le calcul de la pente pour l'isochrone du granite étudié donne a = 0,005, soit 351 Ma.

Document 3

☐ Une racine lithosphérique importante peut entraîner une extension de la lithosphère plongeante.

Document 4

☐ Un phénomène de subduction débute à partir de 100 Ma, qui amène à la formation des Alpes par collision depuis 30 Ma, avec une importante racine crustale et lithosphérique.
☐ L'épaississement crustal, la superposition de nappes et la présence de failles inverses sont des preuves de convergence.

• Connaissances mobilisées

☐ Les relations géométriques permettent de reconstituer une chronologie relative.
☐ La désintégration radioactive est un phénomène continu et irréversible.
☐ Les datations sont effectuées sur des roches magmatiques ou métamorphiques.

☐ **Autre(s) information(s) issue(s) des documents ou des connaissances inutiles pour répondre au problème posé.**

Mise en relation/cohérence

Mise en relation des documents 1 et 2

☐ Le socle granitique du Massif central, formant entre autres le plateau des Dômes, s'est mis en place il y a environ 351 Ma (lors de l'orogenèse hercynienne).
☐ La coulée volcanique la plus ancienne constituée par des trachy-basaltes a moins de 351 Ma.

Mise en relation des documents 3 et 4

☐ La collision alpine qui démarre il y a 30 Ma pourrait être à l'origine de l'extension et donc de l'apparition de failles normales, comme celle de Limagne.

Mise en relation documents 1, 2, 3 et 4 :

☐ La coulée la plus récente, constituée de trachy-andésites, recouvre des portions de faille de Limagne et est donc postérieure. Cette coulée a donc moins de 30 Ma, mais comme elle recouvre aussi les sédiments, elle a moins de 20 Ma.

Compréhension globale

☐ Le socle granitique du Massif central s'est mis en place il y a environ 351 Ma.
☐ La formation des Alpes par collision depuis 30 Ma pourrait être à l'origine de l'extension donnant naissance à des fossés d'effondrement dont celui de la Limagne.
☐ La coulée volcanique la plus ancienne a moins de 351 Ma. La coulée la plus récente a moins de 20 Ma.

Introduction

Le Massif central, situé à l'ouest des Alpes comporte différentes formations géologiques : la chaîne des Puys, un ensemble de 80 volcans alignés, un fossé d'effondrement (le fossé de Limagne) et un socle granitique. Nous chercherons ici à reconstituer l'histoire du massif central et de ses formations géologiques tout en montrant la relation avec l'orogenèse Alpine. Pour cela, nous adopterons une démarche chronologique.

> Attention ici à ne pas traiter uniquement l'histoire géologique de la région, mais à bien faire le lien avec l'orogénèse Alpine.

1. Un socle granitique ancien

Les **documents 1a** et **1b** présentent différents objets géologiques dont on peut établir une chronologie relative. En effet, Les relations géométriques (superposition, recoupement, inclusion) permettent de reconstituer la chronologie relative de structures ou d'événements. D'après le principe de superposition, le socle granitique (granite du plateau des Dômes) est plus vieux que tout ce qui le recouvre, à savoir les coulées volcaniques et les sédiments du fossé de Limagne. Le socle est recoupé par la faille de Limagne et lui est donc antérieur, selon le principe de recoupement.

> Des connaissances sont clairement attendues dans ce sujet : principe de chronologie relative et datation absolue.

Le **document 2** nous donne des éléments permettant la datation absolue d'un granite du même âge que le granite du plateau des Dômes. La désintégration radioactive est un phénomène continu et irréversible, et la demi-vie d'un élément radioactif est caractéristique de cet élément. La quantification de l'élément père radioactif et de l'élément fils radiogénique permet alors de déterminer l'âge des minéraux constitutifs d'une roche magmatique ou métamorphique. Dans le cas qui nous intéresse, la méthode Rb/Sr permet de déterminer l'âge de ce granite (roche magmatique) connaissant la pente de la droite isochrone qui vaut ici $\alpha = 0{,}005$. Cette valeur nous permet de déterminer, à l'aide du **document 2c**, un âge de 351 mA pour le granite du plateau des Dômes.

2. Le fossé de Limagne et son origine

D'après le **document 1**, le fossé de Limagne est bordé à l'ouest par la faille de Limagne, une faille normale. Cette faille recoupe le socle granitique et lui est donc postérieur selon le principe de superposition. Les sédiments présents dans le fossé de Limagne sont postérieurs au socle qu'ils recouvrent (principe de superposition).

> Il est souvent peu efficace de faire une analyse document par document : ici, le **document 1** est utilisé dans les différentes parties du devoir et systématiquement mis en relation avec les autres documents.

D'après le **document 3**, dans un contexte de convergence (subduction puis collision) la lithosphère plongeante peut voir apparaître une extension à l'avant de la zone en convergence si la racine lithosphérique est importante.

D'après le **document 4** un phénomène de subduction débute à partir de 100 Ma, qui amène à la formation des Alpes par collision depuis 30 Ma, avec une importante racine crustale et lithosphérique. L'épaississement crustal, la superposition de nappes et la présence de failles inverses sont des preuves de convergence.

Ce phénomène de convergence (subduction, puis collision) est à l'origine d'une extension dans le Massif Central provoquée par l'importante racine lithosphérique de l'orogène Alpin, donnant naissance à des fossés d'effondrement dont celui de Limagne. Ce fossé d'effondrement ce serait donc formé entre 20 Ma (âge des sédiments les plus récents) et 30 Ma (collision et apparition de la racine crustale).

3. Le volcanisme du Massif central

Dans le **document 1**, on voit que les coulées de lave trachy-basaltiques sont au-dessus du socle, elles sont postérieures au socle (principe de superposition) et ont au moins 351 Ma. Elles sont recouvertes par la coulée trachy-andésitique du Puy Pariou, qui est donc plus récente.

On voit que la faille de Limagne n'affecte pas les coulées de lave tracy-andésitique du Puy Pariou. Selon le principe de recoupement, les coulées sont donc plus tardives que la faille de Limagne, donc elle aurait moins de 30 Ma. La coulée de lave trachy-andésitique est au-dessus des sédiments du fossé. Selon le principe de superposition et l'âge donné des sédiments les plus récents, elle a donc moins de 20 Ma.

Conclusion

En utilisant des méthodes de datation absolue et la chronologie relative, qui sont des méthodes complémentaires, on a pu établir une partie de l'histoire géologique du Massif central. Le socle granitique du Massif central s'est mis en place il y a environ 351 Ma. La formation des Alpes par collision depuis 30 Ma pourrait être à l'origine de l'extension donnant naissance à des fossés d'effondrement dont celui de la Limagne. La coulée volcanique la plus ancienne a moins de 351 Ma. La coulée la plus récente a moins de 20 Ma.

SUJET CORRIGÉ

Exercice 1

SUJET Le temps géologique

Un objet géologique comme le Grand Canyon du Colorado témoigne d'une histoire géologique que l'on peut reconstituer.

Question

Exposer les principes et les méthodes qui permettent de reconstituer la chronologie des événements enregistrés et des structures présentes dans un objet géologique.
Vous rédigerez un texte argumenté. Vous appuierez votre exposé éventuellement à partir du document proposé et/ou d'observations et/ou d'exemples judicieusement choisis.

Document > Le Grand Canyon du Colorado, matérialisation du temps géologique

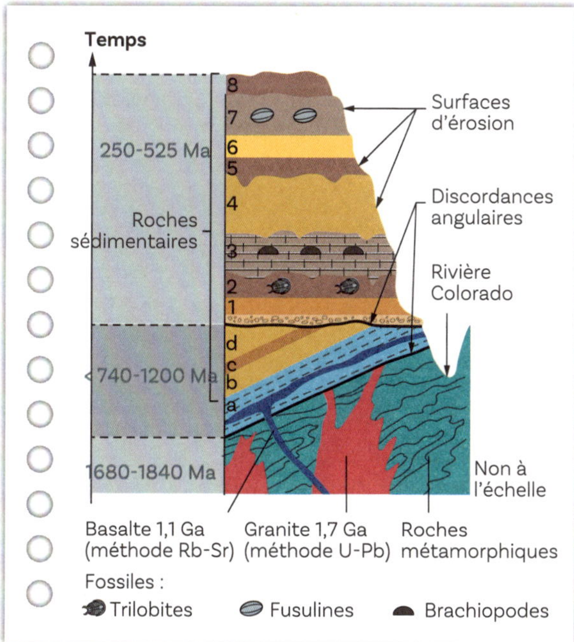

Pour nous, le temps, notion abstraite, se matérialise le plus souvent par la trotteuse de l'horloge qui marque les secondes, les minutes ou les heures, le calendrier qui indique les jours, les mois, les années. En géologie, le temps est le plus souvent matérialisé par une séquence de roches, comme cet empilement de couches bien visibles sur les parois du Grand Canyon du Colorado : temps de dépôt d'une première succession de couches, métamorphisme de ces couches conduisant à la formation de roches métamorphiques, soulèvement et longue période d'érosion de ce massif concrétisée par une discordance, dépôt d'une seconde succession de couches sédimentaires, puis basculement et érosion, puis à nouveau succession de périodes de sédimentation entrecoupées de périodes d'érosion. Enfin, une période d'érosion récente est responsable du spectacle que nous offre aujourd'hui le Grand Canyon.

Exercice 2

SUJET L'origine du placenta de la lignée humaine

Le placenta est un organe transitoire, lors de la grossesse, dont la fonction première est d'assurer les échanges entre le fœtus et sa mère. On cherche à expliquer son origine.

Question

Expliquer pourquoi les scientifiques lient les caractéristiques du placenta de la lignée humaine à un transfert horizontal de gènes.

Vous organiserez votre réponse selon une démarche de votre choix intégrant des données des documents et les connaissances utiles.

Document 1 > Le placenta humain

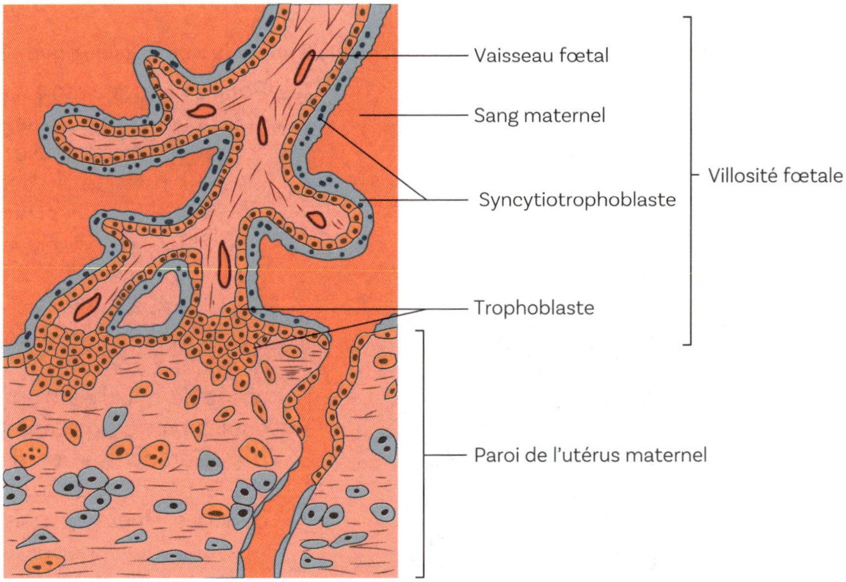

Ce tissu d'origine fœtale est issu des cellules de l'embryon, les trophoblastes. Ceux-ci font partie des rares cellules de l'organisme humain capables de fusion cellulaire.

Environ 6 jours après la fécondation, les trophoblastes fusionnent en un tissu (le syncytiotrophoblaste) plurinucléé permettant l'implantation de l'embryon dans la muqueuse utérine.

À partir du 15e jour qui suit la fécondation, se développent les villosités choriales, véritables unités fonctionnelles du placenta. Elles sont parcourues par des vaisseaux fœtaux et baignent dans le sang maternel ou s'ancrent dans l'utérus maternel.

Le syncytiotrophoblaste est un tissu essentiel, en contact direct avec le sang maternel ; il assure des fonctions d'échange (O_2, CO_2, nutriments, hormones, etc.) entre la mère et le fœtus.

Document 2 > Comparaison de la séquence de la protéine MSRV de l'enveloppe du virus HERV-W et de la syncitine du placenta humain

Les acides aminés communs sont présentés en code une lettre, entre les deux séquences. La partie de la séquence permettant la fusion de virus avec la membrane plasmique d'une cellule est indiquée par une **barre bleue**. Seule une partie des séquences est présentée ici.

MSRW	421	IRDRIQCRAEELQNTERWGLLSQWMPWTLPFLGPLAAIIFLLLFGPCIFN
Syncitine	421	IRDRIQRRAEELRNTGPWGLLSQWMPWILPFLGPLAAIILLLLFGPCIFN
MSRW	471	FLVKFVSSRIEAVKLQIVLQMEPQMQSMTKIYRGPLDRPARLCSDVNDIE
Syncitine	471	LLVNFVSSRIEAVK____LQMEPKMQSKTKIYRRPLDRPASPRSDVNDIK

Document 3 > Expression du gène de la syncitine dans différents tissus humains

Les ARN extraits de cellules de différents tissus humains (pistes 2 à 10) sont soumis à une électrophorèse avant d'être mis en contact avec une sonde radioactive correspondant à un ADN simple brin correspondant au gène de la syncitine, avant visualisation (**bande bleue**) sur un film photographique.

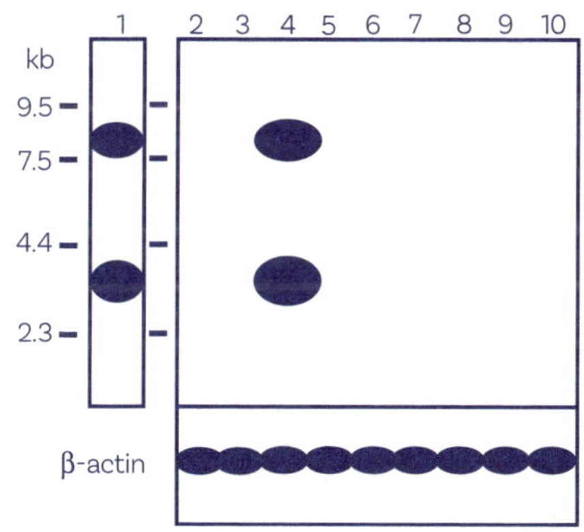

Lignes : 2. cœur – **3.** cerveau – **1 et 4.** placenta – **5.** poumons – **6.** foie – **7.** muscles squelettiques – **8.** rein – **9.** pancréas – **10.** rate.

Ligne β-actin : référence permettant de comparer les quantités d'ARN soumis à l'électrophorèse.

Document 4 > Présence du gène de la syncitine dans différentes espèces

L'ADN de différentes espèces est soumis à une électrophorèse, avant d'être mis en contact avec une sonde radioactive correspondant à un ADN simple brin correspondant au gène de la syncitine, avant visualisation (**bande bleue**) sur un film photographique.

Lignes : 1. humain – **2.** singe rhésus (singe de l'ancien monde) – **3.** rat – **4.** souris – **5.** chien – **6.** vache – **7.** lapin – **8.** poulet – **9.** levure.

Kb : millier de paires de bases

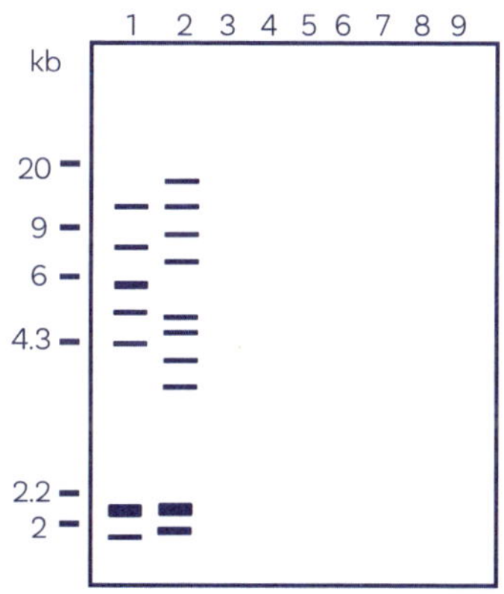

Document 5 > Expérience d'obtention de syncitium

Des cellules utérines humaines sont infectées par un vecteur viral dans lequel est inséré un gène non fonctionnel de la syncitine humaine (**image de gauche**) ou un gène fonctionnel de la syncitine humaine (**image de droite**).

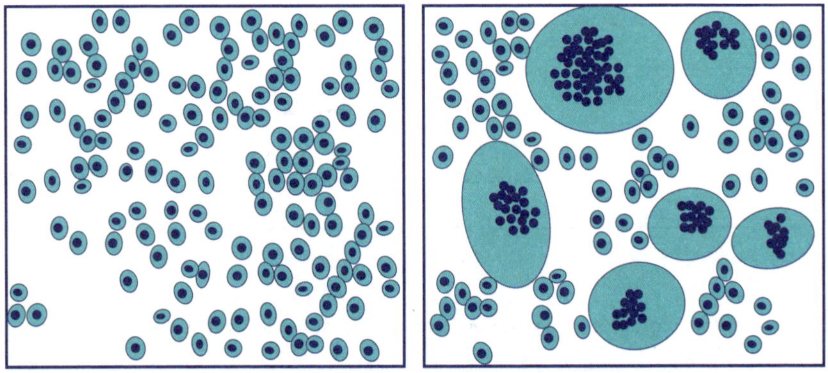

Document 6 > Arbre évolutif des rétrovirus s'étant intégré dans le génome humain

Les noms des rétrovirus sont indiqués au-dessus des flèches matérialisant la période où l'intégration virale a eu lieu.

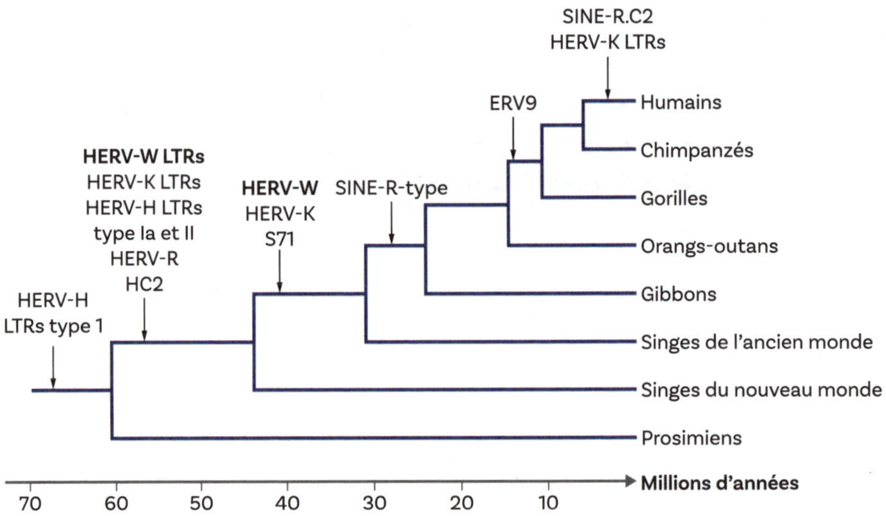

Exercice 1

CORRIGÉ

Grille d'autoévaluation

Connaissances et arguments			
Idée clé 1 Les relations géométriques entre les éléments présents dans un objet géologique permettent de reconstituer la chronologie relative des structures présentes et des événements géologiques.	☐	***Au moins un 1 argument*** *Exemples issus du document* • Principe de superposition (8 plus récent que 7 plus récent que 6…). • Principe de recoupement : basalte recoupe granite et est donc plus récent. • Autres exemples issus des connaissances possibles.	☐
Détail 1 Principes de superposition	☐		
Détail 2 Principes de recoupement	☐		
Détail 3 Principes d'inclusion	☐		
Idée clé 2 La datation par radiochronologie permet d'établir une chronologie absolue de structures ou d'événements géologiques.	☐	***Au moins un 1 argument*** *Exemple* • Un radiochronomètre et son principe sont évoqués clairement (K/Ar, Rb/Sr, U/Pb).	☐
Détail 1 Principe de la décroissance radioactive.	☐		
Détail 2 Notion de quantification de l'élément père radioactif et/ou de l'élément fils radiogénique, qui permet d'accéder à l'âge du système.	☐		
Détail 3 Nécessité d'un système fermé (arrêt des échanges avec le milieu), c'est la fermeture du système qui est datée. Système = roche magmatique ou métamorphique.	☐		
Détail 4 Différents radiochronomètres possibles, choix selon nature de l'objet étudié, période de l'élément père et âge à déterminer.	☐		
Idée clé 3 Les associations de fossiles stratigraphiques sont utilisées pour caractériser des intervalles de temps	☐	***Au moins un 1 argument*** *Exemple* • Un fossile stratigraphique est évoqué : ammonites, foraminifères, trilobites… (tiré du document ou non).	☐
Détail 1 Notion de fossile stratigraphique (grande extension géographique, durée d'existence limitée, abondance).	☐		
Détail 2 Corrélations temporelles entre formations (ou principe d'identité paléontologique).	☐		
Construction scientifique			
Logique apparente (paragraphes d'informations cohérentes, présentation progressive des idées, pas de répétition, pas d'aller-retour entre différentes idées)			☐
Fil directeur respecté Explication des mécanismes de production des sèves (pas d'information hors-sujet)			☐
Les **3 idées clés** attendues sont présentes.			☐
Qualité de l'exposé			
Formulations écrites et vocabulaire permettant une compréhension facile des idées scientifiques			☐
Schéma(s) pertinent(s) clair(s), légendé(s) et titré(s)			☐

Introduction

Les objets géologiques visibles sur Terre, comme le Grand Canyon du Colorado, enregistrent au cours du temps les événements qui les ont affectés. Nous allons voir comment il est possible de reconstituer l'histoire géologique de ces objets en utilisant des principes et des méthodes de datation.

1. La chronologie relative

La chronologie relative se base sur les relations géométriques entre les éléments présents dans un objet géologique. Elle repose sur trois principes, qui sont valables à différentes échelles, de la roche à l'affleurement.

Une couche sédimentaire est plus récente que la couche qu'elle recouvre : c'est le principe de superposition. Par exemple, dans le **document**, les couches sédimentaires se sont déposées dans l'ordre a > b > c > d > 1 > 2 > 3 > 4 > 5 > 6 > 7 > 8. La couche sédimentaire 8 est la plus récente et la couche a la plus ancienne.

> Dans ce sujet tu peux argumenter en utilisant les données du document fourni ou tes propres exemples.

Le principe de recoupement indique lui qu'une structure géologique est plus ancienne que la faille ou la roche qui la recoupe. Par exemple, dans le **document**, le basalte recoupe le granite et lui est donc postérieur.

Le principe d'inclusion, indique que les éléments inclus sont plus anciens que le contenant. On pourrait évoquer ici, à une autre échelle, un minéral inclus dans un autre, par exemple un zircon inclus dans une biotite qui serait donc plus ancien.

2. La dation absolue (pistes de réponse)

> Il n'y a pas de démarche particulière pour présenter les différentes méthodes, qui sont complémentaires : l'ordre des paragraphes peut être différent.

Datation absolue : principe de la décroissance radioactive, phénomène continu et irréversible. Élément père radioactif se désintègre et forme élément fils radiogénique. Quantification de ces éléments permet de déterminer l'âge de la roche. Nécessaire qu'il n'y ait pas d'échange entre la roche et l'environnement (fermeture du système). Limite le plus souvent l'utilisation de ces méthodes aux roches magmatiques et métamorphiques. Ex. : cas des roches magmatiques comme le granite et le basalte. Fermeture du système correspond à la cristallisation de la roche magmatique. Choix du radiochronomètre dépend de l'âge présumé et de la nature de la roche.

3. Les fossiles stratigraphiques (pistes de réponse)

Fossiles stratigraphiques : doivent posséder une grande extension géographique, une durée d'existence limitée et être présent en abondance → corrélations entre couches sédimentaires éloignées géographiquement + fourchette de datation de la couche sédimentaire qui contient le fossile restreinte. Période d'existence d'un fossile stratigraphique est elle-même déterminée par chronologie relative et par datation absolue (schéma).

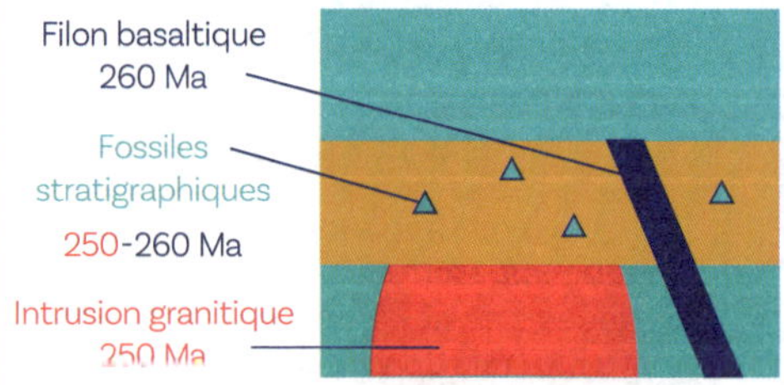

Complémentarité des méthodes de datation pour déterminer l'âge d'un fossile stratigraphique

Conclusion

Pour étudier l'histoire géologique d'un objet géologique comme le Grand Canyon on utilise différentes méthodes, qui sont complémentaires dans la reconstitution de l'histoire géologique.

Exercice 2

CORRIGÉ

Grille d'autoévaluation

Démarche de résolution personnelle
☐ **Enchaînement des idées** sans répétition et sans aller-retour, qui se termine par une réponse conclusive au problème posé ☐ **Mise en relation correcte** des idées au sein de chaque paragraphe **et** avec le problème posé (argumentation du lien entre les caractéristiques du placenta de la lignée humaine et un transfert horizontal de gènes) ☐ **Rédaction de qualité** (expression claire, vocabulaire scientifique rigoureux, illustrations éventuelles)
Analyse des documents et connaissances – éléments scientifiques
• Informations utiles tirées des documents ☐ **Document 1** Les trophoblastes sont des cellules placentaires qui fusionnent pour former un tissu particulier permettant l'implantation de l'embryon et des fonctions d'échange (O_2, CO_2, nutriments, hormones, etc.) entre la mère et le fœtus. ☐ **Document 2** On trouve dans le virus HERV-W et dans la syncitine une séquence presque identique d'acides aminés (*2 différences sur 31 acides aminés*). C'est cette séquence qui est impliquée lors de l'insertion du virus dans la membrane plasmique. ☐ **Document 3** Seules les cellules du placenta expriment le gène qui code pour la syncitine. *Condition d'obtention des données rappelée. La sonde radioactive spécifique à l'ARNm de la syncitine revélée seulement pour la bande 4, correspondant à l'extrait d'ARN de cellules du placenta.* ☐ **Document 4** Le gène de la syncitine est présent chez l'humain et chez le singe rhésus (singe de l'ancien monde). *Condition d'obtention des données rappelée. La sonde radioactive spécifique au gène de la syncitine n'est revélée que pour les bandes 1 et 2, correspondant à l'humain et au singe rhésus.* ☐ **Document 5** L'introduction d'un gène fonctionnel de la syncitine provoque des fusions entre cellules. *Conditions d'obtention des données rappelée. On observe des cellules utérines uninucléées chez les cellules utérines avec un gène de la syncitine non fonctionnel (témoin) et des cellules utérines plurinucléées chez les cellules utérines avec un gène de la syncitine fonctionnel.* ☐ **Document 6** Le rétrovirus HERV-W a été intégré au génome des populations ancêtres des humain, chimpanzé, gorille, Orang-outan, gibbon et singes du vieux monde il y a 40 millions d'années. • Connaissances mobilisées ☐ Transferts horizontaux de gènes ☐ **Autre(s) information(s) issue(s) des documents ou des connaissances inutiles pour répondre au problème posé.**
Mise en relation/cohérence
☐ **Mise en relation des documents 1, 2, 3 et 5** La formation du syncytiotrophoblaste est possible par expression d'un gène codant pour la syncitine qui provoque des fusions cellulaires. Ce gène est issu d'un rétrovirus. ☐ **Mise en relation des documents 4 et 6** Le gène de la syncitine a été intégré il y a 40 Ma chez une espèce (une population) ancêtre de la lignée humaine. ☐ **Compréhension globale** Dans certaines cellules du placenta (les trophoblastes) un gène s'exprime et produit une protéine qui induit la fusion des cellules. La séquence de cette protéine (la syncitine) présente des points communs avec les protéines virales, qui s'intègrent aux membranes plasmiques. Les scientifiques peuvent dont lier cette caractéristique du placenta humain à un transfert de gènes. L'intégration de ce gène est datée de 40 millions d'années, donc dans une population (espèce) ancêtre à toute la lignée humaine.

Introduction

Le placenta est un organe transitoire dont la fonction première est d'assurer les échanges entre le fœtus et sa mère lors de la grossesse. On cherche ici à expliquer pourquoi les scientifiques pensent que les caractéristiques du placenta humain sont liées à un transfert latéral de gènes. Nous verrons donc dans un premier temps le rôle du gène de la syncitine dans la formation du placenta, puis nous nous intéresserons à l'origine de ce gène.

Le sujet comporte 2 parties distinctes : le rôle du gène de la syncitine et son origine.

1. Le gène de la syncitine et la formation du placenta

D'après le **document 1**, les trophoblastes sont des cellules du placenta qui font partie des rares cellules de l'organisme humain capables de fusion cellulaire. Ils fusionnent en un tissu (le syncytiotrophoblaste) plurinucléé permettant l'implantation de l'embryon dans la muqueuse utérine et des fonctions d'échange (O_2, CO_2, nutriments, hormones, etc.) entre la mère et le fœtus. On peut donc se demander l'origine de cette caractéristique originale et indispensable à la fonction du placenta.

Facilite la compréhension de ton raisonnement en utilisant des mots balises pour indiquer lorsque tu cites le document étudié, tes connaissances, ou que ton énoncé est issu d'une mise en relation.

D'après le **document 5**, l'introduction du gène de la syncitine fonctionnel dans des cellules utérines est associé à la fusion de ces cellules puisqu'on observe des cellules plurinucléées. Alors que les cellules utérines ne fusionnent pas lorsqu'un gène non fonctionnel y est introduit. On en déduit que le gène de la syncitine permet la fusion des cellules utérines.

On voit dans le **document 3** que le gène de syncitine chez l'homme s'exprime uniquement dans le placenta et pas dans les autres tissus puisque l'ARNm de la syncitine, repéré par une sonde radioactive spécifique, n'est présent que dans l'extrait d'ARN du tissu de placenta.

On peut déduire que l'expression du gène de la syncitine dans les cellules du placenta humain (les trophoblastes) produit une protéine qui induit leur fusion.

2. Un gène d'origine virale

On voit dans le **document 4** que le gène de la syncitine, révélé par une sonde radioactive spécifique, n'est présent que chez l'humain et le singe Rhésus et pas chez les autres espèces. On peut donc se demander l'origine de ce gène.

Justifie les informations utiles tirées des documents en citant des informations brutes pertinentes ou, à défaut, le numéro du document source.

D'après le **document 2**, on voit que la séquence de la syncitine humaine présente des points communs avec les protéines virales du virus (ou rétrovirus) HERV-W. En effet, 29 acides aminés sur 31 sont identiques dans la partie de la séquence permettant la fusion de virus avec la membrane plasmique d'une cellule. On peut supposer que les séquences génétiques de ces protéines présentent également des similitudes. On sait qu'il existe des transferts horizontaux de gènes, c'est-à-dire des transmissions de matériel génétique entre organismes contemporains hors de la reproduction, sexuée et asexuée. Et que l'un des moyens d'argumenter l'existence d'un tel événement est de retrouver chez des êtres vivants très éloignés phylogénétiquement des séquences très similaires. L'humain et le virus sont phylogénétiquement très éloignés, on peut donc supposer que le gène de la syncitine humaine provient de ce rétrovirus.

D'après le **document 4**, on observe que le rétrovirus HERV-W a été intégré au génome des populations ancêtres des humain, chimpanzé, gorille, orang-outan, gibbon et singes du vieux monde il y a 40 millions d'années.

On peut donc supposer que le gène de la syncitine humain est issu d'un gène hérité du virus HERV-W, qui a été intégré dans le génome d'une population ancêtre de la lignée humaine il y a environ 40 millions d'années.

Conclusion

Dans certaines cellules du placenta (les trophoblastes), un gène s'exprime et produit une protéine qui induit la fusion des cellules. La séquences de cette protéine (la syncitine) présentent des points communs avec les protéines virales, qui s'intègrent aux membranes plasmiques. Les scientifiques peuvent dont lier cette caractéristique du placenta humain à un transfert horizontal de gènes. L'intégration de ce gène est datée de 40 millions d'années, donc dans une population (espèce) ancêtre à toute la lignée humaine.

SUJET CORRIGÉ

Exercice 1

SUJET Le syndrome de Klinefelter

Simon est un jeune homme atteint du syndrome de Klinefelter : il possède des testicules de petite taille, dépourvus de spermatozoïde ce qui entraîne une stérilité. Ses parents ne présentent aucune anomalie et un médecin a préconisé la réalisation d'un caryotype, ce syndrome étant la plupart du temps lié à une anomalie du nombre de chromosomes.

Question

Expliquer comment des événements de la reproduction sexuée peuvent être à l'origine de maladie comme le syndrome de Klinefelter. Vous présenterez notamment les deux anomalies possibles pouvant avoir eu lieu lors de la formation des gamètes chez l'un des deux parents d'un enfant malade.

Vous rédigerez un texte argumenté qui s'appuiera sur le document proposé, complété si besoin d'expériences et/ou d'observations et/ou d'exemples judicieusement choisis.

Document > Le caryotype de Simon

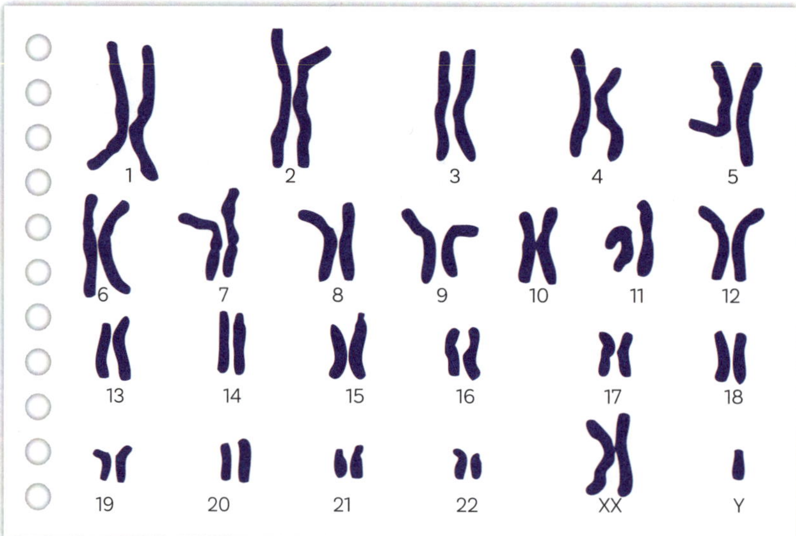

Exercice 2

SUJET La Grande coupure

Au début du xxe siècle, les paléontologues ont décrit de grandes modifications de la biodiversité à la limite de l'Éocène et de l'Oligocène, il y a environ 34 millions d'années. Cet événement, connu depuis sous le nom de « grande coupure », a rapidement été expliqué par un important changement climatique que l'on cherche à reconstituer ici.

Question

Caractériser le changement climatique ayant eu lieu lors de la transition Éocène-Oligocène et proposer des explications sur son origine.

Vous organiserez votre réponse selon une démarche de votre choix intégrant des données des documents et les connaissances utiles.

Document 1 > Synthèse de données sur la transition Éocène-Oligocène

a. Niveau marin global par rapport à l'actuel (en mètres)

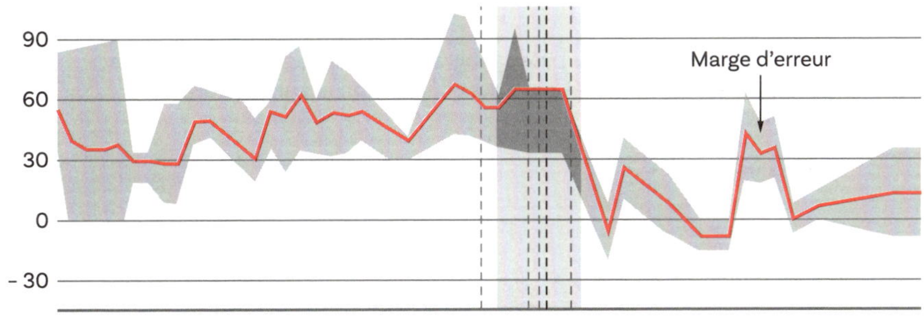

b. $\delta^{18}O$ (% SMOW) – Compilation de données mesurées dans des sédiments calcaires

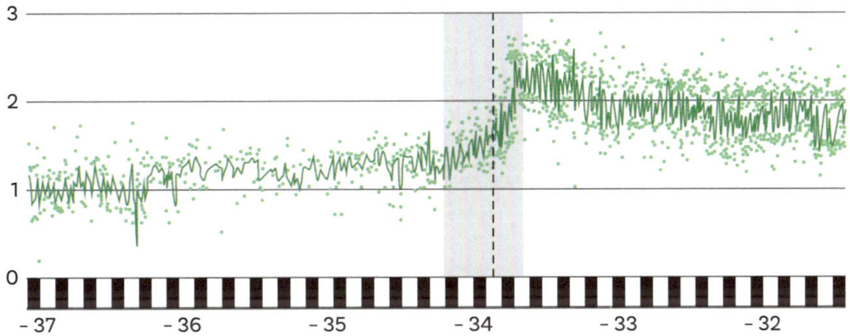

c. Concentration en CO_2 (en ppm)

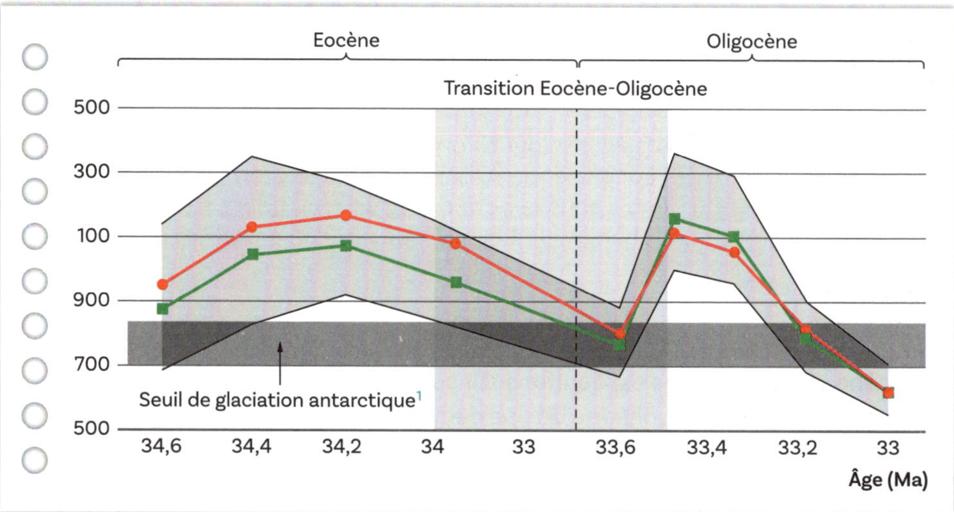

Note : les deux courbes ont été modélisées selon deux méthodes différentes.

1. Concentrations maximales de CO_2 pour lesquelles la glaciation de l'Antarctique est possible.

Source : J. Ghirardi, Thèse, 2016 et P. N. Pearson, *Nature*, 2009.

Document 2 > Reconstructions paléogéographiques et océanographiques autour du pôle Sud, depuis 86 Ma (à gauche) et situation actuelle (à droite)

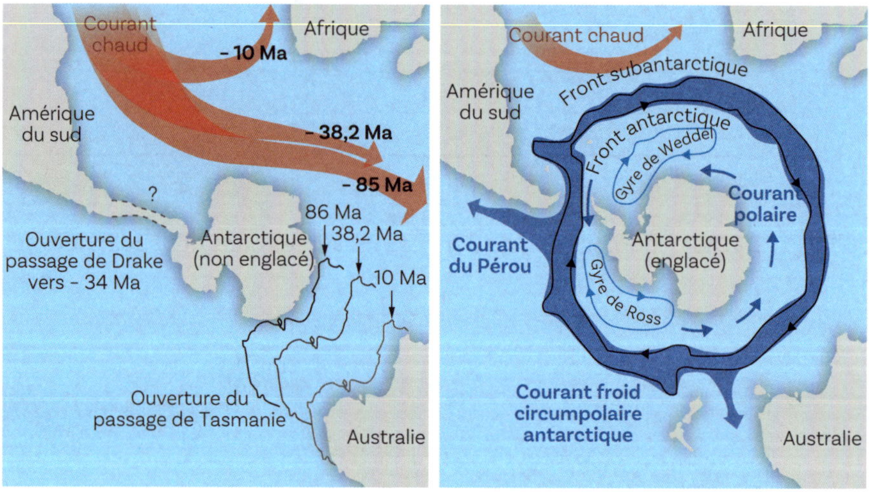

Source : A. Schaaf, Q. Boesch. *Sciences de la Terre et de l'Univers*, Vuibert, 2014.

Document 3 > Albédo de différentes surfaces terrestres

Type de surface	Mer	Forêts	Champs cultivés	Sable	Glace	Neige fraîche
Albédo	0,1	0,1	0,2	0,2	0,5	0,85

Document 4 > Processus majeurs d'échanges de carbone entre atmosphère et géosphère

- **L'altération des carbonates :** $CaCO_3 + CO_2 + H_2O \rightarrow Ca^{2+} + 2\ HCO_3{}^-$
- **L'altération des silicates :** $CaSiO_3 + 2\ CO_2 + H_2O \rightarrow SiO_2 + Ca^{2+} + 2\ HCO_3{}^-$
- **La précipitation des carbonates dans les océans :** $Ca^{2+} + 2\ HCO_3{}^- \rightarrow CaCO_3 + CO_2 + H_2O$
- **Le piégeage de la matière organique issue de la photosynthèse des végétaux, dans les roches :** $CO_2 + H_2O \rightarrow CH_2O$ (matière organique) $+ O_2$
- **Le dégazage du manteau par le volcanisme** libère du CO_2.

Document 5 > Colonnes stratigraphiques montrant la succession des roches et leurs localisations dans la chaîne du Zagros

Les événements géologiques observés ici sont représentatifs de ceux qui se sont déroulés, à la même époque, des Alpes jusqu'à l'Himalaya.

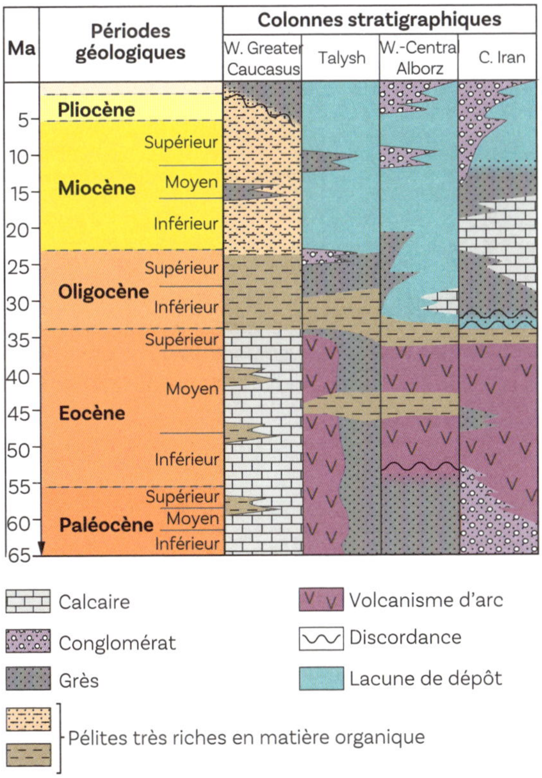

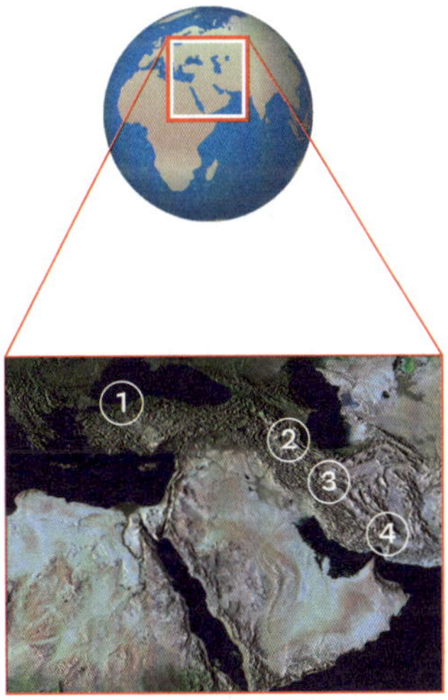

Emplacements des colonnes stratigraphiques

Source : M. B. Allen, *Palaeoclimatology*, 2008.

Exercice 1

CORRIGÉ

Grille d'autoévaluation

Connaissances et arguments			
Idée clé 1 Le syndrome de Klinefelter est lié à un caryotype anormal.	☐	***Au moins un 1 argument*** *Exemples issus du document* • Le caryotype de Simon montre qu'il possède les chromosomes X, X et Y (détail 1). • Comparaison du caryotype de Simon (2n = 46 + 1) avec un caryotype normal (2n = 46) (détail 2).	☐
Détail 1 Simon présente trois chromosomes sexuels.	☐		
Détail 2 La trisomie est un caryotype anormal.	☐		
Idée clé 2 Le caryotype anormal résulte d'une fécondation impliquant un gamète anormal.	☐	***Au moins un 1 argument*** *Exemple* • Tableau de croisement qui rend compte des possibilités de fécondations aboutissant à une trisomie (détail 3).	☐
Détail 1 La fécondation réunit les génomes de 2 gamètes haploïdes et forme une cellule œuf diploïde.	☐		
Détail 2 Simon a reçu un Y de son père et un X de sa mère.	☐		
Détail 3 Le chromosome X supplémentaire provient de son père ou de sa mère.	☐		
Idée clé 3 Une anomalie au cours de la méiose produit un gamète anormal.	☐	***Au moins un 1 argument*** *Exemple* • Comparaison des caryotypes d'une cellule avant méiose et d'un gamète (détail 1). • Schéma d'une méiose avec une migration anormale d'un chromosome (détail 3).	☐
Détail 1 La méiose produit des gamètes haploïdes à partir d'une cellule diploïde.	☐		
Détail 2 La méiose se compose de 2 divisions successives précédées d'une phase de réplication.	☐		
Détail 3 Lors d'une méiose anormale, les 2 chromosomes/chromatides ne se séparent pas.	☐		

Construction scientifique	
Logique apparente (paragraphes d'informations cohérentes, présentation progressive des idées, pas de répétition, pas d'aller-retour entre différentes idées)	☐
Fil directeur respecté Le lien entre la reproduction sexuée et le syndrome de Klinefelter (pas d'information hors-sujet)	☐
Les 3 idées clés attendues sont présentes.	☐

Qualité de l'exposé	
Formulations écrites et vocabulaire permettant une compréhension facile des idées scientifiques.	☐
Schéma(s) pertinent(s) clair(s), légendé(s) et titré(s)	☐

Introduction

Nous cherchons à comprendre l'origine du syndrome de Klinefelter dont est atteint Simon, qui a deux parents ne présentant aucune anomalie. Ce jeune homme est issu d'une reproduction sexuée, processus impliquant une fécondation, fusion de deux gamètes, précédée de méioses, qui forment des gamètes. Il arrive que des accidents surviennent au cours de la méiose générant des anomalies génétiques. Nous nous intéresserons d'abord au caryotype de Simon, sa particularité et son origine, puis nous verrons la formation de gamètes anormaux impliqués.

> Dans ce sujet, la logique est de remonter du problème (3 chromosomes sexuels) vers son origine (anomalie de la méiose), mais la démarche inverse est possible.

1. Le syndrome de Klinefelter : un caryotype anormal et son origine

Simon possède trois chromosomes sexuels (XXY) d'après son caryotype. Cette particularité est anormale puisqu'un individu normal possède 2 chromosomes sexuels (XX ou XY). Elle peut être à l'origine du syndrome de Klinefelter. Lors de la fécondation, chacun des deux gamètes apporte son génome haploïde au zygote diploïde. Le Y provient nécessairement de son père et un des deux chromosomes X provient de sa mère. Le chromosome X surnuméraire provient donc de son père ou de sa mère (voir tableaux).

Dans les deux cas, un gamète anormal avec deux chromosomes sexuels est impliqué. Cela signifie qu'une anomalie a eu lieu durant la méiose chez le père ou la mère.

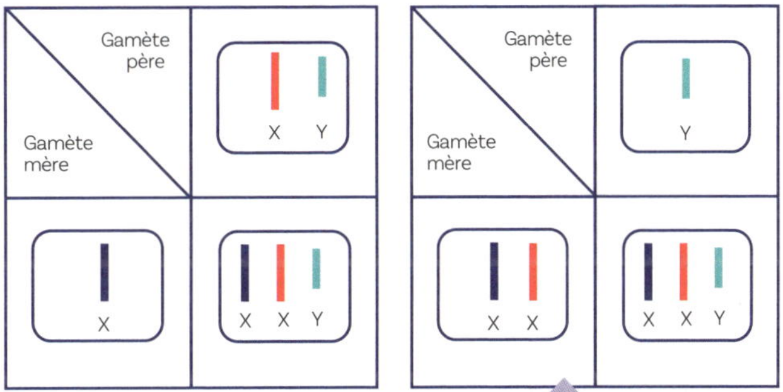

Fécondations possibles à l'origine du caryotype de Simon

> Les échiquiers de croisement permettent de décrire facilement les conséquences génétiques de fécondations.

2. La formation de gamètes anormaux

La méiose permet la formation de 4 cellules haploïdes (gamètes) à partir d'une cellule diploïde. Après une réplication de l'ADN, une cellule subit 2 divisions successives. Lors de la 1re, les chromosomes homologues se séparent. Lors de la 2e, les chromatides de chaque chromosome se séparent. Au cours de ces divisions, si 2 chromosomes homologues ou 2 chromatides ne se séparent pas correctement, cela entraîne la formation de gamètes présentant un chromosome supplémentaire. Si les chromosomes sexuels sont concernés, on obtient des gamètes anormaux XX chez la femme ou XY chez l'homme.

> Tu peux réaliser un schéma adapté à la situation en te basant sur l'origine d'une trisomie des chromosomes sexuels.

Conclusion

Nous avons donc expliqué l'origine du syndrome de Klinefelter, qui est lié à un caryotype anormal XXY. C'est le résultat d'une fécondation impliquant un gamète anormal, XX ou XY, qui peut être le produit d'une migration anormale des chromosomes sexuels lors de la 1re ou de la 2e division de méiose. D'autres anomalies peuvent avoir lieu, notamment au cours des crossing-over.

> La réponse est complète si on explique l'origine du caryotype de Simon, ce qui nécessite de prendre en compte la fécondation et la méiose !

Exercice 2

CORRIGÉ

Grille d'autoévaluation

Démarche de résolution personnelle

☐ **Enchaînement des idées** sans répétition et sans aller-retour, qui se termine par une réponse conclusive au problème posé

☐ **Mise en relation correcte** des idées au sein de chaque paragraphe **et** avec le problème posé (argumenter la description du changement climatique de la transition Éocène-Oligocène et les explications sur son origine)

☐ **Rédaction de qualité** (expression claire, vocabulaire scientifique rigoureux, illustrations éventuelles)

Analyse des documents et connaissances – éléments scientifiques

• Informations utiles tirées des documents

Document 1

Lors de la transition Éocène-Oligocène (TEO) :

☐ augmentation du $\delta^{18}O$ dans les roches sédimentaires marines d'environ 1 ‰ + *justifications.*

☐ baisse du niveau marin d'environ 60 m en 300 000 ans + *justifications.*

☐ baisse du CO_2 atmosphérique d'environ 300 ppm + *justifications.*

☐ le niveau de CO_2 atteint le seuil où une glaciation antarctique est possible, environ 850 à 700 ppm.

Document 2

☐ L'ouverture progressive du passage de Tasmanie depuis 86 Ma et l'ouverture du passage de Drake vers – 34 Ma ont permis à un courant océanique circumpolaire de se former.

☐ Le courant chaud issu des zones équatoriales qui venait frôler l'Antarctique ne peut alors plus le faire, bloqué par ce courant circumpolaire.

Document 3

☐ Les albédos de la glace et de la neige sont plus élevés que ceux d'autres types de surfaces (forêts, mer), *0,5 et 0,85 contre 0,1.*

Document 4 :

☐ Le volcanisme libère du CO_2 dans l'atmosphère.

☐ Le CO_2 est utilisé par les végétaux lors de la photosynthèse, transformé en matière organique. Le piégeage de la matière organique de ces végétaux retire donc du CO_2 de l'atmosphère.

Document 5

Lors de la TEO, dans la région du Zagros :

☐ arrêt du volcanisme qui existait dans le passé, depuis au moins – 65 Ma avant la TEO.

☐ présence de pélites riches en MO, surtout à partir de l'Oligocène, beaucoup moins avant.

• Connaissances mobilisées

☐ Le $\delta^{18}O$ des roches sédimentaires permet de reconstituer la variation du volume de glace aux pôles et des températures.

☐ Le CO_2 est un gaz à effet de serre.

☐ Effet de serre.

☐ Les courants océaniques assurent un transfert de chaleur de l'équateur vers les pôles.

☐ L'albédo est la fraction de l'énergie solaire incidente qui est réfléchie vers l'espace.

☐ Boucle de rétroaction positive sud.

Mise en relation/cohérence

☐ **Document 1 et connaissances** L'augmentation du $\delta^{18}O$ et la baisse du niveau marin indiquent un refroidissement global, qui peut s'expliquer par la baisse du CO_2 et donc de l'effet de serre.

☐ **Document 2 et connaissances** La mise en place d'un courant circumpolaire a probablement limité les transferts de chaleur entre les zones chaudes intertropicales et le pôle Sud, induisant le refroidissement de l'Antarctique.

☐ **Documents 1, 2, 3 et connaissances** L'abaissement du CO_2 au niveau du seuil de glaciation antarctique a permis son recouvrement par la glace et la neige. La formation (ou l'accroissement) d'une calotte polaire expliquerait la baisse du niveau marin et augmenterait l'albédo terrestre, ce qui amplifierait le refroidissement.
☐ **Documents 1, 4 et 5** L'arrêt du volcanisme avant la TEO entrainant une diminution du dégagement de CO_2 et l'augmentation du piégeage de CO_2 dans la MO des pélites, expliquent (au moins en partie) la baisse générale du CO_2.
☐ **Compréhension globale** Les indices géologiques montrent un refroidissement global du climat lors de la transition Éocène-Oligocène (TEO) il y a 34 Ma. Cette baisse de la température s'explique par la baisse importante du CO_2, et donc de l'effet de serre. La baisse du CO_2 s'explique, au moins en partie, par une diminution du volcanisme source de CO_2 et par une augmentation du piégeage du CO_2 dans la MO dans la région du Zagros. La baisse de la température est amplifiée par une glaciation du pôle Sud engendrant une augmentation de l'albédo. Cette glaciation est induite par le refroidissement lui-même et par le mouvement des masses continentales qui modifie la circulation océanique et entraine la diminution de transfert de chaleur équatoriale vers les pôles.

Introduction

On cherche à comprendre la variation significative de l'état moyen du climat pendant la transition Éocène-Oligocène, il y a environ 34 millions d'années. On décrira et on argumentera d'abord le changement global de température puis son origine.

Dans ce sujet, la logique est d'abord de déterminer la nature du changement climatique, puis sa ou ses causes.

1. Un refroidissement global

D'après les données du **document 1**, on constate une augmentation du $\delta^{18}O$ dans les roches sédimentaires marines d'environ 1 à 2°/°° au cours de la transition Eocène-Oligocène, soit 1 ‰. Or, on sait que ce rapport isotopique dans les roches sédimentaires est corrélé positivement au volume de glace aux pôles et négativement à la température. On en déduit que la transition Eocène-Oligocène est associée à une baisse de la température. Des indices ont permis d'estimer le niveau marin, on observe une baisse d'environ 60 m en 300 000 ans, de 60 m/actuel à 0 m/actuel. On explique cela par un refroidissement qui favorise le stockage de l'eau au niveau des pôles.

L'utilisation des mots balises facilite la compréhension des raisonnements.

On en conclut que les indices géologiques ($\delta^{18}O$, indices du niveau marin) montrent un refroidissement global du climat lors de la transition Éocène-Oligocène (TEO) il y a 34 Ma. Voyons l'origine de ce changement climatique.

Une conclusion à la fin de la partie est une réponse partielle à la question posée, elle permet de voir que les informations présentées sont utiles pour répondre.

2. Les causes du changement climatique

(pistes de réponse)

D'après le **document 1**, on voit que la concentration en CO_2 atmosphérique a significativement diminué de 1 100 à environ 800 ppm lors de la transition Eocène-Oligocène, soit presque 25 % ~ 300 ppm. Or, on sait que le CO_2 est un gaz qui contribue à l'effet de serre, c'est-à-dire à l'absorption d'une partie du rayonnement infrarouge émis par le sol par certains gaz atmosphériques (gaz à effet de serre) et leur réémission dans toutes les directions, dont une partie vers la surface terrestre, provoquant un

Quantifie les variations décrites plutôt que d'utiliser des superlatifs sans référence et parfois inapproprié (beaucoup, terrible, énormément...).

réchauffement de la basse atmosphère et du sol (terre et océan). On en déduit que la baisse de la température peut s'expliquer par la baisse importante du CO_2 et donc de l'effet de serre.

Développer successivement la présentation des informations et les mises en relation suivantes :

> **Documents 1, 4 et 5** : *l'arrêt du volcanisme et du piégeage de la matière organique ;*
> **Document 2 et connaissances** : *la modification de la circulation océanique ;*
> **Documents 1, 2, 3 et connaissances** : *le seuil de glaciation de l'antarctique et la rétroaction liée à l'albédo.*

Conclusion

Les indices géologiques montrent un refroidissement global du climat lors de la transition Éocene-Oligocène (TEO) il y a 34 Ma. Cette baisse de la température s'explique par la baisse importante du CO_2, et donc de l'effet de serre. La baisse du CO_2 s'explique, au moins en partie, par une diminution du volcanisme source de CO_2 et par une augmentation du piégeage du CO_2 dans la MO dans la région du Zagros. La baisse de la température est amplifiée par une glaciation du pôle Sud engendrant une augmentation de l'albédo. Cette glaciation est induite par le refroidissement lui-même et par le mouvement des masses continentales, qui modifie la circulation océanique et entraîne la diminution de transfert de chaleur équatoriale vers les pôles.

SUJET CORRIGÉ

Exercice 1

SUJET Climat et dioxyde de carbone

Depuis le début du Paléozoïque, la température globale n'a cessé d'évoluer, et ce à différentes échelles de temps.

Question

Montrer que les variations du taux de CO_2 atmosphérique et les perturbations du cycle du carbone depuis le Paléozoïque jusqu'à l'actuel permettent d'expliquer en partie l'évolution de la température mondiale.

Vous rédigerez un texte argumenté. On attend des expériences, des observations, des exemples pour appuyer votre exposé et argumenter votre propos.

Exercice 2

SUJET Le mode d'action des venins de serpents

La plupart des venins de serpents ont entre autres un effet paralysant (impossibilité de contracter les muscles volontairement), qui peut entraîner la mort par arrêt du fonctionnement des muscles respiratoires de leur victime. On s'intéresse au mode d'action de deux de ces toxines : la fasciculine, présente dans le venin du serpent mamba, et l'α-bungarotoxine, présente dans le venin du serpent bongare.

Question

Expliquer l'effet paralysant de la fasciculine et de l'α-bungarotoxine.

Vous organiserez votre réponse selon une démarche de votre choix intégrant des données des documents et les connaissances utiles.

Document 1 > Effet de la fasciculine sur l'activité de l'acétylcholinestérase

L'acétylcholinestérase est une enzyme présente dans la fente synaptique de la synapse neuro-musculaire. Elle met fin à la transmission du message nerveux moteur en détruisant le neurotransmetteur, l'acétylcholine. L'acétylcholinestérase catalyse l'hydrolyse de l'acétylcholine selon la réaction suivante :

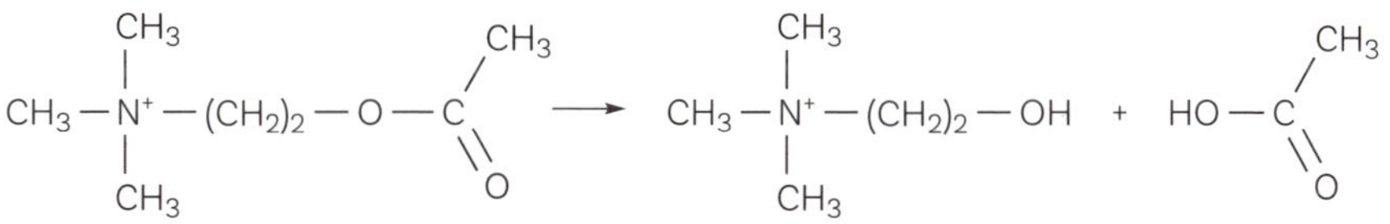

acétylcholine — choline — acétate

L'activité d'hydrolyse de l'acétylcholine par l'acétylcholinestérase a été mesurée *in vitro*, en présence de diverses concentrations de fasciculine. Le pourcentage d'activité est donné par rapport à l'activité de l'enzyme en l'absence de fasciculine.

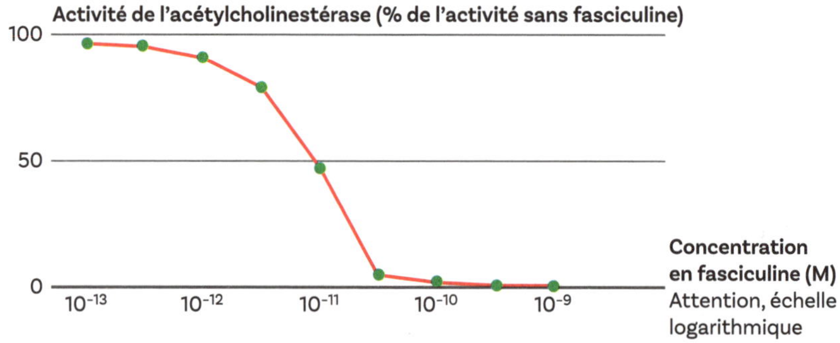

Source : D'après P. Marchot *et al.*, 1997.

Document 2 > Modèle moléculaire de l'acétylcholinestérase

La molécule d'acétylcholinestérase forme en son sein une sorte de poche étroite ouverte vers l'extérieur, au fond de laquelle se trouve le site actif. Le site actif d'une enzyme est la zone de la molécule qui assure la réaction chimique catalysée, il est donc indispensable à l'activité enzymatique. Diverses molécules peuvent se lier à l'acétylcholinestérase par un site de liaison périphérique.

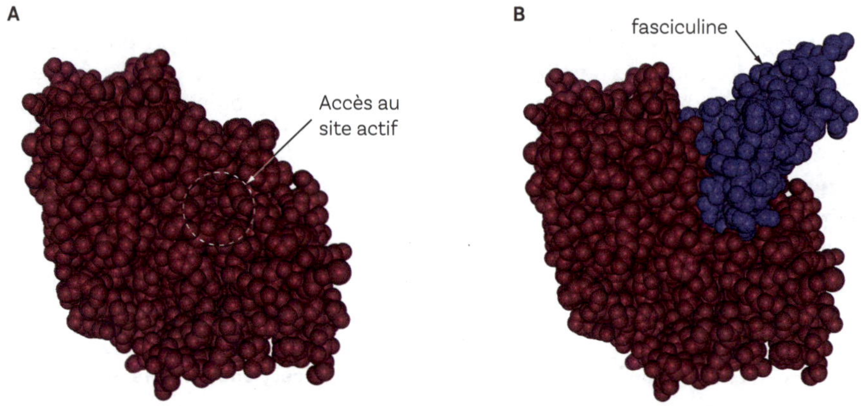

Modèles de la molécule d'acétylcholinestérase :
A. Molécule seule, montrant l'accès au site actif.
B. Molécule liée à la fasciculine. Ces modèles moléculaires sont obtenus par reconstruction numérique avec le logiciel Libmol à partir de données expérimentales issues d'études de la molécule par diffraction aux rayons X.

Document 3 > Action de l'α-bungarotoxine

L'action de l'α-bungarotoxine a été mesurée *in vitro*, sur des cellules en culture portant des récepteurs à l'acétylcholine. On a mesuré le courant électrique entrant dans les cellules (en nA), en réponse aux ajouts successifs de 10 μm d'acétylcholine dans le milieu, en l'absence et en présence d'α-bungarotoxine (10 et 50 nM).

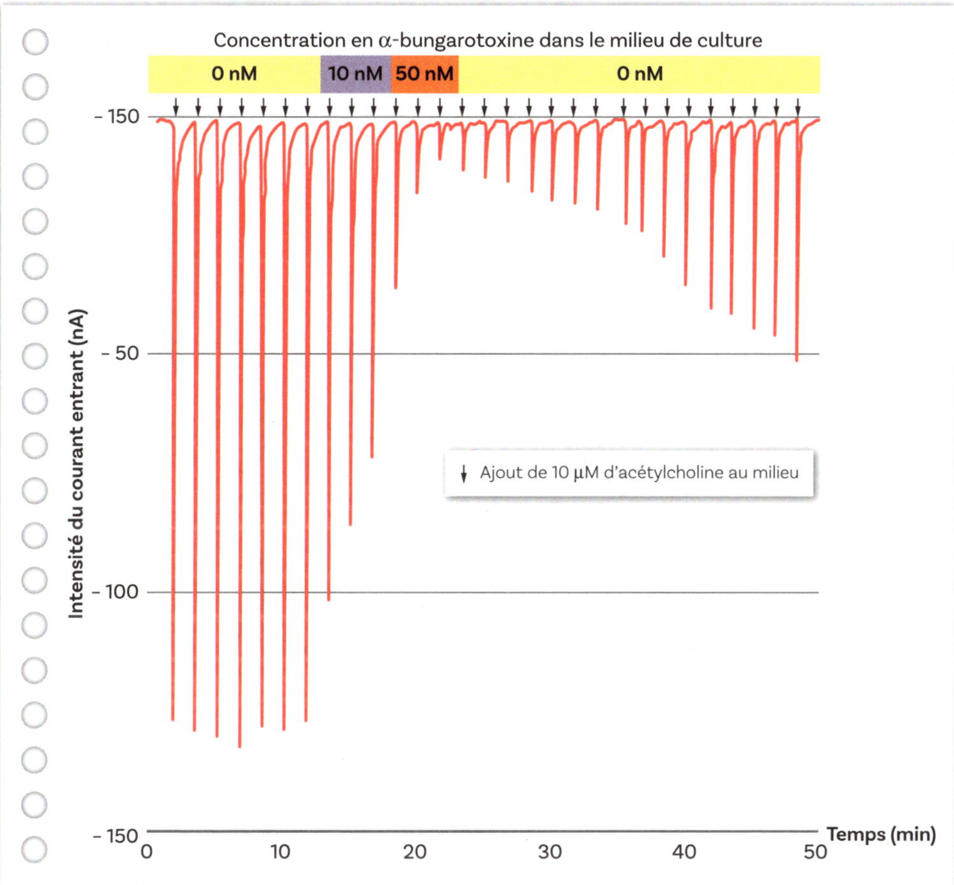

Source : D'après www.alomone.com/p/bungarotoxin/B-100.

Document 4 > Le récepteur musculaire à l'acétylcholine et l'α-bungarotoxine

Les récepteurs musculaires à l'acétylcholine sont présents dans la membrane plasmique de la cellule musculaire au niveau des synapses neuro-musculaires.

Ils sont constitués de 5 sous-unités protéiques, qui forment une sorte de canal à travers la membrane. Lorsque l'acétylcholine se fixe sur ses récepteurs, le canal s'ouvre, ce qui permet l'entrée d'ions positifs dans la cellule musculaire. C'est cette entrée d'ions qui provoque l'excitation de la cellule musculaire et sa contraction.

D'autres substances que l'acétylcholine peuvent se lier à ces récepteurs. C'est le cas de l'α-bungarotoxine.

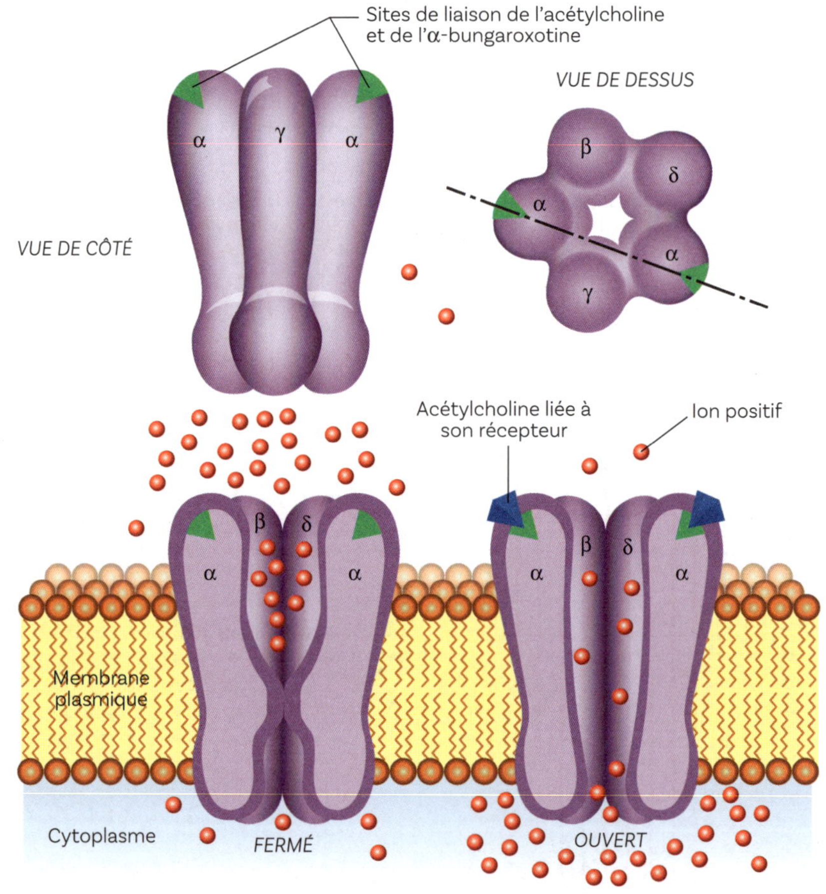

Schéma et fonctionnement du récepteur musculaire à l'acétylcholine

Source : D'après *Encyclopaedia Britannica* et R. A. Jones, *Open Biol*, 2016.

Exercice 1

CORRIGÉ

Grille d'autoévaluation

<table>
<tr><th colspan="4">Connaissances et arguments</th></tr>
<tr><td>Idée clé 1 Le taux atmosphérique de CO_2 et la température sont liés.</td><td>☐</td><td rowspan="4">Au moins un 1 argument
Exemples issus du document
• Données montrant la corrélation entre augmentation de la température moyenne et concentration atmosphérique de CO_2.
• Expérience de laboratoire permettant de mesurer la température avec des concentrations atmosphériques en CO_2 différentes.</td><td rowspan="4">☐</td></tr>
<tr><td>Détail 1 Le CO_2 est un gaz à effet de serre dont les variations sont mesurables, ainsi que celles de la température : plus il y a de CO_2 dans l'atmosphère, plus il fait chaud.</td><td>☐</td></tr>
<tr><td>Détail 2 Depuis le début du Cénozoïque, diminution de la température mondiale et diminution du taux de CO_2 atmosphérique à grande échelle de temps.</td><td>☐</td></tr>
<tr><td>Détail 3 Mais depuis 150 ans, augmentation de la température moyenne de 1 °C et augmentation du taux de CO_2 atmosphérique.</td><td>☐</td></tr>
<tr><td>Idée clé 2 Les perturbations du cycle du carbone expliquent les variations du taux atmosphérique de CO_2 et donc de la température.</td><td>☐</td><td rowspan="6">Au moins un 1 argument
Exemples
• Comparaison des données de valeurs de l'albédo pour différentes surfaces ou des données de la solubilité du CO_2 selon la température de l'eau.
• Équation chimique de l'altération des matériaux orogéniques ou de la photosynthèse.</td><td rowspan="6">☐</td></tr>
<tr><td>Détail 1 Depuis 150 ans, les activités humaines libèrent du CO_2 dans l'atmosphère, ce qui entraîne une augmentation de la température.</td><td>☐</td></tr>
<tr><td>Détail 2 Au Quaternaire : une période de baisse de température entraîne une augmentation de la solubilité du CO_2 dans l'océan, le CO_2 passe donc de l'atmosphère à l'eau des océans, induisant une diminution accrue de la température… C'est l'inverse dans une période d'augmentation de température.</td><td>☐</td></tr>
<tr><td>Détail 3 Au Cénozoïque ou à la fin du Paléozoïque, les matériaux continentaux (respectivement des chaînes alpine ou hercynienne) subissent une altération, ce qui permet le pompage du CO_2 atmosphérique, et donc une diminution de la température.</td><td>☐</td></tr>
<tr><td>Détail 4 Au Mésozoïque, l'activité magmatique des dorsales est très élevée, ce qui entraîne la libération de beaucoup de CO_2 et donc une augmentation de température.</td><td>☐</td></tr>
<tr><td>Détail 5 Au Paléozoïque : la fossilisation de grandes quantités de matière organique (ex. : charbon) emprisonne durablement du CO_2, ce qui entraîne une diminution de température.</td><td>☐</td></tr>
<tr><th colspan="4">Construction scientifique</th></tr>
<tr><td colspan="3">Logique apparente (paragraphes d'informations cohérentes, présentation progressive des idées, pas de répétition, pas d'aller-retour entre différentes idées)</td><td>☐</td></tr>
<tr><td colspan="3">Fil directeur respecté Le lien entre taux de CO_2 atmosphérique et variation de températures ; puis entre perturbation et taux de CO_2 atmosphérique (pas de hors-sujet)</td><td>☐</td></tr>
<tr><td colspan="3">Les 2 idées clés attendues sont présentes.</td><td>☐</td></tr>
<tr><th colspan="4">Qualité de l'exposé</th></tr>
<tr><td colspan="3">Formulations écrites et vocabulaire permettant une compréhension facile des idées.</td><td>☐</td></tr>
<tr><td colspan="3">Schéma(s) pertinent(s) clair(s), légendé(s) et titré(s)</td><td>☐</td></tr>
</table>

Introduction

Depuis le début du Paléozoïque, la température globale n'a cessé d'évoluer, et ce à différentes échelles de temps. On cherche à comprendre les causes de cette évolution. Nous décrirons d'abord la relation entre le taux atmosphérique de CO_2 et la température mondiale. Puis, nous exposerons différentes perturbations du cycle du carbone, c'est-à-dire du circuit de l'élément carbone entre différents réservoirs terrestres, pouvant être à l'origine de variations du taux atmosphérique en de CO_2 du Paléozoïque à aujourd'hui.

Dans ce sujet, la logique est d'abord de présenter le lien entre le taux de CO_2 et la température, qui est applicable quelle que soit l'époque, puis le lien entre une diversité de perturbations et le taux de CO_2.

1. Le taux atmosphérique de CO_2 et la température sont liés.

On peut mesurer directement les variations du taux atmosphérique de CO_2 à l'aide de capteurs dans l'atmosphère ou dans les bulles d'air des carottes de glace, ou les estimer indirectement à l'aide de méthode comme l'indice stomatique. Il en est de même pour la température, directement à l'aide des thermomètres ou indirectement à l'aide de données diverses, dont le rapport isotopique $\delta^{18}O$, qui permet d'estimer des paléotempératures.

Depuis le début du Cénozoïque (ère de – 66 Ma à nos jours), les sédiments océaniques, de toutes les latitudes, montrent une hausse globale des $\delta^{18}O$ à l'échelle des derniers 30 Ma. Ceci révèle une tendance à la baisse générale de température moyenne mondiale, estimée à environ 4 °C depuis 30 Ma et 12 °C sur l'ensemble de l'ère. Parallèlement, on a pu estimer une tendance importante à la baisse du taux atmosphérique de CO_2, passant de 1 000 à 280 ppmv. À une échelle de temps plus courte, on observe une augmentation de la température moyenne d'environ 1 °C depuis 150 ans et une augmentation du taux atmosphérique de CO_2 de 50 %, passant de 280 à 415 ppmv. À long terme et à court terme, il existe donc une corrélation positive entre la variation du taux atmosphérique de CO_2 et la température.

Argumente en donnant des valeurs.

Cette corrélation s'explique par un lien de causalité. Le CO_2 est un gaz à effet de serre, il exerce un forçage radiatif positif (équivalent à un supplément radiatif reçu par la Terre) en absorbant et en réémettant une partie du rayonnement infrarouge émis par le sol. La partie du rayonnement réémis vers la surface terrestre provoque un réchauffement de la basse atmosphère et du sol (terre et océan).

Le taux atmosphérique de CO_2 et la température sont donc liés : plus il y a de CO_2 dans l'atmosphère, plus il fait chaud. Comment alors expliquer les variations du taux atmosphérique de CO_2 depuis le Paléozoïque jusqu'à l'actuel ?

2. Les perturbations du cycle du carbone expliquent les variations du taux atmosphérique de CO_2, et donc de la température. (pistes de réponse)

Développer successivement les causes de variations du taux de CO_2 à différentes échelles de temps.

Tu peux ici réaliser un schéma.

Conclusion

Le CO_2 est un gaz à effet de serre. Les variations significatives du taux atmosphérique de CO_2, à la hausse ou à la baisse, entraînent des variations de la température mondiale. La teneur en CO_2 atmosphérique résulte du bilan des flux entrant et sortant de carbone dans ce réservoir. Ceux-ci ont pu être modifiés, depuis le Paléozoïque, par une diversité d'événements géologiques et biologiques se déroulant sur des millions d'années et, plus récemment, par les activités humaines agissant à l'échelle du siècle.

Exercice 2

CORRIGÉ

Grille d'autoévaluation

Démarche de résolution personnelle

☐ **Enchaînement des idées** sans répétition et sans aller-retour, qui se termine par une réponse conclusive au problème posé

☐ **Mise en relation correcte** des idées au sein de chaque paragraphe **et** avec le problème posé (explication de l'effet paralysant de la fasciculine et de l'effet paralysant de l'α-bungarotoxine)

☐ **Rédaction de qualité** (expression claire, vocabulaire scientifique rigoureux, illustrations éventuelles)

Analyse des documents et connaissances – éléments scientifiques

• Informations utiles tirées des documents

Document 1

☐ L'acétylcholinestérase est une enzyme qui permet la destruction de l'acétylcholine au niveau de la synapse neuromusculaire, mettant fin à la transmission du message nerveux moteur au muscle.

☐ À certaines concentrations, la fasciculine diminue l'activité de l'acétylcholinestérase + *justifications.*

Document 2

☐ La fasciculine peut se lier à l'acétylcholinestérase au niveau de l'accès à la poche du site actif, zone indispensable à son activité enzymatique assurant la réaction chimique catalysée.

Document 3

☐ En l'absence de toxine, l'acétylcholine entraîne un courant entrant d'environ – 130 nA dans la cellule présentant ces récepteurs. *Le courant passe de 0 nA sans acétylcholine à – 130 nA lorsqu'on chaque ajoute d'acétylcholine.*

☐ L'α-bungarotoxine diminue la réponse à l'acétylcholine. *En présence de 10 nM de toxine et d'acétylcholine, l'intensité du courant entrant est d'environ – 70 nA et il est d'environ – 10 nA en présence de 50 nM de toxine.*

☐ L'effet de l'α-bungarotoxine perdure après que la toxine a été enlevée du milieu de culture. *25 minutes après l'ajout d'α-bungarotoxine, l'ajout d'acétylcholine déclenche un courant entrant d'environ – 50 nA, intensité inférieure à la situation sans α-bungarotoxine.*

Document 4

☐ Le récepteur à l'acétylcholine présent sur la cellule musculaire au niveau de la synapse neuromusculaire est un canal à ions. Lorsque l'acétylcholine s'y fixe, le canal s'ouvre, ce qui fait entrer des ions positifs dans la cellule musculaire et déclenche sa contraction.

☐ L'α-bungarotoxine peut se fixer sur les récepteurs à l'acétylcholine.

• Connaissances mobilisées

☐ Fonctionnement de la synapse neuromusculaire.

☐ Mécanisme du déclenchement de la contraction de la cellule musculaire au niveau moléculaire.

☐ Courant électrique : déplacement de particules chargées.

Mise en relation/cohérence des informations et des connaissances et compréhension globale

☐ **Documents 1,2 et connaissances** La fasciculine, en se fixant sur la molécule d'acétylcholinestérase juste au niveau de l'accès au site actif, inhibe l'activité de cette dernière. L'enzyme ne peut donc plus détruire l'acétylcholine, le neurotransmetteur libéré dans la synapse neuromusculaire qui donne l'ordre au muscle de se contracter. En conséquence, il y a tout le temps de l'acétylcholine dans la synapse, le muscle est donc tout le temps stimulé, et ne peut donc pas répondre à de nouveaux ordres de contraction, ce qui entraîne la paralysie.

☐ **Documents 3, 4 et connaissances** L'α-bungarotoxine, en se fixant sur les récepteurs à l'acétylcholine, empêche cette dernière d'agir et de faire ouvrir le canal à ions, empêchant ainsi l'entrée d'ions positifs dans la cellule musculaire en réponse à l'acétylcholine (courant électrique). Comme c'est cette entrée d'ions qui déclenche la contraction musculaire, cette dernière ne peut avoir lieu. Il y a paralysie.

☐ **Compréhension globale** Les deux toxines agissent sur la synapse neuromusculaire. La fasciculine empêche la destruction de l'acétylcholine libérée dans la synapse, le muscle est donc en permanence stimulé. L'α-bungarotoxine empêche l'action normale de l'acétylcholine sur ses récepteurs (ouverture du canal ionique), ce qui empêche le déclenchement de la contraction musculaire. Les mécanismes d'action des deux toxines aboutissent à une paralysie.

Introduction

La question invite à traiter d'abord de l'une des toxines, puis de l'autre. Tu es libre de choisir l'ordre.

On s'intéresse au mode d'action de deux de ces toxines : la fasciculine, présente dans le venin du serpent mamba, et l'α-bungarotoxine, présente dans le venin du serpent bongare. On cherche à comprendre comment elles peuvent paralyser, c'est-à-dire rendre impossible toute contraction volontaire des muscles. On décrira en argumentant d'abord l'effet de la fasciculine, puis celui de l'α-bungarotoxine.

2. L'effet de la fasciculine

Dans le **document 1**, on voit que l'acétylcholinestérase est une enzyme qui permet la destruction de l'acétylcholine au niveau de la synapse neuromusculaire en favorisant son hydrolyse en choline et en acétate. L'action de l'acétylcholinestérase permet de mettre fin à la transmission du message nerveux moteur au muscle. On sait qu'au niveau d'une synapse neuromusculaire, le message nerveux moteur est de nature biochimique. Ce sont des neurotransmetteurs, l'acétylcholine, libérés par une terminaison axonique du neurone moteur qui, en se fixant sur des récepteurs présents sur la membrane de la cellule musculaire, déclenchent la contraction de celle-ci. On en déduit donc que l'acétylcholinestérase permet le relâchement des cellules musculaires en réduisant la stimulation par l'acétylcholine. On peut constater que pour l'ajout de 10^{-13} M à 10^{-9} M de fasciculine à l'acétylcholinestérase *in vitro*, l'activité de l'enzyme passe d'environ 98 % à 0 % de son activité sans fasciculine (condition témoin négatif). On peut donc en déduire qu'à certaines concentrations, la fasciculine diminue l'activité de l'acétylcholinestérase.

Distingue l'observation des résultats expérimentaux de leur interprétation.

La mise en relation des informations permet de conclure que la fasciculine a un effet paralysant parce que l'acétycholine est moins ou plus du tout détruite par l'acétylcholinestérase en sa présence, ce qui induit une stimulation permanente des cellules musculaires et leur impossibilité de réaction à l'arrivée de messages nerveux moteurs nouveaux. On peut alors se questionner sur la manière dont la fasciculine limite l'activité de l'enzyme.

D'après le **document 2**, la fasciculine peut se lier à l'acétylcholinestérase au niveau de l'accès à la poche du site actif. Or, cette zone de la molécule est indispensable à son activité enzymatique assurant la réaction chimique catalysée. On en déduit que la liaison de la fasciculine à l'enzyme inhibe son activité enzymatique. On en conclut que l'effet paralysant de la fasciculine repose sur sa fixation au niveau du site actif de l'enzyme, qui ne peut alors plus détruire l'acétycholine. Voyons l'action de l'α-bungarotoxine.

2. L'effet de l'α-bungarotoxine

Rappelle la condition expérimentale qui correspond à chaque résultat décrit.

Le **document 3** présente des mesures du courant électrique entrant dans des cellules en culture portant des récepteurs à l'acétylcholine, en l'absence et/ou en présence d'α-bungarotoxine et/ou d'acétylcholine. On observe, en l'absence d'α-bungarotoxine et après chaque ajout d'acétylcholine que le courant électrique entrant passe de 0 nA sans acétylcholine à - 130 nA. On en déduit que l'acétylcholine entraîne un courant entrant d'environ - 130 nA. On constate qu'en présence de 10 nM ou de 50 nM de toxine et d'acétylcholine, l'intensité du courant entrant est respectivement d'environ - 7 nA ou - 10 nA. On en déduit que la présence d'α-bungarotoxine diminue la réponse des cellules à l'acétylcholine, de manière d'autant plus importante que la concentration de toxine est élevée. Sachant qu'un courant électrique est un déplacement de particules chargées, on peut conclure à l'aide du **document 4** que le courant électrique mesuré correspond à une entrée d'ions positifs dans la cellule musculaire passant par le récepteur à l'acétylcholine présent sur la cellule musculaire au niveau de la synapse neuromusculaire, qui est un canal à ions s'ouvrant lorsque l'acétylcholine s'y fixe. De plus, on relève que l'entrée des ions positifs dans la cellule musculaire déclenche sa contraction. On peut en conclure que l'α-bungarotoxine a un effet paralysant, parce qu'elle empêche l'entrée des ions positifs dans les cellules musculaires qui déclenchent leur contraction. On peut s'interroger sur la modalité d'action de la toxine.

Conclusion

La réponse à la question est complète si on explique comment les deux toxines paralysent.

Les deux toxines agissent sur la synapse neuromusculaire. La fasciculine empêche la destruction de l'acetylcholine libérée dans la synapse, le muscle est donc en permanence stimule. L'α-bungarotoxine empêche l'action normale de l'acétylcholine sur ses récepteurs (ouverture du canal ionique), ce qui empêche le déclenchement de la contraction musculaire. Les mécanismes d'action des deux toxines aboutissent a une paralysie.

SUJET CORRIGÉ

Exercice 1

SUJET La régulation de la glycémie

Les cellules musculaires ont besoin de nutriments, principalement de glucose et de dioxygène, puisés dans le sang. La glycémie, la concentration de glucose dans le sang, est constamment régulée, sauf chez les personnes atteintes de diabètes.

Question

Expliquer comment l'organisme régule la glycémie au cours du temps et pourquoi cette régulation est défaillante chez les personnes atteintes de diabètes.

Vous rédigerez un texte argumenté qui s'appuiera sur le document proposé, complété si besoin d'expériences et/ou d'observations et/ou d'exemples judicieusement choisis.

Document > Évolution de la glycémie (mg/dL) au cours d'une journée chez une personne non diabétique

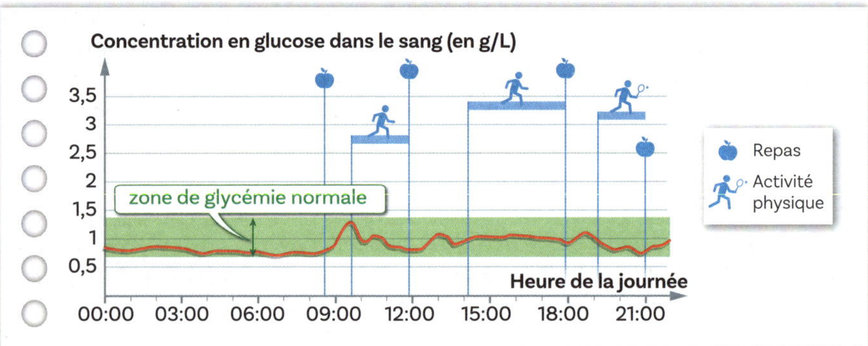

Exercice 2

SUJET La limace solaire

Elysia chlorotica est un mollusque vivant le long de la côte atlantique nord-américaine. Dénué de coquille, son corps arbore une couleur verte identique à celle des algues parmi lesquelles il se camoufle.

Question

Expliquer le fait que cet animal ne prenne qu'un seul repas en quelques mois et la présence du gène pbsO chez l'animal.

Vous organiserez votre réponse selon une démarche de votre choix intégrant des données des documents et les connaissances utiles.

Document 1 > Électronographie d'une portion de cellule intestinale d'*Elysia chlorotica*

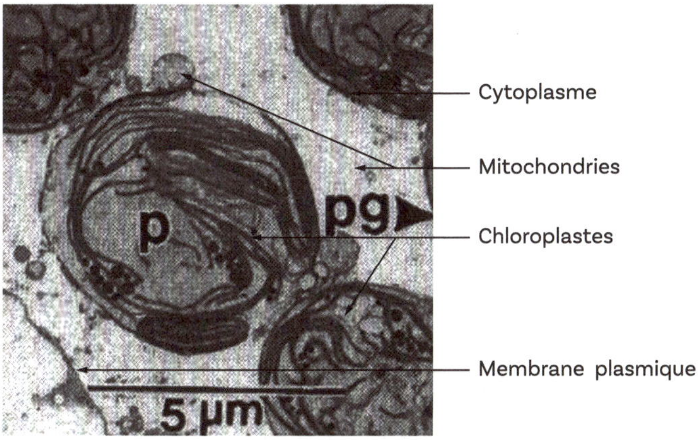

Document 2 > Échanges de dioxygène d'*Elysia* adulte en fonction de l'intensité lumineuse

Les chercheurs ont quantifié les échanges de dioxygène des individus adultes (âge : 6 à 7 mois) avec leur environnement, en fonction de l'intensité lumineuse à laquelle ont été soumis les animaux. Le tableau indique les résultats obtenus :

« + » = dégagement de dioxygène « - » = absorption de dioxygène	Intensité lumineuse (en % de l'intensité maximale)				
	100	50	25	10	0
Intensité des échanges d'O_2 (en microlitres d'O_2 par mg de chlorophylle et par heure)	+ 17	+ 12	+ 6	+ 0,5	- 7

Source : D'après Acces.ens-lyon.fr/evolution.

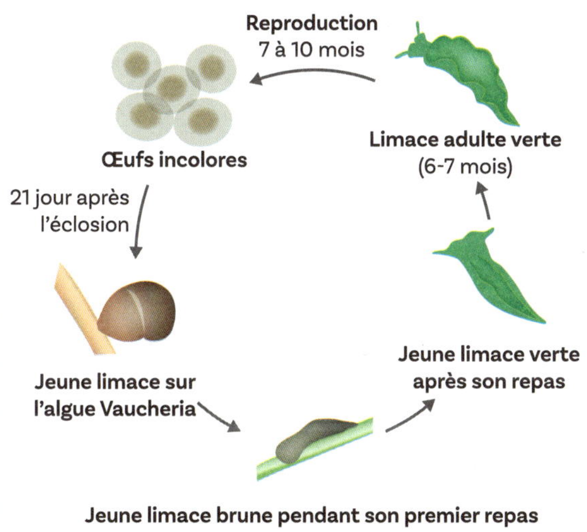

Document 3 > Le cycle de vie d'*Elysia*

À leur naissance, les jeunes limaces sont brunes. Puis elles consomment l'algue *Vaucheria litorea*, et leur corps change de couleur, virant progressivement au vert, couleur qu'elles garderont toute leur vie. Parallèlement, un phénomène accompagne cette transformation : une fois ce repas terminé, elles peuvent rester plusieurs semaines, voire plusieurs mois, sans manger de nouveau.

Source : D'après M. E. Rumpho, 2011.

Document 4 > Les échanges de dioxygène d'*Elysia* au cours de leur vie

Les chercheurs ont étudié les échanges d'O_2 des mollusques durant leur vie. Il s'agit d'animaux élevés dans une eau de mer artificielle et soumis à un jeûne (pas d'apport de filaments d'algues) à partir d'une quinzaine de jours après leur premier repas. Ces échanges ont été mesurés en plein éclairement d'une part (bilan photosynthèse/respiration) et à l'obscurité d'autre part (respiration seule). Le document présente les résultats obtenus.

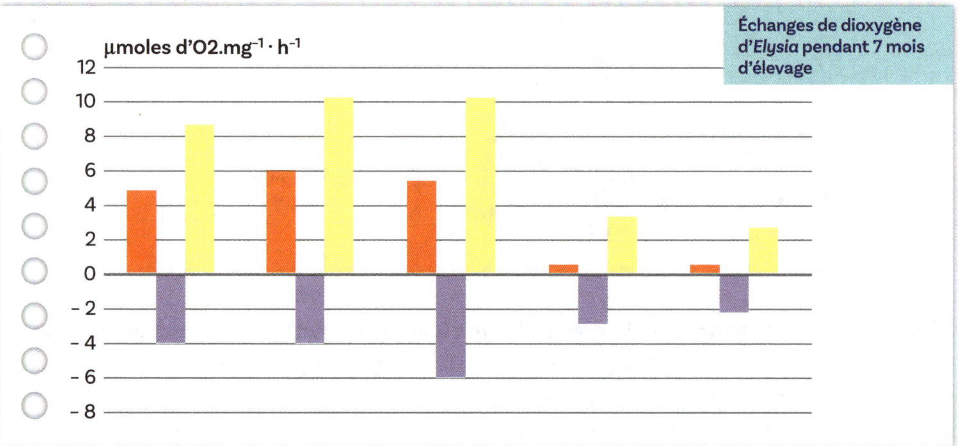

	2 mois	3 mois	5 mois	6 mois	7 mois
Bilan respiration/photosynthèse	4,7	6	5	0,3	0,2
Respiration seule	- 4	- 4,2	- 6,2	- 2,8	- 2,4
Photosynthèse seule	8,7	10,2	10,2	3,1	2,6

Document 5 > Le gène pbsO

Les chloroplastes sont soumis à un renouvellement permanent de leurs constituants, notamment de leurs protéines membranaires des thylakoïdes. Si un certain nombre de protéines chloroplastiques sont codées par des gènes chloroplastiques (ADN chloroplastique), la majorité l'est par des gènes nucléaires. Les protéines sont ensuite transférées du cytoplasme aux chloroplastes. Le gène pbsO code une protéine chloroplastique indispensable à la réalisation de la photosynthèse.

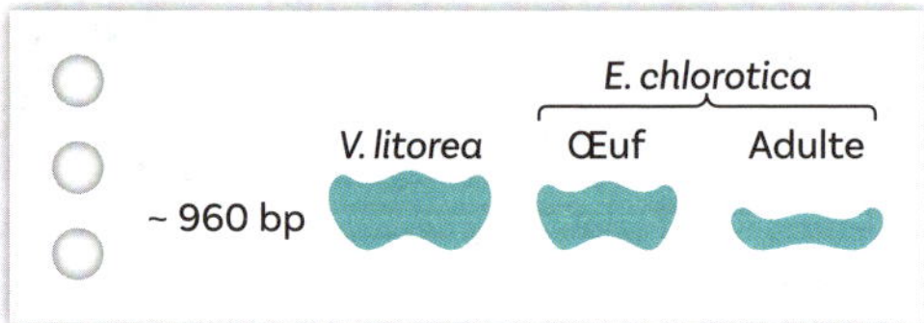

On a recherché la présence du gène pbsO chez l'algue *V. litorea*, dans les œufs et des cellules d'individus adultes d'*E. Chlorotica*. Pour ce faire, on a réalisé des PCR afin d'amplifier un fragment de 960 paires de bases propre au gène pbsO, puis une électrophorèse. La présence d'une bande révèle la présence de la séquence chez l'organisme, l'absence de bande signifie qu'elle n'est pas présente.

Document 6 > **La phylogénie de Elysia cholorotica**

a. Arbre phylogénétique construit à partir de la séquence protéique pbsO

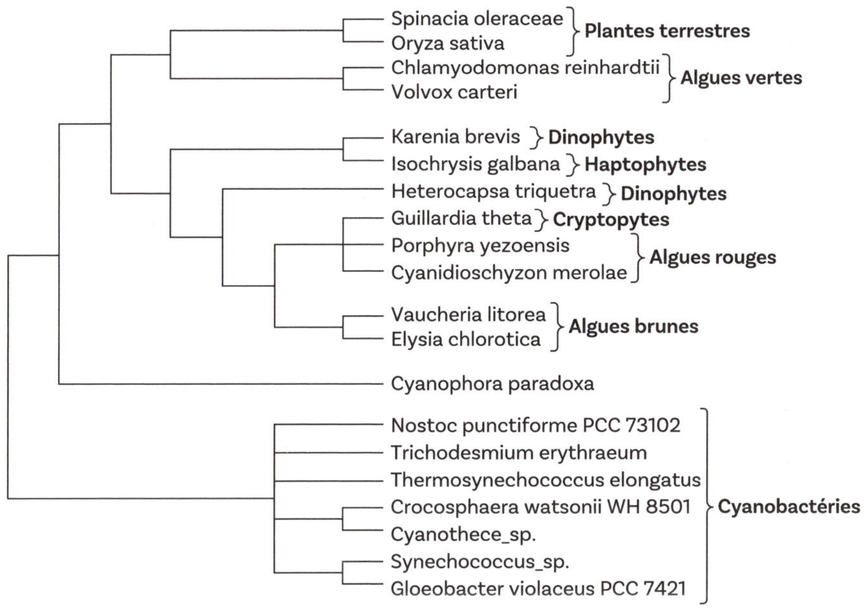

b. Arbre phylogénétique construit à partir de séquences conservées au cours de l'évolution

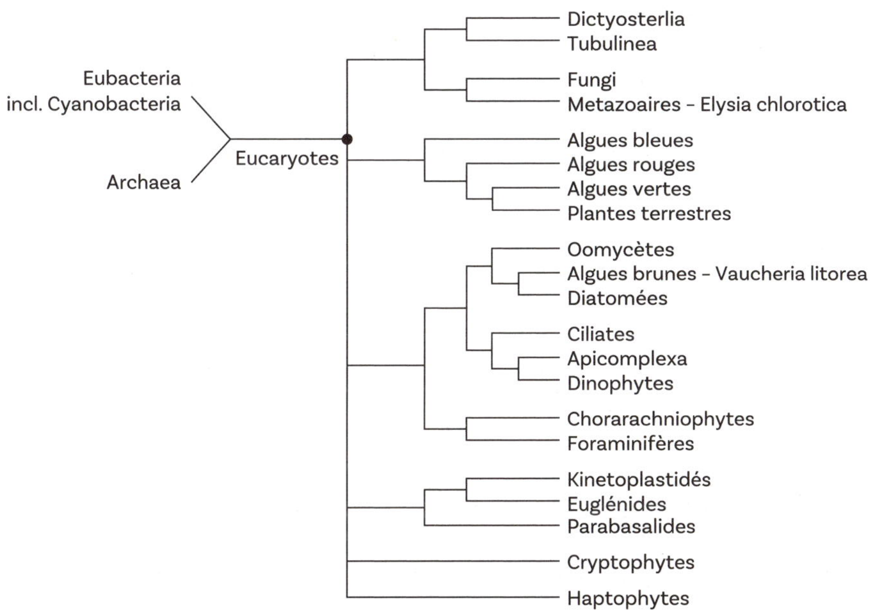

Exercice 1

CORRIGÉ

Grille d'autoévaluation

Connaissances et arguments			
Idée clé 1 La glycémie est régulée et dépend des apports alimentaires et des dépenses énergétiques.	☐	***Au moins un 1 argument*** *Exemples* Exemples issus du document de référence.	☐
Détail 1 La glycémie augmente après une prise alimentaire.	☐		
Détail 2 La glycémie diminue lors d'une activité physique.	☐		
Détail 3 La glycémie varie au cours du temps, tout en restant dans une zone de glycémie normale (autour de 1 g/L).	☐		
Idée clé 2 La glycémie est régulée par deux hormones sécrétées par le pancréas.	☐	***Au moins un 1 argument*** *Exemple* L'injection expérimentale d'insuline à un chien entraîne une baisse de la glycémie.	☐
Détail 1 Les îlots de Langerhans produisent de l'insuline et du glucagon.	☐		
Détail 2 L'insuline entraîne une entrée de glucose dans les cellules musculaires et hépatiques.	☐		
Détail 3 Le glucagon provoque la sortie du glucose des cellules hépatiques.	☐		
Idée clé 3 Un dysfonctionnement de la régulation de la glycémie entraîne des complications qui peuvent être à l'origine de diabètes.		***Au moins un 1 argument*** *Exemple* Dosage d'insuline chez une personne atteinte de diabète de type 1 ou de type 2.	☐
Détail 1 Le diabète de type 1 est lié à une absence de production d'insuline.			
Détail 2 Le diabète de type 2 est causé par une insulino-résistance des tissus cibles.			
Construction scientifique			
Logique apparente (paragraphes d'informations cohérentes, présentation progressive des idées, pas de répétition, pas d'aller-retour entre différentes idées)			☐
Fil directeur respecté Explication des mécanismes de la régulation de la glycémie et des dysfonctionnements en cas de diabètes (pas d'information hors-sujet)			☐
Les 3 idées clés attendues sont présentes.			☐
Qualité de l'exposé			
Formulations écrites et vocabulaire permettant une compréhension facile des idées scientifiques.			☐
Schéma(s) pertinent(s), clair(s), légendé(s) et titré(s)			☐

Introduction

Les cellules musculaires produisent de l'ATP en utilisant du glucose disponible dans le sang. La concentration de glucose dans le sang doit ainsi être régulée au cours du temps. Nous verrons dans un premier temps les facteurs qui peuvent modifier la glycémie au cours du temps. Puis nous verrons comment l'organisme régule cette glycémie. Enfin, nous expliquerons pourquoi cette régulation est défaillante chez les personnes atteintes de diabète.

1. La glycémie et ses variations au cours de la journée

La glycémie représente le taux de glucose dans le sang. Elle dépend des apports et des dépenses de glucose au cours du temps. Après un repas, des glucides sont absorbés au niveau du tube digestif ce qui entraîne une hausse de la concentration de glucose dans le sang.

Comment on le voit dans le **document** de référence, après une activité physique, la glycémie diminue : les muscles utilisent le glucose puisé dans le sang pour produire de l'ATP par respiration ou par fermentation.

> Utilise le document fourni pour argumenter, par exemple sur l'effet de l'activité physique sur la glycémie

Malgré des apports et des dépenses irréguliers, la glycémie reste comprise entre 0,7 et 1,4 g/L durant la journée.

2. La régulation de la glycémie (pistes de réponse)

Apport de glucides variable au cours du temps → la glycémie doit être régulée. Pancréas = organe clé de la régulation. Constitué de cellules endocrines regroupées dans îlots de Langerhans. 2 types de cellules : cellules alpha et cellules bêta.

Cellules alpha : produisent du glucagon lorsque glycémie basse. Glucagon agit sur cellules hépatiques → libération de glucose → hausse glycémie (revient à une valeur proche de 1 g/L).

> Utilise un schéma pour illustrer tes propos

Cellules bêta : produisent insuline lorsque glycémie haute. Injection d'insuline à un animal → baisse glycémie (entrée de glucose dans les cellules hépatiques et musculaires) → baisse concentration de glucose dans le sang (retour à la normale).

3. Les diabètes (pistes de réponse)

> Il est souvent préférable de suivre le plan suggéré par la consigne

Chez certaines personnes atteintes de diabètes, régulation de la glycémie défaillante.

Diabète de type 1 : absence totale de production de l'insuline. Concentration de glucose dans le sang reste élevée (hyperglycémie). Absence de production d'insuline liée à la destruction des cellules bêta-pancréatiques par le système immunitaire : maladie autoimmune, traitement qui nécessite injection d'insuline plusieurs fois par jour.

Diabète de type 2 : production d'insuline existe, mais a peu d'effet sur les tissus : insulino-résistance. Souvent lié à un surpoids, traitement nécessite régime alimentaire et prise de médicaments.

Conclusion

Le glucose dans le sang est indispensable au fonctionnement des muscles et sa concentration est strictement régulée chez les personnes en bonne santé. En cas de défaillance de cette régulation, le diabète s'installe et entraîne des complications en termes de santé.

Exercice 2

CORRIGÉ

Grille d'autoévaluation

Démarche de résolution personnelle

☐ **Enchaînement des idées** sans répétition et sans aller-retour, qui se termine par une réponse conclusive au problème posé
☐ **Mise en relation correcte** des idées au sein de chaque paragraphe **et** avec le problème posé (expliquer la suffisance de l'unique repas de la limace solaire et la présence du gène pbsO)
☐ **Rédaction de qualité** (expression claire, vocabulaire scientifique rigoureux, illustrations éventuelles)

Analyse des documents et connaissances – éléments scientifiques

• Informations utiles tirées des documents

Document 1

☐ Les cellules intestinales d'*Elysia chlorotica* contiennent des chloroplastes et des mitochondries dans leur cytoplasme.

Document 2

☐ La lumière induit un dégagement de O_2 chez les individus adultes *+ justifications.*
☐ Le dégagement de dioxygène par des individus adultes est d'autant plus important que l'intensité lumineuse est élevée *+ justifications.*

Document 3

☐ Les œufs d'*Elysia* sont incolores.
☐ Les jeunes limaces naissent brunes et deviennent vertes après avoir consommé un repas d'algues *Vaucheria litorea.*

Document 4

☐ Soumis à un jeûne 15 jours après leur premier repas et exposés à plein éclairement, les animaux réalisent la photosynthèse pendant 7 mois. *L'intensité des échanges d'O_2 de la photosynthèse seule est positive, de 8,7 à 2,6 moles d'O_2/mg/h du 2e au 7e mois.*
☐ Soumis à un jeûne 15 jours après leur premier repas et exposés à plein éclairement, le dégagement de dioxygène lié à la photosynthèse seule réalisée par les animaux est supérieure, puis égale à l'absorption de dioxygène liée à la réalisation de la respiration cellulaire pendant 7 mois. *L'intensité des échanges d'O_2 du bilan respiration/photosynthèse est supérieure à zéro pendant 5 mois, entre 4,7 à 6 moles d'O_2/mg/h, puis proche de zéro aux 6e et 7e mois.*

Document 5

☐ Le gène pbsO code une protéine nécessaire au fonctionnement des chloroplastes.
☐ Le gène pbsO est présent chez l'algue *V. litorea* ainsi que chez *E. chlorotica* au stade œuf et adulte.

Document 6

☐ Dans une phylogénie reconstruite à partir de la séquence protéique pbsO, *E. chlorotica* a pour plus proche parent l'algue *V. litorea*, qui est une algue brune.
☐ Dans une phylogénie reconstruite à partir de la séquence très conservée, *E. chlorotica* appartient au groupe des métazoaires, un groupe phylogénétiquement éloigné des algues brunes.

• Connaissances mobilisées

☐ Mitochondrie
☐ Chloroplaste/chlorophylles
☐ Respiration cellulaire
☐ Photosynthèse
☐ Transfert horizontal/transfert vertical de gènes
☐ Conflit phylogénétique

Mise en relation/cohérence
☐ **Documents 1, 2 et connaissances** *Elysia* réalise la photosynthèse grâce à ses chloroplastes. ☐ **Documents 1, 3 et connaissances** *Elysia* acquiert des chloroplastes après son premier repas d'algues *V. litorea*. ☐ **Documents 1, 4 et connaissances** La réalisation de la photosynthèse par *Elysia* lui permet de produire suffisamment de matière organique pour couvrir ses besoins en ATP produit par respiration cellulaire pendant 7 mois (ou 5 mois). ☐ **Documents 3, 5 et connaissances** → Le gène pbsO est transmis verticalement chez *Elysia*. ☐ **Document 6 et des connaissances** → L'arbre phylogénétique construit à partir des séquences très conservée est l'arbre phylogénétique de référence. Le gène pbsO d'*Elysia* provient probablement de l'algue *V. litorea* par transfert horizontal. ☐ **Compréhension globale** *Elysia* peut survivre en ne prenant qu'un seul repas en quelques mois, car elle incorpore des chloroplastes de l'algue qu'elle consomme, ce qui lui permet ensuite de réaliser une photosynthèse suffisante pour couvrir ses besoins pendant plusieurs mois. Le gène pbsO présent chez *Elysia* provient probablement de l'algue *V. litorea* à la suite d'un transfert horizontal passé, et désormais transmis verticalement entre générations.

Introduction

Elysia chlorotica est un mollusque vivant le long de la côte atlantique nord-américaine. Cet animal a la particularité de pouvoir vivre en ne prenant qu'un seul repas en quelques mois. On cherche à en comprendre la cause. L'animal possède un gène pbsO dont on cherche à connaître l'origine. On expliquera d'abord l'aptitude au jeun, puis la présence du gène pbsO.

1. L'aptitude au jeun de l'animal (pistes de réponse)

Le **document 2** permet d'étudier les échanges de dioxygène d'*Elysia* adulte en fonction de l'intensité lumineuse. On observe que l'intensité des échanges d'O_2 est positive à la lumière (≥ + 0,5 µL/mg de chlorophylle/h) et négative à l'obscurité (- 7 µL/mg de chlorophylle/h). On en déduit que la lumière induit un dégagement de O_2 chez les individus adultes. De plus, on constate qu'entre 10 % et 100 % de l'intensité lumineuse maximale, le dégagement de dioxygène par des individus adultes passe de + 0,5 à + 17 µL/mg de chlorophylle/h, il est donc d'autant plus important que l'intensité lumineuse est élevée. Sachant que la photosynthèse, c'est-à-dire la synthèse de matière organique à partir de matière minérale, se fait uniquement en présence de lumière et produit du dioxygène, on peut supposer qu'*Elysia* réalise ce métabolisme. Sur l'électronographie d'une portion de cellule intestinale d'*Elysia* (**Doc 1**), on observe la présence de chloroplastes dans le cytoplasme. Or, on sait que les chloroplastes sont les organites qui réalisent la photosynthèse. Ces indices nous amènent à conclure qu'*Elysia* réalise la photosynthèse grâce à ses chloroplastes.

> Si les résultats présentent une tendance générale, présente-les sous la forme d'intervalle plutôt que de les lister tous un par un.

Développer la présentation des informations et les mises en relation des **documents 3, 4 et connaissances** *: l'acquisition des chloroplastes par* Elysia *et son aptitude à réaliser la photosynthèse pour couvrir ses besoins énergétiques pendant plusieurs mois.*

> Les documents invitent à considérer l'origine du gène pbsO à deux échelles : son entrée dans la lignée évolutive à laquelle *Elysia* appartient et sa transmission au sein de la lignée.

2. La présence du gène pbsO

D'après le **document 5**, le gène pbsO code une protéine nécessaire au fonctionnement des chloroplastes. On observe sur le résultat de l'électrophorèse de l'algue *V. litorea*, de l'œuf d'*Elysia* et de l'adulte, une bande de 960 pb correspondant au gène pbsO. On en déduit que le gène pbsO est présent chez l'algue *V. litorea* ainsi que chez *Elysia* aux stades œuf et adulte. On a pu voir que dans la première partie que le premier repas d'algue par *Elysia* se fait après le stade œuf. On en conclut que le gène pbsO est transmis verticalement chez *Elysia*, c'est-à-dire des parents à la progéniture.

> Les documents invitent à considérer l'origine du gène pbsO à deux échelles : son entrée dans la lignée évolutive à laquelle *Elysia* appartient et sa transmission au sein de la lignée.

Pour autant, on constate dans le **document 6** que dans une phylogénie reconstruite à partir de la séquence protéique pbsO, *Elysia* a pour plus proche parent l'algue *V. litorea*, qui est une algue brune. Alors que dans une phylogénie reconstruite à partir de la séquence très conservée, *Elysia* appartient au groupe des métazoaires, un groupe phylogénétiquement éloigné des algues brunes. Et on sait qu'une importante différence de relations phylogénétiques, entre un arbre phylogénétique de référence (considéré comme représentant l'histoire évolutive par transfert vertical des gènes) et un arbre phylogénétique reconstruit à partir des séquences d'un gène présent chez différents organismes vivants, peut suggérer l'existence d'un transfert horizontal du gène étudié. On en conclut que l'on peut supposer que le gène pbsO de *Elysia* provient probablement de l'algue *V. litorea* par transfert horizontal.

Conclusion

Elysia peut survivre en ne prenant qu'un seul repas en quelques mois, car elle incorpore des chloroplastes de l'algue qu'elle consomme, ce qui lui permet ensuite de réaliser une photosynthèse suffisante pour couvrir ses besoins pendant plusieurs mois. Le gène pbsO présent chez *Elysia* provient probablement de l'algue *V. litorea* a la suite d'un transfert horizontal passé, et est désormais transmis verticalement entre générations.

> La réponse à la question est complète si on a expliquer la capacité d'autosuffisance de *Elysia* et l'origine du gène pbsO.

Sommaire

COACHING BAC

GRAND ORAL

CRÉER UN ENVIRONNEMENT DE TRAVAIL

propice à la concentration et à la réussite

À LA RENTRÉE

OBJECTIFS

→ Installer son espace de travail.
→ Prévoir son matériel.
→ Acheter ou emprunter les documents utiles.
→ Prendre les bonnes habitudes.

1 Installe ton espace de travail

> **Prévois le matériel nécessaire.**
Rassemble tes manuels, tes cahiers et classeurs et une trousse (des stylos de plusieurs couleurs, un crayon à papier, une gomme et des surligneurs) ainsi qu'un ordinateur si possible.

> **Regroupe tes affaires par discipline.**
Crée **un espace pour chaque matière** : tu peux ainsi y rassembler tes manuels, tes fiches de révisions et tes cahiers d'exercices. De même, organise des dossiers par matière sur ta tablette ou ton ordinateur et **enregistre** tous tes documents pour ne rien perdre !

> **Organise un espace d'affichage.**
Dispose sur un tableau magnétique ou des feuilles blanches ton **planning** de révisions, tes **pense-bêtes**, les **dates clés** de ton année !

> **Soigne ton espace.**
Dans l'idéal, ton lieu de travail doit être rangé, au calme, bien éclairé et confortable (privilégie une assise avec un dossier). **Évite de travailler ailleurs que sur ton bureau** (sur ton lit par exemple), c'est contre-productif !

> **Informe ton entourage.**
Préviens ta famille quand tu es en train de travailler et communique tes **dates d'examens**. C'est plus facile si tous tes proches sont au courant, ils seront d'autant plus attentifs à toi.

« Si la vue d'un bureau encombré évoque un esprit encombré alors que penser de celle d'un bureau vide ? »

Albert Einstein

2 Choisis les bons outils qui vont t'accompagner toute l'année

> Choisis les bons outils numériques.
Sur Internet, veille au choix des plateformes numériques que tu utilises ! Pour éviter les pièges, privilégie les liens Internet indiqués dans tes **manuels scolaires**, les **sites de référence** proposés par le ministère de l'Éducation nationale et ceux qui te sont **recommandés** par tes enseignants. Certaines plateformes, comme SchoolMouv, proposent des **contenus rédigés par des enseignants de l'Éducation nationale**.

LE SAVAIS-TU ?

Si tu n'as pas d'ordinateur ou que tu cherches un endroit calme pour travailler, tu peux aller au **CDI** de ton lycée ou à la **médiathèque** de ton quartier !

L'INFO À RETENIR

N'hésite pas à solliciter le professeur-documentaliste de ton lycée, il t'aidera à créer ta session sur ordinateur, à faire le tri parmi les ressources disponibles et te proposera d'emprunter des documents.

> N'oublie pas certains incontournables documents papier.
Les **dictionnaires** et **mémentos** sont fiables et ils ont l'avantage de limiter le temps que tu passes devant les écrans.

> Achète le bon matériel.
Privilégie les cahiers à spirales qui restent ouverts et les fiches de révisions cartonnées (elles résisteront mieux toute l'année).

3 Assure-toi d'avoir une bonne hygiène de vie

> Veille à ton équilibre alimentaire.
Varie tes menus et évite les sucreries, les sodas et les excès de thé ou de café. Néanmoins, accorde-toi quelques **petits plaisirs** pour tenir le coup ! Certains aliments sont recommandés lors des périodes intenses de révisions : poissons gras, avocat, huile d'olive, fruits rouges contenant de nombreux antioxydants.

> Prévois de bonnes nuits de sommeil.
Quand on dort, le cerveau s'active ! Il faut **proscrire les nuits blanches**, totalement contre-productives. Si tu as du mal à t'endormir, vérifie que ta chambre soit bien aérée, que la température ambiante te convienne (19 °C dans l'idéal) et mets-toi dans l'obscurité. Une heure avant l'endormissement, bannis les écrans et privilégie par exemple l'écoute de musique douce.

> Planifie des temps de pause.
Inutile de réviser jour et nuit. Prévois de t'aérer l'esprit plusieurs heures chaque week-end !

> N'oublie pas l'activité physique.
Il n'est pas sain de rester assis toute la journée et, qui plus est, devant un ordinateur. Si tu aimes le sport, **continue de pratiquer** ton activité favorite, sinon garde à l'idée de **bouger un peu tous les jours**, en sortant marcher avec des amis par exemple !

L'ASTUCE À CONNAÎTRE

Si tu ne parviens pas à te passer de musique pour travailler, privilégie des **playlists instrumentales** pour ne pas laisser les paroles te déconcentrer.

COMPRENDRE

ce qu'on attend de moi pour progresser

EN DÉBUT D'ANNÉE

OBJECTIFS

→ Connaître son niveau de départ.
→ Optimiser le temps de classe.
→ Mettre en place une bonne organisation pour les révisions.

1 Définis ton niveau dans chaque discipline

> **Fais une évaluation diagnostique dans chaque matière.**

Pour cela, tu peux t'aider de plusieurs éléments : les résultats des tests de positionnement en classe de Seconde, tes précédents bulletins, tes premières évaluations de l'année... Regarde tes **notes** mais aussi les **commentaires** des professeurs, ces annotations sont très utiles pour repérer tes points forts et les pistes pour t'améliorer ! Fais également confiance à ton **ressenti** : quelle est ta matière préférée ? Dans quelle discipline te sens-tu le plus à l'aise ?

> **Précise ton niveau.**

Pour chaque matière, entoure les cases qui correspondent à ton expérience dans le tableau suivant. Une fois tes niveaux définis, tu peux établir des **paliers de niveaux** à atteindre en y associant des **dates** (par exemple : niveau 2 à atteindre en décembre, niveau 3 à atteindre en février, et ainsi de suite).

niveau 1 Insuffisant	niveau 2 Fragile	niveau 3 Satisfaisant	niveau 4 Très bonne maîtrise
J'ai des lacunes importantes.	Je fais des erreurs majeures.	Je fais des erreurs mineures.	Je respecte tous les attendus. Je peux même parfois aller plus loin.
J'ai besoin d'aides répétées.	J'ai besoin d'aides ponctuelles.	J'ai rarement besoin d'aide.	Je n'ai pas besoin d'aide.
Réussite rare.	Quelques réussites.	Réussite fréquente.	Réussite systématique.
Je ne sais pas mobiliser mes acquis de manière adéquate à la situation.	Je mobilise mes acquis, mais rarement de manière adéquate.	Je mobilise mes acquis de manière adéquate, même s'il y a des imperfections dans la réalisation de la tâche.	Je mobilise mes acquis de manière adéquate et la réalisation de la tâche est parfaite.

2 Sois efficace en cours

- **Relis ton cours précédent** avant chaque séance. L'idéal est de relire tes notes **la veille au soir**, sinon tu peux profiter d'une heure d'intercours. Tu gagneras en efficacité dès le début du temps de classe.
- **Reste concentré(e).** Évite tout ce qui peut nuire à ton attention (parasites visuels ou auditifs) et positionne-toi correctement. Es-tu bien installé(e) ? As-tu le dos droit, les jambes tendues, le buste en avant ? Sois **à l'écoute de ton corps** !
- **Prends des notes efficaces.** L'objectif n'est pas d'écrire tout ce que dit le professeur, mais de **dégager l'articulation du cours**. Note bien les noms des parties principales et secondaires, les connecteurs logiques et mets en valeur les informations stratégiques du cours. Structure tes notes toujours de la même façon, de sorte que tu puisses te repérer d'**un seul coup d'œil** : utilise les mêmes couleurs pour les titres, les sous-titres, les exemples, etc. Choisis quelques **abréviations**, cela te permettra d'écrire plus rapidement.
- **Reste en action. Participe** dès que tu le peux ! Lis les textes à voix haute, va au tableau lorsque c'est proposé, pose des questions si tu n'as pas bien compris ou si tu souhaites approfondir certains points. D'une part, le cours te paraîtra **plus vivant**, moins ennuyeux, et d'autre part, le professeur notera ta bonne volonté.

QUELQUES RÈGLES POUR ASSIMILER TON COURS PROGRESSIVEMENT

Jour J : Relis tes notes, complète-les et mets-les en forme.

J+1 : Apprends ton cours une première fois et profites-en pour approfondir ou pour vérifier ce qui te pose des difficultés.

J+3 : Relis ton cours et fais des exercices associés.

J+15 : Révise pour t'assurer de n'avoir rien oublié.

3 Hiérarchise et priorise le travail à fournir

- **Chaque week-end, liste les tâches** que tu dois réaliser pour la semaine suivante et répartis-les selon le principe de la matrice d'Eisenhower (voir ci-contre).

  Ajoute ensuite les devoirs à rendre ultérieurement (fiches de lecture, devoirs maison, rapports de stage, etc.).

  N'oublie pas les objectifs de niveaux que tu te seras fixés (voir tableau plus haut).

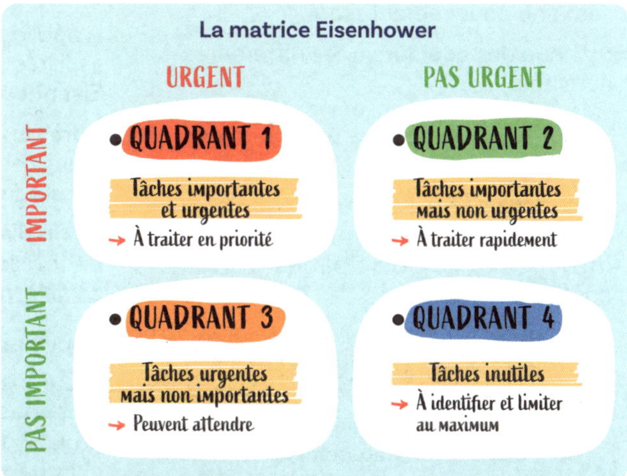

- Cette matrice met en évidence que notre cerveau obéit plus naturellement à **l'urgence** qu'à **l'importance** ! Tu éviteras ainsi de passer tes journées à courir après les urgences au détriment de ce qui est vraiment important.

RÉVISER efficacement

TOUT AU LONG DE L'ANNÉE

OBJECTIFS

→ Construire son planning de révisions.
→ Varier les activités pour tenir le rythme.
→ Faire un point régulier pour vérifier sa progression.

1 Établis un planning de révisions

Crée un tableau par semaine ou par mois, sur Excel ou sur une feuille :

> Commence par **barrer les créneaux où tu n'es pas disponible** (temps de classe, activité extrascolaire, week-end en famille).

> Prévois des **créneaux de 1h30** pour chaque temps de travail.

> Privilégie des **horaires fixes** (heure de début et de fin, heures de repas, pauses) car la régularité est un gage de réussite.

> Fixe **un à deux temps de loisir** chaque semaine pour t'aérer l'esprit.

> Attribue des **couleurs** à tes différentes activités.

Élabore ton planning selon des règles simples :

> Inscris **en priorité le matin** les matières qui te posent problème, les tâches difficiles et les disciplines à gros coefficient.

L'ASTUCE À CONNAÎTRE

Des plannings de révisions vierges sont disponibles gratuitement sur Internet (par exemple sur **www.canva.com**) : semaine, mois ou année !

LE SAVAIS-TU ?

Le sketchnoting est une technique de prise de notes visuelle, **créative** et **graphique** qui permet de noter ses pensées en les organisant à l'aide d'illustrations, de symboles et de textes. Tu peux justement t'y entrainer en faisant ton emploi du temps.

Scanne-moi !

> N'oublie pas les travaux que tu as listés à partir de la **matrice Eisenhower** (voir p. 329).

> **Après le déjeuner**, privilégie les tâches créatives qui te plaisent : schémas à construire, diaporamas à illustrer, lecture.

> **En fin d'après-midi**, prévois des temps de révisions pour reprendre ce que tu as déjà vu précédemment.

Fais évoluer ton planning :

Si parfois tu ne respectes pas ton planning, pas de panique ! **Reste flexible** en laissant deux blocs de 1h30 libres chaque semaine, tu pourras ainsi parer à tout imprévu. L'essentiel est de reprogrammer au plus vite le temps de travail manqué.

2 Alterne les modalités de travail

> Le secret pour tenir le rythme, c'est de varier.
Alterne les types de révisions, les exercices et les matières à travailler. Le cerveau aime la régularité mais pas la routine. Ne pas se lasser est important pour **garder le moral** et une **bonne dynamique de travail**.

> Tu as du mal à te concentrer ?
Essaie la **méthode Pomodoro**. L'objectif est de rester **concentré(e) à 100 %** sur une seule et unique tâche pendant plusieurs sessions de 25 min. Une courte pause sépare chaque session, puis un temps de pause plus long intervient après plusieurs sessions

La méthode Pomodoro

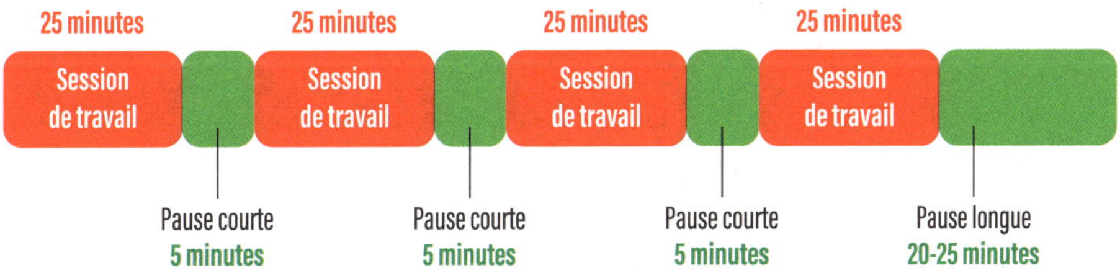

3 Fais une auto-évaluation régulièrement

Fais un **point régulier** pour vérifier la bonne avancée de tes révisions et l'efficacité de tes méthodes de travail.

> Si tu as atteint tes objectifs.
Tu peux considérer que **les compétences sont acquises**, il te suffira de réviser régulièrement.

> Si tu n'as pas atteint tes objectifs.
Prévois dans ton planning des temps de travail supplémentaires pour **reprendre le cours** et **faire des exercices associés**.

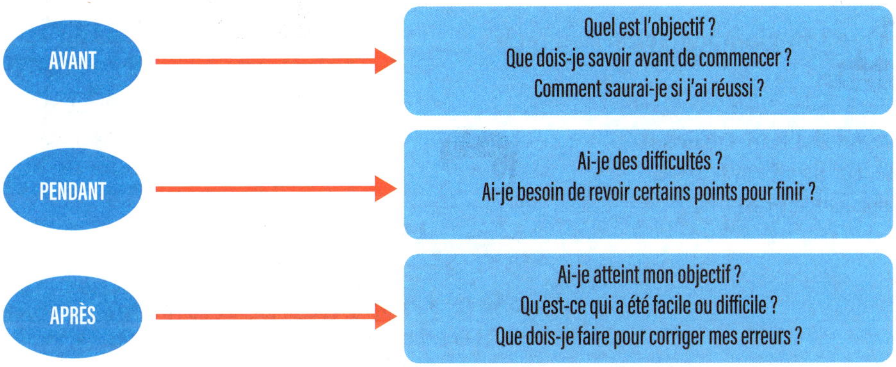

FICHE
4

GÉRER
mon stress

DE J-15 À J-1

OBJECTIFS

- → Réviser entre amis.
- → Être en forme et maîtriser son niveau de stress.
- → Préparer ses affaires pour le jour J.

1 Entoure-toi

- > **Révise avec des amis qui ont envie de réussir.** Travailler en groupe peut être très stimulant, à condition que tout le monde ait le **même objectif**.
- > **Choisis le bon endroit.** Évite le café du quartier ou la chambre d'un ami chez qui l'ambiance est très bruyante.
- > **Échange avec tes amis sur tes cours.** Discute avec eux de ce sur quoi vous travaillez, ça te permet de **vérifier que tu as bien compris** et d'**approfondir** les choses.
- > **Partage tes productions avec le groupe.** Fais un maximum d'exercices, donne-les à tes amis pour qu'ils les corrigent et **mets-toi à la place du jury** en retour ! C'est une méthode très efficace pour progresser.
- > **Challenge-toi.** Toujours dans un esprit bienveillant, organise des sessions de tests pour **t'entraîner** aux épreuves.

Il est aussi possible d'**attribuer un rôle** à chaque membre du groupe, en changeant chaque jour :

Soutien émotionnel, ambiance dé-stressante, motivation et rigueur, il y a de nombreux avantages à travailler entre amis. Mais **tu peux aussi demander de l'aide à tes parents**, **tes frères et sœurs** qui sont déjà passés par là, et **tes enseignants** !

QUELQUES RÈGLES POUR BIEN TRAVAILLER EN GROUPE

- Le groupe peut être constitué de **3 ou 4 personnes** maximum.
- Tout le monde doit être au clair sur les **objectifs du jour**.
- **Chacun respecte** les séquences de travail et les pauses.
- Un temps de débriefing et de convivialité est essentiel pour **décompresser** !

2 Sois prêt physiquement et mentalement

Face au stress, plusieurs solutions existent : yoga, sophrologie, relaxation, méditation…

Si tu ne sais pas comment t'y prendre, **tu peux essayer de simples exercices de respiration**. Commence par **t'isoler** et **assieds-toi**. Inspire profondément pendant 3 secondes et expire doucement pendant 5 secondes, tout cela sur 1 à 2 minutes. Une fois le rythme installé, **associe une image à ta respiration**, par exemple la mer qui monte quand tu inspires et qui se retire quand tu expires.

Quelques jours avant ta première épreuve, repère et calcule ton trajet jusqu'au centre d'examens, avec **plusieurs modes de transport** possibles.

> **Détends-toi, aère-toi.** Marche un peu, lis un magazine, mais évite les réseaux sociaux !

> **Couche-toi tôt.** Sans réviser jusqu'au bout de la nuit ! Pour y arriver plus facilement, force-toi à **te lever tôt la semaine** précédant la période des examens, comme ça tu seras déjà dans le rythme.

L'ASTUCE À CONNAÎTRE

Programme **plusieurs sonneries** sur ton réveil et demande à un proche de s'assurer que tu seras debout à l'heure !

3 Prépare-toi et prépare tes affaires

Ton sac et ta tenue doivent être **prêts la veille de chaque épreuve**. Il est indispensable de prévoir une tenue adaptée selon la nature de l'épreuve :

> **Pour les épreuves écrites, privilégie des vêtements confortables** dans lesquels tu seras **à l'aise** pour travailler. Emmène aussi un pull ou un gilet, facile à retirer si tu as trop chaud ou à mettre si tu grelottes de froid !

> **Pour les épreuves orales, prévois une tenue simple mais correcte**, même s'il fait chaud. L'apparence joue un **rôle important** lorsqu'on s'exprime devant un jury.

Durant la période d'examens, mets en place ce rituel le matin et le soir pour te mettre en confiance et t'assurer une certaine **sérénité** !

Prépare ton sac :

- ☐ Pièce d'identité et convocation (avec l'adresse du centre d'examen)
- ☐ 2 stylos
- ☐ 2 surligneurs
- ☐ 1 correcteur
- ☐ 1 crayon à papier et 1 gomme
- ☐ Crayons de couleurs et règle pour les schémas
- ☐ Calculatrice (vérifier les piles avant)
- ☐ Mouchoirs
- ☐ Gourde d'eau et en-cas
- ☐ Montre

! LES FAUX-PAS À ÉVITER

- Couleurs trop flashy
- Accumulation d'accessoires
- Vêtements troués, usés ou froissés

ASSURER le Jour J

JOUR J

OBJECTIFS

→ Bien aborder l'épreuve.
→ Éviter les pièges.
→ Rendre une bonne copie.

1 Démarre correctement ton épreuve

> **Analyse le sujet** (10 min).

En premier lieu, **assure-toi que toutes les pages sont bien présentes**, ainsi que les annexes. Prends ensuite le temps de **bien lire le sujet**. Il vaut mieux prendre quelques minutes supplémentaires pour choisir lorsque deux sujets sont proposés.

> **Prépare un brouillon** (entre 45 min et 1h).

Il ne s'agit pas de tout écrire au brouillon, cela te ferait perdre trop de temps. **Écris ton plan** pour garder un fil conducteur et utilise des **surligneurs** de différentes couleurs pour te repérer dans tes parties. Il est également conseillé de **rédiger entièrement ton introduction et ta conclusion** au brouillon pour te démarquer des autres copies.

> **Gère ton temps dès le début de l'épreuve.**

Définis le temps que tu accordes à chaque partie du sujet. Commence par les exercices avec lesquels tu te sens le plus à l'aise. **Ne reste pas bloqué(e)** si un exercice ou une formulation te manque, passe à autre chose : tu y reviendras plus tard. Pour les épreuves longues, **fais une pause de 5 minutes au milieu du temps imparti**.

L'ASTUCE À CONNAÎTRE

Au **brouillon**, n'écris que sur le **recto** de chaque feuille. Cela te permet de garder une vue d'ensemble.

L'INFO À RETENIR

Accorde une grande importance à l'introduction et à la conclusion :
Un bon début donne le ton d'une bonne copie. À l'inverse, une mauvaise introduction laissera une mauvaise impression dont le correcteur aura du mal à se défaire. Il est aussi courant que les correcteurs lisent la conclusion juste après l'introduction.

- Soigne la phrase d'accroche de ton introduction et évite les formulations stéréotypées.
- Vérifie que ta conclusion réponde bien à ta problématique.

2 Évite les erreurs et le hors-sujet

Avant de démarrer, il faut lire attentivement l'énoncé pour comprendre les consignes :

> Repère les **mots-clés** et définis-les.

> Note au brouillon **toutes les connaissances** que tu as sur ces notions.

> Mets-les en relation grâce à la **méthode QQOQCCP** (Qui ? Quoi ? Où ? Quand ? Comment ? Combien ? Pourquoi ?) pour baliser les limites du sujet (voir p. 338).

> Organise ensuite ton **plan.**

MÉTHODE

Vérifie la cohérence de ton plan.
Le plan est le squelette de ton argumentation, il doit être structuré pour tenir debout !

- Assure-toi que les parties et les sous-parties sont équilibrées.
- Vérifie qu'au moins un exemple illustre ton propos dans chaque sous-partie.
- Rédige des transitions pour montrer la logique de ton raisonnement.

3 Démarque-toi des autres copies

> **Soigne ta copie.**
Efforce-toi de rendre une **copie propre et lisible**. Les correcteurs en ont beaucoup à corriger et ne feront pas toujours d'efforts s'ils n'arrivent pas à te lire !

- Choisis une **encre foncée** (les copies sont numérisées avant d'être envoyées aux correcteurs).
- **Aère** ta copie : saute des lignes et n'écris pas dans les marges.
- Soigne ta **graphie** tout au long de l'épreuve.

> **Sois clair(e) et concis(e).**
La formulation la plus simple est souvent la meilleure. Privilégie les **phrases courtes**. Cela t'évitera de faire des erreurs dues à des tournures complexes (concordance des temps, propositions multiples dans la même phrase...).

- Utilise le **vocabulaire précis** vu en classe.
- **Évite les tournures familières**.
- N'oublie pas de **ponctuer** tes phrases.

> **Cite des références qui font la différence.**
Pour illustrer des idées, il est important d'avoir une copie riche en **exemples**. Varie les sources bibliographiques (auteurs, siècles, genres littéraires).

L'ASTUCE À CONNAÎTRE

Tu n'aimes pas lire ? Tu peux compléter tes références grâce à d'autres domaines : la **musique**, le **cinéma**, la **danse**, l'**architecture**, la **gastronomie**, la **sculpture**, le **cirque** ou la **photographie**.

> **Relis-toi.**
Il est important de garder **10 minutes en fin d'épreuve** pour porter une attention toute particulière à l'orthographe. Certaines erreurs ne sont pas pardonnables !

- Vérifie tous les **accords**.
- Fais attention à la **terminaison** de tes verbes.

LE PETIT +

→ **Pour mieux comprendre les exigences des correcteurs :**

- Lis les **rapports du jury** des années précédentes (disponibles sur www.eduscol.education.fr).
- Relis les **annotations de tes professeurs**.
- Lis les **bonnes copies** de tes camarades et les **sujets corrigés** de ton livre *FOCUS BAC*.

FICHE 1

COMPRENDRE
L'épreuve du Grand Oral

OBJECTIFS

→ Comprendre les finalités de l'épreuve.
→ Connaître les attentes du jury.

Une épreuve pour te préparer à l'entrée dans l'enseignement supérieur

> L'épreuve du Grand Oral te permet de **travailler sur ton projet d'orientation**, en t'amenant à formaliser tes choix pour ta poursuite d'études.

> Elle t'invite également à **te préparer pour réussir dans l'enseignement supérieur** : s'exprimer en public, collaborer, mener à bien une présentation et exercer son esprit critique sont en effet des compétences attendues d'un étudiant dans l'enseignement supérieur.

> La **forme de l'exposé oral** est une **modalité d'évaluation** qui jalonnera l'ensemble de ton parcours d'études supérieures. Le Grand Oral est une **véritable opportunité de te préparer à devenir étudiant** en adoptant dès maintenant les bons réflexes et en te projetant vers l'avenir.

Une épreuve pour t'amener à « savoir parler en public »

Une prise de parole efficace implique **d'être convaincant(e) et de savoir capter son auditoire**, ce qui nécessite les compétences suivantes :

- mobiliser ses connaissances ;
- structurer son propos ;
- développer son esprit critique ;
- élaborer une présentation structurée et argumentée ;
- être en mesure d'expliciter ses choix et les positions défendues ;
- maîtriser son trac ;
- poser sa voix et adopter le bon rythme de parole ;
- gérer sa communication non verbale.

Les points à maîtriser pour réussir son Grand Oral

1. Je choisis des sujets en lien avec mon programme de spécialité et mon projet d'orientation.
2. Je développe mes compétences oratoires et je maîtrise mon trac pour être capable de m'exprimer clairement.
3. Je suis en mesure de développer une argumentation.
4. Je respecte le délai imparti à chaque étape de l'épreuve.
5. J'exécute ma présentation sans notes et debout.
6. Je présente mon projet d'orientation et le cheminement mené pour le construire en vue d'expliquer mes choix de poursuite d'études.

Connaître les attentes du jury

Le jury se compose de deux enseignant(e)s de disciplines différentes, dont l'un(e) au moins enseigne l'une des spécialités choisies par le (la) candidat(e). Il valorise **« la solidité des connaissances du candidat, sa capacité à argumenter et à relier les savoirs, son esprit critique, la précision de son expression, la clarté de son propos, son engagement dans sa parole, sa force de conviction »** selon les critères suivants :

	Qualité orale de l'épreuve	Qualité de la prise de parole en continu
	La voix soutient efficacement le discours. Qualités prosodiques marquées (débit, fluidité, variations et nuances pertinentes, etc.). Le candidat est pleinement engagé dans sa parole. Il utilise un vocabulaire riche et précis.	Discours fluide, efficace, tirant pleinement profit du temps et développant ses propositions.
	Quelques variations dans l'utilisation de la voix ; prise de parole affirmée. Il utilise un lexique adapté. Le candidat parvient à susciter l'intérêt.	Discours articulé et pertinent, énoncés bien construits.
	La voix devient plus audible et intelligible au fil de l'épreuve mais demeure monocorde. Vocabulaire limité ou approximatif.	Discours assez clair mais vocabulaire limité et énoncés schématiques.
	Difficilement audible sur l'ensemble de la prestation. Le candidat ne parvient pas à capter l'attention.	Énoncés courts, ponctués de pauses et de faux démarrages ou énoncés longs à la syntaxe mal maîtrisée.

	Qualité des connaissances	Qualité de l'interaction	Qualité et construction de l'argumentation
	Connaissances maîtrisées, les réponses aux questions du jury témoignent d'une capacité à mobiliser ces connaissances à bon escient et à les exposer clairement.	S'engage dans sa parole, réagit de façon pertinente. Prend l'initiative dans l'échange. Exploite judicieusement les éléments fournis par la situation d'interaction.	Maîtrise des enjeux du sujet, capacité à conduire et exprimer une argumentation personnelle, bien construite et raisonnée.
	Connaissances précises, capacité à les mobiliser en réponse aux questions du jury avec éventuellement quelques relances.	Répond, contribue, réagit. Se reprend, reformule en s'aidant des propositions du jury.	Démonstration construite et appuyée sur des arguments précis et pertinents.
	Connaissances réelles, mais difficulté à les mobiliser en situation à l'occasion des questions du jury.	L'entretien permet une amorce d'échange. L'interaction reste limitée.	Début de démonstration mais raisonnement lacunaire. Discours insuffisamment structuré.
	Connaissances imprécises, incapacité à répondre aux questions, même avec une aide et des relances.	Réponses courtes ou rares. La communication repose principalement sur l'évaluateur.	Pas de compréhension du sujet, discours non argumenté et décousu.

Grille d'évaluation officielle de l'épreuve orale terminale **(https://www.education.gouv.fr/bo/20/Special2/MENE2002780N.htm?cid_bo=149115)**.

FICHE
2

EXPLORER
les thèmes sélectionnés

OBJECTIFS

→ Explorer tous les aspects d'un sujet pour arrêter son choix.
→ Réaliser des cartes mentales pour s'approprier les thématiques.

Comment explorer un sujet ?

Pour amorcer la réflexion, il est nécessaire de se poser un certain nombre de questions. Tu peux pour cela appliquer la méthode QQOQCCP.

- **Qui ?** Qui est concerné par le sujet (acteurs économiques, individus, groupes sociaux...) ?
- **Quoi ?** Quels sont les faits ou éléments caractérisant le sujet (phénomènes, événements, processus...) ?
- **Où ?** Quels sont les lieux concernés par le sujet ?
- **Quand ?** Quelle est la période concernée par le sujet ?
- **Comment ?** De quelle manière le sujet s'exprime-t-il ou se manifeste-t-il ?
- **Combien ?** Combien de personnes ou quelle quantité d'éléments sont concerné(e)s par le sujet ?
- **Pourquoi ?** Quels sont les causes et les enjeux du sujet (naturel[le]s, intellectuel[le]s, économiques, politiques...) ?

La carte mentale : un outil idéal pour matérialiser ton exploration

Une carte mentale est une représentation de concepts, d'idées et d'informations sous forme d'arborescence.

Avec ses **différents embranchements**, ta carte mentale te permettra de **visualiser clairement** tous les aspects du sujet envisagé.

1. **Positionne la notion ou la thématique abordée au centre de ta carte mentale.**
2. **Intègre tes idées :** en partant du centre, dessine une branche par idée avec un mot-clé pour exprimer chaque notion ou concept identifié(e).
3. **Enrichis ta carte mentale :** utilise des icônes et des couleurs différentes pour chaque branche afin de caractériser tes axes.

Tu peux opter pour une **version manuscrite** en utilisant comme support :

- une feuille de papier en **format paysage** ;
- un ***paper board*** ;
- des **post-it** de différentes couleurs en fonction des branches de ta carte mentale.

Tu peux aussi opter pour une **version numérique** en t'aidant :

- de **logiciels spécialisés** tels que : xmind.net, lucidchart.com, gitmind.com, qui permettent aussi de mettre en place des cartes mentales collaboratives.
- de **logiciels de traitement de texte**, en utilisant la fonctionnalité Smart Art.

FICHE
3

STRUCTURER son sujet

OBJECTIFS

→ Apprendre à organiser ses idées pour construire son argumentaire.
→ Construire une présentation structurée de sa question.

Comment structurer tes idées ?

1. **Regroupe toutes les informations recueillies** dans un même document (papier ou numérique) et **construis une bibliographie** pour avoir une vision globale de tes sources d'information.
2. **Classe ces informations par thème** puis analyse les liens entre les différentes idées pour dégager les éventuelles associations et contradictions.
3. **Hiérarchise tes idées** en distinguant au sein de chaque thématique les points clés des éléments plus secondaires.
4. **Produis une synthèse** de l'ensemble de tes idées pour en mémoriser les points clés et amorcer la construction de ton plan.

Comment structurer la présentation de ta question ?

1. **Le premier temps de ta présentation** consiste à :
   - énoncer ton sujet ;
   - expliciter les raisons de ton choix ;
   - présenter ta problématique et annoncer ton plan.
2. **La partie centrale de ta présentation est le développement de ta question**, qui te permet d'exposer tes arguments selon le plan annoncé lors de ton introduction en veillant à soigner les transitions entre tes parties et tes idées.
3. **Ta présentation s'achève par une conclusion courte et efficace** qui résume ton propos tout en apportant une ouverture.

Des exemples de plans possibles

- **Le plan dialectique** invite à la discussion en défendant un point de vue sur une question (la thèse), puis en apportant des arguments qui, selon une autre perspective, nuancent ce point de vue (l'antithèse) pour obtenir une vision approfondie de la question (la synthèse, qui peut être exprimée en conclusion).
- **Le plan thématique** présente dans chaque partie différentes facettes d'un sujet pour en offrir une vue la plus complète possible.
- **Le plan chronologique** met en avant les phases successives d'un sujet en analysant en détail chaque étape.
- **Le plan analytique** présente un fait ou un problème avant d'en aborder les causes puis les perspectives de résolution.
- **Le plan comparatif** met en évidence des ressemblances et des différences permettant d'alimenter la comparaison de différents éléments (idées, événements, œuvres, stratégies...).

FICHE 4

TRAVAILLER sa voix et sa diction

OBJECTIFS

→ Apprendre à utiliser toutes les ressources de sa voix (volume, intonation, diction) pour capter son auditoire.

→ Veiller à bien utiliser l'ensemble de ces outils lors de ses prises de parole.

Pourquoi adapter le volume de ta voix ?	Pourquoi moduler les inflexions de ta voix ?	Pourquoi faut-il bien articuler ?
> **Pour dynamiser ton discours :** cela permet de rendre ton propos vivant et de lui donner ainsi plus de force. > **Pour maintenir l'attention de ton auditoire :** tes interlocuteurs n'auront pas de difficultés à t'entendre et pourront ainsi se concentrer sur ton propos. > **Pour donner une impression de confiance en toi et d'assurance.**	> **Pour éviter de lasser ton auditoire :** une voix monocorde est susceptible de te faire perdre l'attention de l'auditoire. > **Pour rendre ton discours plus vivant.** > **Pour transmettre des émotions :** capter l'attention de l'auditoire implique nécessairement d'agir sur un plan émotionnel, et les intonations de voix constituent un très bon vecteur en la matière.	> **Pour être mieux et plus vite compris par tes interlocuteurs :** l'auditoire n'aura pas de difficultés à t'entendre, et donc à comprendre ton discours. > **Pour rendre son propos plus fluide :** l'auditoire aura le temps d'apprécier la résonance des mots. > **Pour donner plus d'impact et de force à ton discours :** une bonne articulation repose en partie sur un usage approprié des silences.

Adapte le volume de ta voix	Module l'intonation de ta voix	Travaille ton articulation
> **Observe l'environnement dans lequel aura lieu ta prise de parole :** le niveau sonore ambiant, la taille de la salle… > **Adapte ton volume sonore à la situation de prise de parole :** cela permettra à ton auditoire d'avoir une écoute agréable et confortable. Il ne doit pas avoir à faire d'efforts pour t'entendre et te comprendre.	> **Utilise toute la tessiture de ta voix :** il ne faut pas avoir peur d'utiliser les graves, les aiguës et toutes les autres nuances de ta voix. > **Adapte ton intonation de voix aux messages que tu veux transmettre et aux émotions que tu souhaites véhiculer.** Cela implique d'avoir une intonation en adéquation avec ton sujet (interpeller, rassurer, émouvoir ou encore convaincre).	> **Pratique régulièrement** des exercices de diction et de prise de parole. > **Apprends à peser tous tes mots :** pour prendre le temps d'investir ton discours. > **Ralentis ton rythme** et ton débit de parole.

FICHE 5

DÉVELOPPER sa répartie

OBJECTIFS

- → Comprendre les points à maîtriser pour répondre au jury de manière satisfaisante.
- → S'entraîner à interagir avec le jury.

Quels sont les points clés pour bien gérer ta manière de répondre au jury ?

Ce temps d'échange a pour finalité d'évaluer la solidité de tes connaissances et ta capacité à raisonner. Voici les points clés à travailler pour aborder sereinement cette partie de l'épreuve.

1. **Apprends à gérer tes émotions**, et plus particulièrement ton trac, pour adopter une posture d'écoute active et être en mesure de réagir de manière appropriée aux questions posées.
2. **Prends le temps de réfléchir avant de répondre.** La formulation d'une réponse pertinente est indissociable de ta capacité à comprendre les attentes du jury. Prends le temps d'écouter la question jusqu'au bout et laisse-toi quelques secondes pour y réfléchir avant de répondre.
3. **Assure-toi d'avoir bien compris le sens de la question posée.** Tu peux reformuler le point soulevé avec tes propres mots ou demander des précisions au jury.
4. **Apprends à gérer ta voix et ta diction.** Parle d'une voix posée, avec conviction et engagement. Prends le temps d'énoncer tes réponses et n'hésite pas à faire des pauses pour rythmer ton discours. Veille également à ta communication non verbale.
5. **Soigne ton vocabulaire et ton niveau de langue.**

Comment développer ton sens de la répartie ?

Entraîne-toi à développer ton sens de la répartie, c'est-à-dire ta capacité à répondre avec pertinence à toute remarque que l'on pourrait te faire.

> **Applique la règle des « quatre C »** pour formuler des réponses **claires**, **courtes**, **concises** et **concrètes**. Sois vigilant(e) à bien structurer tes réponses pour que ton propos soit le plus compréhensible possible.

> **Mets en évidence ta capacité à raisonner** en faisant des **connexions** entre les notions abordées et tes connaissances sans oublier de mettre ces éléments **en perspective** avec des faits d'actualité.

> L'art de la répartie n'est pas inné, entraîne-toi régulièrement, notamment en pratiquant des **matchs d'improvisation** pour développer ta **confiance en toi**, ta capacité à **lâcher prise**, ton sens de l'**écoute** et ta **réactivité**.

Thème 1 - Génétique et évolution

Adaptation (ou caractère adaptatif) : caractéristique morphologique, physiologique, ou comportementale qui procure un avantage de survie ou de reproduction dans un environnement donné. Recouvre plusieurs réalités : des réponses fonctionnelles impliquant des systèmes de régulation, des modifications de caractères par plasticité phénotypique (changement réversible, individuel) ou par évolution (sélection naturelle, population).

Adaptation évolutive : processus et résultat de la transformation d'une population au cours des générations par la sélection naturelle.

Allèle : version de la séquence de nucléotides d'un segment de molécule d'ADN, constitutif d'un gène ou non.

Apprentissage : mécanisme cognitif associé à l'apparition ou la modification d'un comportement chez un individu soumis à une expérience dont certaines composantes ont été mémorisées. Cela repose sur la plasticité cérébrale.

Arbre généalogique : représentation graphique de liens de filiation entre personnes d'une même famille.

Autonomie génétique : aptitude d'une entité dotée d'information génétique à se suffire à elle-même pour synthétiser l'ensemble des produits de l'expression génétique nécessaires à son existence.

Biotope : ensemble des caractéristiques abiotiques de l'environnement.

Brassage génétique interchromosomique : recombinaisons des gènes par répartition aléatoire des chromatides.

Brassage génétique intrachromosomique : recombinaisons des gènes par crossing-over.

Cancer : maladie causée par la multiplication incontrôlée de cellules somatiques modifiées par l'accumulation de mutations dans le temps.

Caryotype : ensemble des différents types de chromosomes d'un individu ou d'une espèce.

Cellule-œuf (synonyme : zygote) : cellule produite par fécondation. Première cellule d'un organisme pluricellulaire.

Cellules somatiques/cellules germinales : types de lignée cellulaire chez les animaux ; respectivement constituant l'organisme mais pas les gamètes, ou formant les gamètes.

Chloroplaste : organite des cellules eucaryotes photosynthétiques, spécialisé dans la réalisation de la photosynthèse.

Chromosome : association d'une molécule d'ADN et de protéines structurantes sous une forme condensée. Structure universelle des cellules eucaryotes, dont l'existence est limitée aux phases de divisions cellulaires.

Clone : cf. p. 14 (ch. 1).

Complexification des génomes : Enrichissement d'un génome avec du matériel génétique extérieur.

Comportement : ensemble des actions et réactions en réponse à des stimulations observables chez un animal.

Conjugaison bactérienne : transfert de matériel génétique entre deux bactéries via un pont cytoplasmique.

Dérive génétique : ensemble des processus qui font varier aléatoirement les fréquences alléliques dans une population au cours des générations.

Différenciation génétique : apparition de différences génétiques entre populations sous l'effet de forces évolutives.

Diploïde/haploïde : état de la ploïdie d'une cellule, c'est-à-dire du nombre de lots de chromosomes différents qu'elle possède. Haploïde : 1 seul lot (n), diploïde : 2 lots (2n).

Diversification génétique : variation des génomes et des génotypes.

Diversification phénotypique : variation des caractères.

Diversité allélique (ou diversité des allèles, ou diversité génétique) : diversité des allèles au sein ou entre les populations d'une espèce.

Division cellulaire (ou multiplication cellulaire) : formation de plusieurs cellules à partir d'une cellule.

Dominance/récessivité : caractéristique de la relation entre deux formes de caractères déterminés par un seul gène et, par extension, entre les allèles de ce gène. Le caractère dominant s'exprime chez l'individu qui possède 1 copie (génotype hétérozygote) ou 2 copies (génotype homozygote) de l'allèle dit dominant. Le caractère récessif s'exprime chez l'individu qui possède 2 copies de l'allèle dit récessif.

Duplication de gène : copie d'un gène.

Dynamique des populations : étude des processus et des causes des changements de taille et de structure des populations dans le temps. Les facteurs étudiés incluent les taux de reproduction, de mort et de migration.

Écosystème (système écologique) : ensemble constitué d'entités vivantes (organismes vivants) et non-vivantes (conditions abiotiques de l'environnement, par exemple la lumière, l'eau, ...) ainsi que les interactions existant entre elles.

Endosymbiose : cf. p. 35 (ch. 2)

Environnement biotique et abiotique : ensemble des organismes vivants et des paramètres physico-chimiques du milieu.

Eucaryotes : domaine du vivant regroupant les organismes uni- et pluricellulaires possédant un noyau dans leur cellule.

Espèce : cf. p. 49 (ch. 3).

Évolution biologique : changement des organismes vivants au cours du temps sous l'effet de forces évolutives.

Évolution culturelle : apparition, sélection, contre-sélection et disparition au hasard de formes de comportement culturel.

Famille multigénique : ensemble de gènes coexistant (et/ou ayant existé) qui résulte de processus de duplications et de mutations à partir d'un même gène ancestral.

Fécondation : rencontre et fusion de deux cellules reproductrices différentes, aboutissant à la formation d'une cellule-œuf.

Fixation d'un allèle : évènement au cours duquel un allèle se retrouve présent chez l'ensemble des individus d'une population.

Flux de gènes : échange de gènes entre individus, entre populations ou entre espèces.

Forces évolutives : processus qui agissent sur les changements de fréquences des allèles (mutation, sélection naturelle, dérive génétique, sélection sexuelle, migration).

Formule chromosomique d'une cellule : expression synthétique de la relation entre la ploïdie et le nombre total de chromosomes d'une cellule : « n » pour haploïde ou « 2n » pour diploïde, « = », « nombre total de chromosomes dans la cellule (à une ou deux chromatides) ».

Fréquence relative (ou fréquence) : quotient de l'effectif d'un sous-ensemble d'une population par l'effectif de la population. À ne pas confondre avec la fréquence absolue, ou effectif, qui est un nombre d'entités.

Gamète : cellule reproductrice produite par une méiose.

Gène : ensemble des séquences de nucléotides du génome qui permet la synthèse d'un ensemble de molécules (ARN, protéines) intervenant dans la vie de la cellule. Un gène est constitué de séquences transcrites et de séquences régulatrices non transcrites.

Génération : ensemble d'individus d'une population appartenant à la même classe d'âge ou situés au même niveau d'un arbre généalogique.

Génétique des populations : étude de la distribution et des changements des fréquences des allèles d'un gène dans les populations.

Génome (ou patrimoine génétique) : ensemble du matériel héréditaire composé d'acides nucléiques (ADN ou ARN) d'un organite cellulaire, d'une cellule, d'un organisme cellulaire ou acellulaire (virus), ou d'une espèce.

Génomique : étude de la structure et du fonctionnement du génome. L'étude de grandes cohortes de patients permet l'identification des gènes dont certains allèles sont responsables ou favorisent une maladie.

Génotype : combinaison des allèles d'un individu.

Hérédité culturelle : transmission des comportements culturels entre individus contemporains et de différentes générations par l'apprentissage.

Hérédité cytoplasmique : transmission verticale de caractères héréditaires reposant sur du matériel génétique localisé dans le cytoplasme (plasmide, organite). À ne pas confondre avec l'hérédité chromosomique qui repose sur la transmission des chromosomes.

Homozygotie/hétérozygotie : état du génotype d'un individu diploïde. Génotype homozygote : 2 allèles identiques ; génotype hétérozygote : 2 allèles différents.

Hôte : organisme qui héberge un ou des partenaires parasite ou mutualiste.

Information génétique : information codée par la séquence de nucléotides de la molécule d'ADN et qui permet la synthèse de molécules intervenant dans la vie de la cellule.

Isolement reproducteur : obstacle à la reproduction entre les individus de deux populations.

Lignée cellulaire : ensemble des cellules issues d'une cellule originelle par mitoses successives, présentant les mêmes caractères structurels et fonctionnels, et dont le devenir est identique.

Lignée évolutive : série linéaire (succession dans le temps) d'organismes, de populations, de cellules ou de gènes liés entre eux par des relations d'ancêtre à descendant.

Maladie monogénique : maladie causée par des mutations touchant un seul gène.

Méiose : division cellulaire formant 4 cellules haploïdes à partir d'1 cellule diploïde. Précédée d'une réplication de l'ADN, elle comprend une première division où les chromosomes homologues se séparent et une seconde division où les chromatides sœurs se séparent.

Microbiote : ensemble des micro-organismes vivant sur et à l'intérieur d'un macro-organisme.

Migration : déplacements d'individus dans l'espace.

Mitochondrie : organite commun à toutes les cellules eucaryotes, spécialisé dans la production d'ATP.

Mitose (ou division mitotique) : division cellulaire qui permet la formation de deux cellules à partir d'une cellule parentale en conservant toutes les caractéristiques du caryotype de la cellule parentale (nombre et morphologie des chromosomes).

Modèle de Hardy-Weinberg : cf. p. 48 (ch. 3)

Molécule d'ADN : molécule constituée de deux brins complémentaires de désoxyribonucléotides, en forme de double hélice. C'est un support universel de l'information génétique.

Monosomie, trisomie : anomalies du caryotype caractérisées par la présence d'un chromosome en moins, ou en plus.

Mutation : modification permanente du génome d'une cellule. Chez les animaux, dont l'être humain, une mutation survient soit dans une cellule somatique (présente alors dans le clone issu de cette cellule) soit dans une cellule germinale (potentiellement héréditaire).

Organite : compartiment cellulaire ayant une ou plusieurs fonctions.

Panmixie : caractéristique d'une population sans barrière aux flux génétiques entre individus.

Parasitisme : interaction biotique bénéfique pour la valeur sélective d'un des partenaires (le parasite) et néfaste pour celle de l'autre partenaire (hôte).

Pathogène : organisme qui peut causer une maladie.

Phénotype : ensemble des formes de caractères observables d'un individu. Il résulte de l'interaction entre le génotype et l'environnement.

Phénotype étendu : cf. p. 60 (ch. 4).

Phylogénie : **1.** histoire du vivant ; **2.** étude des relations de parenté.

Plasmide : molécule d'ADN circulaire, extrachromosomique, présente chez la plupart des bactéries et quelques eucaryotes.

Polyploïdie : anomalie du caryotype caractérisée par la présence de plus de 2 lots complets de chromosomes différents.

Population : ensemble d'individus d'une même espèce qui occupent le même territoire.

Porteur sain (d'une maladie monogénique) : individu non malade qui possède un seul allèle muté récessif, de génotype hétérozygote.

Relation de parenté : partage d'un ancêtre commun par plusieurs entités biologiques.

Reproduction : processus d'engendrement de nouveaux individus.

Reproduction asexuée : multiplication d'individus n'impliquant pas de fécondation.

Reproduction conforme : division cellulaire où toutes les caractéristiques du caryotype de la cellule parentale (nombre et morphologie des chromosomes) sont conservées dans les deux cellules filles.

Reproduction sexuée : multiplication d'individus impliquant une fécondation.

Risque génétique : probabilité de transmission d'une maladie génétique. Elle correspond à la probabilité d'obtenir le ou les génotype(s) associé(s) au phénotype malade.

Sélection naturelle : variation des fréquences alléliques dans une population sous l'effet de l'environnement, donc non aléatoire.

Sélection sexuelle : cas particulier de sélection naturelle où certains individus portant des caractères spécifiques se reproduisent plus que les autres.

Séquençage de l'ADN : procédure permettant de déterminer la séquence de nucléotides de la totalité ou d'une partie d'un génome.

Spéciation : formation d'une nouvelle espèce. C'est l'isolement reproducteur d'une population à partir d'un isolement génétique, avec ou sans isolement géographique.

Holobionte : ensemble formé par un macro-organisme adjoint de son microbiote, et l'ensemble des interactions écologiques et fonctionnelles.

Symbiose : cas de mutualisme (interaction biotique entre espèces différentes, à bénéfice réciproque) où les deux partenaires coexistent durablement.

Symbiote : partenaire d'une symbiose.

Transfert génétique horizontal : échange de matériel génétique en dehors d'événements de reproduction, entre organismes non nécessairement apparentés.

Transfert génétique vertical : échange de matériel génétique impliquant une reproduction, d'un individu parent à un individu de la génération suivante.

Transgénèse : processus qui permet d'obtenir un organisme génétiquement modifié, en introduisant volontairement un gène étranger dans un organisme.

Transmission autosomique/sexuelle : mode de transmission d'une maladie monogénique associée à un gène présent sur un chromosome autosomal ou un chromosome sexuel.

Transmission récessive/dominante : mode de transmission d'une maladie monogénique associée à un allèle récessif ou à un allèle dominant.

Virus : domaine du vivant regroupant des organismes acellulaires.

Thème 2 - À la recherche du passé géologique de notre planète

Accrétion océanique : formation de croûte océanique (processus magmatique et tectonique).

Bloc basculé : bloc de croûte continentale de très grande taille situé entre deux failles listriques, ayant glissé par rotation le long du plan de faille.

Ceinture orogénique : ensemble de chaînes de montagnes alignées et de même âge.

Chronologie relative : ensemble des méthodes permettant d'ordonner chronologiquement des événements les uns par rapport aux autres.

Collision orogénique : affrontement de deux plaques lithosphériques continentales conduisant à une chaîne de montagnes.

Complexe ophiolitique : association de roches provenant d'une lithosphère océanique et charriées sur un continent.

Convergence : rapprochement de deux plaques lithosphériques.

Crise biologique : période de disparition rapide d'espèces entrainant une baisse de la biodiversité.

Croûte : enveloppe superficielle du globe et délimitée à sa base par le Moho.

Cycle orogénique : succession d'événements qui voit se former, puis disparaître, une chaîne de montagnes.

Divergence : éloignement de deux plaques lithosphériques.

Dorsale : relief du fond océanique, au niveau de laquelle la croûte océanique se met en place.

Échelle stratigraphique : division des temps géologiques fondée sur les coupures entre les strates et leur regroupement en ensembles de plus en plus vastes (période, ère).

Ère : division géochronologique de longue durée.

Étage : subdivision de base de l'échelle de temps stratigraphique.

Faille listrique : faille normale concave, subhorizontale en profondeur et verticale en surface.

Fossile stratigraphique : espèce ayant une grande extension géographique et une existence courte à l'échelle géologique.

Lithosphère : couche superficielle de la Terre, d'une centaine de kilomètres d'épaisseur environ, constituée de la croûte et d'une partie du manteau supérieur.

Manteau : enveloppe terrestre délimitée à son sommet par le Moho et à sa base par la discontinuité de Gutenberg. Composée de péridotite.

Marge passive : zone de transition entre le domaine continental et le domaine océanique qui ne présente pas d'activité magmatique ou sismique.

Métamorphisme : transformation de la composition minéralogique d'une roche à l'état solide, sans modification de sa composition chimique.

Obduction : chevauchement d'une vaste portion de lithosphère océanique sur une lithosphère continentale.

Objet géologique : minéral, fossile, roche, affleurement ou paysage.

Ophiolithe : roches provenant d'une lithosphère océanique et charriées sur un continent.

Orogénèse : processus conduisant à la formation de reliefs.

Paléogéographie : reconstitution de la géographie passée.

Période : subdivision d'une ère géologique.

Période radioactive : temps nécessaire à la désintégration de la moitié des éléments pères radioactifs.

Rift : fossé d'effondrement apparaissant lors d'une phase d'extension.

Sédimentation syn-rift : sédimentation qui a lieu pendant la phase de rifting.

Subduction : enfoncement d'une lithosphère dans l'asthénosphère sous-jacent.

Thème 3 – De la plante sauvage à la plante domestiquée

Anémogamie : transport du pollen par le vent.

Anthocyane : molécules produites par les plantes et jouant un rôle dans la couleur des fleurs et des fruits.

Association symbiotique : association obligatoire a bénéfice réciproque entre deux espèces.

Auxine : hormone végétale (phytohormone) impliquée notamment dans la croissance des organes végétaux.

Cellulose : molécule constituante principale des parois végétales.

Chloroplaste : cf. lexique Thème 1.

Clone : cf. lexique Thème 1.

Coenzyme : molécule indispensable à certaines réactions enzymatiques.

Coévolution : ensemble de transformations coordonnées de deux espèces en interaction l'une avec l'autre au cours de l'évolution.

Cuticule : couche externe généralement résistante et imperméable recouvrant la paroi des végétaux.

Cycle de Calvin-Benson : voie métabolique de synthèse de glucides à partir de CO_2 se déroulant dans les chloroplastes.

Dissémination : dispersion (des graines) par différents mécanismes ou agents.

Entomogamie : transport du pollen par les insectes.

Enzyme : protéine jouant le rôle de catalyseur biologique d'une réaction chimique.

Étamine : organe reproducteur mâle des plantes à fleurs.

Fécondation : cf. lexique Thème 1.

Fruit : organe contenant des graines et issu de la transformation de la fleur après la pollinisation et la fécondation.

Graine : structure de dissémination, issue d'un ovule, contenant l'embryon et des réserves.

Interaction mutualiste : relation entre deux êtres vivants qui tirent un avantage à cette relation.

Lignine : molécule dérivée d'acides aminés et responsable de la rigidification des parois.

Méristème : structure d'une plante où a lieu la multiplication cellulaire avant la différenciation.

Mitose : cf. lexique Thème 1.

Mycorhize : organe racinaire des plantes associant des champignons et impliqués dans la nutrition.

Nectar : liquide sucrée produit par les fleurs attirant les pollinisateurs.

Parenchyme : tissu constitué de cellules végétales à paroi mince.

Phloème : tissu spécialisé dans la conduction de la sève élaborée.

Photolyse : réaction d'oxydation de l'eau sous l'influence de la lumière.

Photosynthèse : processus métabolique de production de matière organique à partir CO_2 et d'eau en utilisant l'énergie lumineuse.

Phytohormone : molécule produite par les végétaux jouant notamment un rôle dans la croissance et le développement. Synonyme d'hormone végétale.

Phytomère : unité répétitive constituée d'un fragment de tige, de feuille(s) et d'un bourgeon.

Pigments chlorophylliens : molécules capables d'absorber des radiations lumineuses et constitutives de la chlorophylle.

Pistil : organe reproducteur femelle, situé au centre la fleur et généralement composé de l'ovaire, du style et du stigmate.

Poil absorbant : cellule différenciée de forme allongée et assurant l'absorption de l'eau et des ions minéraux au niveau des jeunes racines.

Pollinisation : dépôt du pollen sur le stigmate d'une fleur.

Reproduction asexuée : cf. lexique Thème 1.

Reproduction sexuée : cf. lexique Thème 1.

Sève brute : liquide circulant dans la plante dans les vaisseaux du xylème et composé essentiellement d'eau et de sels minéraux prélevés par les racines.

Sève élaborée : liquide riche en matière organique circulant dans la plante dans les vaisseaux du phloème.

Stigmate : structure constitutive du pistil et recevant le pollen.

Stomates : structure permettant et régulant les échanges gazeux au niveau de la feuille.

Surface d'échange : surface siège de transfert de matière et caractérisé par une grande surface et une faible épaisseur.

Tanin : molécule organique impliquée dans la défense des plantes.

Totipotence : capacité des cellules à se différencier en tous les types cellulaires.

Tube pollinique : structure formée par la germination du pollen et acheminant les gamètes mâles du stigmate aux ovules.

Vaisseau conducteur : tissu spécialisé dans la conduction des sèves.

Xylème : tissu spécialisé dans la conduction de la sève brute.

Zoogamie : transport du pollen par les animaux.

Thème 4 - Les climats de la Terre

Adaptation (stratégie d') : ensemble d'actions humaines planifiées pour modérer ou éviter les nuisances du changement climatique en réduisant la vulnérabilité sociale et écologique, ou en exploitant les opportunités bénéfiques.

Albédo d'une surface : rapport entre l'énergie solaire réfléchie et l'énergie solaire reçue.

Altération des matériaux : ensemble des processus mécaniques et chimiques induisant une perte de cohésion de la roche et une production de sédiments et de produits dissous.

Atténuation (stratégie d') : ensemble d'actions humaines planifiées pour stabiliser, limiter ou réduire les émissions et les concentrations atmosphériques de gaz à effet de serre.

Biodiversité : diversités écosystémique, spécifique et intra-spécifique.

Biosphère terrestre : ensemble des organismes vivants de la planète.

Calotte glaciaire : glacier d'eau douce recouvrant une vaste surface continentale.

Carotte : échantillon cylindrique de matériel (roche, sédiments, glace, tourbe, etc.) prélevé par une opération de carottage.

Chaîne hercynienne (ou chaîne Varisque) : chaîne de montagnes formée au Paléozoïque (Dévonien, Carbonifère et Permien).

Changement climatique : variation statistiquement significative de l'état moyen du climat ou de sa variabilité persistant de longues périodes (des décennies ou plus).

Circulation océanique : ensemble des déplacements de masses d'eau océanique.

Climat : Variabilité des conditions météorologiques d'une zone délimitée, moyennée sur des observations d'au moins 30 ans.

Climat global (ou système climatique) : ensemble des processus permettant la répartition de l'énergie à la surface de la planète.

Communauté : ensemble d'organismes vivants d'espèces différentes qui interagissent entre eux, dans une aire spatiale et à un moment donnés.

Consensus scientifique : cf. p. 196 (ch. 12).

Corrélation : lien apparent entre deux ou plusieurs variables. À ne pas confondre avec un lien de causalité. En effet, une corrélation peut correspondre à une relation de causalité, mais pas nécessairement.

Cycle du carbone, cycle géochimique du carbone et cycle biogéochimique carbone : circuit de l'élément chimique C entre différents réservoirs au cours duquel il subit des transformations. Le cycle géochimique considère uniquement les réservoirs non vivants (géosphère, hydrosphère, atmosphère) alors que le cycle biogéochimique inclut le réservoir vivant (biosphère).

Cycles de Milankovitch (ou cycles des paramètres orbitaux de la Terre) : variations périodiques des différents paramètres orbitaux de la Terre.

Dilatation thermique de l'eau : augmentation du volume d'une masse d'eau lorsque sa température augmente.

Dorsale océanique : cf. lexique Thème 2.

Écosystème : cf. lexique Thème 1.

Écosystème agricole (ou agrosystème) : écosystème modifié par l'Homme dans le but d'augmenter la production de biomasse. S'oppose à un écosystème dit naturel.

Effet de serre : absorption d'une partie du rayonnement infrarouge émis par le sol par les gaz atmosphériques à effet de serre et leur réémission dans toutes les directions, dont une partie vers la surface terrestre, provoquant un réchauffement de la basse atmosphère et du sol (terre et océan)

Équilibre radiatif : équilibre atteint lorsque la puissance radiative reçue par la sol équivaut à celle qu'il émet.

Expansion océanique : augmentation de la surface des fonds océaniques par accrétion au niveau des dorsales océaniques.

Flux de carbone : transfert de l'élément carbone entre deux réservoirs, un flux peut être associé à une transformation chimique.

Forçage radiatif : le forçage radiatif d'un phénomène ou d'une substance correspond au supplément (s'il est positif) ou au déficit (s'il est négatif) de rayonnement reçu par la planète du fait du phénomène ou de la substance émise.

Fossilisation de la matière organique : transformation de la matière organique en roches carbonées (combustibles fossiles).

Gaz à effet de serre : gaz atmosphérique qui absorbe le rayonnement infrarouge (IR) émis par le sol et réémet l'énergie sous forme d'un rayonnement IR dont une partie vers le sol.

Géodynamique terrestre interne : ensemble des mouvements et processus qui affectent l'intérieur de la Terre.

Gisement carboné : lieu où on trouve des roches carbonées pouvant être exploitées.

Glaciation : baisse planétaire des températures conduisant à une vaste extension des calottes glaciaires.

Hydrothermalisme : mouvements d'eau dans la croûte et/ou le manteau contribuant au refroidissement et à la modification chimique des roches.

Modèle climatique : représentation numérique du système climatique réalisée à partir d'une partie connue des propriétés physiques, chimiques et biologiques de ses composantes, de leurs interactions et des rétroactions.

Moraine : formation géologique constituée de roches entraînées par un glacier.

Orogenèse : cf. lexique Thème 2.

Paléoceinture climatique : bande de paléolatitudes associée à un climat.

Paramètres orbitaux terrestres : **excentricité de l'orbite terrestre** : paramètre de la forme de l'orbite terrestre autour du Soleil qui oscille entre une forme sphérique et elliptique. **Obliquité de l'axe de rotation terrestre :** angle de l'axe de rotation de la Terre avec la normale au plan de l'orbite terrestre autour du Soleil. **Précession de l'axe de rotation de la Terre :** rotation de l'axe de rotation de la Terre autour de la normale au plan de l'orbite terrestre. **Précession de l'axe de l'orbite terrestre :** rotation de l'orbite terrestre autour du Soleil.

Période glaciaire : laps de temps géologique caractérisé par un refroidissement important du climat et une expansion des calottes glaciaires.

Période interglaciaire : laps de temps géologique caractérisé par un réchauffement important du climat et une régression des calottes glaciaires.

Perturbation : facteur qui dérègle le fonctionnement d'un système (Terre, écosystème, organisme…).

Prévision climatique : résultat d'un essai de description ou d'estimation, avec un maximum de probabilité, de l'évolution réelle future du climat à différentes échelles temporelles (saisonnière, interannuelle ou à long terme).

Principe d'actualisme : théorie permettant d'interpréter les indices anciens : les lois régissant les phénomènes géologiques actuels étaient valables dans le passé.

Projection climatique : simulation de la réponse du système climatique à un scénario futur d'émissions ou de concentration de gaz à effet de serre et d'aérosols (ou de forçage radiatif utilisé) obtenue généralement à l'aide de modèles climatiques. Elle se base sur des hypothèses de travail concernant, par exemple, l'évolution socio-économique et technologique à venir.

Rapport isotopique $\delta^{18}O$: le $\delta^{18}O$ d'un échantillon de glace ou de sédiments marins benthiques est une mesure de la quantité d'isotopes ^{18}O par rapport à celle de l'isotopes ^{16}O. C'est un indicateur de la température atmosphérique et de la quantité de glace stockée aux pôles.

Réchauffement climatique : augmentation de la température moyenne à la surface de la planète sur une longue période (des décennies ou plus).

Réservoir de carbone : compartiment terrestre stockant du carbone sous diverses formes.

Rétroaction (positive ou négative) : action en retour d'un phénomène sur la perturbation initiale qui l'a engendré soit en l'accentuant (positive), soit en l'atténuant (négative).

Roche carbonée : roche constituée surtout de carbone organique produit par accumulation et décomposition d'organismes vivants à l'abri de l'air (ex : charbon et pétrole).

Roche sédimentaire : roche résultant de l'accumulation de sédiments et/ou de la précipitation dans des solutions.

Santé humaine : état complet de bien-être physique, mental et social. Ne consiste pas seulement en une absence de maladie ou d'infirmité.

Scénario climatique : représentation plausible de l'évolution future des émissions de substances qui ont des effets radiatifs (gaz à effet de serre, aérosols, etc.), fondée sur un ensemble d'hypothèses d'évolutions sociétales (démographiques et socio-économiques, technologiques, énergétiques, d'utilisation des terres, etc.) et leurs principales interactions.

Sédiments : particules issues de l'altération de matières précipitées ayant été transportées.

Services écosystémiques (approvisionnement et régulation) : contributions directes et indirectes au bien-être humain d'un écosystème (services d'approvisionnement, de régulation, culturels et de support).

Solubilité océanique du CO_2 : aptitude du CO_2 à se dissoudre dans l'eau ($CO_2 + H_2O \leftrightarrow HCO_3^- + H^+$).

Tectonique des plaques : modèle scientifique expliquant la structure superficielle de la planète par des plaques lithosphériques mobiles et leur dynamique globale.

Tillite : roche sédimentaire formée par compaction d'un dépôt fluvio-glaciaire ancien ou d'un dépôt morainique.

Volcanisme : ensemble des manifestations volcaniques et des phénomènes qui s'y rapportent.

Vulnérabilité (gestion de risque) : effet prévisible d'un aléa sur un territoire. Il s'estime par la combinaison entre l'aléa, la nature et l'importance des enjeux exposés ainsi que les ressources disponibles pour y faire face et les impacts qui en découlent.

Thème 5 - Corps humain et santé

Acétylcholine : neurotransmetteur des synapses neuromusculaires.

ACTH : hormone sécrétée par l'hypophyse, agit sur les glandes cortico-surrénales en stimulant la sécrétion de cortisol.

Adaptabilité d'un organisme : capacité d'un organisme à se modifier de telle sorte que sa valeur sélective s'en trouve améliorée dans de nouvelles conditions environnementales. À l'échelle individuelle : réponses fonctionnelles et plasticité phénotypique.

Adaptation : cf. lexique Thème 1.

Adaptation évolutive : cf. lexique Thème 1.

Adaptation physiologique (au sens fonctionnel) : réponse fonctionnelle de l'organisme aux perturbations internes et environnementales perçues. Elle consiste en des modifications physiologiques régies par des mécanismes centraux (régulations métaboliques, endocrines et immunitaires) qui activent et inhibent d'autres composantes comportementales et physiologiques. L'ensemble peut permettre d'atteindre un nouvel équilibre fonctionnel (résilience).

Adrénaline : hormone sécrétée par les glandes médullo-surrénales augmentant les fréquences cardiaque et ventilatoire, et la glycémie.

Aérobie : en présence de dioxygène.

Agent stresseur : facteur menaçant l'équilibre physique ou psychique d'un individu.

Aire corticale : zone du cortex cérébral.

Aire motrice : aire corticale impliquée dans la planification, le contrôle et l'exécution des mouvements volontaires. L'ensemble des aires motrices forme le cortex moteur.

Amygdale : structure cérébrale du système limbique impliquée dans les réactions émotives (peur, agressivité, interprétation affective des odeurs...) et intervenant dans l'attention.

Anaérobie : en l'absence de dioxygène.

Anxiété : nom du stress lorsque la menace qui le déclenche est anticipée.

Apprentissage : cf. lexique Thème 1.

Arc réflexe : voie de communication nerveuse reliant un récepteur sensoriel à un effecteur. Comprenant entre les deux : une voie nerveuse sensitive, un centre nerveux et une voie nerveuse motrice.

ATP : molécule organique dont l'hydrolyse libère de l'énergie utile aux activités cellulaires.

Axe hypothalamo-hypophyso-corticosurrénalien : voie physiologique du stress impliquée dans la sécrétion du cortisol. Elle mobilise l'hypothalamus, l'hypophyse et les glandes cortico-surrénales.

Axe sympatho-médullosurrénalien : voie physiologique du stress impliquée dans la sécrétion d'adrénaline. Elle mobilise le système nerveux sympathique (dont certains neurones de l'hypothalamus) et les glandes médullo-surrénales.

Axone : élément transmetteur d'un neurone, prolongement cytoplasmique issu du corps cellulaire se terminant par des ramifications et des terminaisons pré-synaptiques.

Canaux calciques : protéines transmembranaires laissant passer les ions calcium (Ca^{2+}).

Cellule musculaire striée : cellule constitutive du tissu musculaire des muscles striés squelettiques.

Cellules gliales : cellules spécialisées dans le soutien du système nerveux (réparation, nutrition, défense immunitaire, propagation des messages nerveux).

Centre nerveux : organe du système nerveux central qui intègre les informations sensorielles et élabore une réponse motrice adaptée. Cerveau et moelle épinière.

Cerveau : organe du système nerveux central composé des deux hémisphères cérébraux, et entre autres, du thalamus et de l'hypothalamus.

Chaîne respiratoire mitochondriale : association de protéines de la membrane interne mitochondriale assurant des transferts d'électrons et la production d'ATP.

Codage biochimique de l'information nerveuse : concentration de neurotransmetteurs libérés dans la fente synaptique.

Codage électrique de l'information nerveuse : fréquence des potentiels d'action (PA) parcourant un axone.

Complexe hypothalamo-hypophysaire : ensemble constitué de l'hypothalamus et de l'hypophyse.

Comportement : cf. lexique Thème 1.

Comportement addictif : comportement qui crée et entretient une dépendance.

Contraction : raccourcissement et épaississement d'un muscle, ou d'une cellule musculaire, sous l'effet d'une stimulation nerveuse.

Cornes ventrales (de la moelle épinière) : zones situées dans la partie ventrale de moelle épinière, en forme de cornes, où sont localisés les corps cellulaires des neurones moteurs.

Corps cellulaire : élément intégrateur et émetteur d'un neurone, il s'agit de la partie d'où émergent les fibres nerveuses et qui comprend le noyau cellulaire.

Cortex cérébral : partie superficielle des hémisphères cérébraux (quelques millimètres).

Cortex préfrontal : cortex cérébral situé à l'avant du cerveau impliqué dans le traitement des informations et la prise de décision. En interaction avec le système limbique.

Cortisol : hormone sécrétée par les glandes cortico-surrénales. Elle facilite l'augmentation de la glycémie et inhibe le système immunitaire.

CRH : neuro-hormone sécrétée par l'hypothalamus dans le sang. Elle agit sur l'hypophyse en stimulant la sécrétion d'ACTH par l'hypotphyse.

Cycle de Krebs : voie métabolique aérobie qui permet de produire des composés réduits et du CO_2 à partir du pyruvate.

Cytosquelette : réseau de microfilaments présents dans le cytoplasme de la cellule et assurant différentes fonctions, notamment une fonction structurale.

Dendrites : éléments récepteurs d'un neurone. Il s'agit de prolongements cytoplasmiques émergeant du corps cellulaire qui reçoivent les messages nerveux d'autres neurones ou qui sont reliés à un récepteur sensoriel.

Dépendance : état psychique et/ou physique associé à un besoin très fort de consommer une substance ou de réaliser un comportement, faute de quoi une sensation de manque s'installe.

Dépolarisation membranaire : diminution du potentiel de membrane d'une cellule.

Diabètes : maladies caractérisées par une hyperglycémie chronique.

Dopamine : neurotransmetteur impliqué dans le système de récompense associé au plaisir.

Effecteur : organe ou cellules qui répondent aux stimulations nerveuses ou hormonales qu'ils reçoivent.

Endocrine (ou hormonale) : sécrétion d'une substance à l'intérieur de l'organisme (ex. : sang). Organes et tissus sécréteurs.

Enzyme : protéine ayant un rôle de catalyseur biologique dans une réaction chimique.

Exocrine : sécrétion d'une substance à l'extérieur de l'organisme, ou dans le milieu internalisé (ex. : tube digestif). Organes et tissus sécréteurs.

Exocytose : fusion de vésicules intracellulaires avec la membrane plasmique et libération de leur contenu dans le milieu extracellulaire.

Fente synaptique : espace entre une terminaison axonique pré-synaptique et un élément cellulaire post-synaptique (terminaison dendritique post-synaptique ou cellule musculaire).

Fermentation : voie métabolique de production d'ATP en condition anaérobie.

Fibre musculaire : cellule musculaire.

Fibre nerveuse : prolongement cytoplasmique des neurones : dendrite ou axone.

Filament épais de myosine : assemblage de protéines de myosine en forme de filament.

Filament fin d'actine : assemblage de protéines d'actine en forme de filament.

Glande cortico-surrénale : tissu endocrinien qui sécrète le cortisol, constituant la partie externe des glandes surrénales.

Glande médullo-surrénale : tissu endocrinien qui sécrète l'adrénaline, constituant la partie interne des glandes surrénales.

Glucagon : hormone pancréatique libérée par les cellules alpha des ilots de Langerhans. Elle a un effet hyperglycémiant.

Glycémie : concentration plasmatique de glucose.

Glycogène : polymère de glucose. Forme de stockage du sucre située principalement dans le foie et les muscles.

Hépatocytes : cellules constitutives du foie.

Hormone : substance libérée dans le sang par un tissu endocrinien qui modifie le fonctionnement de cellules cibles possédant des récepteurs spécifiques.

Hyaloplasme : partie du cytoplasme qui ne contient pas d'organite.

Hyperglycémie : glycémie supérieure à ≃ 1 g/L.

Hyperpolarisation membranaire : hausse du potentiel membranaire au-delà de la situation existante au repos.

Hypoglycémie : glycémie inférieure à ≃ 1 g/L.

Hypothalamus : structure cérébrale située à la base du cerveau sécrétant les neuro-hormones GnRH et CRH. Elles agissent sur l'hypophyse et sont respectivement impliquées dans les systèmes de la reproduction et du stress.

Îlots de Langerhans : amas de cellules dispersés dans le tissu pancréatique exocrine.

Insuline : hormone pancréatique libérée par les cellules bêta des îlots de Langerhans. Elle a un effet hypoglycémiant.

Intégration nerveuse : processus par lequel le corps cellulaire d'un motoneurone, qui reçoit un ensemble de messages différents, élabore un message nerveux moteur unique. Il comprend la sommation spatiale et la sommation temporelle.

IRMf : imagerie par résonnance magnétique fonctionnelle basée sur l'imagerie par résonnance magnétique (IRM). Cette technologie permet de détecter directement les zones du cerveau activées par une tâche ou une émotion.

Matrice extracellulaire : ensemble de molécules présentent à l'extérieur des cellules et qui fournissent un support structural à celles-ci.

Message nerveux (Information nerveuse) : ensemble des informations qui transitent de cellule nerveuse en cellule nerveuse et d'une cellule nerveuse à un autre type cellulaire.

Mitochondrie : cf. lexique Thème 1.

Moelle épinière : organe du système nerveux central allongé présent dans le canal rachidien situé à l'arrière des vertèbres.

Molécule exogène (ou substance exogène) : molécule non produite par l'organisme.

Mouvement volontaire : mouvement précédé de l'intention d'être réalisé et résultant de contractions coordonnées de muscles striés squelettiques.

Muscles antagonistes : muscles responsables de mouvements contraires. Par exemple les muscles fléchisseurs et extenseurs d'une articulation.

Muscles striés squelettiques : muscles reliés aux os et présentant des stries aux microscope optique.

Myofibrille : structure contractile présente dans le cytoplasme des cellules musculaires.

Myopathie : maladie se caractérisant par une dégénérescence et un dysfonctionnement du tissu musculaire.

Nerf : organe du système nerveux périphérique constitué d'un faisceau de fibres nerveuses. Il peut être constitué à la fois des fibres motrices et des fibres sensorielles.

Neuro-hormone : hormone produite par des neurones.

Neurone moteur (périphérique) : neurone dont le corps cellulaire est situé dans la corne ventrale de la moelle épinière et dont l'axone conduit le message nerveux jusqu'aux fibres musculaires.

Neurone sensoriel : neurone qui émet des messages nerveux sensoriels en réponse à une stimulation du récepteur sensoriel, et les conduit jusqu'à un centre nerveux.

Neurone : cellule spécialisée responsable du traitement et de la transmission d'informations nerveuses.

Neurotransmetteur (ou neuromédiateur) : molécule synthétisée par un neurone qui permet la transmission du message nerveux d'un neurone à une autre cellule (neurone, cellule musculaire ou autre).

Nutriments : substances présentes dans le sang et issues de la digestion des aliments (ex. : glucose).

Oxydation : réaction chimique par laquelle on retire des électrons à un atome ou à une molécule.

Pancréas : organe du système digestif ayant des fonctions à la fois endocrine et exocrine.

Perturbation : cf. lexique Thème 4.

Peur : nom du stress lorsque la menace qui le déclenche est présente ou imminente.

Physiologie : étude des fonctions des organismes vivants. Les fonctions sont des propriétés à différents niveaux d'organisation (cellule, tissu, organe, système, organisme) sélectionnées par sélection naturelle.

Plasticité cérébrale : capacité du cerveau de modifier les réseaux de neurones en réponse à une expérience individuelle (sens large). Toute modification durable de l'activité d'une synapse (sens strict).

Plasticité mal-adaptative : modification de la structure et du fonctionnement des réseaux neuronaux qui diminue la valeur sélective de l'individu.

Plasticité phénotypique : capacité pour un individu possédant un génotype à produire différents phénotypes dans des environnements variables.

Potentiel d'action nerveux ou musculaire : inversion brève, transitoire et stéréotypée de la polarité électrique de la membrane cytoplasmique d'une cellule excitable : neurone ou cellule musculaire.

Potentiel membranaire - Potentiel de repos : différence de charges électriques existant de part et d'autre de la membrane plasmique d'une cellule vivante. La différence au repos s'appelle le potentiel de repos.

Racine nerveuse dorsale : partie initiale d'un nerf rachidien qui émerge du côté dorsale de la moelle épinière.

Récepteur sensoriel : structure (organe, tissu, cellules) sensible à un stimulus physique ou chimique, qui transforme l'information en message en message nerveux.

Récepteur : protéine membranaire ou intracellulaire possédant une forte affinité pour un messager chimique (neurotransmetteur ou hormone). La fixation du messager sur son récepteur entraine une modification de l'activité de la cellule.

Réduction : transformation chimique impliquant un gain d'électrons et de protons.

Réflexe : réaction rapide, obligatoire et involontaire du corps suite à une stimulation. Le **réflexe**

myotatique est la contraction réflexe d'un muscle en réponse à son propre étirement.

Réponse adaptative, mal-adaptative ou neutre : modification de l'organisme en réaction à un changement environnemental qui est adaptative si elle améliore sa valeur sélective, mal-adaptative si elle la diminue ou neutre si elle ne la modifie pas.

Réponse motrice : modification de l'activité musculaire d'un organisme en réaction à une stimulation.

Résilience (écologique) : capacité d'un système biologique (ex. : écosystème, organisme) à se réorganiser de façon à maintenir globalement similaires ses fonctions et sa structure face à une perturbation.

Respiration cellulaire : voie métabolique aérobie de production de l'ATP.

Réticulum sarcoplasmique : organite de la cellule musculaire contenant des ions Ca^{2+} susceptible d'être libérés dans le cytoplasme via des canaux calciques à l'arrivée d'un potentiel d'action musculaire.

Rétrocontrôle (ou rétroaction) : Contrôle en retour d'une grandeur (ex. : X) par une autre grandeur (ex. : Y) qu'elle contrôle elle-même. Quelle que soit la nature du contrôle de X sur Y, Y exerce un rétrocontrôle soit positif si la hausse de Y a pour effet une hausse de X, soit négatif si la hausse de Y provoque la baisse de X.

Sarcomère : unité fonctionnelle des cellules musculaires contractile. Le sarcomère est constitué de filaments fins d'actine et de filaments épais de myosine intercalés.

Sommations spatiale et temporelle : processus d'addition, au niveau du corps cellulaire d'un neurone moteur, des variations de potentiels membranaires dendritiques provenant de différentes dendrites (sommation spatiale) et arrivant à différents temps (sommation temporelle).

Stimulus : agent externe ou interne, capable de provoquer une réponse motrice ou hormonale chez un organisme (ou une cellule) excitable, à condition d'atteindre une intensité suffisante (seuil).

Stress aigu : réponse adaptative de l'organisme à des agents stresseurs.

Stress chronique : réponse mal-adaptative de l'organisme à des agents stresseurs intenses et/ou persistants.

Synapse : jonction entre deux neurones ou entre un neurone et une cellule effectrice. La **synapse neuro-neuronique** est entre deux neurones. La **synapse neuromusculaire** est entre un neurone et une cellule musculaire.

Synapse excitatrice (ou inhibitrice) : synapse dont les neurotransmetteurs dépolarisent (ou hyper-polarisent) la membrane post-synaptique.

Système complexe : ensemble constitué de nombreuses entités (ex. : individus, voies physiologiques, autres) dont les interactions produisent des caractéristiques globales émergeantes, qui ne peuvent être facilement expliquées à partir des seules propriétés individuelles des constituants.

Système de la mémoire : réseaux neuronaux impliqués dans l'enregistrement des informations venant d'expériences et d'événements divers, leur conservation et leur restitution.

Système de récompense : réseaux neuronaux impliqués dans la sensation de plaisir et dans le renforcement de certains comportements.

Système limbique : réseaux neuronaux de structures cérébrales (dont l'amygdale et l'hippocampe) jouant un rôle important dans le comportement, les émotions et la mémorisation.

Système nerveux : ensemble des structures assurant la réception, l'intégration, la transformation et la transmission des informations provenant de l'environnement de l'organisme et de lui-même.

Système nerveux central : ensemble constitué de l'encéphale et de la moelle épinière. Reçoit et intègre les informations, puis élabore une réponse adaptée.

Système nerveux périphérique : ensemble constitué des nerfs rachidiens et crâniens. Fait le lien entre les centres nerveux du système nerveux central et les récepteurs sensoriels ainsi que les effecteurs.

Train de potentiels d'action : succession de potentiels d'action se propageant le long d'un axone.

Vésicule synaptique : organite cellulaire des neurones contenant des neurotransmetteurs d'un seul type qu'il est capable de libérer dans la fente synaptique par exocytose.

Voie neuronale (ou voie nerveuse) : circuit de neurones assurant le transfert d'informations nerveuses.

Voie physiologique : succession d'événements, physiques ou chimiques, reliés par des relations causales et qui explique comment une fonction se réalise.

Crédits iconographiques

26 : iStock/Yuoak ; **42g** : SPL/Don W. Fawcett ; **42d, reprise 276** : BSIP/Biophoto Associates ; **64g** : AGE/J. M. Barres ; **64d** : SPL/Gerd Guenther ; **66** : BSIP/Visuals Unlimited/Science Vu/B. John ; **98h, b** : Isabelle Veltz ; **106h, b** : Valérie Bosse/UCA ; **118g** : ISM/Johannes Lieder ; **118d** : BSIP/Visuals Unlimited/Biodisc ; **119** : SPL/Omikron ; **161g** : Photo12/Alamy/Natural History Library ; **161d** : Photo12/Alamy/Christopher Burrows ; **166h** : iStock/Kojihirano ; **166b** : iStock/Mikelane45 ; **168** : Stéphane Frayon ; **170** : Hervé Conge ; **220g** : Hervé Conge ; **220d** : SPL/Garry Delong ; **221** : Heuser JE, Reese TS, Structural changes after transmitter release at the frog neuromuscular junction. J Cell Biol. 1981 March 88(3):564-80. DOI :10.1083/jcb.88.3.564 ; **222** : J Scekic-Zahirovic et al, Toxic gain of function from mutant FUS protein is crucial to trigger cell autonomous motor neuron loss, EMBO J(2016) 35:1077-1097, DOI 10.15252/embj.201592559 ; **227** : Engel, A. *et al.* "Ultrastructural localization of the acetylcholine receptor in myasthenia gravis and in its experimental autoimmune model." *Neurology* 27 (1977) : 307 - 307 ; **241g, reprise 245g** : ISM/Johannes Lieder ; **241d, reprise 245d** : Furukawa S., Yamamoto Y., Nakagawa T., Sakaguchi ., Nishi K., An autopsy case of fulminant Type 1 diabetes mellitus with lymphocytes infiltration of the thyroid gland and the pancreas. Anil Aggrawal's Internet Journal of Forensic Medicine and Toxicology, 2011 ; Vol. 12, No. 1 (January-June 2011)/ ; **243 (4)** : Hervé Conge ; **301** : Merikanto, CC-SA-4.0 ; **317** : Mujer CV, Andrews DL, Manhart JR, Pierce SK, Rumpho ME. Chloroplast genes are expressed during intracellular symbiotic association of Vaucheria litorea plastids with the sea slug Elysia chlorotica. *Proc Natl Acad Sci U S A.* 1996;93(22):12333-12338. doi :10.1073/pnas.93.22.12333.

Responsable éditoriale : Audrey Gérard.
Suivi éditorial : Mirna Bousser.
Assistante d'édition : Léa Souquet-Basiège.
Conception couverture et direction artistique : Studio Humensis, Audrey Hette.
Maquette intérieure : Studio Humensis, Audrey Hette
avec la participation de Charlotte Thomas, Marse et STDI.
Mise en pages : STDI.
Iconographie : Valérie Delchambre.
Schémas et infographies : Laurent Blondel/Corédoc, STDI, Amélie Veaux, Diane Rottner, Thomas Haessig.
Photogravure et prépresse : Arthur Caillard, Marine Garguy.
Fabrication : Zoé Farré-Vilalta.

La pâte à papier utilisée pour la fabrication du papier de cet ouvrage
provient de forêts certifiées et gérées durablement.

Imprimé par GraphyCems
N° d'édition : 03581969-01 – Dépôt légal août 2021.